Nach dem Ende seiner Ehe zieht sich Risto aufs Land zurück, in das kleine Natursteinhaus an der zerklüfteten Küste, das er von seiner Großmutter Saida geerbt hat. Dort stößt er auf alte Tagebücher. Fasziniert von seiner Großmutter, die ihm zu Lebzeiten eher fremd war, taucht er immer tiefer ein in ihr schicksalhaftes Leben - ein Leben voller Entbehrungen zur Zeit des finnischen Bürgerkriegs. Nach und nach findet er mehr heraus über Saida, über ihre Kindheit im Schatten des herrischen Vaters, über ihre Ehe mit Sakari, in der sie erst nach etlichen Hindernisse zueinanderfanden, und über das dunkle Geheimnis, das Saida mit ins Grab nahm.

LEENA LANDER, geboren 1955, ist eine der international bekanntesten und erfolgreichsten Schriftstellerinnen der finnischen Gegenwartsliteratur. Ihre Bücher wurden in mehr als 20 Sprachen übersetzt und vielfach mit Preisen ausgezeichnet. Die Verfilmungen ihrer Romane »Die Insel der schwarzen Schmetterlinge« und »Die Unbeugsame« waren in Finnland große Erfolge . Leena Lander lebt mit ihrem Mann, dem Schriftsteller Hannu Raittila, im Südwesten von Finnland in der Nähe von Turku.

LEENA LANDER

Das Sonntagsmädchen

ROMAN

Aus dem Finnischen
von Stefan Moster

btb

Die finnische Originalausgabe erschien 2010 unter dem Titel
Liekin Lapset bei Siltala Publishing, Helsinki.

Die Übersetzung wurde gefördert vom
FILI – Finnish Literature Exchange

FILI
FINNISH LITERATURE EXCHANGE

Dieses Buch ist im btb Verlag bereits unter dem Titel
Eine eigene Frau erschienen.

FSC
www.fsc.org
MIX
Papier aus verantwortungsvollen Quellen
FSC® C083411

Verlagsgruppe Random House FSC® N001967
Das für dieses Buch verwendete FSC®-zertifizierte
Papier *Lux Cream* liefert Stora Enso, Finnland.

1. Auflage
Taschenbuchausgabe Oktober 2014

Umschlaggestaltung: semper smile, München
Umschlagmotiv: plainpicture / MiraSatz
Druck und Einband: CPI – Clausen & Bosse, Leck
MI · Herstellung: sc
Printed in Germany
ISBN 978-3-442-74742-9

www.btb-verlag.de
www.facebook.com/btbverlag
Besuchen Sie auch unseren LiteraturBlog www.transatlantik.de

Denn nicht aus dem Staub
geht Unheil hervor,
nicht aus dem Ackerboden
sprosst die Mühsal,
sondern der Mensch
ist zur Mühsal geboren,
wie Feuerfunken,
die hochfliegen.

Hiob 5,6-7

HOCHVERRATSGERICHT
ABTEILUNG VII
Turku
2. August 1918
Nr. 42

An das Hochverratsobergericht

Nachdem der Arbeiter
Joel Ivar Aleksander Tammisto,

verurteilt von der Abteilung VII des Hochverratsgerichts wegen Hochverrats, beim unterzeichnenden Vorsitzenden des Hochverratsgerichtes sein Gnadengesuch eingereicht hat, erlaubt sich das Hochverratsgericht, anbei dem Hochverratsobergericht hochachtungsvoll das genannte Gnadengesuch sowie die während des Verfahrens hier angefallene Akte mit der Nummer 14/5 zu übersenden.
Für das Hochverratsgericht

Unterzeichnet

Tor Bäckman

Tor Bäckman

No 7229.

N: 29.

Angefertigt beim Stab des Schutzkorps Halikko am 5. Juni 1918

Anwesend waren folgende Mitglieder des Stabs: Aug. Rannikko, Uuno Laaksonen, W. Aulanko, A. Vidnäs, T. Nieminen, E. Mikkola.

Name und Beruf des Häftlings: Joel Ivar Aleksander Tammisto. Sägewerkarbeiter.

Geboren: 17.3.1884.
Wohnort: Halikko, Vartsala.

Falls unverheiratet, welches Auskommen.
Falls verheiratet oder verwitwet, wie viele Kinder:

Verheiratet, ein Kind.

Welche Charaktereigenschaften, aufbrausend oder ruhig, arbeitsam oder Anstifter zum Streik:

Vom Charakter her aufbrausend, nicht arbeitsam sowie hitziger Anstifter zum Streit.

Lebensgewohnheiten (regelmäßiges oder vagabundierendes Leben):

Ist als ruhelose und vagabundierende Natur bekannt.

Wo beschäftigt und welches Urteil fällen seine Arbeitgeber über ihn:

Ist in letzter Zeit Vorsitzender des Lebensmittelkomitees gewesen. Im Sägewerk als verträumter und schussliger Arbeiter bekannt.

Hat er dem Arbeiterverein angehört und wenn ja, in welcher Position:

Hat beim A. V. Vartsala verschiedene Ehrenämter bekleidet. Bekannt als sehr scharfer Agitationsredner.

Hat er der Roten Garde angehört und wenn ja in welcher Position:

Hat der Roten Garde angehört, als stellvertretender Kommandant in Vartsala.

Wo und wann gekämpft. In welchen weiteren Funktionen tätig gewesen. Welche Waffen getragen. Sind Waffen beim Häftling gefunden worden:

Hat ein Gewehr getragen, aber nicht an Kämpfen teilgenommen. Als Aufwiegler bekannt, ist aber selbst den Kämpfen aus dem Weg gegangen.

Hat der Häftling an den Entwaffnungen vor dem Krieg und während des Kriegs teilgenommen und in welcher Form: Raub, Mord, Misshandlung, Brandstiftung und Erpressung, während des sozialistischen Großstreiks im vergangenen Herbst und später. Ist bei dem Häftling Raubgut gefunden worden:

In sehr scharfer Form bereits vor dem Krieg. Hat während des Großstreiks bei verschiedenen Personen Waffen geraubt. Hat als Mitglied des Roten Lebensmittelkomitees Heufuhren an sich gebracht sowie Bauern gezwungen, Getreide unter der Preisgrenze abzugeben. Hat mehrere Raubzüge zum Gut Joensuu angeführt, wo über 40 Pferde mit Fuhrwerken entwendet wurden sowie einmal 40000 Kilo Brotgetreide nach Turku geschickt. Gehört landesweit zu denjenigen, die sich der schlimmsten Raubzüge schuldig gemacht haben.

Hat der Häftling während des Kriegs weitere Verbrechen begangen, die dem Stab bekannt sind:

Hat als Vorsitzender des Roten Lebensmittelkomitees sämtliche Unterlagen vernichtet.

Ist der Häftling an den Morden an Oscar Munck, dem Gutsverwalter des Herrenhauses Joensuu, und an Emil Penkere, dem Kassier der Ziegelfabrik Marttila, beteiligt gewesen oder weiß er etwas über diese Taten:

Gibt nicht zu, beteiligt gewesen zu sein oder etwas darüber zu wissen.

Weiß der Häftling etwas über das Verschwinden des schwedischen Staatsangehörigen und Studenten Anders Holm:

Gibt nicht zu, etwas darüber zu wissen.

Hat der Häftling für die Roten Garden agitiert: Ja.
Für die Revolution: Ja.
Gegen die rechtmäßige Regierung: Ja.

Hat er falsche Gerüchte über den Krieg verbreitet: Ja.
Oder Drohungen gegen Anhänger der rechtmäßigen Regierung:
Ja, in sehr scharfer Form.

Werden in der Anlage unter Eid getroffene Zeugenaussagen beigefügt und sind die Zeugen zuverlässig: Sie sind zuverlässig.

Gutachten des Stabs über den Gefangenen:

Das Gutachten des Stabs lautet, dass der Häftling nicht freigelassen werden darf. Äußerst gefährlich.
Es ist ein kurzes und schnelles Urteil zu fällen.

Für den Stab beglaubigt

August Rannikko

August Rannikko

Saida, 7

Vartsala, Juli 1903

Saida Harjula war ein siebenjähriges Mädchen, als sich im Jahr 1903 bei einer Versammlung in Forssa die Finnische Sozialdemokratische Partei, die bis dahin Arbeiterpartei geheißen hatte, konstituierte. In Saidas Elternhaus wurde zu jener Zeit freilich nicht über Politik geredet, denn als Mann Gottes wusste Saidas Vater Herman Harjula, dass dem Herrn alles Politisieren ein Gräuel war.

Saidas Mutter Emma stammte als geborene Malmberg gewissermaßen aus besseren, finnlandschwedischen Verhältnissen. Ihr Vater arbeitete auf dem Rittergut Joensuu als Gärtner und ihre Mutter im dazugehörigen Herrenhaus als Köchin. Zweifellos waren die Eltern insgeheim enttäuscht darüber, dass die jüngste ihrer fünf am Leben gebliebenen Töchter einen finnischsprachigen Dreher zum Mann genommen hatte. Aber es war nichts zu machen gewesen, als jener Herman Harjula eines Samstagabends im Frühling im gut sitzenden zweireihigen Anzug und mit hellem Hut zum geselligen Beisammensein des Personals im Herrenhaus Joensuu erschien und, begleitet von der Gitarre, mit seinem schönen Tenor von den Salbungen des Geistes sang. Den Frauen in der ersten Reihe wehte Doktor Hornbergs »frisches und feines« Haarwasser in die Nase, denn Herman hatte versucht, sein von Natur aus lockiges, widerspenstiges Haar zu bändigen, ohne dass es ihm freilich voll und ganz gelungen wäre.

Kaum sah sie die funkelnden Augen und das männliche Grübchen im Kinn des jungen Predigers, erfuhr Emma im Nu eine starke Berührung durch den Heiligen Geist. Sie wurde eine jener Seelen, von denen die *Kirchlichen Nachrichten* freudig vermeldeten: »In mehreren Gemeinden Südwestfinnlands geht derzeit vor allem unter der Jugend die Gnade der Suche nach dem Herrn um, und zwar mit einer Kraft, dass viele von ihnen inzwischen den Weg der Sünde verlassen und zum Herrn zurückgefunden haben, um Barmherzigkeit und Vergebung zu erlangen.«

Herman Harjula war vollkommen davon überzeugt, dass es der Finger Gottes war, der ihm den Weg zum Herrenhaus Joensuu gewiesen hatte. Als Werkzeug hatte sich Gott einer Zeitungsanzeige bedient. In der Zeitung *Der Pflug* war die Stelle eines Drehers annonciert gewesen, und Herman suchte Arbeit. Bloß vom Predigen ernährte man keine Familie, und eine Familie wollte er. Vor allem eine Frau. Noch mit 26 war er Jüngling, da er seinem Glauben gemäß nicht in Sünde geschwelgt hatte. Allerdings war ihm aufgefallen, dass sich nicht alle Glaubensbrüder so untadelig verhielten, und deren wechselnde Glaubensschwestern legten auch Herman gegenüber mitunter Gewogenheit an den Tag, doch er machte sich nichts aus den Resten, die andere fallen ließen. Eine eigene Frau sollte es sein.

Auch war ihm nicht irgendeine gut genug. Sein Vater Ivar Harjula, den er über die Maßen achtete, trotz dessen Neigung zum Alkohol und sporadischer Gewalttätigkeit, hatte sehr deutlich verlauten lassen, was für eine Schwiegertochter er sich für seinen Erstgeborenen wünschte. Sie sollte in erster Linie hochgewachsen sein, damit die Durchschnittsgröße der Sippe sich nach oben entwickelte.

Die Harjulas waren ein schönes, aber ziemlich kurzgewachsenes Geschlecht. Insbesondere die Ältesten in der Familie wurden ziemlich verwöhnt und gemästet, wenn nicht genau über den Speisezettel Buch geführt wurde. Die Männer achteten besser auf ihre Verfassung und lebten fast immer länger als ihre Frauen, oft beerdigten sie sogar noch eine zweite Gattin. Die Frauen der Familie schienen eine nach der anderen von einer gewissen Nervosität, ja Hysterie, wenn nicht gar Wahnsinn geplagt zu werden. Nach Ivar Harjulas Einschätzung rührte dies vom Jahrhunderte währenden Überkreuzheiraten in den abgelegenen Dörfern, was eigentlich noch eine geschönte Umschreibung für die in der Bibel verbotene Inzucht war. Kinder kamen in der Sippe viele zur Welt, da die robusten Harjula-Männer auf die in der Heiligen Schrift verlangte Weise ihren Samen aussäten. Für die Verbesserung des Stammbaums und im Sinne der Blutauffrischung war es Ivar Harjulas Ansicht nach gut, dass sein ältester Sohn auf Predigtreise ging und seinen Samen in weiterem Umkreis verbreitete als nur in den wenigen Dörfern der Region Ober-Savo. Der Religion an sich maß Ivar Harjula so gut wie keinen Wert bei, auch wenn er gern laut Geschichten aus dem Alten Testament vorlas, von der Hure von Babylon, vom Treiben in Sodom und Gomorra und von den Schwestern, die sich mit den jungen assyrischen Männern der Unzucht hingaben.

Als er im Herrenhaus Joensuu predigte, fiel Herman sofort auf, dass Emma von den unverheirateten Mädchen nicht unbedingt das schönste war, aber das größte allemal, und sie schien eine ausgeglichene Frau mit liebevoller Natur zu sein. Auf dem Hochzeitsfoto steht der frischgebackene Ehemann auf zwei Bibeln, um in überzeugender Weise größer auszusehen als seine Frau. In einem Brief, den Herman nach Hause schickte, verriet er den Schwindel, zur ungeheuren Freude seines Vaters.

Ivar Harjula sah bereits hochgewachsene Enkel vor sich, deren Nachkommen dank klug gewählter Ehefrauen endlich die Kurz- und Stumpfbeinigkeit im Geschlecht der Harjulas ausrotten würden.

Zum Herrenhaus Joensuu gehörte ein Sägewerk, dessen gewerblicher Betrieb sich jedoch verlor. Die Säge diente nur noch eigenen Zwecken. Bei einem Gut von 6500 Hektar bestand freilich genug Eigenbedarf an Bauholz. Es gelang Herman, die Stelle zu bekommen, obwohl er nicht über die volle Qualifikation verfügte. In jungen Jahren hatte er für kurze Zeit als Handlanger des Drehers in seinem Heimatdorf gearbeitet, aber das genügte, denn es meldete sich kein Bewerber mit mehr Fachkompetenz. Außerdem glaubte der Gutsverwalter, dass die Anwesenheit dieses Antialkoholikers, der bei der Arbeit wie in der Freizeit leidenschaftlich das Wort Gottes verkündete, den trinkfreudigen und dem außerehelichen Beischlaf frönenden Arbeitern des Guts zumindest nicht schaden würde.

Die älteste Tochter Saida wurde exakt neun Monate nach der Hochzeit geboren. Herman war enttäuscht, weil es ein Mädchen war, Emma freute sich, weil das Neugeborene immerhin als Sonntagskind zur Welt kam. Sonntagskinder waren nämlich von Gott in besonderem Maß gesegnet. Die Bestätigung, dass es sich um ein besonderes Mädchen handelte, fand Emma, als die Kleine im Alter von einem Jahr vor ein Pferd trat, das eine Fuhre Heu zog. Da es leicht bergab ging, hatte der Knecht das Pferd traben lassen und das kleine Mädchen nicht bemerkt. Als das Pferd nun abrupt anhielt und sich auf die Hinterläufe stellte, fiel der Knecht von der hohen Fuhre. Das Tier blieb so lange auf den Hinterbeinen stehen, bis Emma die Kleine unter den strampelnden Vorderhufen weggeholt hatte.

Sie begriff, dass Gott das Pferd auf die Hinterläufe gestellt und ihm befohlen hatte: Bleib so! Und das Tier hatte gehorcht, auch wenn die Kandare geklirrt und die Zugriemen geknarrt hatten. Das Kind hatte keinerlei Anzeichen von Schrecken gezeigt, es hatte nur gelächelt und mit seinem kleinen Zeigefinger staunend auf das Pferd gedeutet.

Mit vier Jahren war das Mädchen mit seiner Mutter bei großer Hitze auf der Heuwiese, als ein heftiger Wirbelsturm plötzlich einen Heureuter aus der Erde riss und mitsamt fünf Gabeln Heu über der vor Erstaunen aufjuchzenden Saida durch die Luft wirbelte. Und auch diesmal hielt der Herr den angespitzten Heureuter so lange in der Luft, bis die Mutter zu ihrem Kind gerannt war und es in Sicherheit gebracht hatte. Nach diesen Zeichen war Emma mit unerschütterlicher Sicherheit davon überzeugt gewesen, dass Gott mit diesem Kind etwas Besonderes vorhatte.

Anderthalb Jahre nach Saida kam die zweite Tochter Siiri zur Welt. Die Geburt dauerte zwei Tage, und keiner davon war ein Sonntag. Das Kind befand sich in Steißlage, Emma wäre fast gestorben. Der Kummer hatte Herman fast zermürbt, weil auch das zweite Kind ein Mädchen war, und sein Unglück setzte sich fort: Drei Jahre später, im Jahr 1900, brannte das Sägewerk des Herrenguts. Graf Armfelt teilte mit, er werde kein neues bauen lassen. Herman musste mit seiner Frau und seinen zwei kleinen Töchtern in das gut zehn Kilometer entfernt liegende Uferdorf Vartsala umziehen, wo ein kaufmännisch erfolgreiches Sägewerk lief. Dort gab es für einen Dreher Arbeit, nicht nur bei der Säge, sondern auch auf der Werft.

Die Predigtreisen hatte Herman als Mann mit Familie beinahe ganz eingestellt. Schon nach der Anschaffung der Ehefrau war seine Begeisterung für die Verkündung des Wortes Gottes ziemlich abgekühlt. Der Umzug von dem wohlhabenden Rittergut in die trostlose Arbeiterkaserne des kleinen Dorfes weckte vor allem bei Emma viel heimlichen Verdruss, der im Zusammenspiel mit anderen Problemen am Verhältnis der

Eheleute zehrte. Aber waren denn nicht die meisten Ehen mehr oder weniger unglücklich? Zum Menschenleben gehörte es auch, sich still und leise mit einem unharmonischen Bund fürs Leben abzufinden.

Für Kinder sind Uneinigkeit und bedrückende Atmosphäre dennoch nicht sonderlich angenehm. Nicht einmal für solche Kinder, die an einem Sonntag geboren wurden und für die Gott die Heureuter besonders lange in der Luft rotieren lässt und den Pferden befiehlt, auf den Hinterbeinen zu bleiben, auch wenn die Deichsel noch so scheppert und die Zügel versagen.

An diesem sommerlichen Julitag ist Saida jedoch glückselig, da sie eine Überraschung zum Namenstag ihres Vaters Herman hat. Ganz alleine trägt sie mit zwei Händen die große Kaffeekanne, schwer und heiß. Ein Nesselfalter fliegt dem Kind voran und lässt sich auf einer Löwenzahnblüte nieder. Der Wind weht ein sandiges Löwenzahnblatt auf, es fliegt dem Mädchen an den Hals und kann jetzt nicht weggewischt werden.

Saida hat lernen dürfen, wie man dem Vater Kaffee einschenkt, als in der Kanne nur noch ein lauwarmer Rest übrig war. Aber heute, während der gesamten Vorbereitungen zum Hermanstag, hat in Saida der Wunsch gebrannt, ihrem Vater zu zeigen, was für ein großes, tüchtiges Mädchen sie geworden ist. Während die Mutter mit den Kuchen beschäftigt war, hat Saida auf eine passende Gelegenheit gelauert. Nicht die Mutter, die in einer banalen Schürze in der Küche hantiert, ist ihr Vorbild, sondern es sind die Bediensteten vom Herrenhaus Joensuu, die bei Tisch die Herrschaften bedienen dürfen.

Wenn sie Oma und Opa besucht, darf Saida hin und wieder mit Arvi, dem Ziehsohn der Großeltern, in der Gutshausküche sitzen und den Verrichtungen der Oma und der Küchenmägde zusehen. Die Bedingung für den Zugang zur Küche besteht darin, dass die Kinder helfen, wenn man es ihnen befiehlt, sonst aber brav stillsitzen. In der Küche des Herrenhauses macht Saida alles immer ganz genau so, wie man es ihr aufträgt, und sorgt dafür – mal im Guten, mal mit einem Kneifen –, dass auch der kleine Arvi folgt.

Der Höhepunkt aller Feiertage besteht für Saida und Arvi darin, mit den Fingern die Ränder der Eismaschine sauber zu wischen. Am Johannistag durften die Kinder zusehen, wie Susanna, das hübsche Dienstmädchen, schokoladenbraune, rosa und gelbe Plätzchen in kunstvollen Arrangements auf einem dreistöckigen, goldenen Serviergestell anordnete, um sie nach dem Erklingen der Glocke in die geheimen Räume des Hauses zu bringen. Vor allem auf Saida machte das großen Eindruck. Als Susanna den unverwandten Blick des Kindes bemerkte, sagte sie, ein so tüchtiges Mädchen wie Saida könne später durchaus einmal Dienstmädchen werden und auch so ein Serviergestell tragen. Von diesem Augenblick an war Saida von dieser Vorstellung wie besessen.

Sogar Gräfin Nadine war bei ihrem Besuch in der Küche Saidas vorbildliches Verhalten aufgefallen, und sie wollte das Kind überraschenderweise in ganz besonderer Form belohnen. Tante Olga musste das hellblaue Kleid, das sie vor einem Jahr genäht hatte und das für Nora inzwischen zu klein geworden war, aus dem Kinderzimmer holen. Nora ist die Tochter des nach Schweden umgezogenen Konsuls Larsson, die Tochter des Cousins der Gräfin. Die Kinder des Konsuls verbringen fast alle Sommerferien im Herrenhaus Joensuu, und bisweilen kommen sie auch zu Weihnachten in das Land ihrer Geburt. Großmutter sagt, es habe den Anschein, als wären die Kinder des Konsuls das Ein und Alles für die kinderlose Gräfin, auch wenn diese die Kleinen für »etwas zu frei erzogen« hält. Darum sprangen der Gräfin auch Saidas Folgsamkeit und Fleiß ins Auge.

Emma wäre aufgrund des unfassbaren Erfolgs ihrer Tochter vor Stolz natürlich fast geplatzt, aber Herman knurrte nur etwas von der Sünde des Hochmutes und dem ihm unweigerlich folgenden Fall. Auch sonst hielt er nicht viel davon, »im Gut herumzurennen«. Doch er konnte die Besuche nicht verbieten, ohne seine Frau zu zwingen, das Gebot der Bibel zu brechen, das verlangte, Vater und Mutter zu ehren. Wegen des Sprachproblems – die alten Malmbergs sprachen zwar Finnisch, doch ging es ihnen nur mühsam über die Lippen – musste Herman außerdem zulassen, dass Emma mit den Mädchen Schwedisch sprach. Sobald der Vater das Zimmer betrat, musste aber selbstständlich ins Finnische gewechselt werden.

Angespornt vom Lob der Gräfin und des Dienstmädchens fängt Saida an, Pläne zu schmieden, wie sie auch ihren mürrischen Vater beeindrucken könnte. Denn mehr als alles andere wünscht sie sich den Dank des Vaters. Er soll mit eigenen Augen sehen, wie vornehm und erwachsen sich seine Tochter vor den Augen anderer Leute zu benehmen weiß.

Die passende Gelegenheit bietet sich schließlich am Hermanstag, wenn die Arbeitskollegen des Vaters zusammenkommen, um ihm zu gratulieren. Auch Saida hat sich dafür feinmachen dürfen, aber nicht einmal das hellblaue Herrenhauskleid und die weiße Schürze sind ihr gut genug.

Als die Mutter kurz etwas erledigen geht, rollt Saida vor dem Kommodenspiegel ihre Zöpfe auf und steckt sie mit Haarspangen der Mutter fest. Darüber befestigt sie noch ein Taschentuch, sodass es an eine Serviererin erinnert. Schließlich wird die Dienstmädcheneleganz von den langen Handschuhen gekrönt, die Tante Betty vergessen hat und die von der Mutter seitdem in der Kommodenschublade aufbewahrt werden.

Der Weg mit der schweren Kanne ist lang. Im Augenwinkel sieht Saida schon ihre Mutter die Treppe zum Garten herunterkommen. Zu Saidas Erleichterung fällt der Mutter etwas Unkraut im Rhabarberbeet neben der Treppe auf, worauf sie sich bückt und es ausreißt, bevor die Gäste die Vernachlässigung des Beetes sehen. Mit krummem Oberkörper eilt das Mädchen zu dem Tisch unter der Eiche. Die Männer lärmen auf ihre übliche Art und hamstern Scheiben des Hefezopfs, der herumgereicht wird. Nur Verwalter Sundberg in seinem grauen Anzug mit Weste richtet seine Aufmerksamkeit auf Saidas Ankunft. Er stützt sich auf seinen Spazierstock, lüftet den Hut und nickt dem Kind zu.

»Sieh an, sieh an. Da kommt ja meine feine Braut! Und wie hübsch angetan! Das kleine Fräulein wird sich doch nicht die Finger verbrennen?«

Saida schüttelt den Kopf. Sie glüht vor Aufregung, als sie sich dem Tisch nähert. Herman bemerkt nichts von dem anspruchsvollen Vorhaben seiner Tochter. Er hält eine Festrede, die sich in die Länge zieht und in für ihn typischer Manier in eine Predigt übergeht. Enttäuscht stellt Saida fest, dass der Vater bereits jenen ekstatischen Zustand erreicht hat, in dem er kaum noch wahrnimmt, was um ihn herum geschicht. Sie stellt die schwere Kanne auf der Erde ab und wartet, bis der Vater mit seiner Predigt über den guten und den schlechten Gärtner zum Ende kommt.

»Ja, und wie ich von meinem Schwiegervater, dem Gärtner des Herrenhauses Joensuu, gehört habe, hatte General Kustaa Mauri Armfelt besonders viel für den Garten und dessen Freuden übrig. Die Vorgänger meines Schwiegervaters durften Briefe entgegennehmen, die von Schlachtfeldern und Höfen kamen, denn die Bäume und Büsche seines Guts hatte der General sogar in Borodino im Sinn, die Büsche und die Lusthäuschen, auch wenn viele der Ansicht waren, der General hätte sich besser darauf konzentrieren sollen, Napoleon und dessen Armee zu schlagen. Nun gut, die russische Armee wich dann zurück, und der General durfte sich ungestört seinem Gesträuch widmen.«

Die Männer wiehern.

»Ja, ja, das scheint ein wilder Bursche gewesen zu sein.«

Herman nickt.

»Ein wilder Kerl. Sittenlos und wild. Führte an Höfen und in Gärten ein ausschweifendes Leben. Mit Mutter und Tochter gleichzeitig. Aber was geht mich das an, fragt so mancher, und ich frage es mich in schwachen Stunden selbst. Was geht es mich an, was ein verdorbener Graf an verdorbenen Höfen treibt, in seinen obszönen sämischen Hosen, in denen ein gewisses Organ so lüstern anschwellen kann wie bei den Söhnen Assyriens. Es geht mich nichts an, denkt ihr. Aber was sagt uns die Heilige Schrift?«

Herman legt eine kurze Kunstpause vor dem Donnerschlag ein.

»Schneidet es ab, sagt der Herr!«

Verwalter Sundberg hebt die Hand. Womöglich um anzuzeigen, dass es eigentlich die Hand war, die Christus abzuschneiden empfahl, falls sie uns verführt.

»So tut es der gute Gärtner. Halleluja!«, ruft Herman aus und streckt beide Hände den Zuhörern entgegen.

»Dem Herrn sei Dank, dass Sein Wort in dieser Frage keinen Raum für Gleichgültigkeit lässt. In der Tat geht es mich etwas an! Die Sünde geht uns alle an.«

»Na, na, aber nicht vor den Ohren eines Kindes«, versucht der Verwalter zu beschwichtigen.

Herman ist jedoch nicht mehr aufzuhalten, auch nicht zu korrigieren. Das verdorbene Leben des ehemaligen Gutsherrn hat ihn in fromme Ekstase versetzt.

»Hört, Freunde! Gibt es einen Unterschied zwischen einem

solch sündigen Grafen und einem Neger, der im finstersten Afrika lebt? Ja, sage ich, es gibt einen Unterschied. Ich habe gehört, dass die Neger ihr schwarzes Geschlecht auf allen vieren fortpflanzen wie die Hunde. Aber zur Verteidigung der Neger kann immerhin angeführt werden, dass sie das Wort des Herrn noch nicht erreicht hat, im Gegensatz zu dem im christlichen Glauben getauften, aber ohne Reue in blutbrauner Sünde sich suhlenden Gutsherrn. Ich muss wohl nicht daran erinnern, was der Stadt Sodom widerfuhr, deren Bewohner keine Grenzen mehr kannten in ihrer Lasterhaftigkeit. In jener Stadt schaute sogar der Mann nicht mehr auf seine Frau und vereinigte sich mit einem anderen Mann. Der Herr ließ Sodom durch sein Feuer verbrennen! Halleluja! Wo geht die Kassette gerade um?«

»Hier.«

Osku Venho schwenkt die Blechdose. Am Klimpern hört man, dass sich darin bereits Münzen angesammelt haben.

»Ja, liebe Brüder. Hier geht die Kassette um, in der Almosen gesammelt werden für jene Neger, die im Stadium des Tieres der Errettung harren. Denn auch sie können unsere Brüder und Schwestern werden. Unsere Pflicht besteht darin, unsere Prediger nach Afrika zu entsenden, um dort die christlichen Sitten zu lehren. Die Schwärze bekommt man von den Negern auch durch Waschen nicht ab, aber mit Hilfe des Bluts Christi können wir sie von der Sünde reinwaschen. Wo ist die Kassette? Denkt an die leidenden Schwarzen und helft ihnen, unsere Brüder und Schwestern im Herrn zu werden! Amen.«

Saida beobachtet, wie sich der Vater endlich setzt und das Taschentuch hervorholt, um sich die Stirn zu wischen. Jetzt bemerkt er auch endlich seine Tochter mit der Kaffeekanne.

»Wie *merkwürdig*!«

Saida starrt auf den Adamsapfel des Vaters, der sich unruhig unter der glatt rasierten Haut bewegt. Als frommer Mann flucht

Herman nie, aber ein mit Nachdruck ausgesprochenes »merkwürdig« verheißt nichts Gutes.

»Ich … helfe der Mama.«

Der Vater nimmt Saida energisch die Kanne ab und packt das Mädchen an der Schulter.

»Was für ein *merkwürdiges* Herausputzen ist das denn? Kein Anstand. Man muss sich schämen.«

»Nicht doch, Herman«, sagt der Verwalter und hält seinen Spazierstock in die Höhe. Herman lässt los. Emma, die aus der Ferne verzagt ihrem Mann zugehört hat, eilt herbei und stellt sich zwischen Vater und Tochter. Hastig nimmt sie das Taschentuch von Saidas Zöpfen, versucht hilflos auch dem Kind die Handschuhe abzustreifen, doch Saida ballt fest die Fäuste vor der Brust. Einige der Männer lachen verlegen. In Saidas Ohren dringt es als rohes, höhnisches Gelächter.

»Ins Feuer mit solchem Putz aus Babylon!«, knurrt Herman. »Nichts wie nach Hause! Oder soll hier vor aller Augen die Rute sprechen?«

Saida macht kehrt. Mit feuchten Augen stolpert sie die Treppe zur Kaserne hinauf. Sie geht nicht nach Hause, sondern steigt auf den Dachboden, wo sie endlich die langen Handschuhe von den Armen reißt und sie, jetzt bereits laut heulend, in der Bodenfüllung begräbt. Dann lässt sie sich selbst in die warmen Sägespäne fallen und bleibt mit geschlossenen Augen weinend und am ganzen Körper zitternd liegen. Draußen kräht der Hahn.

Aber in der Hitze des Dachbodens verlangt einem sogar das Weinen alles ab. Saida öffnet die Augen. Sie brennen vom Salzwasser, obwohl sie jetzt nicht mehr weint. Nur ein kleines dreieckiges Fenster lässt Licht ins Dunkel des Dachbodens. Davor spannen sich Spinnweben, in denen einige benommene Fliegen zwischen toten Artgenossen summen. Neben sich sieht Saida nur getrocknete Blumensträuße und alte Kranzbänder im Sägemehl liegen. Die Hausbewohner haben sie aufbewahrt, sie stammen von früheren Beerdigungen ihrer Angehörigen. Im Dunkel des Dachbodens tragen die Kranzbänder die Erinnerung an die Toten von einem Jahr zum anderen, wie Kleidungsstücke, die man nicht wegwerfen oder hergeben mag.

Saida kann die schnörkelhaften Aufschriften noch nicht lesen, aber mit ihrer kleinen Schwester Siiri hat sie sich eine Menge Spiele mit den schönen Bändern ausgedacht. Einmal hatten sie die Idee, am kaputten Puppenwagen die Hinterräder abzunehmen und daraus Medaillen zu machen, indem sie Kranzbänder hindurchzogen. Abwechselnd spielten sie Gräfinnen und andere feine Damen, deren selbstgezüchtetes Obst auf vornehmen Gartenschauen Medaillen gewann.

Die Weintrauben der Gräfin Nadine hatten tatsächlich einige Jahre zuvor bei der Gartenschau von Sankt Petersburg eine Silbermedaille errungen. Saidas Opa brüstete sich bei jeder Gelegenheit damit, war er doch derjenige, der unermüdlich und eigenhändig die Weinstöcke in seinem geliebten Gewächshaus gehegt und geschnitten hatte. Im Spiel der Schwestern verwandelte sich der Dachboden in den Ausstellungssaal, den der Großvater beschrieben hat. Eine Steinfuhre nach der anderen wird vom Ufer hertransportiert. Die kleinen Steine sind Trauben, die großen Melonen. Natürlich können die Mädchen keine Steine nach oben tragen, die so groß sind wie Opas Melonen. Aber genau wie bei ihm gibt es sieben verschiedene Melonensorten, die alle prächtige Namen tragen.

Jetzt sind die Steine in Saidas Augen nichts als Steine, und auch die Kranzschleifen kleben nur ekelhaft an der verschwitzten Haut. Saidas Hand tastet nach einem Band unter ihrem Oberschenkel. Manchmal nach ihrem Gartenspiel machen

Saida und Siiri noch ein anderes Spiel. Dabei fahren sie abwechselnd mit einem Seidenband der anderen über Armbeugen und Kniekehlen. Die Berührung der Seide kitzelt besonders auf der Innenseite der Oberschenkel, aber gleichzeitig entsteht dabei ein pochendes Gefühl zwischen den Beinen. Schon mehrmals hätte Saida gern ausprobiert, wie sich das Band dort anfühlen würde, aber eine Kranzschleife dahin zu halten, wo man pinkelt, wäre bestimmt eine blutbraune Sünde.

Saida nimmt das warme Band und zieht ihr Kleid nach oben. Dann ist es eben eine Sünde! Sie will sich ja auch versündigen, um ihren Vater für das zu bestrafen, was er gerade getan hat. Und was er noch alles tun wird.

Vor einer Tracht Prügel hat Saida keine Angst. Herman hat noch nie zur Rute gegriffen, um seine Töchter zu züchtigen. Sie haben von anderen Kindern aus dem Dorf schreckliche Geschichten gehört, dass es etwas mit der Rute auf den nackten Po setzt. Die Kinder haben davon erzählt, wie sie selbst den Zweig dafür aus dem Wald holen und nach den Schlägen die Rute auch noch um Verzeihung bitten müssen. Hermans Strafen sind anderer Natur. Seine Wut flammt überraschend auf, und seine Gewalt – grobes Zerren und Haarzausen – wendet er nie mit Methode an. Rituale gibt es dabei nicht. Den Riemen schwenkt er eher mit seinen Worten als mit den Händen, abgesehen von den wenigen Malen, an denen er abends, nachdem er den Gürtel ausgezogen hat, kurz damit über die Bettdecke fährt, wenn die Mädchen im Bett mal wieder zu laut gekichert oder gezankt haben.

Saida hat vor etwas anderem Angst.

Sie hat Angst vor der Nacht, denn die Nacht ist die Zeit des Bösen.

Die Nacht bringt den Vater dazu, die Mutter zu peinigen. Es raubt Saida den Atem, wenn sie die nächtlichen Geräusche aus der Kammer hört. Dann schließt sie ihre schlafende Schwester in die Arme und hält ihr die Ohren zu. Nur ihre eigenen Ohren hören alles.

Unten wird die Tür geöffnet, hinter der die Treppe zum Dachboden hinaufführt. Hastig nimmt Saida das Band weg und kann gerade noch den Rock über die Oberschenkel ziehen, bevor oben die Dachbodentür aufgeht. Vaters junger Kollege Sakari Salin späht durch die niedrige Türöffnung.

»Geh weg!«

»Na, na... Was treibt ein kleines Mädchen wie du an so einem schönen Tag allein hier oben?«

»Hau ab!«

Sakari gehorcht nicht, sondern setzt sich auf die Treppe und steckt sich eine Zigarette an. Er trägt einen dunklen Anzug und ein weißes Hemd. Seine Schuhe sind frisch poliert.

Mit gleichmäßiger Stimme erzählt er von diesem und jenem und pflückt sich zwischendurch mit Zeigefinger und Daumen Tabakkrümel von der Zungenspitze.

»Ist es wegen Hermans Donnerwetter, dass du noch immer hier oben auf dem heißen Dachboden vor dich hin schmollst, Mädchen?«

Saida antwortet nicht.

»Dein Papa ist nur ein bisschen über seine Tochter erschrocken«, sagt Sakari. »Weil sich seine Saida schlimm hätte verbrennen können; so eine winzige Kohlmeise mit so einer riesigen Kaffeekanne!«

»Selber Meise!«

»Nein, bin ich nicht, sondern ein ranker, schlanker Kerl.«

Sein Blick fällt auf ein Stück Spitze, das aus den Sägespänen ragt.

»Aber zeig mir jetzt mal die schönen Handschuhe!«

Das Mädchen schüttelt den Kopf.

Sakari versichert, dass er aufhören wird, nach den jungen Damen zu schauen, wenn denn die jungen Damen aufhören, sich schön zurechtzumachen. Wäre Saida ein bisschen älter, würde er sie sogar heiraten.

Saida dreht ihm den Rücken zu und fängt an, mit dem rostigen Hufeisen, das an einem Balken gehangen hat, Muster in die Sägespäne zu zeichnen. Sie murmelt, alle wüssten sehr wohl, dass Sakari mit Seelia Laina verlobt sei. Sakari gibt zu, dass es so ist, aber eine Braut könne immer ihre Meinung ändern, das sei möglich, bei Frauen wisse man nie. In dem Fall würde er sich sofort mit Saida verloben und in aller Ruhe abwarten, und wenn es sieben Jahre wären, wie Jakob auf… wie hieß sie gleich? Ob Saida sich daran erinnern könne.

Sie presst die Lippen aufeinander.

»Wirklich nicht? Als Tochter eines Predigers!«

Einen kurzen Moment noch schafft es Saida, stumm zu bleiben, dann bringt sie der Triumph, die richtige Antwort zu wissen, doch dazu, den Namen auszuspucken.

»Rachel!«

Der Mann lacht.

Saida findet, Sakari sei eine Eule, weil er es nicht gewusst habe.

Sakari erinnerte daran, dass die Eule ein weiser Vogel sei und obendrein über einen scharfen Blick verfüge. Was die Kenntnis der Bibel betreffe, so habe er tatsächlich Lücken, und auf dem heißen Dachboden flutsche es mit dem Verstand ohnehin nicht gut. Wie wäre es, wenn Saida aufstünde und mit ihm, Sakari, ein bisschen frische Luft schnappen ginge?

Das Mädchen rührt sich nicht.

Sakari steht auf. Er schüttelt die Tabakkrümel von der Jacke und richtet die Hose gerade.

»Schade«, sagt er.

Er hätte sich nämlich furchtbar gern neben genau so einem adretten Mädchen im blauen Kleid auf die Gartenschaukel gesetzt.

Nachdem er die Treppe hinabgestiegen ist, steht Saida auf und verfolgt durch das kleine dreieckige Gitterfenster, wie der junge Mann zu den anderen Gästen der Namenstagsfeier hinübergeht. Die massive Gestalt des Vaters ist noch immer fest auf dem Ehrenplatz am Kopfende des Tisches verankert. Durchs Fenster hört man das Krähen des Hahns und fernes Gelächter. Saida ist sicher, dass dort unten noch immer über sie gelacht wird.

Noch am selben Abend macht das Feuer ein für alle Mal Schluss mit Tante Bettys Spitzenhandschuhen. Saida muss sie vom Dachboden holen, und Herman verbrennt sie im Küchenherd. Mit stolzer Haltung und ohne sich zu rühren sieht Saida dem Zerstörungswerk zu. Die Mutter weint. Der Vater fragt sie, ob sie wirklich wolle, dass ihre Tochter so eine werde wie Betty. Er redet immer mit gemeinem Unterton über Tante Betty, obwohl sie Mutters Schwester ist. Betty wohnt in Helsinki, kommt aber manchmal zum Gut, um Oma und Opa zu besuchen. Ein einziges Mal ist sie auch bei den Harjulas gewesen, aber Herman war sehr unfreundlich zu ihr und hatte kaum den Mund aufgemacht. Schließlich ging die Tante mit feuchten Augen davon und vergaß ihre schönen Spitzenhandschuhe auf dem Tisch.

Später erhielt Emma einen Brief, in dem ihre Schwester schrieb, die Handschuhe könnten bleiben, wo sie sind, denn sie habe neue und viel schönere bekommen, nachdem sie Straßenbahnschaffnerin geworden sei. Herman sagte, die Straßenbahn wolle er gern mal sehen.

»Die fährt wahrscheinlich nachts, und die Schaffnerin sitzt auf ihrer Einkommensquelle.«

Auch Saida hätte gern eine echte Straßenbahn gesehen, aber die Art und Weise, wie der Vater davon sprach, klang seltsam, und Mutters Augen schwammen schon wieder in Tränen.

Als Siiri eingeschlafen ist, liegt Saida noch lange wach und lauscht auf die Geräusche der Nacht. Diesmal aber ist es still jenseits der Wand. Später wacht sie auf, als sie Herman stampfend ins Freie gehen hört, um sich vom Druck des späten Kaffeetrinkens zu erleichtern. Saida steht auf und folgt ihrem Vater nach draußen. Sie setzt sich auf die Eingangstreppe und wartet auf ihn. Sie kratzt sich an einem Mückenstich und schiebt die bloßen Füße ins nachtfeuchte Gras. Von der Kühle hat sie eine Gänsehaut, und ihre Beine zittern vor Anspannung, als Herman auf sie zugetrottet kommt.

»Warum hat der Vater die Handschuhe verbrannt?«

Herman runzelt die Augenbrauen.

»Geh schlafen! Und zwar ein bisschen plötzlich!«

Saida ist voller eisenharter Entschlossenheit.

»Ja, aber warum hat der Vater sie verbrannt?«

»Warum, warum.«

Herman setzt sich neben seine Tochter auf die Treppe und schaut auf das Nebengebäude, als wäre an den Brennnesseln, die durch die Kraft des Urins vor der ausgebleichten Wand in riesige Höhen gewachsen sind, etwas besonders Interessantes. Er murmelt, Saida solle sich ein Beispiel an ihrer Schwester Siiri nehmen, die sich nie etwas auf sich einbilde, nicht in weltlichem Flitter umherlaufe und auch sonst keine Sperenzchen mache. Siiri sei ein bescheidenes und folgsames Kind, für das man sich nicht dauernd schämen müsse.

»Mama hat sie von Tante Betty bekommen.«

»Eben.«

Vom Meer steigt heller Nebel auf. In den Zweigen der Hofbäume, die in würdevoller Asymmetrie wachsen dürfen, stimmen die Nachtvögel ihre Lieder an. Von irgendwoher weht teeriger Rauchgeruch heran. Herman seufzt.

»Es ist ein ewiges Disputieren, wenn man Mädchen hat.«

Stumm stampft Saida mit dem Fuß auf. Der Vater schnaubt verärgert, murmelt matt etwas über das eitle Getue der Frauenzimmer und über die Folgen eines solchen Spiels. Saida sollte eigentlich wissen, was die Bibel dazu sagt: »Warum liebt ihr den Schein und sinnt auf Lügen? Wie lange noch schmäht ihr meine Ehre?«

Saida hat die Arme um die zerkratzten Beine geschlungen. Sie leckt über den Schorf an ihrem Knie. Auf der Haut verwandelt sich die Meeresluft in Feuchtigkeit. Das Holzgitter am Fuß der Treppe ist über und über mit Tautropfen überzogen. Das Kind versteht nicht annähernd, was der Vater meint, sieht aber, dass er von einer überraschenden Hilflosigkeit erfüllt ist. Das weckt Saidas Mitleid. Am liebsten würde sie ihren Vater vom Schmerz längerer Erklärungen erlösen, aber sie bleibt wie angewurzelt sitzen.

Flüchtig treffen sich ihre Blicke.

»Lass uns jetzt schlafen gehen«, sagt Herman fast flehend und steht in seinem rot karierten Flanellhemd und der Hose, die an den Knien ausgebeult ist, auf. Er deutet auf die Tür, steif wie ein Küster, dessen Aufgabe darin besteht, den Trauergästen den Weg zu weisen, obwohl sie ihn selbst sehr gut kennen.

Vartsala, 12. April 2009

Die Fichten stehen wie Soldaten in geraden Reihen. Ihre untersten Äste auf der Höhe meiner Augen sind braun, so wie auch die Erde darunter braun ist. Dort wächst nichts. Der Boden ist ganz und gar mit braunen Nadeln übersät. Zwischen ihnen bewegt sich eine Kolonne Ameisen. Ich befürchte, dass sie mir in die Sandalen krabbeln. Großvater nimmt mich auf die Schultern. Sein warmes, graues Haar riecht nach Teershampoo. Er hat versprochen, mir den Steinbruch zu zeigen, aus dem die schwarzen Platten im Hof stammen. Ich verstehe nicht, wie Steine aus dem Steinbruch kommen.

Wir treten aus dem Fichtenwald auf einen vergrasten Weg. Er führt zu einer großen offenen Lichtung, auf der rote Blumen wachsen. Etwas Weißes staubt von den Blumenkronen auf und fliegt im Wind davon. Mamu sagt, das werden einmal Engel. Großvater setzt mich ab. Vor mir liegt eine große, schwarze Steinplatte, genau so eine wie im Hof von Großvater und Mamu, aber viel größer, so groß wie der ganze Fußboden in der Wohnstube. Ich lege die Hand auf den Stein. Er ist heiß.

Derselbe Stein war nun eiskalt. Eine dünne Humusschicht, entstanden aus Streu und Laub, bedeckte die Mineraloberfläche, Wurzelgeflechte von Weidenröschen und Birken hielten die

Bodendecke zusammen. Der Steinbruch wirkte viel kleiner als in Kindertagen, aber das Weidenröschen war noch immer die dominierende Pflanze. Wintersteher mit braunen Blättern ragten aus der Erde wie die Spitzen eines im Gebrauch schütter gewordenen Reisigbesens. Birken von mehreren Metern Höhe wuchsen nur spärlich, viele von ihnen waren umgestürzt und befanden sich in verschiedenen Stadien des Vermorschens. Der dünnen Humusschicht fehlte die Kraft, Bäume von mehr als doppelter Mannshöhe zu nähren. Beim Umstürzen der Bäume waren mit dem Wurzelwerk große Humuslappen herausgerissen worden, und an diesen Stellen fand ich, was ich suchte: Überall dort, wo die Erde in Flächen so groß wie Lastwagenreifen aufgerissen war, leuchtete der dunkelgraue, leicht silbrig schimmernde Phyllit hervor.

Hier und da sah man zerbröckelten Schiefer. Großvater nannte die kleinen flachen Steine »Klimbim«. Wir füllten zusammen eine Tasche damit. Auf dem Weg zum Meeresufer zeigte mir der Großvater, dass es in diesem Dorf fast in jedem Hof und Garten Wege und Terrassen aus ebendiesem schwarzen Schiefer gab. Die fleißigsten Dorfbewohner hatten zur Verzierung sogar Schiefersteine auf die Sockel ihrer Häuser gemauert.

An einer Stelle, die der Großvater als »Verladehof« bezeichnete, warfen wir die Hüpfsteine ins Meer. Aber nicht alle ins Wasser werfen, riet er mir, mit denen kann man alles Mögliche bauen.

Bevor ich den Entschluss zum Umzug fasste, hatte ich auf speziellen Karten die Mineralvorkommen untersucht und festgestellt, dass sie mit geologischen Begriffen genau das zum Ausdruck brachten, was mir mein Großvater seinerzeit gesagt hatte: Hier verläuft ein Gürtel metamorphen Gesteins. Druck und Hitze der Erde haben Tonschiefer entstehen lassen, der sich stellenweise an die Oberfläche schiebt, sodass die Leute aus der Gegend ihn zu allen Zeiten als Baumaterial abgebaut haben.

Mein Großvater hatte mir erzählt, dass der Schiefer auch als Schleifstein benutzt wurde und dass man irgendwo in Finnland Abziehsteine zum Verkauf an Schreiner und Köche hergestellt habe, mit denen sie die Schneiden ihrer Messer und anderer Werkzeuge schärfen konnten. Ich hatte nicht vor, aus dem Stein Schleifgerät herzustellen, aber ich wollte ihn als Baumaterial benutzen. Der Grundbesitzer, der alte Tammisto, hatte mir erlaubt, so viele Steine zu nehmen, wie ich mit Handwerkzeug losbekäme. Eine Entschädigung verlangte er nicht. Wahrscheinlich war das seine Art, mir dafür zu danken, dass ich ihm die Gerichtsprotokolle des Hochverratsverfahrens gegen seinen Onkel Joel Tammisto beschafft hatte. Ich hatte sie im Nationalarchiv entdeckt, als ich mir dort Dokumente über die Ortschaft Halikko während des Bürgerkriegs ansah. Trotzdem nahm ich mir vor, dem Grundbesitzer bei meinem nächsten Besuch in dem Altersheim in Salo, in dem er inzwischen wohnte, eine Flasche Kognak mitzubringen.

Ich ging die abschüssige Kruste des Steinbruchs hinunter bis an die Stelle, wo zuletzt Muttergestein abgebaut worden war. Auf einer Fläche von zwei Quadratmetern trug ich mit dem Spaten, den ich mitgebracht hatte, Oberflächenerde ab und stieß das Spatenblatt in eine Spalte des schiefrigen Felsens. Eine Schieferplatte von einem halben Quadratmeter bewegte sich, als ich den Griff des Spatens nach unten drückte. Nun glaubte ich tatsächlich, das Steinmaterial, das ich benötigte, leicht mit einfachem Handwerkzeug lösen zu können. Auf keinen Fall wollte ich Sprengstoff oder auch nur Luftdruckgeräte einsetzen. Hammer und Meißel sollten genügen. Damit hatte man auch vor hundert Jahren, als in diesem Bruch damit begonnen wurde, Phyllit zu gewinnen, die Steine losgeschlagen.

Vor zwei Wochen, Anfang April, bin ich nach Vartsala umgesiedelt, in dieses Dorf am Meer, unmittelbar nachdem mein Sohn mit 21 von zu Hause ausgezogen war. Seine ältere Schwester hat schon vor Jahren geheiratet und wird mich im Juli mit 54 zum Großvater machen. Meiner Frau überließ ich sowohl unser Backsteinhaus als auch den Toyota. Gleichzeitig kündigte ich meinen Job als Marketingleiter der Ofenbauer AG. Ohne einen Mucks akzeptierte der neue Eigentümer meine Entscheidung. Ich war mit der Firma unzufrieden und die Firma mit mir.

Die Situation war eine andere gewesen, als ich beim früheren Besitzer auf der Gehaltsliste gestanden hatte, als verantwortlicher Maurer. Ein Vierteljahrhundert lang hatte ich Öfen gemauert, dann kamen die genormten Feuerstellen aus den Ziegelfabriken, und die fließbandartige Installationsarbeit widerte mich mehr und mehr an. Ich wurde zum Marketingleiter befördert, damit der neue Eigentümer nicht ohne mein »wertvolles Know-how« auskommen musste. Von da an verbrachte ich einen großen Teil meines Arbeitstages mit Papierkram und Besprechungen. Auch andere Dinge in meinem Leben änderten sich: Kleidungsstil, Essgewohnheiten, Trinksitten. Hinzu kamen Seminare und Konferenzen, Flugreisen, das Nippen an Aperitifen mit Berufskollegen und die Rituale des Hotellebens; anfangs hatte das noch seinen Glanz, am Ende war es nur noch öde und unterstrich die Einsamkeit. Meine neue Garderobe oder die Tatsache, dass ich gelernt hatte, das Weinglas am Stiel zu halten, reichten nicht aus, um die Wahrheit zu kaschieren: Wo meine Berufsgenossen aus dem Marketingbereich wie Fische im Wasser um mich herumschwammen, zappelte ich mich ab wie ein Trottel, der nicht schwimmen kann.

Vartsala, das Dorf, in dem meine Großeltern geboren wurden und zu Hause waren, ist eine ehemalige Sägewerkssiedlung und liegt im Innersten der Halikko-Bucht, südlich von Turku, wo die zerklüftete finnische Ostseeküste in den Schärengürtel übergeht. Als Ende des 19. Jahrhunderts die Holzindustrie in Finnland einen starken Aufschwung erlebte, entstanden Sägewerke an solchen Stellen, die von englischen und deutschen Frachtschiffen leicht erreicht werden konnten. Unter den klimatischen Bedingungen des 60. Breitengrades ist das im Verlauf der Jahreszeiten jedoch nicht immer möglich. In normalen Wintern friert das Meer Mitte November zu, und Ende Dezember wird die gesamte Küste des Finnischen Meerbusens von beinahe durchgängig festem Eis eingefasst. Das Treibeis im Schären-Archipel und in den westlichen Abschnitten des Meerbusens erstarrt im Januar oder im Februar und bildet eine geschlossene Eisdecke, die im März ihre größte Ausdehnung besitzt. In den strengsten Wintern gibt es in der gesamten Ostsee überhaupt kein offenes Wasser.

Die Brüchigkeit des Eises im Jahr 1883 erwies sich für Vartsala als günstig. Ein Lokomobil, das Baumaterial für ein Sägewerk transportierte, konnte seinen Weg nicht über die zugefrorene Halikko-Bucht fortsetzen, sondern musste Halt machen. Daraufhin wurde das Sägewerk eben an dieser Stelle, nämlich in Vartsala, errichtet. Später wurde auch eine Werft gebaut, in der Schiffe gewartet und repariert werden konnten. Bis zu hundert Personen beschäftigte man dort, aber die Branche war äußerst konjunkturempfindlich, weshalb die Anzahl der Arbeiter jährlich um mehrere Dutzend variierte. Bisweilen kam es auch zu langen Stillständen.

Als das Sägewerk 1964 den Betrieb aufgab, führte das die Arbeiter und ihre Familien weg von Vartsala, aber in den neunziger Jahren erwachte das Dorf zu neuem Leben. Der größte Dank dafür gebührt der Erfolgsgeschichte der Firma Nokia in Salo, der nächstgelegenen Stadt. Inzwischen habe ich schon gehört, dass Leute das Dorf als Beverly Hills der finnischen Südwestküste bezeichneten. Das ist allerdings ein bisschen übertrieben. Zwar sind hier neue Häuser entstanden, eines protziger als das andere, zwar gibt es sauber frisierte Rasenflächen und private Tennisplätze, aber dazwischen stehen noch immer abbruchreife Häuser und sogar Baracken.

Vor meinem Umzug nach Vartsala war ich dort nur gelegentlich mit meinem Großvater und Mamu zu Besuch gewesen, die damals schon in Turku lebten. Das Blockhaus, in das ich nun gezogen bin, wurde zwischen 1910 und 1920 gebaut und umfasst neben einer Küche zwei Zimmer und eine kleine Dachkammer. Es steht auf einem knapp drei Hektar großen Grundstück am Waldrand, etwas abseits vom eigentlichen Dorf. Unmittelbare Nachbarn gibt es nicht.

Ich habe das Haus von Mamu geerbt, der Mutter meiner Mutter, die selbst nie darin gewohnt hat. Sie und mein Großvater erwarben es einst bei einer Zwangsversteigerung, wohl mit dem Hintergedanken, dass es einmal ihr Sommerhaus werden könnte. Sie ließen dann aber doch Arvi Malmberg, den Vorbesitzer, als Mieter darin wohnen.

Vor ihrem Tod übertrug ihm Mamu das lebenslange Wohnrecht. Arvi Malmberg wurde dann fast 90 Jahre alt. Bis zum Schluss konnte er sich so weit selbst versorgen, dass es nicht gelang, ihn zum Umzug ins Altersheim zu bewegen. Man fand den Alten als mumifizierte Leiche im Blockhaus, fünf Monate nach seinem Tod, im Winter 1986.

Die Dorfbewohner nannten ihn Knopf-Arvi, aber für mich war er Onkel Arvi. Mamu und ich besuchten ihn mehrmals im Jahr. Irgendwann wurde mir klar, dass er ein Pflegekind von Mamus Eltern gewesen war, ein Jahr jünger als meine Großmutter.

Der Vater von Mamu, Olof Malmberg, hatte als Gärtner und

seine Frau Elli als Köchin im Herrenhaus Joensuu gearbeitet, das sich damals im Besitz der Grafenfamilie Armfelt befunden hatte. Heute gehört das Gut dem Vorstandsvorsitzenden einer Bank. Mamu erzählte mir, sie habe viel Zeit bei ihren Großeltern verbracht, weshalb sie und Arvi von klein auf ein sehr enges Verhältnis gehabt haben mussten.

Die Kinder im Ort ließen kein Missverständnis darüber aufkommen, dass der Knopf-Arvi mit seinem Einsiedlerdasein für eine Art Dorftrottel gehalten wurde. Der Alte redete praktisch mit niemandem, und außer meinem Großvater, Mamu und mir betrat niemand freiwillig sein Grundstück. Ich hatte keine Angst vor ihm. Was die Besuche bei Onkel Arvi in meiner Kindheit betreffen, so erinnere ich mich am besten an das Pferd. Jedes Mal hob der Alte mich hoch, damit ich das warme, seidenweiche Maul streicheln konnte. Später war das Pferd dann nicht mehr da.

Zuletzt hatte ich das Dorf Vartsala im Mai 1984 gesehen, als die Apfelbäume blühten. Üppig weiß standen sie zwischen den rot gestrichenen Hofgebäuden. Die Vögel zwitscherten, die Meeresbucht leuchtete blau. Es war ein schöner Anblick. Aber die unbewohnten Häuser ließen den Ort geisterhaft und unwirklich erscheinen.

Viele Leute würden das Blockhaus von Knopf-Arvi sicherlich für eine ziemliche Bruchbude halten. Strom ist sein einziger Komfort. Das Wasser stammt aus dem Brunnen, und der Abort befindet sich neben dem roten Holzgebäude, das Werkstatt und Sauna beheimatet. Es herrscht die Atmosphäre einer Welt, die es gar nicht mehr gibt. Die Veranda besteht komplett aus kleinen Scheiben mit kunstvollen Holzgittern dazwischen. Ein paar Ausbesserungen habe ich bereits vorgenommen, ich habe Kitt besorgt, den die Kohlmeisen so sehr mögen, und zerbrochene Scheiben ersetzt. Wenn es noch etwas wärmer wird, kann ich zum Malerpinsel greifen.

Alles in allem befindet sich das alte Blockhaus in gutem Zustand. Das Dach ist dicht, unter dem Holzfußboden zirkuliert genügend Luft, und auch sonst ist die Konstruktion gut gelüftet gewesen. Dank des fehlenden Komforts ist es in dem Haus, das 20 Jahre kalt dagestanden hat, nicht zu Wasserschäden und darum auch nicht zu morschen Stellen gekommen.

Ich versuche meinen Lebensunterhalt zu verdienen, indem ich den Leuten Grundstückseinfassungen und andere Konstruktionen aus Stein in ihren Höfen und Gärten mache. Große Investitionen erfordert meine Arbeit nicht. Ich binde Spaten, Eisenstange und Wasserwaage ans Fahrrad und fahre in einen Vorort von Salo, wo mich Olli Nieminen, der Besitzer eines Geschäfts für Haushalts- und Elektrogeräte, meine Schubkarre und meine handbetriebene Winde aufbewahren lässt. Die übrigen Werkzeuge – Zollstock, Winkel, Schlagschnur und Gummihammer – trage ich im Rucksack. Gegen Arbeitsleistung darf ich mir Nieminens überall geflickten, mit roter Rostschutzfarbe gesprenkelten Toyota-Dyna-Kipper ausleihen.

Damit hole ich mir von den Baustellen an der Autobahn Helsinki–Turku Sprengsteine, immer zwei Tonnen auf einmal. Roten Granit bekomme ich von dem Streckenabschnitt bei Lohja, wo vor zwei Jahren einige Tunnel gebaut und Felsdurchbrüche gemacht wurden. Grauen Granit hole ich mir kurz vor Turku, wo man für eine Auffahrt zum neuen Einkaufszentrum den Felsen gesprengt hat. Der schwarze Tonschiefer aus Tammistos Steinbruch reicht als einziges Material nicht aus. Man muss den Kunden verschiedene Farbalternativen anbieten können.

Mörtel verwende ich überhaupt nicht. Ich mache ausschließlich freie Konstruktionen, die üblicherweise als Trockenmauern bezeichnet werden. Mir gefällt ihre einfache, naturnahe

Gestalt. Anstelle des Zements, den man kaufen muss, werden solche Mauern von einem kostenlosen, unbegrenzt vorhandenen Bauelement zusammengehalten: von der Schwerkraft.

Eine frei aufgeschichtete Trockenmauer wiegt etwa tausend Kilo pro laufendem Meter. Jeder Stein bindet die Steine unter sich, über deren Fuge er liegt. So erreicht man eine feste Konstruktion, in der letztendlich jeder Stein jeden anderen stabilisiert. Da kein Mörtel die Konstruktion starr macht, hält sie endlos lange jeder Frostbewegung stand, und es sind keine aufwändigen Fundamentarbeiten nötig.

In Finnland gibt es an Zufahrten zu Herrenhäusern und rings um Kirchhöfe noch mehrere hundert Jahre alte Trockenmauern. Stellt man sich vor eine solche Mauer und nimmt einen losen Füllstein heraus, kann man sich vorstellen, der erste Mensch zu sein, der nach dem Maurer diesen Stein anfasst. In den Hungerjahren am Ende des 19. Jahrhunderts ließen auch zahlreiche Großbauern Steinmauern anfertigen, weil die Maurer damals bereit waren, bloß gegen Kost zu arbeiten.

Ich stelle meine Rechnungen nach laufendem Meter. Im Prinzip handelt es sich also um Akkordarbeit. Allerdings kann man eine derartige Arbeit mit Steinen nicht im Akkord erledigen. Es kommt auf ein stabiles Resultat an, das dem Auge gefällt. Und das erreicht man nicht, wenn man sich hetzt.

Angeblich werde ich im Dorf bereits als »der Steinmann« bezeichnet. Das ist mir nur recht. Ich weiß nicht, wie viele solcher Steinmänner es in Finnland gibt. Auf jeden Fall handelt es sich um eine untergehende Branche. Die Bauindustrie hat Techniken entwickelt, mit denen man schnell und billig Konstruktionen herstellen kann, die ähnlich aussehen wie traditionelle Trockenmauern. Auf den Baustellen kommen beim Bewegen und Heben der Steine Maschinen statt Muskeln zum Einsatz. Anstelle einer genau überlegten Schichtung wird Mörtel verwendet, den man nicht sieht, und die gesamte Konstruktion ruht auf einer unter der Bodenfrostschwelle angelegten Sohle und einem darauf gegossenen Sockel.

Echte Trockenmauern lassen sich Kunden machen, die das alte Geld repräsentieren und bereit sind, einen vielfachen Preis für Handarbeit und ein Ergebnis zu bezahlen, das bis zur nächsten Eiszeit hält. Ich werde mir bei meiner Arbeit also nicht die Finger mit Mörtel schmutzig machen. Die Baumarktmischung darf warten, bis ich den zerfallenen Backofen meines Blockhauses repariere und für Olli Nieminens Installationshalle den Anbau mauere, als Gegenleistung für das Leihen des Kippers und ein paar anderer Sachen.

Wenn ich nicht unterwegs bin, setze ich meine Nachforschungen über die Ereignisse im Heimatdorf meiner Großeltern im vorigen Jahrhundert fort und erstelle eine Art Zusammenfassung. Den Impuls dafür bekam ich, nachdem ich eine vor mehr als 20 Jahren in Auftrag gegebene Chronik der Gemeinde Halikko gelesen hatte, die auf Interviews mit den Dorfbewohnern beruhte und auf den Tagebucheintragungen, die der Sägewerkarbeiter Joel Tammisto seit 1903 vorgenommen hatte. Die Chronik war in Romanform verfasst worden und schwer zu lesen gewesen. Die Tagebucheintragungen von Joel Tammisto hingegen waren in ihrer lakonischen Art beeindruckend. Der Mann weckte aber auch deshalb mein Interesse, weil ich wusste, dass er ein enger Freund meiner Großeltern gewesen war.

Noch als ich bei der Ofenbauer AG beschäftigt war, fing ich an, nach weiteren Informationen über Joel Tammisto zu graben, während der Arbeitszeit, wenn ich die Nase voll davon hatte, auf den öden E-Mail-Humor von Kollegen und Kunden zu reagieren.

Hier in meinem neuen Zuhause habe ich mit Reißzwecken

die Kopie eines Fotos über dem Schreibtisch befestigt. Man sieht darauf meinen Großvater Sakari Salin mit Joel Tammisto als junge Männer in schwarzen Anzügen, weißen Hemden und mit Filzhüten vor einem Fahrrad stehen. Auf einem zweiten Foto sitzt Mamu, meine Großmutter mütterlicherseits, Saida Harjula, auf einem Holzstapel, als kleines, barfüßiges Mädchen mit Zöpfen zwischen vier Frauen mit weißen Schürzen.

Ich bin besessen von dem Wunsch zu wissen, wer diese Menschen waren. Was sie dachten und wie sie handelten, damals, als die Welt Feuer fing und mit heißen Flammen brannte, als die Feuerfunken weit in die Höhe flogen.

Die Säge fängt an zu laufen. Heute ist es so weit.

»Jau«, sagt der Mann, »na und?«

Er sitzt vor dem Schwanenbild, das Kustaa Vuorio gemacht hat, im Arbeiterhaus, welches einen neuen Anstrich gebrauchen könnte. Er ist ein zäher Baumstumpf, der sich an seine Wurzeln klammert und sich in jene Stunden zurückversetzt, in denen es um ihn herum vor Leben wimmelte.

Er sieht auf die alten Fotografien, lacht schallend: »Guck, das ist mein Vater Joel Tammisto mit seiner Clique vom Sägewerk. Kein großer Mann, in keiner Weise stattlich, doch in jeder Disziplin so flink, dass er nicht zu überbieten war. Ob nun beim Skilanglauf oder beim Gedichterezitieren, eine Medaille sprang für ihn immer heraus.«

So dichtete Mitte der achtziger Jahre die preisgekrönte Jungforscherin, als sie ihre Chronik der Gemeinde Halikko schrieb. Der literarische Ehrgeiz schien die junge Dame bedenklich weit von dem weggeführt zu haben, was die guten Bürger der kleinen Kommune im Sinn hatten, als sie ihr den Auftrag erteilten.

Linkspolitische Überzeugungen und eigenmächtige literarische Freiheiten haben zu einem Resultat geführt, das man am Ende wohlweislich im Keller des Gemeindehauses eingeschlossen hat. Mich interessiert die Chronik vor allem in den Abschnitten, in denen sie sich auf die Tagebucheintragungen des Revolutionärs Joel Tammisto stützt sowie auf die Interviews mit alten Dorfbewohnern, die der Gemeindesekretär irgendwann Ende der siebziger Jahre auf Tonband aufgenommen hat.

»Ach, die Säge soll wieder in Betrieb genommen werden?«

Der alte Mann blickt aus dem großen Fenster auf das Bretterlager hinaus, wo sich die aufgehäuften Stämme im günstigsten Fall bis zur Straße hin erstreckten und in zwei Schichten gut und gern 2000 Stämme am Tag zersägt wurden.

Jetzt hat sich das Gras des leeren Geländes bemächtigt, kalt fegt der Wind darüber hinweg. Die Gebäude des Sägewerks stehen noch immer da, als knarrende, morsche Überreste der Vergangenheit. Daneben halten sich die Wohnhäuser, die zweistöckige Mietskaserne, errichtet Anfang des Jahrhunderts, und der in den zwanziger Jahren auf die Schnelle hochgezogene Bau für die Streikbrecher.

Und auf der felsigen, windigen Anhöhe Kukkulinmäki stehen die drei Häuser, von denen zwei im Volksmund Hochburgen genannt werden. Das andere ist das Zugvogelnest, nach den umherziehenden Holzarbeitern. Diese nämlich waren so vogelwild, dass sie sich sogar zur Arbeitszeit im Sägewerk prügelten.

Unterhalb der Anhöhe steht die alte Schule, die eigentlich als Gebetshaus errichtet worden war. Die Älteren erinnern sich noch lebhaft an die lebendige Musikdarbietung des damaligen Kantors und von Frau Runolinna, die damit en-

dete, dass Maschinenarbeiter Forsman, von der Freikirchlichkeit verzückt, in ihr Lied einstimmte. Allerdings streikte seine Staublunge mitten im Gesang, der Maschinenarbeiter erstickte neben dem Harmonium, und obwohl das in musikalischer Hinsicht keineswegs ein Verlust war, fühlte sich Frau Runolinna dadurch in einem Maße gekränkt, dass sie es fortan nicht mehr wagte, das arbeitende Volk mit Hilfe der Musik empfänglicher für den Herrn zu machen.

Auch das Haus des Direktors steht noch, zwar nicht die Holzvilla des Patrons Jakobsson, sondern der nach dem Krieg komplett neu gebaute, rundherum verputzte Bau mitten im schönen Garten. Das heißt, schön ist er nicht mehr, letztes Jahr hat sich eine Herde Ziegen daran gütlich getan, hat all die seltenen Blumen und Sträucher und Obstbäume, mit denen Gärtner Englund so viele Meriten eingeheimst hatte, vertilgt. Nichts ist mehr übrig von den vornehmen Sandwegen, auch nicht von dem Gewächshaus, in dem sogar Weintrauben reiften. Und das Zierbecken, über dessen Zweck die Sägewerkarbeiter sich gar nicht genug wundern konnten, ist mittlerweile eine zugewachsene Pfütze. Nein, nichts ist mehr übrig vom alten Glanz.

»Man kann sie sich nicht mal mehr vorstellen, all die Düfte und Farben«, lacht der Mann am Fenster auf und denkt daran zurück, wie der Sohn von Lindroos mit einer Schnapsflasche voll Wasser am Garten vorbeistolzierte, zur Zeit der Prohibition natürlich, mit der Absicht, den Patron zu reizen. »Es wäre lustig gewesen, die Visage des Alten zu sehen, wenn er zuerst getobt und dann hätte zugeben müssen, dass es nichts ist als Wasser, zum Deibel aber auch!«

Nein, es ist nichts mehr übrig, nicht einmal die Ziegen. Aber die Gebäude stehen noch. Und da ist noch der ein oder andere, der sich erinnern kann. Einer, der nicht an Tuber-

kulose, Milzbrand, einer Kugel oder vor Altersschwäche gestorben ist. Eine »Person mit gutem Leumund, die das Arbeiten gewöhnt ist«, wie es damals in den Stellengesuchen hieß. Ein Sägewerkarbeiter aus Finnland, aus dem Dorf Vartsala in der Gemeinde Halikko.

Das Arbeiten gewöhnt – ja, das sei er, doch über den guten Leumund lacht er laut, wischt sich die Tränen aus dem Glasauge, das er aus dem Fortsetzungskrieg mitgebracht hat, und schüttelt den Kopf: Kommt ganz drauf an, was mit gutem Leumund gemeint ist; die Ehre, die bürgerlichen Rechte und die Arbeit sind ihm zeitweise genommen worden, aber sein Leumund ist dabei immer mehr gewachsen.

1903

Die Säge ging am 7. Januar in Betrieb, und ich war den ganzen Winter als Kärrner da. Für 10 Stunden Arbeit bekamen wir 2,25 Pfennig am Tag.

7. Februar. Die Genossenschaft in Halikko wurde gegründet.

3. April. Die Säge stand und ging am 20. wieder in Betrieb.

Am 13. April kam der erste Dampfer.

Am 28. Juni war ich in Paimio beim Volksfest.

2. Juli. Sakari Salin wurde getraut.

3. Juli. Viki ging nach Amerika.

17.–20. August. Versammlung in Forssa, bei der die Arbeiterpartei den Namen Finnische Sozialdemokratische Partei *annimmt und 11 Ziele für die nahe Zukunft aufstellt.*

Am 4. Oktober fuhr ich nach Mariehamn.

6. Oktober. Ein Triebwagen der Firma Siemens überschritt eine Geschwindigkeit von 200 Kilometer/Stunde.

Am 10. Dezember gewannen Pierre und Marie Curie den Nobelpreis für Physik.

Am 17. Dezember flogen die Brüder Orville und Wilbur Wright zum ersten Mal mit einer Motormaschine. Das Gewicht des Luftschiffs betrug 238 kg, 8 Motorpferdestärken. 5 Personen kamen, um sich den Flug anzugucken.

Arvi, 6

August 1903

Die alte Speisekammer des Gutshauses ist renoviert und zum Nähzimmer umfunktioniert worden, in dem nun auch eine neue Nähmaschine steht, eine deutsche Stoewer, ausgezeichnet mit fünf Goldmedaillen. In den Regalen stapeln sich Stoffballen: Seidenmusselin, Chiffon, Tüll, Chinakrepp. Unter den sommersprossigen Händen von Tante Olga rattert die Maschine über einen marineblauen Stoff, aus dem ein Matrosenanzug werden soll für Paul, den Sohn des Konsuls, der bald aus Stockholm eintreffen und hier seine Ferien verbringen wird. Kräftig tritt die Tante die Maschine, und die Flecken unter ihren Armen werden immer größer. Süßlicher Schweißgeruch mischt sich mit dem Duft von Stoff und Stärke.

Arvi sitzt auf dem Fußboden und sortiert die Garnrollen und Bänder in eine schwarze Blechdose mit flammenartigem Muster ein. Der Junge beobachtet genau das Steppen der Jackenaufschläge. Er ist jederzeit bereit, Tante Olga das zu reichen, was sie braucht: Schere, Fingerhut, goldenes Band, Stecknadel, einen Knopf in passender Größe.

Einer der Stallknechte geht am Fenster vorbei und winkt Olga zu, aber diese schnaubt nur verächtlich.

»Behalt dein Ding nur schön in der Hose, sonst nähe ich es dir fest.«

Solche Sachen sagt Olga oft, obwohl es auch jetzt niemand hört außer dem kleinen geschäftigen Jungen zu ihren Füßen und den Fliegen, die am Fenster summen. Es ist allgemein bekannt, dass sich Olga auf ewigem Kriegsfuß mit dem männlichen Geschlecht befindet, aber das hindert die meisten Männer nicht daran, sich um sie, die rotwangige, üppige Frau, die jünger aussieht als 36, zu bemühen. Ihr starkes Haar hat sie zu taudicken Zöpfen geflochten und um den Kopf geschlungen. Sie ist die älteste Tochter des Gärtners Malmberg und die einzige, die noch auf dem Gut wohnt.

»Die nehmen sich alle die königlichen Zuchthengste zum Vorbild.«

Die Tante hebt die Nadel an der Maschine an, zieht die blaue Jacke heraus und hält sie ausgebreitet vor sich hin. Dabei wettert sie weiter in Richtung Fenster, obwohl dort längst niemand mehr vorbeistiefelt.

»Brauchst gar nicht so zu glotzen, du Witzbold. Das sind andere Frauen, die mit dem Nachthemdsaum zwischen den Zähnen auf Kerle wie dich warten.«

Das blaue Kleidungsstück schwebt zwischen den verschwitzten Armen der Tante in der Luft. Wie geblendet starrt Arvi es an. Der Stoff schimmert, so neu ist er. Voller düsterem Neid muss Arvi an das Kleid denken, das Saida geschenkt bekommen hat, weil es der Tochter von Konsul Larsson zu klein geworden ist. Es war zwar blassblau, doch hatte es genau so einen Kragen mit Goldrand wie der Matrosenanzug für den Jungen.

»Und jetzt die Knöpfe. Gib mir die glänzenden, die mit den Ankern drauf. Aber sei vorsichtig mit der Dose …«

Tante Olga nimmt den Faden, der an der Jacke hängt, zwischen die Zähne und beißt ihn ab.

»… dass sie mir ja nicht hinfällt und die Knöpfe weiß Gott wohin rollen.«

Arvi lässt die Knopfdose so vorsichtig wie möglich aufschnappen. In seinem Bauch rumort etwas: Und was passiert, wenn ihm ein Knopf in den Mund fliegt und ihm den Atem verstopft? Er holt Luft, befürchtet kurz, das Schlimmste könne schon geschehen sein. Womöglich ist der Knopf so schnell durch die Luft gesaust, dass er gar nicht gemerkt hat, wie er ihm in die Hals gerutscht ist?

»Erst mal nur einen«, sagt die Tante.

Erschrocken drückt Arvi den Deckel auf die Dose, stellt sie auf den Rand der Nähmaschine und zieht schnell die Hand weg.

»Steh auf, dann probieren wir, wo der Knopf hinkommt!«

Der Junge traut seinen Ohren nicht und springt auf. Ist die Jacke etwa für ihn? Hat Gräfin Nadine befohlen, ihm eine Jacke zu machen, weil Saida das Kleid bekommen hat?

Die Tante hat Stecknadeln im Mund, man kann gerade so verstehen, was sie sagt.

»Wo bleibt der Knopf?«

Sie zieht dem Jungen die Jacke an. Arvi betrachtet sich im Spiegel. Er sieht aus wie ein anderer, großer Junge, wie ein Marinesoldat. Seine Wangen glühen. Er deutet auf die Knopfdose neben der Nähmaschine, traut sich aber nicht mehr, sie zu öffnen und diesen großartigen Augenblick des Stolzes zu verderben. Sein Blick haftet auf dem Jungen im Spiegel. Die pastellfarbenen Stoffballen daneben betonen noch das Männliche der dunkelblauen Uniform. Er stellt sich vor, an Deck eines Dreimasters zu stehen und das Fernrohr auf die Blitze am Horizont zu richten, das Gesicht furchtlos gegen die spritzende Gischt der hohen Wellen erhoben.

»Umdrehen!«

Die Tante kneift die Jacke an den Schultern zusammen, steckt Nadeln hinein. Arvi hält den Atem an. Vielleicht gibt es auf dem Schiff auch Pferde, edle englische Hengste. Ja, dort stehen sie an Deck, im Regen glänzend. Von ihren Kruppen und Mähnen rinnt das Wasser, und der Donner des Gewitters macht sie scheu. Arvi tritt zu ihnen, tätschelt die nassen Hälse, die seidigen Mäuler und schafft es, eines nach dem anderen zu beruhigen.

»Ist das … meine?«

Arvis Stimme ist bloß ein Flüstern.

»Hä?«

»Ist die Jacke für mich?«

Tante Olga runzelt die Stirn.

»Nun red mal keinen Unsinn.«

»Nicht?«

»Warum sollte sie für dich sein? Wir probieren sie bloß an. Woher soll ich auf die Schnelle die ungezogenen Bälger des Konsuls nehmen, kannst du mir das sagen?«

»Ich will, dass es meine ist!«

Die Tante lacht düster.

»Wollen kann man viel. Aber was würde dir das helfen? Eine Jacke macht dich noch lange nicht zum Herrschaftskind.«

Arvi schlingt die Hände um den Leib und starrt die Tante unverwandt an.

»Ich will aber.«

»Na, na. Zieh sie jetzt aus! Für mich ist das auch kein Spaß. Ich muss noch die sieben Boleros und Westen machen.«

Sie ergreift die angespannten, zitternden Arme des Jungen und biegt sie mit Gewalt auseinander.

»Nun wein mal nicht! So ein großer Junge. Man muss brav und tüchtig sein, dann wird man was … Auch wenn dein Vater ein Spitzbube war, heißt das nicht, dass aus dir kein anständiger Mann werden kann. Der Tag wird kommen, an dem dein Vater an der himmlischen Pforte rüttelt. Und dann werden wir sehen. Durch diese Pforte geht man nicht mit ausgestrecktem Schwanz.«

Zum ersten Mal hört der Junge jemanden sagen, dass er irgendwo einen Vater hat. Als er noch bei Tante Korhonen in Pflege war, hatte er deren Kinder nachgeahmt und sie Mama genannt. Die Korhonen-Mädchen hatten ihn deswegen ausgelacht und gesagt, man dürfe nur seine eigene Mutter Mama nennen. Und Arvi sei ja als Baby von Onkel Malmberg zwischen Erdklumpen und Kohlblättern im Gewächshaus gefunden worden, das wüssten schließlich alle.

Arvi hatte angefangen zu weinen, und die Mädchen hatten Mitleid mit dem Jungen bekommen, der keine Mutter hatte. Deshalb durfte Arvi mitspielen, aber er musste das Kind im Spiel der Schwestern sein. Eines der Mädchen, Veera, war der Vater, und Arvi musste die Hose ausziehen, sich vor Veera hinknien, worauf er mit der Rute auf den blanken Po bekam. Und auch wenn das überhaupt nicht wehtat, fing er doch wieder an zu weinen, und die Mädchen hatten genug von ihm und dem ganzen Spiel.

»Wo ist er?«

»Wer?«

Tante Olgas Hand nimmt glänzende Knöpfe aus der Dose.

»Der Vater.«

Die Stirn der Tante legt sich in Falten.

»Keine Ahnung. Man weiß ja nicht einmal, wer der Hallodri ist. Wenn ich es wüsste, würde ich ihm eine verpassen. Da kannst du sicher sein. Wäre das ein passender Knopf?«

Eine goldgelbe, glänzende Halbkugel taucht vor Arvis Gesicht auf. Er spürt, wie sie sich aus Olgas Hand lösen will, wie sie in seinen Mund drängt. Er kneift die Lippen fest zu, beißt die Zähne zusammen, dass es knirscht, und begreift im selben Moment, dass sich der Knopf ebenso gut über die Nase oder ein

Ohr seinen Weg bahnen kann. Er wird unweigerlich in Arvis Kopf eindringen, um darin anzuschwellen, wie die Erbse, die der Gartenhelfer beschrieben hat, sein Kopf wird in lauter Einzelteile zerspringen.

Mit einer Hand hält sich der Junge die Nase zu, mit der anderen das rechte Ohr, aber das linke bleibt ungeschützt. Unkontrolliert fuchtelt er mit dem Arm um den Kopf herum.

»Was ist denn mit dir los? Ist da eine Wespe …?«

Der Junge dreht sich zur Ecke und krümmt sich, er spürt die Übelkeit aus dem Magen aufsteigen. Schnell hält er sich den Mund zu, doch das nützt nichts mehr. Der Brei, den er am Morgen gegessen hat, schießt in einem dicken Strahl zwischen den Zähnen hervor, und einzelne graue Graupen fliegen bis auf die glänzenden Stoffballen, auf Seidenmusselin und rosenroten Tüll.

Sakari, 20

August 1903

Heiraten. Übermorgen schon. Und dann werden sie es bestimmt die ganze Nacht treiben.

Gut gelaunt schichtet Sakari die Dielen auf, bildet ein Karussell, sodass Luft an die Bretter kommt. Es ist schwül, die Luft steht, aus dem frischen Holz dringt harzige Wärme. Der Harzgeruch mischt sich mit dem Duft von frischem Heu und geräuchertem Fisch. Im Schatten der alten Stapel verkümmern die Gräser, erschöpft von der langen Trockenheit. Die Säge scheint wie im Schlaf zu laufen, gemächlich und gleichgültig, aber die Erwartung der künftigen legitimen ehelichen Freuden hält Sakari frisch. Er arbeitet für zwei.

Es versetzt ihm einen Stich, wenn er sich vorstellt, Seelia bis auf Unterhemd und Strumpfbänder auszuziehen. Er wird zu jeder Stunde der Nacht in die warme Umarmung seiner Frau sinken dürfen, ohne zu befürchten, dass es jemand sieht oder dass Seelias Ehrbarkeitsgefühl dazwischenkommt.

Seelia, verdammt!

Malt sie sich auch so ein hemmungsloses Liebesspiel aus, oder träumt sie nur von den Sahnekännchen und den roten Blumenmustern auf den Kaffeetassen, die ihr versprochen worden sind? Wo, zum Teufel, soll das Geld dafür herkommen?

»Kannst du mal ein bisschen aufpassen!«

Osku Venho steht hinter ihm und reibt sich die Hand, die von Sakaris Last beim Umdrehen am Rücken aufgeschürft worden ist.

»Ein paar Splitter fehlen mir gerade noch, wo ich mich sowieso schon fühle wie der Glockenturm von der Kirche in Hamina.«

»Aha. Kopfweh, was?«

Sakari muss sich anstrengen, um nicht zu grinsen. Der süßliche Geruch nach altem Alkohol verrät die Wahrheit, auch wenn der Kollege noch so knurrt.

»Das kannst du aber glauben, und höllischen Durst obendrein.«

»Durst haben hier alle.«

»Schon, aber versuch dir mal vorzustellen, du hättest zusätzlich bis in die frühen Morgenstunden gegluckert.«

Osku zieht eine Grimasse und geht eine neue Ladung holen.

Sakari wischt sich über den schweißnassen Nacken, blickt auf die Hemdbrust, wo ein langer feuchter Fleck entstanden ist: Sinnlos, zu schuften wie eine Dampfmaschine, denn heute scheint überall ein anderer Takt zu herrschen; wahrscheinlich ist ein Gewitter im Anzug.

»Jetzt heißt es also adieu!«

Viki, der unvermutet neben dem Bretterstapel aufgetaucht ist, schwenkt ein gelbes Stück Papier.

»Hä?«

Der Bruder lächelt seltsam, dehnt die Arme, spuckt einen grünen Gruß neben den Stapel.

»Es hat mit Sundberg einen Disput gegeben, da hat unsereiner gesagt, leck mich am Arsch!«

»Was?«

»Na ja, ich habe meinem Unmut Ausdruck verliehen, wie Lehrer Ailio gesagt hätte. Das war das letzte Mal, dass der verfluchte Schinder mir, Viki Salin, gegenüber frech geworden ist!«

»Verdammt noch mal. Wer so das Maul aufreißt, kriegt von Sundberg einen Tritt in den Arsch und fliegt!«

»Nicht mehr nötig, weil unsereiner selbst gekündigt hat.«

Bevor er etwas sagt, holt Sakari eine neue Last. Sein erster Gedanke ist es, Viki am Schlafittchen zu packen, ihm kräftig die Ohren langzuziehen und in Erinnerung zu rufen, dass er zufällig gewisse Verpflichtungen gegenüber seiner Familie habe, vor allem jetzt, da sein Bruder heiratet. Aber Viki ist nicht zu halten, das war schon als Kind so. Wie oft hat sich Sakari gefragt, wie es möglich ist, dass die Leitungen im Gehirn seines Bruders so anders verknotet sind als bei ihm.

»Aha.«

Aha, sagt Sakari, nachdem er die Last abgelegt hat, sonst nichts. Viki setzt sich neben den Stapel, zeichnet mit einem Zweig etwas in den Sand und grinst, als er Sakaris Blick erwischt.

»Unsereiner hat so lange Holz sortiert, dass ich elf Zoll von zehneinhalb unterscheiden kann.«

Ein Viki Salin ist keiner, der Stämme in die falsche Floßgasse lenkt, der kann es nicht gebrauchen, von einem, der immer bloß am Ufer steht, angepflaumt zu werden.

»Bestimmt nicht.«

Sakari bemüht sich, den Zorn, der in ihm aufsteigt, unter Kontrolle zu halten. Alle wissen, dass Viki ein verflixt guter Arbeiter ist und das Sortieren der im Wasser treibenden Stämme alles andere als ein Zuckerschlecken. Da balancierst du mit dem Flößhaken in der Hand auf einem kippeligen Floß und zerrst und stößt Stunde um Stunde Baum um Baum. Und wenn man auf einer großen Fläche Fichtenstämme und Kiefernstämme auseinanderhalten und auch noch nach Zollstärke sortieren muss, da kann es leicht was auszusetzen geben. Aber zur Arbeit gehört auch, dass man versucht, sich mit den Chefs zu arrangieren, auch wenn es noch so beschissene Wichtigtuer sind. Wo in der Welt glaubt der kleine Bruder eigentlich zurechtzukommen mit seinem jähzornigen Charakter?

Vom Meer her hört man ein fernes Grollen. Zwei düstere Wolken überschatten den Horizont: die dunklen Schwingen des aufziehenden Sturms.

»Der verdammte Sundberg ist ans Ufer gekommen und hat gesagt, ich wär ein ordinärer Kerl. Hat mich in Grund und Boden geschimpft, obwohl nicht ich was falsch gemacht hatte, sondern der Holzvermesser. Ein Viki Salin wird sich bei dem Hungerlohn ein solches Geschimpfe nicht mehr anhören!«

Viki ist dem Verwalter in die Schusslinie geraten, das ist nichts Neues, aber das hat sich der Bruder einzig und allein selbst zuzuschreiben. Wer hat ihm befohlen, lauthals das Grundsatzprogramm der Arbeiterversammlung von Forssa zu verkünden, vom Ende der autoritären Macht zu schwadronieren und mit Klassenkampf zu drohen? Warum kann Viki sich nicht ein nettes Frauenzimmer suchen, so wie Sakari es getan hat, und aufhören über alle möglichen Ungerechtigkeiten auf der Welt nachzudenken, die sich sowieso nicht ändern, auch wenn man sie noch so oft wiederkäut?

Sakari holt eine neue Ladung und schaut aus dem Augenwinkel nach Viki, der seinen ausgebleichten Filzhut um den Zeigefinger kreisen lässt und so zufrieden mit sich und seinem Leben wirkt, als hätte er gerade eine große Heldentat vollbracht.

»Und wenn dich der Hunger plagt? Das ist auch beschissen.« Sakari bemüht sich, unbeschwert zu klingen.

»Was wäre daran neu? Die Herrschaften machen das Sägewerk immer dann zu, wenn es ihnen gefällt. Da wird nie gefragt, was unsere Bäuche dazu sagen.«

»Darum soll man arbeiten, solange es Arbeit gibt.«

Sakari schüttelt den Kopf. Auch er weiß, dass die meisten von denen Scheißkerle sind, die ihre Hunde mehr in Ehren halten als ihre Arbeiter und mit einem reden wie mit Geistesschwachen. Aber Sakari genügt es, dass er selbst weiß, wo er steht. Und sich mit eigenen Händen verdient, was er isst.

Viki hat ihm den Rücken zugekehrt, er blickt in Richtung Kokkila, wo das Dampfschiff auf die Ankunft der Holzware wartet.

»Siehst du den Dampfer da?«

Vikis Stimme ist jetzt belegt. Das Schiff, das unter den dunklen Wolken hin und her schaukelt, ist nicht irgendein Fixpunkt, der für einen Themenwechsel herhalten muss.

»Schwer, ihn nicht zu sehen.«

»Und was glaubst du, wer an Bord ist, wenn er nach Liverpool ausläuft?«

»Du bestimmt nicht, verdammt noch mal!«

Sakari hat jetzt genug. Man kann den Kram hinwerfen, man kann von der Arbeit abhauen, man kann streiken und vom allgemeinen und einheitlichen Wahlrecht träumen, man kann sich auch über dieses und jenes lustig machen, aber man sollte dabei kapieren, dass auch die Fantasterei ihre Grenzen hat.

»Mit dem Obersteuermann ist alles ausgemacht. Und von England aus geht's nach Amerika.«

Sakari verstummt angesichts der Entschiedenheit seines Bruders und wegen der Dreistigkeit, mit der dieser den letzten Lohnzettel zwischen den Fingern baumeln lässt. Es sind weitere dunkle Wolken aufgezogen, sie ballen sich vor der Sonne. Über dem Schiff flammt ein Blitz auf wie die Klaue eines Raubvogels, die aus den Wolken sticht.

»Es kam ein Piephahn um die Ecke und sagte, Guten Tag, Frau Schnecke …« – Das war Osku, der da in zu tiefer Tonlage zwischen den Bretterstapeln trällerte. Als er den Sortierer mitten am Tag auf dem Gelände stehen sieht, weit weg von den Flößergassen, bleibt er stehen.

»Was tust du hier, Viki?«

»Ich wollte meinem Bruder nur erzählen, dass ich vorhab, einen Abstecher nach Amerika zu machen.«

»Ach ja? Und was sagt dein Bruder dazu?«

»Nichts. Was soll er auch sagen?«

»So ist das, so ist das.«

Sakari hört sich die Plauderei an und traut seinen Ohren nicht. Als könnte Viki einfach so weggehen, seine Familie, sein Dorf und sein Heimatland verlassen und sich in fremde Länder davonmachen wie ein Zigeuner. So etwas tut man einfach nicht.

Na gut, irgendwelche Verrückten, Utopisten und andere Spinner, aber nicht sein Bruder Viki. Außerdem ist Sakari daran gewöhnt, wenn nötig immer seinen Bruder zur Seite zu haben. Die Söhne vom Salin – das ist im Dorf jedem ein Begriff. Unvorstellbar, dass Viki sich plötzlich irgendwo in Übersee herumtreibt, tausende Kilometer weit weg. Schließlich kann Sakari jederzeit etwas auf dem Herzen haben, das er seinem Bruder sofort mitteilen muss, oder es taucht eine Angelegenheit auf, die man nur gemeinsam erledigen kann.

»Tut mir leid, aber du gehst nirgendwo hin.«

»Doch, ich gehe.«

»Ich sag das nicht gern, aber es kann sein, dass du von mir Dresche kriegst.«

»Aha. Aber ich geh trotzdem.«

Sie sehen sich nicht an, sie werden nicht laut, sie ballen nicht die Fäuste. Wie oft schon sind sie aneinandergeraten, haben sich gegenseitig blaue Flecken verpasst, sich die Augenwinkel blutig geschlagen und die Hosen an den Knien zerrissen. Dennoch ist dieses Duell für Sakari ihr bislang härtestes Kräftemessen.

Wenn sich Viki Salin schon keinen Pfifferling um seine Mutter, seine Schwestern und seinen einzigen Bruder schert, was ist dann mit dem ganzen großen Gerede vom Klassenkampf, vom achtstündigen Arbeitstag und von der Volksversicherung, oder wie das, verdammt noch mal, heißt? So leicht wird alles aufgegeben, so leicht gibt man nach und rennt davon?

Viki sagt, er gehe dorthin, wo es bereits Recht gebe. Dort, wo der Arbeiter wie ein Mensch behandelt werde. Außerdem brauche Sakari gar nicht im Brustton der Überzeugung vom Klassenkampf reden. Schließlich sei er die ganze Zeit in diesen Dingen nichts als eine Schlafmütze gewesen, die sich mit ihrem Los abfindet. Hat man den Bruder denn je auf Versammlungen gesehen, bei denen Beschlüsse über gemeinsame Belange gefasst wurden? Ist er auch nur ein einziges Mal bereit gewesen, auch nur zu einem Missstand Stellung zu beziehen?

Sakari sagt, er kümmere sich um seine eigenen Angelegenheiten.

Ja, genau, besonders um Seelia hat der gute Sakari sich erstklassig gekümmert, so gut sogar, dass nun geheiratet werden muss. Da wird mit dicker Hose dem Rock hinterhergerannt, aber für die Sorgen der anderen ist man taub. Andere wollen wenigstens auf was hinaus, geben sich ernsthaft Mühe, etwas an dieser schlechten Welt zu ändern.

Sakari erklärt mit strikten Worten, sein Bruder tue gut daran, ihn mit Frauenangelegenheiten in Frieden zu lassen.

Vom Horizont her kracht das Gewitter los. Die Brüder rühren sich nicht von der Stelle, der Regen prasselt auf sie nieder, bald sind Hosenbeine und Schuhe mit Schlammspritzern übersät. Beiden fällt es schwer, als Erster nachzugeben und den Platz zu verlassen. Vergebens ruft ihnen der Vorarbeiter vom Trockenen aus zu, es sei Zeit für eine Pause.

Sakari sieht seinen klitschnassen kleinen Bruder an. Die Hutkrempe lenkt das Wasser auf die Brust wie eine eigens dafür konstruierte Rinne. Durch das Hemd, das an der Haut klebt, erkennt Sakari die bewegliche Reihe der Rippen, er registriert den dank der miserablen Hebamme hervorstehenden Nabel, den man früher nur erwähnen musste, um Viki rasend zu machen.

»Nach Amerika. Mit dem Nabel. Da werden die gleich fragen, ob er auch seine Mama mitgebracht hat.«

»Aber sie werden nicht sagen, dass sich Viki Salin alles gefallen lässt, egal wo er herkommt oder hingeht.«

Ich werde Sehnsucht nach ihm haben, denkt Sakari, ich werde eine gottverdammte Sehnsucht haben. Wie kann ich nur so abhängig von meinem Bruder sein und dieser kein bisschen von mir?

Sakari sagt, ihm falle gerade auf, dass ein Gewitter in der Luft liege. Ob der Bruder das auch schon gemerkt habe.

Viki sagt, er werde aus Amerika zurückkehren, sobald er genug Geld habe, um sich nicht mehr von Dummköpfen beschimpfen lassen zu müssen.

Er kommt wieder, natürlich kommt er wieder, wenn er nicht unterwegs ertrinkt oder von einem Wolkenkratzer fällt. Mehr als einmal hat man das gesehen, wie die Kerle aus Amerika zurückgekehrt sind. Die Mutter weiß natürlich nichts?

Nein, aber Viki hat sich gedacht, vielleicht könnte Sakari es ihr erzählen. Also im Nachhinein. Weil Viki nämlich nicht Zeuge einer zweiten Sintflut werden will.

»Ich sag es ihr garantiert nicht, verdammt noch mal, das brauchst du dir gar nicht erst einzubilden!«

Durch das Regenwasser bildet sich zwischen ihnen ein Bach, der Späne und lose Erde mitreißt, unmittelbar über ihnen zuckt ein Blitz.

»Man kann nur hoffen, dass es nicht in einem Bretterstapel einschlägt.«

»Hättest du die Stapel halt nicht so hoch gemacht.«

Er wird fortgehen, der kleine Bruder, daran ist nichts zu ändern. Die Trauer des Verlusts versetzt Sakari einen Stich. Ihm schießt eine flüchtige Erinnerung durch den Kopf, eine, die ebenfalls mit nassen Schuhen zu tun hat, mit Pfützen, mit spritzendem Wasser, mit seinem Bruder und ihm. Er wendet sich ab und geht davon.

»Was soll ich mich hier wegen dir aufweichen lassen«, sagt er. »Hau halt ab, verdammt!«

Den ganzen Nachmittag und Abend über hält der starke Regen an, die Säge steht, die Arbeiter werden nach Hause geschickt. Für kurze Zeit lebt Sakari in der lächerlichen Hoffnung, Viki könne sich im Regen erkältet haben, aber dann begreift er, dass auch das den Bruder nicht davon abhalten würde, seine Drohung wahrzumachen.

Ob Viki wenigstens vorhabe, zur Hochzeit zu kommen, fragt Sakari später, als er am Küchenfenster heißen Kaffee schlürft, während er gerührt beobachtet, wie Seelia sich im strömenden Regen mühsam auf die Mietskaserne zubewegt.

Natürlich komme er, diese Junggesellenbeerdigung wolle er sich nicht entgehen lassen. Viki lächelt erleichtert wie einer, dem die Sünden vergeben worden sind.

Durch das Fenster nickt Sakari Seelia zu, die inzwischen bis zur Eingangstreppe vorgedrungen ist. Er ist froh, Viki nicht seine Not verraten zu haben, sein Entsetzen über den Verlust, das ihm jetzt bereits fern erscheint, unpassend und albern. Schließlich hat er seine Frau und das Kind in ihrem Bauch.

Na klar kommt er ohne Bruder zurecht, warum auch nicht?

Joel, 19

Vartsala, Dezember 1903

»He, Schwellkopf… guck mal her… Schwellkopf…«

»Was ärgert ihr mir den Kustaa wieder, zum Donnerwetter!«

Ohne sich um Joels Eingreifen zu kümmern, macht der Junge einen neuen Schneeball und zielt damit auf die Gestalt, die sich neben dem Geländer duckt. Zwischen grauen Fausthandschuhen starren erschrockene Augen hervor, der riesige Kopf ist fleckig vom Schnee.

Joel packt den Jungen, der ihm am nächsten steht, am Kragen.

»Habe ich euch nicht gesagt, ihr sollt ihn in Ruhe lassen, verdammt noch mal.«

Die Jungen lassen ihre Schneebälle fallen und rennen hintereinander her den Humppila-Hügel hinunter. Kustaa wischt sich den Schnee von den Kleidern und wirft Joel einen dankbaren hündischen Blick zu. Joel ärgert sich über die Unterwürfigkeit. Warum, zum Kuckuck, wehrt sich so ein kräftiger Kerl nicht gegen welche, die kleiner sind als er? Kustaa ist ja eigentlich kein Trottel, er kann wahrscheinlich schon lesen, seit er vier ist. »Wenn unser Junge mit dem Schädel nicht das Lesen lernt, dann lernt er's auch mit etwas anderem nicht«, pflegte der alte Vuorio zu prahlen. Joel weiß noch, wie der Alte sich bog vor Lachen über seinen Erfindungsreichtum. Da hatte er es all denen aber gegeben, die seinen Sohn als Wasserkopf verspotteten!

Lammfromm trottet Kustaa hinter Joel her. Der Schwellkopf hüllt seine Traurigkeit in Lächeln und Schweigen. Kustaa hat einen großen, schulterlosen Rumpf, den er schwerfällig vorwärtsbewegt wie einen riesigen, unförmigen Sack.

»Wo geht's hin?«, will Joel wissen.

»Irgendwohin.«

Auch Joel hat kein bestimmtes Ziel, aber nach dem Abendkaffee muss er einfach hinaus, ins Freie, irgendwohin. Schnee wirbelt auf, denn vom Meer her weht ein kalter Wind. Er dringt durch die Jacke, zwingt einen, alle Knöpfe bis zum Hals zu schließen und die Hände tief in die Taschen zu schieben.

Joel bleibt beim Saunahäuschen stehen, lehnt sich an die Wand und versucht mit klammen Händen eine Zigarette anzuzünden, den Blick hält er dabei auf die Fenster der Mietskaserne gerichtet. Mein geliebtes Zuhause, links von der Backstube, nach der hinteren Treppe die zweite Tür rechts, ein Zwei-Zimmer-Reich für sechs Personen. Früher war es ihm nicht so eng vorgekommen, aber jetzt kommt es ihm so vor. Die große Schwester brabbelt wie eine Idiotin mit ihrem Bräutigam, die Jüngeren zanken unentwegt, und der Vater liest quälend langsam aus der alten Zeitung vor, deren Inhalt Joel längst auswendig kennt:

»Mit dem Nobelpreis für Physik wurden ausgezeichnet … Pierre und … Marie Curie.«

»Das muss man sich mal vorstellen, eine Frau!«

An diesem Abend durfte die Familie auch endlich hören, dass Präsident Roosevelts Ansicht nach die Vereinigten Staaten nicht an der Revolution in Panama schuld sind und die finnisch-nationalen Studenten nicht am Beschmieren des Runeberg-Denkmals mit faulen Eiern.

»Gendarme besudeln auf Befehl ihres Vorgesetzten Schriftstellermonument«, las der Vater vor, und die Mutter lamentierte darüber, dass man die schönen Hühnereier habe faul werden lassen.

»Man sollte meinen, dass es dafür sinnvollere Verwendung gegeben hätte, in diesen Zeiten des Mangels!«

Joel versuchte dazwischenzufragen, ob der Vater finde, man müsse Roosevelts Aussage so interpretieren, dass damit ein ganz neues völkerrechtliches Prinzip formuliert worden sei, demzufolge Ländergrenzen jederzeit neu gezeichnet werden könnten und der große Nachbar sich unbehelligt in die Angelegenheiten kleiner Länder einmischen durfte, wenn er es gerade für notwendig erachte.

Die Eltern sahen ihn verdattert an, setzten dann aber ihre gemeinsame Erörterung der Herkunft und des Verdorbenheitsgrades der Hühnereier, die auf dem Denkmal gelandet waren, fort.

Neuerdings fällt es Joel immer schwerer, seinen Ärger für sich zu behalten. Alles, was in der Zeitung steht, wird gelesen und man regt sich gemeinsam darüber auf, aber wenn es Zeit zum Handeln wäre, duckt man sich wie Kustaa vor den Schneebällen der kleinen Jungen. Man kuscht und hofft auf ein eigenes Zimmer mit Ofen und findet sich mit allem ab, wenn man nur die größere Wohnung auf der anderen Seite der Backstube bekommt, wo die alte Alén gewohnt hat. Alles andere ist schnurz, da drüben wartet der Himmel auf Erden.

Joel reicht den Zigarettenstummel an Kustaa weiter, der dankbar die letzten Züge macht.

»Aber was rege ich mich hier so auf«, sagt Joel laut. »Meine Verdienste für das Wohl der finnischen Werktätigen sind auch schnell aufgezählt.«

»Nein!«, widerspricht Kustaa, ohne zu verstehen, worauf sich Joels Ärger richtet. Kustaa findet, dass keiner mit so deutlichen Worten über die Unvermeidlichkeit des Sozialismus und die Bedeutung der Zusammenarbeit redet wie Joel.

Ja, reden, reden, das geht bei ihm wie am Schnürchen. Wenn er manchmal auf einer Versammlung so richtig in Fahrt kommt, erinnert ihn sein eigenes Mundwerk an ein Kalb, das zum ersten Mal im Frühjahr aus dem dunklen Stall auf die Weide gelassen wird. Aber was für einen Wert besitzen imposante Phrasen, wenn ihre Wirkung nicht über den Abend der Versammlung hinausreicht?

»Wieso sollten die nicht wirken?«, wundert sich Kustaa und rollt mit den braunen Augen.

»Ich kann den Akkordarbeitern erklären, wie man die Arbeit am besten macht, aber der Stapel wächst nicht durch die Kraft der Worte, sondern indem man Bretter schleppt.«

So ist das, mit Worten wird die Welt tatsächlich nicht aufgebaut. Einer wie der Sakari Salin schafft zwei Packen in der Zeit, in der einer wie Joel Tammisto noch auslost, in welcher Reihenfolge getragen wird und erklärt, wo man zuerst anfasst und wer auf den Stapel steigen soll, wenn es so viele Lagen gibt, dass man von unten nicht mehr hinkommt. Darin ist Joel ausgezeichnet, er kann aus so einer simplen Angelegenheit wie dem Tragen von Schnittholz eine verfluchte theoretische Frage machen. Aber die Rederei bewirkt lediglich eine Verzögerung der Arbeit. Joel muss zugeben, dass er als Schnittholzträger höchstens mittelmäßig ist, und was den Sozialismus betrifft, dürfte es ähnlich sein. Die einen reden darüber, die anderen schaffen ihn.

»Na, na«, sagt Kustaa.

Er versteht Joels plötzlichen Anfall von Selbstgeißelung nicht, ist davon aber auch nicht überrascht. Er kennt Joels Gemütsschwankungen, und er findet nicht, dass sie den Wert von Joels Verdiensten mindern. Eher im Gegenteil, viel unangenehmer sind Aufschneider anzuhören, die ständig in Selbstgefälligkeit schwelgen.

»Na ja, aber wenn man sich selbst herabsetzt, kann das auch ein Mittel sein, Wertschätzung zu heischen«, meint Joel.

Und in diesem Fall war es auch so. Joel muss zugeben, dass er nur auf die todsichere Bewunderung von Kustaa aus ist. Aber das ändert keinen Deut an der Wahrheit. Daran nämlich, dass Joel Tammisto letzten Endes nicht mehr darstellt als einen Wirrkopf aus einem kleinen Dorf, der gerade mal so viel Schulbildung erhalten hat, dass er immerhin lesen, rechnen und schreiben kann. Und er liest ja auch, sämtliche Zeitungen und Broschüren, die er in die Hände bekommt. Aber das tun viele andere ebenfalls, Kustaa zum Beispiel, und noch viel fleißiger, weshalb man auch wegen solcher Verdienste nicht allzu weit das Maul aufreißen sollte.

Kusta schweigt. Er begreift, dass Joel in der augenblicklichen Gemütsverfassung keine Antwort recht ist.

Der Himmel wird dunkel, die Wolken hängen schwer über den Holzgebäuden der Mietskaserne. Joel überlegt, wieder hineinzugehen, da holt Frans Vatanen, der fliegende Händler, ihn und Kustaa vor der Treppe ein und breitet sein Sortiment vor ihnen aus. Flugs die Filzdecke vom Schlitten und den Lammfellmantel mit den Innentaschen aufgeschlagen: Da, die freie Auswahl!

»Was kann der Händler denn empfehlen?«

Frans ziert sich und blickt in alle Richtungen, wobei er mit den Schuhen im Schnee stampft. Die Stimmung ist reservierter als sonst.

»Das ist alles, was ich hab.«

Joel kauft Tinte und Löschpapier. Er blättert auch in den Broschüren, in denen hübsche Büro- und Hausmädchen bis zum Äußersten versuchen, unter der Bedrängung lüsterner Vorgesetzter ihre Keuschheit zu wahren. Die jungen Kerle legen ihr weniges Geld zusammen, müssen aber feststellen, dass sie sich keines der Büchlein leisten können. Das Geheimnis des Kommerzienrats würde sie schon interessieren; was für eine Geschichte das wohl sein mochte? Hat Herr Vatanen eines der Büchlein womöglich selbst gelesen? Gäbe es eines, das auf dem Weg so sehr gelitten hat, dass man über den Preis noch einmal nachdenken könnte?

Nein, alle Bücher sind erstklassige Ware, und wenn man wissen will, worum es geht, muss man sich eines kaufen. Auch wenn er mit Herr angeredet wird, mildert das nicht die Haltung des sichtlich gereizten Alten gegenüber dem Käuferduo. Er schlägt die Filzdecke wieder über die Fuhre, setzt ein Knie neben den Bücherstapel und versucht mit seinem besseren Bein den Schlitten von den beiden jungen Kerlen wegzubugsieren. Der Schnee macht es ihm schwer, und Kustaa hilft beim Schieben. Der Alte bedankt sich nicht, sondern sieht Kustaa nur an. Aber er behält nun nicht mehr für sich, was ihm durch den Kopf geht. Er habe gehört, knurrt er, dass auch Joel und Kustaa neuerdings den Laden der Genossenschaft bevorzugten.

Joel zuckt mit den Schultern. Er wird es nicht leugnen. Was hätte das für einen Sinn, wo er selbst mit Brandreden für einen Genossenschaftshandel der Arbeiter im Dorf eingetreten ist. Er versteht die Angst des alten Mannes um sein Geschäft und seine Befürchtung, der Dorfladen werde ihm über kurz oder lang den Broterwerb streitig machen.

Was auch der Fall sein wird, falls alles planmäßig vonstattengeht.

Dann versichert Joel mit klarem Blick, für Frans Vatanens listig und gut zusammengestelltes Sortiment mit seinen reellen Preisen werde sich schwerlich ein ernsthafter Konkurrent finden.

Der Alte lässt sich von der durchschaubaren Schmeichelei des jungen Mannes nicht vom Selbstmitleid und den Gedanken an den unvermeidlichen Untergang abbringen. Rachsüchtig verheißt er den Dorfbewohnern und allen anderen, die vom Genossenschaftsladen verhext sind, eine düstere Zukunft.

Ihr werdet es erleben! Man weiß schon, dass der Patron jeden Einzelnen entlassen wird, der in den Laden rennt.

So lauten in der Tat die Gerüchte, und Joel muss zugeben, dass der Anfang nicht gut aussieht. Auch wieder so ein bedauerlicher Rückschlag unter all den Neuerungsversuchen, die einer nach dem anderen gescheitert sind: Unter großer Mühe und mit viel Aufhebens gründet man einen Genossenschaftshandel, schluckt untertänigst die Ablehnung der Statuten durch den kleinlichen Gouverneur Ihrer Kaiserlichen Majestät, stellt neue Statuten auf, aber dann verlieren sogar die Unterzeichner der Gründungsurkunde den Mumm, weil ernsthaft die Angst vorm Zorn des Patrons umgeht. Als der erbärmliche Laden schließlich zustande gekommen ist, und Fräulein Minni Wiberg, die gut beleumdet ist und über Erfahrung als Aushilfe im Genossenschaftshandel verfügt, von morgens um sieben bis abends um acht für einen Hungerlohn hinter der Theke steht, trauen sich auch die wildesten Eiferer nur im Dunkeln hinzuschleichen, um ihre Einkäufe zu machen.

»Was sagt ihr dann, ihr Burschen, wenn es brenzlig wird?«

Der Alte tritt um die Kufen herum den Schnee beiseite. Es ist klar, dass er es nicht vor Einbruch der Dunkelheit nach Hause schaffen wird. Aber das scheint ihn nicht annähernd so zu beunruhigen wie die schwarze Zukunft derjenigen, die den Genossenschaftsladen bevorzugen.

Joel meint, er werde dann eben sein Bündel schnüren müssen, so wie alle anderen, die keine Arbeit mehr haben. Kustaa schweigt. Joel weiß, dass die malträtierten Mägde und die schönen Kontoristinnen in den Leseheften längst in hoffnungslose Ferne gerückt sind, darum spricht er aus, was er im Sinn hat:

»Ich kann nicht glauben, dass der Patron eine Hetzjagd veranstalten wird. Könnte es sein, dass bloß ein armer Teufel, der auf sein Geschäft bedacht ist, den Dorfbewohnern so einen Blödsinn eintrichtert?«

Joel versucht den Blick des Alten zu erwischen, aber der lässt den Kopf im Kragen seines Lammfellmantels verschwinden. Der junge Mann kommt auf den Gedanken, die Verkaufsfahrt des Frans Vatanen ins Dorf Vartsala als unvergessliches Ereignis in seinem Tagebuch zu notieren. Aber was ist das schon für ein Tagebuch? Bloß ein Heft mit blauem Umschlag, das er am Eröffnungstag im Genossenschaftsladen gekauft hat.

Joel erinnert sich, wie er damals bereits über eine Woche unter einem Kater gelitten hatte, nachdem er einem englischen Seemann bitteren Branntwein abgekauft und mit seinem Freund Sakari Salin im Wäldchen neben dem Tanzboden in Salo die ganze Flasche geleert hatte.

Die Fahrt nach Salo war Joels Idee gewesen. Sakari konnte nicht tanzen und hatte auch nicht vor, es zu lernen. Der Tanzboden interessierte ihn trotzdem, denn dort gab es Mädchen, und der große, dunkle Sakari kam gut bei ihnen an. Dem schmächtigen Joel mit den fahlblonden Haaren schenkten die Vertreterinnen des weiblichen Geschlechts so gut wie keine Aufmerksamkeit, aber an seinen Tanzkünsten war nichts auszusetzen. Seine drei älteren Schwestern hatten ihm alle nötigen Schritte beigebracht. Allerdings musste er sich erst vollständig betrinken, bevor er es wagte, sich vor dem erstbesten dicken Mädchen zu verneigen.

Die dunkle Mollige schüttelte den Kopf. Joel machte seinen Diener vor der Nächsten und dann vor der Übernächsten. Mit dem gleichen Resultat. Trotzdem machte er weiter. Ein Mädchen nach dem anderen lehnte ab, manche kichernd, andere ohne ihre Abscheu zu verbergen. Schließlich packte Sakari ihn am Arm und schlug grimmig vor, sich zu verziehen, aber Joel fuhr mit seltsamem Genuss fort, sich zu blamieren. Er blieb vor jeder einzelnen jungen Dame stehen, verbeugte sich und bekam seine Abfuhr. Als Letztes stand ein wunderbares Mädchen mit welligen Haaren in der Reihe, ein vollkommener Engel. Ihre Schönheit verwandelte den letzten Hoffnungsfunken des Betrunkenen im Nu in Selbstsicherheit. Joel baute sich vor ihr auf und verneigte sich so tief, dass er fast vornübergefallen wäre:

»Darf ich bitten?«

Das Mädchen wandte verächtlich den Kopf ab. Natürlich. Auch sie hatte die Wacholderschnapsfahne gerochen.

»Nein, das darf das Fräulein mir nicht antun.«

Das Mädchen verstand kaum, was er lallte.

»Verschwinde!«

Aber Joel verschwand nicht. Zum Teil auch weil ihm seine Beine nicht mehr gehorchten.

»Nein, so ein schönes Fräulein darf nicht so unfreundlich sein«, sagte Joel. Oder glaubte er jedenfalls gesagt zu haben. »Nicht auch noch du. Ich sehe doch, dass du nicht so ein Herdentier bist wie die anderen. Die weigern sich bloß, weil die anderen es getan haben, sie trauen sich nicht, frei zu sein. Du bist es. Ich bitte dich. Ich flehe dich an.«

Und das tat er wirklich. Er bat schließlich auf Knien um ihre Gunst. Seine Beine trugen ihn inzwischen nicht mehr, aber nicht einmal das konnte ihn entmutigen. Er streckte die Arme nach dem Mädchen aus und versuchte weiter es zu erweichen, mit Worten, die in seinen eigenen Ohren etwa so klangen:

»Ein einziger Tanz, ich bitte dich. Ein klitzekleines Tänzchen. Ist das zu viel verlangt? Bestimmt hast du ein goldenes Herz. Es muss so golden sein wie dein gewelltes Haar. Was für ein Ungemach kann ein einziger kleiner Tanz einem Mädchen mit einem so goldenen Herzen denn bereiten? Begreifst du nicht, was das einem von der Arbeit und vom Seewind ausgezehrten armen Teufel bedeuten würde? Wenn du mir einen winzigen Tanz gönnst, dann würde mich dieser Tanz in die höchsten Höhen emportragen, weg von diesem mit Kartoffelmehl bestreuten Parkett, dem Himmelszelt entgegen, und dort, du Mädchen mit dem Goldhaar, würden sich unsere Seelen dann vereinigen. Im Blau des Universums, meine ich, verstehst du? Die Erinnerung an einen solchen Tanz würde ich Tag für Tag hegen, wenn ich die immer gleichen verfluchten Stämme und Bretter schleppe. Ja, bis ins Grab hinein würde ich mich an deine herrlichen wiegenden Hüften erinnern. Und nach diesem einen einzigen Tanz, wäre ich zu allem fähig, ich würde mir die Last auf die Schultern laden, die der Mensch in diesem Leben zu tragen hat. Und ich würde es nicht mehr tausendmal verfluchen, ja nicht ein einziges Mal mehr … Ich meine, ich würde weder das Leben noch die Last verfluchen. Werde du, Goldmädchen, meine Last, dann trage ich dich ins Paradies!«

Erschrocken blickte sich das arme Mädchen nach allen Seiten um. Es war Joel gelungen, sie so in die Ecke zu treiben, dass sie keine Chance mehr hatte, dem vor ihr auf den Knien schwankenden Jungen zu entkommen.

»Genau diese Last ist es, die meine Beine aus dem Gleichgewicht gebracht hat, nicht der Schnaps. Hast du geglaubt, mein armes Kleines, ich hätte getrunken? Hast du womöglich geglaubt, ich wäre sturzbesoffen? Falls du das geglaubt haben solltest, so sollst du wissen, dass du dich geirrt hast. Hört alle her, dieses Mädchen hier hat sich geirrt! Du brauchst dich nicht zu schämen und auch nicht um Verzeihung bitten. Ich verzeihe dir. Natürlich verzeihe ich dir, immer werde ich das tun. Zweifellos mag ich ein wenig berauscht wirken, aber die Wahrheit lautet, dass ich nur unter der tödlich schweren Last des Lebens schwanke …«

Joels Litanei wurde schließlich mit Gewalt unterbrochen. Sakari war es gelungen, nur wenige Augenblicke vor den anderen Männern zu Joel zu eilen. Fluchend und schimpfend zerrte er ihn aus dem Saal.

»Ist dir verdammtem Trottel eigentlich klar, wie wenig gefehlt hat, dass du eine aufs Maul bekommen hättest?«

Sakari war wütend, was äußerst selten vorkam. Warum um Himmels willen hatte Joel vor dem Mädchen unbedingt im Suff wirres Zeug stammeln und sich an ihren Rockschoß klammern müssen? Was war eigentlich mit ihm los?

Darauf wusste Joel damals nicht zu antworten und auch später nicht. Nachdem er den nächsten Tag überstanden hatte, begriff er allerdings, wie sehr er sich blamiert hatte. Dennoch musste er auch später noch oft an das Mädchen mit den gewellten Haaren denken, wenn er in einsamen Stunden die Hand in den Hosenschlitz schob. Die Erinnerung an die verächtlichen Augen und die abwehrende Berührung der von einem Spitzenhandschuh verhüllten Hand hatten ihn auf peinliche Art lange erregt.

Aber nachdem der Genossenschaftsladen aufgemacht hatte, sprang Joel die hübsche Erscheinung der neuen Ladenhilfe ins Auge, vor allem ihre außerordentliche Oberweite, und er verstand, dass es an der Zeit war, einen Schritt vorwärts zu machen. Niederlagen in Frauenangelegenheiten waren offenbar unumgänglich, aber vorübergehend. Er kaufte sich das Notizheft und vertraute dem Fräulein Wiberg an, er werde von nun an sämtliche wichtigen Ereignisse seines Lebens darin aufschreiben, wie zum Beispiel jetzt die Eröffnung dieses Genossenschaftsladens unter der kompetenten und nahezu selbstlosen Mitwirkung des Ladenfräuleins.

Es interessierte Joel auch sehr, welcher Meinung das Fräulein Wiberg über das eindeutig sozialistische Parteiprogramm von

Forssa war. Fräulein Wiberg sagte, sie halte sich eher an die Angelegenheiten des Genossenschaftsladens.

Genau, aber dem Fräulein sei doch sicher aufgefallen, dass es sich um ein eindeutig sozialistisches Programm handele. Schon die Grundsatzpräambel stelle nämlich eine ziemlich genaue Abkehr vom Programm der Sozialdemokratischen Partei Österreichs dar, und die elf Ziele für die nahe Zukunft glichen weitgehend den Forderungen, die von den deutschen Sozialdemokraten erhoben wurden.

»Ach ja?«

Ja, genau. Als zentrales Ziel der nächsten Zeit habe sich der Kampf ums Stimmrecht herauskristallisiert, aber Joel fand, es sei außerordentlich lohnend, alle elf Ziele anzustreben.

Was ja auch stimmte. Allerdings mochte er nicht laut zugeben, dass die Erinnerung an den Geschmack und die Wirkung des unlängst genossenen taschenwarmen Gins ihn sogar gegenüber dem letzten Paragraphen des Programms gewogen stimmte, in dem ein vollständiges Alkoholverbot gefordert wurde.

Stattdessen gestand er dem Fräulein Wiberg, durch und durch geblendet zu sein von den unfassbaren, aber doch einleuchtenden Möglichkeiten, die das Parteiprogramm eröffne: Das Volk würde das Recht erhalten, auf die Gesetzgebung Einfluss zu nehmen. Die Lohnsteuer würde gestaffelt werden. Durch die Steuer würde man die unverhältnismäßige Anhäufung von Eigentum und die ungerechtfertigte Wertsteigerung von Land verhindern. Die Religion bliebe Privatsache, und alle Kinder kämen in eine kostenlose Schule.

»Ja, den Schulbesuch unterstütze ich auch aus ganzem Herzen«, sagte das Fräulein.

Aus ganzem Herzen! Ja, genau, das war treffend gesagt, fand Joel. Er konnte sich nicht verkneifen, auf die Stelle zu schielen, wo das Herz des Ladenfräuleins pochte, und er erklärte, die fragwürdigen Freuden des Trinkens aufzugeben, sei für ihn ein kleiner Preis dafür, dass sich der arbeitende Teil der Bevölkerung nicht mehr von den Bürgern herumkommandieren lassen müsse. Jetzt müsse man sich nur gemeinsam dafür ins Zeug legen, dass die Gerechtigkeit auch in Kraft trete. Und besonders für die Gleichberechtigung der Frau müsse jeder alles geben.

Ja, der Ansicht war das Fräulein Wiberg leicht errötend auch.

Nachdem er gemerkt hatte, dass seine Worte unverkennbar Eindruck auf die hübsche Hilfe im Genossenschaftsladen machten, fasste sich Joel ein Herz und pflegte sein Talent auch auf den Versammlungen im Dorf. Ihm war nämlich aufgefallen, dass auch geachtete Arbeiter sich leicht verhedderten, wenn sie vor einer großen Menschenmenge Stellung nehmen mussten. Er hingegen fürchtete sich nicht vor Publikum.

Gerade wenn er die Bedeutung der in Forssa aufgestellten Ziele kommentierte, sah Joel, wie seine Worte tiefen Eindruck hinterließen. Die Blicke und Fragen spiegelten verblüffte, aber unbestreitbare Achtung wider. Er vergaß nicht, stets besonderes Gewicht auf die umfassende Gleichberechtigung von Mann und Frau zu legen. »Im Übrigen bin ich der Meinung«, schloss er jede seiner Reden, »dass die Frauenfrage unverzüglich korrigiert werden muss.«

Joel hört Kustaa vorschlagen, er könne den Händler mit seinem Schlitten bis nach Hause schieben, wenn er dafür ein Büchlein aus dessen Sortiment mit Rabatt bekäme. Zu Joels Überraschung nickt der Alte nach kurzem Überlegen. Er schlägt erneut die Decke zur Seite, beugt sich mit Kustaa über die Fuhre und verhandelt mit ihm mit leisem, würdevollem Ernst.

Joel wirft den Zigarettenstummel in den Schnee und erklärt, er werde dem jungen Salin einen kurzen Besuch abstatten. Die beiden anderen schenken ihm keine Beachtung mehr. Als sich Joel an der Ecke von der Hochburg noch einmal umblickt, sieht er Kustaa und den Händler bereits ein gutes Stück weit durch den Schnee auf der zugefrorenen Meeresbucht waten.

In der Tat. Joel muss zugeben, dass Kustaa wirklich kein Dummkopf ist. Kustaa kann es sich nicht leisten, eines von den Büchlein zu kaufen, aber er hat die Geduld, den Mund zu halten und auch noch einen geschickten Weg zu finden zu bekommen, was er will. Der Kerl lässt sich von kleinen Buben drangsalieren, aber wenn es um Bücher geht, fällt ihm immer etwas ein.

Joel sieht dem seltsamen Paar, das in Richtung Marktgemeinde verschwindet, hinterher: Warum ist mir das nicht eingefallen? Das könnte die Lösung sein, ein gemeinsames Unternehmen rentabel zu machen. Und vielleicht das Fräulein Wiberg in eine kleine Dankesschuld zu versetzen? Oder sie zumindest dazu zu bringen, seinen Erfindungsreichtum zu bewundern.

Aber als er wenig später Sakari Salin seine Idee erklärt, sieht dieser ihn an wie einen Geisteskranken.

»Hä? Den Leuten Kaufmannsware nach Hause chauffieren?«

Er jedenfalls werde, verdammt noch mal, mit so etwas nicht anfangen.

Joel lässt sich nicht entmutigen. Sein frischer Einfall grenzt seiner Meinung nach an Genialität und erfüllt ihn mit neuer, schäumender Selbstsicherheit. Sakaris Abenteuerlust ist mit der Änderung seines Zivilstandes eindeutig auf den Nullpunkt gesunken. Wie es aussieht, fällt von einem Mann viel Mumm und Mut ab, wenn er heiratet. Sicher ist Sakari von seiner Frau gewarnt worden, sich auf irgendwelche waghalsigen Unternehmungen einzulassen, und nun gehorcht er ihr lammfromm.

Joel sagt, er persönlich glaube absolut nicht, dass der Patron etwas gegen den Genossenschaftsladen habe, das sei dummes Gerede. Irgendein Hasenfuß, der alte Vatanen oder ein anderer, habe das Gerücht in die Welt gesetzt, und diesem Gerücht müsse man die Flügel stutzen.

Joel setzt sich vor Sakari hin und redet. Mit überzeugenden Formulierungen und der Präzision auswendig gelernter Hausaufgaben erklärt er dem Freund das Alphabet der Arbeiterwohlfahrt.

Sakari tue gut daran, eines zu verstehen: Wenn er und sein guter Jugendfreund Joel Tammisto, ohne es selbst gewählt zu haben, aber dafür umso unwiderruflicher, dem Teil der Bevölkerung angehörten, dessen Einkommen vollkommen vom Verhältnis zwischen dem ausgezahlten Lohn und den Preisen der Konsumgüter abhänge, dürfe ihnen so eine Rettungsleine wie der Genossenschaftsladen auf keinen Fall gleichgültig sein.

»Bist also du, Sakari Salin, ein Mensch, der sich für einen guten Arbeiter hält, bereit, dich Schwindlern und Kaufleuten, die sich an der Feigheit ihrer Kunden bereichern, auszuliefern, bloß weil du vor kleinen Unannehmlichkeiten zurückschreckst? Und das, wo doch gerade zwischen den nach Profit strebenden Händlern und der mit knappen Mitteln haushaltenden Lohnbevölkerung ein schreiender Interessenskonflikt herrscht.«

»Ja, ja, schon gut«, bremst Sakari. Es ist wieder mal deutlich geworden, dass Joel ein aufgeweckter und allwissender Intelligenzler ist, aber wäre es nicht besser, wenn Joel als Junggeselle sich seine Predigt für empfängliche Töchter aufspart? Andererseits versteht er, Sakari, durchaus, dass es auf die Mädels natürlich Eindruck machen würde, wenn man ihnen französische Puderdosen und anderen schönen Mädchenkram bis vor die Haustür brächte.

Joel schluckt den Spott, ohne zu widersprechen. Ihre Freundschaft würde es nicht verkraften, wenn er laut sagte, was er denkt. Dass er nämlich nicht versteht, warum Sakari, der jede hätte bekommen können, sich mit einem nichtssagenden Nachbarmädchen zufriedengibt, dem wahren Musterexemplar einer weiblichen Vertreterin des ungebildeten Sägewerkproletariats. Wie kann einem so eine Ehe nur zu Kopfe steigen? Sakaris Angeberei in dieser Frage ist nahezu unerträglich. Als hätte er in Gestalt des armen Mädchens, das er aus Versehen geschwängert hat, ein halbes Reich an sich gebracht.

»Es ist aber nun mal so, dass die einzige Waffe der Arbeiter darin besteht, sich zusammenzuschließen.«

Dieser oft gehörte Wahlslogan kann Sakari nicht erschüttern. Er wiederholt seinerseits, dass er es sich nicht leisten könne, beim Sägewerk rauszufliegen, und dass Joel das endlich begreifen solle.

Aber es wird niemand rausgeworfen, versichert Joel. Wenn man gemeinsam handelt, ist man stark. Die Säge steht, wenn der Patron alle Mann hinauswerfen muss.

Sakari streift sich die Stiefel von den Füßen. Das werde man ja wohl noch tun dürfen, ohne das Vertrauen der Lohnbevölkerung zu enttäuschen.

»Dass die Schultern aber auch so verdammt wehtun müssen.«

Warum Sakari bei der Stapelarbeit denn keine Polsterung unterm Hemd benutze, will Joel wissen, so wie er selbst es klugerweise tue, um sich zu schonen.

Sakari gibt zu, dass die Polsterungen gut sind, aber die kräftigen Finger seiner Ehefrau seien noch wirkungsvoller.

»Jede Entwicklung ist möglich«, insistiert Joel mit unterdrücktem Ärger, »wenn sie nur mit Verstand geplant wird.«

Schließlich könne der Mensch auch fliegen. Das habe man ja gesehen.

»Und ob man das gesehen hat«, lacht Sakari, gerade erst letzten Samstag habe er selbst zu Gesicht bekommen, wie der Jussi vom Osku Venho gepackt worden und dann von der Treppe der Hochburg in den Schnee geflogen sei.

Eben. Aber jetzt habe der Amerikaner vorgeführt, wie man richtig fliegen könne. Sakari solle auch mal die Zeitung lesen, dann wüsste er so etwas.

Sakari mustert Joel misstrauisch. Womit ist der Amerikaner denn geflogen?

Mit einer Doppeldeckermaschine namens Flyer. Vierzylindermotor. Zwölf Pferdestärken Leistung. Joel spult die technischen Details wie auswendig gelernt herunter.

Sakari amüsiert sich über die für Joel so typische Begeisterung für Apparate aller Art. Das Luftschiff werde bestimmt die Freiheit und den Fortschritt von Amerika nach Vartsala bringen und seinen Bruder Viki noch dazu, schlägt er vor.

»Hat das Schiff auch Dampfkessel und Schornsteine, runde Fenster auf der Seite und achtern eine Schraube, die für Tempo sorgt? Und wenn es vorm Sägewerk auf Reede liegt, wirft es sicher den Anker aus, wie alle anderen Schiffe auch?«

Propeller gebe es zwei, bestätigt Joel. Fliegen sei möglich. Das wisse man schon lange, und nun habe es ein amerikanisches Brüderpaar bewiesen. Es sei keine Hexerei, sich in der Luft fortzubewegen, wie die Frauen sich das vorstellen. Einen Besen brauche man dazu nicht. Das Fliegen basiere auf Strömungen.

»Aha.«

Auf Strömungen, genau, erklärt Joel geduldig, ohne sich von Sakaris Neckerei stören zu lassen. Sicher schämt sich Sakari bloß über seine eigene Unwissenheit. Joel kann nicht ernsthaft glauben, dass eine so umwälzende Erfindung nicht jeden vernünftigen Mann fasziniere.

Die Luft sei wie Wasser, nur dünner, erklärt er. Und man könne die Luft mit einem Propeller quirlen wie das Wasser, und dadurch eine Strömung erzeugen. Diese Propellerströmung sorge für den Antrieb, der Antrieb trage die Flügel und hebe das Fluggerät in die Luft. Und tatsächlich, der Mensch könne fliegen! Was vor langer Zeit schon ausgerechnet und jetzt in der Praxis bewiesen worden sei.

Sakari nickt mit einem Lächeln im Mundwinkel.

Joel fügt hinzu, der Flug habe zwölf Sekunden gedauert.

Daraufhin stößt Sakari einen langen Pfiff aus. So ein Aufwand wegen zwölf Sekunden!

»Das ist erst der Anfang«, sagt Joel. »Aber trotzdem ein ausreichender Beweis für die Flugfähigkeit des Menschen.«

Er sei sich absolut sicher, dass irgendwann der Tag komme, an dem Leute im Dorf Vartsala mit eigenen Augen das Wunder des Fliegens zu Gesicht bekommen werden, und das wäre zumindest für Joel dann die große Erfüllung seiner Träume.

Genau. Und demnächst werde er die Schornsteine sprechen hören, sagt Sakari. Vielleicht erfinde Joel gar als Nächstes eine neue Religion, so wie Onkel Antti, bevor er in die Klapsmühle kam.

Joel bittet Sakari, nicht unsachlich zu werden, wenn er schon keine Lust hat, sich in die Entwicklung der Technik zu vertiefen.

Sakari schüttelt den Kopf. Versteht Joel denn nicht, dass die amerikanischen Zeitungen solche Lügen nur verbreiten, um die Aufmerksamkeit der Welt von den idiotischen Verlautbarungen ihres Präsidenten abzulenken?

Joel verstummt für eine Weile. Immer wieder gelingt es Sakari, ihn zu überraschen. So gleichgültig der Kerl gegenüber dem Weltgeschehen auch zu sein scheint, verfolgt er doch die Nachrichten. Irgendwie gelingt ihm das ohne Aufhebens, und nur selten bringt er die Schlussfolgerungen seiner stillen Überlegungen zum Ausdruck.

Joel steht auf und zieht die Jacke an. Um das letzte Wort zu behalten, muss er noch die höhnische Bemerkung fallen lassen, mit Sakaris Einstellung wäre nicht einmal das Rad erfunden worden.

Sakari lächelt nur und bietet Joel eine Zigarette an.

»Mit was für einem Apparat soll der Kaufmannskrempel denn transportiert werden?«, will er wissen, nachdem er einen perfekten Ring in die Luft geblasen hat.

Der noch immer etwas beleidigte Joel sagt, er habe an Schlitten und Rucksack gedacht, im Sommer an einen Handwagen. Letzten Endes hänge es von jedem selbst ab, mit welchem Gerät er die Arbeit erledigen wolle. Aber er, Joel, habe ganz und gar nicht vor, jemanden gegen dessen Willen zu etwas zu zwingen.

Sakari muss lachen.

»Jetzt entscheide dich mal, mein Lieber.«

»Was soll ich entscheiden?«

»Na, ob du die Schnecke willst oder nicht.«

Vartsala, 21. April 2009

Habe ich schon erwähnt, dass ich das Haus, in dem ich mit meiner Frau Aila gelebt hatte, bloß mit dem Fahrrad verließ? Nicht auf einem romantischen Drahtesel, sondern auf einem hochwertigen Hybrid-Rad Marke Corratec, das ich wenige Jahre zuvor im Großhandel gekauft hatte, zusammen mit praktischen Satteltaschen und sonstigem Zubehör. Nachdem ich das Rad erworben hatte, überließ ich Aila den Toyota und radelte das ganze Jahr hindurch zur Arbeit, wenn die Termine nicht unbedingt den Wagen erforderlich machten. Im Urlaub fuhr ich Radtouren. So kamen pro Jahr 3000 bis 4000 Kilometer zusammen.

Nun führte die erste Etappe meiner gut hundert Kilometer langen Route von Ylöjärvi über Lempäälä, Viiala und Urjala nach Forssa, wo ich in einem Hotel übernachtete. Am nächsten Morgen hinterließ ich an der Rezeption einen Brief, mit der Bitte, ihn bei der Post aufzugeben. Er war an das Standesamt Tampere adressiert und enthielt den Scheidungsantrag, den ich am Vorabend ausgefüllt hatte.

Am folgenden Tag fuhr ich durch den Nationalpark Torronsuo. Die Prospekte bewerben ihn als wilde Perle, wo der Wanderer die finnische Natur in ihrem Urzustand erleben könne. Wie als Bestätigung der Reklame erblickte ich mitten in der ebenen

Sumpflandschaft einen Trupp Kraniche beim Rasten während des Frühjahrszugs. Die Vögel schrien und tänzelten mit ausgebreiteten Flügeln umeinander herum. Die Sonne brannte vom Himmel. Ich musste das Halstuch, das ich von meinem Sohn Jimi zu Weihnachten geschenkt bekommen hatte, abnehmen und mir als Schweißband über die Stirn binden.

Das Tuch ist mit den Logos aller finnischen Nationalparks bedruckt, auch mit dem von Torronsuo. Jimi hatte meine sommerlichen Fahrradtouren wohl als leidenschaftliches Interesse für die Natur interpretiert, weshalb ich mir ein bisschen wie ein Schwindler vorkam und mich entsprechend schämte. Mein endgültiger Abgang musste dem Jungen vorkommen wie ein Rückzug in die Natur à la Thoreau. Ließ ich doch mein selbstgebautes, gutes Backsteinhaus in Stadtnähe, in dem ich 20 Jahre lang gewohnt hatte, zurück und zog in eine Hütte im Wald. Zweifellos war das für ihn eine Form des Verrücktwerdens. Ich weiß nicht, was er gedacht hätte, wenn ich ihm anvertraut hätte, wovon ich tatsächlich besessen war. Ich blickte auf mein lautlos gestelltes Handy. Von Aila waren im Lauf des Tages fünf Anrufe und zwei SMS gekommen. Ich antwortete mit wenigen Zeilen.

Von Somero aus wählte ich die Strecke, auf der am 13. Mai 1918 mehr als 50 Rote oder Männer, die man für Rote hielt, ihrem Massengrab entgegenmarschieren mussten, das in Märynummi, einem Dorf der Gemeinde Halikko, ausgehoben worden war. Von einem der Männer hieß es, er sei bereits unterwegs ums Leben gekommen, während des langen Marsches auf der schönen Straße entlang des Flusses. Mindestens einem gelang die Flucht. Die übrigen 50 wurden in Gruppen zu je zehn erschossen.

In Halikko fuhr ich einen kleinen Umweg über Märynummi, um das Denkmal der »für ihre Überzeugung Gefallenen« hinter dem psychiatrischen Krankenhaus zu besuchen. Zuletzt hatte ich den Stein vor 47 Jahren gesehen, im Alter von sieben Jahren. Mamu hatte mich zum Preiselbeerpflücken dorthin mitgenommen, wo sie schon in ihrer Kindheit in den Beeren gewesen war.

Ich lebte damals bei meinen Großeltern in Turku. Opa und Mamu kümmerten sich um mich seit meinem zweiten Lebensjahr, nachdem ihre jüngste Tochter, meine Mutter Helena, an Krebs erkrankt war. Als meine Mutter starb, war ich vier. Mein Vater war mit einer anderen Frau verheiratet, und so blieb ich in der Obhut meiner Großeltern.

Die herbstliche Preiselbeerfahrt ist mir all die Jahre in Erinnerung geblieben, eben wegen des Mahnmals für die im Bürgerkrieg Hingerichteten. Bevor wir an die Stelle kamen, war der Tag das reinste Vergnügen gewesen, wie immer, wenn ich mit Mamu unterwegs war.

Ich weiß noch genau, wie sie an jenem Tag angezogen war. Sie trug eine helle Steppjacke und eine selbstgehäkelte Baskenmütze aus Angorawolle. Auch die Tatsache, dass ich mich an ihre Kleider so genau erinnern kann, verrät wohl, wie seltsam der Vorfall, zu dem es damals kam, in meinem Kinderleben war.

Bevor wir nach Halikko aufbrachen, knöpfte sich Mamu vor dem Spiegel in der Diele die Jacke zu und prustete plötzlich los. Sie sagte, sie sehe aus wie ein überdimensionaler Heuler. Als sie von Großvater und mir eine Bestätigung für ihre Ansicht verlangte, versteckte sich Großvater hinter seiner Zeitung und sagte, wir seien doch nicht verrückt. Ich wusste nicht einmal, was ein Heuler war. Mamu erklärte mir, das sei ein Seehundbaby. Heutzutage wird viel über Seehunde und Robben gesprochen, und immer wenn jemand für ihren Schutz eintritt, muss ich an Mamu mit ihrer Steppjacke und ihrer Angoramütze denken.

Später habe ich mir die Fotos aus jener Zeit angeschaut und erkannt, was für eine attraktive Frau meine Großmutter noch im Alter von über 60 war. Sie hatte ein lebendiges, schön geformtes Gesicht und einen wohlproportionierten Körper. Sie war 13 Jahre jünger als Großvater, der unter vielerlei Altersbeschwerden und Bewegungseinschränkungen litt, aber auch kein bedauernswerter alter Dussel war. Zumindest in meinen Kinderaugen trug er die aufrechte Würde eines großen Mannes, die auch durch die langsameren Schritte und den Gebrauch eines Stockes nicht verblasste.

In die Beeren konnte er allerdings nicht mehr, und wir hätten ihn dort auch nicht gebrauchen können. Mamu erledigte das Preiselbeerpflücken fröhlich plaudernd, und ich durfte Stöckchen in den Bächen schwimmen lassen, auf einem Baumstumpf belegte Brote essen und zwischen den Birken verschiedene Comicfiguren bei ihren Abenteuern im Dschungel nachspielen. Wenn die Eimer voll waren, machten wir uns auf den Weg zur nächsten Bushaltestelle.

Auf der Höhe der psychiatrischen Klinik von Märynummi beschleunigte Mamu ihre Schritte. Sie hatte mir einmal erzählt, um was für ein Gebäude es sich handelte, und ich glaubte, ihr forscher Schritt habe damit zu tun, dass hinter einem Busch oder Baum ein furchterregender Irrer lauern könnte, mit einer frisch geschärften Axt unter der Jacke. Ich hatte nämlich von einem Axtmörder gehört, der statt ins Gefängnis in ein psychiatrisches Krankenhaus gekommen war.

Auch ich war aufgeregt wegen des Gedankens an einen mordlüsternen Geisteskranken, aber trotzdem wurde meine Neugier durch den hellen Zaun geweckt, der neben der Straße ein ebenes Areal mit Zierfichten einfasste. Was verbarg sich dahinter? Ich erkannte einen großen, rechteckigen Stein. Er erinnerte mich an die viereckige Platte vor dem Eingang zur Höhle der Urahnen im Phantom-Comic. Ich wusste, dass dahinter ein geheimer Gang zu einem alten Tempel und in eine Schatzkammer führte, die das Versteck des Wandelnden Geistes war.

Mein Großvater las mir fast jeden Tag Comics vor, nicht nur *Das Phantom*, sondern auch *Superman*, *Tarzan* und *Donald Duck*. Wir kauften sie im Antiquariat, wo der nie lächelnde Besitzer so viel qualmte, dass alle Hefte nach Zigaretten der Marke Klubi rochen. Mamu fand den Geruch entsetzlich. Darum durften wir die Hefte nur im Vorraum der Sauna aufbewahren und lesen. Ich mochte den Geruch, er gehörte für mich zu der Welt dieser Geschichten, und jedes Mal wenn ich den Rauch einer Klubi rieche – was immer seltener vorkommt –, befällt mich die Stimmung von damals, als ich mit Opa Comics las.

Das Phantom war mein absoluter Favorit. Großvater schien davon ebenso begeistert zu sein wie ich, und die »alten Dschungelsprichwörter« wurden unsere Geheimsprache. Großvater konnte sich »auf den letzten Pfannkuchen stürzen wie ein Pavian bei Nacht« und damit der strengen Diät trotzen, die ihm der Arzt und Mamu verordnet hatten. Und ich bildete dazu mit den Lippen die Worte »altes Dschungelsprichwort«.

Aber wenn Mamu einen strengen Blick auf Großvater richtete, legte er den fettigen Leckerbissen in die Schüssel zurück: »Wenn Mamu loslegt, schweigt der Dschungel. Nicht einmal Opa wagt es, Mamus Macht zu trotzen.« Und ich, ohne einen Laut: »Altes Dschungelsprichwort.« Großvater schob den Teller von sich und zwinkerte mir zu. Mamu runzelte mit gespielter Entrüstung die Augenbrauen, und ich kicherte über die Glückseligkeit der gelungenen Verschwörung.

Im Herbst des Beerenausflugs war ich in der ersten Klasse und hatte gerade lesen gelernt. Unsere gemeinsame Beschäftigung mit den Comics setzten wir jedoch auf die gewohnte Art fort.

Ich saß an der Seite meines Großvaters, während er mir laut vorlas. Wie viel ich mir auch darauf einbildete, dass ich jetzt lesen konnte, so schenkte mir die Welt der Comics ohne die Stimme meines Großvaters und seine raue Wolljacke, an die ich mich immer drückte, doch nicht annähernd so viel Befriedigung.

Ich wollte nicht dazu übergehen, die Comics für mich allein zu lesen, aber sonst brachte ich laut krähend alles, was irgendwo geschrieben stand, ins allgemeine Bewusstsein, sei es auf den Milchpackungen, an den Fenstern des Lebensmittelladens oder den Reklameaufklebern an den Rückenlehnen der Sitze in der Straßenbahn, die damals das letzte Jahr in Turku verkehrte. Meine stolzen Großeltern wurden nicht müde, meine Fähigkeiten zu bewundern, gerade so als wäre es nicht vollkommen normal, im ersten Schuljahr lesen zu lernen, sondern ein Zeichen für ein außerordentliches kindliches Genie.

Als ich auf dem interessanten großen Stein Wörter entdeckte, musste ich unbedingt herausfinden, was da für eine geheime Botschaft eingemeißelt war. In dem Moment, in dem wir an dem Eingang in der Umzäunung vorbeigingen, rannte ich los, geradewegs zum Denkmal. Mamu rief mir hinterher, ich solle stehen bleiben, aber ich hörte nicht.

Ein Schwarm Dohlen flog von dem Stein auf. Auch die Höhle des Phantoms wurde von treuen Vögeln bewacht, die vor Eindringlingen warnten. In den Augen eines Kindes war der Stein aus rotem Granit gewaltig. Aber erst als ich die Worte las, die hineingehauen waren, richteten sich vor Aufregung die Härchen an meinen Armen auf.

Denkmal. Das teuerste Opfer dem Ideal.

»Denk mal!« Ich wurde aufgefordert, mir von allen Opfergaben der Welt die kostbarste vorzustellen. Würde mir das gelingen, bekäme ich den Schatz für mich allein. Mit ziemlicher

Sicherheit würden wir unheimlich reich werden, Mamu würde den Führerschein machen können und wir würden uns das Auto kaufen, von dem mein Opa träumte. Vor meinen Augen funkelten Diamanten, Goldmünzen und Tiefseeperlen im Licht brennender Fackeln in einer Höhle. Ich hatte bereits die Welt des Wandelnden Geistes betreten, als Mamu es endlich bis zu mir geschafft hatte.

Begeistert versuchte ich ihr zu erklären, wie ich das Geheimnis des Steins lösen und uns durch den Reichtum, den die teuren Opfergaben brächten, von allen irdischen Sorgen erlösen würde, aber entgegen meiner Erwartung legte Mamu nicht die geringste Freude an den Tag. Stumm und ohne ein Lächeln starrte sie mich an.

Ich verstand nicht, warum sie sich so versteifte, aber zunächst trug ihr Verhalten dazu bei, den Zauber des Ortes noch zu verstärken. Bestimmt entsetzten sie die fürchterlichen Flüche, die in dem Felsen verborgen waren, Flüche, die schon Grabräuber in den Tempeln der Inkas und in den Grabkammern der Pharaonen getötet hatten. Ich erklärte ihr, der Wandelnde Geist würde uns nichts tun, schließlich beschütze er die Guten.

»Von was für Geistern sprichst du da eigentlich, mein Kind?«

Sie schien nichts vom Wandelnden Geist zu wissen, der das Phantom und seine Getreuen wie mich schützte. In Mamus Augen war ich wohl noch immer der kleine mutterlose Junge, der beschützt werden musste. Ich quengelte, man müsse einen Spaten holen und anfangen zu graben. Vermutlich sah sie mich voller Entsetzen schon mit dem Spaten auf der Schulter zur Begräbnisstätte gehen, um mich zwischen die dort ruhenden Toten zu buddeln.

»Hab keine Angst, Mamu! Mir passiert nichts.«

Sie ging vor mir in die Knie und nahm mich fest bei den Schultern. Ihr Gesichtsausdruck war fremd, ungewöhnlich.

Zum ersten Mal in meinem Leben fürchtete ich mich in ihrer Nähe. Das Spiel hatte sich in etwas verwandelt, das ich nicht verstand.

»Wer hat dir von diesem Ort erzählt? Onkel Arvi?«

»Nein, ich …«

»Wer dann? Sag es der Mamu, mein Kind!«

Ich war nicht in der Lage, ihr eine vernünftige Antwort zu geben. Tränen der Erschrockenheit traten mir in die Augen, und Mamu beendete ihr aussichtsloses Verhör. Sie entschuldigte sich und verwuschelte mir die Haare mit so hilfloser Miene, dass es mir zu Herzen ging. Still verließen wir das Mahnmal.

Auf dem Weg zur Bushaltestelle machten wir einen Abstecher zum Gemischtwarenladen in der Ortsmitte. Dort kaufte mir Mamu ein rundes Vanilleeis am Stiel und ein Zitronensoda. Nachdem ich den Verschluss der Flasche aufgerissen und das Zischen gehört hatte, verflog mein Kummer allmählich. Aber Mamu blieb weiterhin sonderbar still, und zu meiner Verwunderung bestellte sie uns ein Taxi. Noch seltsamer war, dass wir damit nicht nach Turku fuhren, wo wir wohnten. Das Taxi brachte uns mitsamt den Preiselbeereimern nach Vartsala und dort zum Häuschen von Onkel Arvi.

Mich ließ man draußen, um den Hund zu streicheln, aber weil das Küchenfenster einen Spaltbreit offenstand, hörte ich, wie Mamu dem Alten zusetzte. Was sie sagte, verstand ich nicht. Sie sprachen ihre Geheimsprache, Schwedisch.

Am Abend, als sie glaubten, ich schliefe schon, schüttete Mamu Großvater ihr Herz aus, der sie so gut er konnte beruhigte. Mamu sagte, Arvi habe felsenfest behauptet, er sei es nicht gewesen, aber irgendwie müsse er sich verplappert haben, weil der Junge eindeutig etwas wisse. Was genau dieses Etwas sei, müsse herausgefunden werden. Mamu wirkte sonderbar gequält und sagte einen Satz, den ich überhaupt nicht verstand.

»Ich lasse mir von niemandem unsere Familie zerstören!«

Großvater beruhigte sie und behauptete, die Hippe existiere gar nicht mehr, und niemand stochere in so alten Sachen herum. Der Junge sei nur hingerannt, um zu lesen, was auf dem Denkmal stehe. Er lese ja auch sonst alles, was ihm begegne. Großvater fand, dass Mamu sich etwas einbilde, weil ihr die Geschichte dauernd im Kopf herumgehe.

Die Geschichte? Ich begriff nicht, über welche Geschichte sie redeten, ich wusste auch nicht, was eine Hippe war, aber es musste etwas Entsetzliches sein, weil sogar Mamu, auf die man sich felsenfest verlassen konnte, außer sich war.

»Ich sage bloß eins: Kein Schwätzer wird uns daran hindern, für den Jungen dazusein, solange er uns braucht.«

Mamus aufgeregte Worte jagten mir Angst ein. Lange hatte ich Albträume, in denen ich von Gespenstern mit schwarzen Kapuzen weggeschleift wurde. Oder sie nahmen Opa und Mamu mit. Auch das riesige Denkmal, das mich so unwiderstehlich angezogen hatte, spukte in diesen Träumen herum.

Als mein Großvater ein Jahr nach jener Fahrt in die Beeren starb, wurde der Albtraum für mich wahr. Die Geister hatten ihn bekommen. Ich trauerte sehr um ihn, aber noch mehr quälte mich die Angst, ich könnte auch Mamu an die Geister verlieren. Nach und nach überzeugte sie mich jedoch davon, dass ihr keine Wesen aus der Geisterwelt, ja nicht einmal der Sensenmann, etwas anhaben konnten.

Irgendwie gelang es ihr mit der Zeit, die Angst, die mich plagte, durch Reden und schließlich auch durch Lachen zu vertreiben. Während sie mich tröstete, trauerte sie unentwegt um Großvater. Das gute Verhältnis, das die beiden miteinander gehabt hatten, war für mich als Kind eine sichere Selbstverständlichkeit gewesen. Später und vor allem in der Zeit, als ich in meiner Ehe litt, begriff ich, wie sehr Mamu ihren Mann liebte.

Inzwischen ist mir bewusst, was für eine große Kraftanstrengung es für sie bedeutete, bereits zum zweiten Mal große Trauer vor mir zu verheimlichen. Ich selbst kann mich kaum an meine Mutter erinnern, sie glitt einfach irgendwie aus meinem Leben hinaus. Ich weiß aber, dass der Verlust der Tochter für meine Großeltern eine schrecklich schwere Prüfung gewesen war, trotzdem überschattete keinerlei düstere Stimmung meine frühe Kindheit.

Später in der Pubertät erfuhr ich, dass man das Denkmal von Märynummi 1940 aufgestellt hatte, zur Zeit des Interimsfriedens, als die Linke nach der Einmütigkeit des Winterkrieges endlich öffentlich über ihre Toten im vorigen Krieg trauern durfte. Ich wusste, dass Großvater und Mamu im Bürgerkrieg von 1918 nahe Angehörige verloren hatten. Ich erinnerte mich an das Ereignis von damals, und die kindliche Vorstellung von in der Erde versteckten Schätzen war mir als jungem Kerl fast peinlich. Natürlich befand sich unter dem Stein keine mysteriöse Höhle des Wandelnden Geistes.

Erst seit ich in den letzten Jahren die Broschüren, Fotos und Briefe, die aus dem Nachlass meiner Großeltern erhalten geblieben sind, untersucht habe, bin ich immer mehr zu der Überzeugung gelangt, dass das Verhalten meiner Großmutter an jenem Tag vor dem Denkmal in Märynummi nicht allein von großer Trauer oder Bitterkeit herrühren konnte. Angesichts ihres Charakters war die Reaktion durch und durch außergewöhnlich gewesen. Und ich habe mich fragen müssen, was um Himmels willen meine bis zum Schluss ungebrochene Großmutter an jenem Herbsttag vor diesem Gedenkstein so sehr erschreckt hatte.

Mit der Zeit habe ich verstanden, dass sie mich vor ihren eigenen Geistern schützen wollte.

Nachdem ich von Turku weggezogen war, beschränkte sich der Kontakt zu Mamu hauptsächlich auf Telefongespräche. Ich war 22 und Vater eines kleinen Mädchens. Da ich die Verantwortung für ein Kind trug, gab ich mein Geschichtsstudium an der Universität Turku auf und wurde Maurer. Ich zog dahin, wo es Arbeit gab.

Hätte meine Frau nicht verlangt, dass wir den Kontakt zu Mamu abbrechen, hätte ich als Erwachsener sicherlich die Antworten erhalten, vor denen man mich als Kind beschützen wollte. Der Konflikt zwischen Aila und Mamu entzündete sich nach der Geburt unserer Tochter, als Mamu die Art, wie Aila mit dem Kind umging, kritisierte. Aila war in ihrer Wut unversöhnlich. Ihrer Meinung nach durften wir nichts mehr mit Mamu zu tun haben. Ich beugte mich weitgehend ihrem Willen. Einige Male besuchte ich Mamu aber doch, hinter dem Rücken meiner Frau.

Ich wollte den vorletzten Halt meiner Fahrradtour verewigen und holte die Kamera hervor. Ich machte mehrere Aufnahmen von dem Mahnmal zum Gedenken an jene, die für ihre Überzeugung gestorben waren und von seiner Inschrift:

Denkmal. Das teuerste Opfer dem Ideal.

Seinerzeit hatte die Krankenhausleitung die Erlaubnis erteilt, das Areal, auf dem die Hinrichtungen und das Massenbegräbnis stattgefunden hatten, einzuzäunen und an der Stelle einen Gedenkstein zu errichten. Die Bedingung lautete, dass »nichts Fanatisches« in den Stein gehauen würde. Auf der anderen Seite des Steins befand sich denn auch eine äußerst knappe und irgendwie rührende Inschrift, die mitteilte, auf welche Initiative das Mahnmal an dieser Stelle zurückging:

Arbeiterverein v. Salo u. Umg.

Auf zwei weiteren Seiten stand lediglich die Jahreszahl *1918*.

Meine Fotos wollte ich den anderen Dokumenten, die ich über den Bürgerkrieg gesammelt hatte, hinzufügen. Die Abenddämmerung hatte bereits eingesetzt, und ich fror. Also schwang ich mich wieder in den Sattel und fuhr schnell zum nahegelegenen Dorfladen. Dort kaufte ich Toilettenpapier, Shampoo und so viel Lebensmittel und Getränke, wie in die Satteltaschen passten. Anschließend warf ich einen Blick aufs Handy. Es waren drei neue Anrufe und sieben SMS von Aila eingegangen. Dem Laden war ein Lokal angeschlossen, in dem ich zwei Bier trank und Aila mit einer kurzen Nachricht antwortete. Dann machte ich mich auf die letzte, knapp zehn Kilometer lange Etappe zu meinem neuen Zuhause.

Arvis Häuschen befindet sich für meine Begriffe so ziemlich in dem Zustand, in dem es bei seinem Tod war.

Nichts deutet auf den ersten Blick darauf hin, dass der langjährige Bewohner nicht mehr ganz richtig im Kopf gewesen ist. Aus den Ecken quillt kein überflüssiges Gerümpel, die schlichten Möbel sind so gut in Schuss, wie es in einem Haus, das 20 Jahre lang kalt dagestanden hat, möglich ist. Schränke und Küchenschubladen sind sauber mit Papier ausgekleidet.

Nicht einmal in den Schuppen liegen Bretter oder rostige Schaufeln kreuz und quer durcheinander, sondern Holz und Werkzeug sind zweckmäßig verstaut.

Auf Baustellen legte auch ich stets Wert auf Ordnung. Von meinem Gehilfen verlangte ich, dass der Backstein in der Hand des Maurers liegen und die Kelle voller Mörtel sein muss, wenn eine Mauer oder Ofenwand im Akkord hochgezogen wird. Wenn der Arbeitstag beginnt, müssen die Gestelle stehen und die Schlagschnüre gespannt sein. Mörtelsäcke und Backsteinpaletten haben sich in griffbereiter Nähe zu befinden.

Daheim hingegen habe ich meine widerwillige Haltung zum täglichen Saubermachen gelegentlich mit der Behauptung verteidigt, das Bedürfnis nach pedantischer Ordnung sei das Symptom einer Zwangsneurose. Oft stimmt das ja auch. In meiner neuen Heimat versuche ich jedoch mich an die Sitten des Hauses zu gewöhnen.

Im Gebrauchtwarenhaus kaufte ich mir einen Heizstrahler, eine alte Waschmaschine und einen Kühlschrank. Im Supermarkt fand ich einen Satellitenempfänger für 40 Euro und im Sperrmüll einen funktionierenden Fernseher. Laptop und Handy hatte ich schon. Weitere Gerätschaften brauchte ich vorerst nicht. Ich hätte sie mir auch gar nicht leisten können.

Ich hoffe, die Steinaufträge werden im Lauf des Sommers zunehmen, denn ich habe beschlossen, das Zimmer im ersten Stock durch Dämmung winterfest zu machen für den Fall, dass meine Kinder mich besuchen wollen. Auch habe ich angefangen, den Backofen im Erdgeschoss abzubauen. Ich habe vor, ihn vollkommen neu aufzumauern, trotz meiner Entscheidung, in diesem Leben nicht mehr nach der Kelle zu greifen. Für den Broterwerb werde ich es auch nicht tun, aber schließlich braucht das Häuschen eine ordentliche Feuerstelle. Im Schuppen stapeln sich zig Kubikmeter Brennholz, hauptsächlich Birkenscheite. Sie sind trocken geblieben und noch immer brauchbar. Es wäre eine idiotische Verschwendung, sie nicht zu verwenden, bloß weil ein funktionierender Ofen fehlt. Im kommenden Winter wird sich das Heizen mit dem Ofen auf der Stromrechnung bemerkbar machen.

Arvis Lebensgeschichte fasziniert mich nun immer mehr. Er hat sehr wenige Dokumente hinterlassen. All die Belege, Fotos, Rechnungen, Notizzettel und dergleichen Papierkram, wie man ihn oft in Nachlässen findet, fehlt hier fast völlig. Der Mann hat Zeit gehabt, sich auf seinen Tod vorzubereiten und zu entscheiden, was von ihm zurückbleiben soll.

Gestern Abend bin ich Arvis kleine Bibliothek durchgegangen und habe dazu ein paar Bier getrunken. Und ja, den einen oder anderen Schnaps habe ich zum Runterspülen auch gekippt. Seit dem Morgen hatte ein starker Wind geweht und Regen hinter sich hergezogen. Die Bäume sind noch immer unbelaubt, aber für nächste Woche ist wärmeres Wetter mit Sonne angesagt. Dann nehme ich mir neben ein paar kleineren Steinjobs auch die Arbeit auf meinem Grundstück vor.

Es waren zwei, drei Regalmeter an Büchern da, die meisten auf Schwedisch. Vielleicht sollte ich in der Freizeit mein schwaches Schulschwedisch aufbessern? Ein gutes Wörterbuch steht bereits im Regal. Von den finnischen Büchern sind die meisten ebenfalls Lehrbücher, wie Axel Alftans Werk *Unsere Pferdeaufzucht* aus dem Jahr 1910. Der Untertitel lautete *Allgemeine Maßnahmen zur Förderung der Pferdeaufzucht sowie die Pflege von Zuchtpferden und die Aufzucht von Fohlen* und weckte in meinem betrunkenen Kopf die findige Idee, ein Pferd für das leere Grundstück anzuschaffen. Vermutlich ist es heutzutage verboten, ein Pferd ohne normgerechten Stall zu halten. Das Pferd müsste wohl zum Beispiel fließendes Wasser haben, auch wenn sein Besitzer keines hat. Außerdem, was sollte ich mit einem Pferd anfangen? Immerhin hätte ich dann ein lebendes Wesen in meiner Nähe, zu dem ich sprechen könnte und das mir treue Blicke schenken würde.

Als ich hier und da in dem Pferdeführer blätterte, wurde mir schnell klar, dass ich mir für wesentlich weniger Geld die abgöttische Freundschaft eines Hundes beschaffen könnte.

Ein brauchbareres Opus wird vielleicht das Kochbuch der Gräfin Eva Mannerheim-Sparre aus dem Jahr 1936 sein, das sich laut Untertitel an *Feinschmecker und gewöhnliche Hungrige* richtet. Auf der ersten Seite ermuntert die Gräfin daher dazu, sämtliche Formen von Pillen, Diäten und Selbstkasteiungen zu vergessen.

All das klingt großartig, aber die folgende Anweisung, nämlich gleichgesinnte Gäste um einen Tisch zu versammeln, ist schon schwerer in die Tat umzusetzen. Nicht dass ich überhaupt keine Freunde hätte, aber sie leben alle ihr eigenes, hektisches Leben, weit weg von diesem Dorf. Die Vorstellung, ein paar Gäste einzuladen und eine Feier zu veranstalten, finde ich aber trotzdem schön.

Das aufmerksame Blättern in den Rezepten machte mich allerdings nachdenklich. Im Namen der Mäßigkeit empfiehlt die Gräfin, bei einem Abendessen nicht mehr als acht Gänge aufzutragen, angefangen bei einer Suppe, über Fisch, Entrée und Horsd'œuvre zu Wild oder anderem Fleisch, weiter zu etwas Süßem, vielleicht zu einem Eis. Die Zubereitung von Suppe oder Fleisch beginnt mit einer Schemazeichnung, wie man Schlachttiere zerlegt. Ein Rezept fängt so an: »Man nehme ein halbes Kalb…« Ich verstehe allmählich, wie wohlhabende Hausfrauen und ihre Dienerschaft in den vergangenen Jahrhunderten ihre Tage verbrachten.

Aber was um Himmels willen fing ein Einsiedler wie Arvi mit einem solchen Buch an?

Interessierte sich Arvi Malmberg wirklich für arabischen Ochsenbraten, für Roastbeef Bercy, für Court Bouillon oder für Forelle Müllerin? Wohl kaum. Man findet auf den Buchseiten keine Teigflecken, es gibt keine Eselsohren bei den Lieblingsrezepten und auch sonst keine Anzeichen dafür, dass jemand das Buch beim Kochen benutzt hätte. Es konnte ebenso wenig ein Geschenk von Pflegemutter Eilin Malmberg gewesen sein, die einst Köchin im Herrenhaus gewesen war, denn im Jahr 1936 lebte sie schon lange nicht mehr. Ein Geschenk hat das Kochbuch natürlich dennoch sein können. Von Mamu und Großvater? Oder hatte Arvi doch noch andere Freunde?

Eine Bücherserie ist sichtlich häufiger durchgeblättert worden als das Kochbuch, sie trägt den Namen *Chroniken des fin-*

nischen Volkes. Insgesamt gibt es acht Bände, gedruckt bis in die dreißiger Jahre hinein. Aus dem fünften Band fiel das getrocknete Blatt einer Pflanze heraus. Beim sorgfältigen Blättern fanden sich noch mehr davon. Ich vermutete, dass sie nicht zufällig eingelegt waren, sondern als Lesezeichen.

Eines befand sich an der Stelle, wo Gustav Mauritz Armfelt, der Hofoffizier von Gustav III., als stolzer Oberst sein Regiment in die Schlacht am Fluss Partakoski bei Savitaipale führt. Armfelt wird als kämpfender Kommandant beschrieben, der stets mit dem Schwert in der Hand kühn seinen Truppen voranreitet. Der vorbildliche Mut des Obersten spornt die ihm folgenden finnischen Soldaten an, mit fatalistischer Gelassenheit zu attackieren, während ihnen die Kugeln um die Ohren pfeifen und die blitzenden Bajonette des Feindes sie erwarten.

Weitere Blätter fanden sich bei Armfelts Frauengeschichten. Es erweckte den Eindruck, als wäre der stattliche Oberst mit sperrangelweit offenem Hosenstall durch ganz Europa gezogen, von Hof zu Hof, bis nach Neapel.

»Arvi, du alter Lüstling«, murmelte ich leicht peinlich berührt, weil ich in die Privatsphäre eines anderen Mannes vorgedrungen war. Arvis Interesse für Gustav Mauritz Armfelt kam natürlich daher, dass sich das Herrenhaus Joensuu bis in die zwanziger Jahre hinein im Besitz der Armfelts befand.

Ein noch interessantes Fenster in die Seelenlandschaft meines Vorgängers öffnete mir ein 36 Seiten umfassender Papierstoß, den ich hinter den Chroniken im Bücherregal entdeckte. Der Text war mit Maschine geschrieben, und jemand hatte eifrig Unterstreichungen vorgenommen und Kommentare hinzugefügt. Zwischen den Zeilen und an den Seitenrändern standen Anmerkungen, Äußerungen der Empörung und Ausrufezeichen, zum Teil in feuerroter Tinte und eindeutig unter großer Aufregung geschrieben.

Auf dem ersten Blatt stand lediglich eine Überschrift:

BEI DER GRÜNDUNG DES SCHUTZKORPS HALIKKO DABEIGEWESEN
Und was 1918 daraus folgte

Auf der nächsten Seite kam eine Art Vorwort:

Die Früchte jenes Klassenhasses, der nahezu seit einem Menschenalter frei unter uns hat keimen dürfen, gelangten im Herbst 1917 in einem Maße zur Reife, dass ein Teil derjenigen, die zur Arbeiterschaft unseres Volkes zählten, bereit waren, zusammen mit den hier einquartierten, undiszipliniert gewordenen russischen Soldaten Sabotageakte zu verrichten. So weit war es der Lehre von Marx bereits gelungen, unser Volk mit den schlechtesten Elementen zu verpesten, dass der Finne gemeinsam mit dem Russen seine eigenen Landsleute berauben und ermorden konnte, und dies auch noch in der großen historischen Stunde, da alle vereint die bewaffneten Kräfte des Erzfeindes aus dem Lande hätten verjagen müssen.

Solche Sabotageakte waren in Halikko noch im selben Herbst und Winter zu erleben. An den ersten Novembertagen nämlich unternahm ein Trupp in Turku einquartierter russischer Soldaten, angestiftet von finnischen Roten und zusammen mit ihnen, einen Raubzug nach Halikko, zum Herrenhaus Joensuu, wobei die gesamte Bevölkerung der Gemeinde in Angst und Schrecken versetzt wurde. Während des Winters wurden in der Region Halikko Morde begangen, an denen sich auch die Rotgardisten von Halikko tüchtig beteiligten. Darüber werde ich später berichten.

Der von den Vätern ererbte Nationalgeist und der Glaube an den Sieg des Rechts war in unserem Volk, dem Herrn sei Dank, jedoch noch so stark lebendig, dass Maßnahmen ergriffen wurden, um den Geist, die Unantastbarkeit der Häuser und die öffentliche Ordnung zu bewahren.

Ich habe zu einem früheren Zeitpunkt bereits kurze Erinnerungen über jene Ereignisse geschrieben, die vor etwa vier Jahren in der Zeitschrift Der finnische Befreiungskrieg *erschienen sind. Danach ist es mir gelungen, von Personen, die an den Ereignissen beteiligt waren, weitere zuverlässige Informationen zu erhalten, und auf mehrfachen Wunsch habe ich daraufhin diese Erinnerungen neu geschrieben, hauptsächlich für den Verband der Frontkämpfer des Befreiungskrieges und dessen Kommission zur Sammlung von Memoiren.*

Der Papierstoß erwies sich als die Erinnerungen des Landwirts Olvai Mikkola an die Gründung des Schutzkorps in Halikko im August 1917 und an die Ereignisse in der Gemeinde während des folgenden Jahres. Das Schutzkorps der Weißen war in zehn Bezirke eingeteilt, und der achte befand sich in Vartsala. Auf einem Blatt war der Dorfname umkringelt und an den Rand ein Ausrufezeichen gemalt worden. Der Vorstand bestand aus zwei Landwirten und einem langjährigen Schöffen. Stellvertreter waren Graf Armfelt und zwei seiner Gutsverwalter.

Es hieß, sämtliche Papiere des Schutzkorps seien »während der roten Schreckensherrschaft« vernichtet worden, weshalb diese 1938 aktualisierten Erinnerungen der einzige existierende Bericht »von den Ereignissen des Befreiungskrieges« in der Gemeinde Halikko darstellen dürfte.

Das größte Problem des Schutzkorps scheint der Mangel an Waffen gewesen zu sein. Schon bei der Gründungsversammlung wurde die Beschaffung von Geld zum Waffenkauf eingeleitet. Immer wieder wird auf das Thema zurückgegriffen und über die erzwungene Untätigkeit aufgrund des Waffenmangels lamentiert. Infolgedessen war das Schutzkorps während des gesamten Herbstes 1917 und auch noch Anfang Februar 1918, nach der Konstituierung der roten Administration auch in dieser Gegend gezwungen, sich bedeckt zu halten.

Nachdem sich die Fronten gebildet hatten, sollen sich an die zehn Mann auf den Weg nach Norden gemacht haben, um sich der weißen Armee anzuschließen. Die meisten Angehörigen des Schutzkorps, auch der Verfasser der Erinnerungen, blieben jedoch in der Heimat, um über den Geldmangel und die von ihm verursachte Waffenlosigkeit zu jammern.

Beim Lesen der Seiten fragte ich mich, wo das Schutzkorps inmitten des roten Südfinnland überhaupt Waffen herbekommen hätte, selbst mit Geld. Ich weiß nicht, was Arvi davon gewusst oder darüber gedacht hatte, aber er hatte jede Stelle rot unterstrichen, wo von Geldbeschaffung die Rede war. Am Rand eines Blattes stand: »Beachte: Schon wieder Geld!«

Ein Kleinbauer ist der Memoirenschreiber nicht gewesen. An einer Stelle beklagt er die schwache Grünfutterlage und erwähnt dabei, er habe 110 Rinder und 21 Pferde zu füttern. Unablässig verurteilt er die schreckliche rote Verwaltung, aber seine Darstellung lässt keine rechte Vorstellung von einer Schreckensherrschaft entstehen. Allerdings wird Mikkola für eine Woche der Freiheit beraubt, als man ihn zu Recht – sofern man seinen eigenen Schilderungen Glauben schenkt – verdächtigt, bewaffneten weißen Freiwilligen geholfen zu haben, an den örtliche Roten vorbei zur Frontlinie zu gelangen. Dem Text zufolge wurde er während der Haft jedoch korrekt behandelt.

Man klagt Mikkola des Verrats an der Revolution an und versucht Informationen über die Waffenverstecke des Schutzkorps Halikko aus ihm herauszubekommen. Es gibt keine Waffen, sagt Mikkola immer wieder im Verhör, und am Ende scheint man ihm zu glauben. Harte Methoden werden nicht angewendet. Eher entsteht der Eindruck totaler Amateurhaftigkeit auf Seiten der Roten, und zwar in administrativer, juristischer und auch militärischer Hinsicht. Mikkola wird auf Antrag seiner eigenen Arbeitskräfte auf freien Fuß gesetzt.

Später verhängt das aus drei Schustern und einem Sägewerkarbeiter bestehende »Revolutionsgericht Halikko« ein Bußgeld in Höhe von zweitausend Mark über den Memoirenschreiber, »weil er die Arbeiterregierung nicht anerkennt«. Das Bußgeld lässt er eiskalt unbezahlt und weigert sich offenbar auch weiterhin, die Arbeiterverwaltung anzuerkennen. Diese wiederum lässt wegen der Aufmüpfigkeit keine Konsequenzen folgen.

Nicht sonderlich tyrannisch, finde ich.

Aber dann folgt eine wirre Ereigniskette, die laut Mikkola einen empörenden Beweis für den roten Terror darstellte. Den ganzen Winter über hatte der Memoirenschreiber von Morden durch die Rotgardisten im ganzen Land gehört, einer schlimmer als der andere, und jetzt hatte man auch in seiner Heimatgemeinde zwei Angehörige des Schutzkorps umgebracht. Unweit des Bahnhofs Halikko war ein Mord begangen worden, dem ein Mann namens Emil Penkere zum Opfer gefallen war, seines Zeichens Kassier der Ziegelfabrik Marttila. Der nächste Mord geschah dann in Marttila. Das Opfer, Oscar Munck, war einer der Gutsverwalter des Herrenhauses Joensuu, den man bei der Gründungsversammlung des Schutzkorps zum stellvertretenden Vorstandsmitglied und Kassenwart gewählt hatte.

Die geschilderten Ereignisse mussten Arvi in große Aufregung versetzt haben, denn er hatte so heftig unterstrichen und Ausrufezeichen an den Rand gemalt, dass der Stift an einigen Stellen das Papier durchstoßen hatte. Am Rand standen außerdem Wörter wie »falsch«, »Blödsinn« oder »Lüge«, mal durch drei, mal durch fünf Ausrufezeichen bekräftigt. Als Letztes kam, nach der vaterländischen Schlusshymne des Verfassers, eine wütend gefasste Synthese: »Da gibt's keine Ideen!«

Arvi war auch der zweifellos seltsame Umstand aufgefallen, dass ein Mann aus Marttila in Halikko ermordet und eine Woche später ein Mann aus Halikko nach Marttila gebracht worden war, um ihn dort zu töten. Penkere war von Turku gekommen, wo man ihn unsanft über die versteckten Waffen des Schutzkorps verhört hatte, die es laut Mikkola ja nicht gab. Arvi schrieb an den Rand: »Die Fliegenden von Turku!«

Aus einer anderen Quelle wusste ich, dass es sich dabei um ein berittenes Kommando handelte, das unter dem Vorwand der Auskundschaftung ganze Landstriche terrorisierte.

Von Turku war Penkere zurück nach Marttila geschickt worden, aber aus unbekannten Gründen hatte er zusammen mit einigen Begleitern den Zug in Halikko verlassen. Am nächsten Tag fand man ihn erschossen in einem Waldstück unweit des Bahnhofs auf.

Zwei Tage darauf holten sechs unbekannte Rote den Verwalter Munck im Gutshaus Joensuu ab. Muncks Leiche war von Bajonetten durchbohrt, als man ihn nach einer Woche in Marttila fand, in der Nähe der Ziegelei, wo Penkere als Disponent tätig gewesen war. Wieder hatte Arvi etwas mit Rot an den Rand geschrieben: »Geld!« Spielte er damit womöglich auf jene Gelder an, mit denen Waffen für das Schutzkorps angeschafft werden sollten?

Mikkolas Sprachgebrauch ist von Anfang bis Ende befremdlich hochpatriotisch, aber beim Lesen wuchs in mir die Überzeugung, dass er ein rechtschaffener Mann gewesen war, geradezu idiotisch ehrlich, was mich auf die Zeugniskraft des Textes vertrauen ließ. Außerdem schien Mikkola tief religiös gewesen zu sein. Als die roten Vernehmer in seiner Tasche ein Gebetbuch finden und ihn fragen, was er damit anfange, antwortet er: »Das ist meine Zuflucht, wenn alles um mich herum ins Schwanken gerät!«

Ich fragte mich, warum Arvi diese Erinnerungen aufbewahrt hatte und warum er dadurch in so starke Aufregung versetzt worden war. Ich rechnete aus, dass er 1918 21 Jahre alt gewesen war. Vielleicht war er doch keiner gewesen, der immer nur von außen zusah, wie ich es mir bisher vorgestellt hatte. Wenn er es aber nicht war, worin konnte dann sein Anteil an der beschriebenen Tragödie bestanden haben?

1904

19. Januar. Sakari Salin wird ein Junge geboren.

9. Februar. Japanische Torpedoboote greifen die Russen in Port Arthur an.

Am 10. Februar erklärt Japan Russland den Krieg.

21. Februar. Kriegsminister Aleksej Kuropatkin wird Oberbefehlshaber der Mandschurischen Armee.

28. Februar. Der Pfarrer von Ängelniemi taufte den Jungen der Salins. Es wurde ein Viki.

6. März. Mit Sakari 2 Reusen an der Spitze der Halbinsel Raitniemi unterm Eis aufgestellt.

Am 18. März brach die untere Walze der mittleren Gattersäge.

21. April. Bei Peksala ist das Meer offen. Brachte mit dem Kahn 5 Reusen hinaus.

13. Mai. Mit Sakari auf dem Land der Salins Kartoffeln gelegt.

16. Juni. Generalgouverneur Bobrikow wurde erschossen. Der Schütze Eugen Schauman brachte sich mit zwei Kugeln ins Herz um.

30. Juni. Der Direktor 6 Tage am Stück besoffen und die Hosen vollgeschissen.

3. Juli. Holte die Reusen ein.

15. Juli. Bunter Abend der Garde. Reichlich Betrunkene.

16. August. Pflückte 20 Liter Blaubeeren.

Am 20. September flog Wilbur Wright mit der Flyer 2 ums Areal. Die Brüder haben jetzt einen neuen Motor mit 16 Pferdestärken Leistung und haben außerdem in der Maschine ein Gegengewicht eingebaut. Pflückte 30 Liter Preiselbeeren im Wald bei Pärnäspää.

5. Oktober. Fitolf Lehtonen griff mit der Hand in die Gattersäge. Sammelte Pilze im Wald bei Immala.

17. Oktober. Erntete noch Kartoffeln auf dem Land von Sakari Salin.

23. November. Die letzten Dampfer heute nach Vartsala.

4. Dezember. Der Kapitän der Orion tötete den Kapitän der Vester.

21. Dezember. Die russische Flotte lief in Port Arthur aus, der japanischen Flotte entgegen.

Saida, 8

Vartsala, August 1904

»Hör auf zu schreien«, fährt Agnes Jonsson Saida an, als sie die bitter riechende Salbe auf dem verbrannten Bein des Mädchens verteilt.

»Frau Jonsson sieht doch, dass es ihr furchtbar wehtut«, sagt Emma und tätschelt ihre blasse Tochter.

Agnes schüttelt den Kopf. Dass die sich immer verletzen müssen. Am Abend war ein junger Bursche zum Flicken dagewesen, der es fertiggebracht hatte, zwei Finger in die Säge zu stecken, und bei dem das Blut dermaßen spritzte, dass erst um Mitternacht alle Teppiche gewaschen und die Bretter gebohnert waren.

»Au …«

»Natürlich tut das weh, sonst würde sich ja jeder Schlauberger von Berufs wegen mit kochendem Wasser übergießen!«, sagt Agnes. Wer hat denn befohlen, am Sonntag Seife zu kochen? So etwas bestraft der Herr im Himmel sofort. Und mit gutem Grund. Was wäre das für ein Gott, der darauf pfeift, dass man seine Gebote bricht! Wenn es richtig wehtut, reicht außerdem die Kraft nicht mehr für unnötiges Zeug wie Flennen. Wenn einem Sägewerkarbeiter die Hand in die Gattersäge gerät, dann schreit er, bis er ohnmächtig wird. Sie hat es schon oft genug gehört.

Agnes schüttet etwas weißes Pulver aus einer Papiertüte, vermischt es mit Weizenmehl und etwas Wasser und rollt das Ganze auf dem Handrücken zu einer erbsengroßen Kugel. Agnes ist alt und klein, ihre silbergrauen Haare hat sie exakt beiderseits des Kopfes gescheitelt und im Nacken zu einem kunstvollen Dutt zusammengefasst. Ihr schwarzes Kleid schützt sie mit einer weißen, gestärkten Schürze.

Sie befiehlt dem Mädchen, den Mund aufzumachen, und schiebt die Kugel unter die Oberlippe. Dann bückt sie sich nach dem Laken, das sie in kaltes Wasser gelegt hat, wringt es aus und faltet es zu einem akkuraten Umschlag, den sie um das verbrannte Bein wickelt.

Saida hört auf zu weinen. Der Schmerz lässt sofort nach, das Brennen auf der Haut verwandelt sich in eine seltsame Kühle, die bald ihren ganzen Körper in Besitz nimmt.

Die Mutter hat ihr erzählt, Frau Jonsson freue sich, ab und zu Schwedisch reden zu können. Saida findet, dass Frau Jonsson die ganze Zeit nur böse ist und sich über gar nichts freut. Sie stammt aus Schweden, wo der verstorbene Maschinenmeister Jonsson, als er noch auf Schiffen arbeitete, sie überredete, ihn zu heiraten und mit nach Finnland zu kommen, in dieses entsetzlich rückständige Land, in dem Agnes, ihren eigenen Worten zufolge, nie heimisch geworden ist und es auch nie werden wird.

Nachdem die Wunde versorgt ist, beugt sich die Mutter über Saida, tätschelt ihr den Kopf und lächelt auf die künstlich muntere Art, die das Mädchen zu fürchten gelernt hat. Es ist dazu gedacht, die Kinder oder die Nachbarn zu täuschen, aber Saida weiß, dass diesem gezwungenen Gesichtsausdruck üblicherweise ein unbändiger Tränenausbruch folgt. Kurz darauf flüstert Emma auch schon Agnes etwas ins Ohr, worauf sich deren Miene weiter verfinstert. Sie macht mit dem Kopf eine vielsagende Kopfbewegung in Richtung Flur.

Sie verschließt die Salbendose und stellt sie zu Dutzenden gleichartiger Döschen in die schöne Vitrine. Die beiden Frauen gehen in den Flur hinaus. Saida bleibt auf dem Rand des ausziehbaren Sofas sitzen, sie lässt die Rocksäume herab und lehnt sich gegen die sorgsam bestickten grünen Kissen. Vor dem Fenster sieht man einen Streifen der Meeresbucht; das Wasser wellt sich leicht wie ein unübersehbares Kornblumenfeld. Kinder huschen aus den Schatten der dicht belaubten Bäume.

Die ganze Landschaft und auch das Zimmer fangen in ihrem Sehfeld sonderbar an zu schwanken. Saida schließt die Augen, sieht aber hinter den geschlossenen Lidern dennoch Farbtupfer schweben. Der Geruch aus den Medikamentendöschen und der durchs offene Fenster dringende Duft von gebratenen Rüben ziehen ihr eigentümlich verlockend in die Nase. Normalerweise mag sie keine Rüben, und vor Medikamentengeruch hat es sie immer geekelt.

Vom Bootsschuppen her hört man das Gelächter der alten Männer, die dort sitzen. Saida versteht nicht, was sie reden und worüber sie lachen, aber auch sie muss plötzlich schrecklich anfangen zu lachen. Vor der Tür tuscheln die Frauen weiter. Die Stimme der Mutter steigt an und klingt nun auf komische Art flehend. Der Inhalt ihrer Worte ist kaum zu verstehen, aber schon das Gemurmel klingt lustig. Saida hält die Hand vor den Mund und prustet.

Die Stimme von Agnes hingegen wird immer durchdringender.

Emma braucht gar nicht erst glauben, dass sie, Agnes, sich als Christin in etwas einmischt, was der Herr für gut hält. Emma selbst hat herumgemacht, was das Zeug hält, und nun muss sie auch die Konsequenzen tragen. Hört um aller Wetter willen auf, Unmögliches zu verlangen und lasst einem alten Menschen seine Ruhe!

Die Mutter tuschelt etwas. Saida merkt, wie ihre Arme von selbst wie die Flügel eines Vogels auf und ab flattern im Takt der ulkigen Stimme.

Ja, ja, zischt Frau Jonsson, das hätte sich Emma überlegen sollen, als sie sich drauf eingelassen hat, jetzt sei es für Reue zu spät. Was für eine Erleichterung glaube sie denn von Agnes Jonsson zu bekommen, die eine gesetzeshörige und gottesfürchtige Frau sei.

Die Mutter antwortet nicht darauf. Sie weint.

Die Mutter weint.

Saida merkt, wie ihre Augen trotz des Kicherns feucht werden. Nein, die Mama darf nicht weinen. Niemand auf dieser Welt darf ihre gute, liebe Mama zum Weinen bringen.

Warum habe sie denn zugelassen, dass der Herman sich an ihr vergreift?, will die Stimme von Frau Jonsson wissen.

»Die Frau Jonsson kennt doch die Männer.«

Saida öffnet die Augen und versucht den Blick auf die streitenden Frauen vor dem Fensterglas in der Tür einzustellen. Mutters gesenkter Kopf und Frau Jonssons nach hinten zuckender Schädel sehen aus wie Pappfiguren aus dem Krippenspiel in der Sonntagsschule.

»Weiß der Herman wenigstens, was er wieder fertiggebracht hat?«, fragt die alte Frau.

»Ich hab ihm nichts gesagt, weil er halt einen Sohn … Aber ich darf kein Kind mehr kriegen … Als die Siiri auf die Welt kam, hat die Hebamme gesagt, beim nächsten Mal bedeutet es den Tod.«

Saida versucht aufzustehen. Von was für einem Kind wird da eigentlich geredet? Und warum ist Frau Jonsson so böse auf die Mutter?

Saida kommt es allmählich so vor, als wäre die Frau, die da vor der Tür so wütend ihre Mutter schilt, gar nicht mehr die

Frau Jonsson, sondern die unfreundliche Herbergsmutter von Bethlehem im Krippenspiel, die der armen kranken Maria keinen Platz in ihrer Herberge gibt, sondern sie zwingt, zu den Tieren in den Stall zu gehen, um dort die Geburt des Kindes zu erwarten.

Saida spielte den Engel, der die große Freude verkündet, und was sie bei der Aufführung sehr wütend machte, war, dass der liebe Gott die herzlose Herbergswirtin überhaupt nicht bestrafte. Obwohl Maria wegen ihr das kleine Jesuskind in der Futterkrippe auf Stroh betten musste.

Saida versteht nicht ganz, wie Maria den kleinen Jesus eigentlich zur Welt gebracht hat, aber eines weiß sie: Immer wenn eine von den Nachbarinnen ein Baby bekommt, kochen die Frauen Wasser und holen saubere Laken aus dem Schrank. Es wäre ganz schön ungehörig, wenn man auch nur eine der Mütter in einen widerlichen Viehstall schicken würde. Ein solches Unrecht plagte Saida, und sie konnte unmöglich begreifen, warum der allmächtige Gott seinen Engeln nicht befohlen hatte, die Übeltäterin zu bestrafen. Schließlich waren die Engel die himmlischen Heerscharen, und außerdem hatte ein Engel ja auch mit Jakob gerungen.

Als das Krippenspiel vor Publikum aufgeführt wurde, konnte sich Saida nicht mehr beherrschen. Sie ging zu Fanny, die die Herbergswirtin spielte, und kniff sie. Es war nicht besonders fest, Fanny weinte nicht einmal, aber der Lehrer fand, Saida habe sich für einen Engel unpassend benommen. Zur großen Schande ihrer Eltern musste sie nach dem Krippenspiel eine halbe Stunde nachsitzen. Sie selbst aber bereute ihre Tat nicht, sondern saß mit stolz erhobenem Kopf auf ihrem Platz, noch immer im weißen, aus einem Laken gemachten Umhang, mit Watteflügeln und glitzerndem Haarband.

Saida denkt oft an die seltsame Genugtuung zurück, die sie

empfand, als sie an ihrem Pult saß und ihrer Meinung nach zu Unrecht verurteilt worden war. Sie hatte richtig gehandelt, der Lehrer falsch. Sie hatte schließlich nur versucht, Maria und das kleine Jesuskind zu verteidigen.

Jetzt erwacht erneut der Racheengel in ihr. Er erwacht mit der Kraft des Pulvers, das Agnes den holländischen Seeleuten abgekauft hat, und schwingt sich kraftvoll auf. So kraftvoll kann nur ein Stoff sein, der berauschend duftenden Pflanzen aus fernen Gebirgen extrahiert worden ist.

Als die Frauen, die sich vor der Tür beraten, durch die Scheibe ins Zimmer blicken, sehen sie nur die gekrümmte Gestalt des Mädchens schlaff in der Sofaecke sitzen, noch immer in demselben schläfrigen Zustand wie vorhin. In Wirklichkeit schwebt der Engel Saida der Decke entgegen und streckt die Hand in die Höhe. Und von dort oben reicht ihr die Hand Gottes etwas Helles und Heißes, etwas so Glühendes und Funkensprühendes, dass man nicht hinschauen kann. Aber Saida muss es nicht sehen, um zu wissen, was es ist.

Sie versteht glasklar, dass Gott für so einen Moment damals das sich aufbäumende Pferd angehalten hat. Voller Kraft greifen die Hände des Sonntagskindes Saida nach dem Schwert, umklammern seinen Griff, denn gleich muss dieses Flammenschwert mit einem Hieb den Vorhang zwischen ihr und den Weibern von Bethlehem durchtrennen. Und wenn sie das sehen, werden jene Weiber sehr erschrecken, auf die Knie sinken und um ihr Leben beten.

Und der himmlische Engel muss die Übeltäterin begnadigen und sagen: Gehe hin und sündige nicht mehr. Dem anderen Weib aber, der Mutter, verkündet er: Du sollst mit mir kommen und dich freuen mit mir bis ans Ende deiner Tage, und diese werden nie enden …

Die Verhandlung zwischen Emma und Agnes wird von einem lauten Poltern aus dem Zimmer unterbrochen. Erschrocken öffnet Emma die Tür und sieht das Kind auf dem Fußboden liegen.

»Gott behüte! Saida? Liebes Kind. Was ist mit dir?«

»Mal sehen. Hm … Scheint nur die Wirkung des Pulvers zu sein. Sie wird sich schon wieder erholen. Und jetzt aufstehen.«

»Oh mein Gott …«

Gestützt von beiden Frauen kommt Saida mühsam auf die Beine. Agnes legt ihr die Hand auf den Hals, wie um sie abzuhören.

»Keine Sorge«, sagt sie, als sie loslässt. »Hauptsache sie hat keine Schmerzen und kann in der Nacht schlafen.«

Emma ist erleichtert zu sehen, dass sich das Mädchen auf den Beinen halten kann, aber als sie nun etwas sagen will, ist ihre Stimme nahe daran zu brechen.

»Und was ist jetzt mit meinem Anliegen …?«

Agnes wendet ihr den Rücken zu.

»Was soll ich mit diesen Menschen machen?«, sagt sie zum Bild ihres Mannes. »Sag mir das mal!«

Saida schwankt leicht beim Stehen. Der Wind ist über sie hinweggefahren, der Engel nicht mehr da. Und der Wind hat auch das Flammenschwert mitgenommen. Saida hat all das bereits aus ihrem Inneren verbannt. Vollkommen ruhig und gleichgültig betrachtet sie die verkrampfte und verweinte Mutter und den wütenden Marsch der Frau Jonsson zur Vitrine. Die Alte nimmt eine kleine Flasche heraus und gibt etwas braunes Zeug auf einen Löffel. Sie reicht ihn der Mutter.

»Jetzt wartet die Frau Harjula bis heute Abend und kommt dann wieder her!«

Der Dank der Mutter klingt hauchdünn, wie das Zirpen eines scheuen Vogels. Für Saida ist alles, was die Frauen sprechen, bloß noch fernes Rauschen, wie Wind, der die Baumkronen schwanken lässt. Sie starrt auf die Gesichter der beiden ohne Neugier und Interesse, als wären es fremde Menschen, die sie noch nie zuvor gesehen hat.

»Das wird schon irgendwie vergolten werden, das wird bezahlt, doch, doch«, beteuert Emma.

»Diese Art von Bezahlung kenne ich«, murrt Agnes.

Das Gesicht der alten Frau ist verschlossen und streng. Sie bückt sich, um noch einen Blick auf Saidas Bein zu werfen. Ihr Atem riecht so stechend sauer wie ein fauler Apfel.

»Und jetzt geht endlich.«

Emma hat einen braunen Medizinschnurrbart, sie versucht etwas zu sagen, doch Agnes Jonsson hat ihr bereits den Rücken zugekehrt und angefangen, mit dem Bild ihres verstorbenen Mannes zu sprechen.

»Wenn man wenigstens am Sonntag seine Ruhe haben dürfte. Wäre das zu viel verlangt?«

Aber Maschinenmeister Jonsson antwortet nicht. So wie er es zeit seines Lebens auch nicht getan hat.

Vartsala, 12. Mai 2009

Ich habe damit begonnen, den Backofen abzubauen. Die Steine waren schon in der Verblendung morsch – beschädigt durch die Temperaturwechsel in dem leerstehenden, unbeheizten Haus. Die Steine sind von vorneherein von schwacher Qualität gewesen, vermutlich hat man sie aus einer kleinen Ziegelei in der näheren Umgebung geholt. Aus Mjösund oder Tarvasjoki, warum nicht aus Marttila, aus der Ziegelfabrik des toten Disponenten Penkere. Südwestfinnland ist eine Tonerdeprovinz und voller alter Ziegelbrennereien.

Mit Sicherheit bröckeln die Teile in den Rauchabzügen, die der Wärme ausgesetzt waren, bereits. Die Tür und die anderen Eisenteile sind in Ordnung, abgesehen von der obersten Ofenklappe, die ich kaputt machen musste. Ich band ein Seil an die Öse der schweren Eisenstange und ließ sie in den Schornstein fallen, worauf die Blechklappe zersprang. Nun muss ich mir eine neue besorgen, die in einen Doppelsteinkamin passt.

Doch der Ofen muss schon deshalb neu gemacht werden, weil die Größe des Backraums in keinem Verhältnis zur Steinmasse steht. Ich habe so etwas noch nie gesehen. Wer hat sich das ausgedacht? Der Backraum ist für sieben Brote gemacht, aber die gesamte Konstruktion enthält weniger als drei Tonnen Ziegel. Die Isolierung zwischen Feuerung und Verblendung ist so dürftig, dass die Stube eine wahre Sauna gewesen sein muss, wenn der Ofen in Betrieb war.

Ich werde das ganze Ding bis zum Sockel abtragen und dann neu aufmauern. Die Backraumwölbung mache ich um die Hälfte kleiner. Bis jetzt hätte da fast ein Mensch hineingepasst. Tatsächlich erzählt man sich, dass in Zeiten der Verfolgung Leute in die Öfen krochen: auf der Flucht vor Kosaken, vor Roten, vor Weißen, vor den Bomben der Russen, wovor auch immer. Ein kleiner Mensch hätte hineingepasst, aber Steinmasse und Verblendung hätten keiner Bombe standgehalten.

Damit ich mir neue Ziegel kaufen kann, muss ich mehr Aufträge bekommen. Zwei Annoncen im Lokalblatt *Salon Seudun Sanomat* haben ein paar Anrufe gebracht, aber nur zwei kleinere Arbeiten scheinen sicher zu sein. Die übrigen Anrufer wollten Treppen und Garagenauffahrten aus Beton oder Verbundsteinwege, obwohl in der Anzeige deutlich stand, dass ich nur mit Granit und Schiefer arbeite. Andere halten sicherlich auch meine Tarife für zu hoch.

Meine Literatur zum Bürgerkrieg habe ich in der Bibliothek von Salo und im Archiv der ehemaligen Gemeinde Halikko vervollständigt. Aber den Fund, der mich am meisten in Erregung versetzte, machte ich auf Arvis Spuren. Hinter den Büchern im Regal befand sich ein Büchlein, das heruntergefallen sein mochte oder aber bewusst dort versteckt worden war.

Das dünne Buch hatte einen Pappeinband und stammte aus der Feder eines Mannes namens Olavi Nurmi. Es ist im Selbstverlag erschienen und beschreibt die Ereignisse des Frühjahrs 1918 aus der Sicht der Roten. Der Verfasser war eindeutig ein revolutionärer Kommunist mit dem großen Bedürfnis, das Unrecht und die Verbrechen, die seine Nächsten damals erfahren hatten, öffentlich zu machen. Gedruckt wurde die Publikation 1982. Sie trägt den Titel *So leicht verlor ein Mensch damals sein Leben.* Wie schon die Chronik des Dorfes Vartsala, so ist auch dieses Büchlein als eine Art Mundartroman ohne größeres literarisches Talent verfasst worden.

Interessant wird es an den Stellen, wo die unbeholfen zusammengereimten Kapitel von dokumentarischen Abschnitten unterbrochen werden, die auf Interviews und Erinnerungen von Augenzeugen beruhen. Darin wird vom Marsch der in Somero gefangen genommenen Roten zum Massengrab in Märynummi berichtet. Die Stellen, die auf Zeugenaussagen beruhen, sind schrecklich zu lesen, aber glaubwürdig. Auch dieses Buch hat Arvi hitzig kommentiert, mal zwischen den Zeilen, mal am Rand.

Sowohl die Berichte als auch Arvis Hinzufügungen sind eine ziemlich anregende Lektüre. Als ich las, was ein Mann namens Jussi Uunimäki über den Abmarsch der Gefangenen in Somero erzählte, wurden mir die Augen feucht. Die beschriebenen jungen Männer waren höchstens so alt wie mein Sohn, einigen Bemerkungen zufolge sogar um etliches jünger.

Als O. W. Nurminen in der Nacht kam, um uns zu wecken und die Namen aufzurufen, waren alle ein bisschen unruhig, vor allem weil nur diejenigen aufgefordert wurden, in einer Reihe vorzutreten, die schon vorher das Todesurteil bekommen hatten. Weil auch mein Bruder unter denjenigen war, die weggebracht werden sollten, ging ich vor dem Aufbruch zu ihm, um mich von ihm zu verabschieden, auch wenn zu dem Zeitpunkt noch keiner geglaubt hat, dass man einfach so einen solchen Mord begehen kann. Vor dem Abmarsch gab mir mein Bruder sein zweites Hemd und sagte, er habe keine Lust, es mitzuschleppen. Ich nahm es. Es war ein rot und weiß gemustertes Hemd. Dies war der letzte Abschied für uns Zwillinge. Ich sah auch die Wachmänner, die den Trupp wegbrachten, doch ich kann mich nicht mehr an alle erinnern. An einen gewissen Urho Hurri und an den Sohn eines Schöffen aus Kultala erinnere ich mich aber. Dann verließ Somero noch eine Gruppe Auswärtiger, von denen es hieß, sie kämen aus Nauvo. Sie sprachen sehr laut schwedisch, und keiner verstand sie.

Man war davon ausgegangen, dass die Gefangenen, die nach Märynummi in Halikko geführt werden sollten, bis zum Morgen das Gemeindegebiet von Somero verlassen hätten. So geschah es aber nicht. Die Gefangenen hatten die Ruhr, ihre Marschgeschwindigkeit war langsamer als berechnet. Im Dorf Häntälä waren die ersten Leute bereits wach. Auch Alma Vesterviikki saß auf der Treppe ihres alten Häuschens in der Sonne und sah von Somero her den Gefangenentrupp näher kommen. Als der Trupp sie erreichte, wurde Alma von den Brüdern erkannt, und sie riefen:

»Guten Morgen, Alma, grüß den Papa und die Mama!«

»Wo bringt man euch hin?«, rief Alma zurück.

»Nach Märynummi, heißt es. Ich hab gebeten, dass wir kurz nach Hause dürfen, die verschwitzten Hemden wechseln, aber sie sagen, die brauchen wir nicht mehr.«

Meine Bestürzung nahm weiter zu, als ich, zum Teil mit Hilfe des Wörterbuchs, die Anmerkungen in dem Büchlein las, die der Handschrift nach tatsächlich nur von Arvi Malmberg stammen konnten. Die erste Anmerkung kam an der Stelle, wo der Aufbruch des Gefangenentransports beschrieben wird. Nurmi berichtet, der Trupp sei in der Nacht aufgebrochen, aber am Rand stand: »Falsch!« In Wirklichkeit, so Arvi, sei die Karawane erst nach Sonnenaufgang losgezogen. Auf der Seite, wo Nurmi von berittenen, schwedisch sprechenden weißen Freiwilligeneinheiten erzählt, steht die schockierende Bemerkung: »Damit meint er uns.«

Laut Arvi gehörten der Gruppe nicht bloß Freiwillige von den Turkuer Schären an, sondern auch Schweden. Einer von ihnen wird an mehreren Stellen mit Vornamen genannt. Er heißt Anders.

Nurmi wiederum nennt die Namen der Männer, die auf Befehl des Stabs des Schutzkorps in den Häusern eine ausreichende Menge an Eisenstangen und Schaufeln einsammelten, damit die mehr als 100 Roten, die erschossen werden sollten, begraben werden konnten.

Allerdings wurde die Arbeit nur schlecht ausgeführt, denn vielen Zeugenaussagen zufolge zwang der Leichengeruch, der um den Hinrichtungsort herrschte, einen speziellen Arbeitstrupp dazu, die schon einmal verscharrten Roten später ausreichend tief zu beerdigen. Arvi bestätigt das. Er erwähnt den Leichengeruch bei seinem Besuch am Hinrichtungsort im Sommer: »Es roch stark.«

Was die Anzahl der im Massengrab Verscharrten betrifft, ist Arvi hingegen anderer Meinung als Nurmi. Dieser schätzt, es wären knapp unter 50 gewesen, Arvi hat die Zahl mit mehreren Ausrufezeichen auf 50 korrigiert.

Unterschiedliche Werte geben Arvi und der Verfasser auch bei den Gefangenen an, die unterwegs zu fliehen versuchten und umgebracht wurden. Laut Nurmi wurde auf dem Weg zumindest ein Gefangener getötet, und am Ziel gelang es zwei Jungen zu fliehen, unmittelbar bevor sie an der Reihe waren. Arvi behauptet in seinen Randbemerkungen, unterwegs sei ein Gefangener geflohen, aber in Märynummi habe er nur einen Jungen fliehen sehen, und auch der sei einige Tage später erwischt worden.

Nurmi berichtet auch, zum Begräbniskommando habe eine

spezielle Abteilung gehört, die sämtliche Wertgegenstände der Hingerichteten beseitigt habe: Stiefel, die besseren Kleidungsstücke und natürlich die Ringe und den Inhalt der Geldbörsen. Diese Leichensäuberer wurden der Schilderung zufolge als »Abgreifer« bezeichnet.

Dort, wo Nurmi schreibt, viele der mit Namen genannte Exekutoren seien später verrückt geworden, weil sie ihre Tat nicht ertrugen oder weil sie trotz aller Geheimhaltungsmaßnahmen in den umliegenden Gemeinden bekannt geworden waren, hat Arvi drei rote Ausrufezeichen an den Rand gemalt.

Ich wollte nicht mehr weiterlesen, sondern ging wieder dazu über, den seltsamen Ofen abzubauen. Arvis Randbemerkungen ließen keinen Spielraum für Interpretationen. Falls er sich in einem Anfall von Wahnsinn nicht alles eingebildet hatte, bewiesen seine Notizen, dass er vor Ort und zwar auf der Seite der Scharfrichter gewesen war. In der wissenschaftlichen Publikation *Die finnischen Kriegsverbrechen* hatte ich gelesen, dass die Hinrichtungen in Märynummi von Schutzkorpsangehörigen aus Somero vorgenommen worden waren. Doch nun erwähnen Nurmi und Arvi einhellig, es seien bei der Strafaktion auch berittene Männer dabei gewesen, die nur Schwedisch sprachen. Besonders aber bestürzte mich die Tatsache, dass sich unter den Hingerichteten von Märynummi mehrere erschreckend junge Männer von nicht mal 20 Jahren befunden hatten.

1906

8. Januar. Die Säge lief wieder.

11. Februar. Gründungsversammlung des Arbeitervereins im Gemeinderaum Halikko.

Monatsversammlung der Arbeiter in Mätikkä am 25. März.

3. April. Die Säge stand.

10. April. War in Salo.

16. April. Bunter Abend in Kokkila.

2. Mai. Die Säge lief wieder an.

27. Mai. Außerordentliche Versammlung der Genossenschaft.

17. Juni. Rote Garde unternahm Ausflug mit 9 Booten nach Kirjakkala.

23. Juni. Johannisfeier auf der Insel Valttila.

15 Juli. Agitationsfest in Salo.

16. Juli. Arbeiterverein in Vartsala wurde gegründet.

Das allgemeine Wahlrecht bekamen wir am 20. Juli. Zar Nikolaus II. bestätigte das neue finnische Wahlgesetz und die Parlamentsordnung. Sakari und Seelia wurde eine Tochter geboren.

29. Juli. Bunter Abend der Roten in Puustelinholma.

30. Juli. Beginn des Aufstands von Viapori.

5. August. Tombola in Kokkila.

17. August. In Valparaiso in Chile großes Erdbeben und Brände. Tausende Tote.

25. August. Attentat auf den russischen Ministerpräsidenten Stolyp. Nicht gestorben.

26. August. Beim bunten Abend vom Arbeiterverein Angelniemi.

10. September. Die alten Nurmelas aus Turku waren bei uns.

12. September. Der Däne Jaakob Ellehammar unternahm als Erster in Europa auf der Insel Lindholm einen Motorflug.

Am 2. November stand die Säge.

12. November. Der Brasilianer Santos-Dumont flog 70 Meter mit Doppeldecker.

18. November. Fuhr nach Turku und war dort die ganze Woche.

Der sozialdemokratische Jugendverband wurde 1906 in Tampere gegründet.

1906 verdient: 815,70 Mark.

Joel, 22

Vartsala, Juli 1906

Klamm vor Anspannung sitzen sie auf der Treppe des Getreidespeichers, in ihren kneifenden, warmen Sonntagskleidern, die Adamsäpfel von den steifen Kragen auf die Geduldsprobe gestellt, die Stofftaschentücher in den Brusttaschen.

»Wo, zum Teufel, bleibt der Kerl?«

Der alte Getreidespeicher dient als Tanzboden, aber im Moment tanzt niemand, und den Männern käme nicht einmal in den Sinn, eine Runde Durak mit drei Karten vorzuschlagen. Die Frauen stellen Flaschen mit Limonade und Dünnbier auf den Tisch, tauschen würdevoll leise ihre Gedanken aus, ohne das übliche heitere Getuschel.

»Die Wahrheit lautet, dass der Bürger den Zar schamlos hofiert hat, um von ihm Unterstützung gegen uns zu bekommen«, erläutert Joel Tammisto gegenüber Lennu Lindroos und Osku Venho, die neben ihm auf der obersten Stufe sitzen. »Und wenn ich sage schamlos, dann meine ich auch schamlos.«

Und ob, verdammt, muss Osku zugeben und schabt mit einem Holzstückchen Schmutz von seinen Schuhen.

Ganz richtig, mit keinem anderen Wort kann man die beschämende Visitie von Gripenberg und Törngren beim Zaren beschreiben, ereifert sich Joel. Es sei ja ein offenes Geheimnis, dass sie die Gelegenheit genutzt haben, um sich einzig und allein über das Vorgehen der Roten Garden zu beklagen und um den Waffenschmuggel nach Finnland auszuposaunen, und dann hätten sie verlangt, hat Joel gelesen, ja inständig gefordert, das finnische Militär und das Gardebataillon müssten neu gegründet werden.

»Ja, ja, man darf nicht zu viel erwarten«, stimmt Osku zu. »Das gilt auch für die Frauen.«

Er zwinkert Hilma Lindroos zu, die ihrem Vater das Protokollbuch des Arbeitervereins gebracht hat, damit er die Neuigkeiten des Tages notiere. Ihr Interesse liegt anderswo. Joel hat gemerkt, dass Hilma ihm hinter dem Rücken ihres Vaters Blicke zugeworfen hat, und er richtet sich im Sitzen noch gerader auf. Sie ist noch jung, die Hilma, kaum fünfzehn, aber äußerlich weiter entwickelt als andere in ihrem Alter. Ihre Bluse wölbt sich derart, dass es Joel schwerfällt, seinen Blick im Zaum zu halten.

Lennu nimmt das Buch auf die Knie und streicht mit seinen großen Pranken über den schwarzen Ledereinband.

»Aber andererseits herrscht jetzt so ein Druck, wie man ihn noch nicht gesehen hat«, sagt Joel. »Vor allem die Frauen haben große Arbeit geleistet.«

»Ja, ja, die sind unsere Geheimwaffe«, bestätigt Osku, wobei er ohne sich zu genieren das Mädchen mustert, das wie eine erwachsene Frau gekleidet ist, mit einem Rock bis zu den Knöcheln und einer blauen Bluse mit kleinen Knöpfen.

»Auch unser Lennu hier zieht ein patentes Mädchen groß, mein lieber Mann. Bald muss der alte Lindroos mit der Flinte die Kerle vom Hof treiben.«

»Na, na«, beschwichtigt Lennu.

»Oder was meinst du, Joel?«

Lennu blickt argwöhnisch auf den jungen Mann, der nicht weiß, wo er hingucken soll. Auch Hilma starrt mit rotem Gesicht auf die Spitzen ihrer abgelaufenen Stiefeletten.

Lennu wird wütend und schickt seine Tochter nach Hause, um auf die kleinen Brüder aufzupassen. Hilma murrt, sagt, die Mutter habe versprochen, nach den Jungen zu sehen.

»Sei still! Als hätte die Mama nicht genug zu tun!«

Vergebens versucht Hilma zu erklären, dass die Mutter ihr ausdrücklich befohlen habe, auf die Nachrichten über das Wahlgesetz zu warten. Aber Lennu ist selbst so gespannt, dass er all seine Geduld benötigt, um sich selbst unter Kontrolle zu halten. Er kann jetzt nicht auch noch seine ungezogenen Nachkommen hüten und aufpassen, dass sie nicht Gott weiß was für Sündenfällen erliegen. Joel versucht Lennu von dessen Tochter abzulenken, da er sie gern noch länger in seiner Nähe hätte.

»Darf man noch mal nachfragen, was wir bei der letzten Versammlung wegen der Zeitung beschlossen haben?«

Lennu Lindroos wurde bei der Gründungsversammlung des Arbeitervereins zum Sekretär gewählt, weil er die eindrucksvollste Handschrift im Dorf besaß. Das geben alle zu. Auch diejenigen, die ihn aufgrund seiner Langsamkeit nicht gern in ihrer Arbeitsschicht sehen. Obwohl er seiner eigenen Meinung nach überhaupt nicht langsam ist, sondern nur gründlich. Und sei das etwa die größte Sünde oder Schande, wenn ein Mann seine Arbeit ordentlich machen wolle?

Vor wenigen Tagen wurde Joel zufällig Zeuge, wie Hilma die anderen Mädchen zum Lachen brachte, indem sie die großspurige Art ihres Vaters nachahmte, sich sonntagnachmittags mit dem schwarz eingebundenen Buch in der Hand in die Kammer zurückzuziehen. Sie führte vor, wie Lennu mit feierlichem Räuspern Tintenfass und Aufzeichnungen hervorholt und einen fürchterlichen Blick durch die Runde schweifen lässt, der das Geschrei der Jungen zu ehrfürchtiger Stille erstarren lässt. Mit der gleichen Feierlichkeit zieht Papa Lindroos die Kammertür hinter sich zu. Jede Rotznase soll begreifen, dass es keine wichtigere Verrichtung gibt als das Verfassen des Protokolls für den Arbeiterverein, und dass man dafür vollkommen ungestört sein muss. Es wird keine Unsauberkeit geduldet! Nicht bei einem so heiligen Dokument.

Das Runzeln auf dem leicht geröteten jungen Gesicht, mit dem Hilma die grimmige Miene ihres Vaters imitiert, brachte Joel laut zum Lachen. Ja, den Kindern von Lennu Lindroos ist spätestens im Zusammenhang mit diesem Ehrenamt gedämmert, dass es ganz und gar keine geringe Bürde bedeutet, der Mann zu sein, in dessen großen Arbeiterpranken die am meisten anerkannte Schreibfertigkeit des ganzen Dorfes steckt. In denselben Händen, die nach Ansicht einiger Leute bei gewissen Arbeiten zu langsam sind, jedoch für diese historische Aufgabe wie geschaffen.

Lennu schlägt das Buch dort auf, wo das Löschpapier eingelegt ist, und legt dieses auf Joels Knien ab. Er zieht die Brille aus der Innentasche und setzt sie auf, um zum wiederholten Mal zu überprüfen, dass alles so geschrieben steht, wie es sein soll.

Protokoll, angefertigt bei der Versammlung der Roten Garde
20. Juni 1906
§1
Zuerst wurde über die Fahnen an der Ehrenpforte diskutiert,
wie sie aussehen sollen, und es wurde beschlossen,
sie sollen rot-weiß aussehen.
§2
Eelis Lindström wurde ausgewählt, die Fahnen zu machen,
und K. Helström die Stangen.
§3
Dann wurde ein Festkomitee mit 6 Mann gewählt.
Gewählt wurden Kaari Kiviuori, August Aho,
Lennu Lindroos, Walfrid Wirta …

Joel äußert die Vermutung, Lennu sei offenbar besonders stolz auf seine L-Buchstaben, angesichts der vielen Schlaufen, mit denen er sie versehe.

»Ein Sozialist hat Stilgefühl bis hin zum Namen«, erwidert Lennu düster, ohne sich darum zu scheren, ob sich Joel über ihn lustig macht oder nicht.

§4
Dann wurde einstimmig beschlossen, dass die Ordner, wenn sie betrunken zum Festplatz kommen, 5 Mark Bußgeld in die Kasse der Garde zahlen müssen.

§5
Es wurde außerdem einstimmig beschlossen, 500 Flaschen Brause zu nehmen.

§6
Als Verwalter des geliehenen Geldes wurde Joel Tammisto ausgewählt.

§7
Es war eine einstimmige Entscheidung, dass Der Stoß *dort gelesen werden soll, wo die Garde sich versammelt.*

Eine Schwalbe saust über ihre Köpfe hinweg, und Lennu beeilt sich, das Buch zu schließen.

Er äußert auch seine Unzufriedenheit darüber, dass die Zeitung der Garde *Der Stoß* heißen soll. Es ist nicht zu leugnen, dass in dem Namen eine gewisse Eindrücklichkeit und Wirkung steckt, aber ist *Der Stoß* wirklich ein Name für eine Zeitung? *Neues aus der Garde*, sein eigener Vorschlag, balanciert schön auf der sachlichen Linie und weckt keine witzigen Hintergedanken, wurde aber für zu gedämpft gehalten.

Joel breitete die Arme aus, um zu vermitteln, dass er für die Entscheidung nicht verantwortlich gemacht werden konnte.

»Dann ist er halt gedämpft«, schnaubt Lennu. »Was ist so schlimm daran, wenn was gedämpft ist? Muss einem schon der Name gleich ins Auge springen?« Leicht ungehalten nimmt er die Brille ab und wischt über die Gläser. Es handelt sich um ein Erbstück seines verstorbenen Bruders und passt nicht recht auf seinen eher massiven Schädel, sondern will immer ein bisschen nach unten rutschen. Nachdem er sich versichert hat, dass keine unmittelbare Vogelgefahr droht, schlägt er erneut das Buch auf.

§8
Als Mithelfer von Joel Tammisto im Büro vom Stoß wurde Kaari Kivivuori gewählt.
§9
Es war ein einstimmiger Beschluss, dass eine schriftliche Bitte an den Patron Jakobsson geschickt wird, die neue Zeitung im Sägewerk verteilen zu dürfen.

»Das wäre auch so ein Wunder, wenn der Patron uns die Erlaubnis zum Austragen unserer Zeitung erteilen würde«, sagt Joel.

»Kann schon sein, dass der Kerl sie erteilt«, meint Osku. Vielleicht denkt der Patron ja so: Zeigt er in einer Angelegenheit seinen guten Willen, dann wird es nicht so schnell von ihm in einem anderen Fall erwartet. Zum Beispiel in der Lohnfrage.

»Das kann auch sein, ja.«

Joels Aufmerksamkeit ist zu Hilma hinübergeglitten, die jetzt hinter dem Rücken ihres Vaters rittlings auf der Holzbank sitzt und sich summend hin und her wiegt. Lennu wendet den Blick in Joels Richtung.

»Treibt sich das Mädchen immer noch hier rum?«, grollt er.

»Habe ich nicht längst gesagt, nach Hause, und zwar ein bisschen plötzlich!«

Hilma steht widerstrebend auf und macht sich trödelnd auf den Weg. Dabei dreht sie sich immer wieder zu ihrem Vater um und sieht ihn flehenden Blickes an. Als ihr jedoch keine Barmherzigkeit widerfährt, marschiert sie mit schaukelnden Hüften den Hang hinunter.

Zwischen den Füßen der Männer ist eine braune Katze aufgetaucht, nach dem Bauchumfang zu schließen, hochträchtig. Sie reibt sich zuerst an Joels Bein und springt dann Lennu auf den Schoß. Ein lautes Schnurren des Wohlbefindens ertönt, als der Mann seine große Hand aufs Fell legt und die Katze im Nacken krault. Verwalter Sundberg kommt auf seinen Stock gestützt aus dem Sägewerkkontor, vermeidet es aber, zu den Dorfbewohnern, die auf eine Antwort warten, hinüberzuschauen. Nur bei den Frauen, die den Tisch decken, lüftet er ansatzweise seinen Hut. Genau in dem Moment richtet sich alle Aufmerksamkeit auf die Straße, wo endlich die erwartete Pferdekutsche auftaucht und darauf die großköpfige Gestalt von Kustaa Vuorio.

»Was fährt der so lahm? Und was zieht er für ein Gesicht?«

»So sieht der doch immer aus.«

»Nein, außerdem ist er noch lahmer als sonst.«

Das Knirschen der langsam näher kommenden Wagenräder im Sand ist beinahe unerträglich. Kustaa hält unter dem Ahornbaum an und bindet das Pferd nach Meinung der Wartenden mit boshafter Gründlichkeit an. Alle sehen schweigend zu, wie der unförmige Kustaa leicht hinkend zur Treppe schwankt, seinen Hut zurechtrückt und sich räuspert.

»Und, verdammt?«, drängt Osku.

Kustaa räuspert sich noch einmal und beäugt die Leute:

»Allgemein und gleich …«

Jetzt lächelt er, übers ganze hässliche Gesicht.

»Allgemein und gleich!«

Kustaa reißt sich den Hut vom Kopf, wirft ihn in die Luft und drückt den Mann, der ihm am nächsten steht, fest an sich.

»Was? Auch für Frauen?«

»Ja, für alle gleiches Recht«, ruft Kustaa aus, und im nächsten Augenblick folgen fast alle Dorfbewohner, die sich vor dem Speicher versammelt haben, seinem Beispiel: Sie werfen ihre Hüte, Mützen und Kopftücher in die Luft, sie schreien und umarmen sich, tanzen wie Geisteskranke, die gleichzeitig einen Anfall bekommen haben.

Irre vor Glück hüpft Joel vor der Treppe umher, Lennu schlägt ihm mit der freien Hand auf den Rücken, die andere Hand wedelt mit dem Protokollbuch, als wäre es ein großer, schwarzer Vogelflügel. Die Katze hat sich gründlich erschrocken unter die nächste Kiefer geflüchtet.

»Den Reaktionären wurde allerdings so weit nachgegeben, als man die Altersgrenze um drei Jahre heraufgesetzt hat«, fügt Kustaa hinzu, als würde er die Umstehenden um Entschuldigung bitten. Die sind jedoch bereit, dem Bürger und dem Zar diese geringe Verschlechterung zu verzeihen, vor allem diejenigen, die sich glücklich jenseits der 24 befinden.

Joel wischt den Stich der Enttäuschung weg, indem er entscheidet, sich von der ungerechten Altersgrenze nicht den historischen Feiertag verderben zu lassen. Er stürzt zu dem Tisch, den man im Freien aufgebaut hat, kauft als Erster eine Flasche Dünnbier und öffnet sie mit innigem Wohlgefühl.

»So. Jetzt sind wir eine Million mehr.«

Begeistert schwenkt er die Flasche, worauf ihm beim ersten Schluck Bier aufs Hemd schäumt, aber was spielt das in so einem Moment für eine Rolle. Auch die Frauen hinter dem Tisch scheinen ihm wohlwollend zuzulächeln.

»Eine Million Wähler mehr«, sagt Joel, »all ihr verehrten Frauen und bald auch unsereiner mit euch. Wenn sich jetzt die Verhältnisse in diesem Land nicht bessern, wann dann?«

Als er sich, die Marseillaise pfeifend, umdreht, stößt er mit Sakari Salin zusammen und schafft es, bei der stürmischen Umarmung auch dessen Hemd mit Dünnbier zu besudeln. Sakari zieht Joel beiseite und bietet ihm einen Schluck aus dem Blechflachmann an, den er aus der Jackentasche zieht. »Also dann … Nimm davon!«

Joel hält den Flachmann feierlich vor sich in die Höhe.

»Auf das Allgemeine und Gleiche!«

Sakari räuspert sich.

»Genau, und darauf, dass wir ein Zweites bekommen haben. Ein Mädchen bloß, aber trotzdem …«

Joel schlägt ihm auf den Rücken.

»Verdammt noch mal! Das muss unter Männern ordentlich gefeiert werden«, sagt Joel.

Sakari blickt leicht verlegen aufs Meer. Er müsse wohl wieder nach Hause. Weil die Geburt ein bisschen schwierig gewesen sei und so …

»Das war diese Geburt auch!«

Ja, ja, stimmt Sakari zu, aber er werde jetzt trotzdem im Guten heimgehen. Damit Frau Jonsson fortkönne, und weil Seelia Ruhe brauche. Und wo man sich nun um das neue Kleine kümmern müsse.

Sakaris Stimme ist vor Rührung belegt. Er verschließt den Flachmann, schiebt ihn in die Innentasche seiner Jacke und geht mit großen Schritten den Hügel hinunter. Erstaunt sieht Joel zu, wie der Freund hinter den Ahornbäumen verschwindet. Das muss man sich vorstellen, dass einem Mann ein kleines Mädchen mehr bedeutet als die von den Ständen akzeptierte umwälzende Erneuerung des Wahlrechts.

Da glaubt man, einen anderen Menschen durch und durch zu kennen, weil man von Kindesbeinen an mit ihm zusammen alles Mögliche gemacht hat, und dann muss man nach und nach feststellen, dass sie so gut wie nichts mehr gemeinsam haben. Wie kann Sakari in so einer Stunde bloß bei seiner Familie in der engen Kammer bleiben und die ganze Welt aussperren? Sieht er wirklich nicht, wie geringfügig ein solches Leben ist? Wie klein und nichtig neben jenen Dingen, die etwas bedeuten?

Saida, 10

Herrenhaus Joensuu, Juni 1906

Am ersten Sonntag im Juni werden Saida und Siiri von ihrem Großvater zum Herrenhaus gerufen, um beim Gießen der Tomaten- und Gurkensetzlinge im Gewächshaus zu helfen. Einer seiner Gartengehilfen ist krank, und man weiß nicht, wann er wieder gesund wird.

Herman gefällt es nicht, dass die Mädchen lernen, das sonntägliche Arbeitsverbot zu brechen, aber die Bitte des Schwiegervaters kann man nicht abschlagen. Schon lange ist dessen Rücken in schlechtem Zustand, und es steht zu befürchten, dass der Graf ihn mit niedrigeren Arbeiten betrauen oder gar in den Ruhestand versetzen wird.

»Es haben ja auch die Menschen und die Tiere jeden Tag Durst, warum also auch nicht die von Gott geschaffenen Pflanzen?«, traut sich Emma zu sagen.

Vom sonntäglichen Durst wüsste Saida eine Menge zu erzählen, wenn es nicht mit so viel Peinlichkeit verbunden wäre, dass man nicht einmal daran zu denken wagt.

Der große Sonntagsdurst peinigt Saida und Siiri jede Woche bei dem Ausflug, der dem Aufbau der körperlichen Verfassung dienen soll und zu dem sie von ihrem Vater gezwungen werden.

»Hopp, hopp, Gott hat uns einen gewandten Körper gegeben, damit wir ihn ertüchtigen«, kommandiert er die Mädchen ins Freie, während er selbst am offenen Fenster verschiedene Turnübungen macht. Er nimmt an allen möglichen Sportwettkämpfen des Arbeitervereins teil und gewinnt auch immer einen Preis; oft schnappt er ihn wesentlich jüngeren Männern vor der Nase weg.

Im Winter wird der Ertüchtigungsausflug auf Skiern absolviert. Dann ist es ein fast pausenloses Stochern im Tiefschnee. Schlimmer als die Skiausflüge finden die Mädchen allerdings die vom Frühling bis zum Spätherbst stattfindenden Fußmärsche, bei denen der Vater zusätzliches Kreisen der Schultern und Schwingen der Arme verlangt. Immer wieder hört man auf der Straße oder auf den Waldwegen Hermans tragende Stimme erschallen:

»Schwenkt die Arme, Mädchen, schwenkt die Arme!«

Er selbst stapft seinen Töchtern sportlich forsch voran und gibt ihnen ein Beispiel, wie die Arme im Takt der flotten Schritte auf und ab bewegt werden müssen.

Auch das würden die Mädchen noch ertragen, stünde ihnen nicht noch die unerträgliche Prüfung des Nachhausekommens bevor. Der Moment, in dem sie verschwitzt, erschöpft und – was das Schlimmste ist – mit knallrotem Kopf die Dorfstraße entlangziehen müssen. Jedes Kind im Dorf kann den Sonntagsausflug von Herman und seinen Töchtern ausgezeichnet nachahmen. Das Gnadenlose der Aufführungen besteht darin, dass sie von den Schauspielern nicht einmal Übertreibung verlangen, um unendlich lustig zu sein: »Schwenkt die Arme, Mädchen, schwenkt die Arme!«

Jedes Mal beten die Geschwister innerlich, dass die anderen Kinder bereits an den Esstisch gerufen worden sind. Absichtliches Trödeln ist schwierig, da auch Emma mit Kartoffeln und Fleischsoße auf ihre Familie wartet.

Der Geruch des warmen Schweinefleischs löst in Saida jedes Mal mehr Übelkeit aus, sodass sie nichts anderes will als einen großen Becher Wasser. Aber Herman, von der Wanderung erfrischt und heiter, treibt die Mädchen an den Tisch. Durch ordentlichen Appetit nach dem gesunden Aufenthalt an der frischen Luft erweisen sie auf die bestmögliche Weise ihre Dankbarkeit gegenüber dem Allmächtigen, der ihnen in seiner großen Güte die Gaben des sonntäglichen Tisches beschert, wie auch gegenüber dem Vater, der dieselben durch fleißige Arbeit und ohne sich zu schonen, beschafft hat. Sowie natürlich der Mutter gegenüber, die sie zubereitet hat.

Siiri hat von Natur aus einen guten Appetit, und es bereitet ihr keine Mühe, den Teller zu leeren. Anders verhält es sich mit Saida. Aber da sie weiß, dass es keinen Ausweg gibt, macht sie sich entschlossen daran, den Teller leerzuschaufeln, sobald Herman das Tischgebet gesprochen hat. Die Qual ist danach noch immer nicht vorbei, denn von der Sonntagsmahlzeit dürfen die Mädchen sich nicht wie sonst davonstehlen.

»Denkt daran, den Sonntag zu heiligen und die von unserem Herrn gestiftete Tischgemeinschaft zu ehren«, belehrt sie der gut gelaunte Herman mit erhobenem Zeigefinger.

Saida beobachtet mit zusammengebissenen Zähnen, wie ihr Vater unendlich langsam den Sonntag heiligt und die Tischgemeinschaft aufrechterhält: Nach jeder Gabel hat er etwas über den Lauf der Welt zu sagen, und wenn endlich der Kartoffelhaufen von seinem Teller verschwunden ist, schneidet er noch Brot in kleine Würfel und lässt sie in der Soße kreisen, bis er auch den letzten Fitzel Schweinefleisch und die allerletzte Preiselbeere vom Teller gewischt hat.

Erst dann dürfen die Mädchen nach draußen gehen. Mit Siiri auf den Fersen rennt Saida so schnell sie kann den Hügel hinunter und am Ufer entlang bis in das dichte Erlengestrüpp hinter der Schafweide, wo die Aufgabe der kleinen Schwester darin besteht, aufzupassen, dass niemand Zeuge der unausweichlichen Schändung der gesegneten Sonntagsmahlzeit wird.

Wegen dieser sonntäglichen Schinderei sind die Mädchen über die Bitte des Großvaters begeistert. Es käme ihnen gar nicht in den Sinn, ihr Los zu beklagen, obwohl das Gießen der unendlich langen Reihe von Saatpflanzen in dem stickig heißen Treibhaus anstrengend ist und ihnen einiges abverlangt. Dafür dürfen sie Wasser trinken, so viel sie wollen. Gegen Mittag hat Oma Zeit, ihnen und Arvi rasch Saft und Butterbrote zu bringen, die sie auf der schönen schmiedeeisernen Bank vor dem Wintergarten verzehren.

Um halb vier am Nachmittag kommt Großvater und sagt, die Arbeit des Tages sei getan und die Mädchen dürften den Rest des Tages mit Arvi und den anderen Kindern spielen. Ein Stallbursche des Guts wird sie am Abend nach Hause fahren, sobald er von seinen anderen Arbeiten befreit ist.

Saida schlägt das Spiel »Zehn Hölzchen auf dem Brett« vor. Auch die vier Kinder des Gutsverwalters werden hinzugebeten, Stefan, das jüngste von ihnen, ist erst fünf. Als Ort des Spiels einigt man sich auf den flussseitigen Teil des Englischen Parks, wo es im Schutz von Eichen, Linden, Tannen und üppigen Ziersträuchern großartige Verstecke gibt. Auch die Kinder des Konsuls, die einige Tage zuvor eingetroffen sind, kommen mitten im Spiel dazu.

Nora und Paul nehmen an diesem Nachmittag nämlich zufällig mit dem Kindermädchen ihren Nachmittagskakao im Pavillon des Englischen Parks zu sich. Normalerweise haben die Kinder der Dienerschaft im Pavillon nichts verloren, aber Saida durfte im letzten Sommer einmal die Palmen, Hortensien und Lilien gießen, die dort in großen Töpfen stehen, während Großvater die aus den Ampeln quellenden blauen Lobelien goss. Er erzählte damals, Gräfin Nadine habe die Setzlinge einst von ihrer Italienreise mitgebracht. Vermutlich war in Finnland nie zuvor versucht worden, sie erfolgreich zum Blühen zu bringen.

Weil das Vorbild des Pavillons ein antiker Rundtempel war, sollten auch die dazugehörigen Anpflanzungen auf entzückende Weise den mediterranen Eindruck verstärken. Was ein Tempel war, wusste Saida, aber vom Mittelmeer hatte sie nur eine vage Vorstellung. Der Großvater erzählte trotzdem stolz vom guten Geschmack der Hausherrin, wie auch von seinen Fähigkeiten, ihre Wünsche in die Tat umzusetzen.

Als sie die zehn Hölzchen aufs Brett legt, merkt Saida, dass sie vom Pavillon aus beobachtet wird. Nora und Paul liegen mit Büchern in der Hand in ihren Korbstühlen. Die Gräfin hat sie von der unangenehmen Zwangsmittagsruhe mit der Begründung befreit, sie dürften während der Urlaube in Finnland jeden Morgen bis halb neun schlafen. Zwar wehrte sich das schwedische Kindermädchen aufgrund ihrer Erfahrung strikt gegen »Faulenzerei, die im späteren Alter zu allerlei Morallosigkeit führt«, aber die Gräfin wünschte sich dennoch, dass diese Ausnahme gestattet werde und das Kindermädchen »etwas sommerliche Gnade gegenüber den kleinen Urlaubern« walten lasse.

Oma Elin meinte freilich, es ginge dabei eher um die Gnade der Gräfin gegenüber ihren eigenen Nerven, denn es war bekannt, dass sie gern lange schlief und des Morgens oft unter Migräne litt. Die schrillen Schreie der Kinder beim kalten, abhärtenden Morgenbad taten ihr da nicht gerade gut. Dem Kindermädchen blieb nichts anderes übrig, als der Herrin zu gehorchen.

Das Spiel, das bei der Brücke begann, scheint besonders Nora zu interessieren. Sie zwirbelt die braunen Locken unter ihrem Sonnenhut, wirft aber plötzlich das Buch auf den Tisch und geht scheinbar gleichgültig auf die spielenden Kinder zu. Eine Weile schaut sie vom Brückengeländer aus zu, wie die anderen sich verstecken, wie sie Schreie ausstoßen, sobald jemand gefunden wird, und dann um die Wette zum Mittelpunkt des Spiels rennen. Nora sieht und versteht nicht, was dort passiert, und ihre Neugier lässt sie den Wunsch ausrufen, mitmachen zu dürfen.

Die anderen Kinder erstarren. Erstaunt sehen sie sich an. So etwas ist noch nie vorgekommen. Die Kinder des Konsuls spielen immer untereinander oder mit ihren eigenen Gästen. Nach kurzer Beratung wird beschlossen, Nora und Paul zu akzeptieren, aber unter der Bedingung, dass eines der Geschwister bereit ist zu suchen.

Saida und Linda, die Ältesten unter ihnen, erklären die Spielregeln: Am Anfang wird ein Brett auf einem Holzscheit ins Gleichgewicht gebracht. Dann legt man auf einer Seite zehn Hölzchen nebeneinander. Ihr Gewicht drückt eine Seite des Bretts auf den Boden, die andere zeigt nach oben. Ein Mitspieler muss suchen, die anderen verstecken sich. Wenn der Suchende jemanden sieht, rennt er zum Hölzchenbrett, in den Kreis, der auf der Erde markiert worden ist, und ruft den Namen des Gefundenen und dass er ihn gesehen hat. Jetzt muss derjenige, der sich versteckt hatte, sich in den Kreis stellen. Er ist gefangen. Aber jeder andere der Gesuchten kann den Gefangenen befreien, indem er unbemerkt vom Suchenden zu dem Brett läuft und auf die nach oben ragende Seite tritt, worauf die Hölzchen auf der anderen Seite in die Luft fliegen. Dann ist der Gefangene frei und rennt mit seinem Befreier in ein Versteck. Das ist der tollste Moment des Spiels, außer für den, der suchen muss, denn er muss die Hölzchen einsammeln, wieder aufs Brett legen und mit der Suche von vorn beginnen.

Mit der Autorität der großen Schwester bestimmt Nora ihren Bruder als Sucher. Paul macht nur widerwillig mit, er möchte den Pavillon am liebsten gar nicht verlassen, sondern weiter in seinem spannenden Buch lesen. Außerdem hat er Angst vor den Pfauen, die auf dem Gutsgelände und im Park frei umherstolzieren. Er ist davon überzeugt, dass über kurz oder lang ein furchterregendes und zweifellos gefährliches großes Wesen mit spitzem Schnabel aus dem Schatten eines Zierstrauchs treten wird.

Nora ist das Kommandieren offensichtlich gewohnt. Sie akzeptiert das Quengeln und die Einwände ihres kleinen Bruders nicht und nimmt ohne Umstände Arvi an der Hand. Er soll ihr ein gutes Versteck zeigen.

Zwar halten sich die Pfauen von den kreischenden, kreuz und quer durch den Park rennenden Kindern fern, aber Paul wird bald klar, was Arvi, Linda und die Kinder des Gutsverwalters längst wissen: Saida ist bei diesem Spiel unschlagbar. Sie wählt ihre Verstecke kaltblütig möglichst nah bei dem Brett, schleicht im Schutz der Büsche immer näher heran, während der Suchende seinen Radius immer weiter ausdehnen muss. Schließlich ist sie nur noch wenige Meter entfernt und liegt am Flussufer im Gras wie eine auf Beute lauernde Tigerin. Sobald ihr der unglückliche Suchende auch nur für einen Augenblick den Rücken zukehrt, richtet sie sich auf, läuft mit lautlosen Schritten zum Brett und versetzt ihm einen Tritt.

Paul ist drei Jahre jünger als seine hübsche Schwester, ein plumper, dicker Achtjähriger, der vergebens in die Gegend späht, um Saida wenigstens einmal zu entdecken, doch sie lässt wer weiß wie viele Male die Hölzchen in die Luft fliegen. Und ebenso oft rettet Saida ihre Schwester und den kleinen Stefan vom Gutsverwalter, den Paul immerhin jedes Mal findet. Nora und Arvi sind lange nicht einmal zu sehen. Offenbar halten sie sich in einem von Arvis unvergleichlichen Schlupfwinkeln verborgen.

Die Sonne scheint heiß auf Saidas Rücken, als sie Paul aus ihrem Versteck in nur wenigen Metern Entfernung beobachtet. Der Junge scheint mittlerweile den Tränen nah zu sein. Jedenfalls rinnt ihm etwas übers rote Gesicht, während er die Hölzchen einsammelt. Schweiß oder Tränen? Saida kommt ihr eigener roter Kopf nach den Fußmärschen und Skitouren mit Herman in den Sinn, und schon meldet sich Mitleid in ihrem Herz. So etwas gehört sich nicht. Der kleine verschwitzte Dicke mit der Brille hat bald selbst am dringendsten die Rettung nötig.

Zu Pauls Überraschung lässt sich Saida plötzlich lächerlich leicht gefangen nehmen. Als sie dann zusammen in die vor Hitze glühende Flusslandschaft spähen, wird Saida klar, warum der Junge so hoffnungslos schlecht im Suchen ist.

»Was ist das da?«, schreit er und klammert sich ängstlich an sie.

»Was denn?«

»Das da drüben. Neben dem Pavillon. Ist das ein Pfau?«

»Da ist nur ein Blumentopf mit Lilien.«

Verwundert blickt Saida auf Paul. Der Junge schüttelt niedergeschlagen den Kopf. Er sieht es wirklich nicht. Die kurzsichtige Not des armen Paul ist mehr als Saida ertragen kann, auch wenn er noch so dick sein mag. Vom Gefängnis aus macht sie sich zu seiner Verbündeten und technischen Ratgeberin. So wird ein Kind nach dem anderen schnell gefunden. Saida kennt auch Arvis raffinierteste Verstecke, und bald stöbert Paul ihn mit seiner Schwester in dem aus Balken gezimmerten Brückenkasten auf.

So miserabel Paul auch im Rennen ist, so schafft er es doch vor Arvi in den Kreis, weil Arvi zuerst Nora aus dem Brückenkasten heraushelfen muss, und zwar ohne dass ihre Kleider nass werden.

»Arvi ist gesehen! Nora ist gesehen!«, juchzt Paul und schwenkt wild triumphierend die Arme.

Mit dem Mädchen an seiner Seite kommt Arvi zu den anderen. Saida versucht ihm zu signalisieren, dass sie es war, die dem blöden Paul geholfen hat, das lange in seinem Schlupfwinkel verborgene Duo zu finden. Aber Arvi gönnt Saida keinen einzigen Blick. Er scheint niemanden wahrzunehmen außer Nora, die neben ihm steht. Und er trägt eine so seltsame Miene im Gesicht, wie sie Saida noch nie bei ihm gesehen hat.

1910

1. Januar. Bunter Abend Arbeiterverein Vartsala (AVV).

20. Januar. War in Turku.

29. Januar. Bunter Abend AVV.

30. Januar. War in Salo.

6. Februar. Beim Bunten Abend des AV Angelniemi (AVA).

20. Februar. Bunter Abend AVV.

27. Februar. Bunter Abend AVA.

28. Februar. In Vyborg Autorennen auf der zugefrorenen Papula-Bucht. Kasubskij gewann mit einem Stoewer.
10 Kilometer in 17 Minuten, 34 Sekunden.

24. März. War mit Hilma 4 Tage in Turku.

3. April. War in Salo, kaufte für Hilma eine Uhr.

17. April. Bunter Abend AVV.

4. Mai. Beim Pfingstfeuer auf der Insel Valttila.

Am 11. Mai zog der Halleysche Komet über die Erde hinweg.

15. Mai. Bunter Abend AVV im Getreidespeicher.

22. Mai. Auf der Pfarrersinsel beim Fischen.

4. Juni. Bunter Abend AVV.

19. Juni. Konditionswettkampf.

26. Juni. Sommerfest der Genossenschaft.

7. Juli. Jack Johnson Boxweltmeister.

11. Juli. Ausflug der Wohlfahrtspflege.

16. Juli. Mit Hilma das Aufgebot bestellt. Waren auch in Salo und haben Kommode, Bett u. a. gekauft.

Am 17. Juli war ich mit Hilma bei der Tombola in Turku.

23. Juli. Bunter Abend AVV.

31. Juli. Trauung in der Kirche von Halikko.

2. September. Cholera in Kuopio.

11. September. Seelias Beerdigung bei der Volksschule.

17. September. Bunter Abend AVV.

15. Oktober. Verletzte mir die Nase.

3. Dezember. Hielt die Versteigerung von E. Hurme ab.

Verdient 986,10.

Joel, 26

Vartsala, März 1910

Der Arbeiterverein Vartsala brachte gegenüber dem Betriebsleiter des Sägewerks Vartsala seine strikte Missbilligung darüber zum Ausdruck, dass er zwei Fuhrmänner entlassen hat, die schon seit mehreren Wintern für das Sägewerk Stämme fahren. Ferner beschloss die Versammlung, dass eine Abordnung von drei Mann gewählt wird, die zum Direktor geht und fragt, aus welchem Grund die zwei Fuhrmänner diesen Winter nicht mehr gut genug sind, um für das Sägewerk Stämme zu fahren. So sie sich nichts haben zu Schulden kommen lassen gegenüber der Firma oder dem Betriebsleiter, wollen die Arbeiter von Vartsala eine Erklärung für diesen Vorgang …

Joel ist nach der Versammlung im Hinterzimmer des Genossenschaftsladens geblieben. Er schreibt das Protokoll ins Reine. Seit Lennu Lindroos zwei Finger der rechten Hand in der Säge verloren hat, fällt Joel diese Aufgabe zu.

Lennus Tochter Hilma wartet, bis der Eintrag fertig ist, um das Buch anschließend ihrem Vater zu bringen. Sie schaut Joel über die Schulter und sagt, er habe eine entsetzliche Schrift. Und die Wörter sind auch falsch geschrieben.

»Die sind richtig genug.« Joel taucht die Feder in die Tinte und macht mit dem vierten Absatz weiter. Er schlägt vor, dass Hilma sich als Nächstes um den Sekretärsposten bewirbt.

Hilma lacht geringschätzig. Sie sagt, sie wolle lieber Lehrerin werden, damit sie dumme Jungen ordentlich zausen dürfe. Um ihre Worte zu bekräftigen, zieht sie Joel an den Nackenhaaren. Er stößt ihre Hand weg. Er hat ihr schon oft erklärt, sie solle sich nicht an ihn hängen. Er habe nämlich Besseres zu tun, als kleine Mädchen zu hüten und den fehlenden großen Bruder zu vertreten.

»Und die Zeilen schwanken hin und her wie Bullenpisse«, prustet Hilma.

Joel sagt, es sei nicht wichtig, wie die Zeilen aussähen.

»Ach ja? Was ist dann wichtig?«

Hilma versucht Joels Blick einzufangen und lächelt kokett.

»Die Verhältnisse sind wichtig.«

Joel reinigt die Feder mit einem fleckigen Lappen. »Dass man selbst etwas unternimmt, um die Verhältnisse zu korrigieren, die eindeutig verkehrt sind, dass man Stellung bezieht, dass man, verdammt noch mal, in einer Front den Herren entgegentritt.«

»Aha. In einer Front. Klingt schön.«

Hilma setzt sich neben dem Protokollbuch auf den Tisch. Sie wickelt eine Haarsträhne um den Finger und lehnt sich zurück. Joel stößt Protokollbuch und Tintenfass von sich und kommandiert das Mädchen weg vom Tisch.

Und aus dem Zimmer.

»Und wohin?«

Joel befiehlt ihr, nach Hause zu gehen und dort mit Puppen zu spielen. Hilma erwidert, das werde sie bestimmt nicht tun. Daheim sei es trostlos. Entsetzlich, schrecklich, erschütternd langweilig und trostlos.

Joel weiß, dass man mit der Tochter von Lennu Lindroos keine Spielchen treiben darf, so aufdringlich sie auch sein mag. Das hat Lennu unter den Männern mit einigen düsteren Drohungen klargemacht.

»Das Mädchen richtet sich auf eine Art her, dass … Kaum kehrt man ihr den Rücken zu, streckt sie den Vorbau raus. Aber Gnade dem Kerl, der seine Finger nicht von unserm Mädchen lässt!«

Natürlich möchte Joel die Finger von ihr lassen, aber es ist Hilma, die ihm hinterherrennt, nicht umgekehrt. Joel ist in Lennus Tochter nicht verliebt, eigentlich kann er sie nicht mal ertragen. Hilma ist ein hübscher Wildfang, pfiffig und zugleich schauerlich blöde. Es gibt bei ihnen nicht mal den Ansatz für gemeinsame Interessen. Außer natürlich für das eine Interesse, was aber Lennu verzweifelt zu verhindern sucht.

Ja, abgesehen davon kann man feststellen, dass Joel das Mädchen nahezu verabscheut. Aber was hilft es schon, so etwas festzustellen? Die zügellose, zudringliche Hilma Lindroos hat in Joels Fantasie die goldhaarigen oder dunklen oder rundlichen Mädchen aus der Marktgemeinde ebenso überflügelt wie das vollbusige Ladenfräulein im Genossenschaftsladen Vartsala.

»Jetzt aber runter vom Tisch!«

Hilma verdreht unschuldig die Augen. Wo soll sie denn sonst sitzen? Nach der Versammlung sind ja alle Stühle weggeräumt worden. Soll sie sich vielleicht bei ihm auf den Schoß setzen?

Mit dem Fuß berührt sie Joels Oberschenkel. Joel schnürt es die Kehle zusammen. Er ist gezwungen, ein Bein über das andere zu schlagen.

»Verflixt noch mal, da kommt aber auch kein Wort an, das man sagt.«

»Es kommt schon an, es wirkt bloß nicht.«

Und wieder berührt der Fuß seinen Oberschenkel. Lehnt sich dagegen und bleibt so.

Mit heiserer Stimme sagt Joel, anscheinend wäre es das Beste, wenn er dem Herrn Papa ein paar wahre Worte über seine Tochter sage. Zwar erzähle er einem anderen Mann nicht gern etwas Ungutes über dessen Familie, aber Hilma sei, wie es scheine, vollkommen unmöglich.

Sie breitet die Arme aus. Ob Joel befürchte, plattgedrückt zu werden, wenn sie sich auf seinen Schoß setze? Ob sie seiner Meinung nach furchtbar dick sei?

Genau das sei sie bedauerlicherweise nicht, erwidert er.

Sie will wissen, was daran bedauerlich sei.

Joel sagt, er möge rundliche Mädchen. Je dicker, desto besser.

Hilma glaubt ihm nicht.

Joel sagt, da täusche sie sich schwer. Knochige Frauen könne er einfach nicht ertragen. Aber von molligen könne er nicht die Finger lassen. Wenn er sich mal eine zur Frau nehmen werde, dann müsse sie unbedingt dick und weich wie eine Sahnetorte sein.

Hilma prustet. Sie fragt sich, wie Joel auf die dummen Lügen kommt.

Joel sagt, er lüge nie. Er lüge nicht, weil er einfach nicht lügen könne. Darum müsse er auch Hilmas Vater die Wahrheit über dessen Tochter sagen. Es sei zwar unschön, ihr eine zusätzliche Abreibung zu bescheren, aber was könne ein Mann schon gegen seine Wahrheitsliebe tun?

Hilma sagt, sie bekomme keine Abreibung mehr, die bekämen nur Kinder.

Joel findet, sie habe eine verdient. So richtig von Vaterhand.

Hilma hat von der Neckerei genug. Auf einmal verschränkt sie trotzig die Arme und redet wie ein mürrisches Kind. Man dürfe sie nicht mehr ärgern. Alles sei ohnehin schon schlecht und das Leben so trostlos.

So, so. Aber daran dürfe man nicht denken, sondern man müsse arbeiten, sagt Joel.

Hilma schubst verächtlich das Protokollbuch. Joel tue ja auch nichts, jetzt, da die Säge stillstehe. Sei das vielleicht Arbeit, dass man allen möglichen Unsinn aufschreibe?

»Auch das ist Arbeit.«

Hilma zuckt mit den Schultern und streckt sich gelangweilt. Sonderbar, dass einer seine Tage für so etwas Unnützes opfere und sich auch noch einrede, etwas Wichtiges zu tun, obwohl in Wahrheit weder der Patron noch der Betriebsleiter noch sonst einer von den Direktoren sich einen Scheißdreck um das blöde Quengeln von Joel und den anderen Männern aus dem Arbeiterverein kümmere.

Dieser Hieb sitzt, aber Joel versucht die Kränkung für sich zu behalten und weiterzuschreiben. Er schüttelt das Tintenfass und tut so, als überprüfe er die Namenslisten.

»Mir ist kalt. Wie kannst du nur hemdsärmelig schreiben?«

Hilma nimmt Joels Jacke von der Rückenlehne des Stuhls.

»Darf ich mir die ausleihen?«

»Leg Holz im Ofen nach!«

Joel macht sich nicht einmal die Mühe, den Kopf zu drehen. Hilma hüllt sich in Joels Jacke, öffnet die obersten beiden Knöpfe ihres Wolljäckchens und lehnt sich so gegen Joels Nacken, dass er ihre bloße Haut spürt.

»Jetzt ist mir warm.«

Joel fährt zusammen. Der Füller rutscht ihm aus der Hand und fällt zu Boden. Er bückt sich, um ihn zwischen den Füßen aufzuheben.

»Was treibst du da, verdammt noch mal?«

Aber das Mädchen ist jetzt nicht mehr zu halten. In einem neuerlichen Anfall von Eigensinn entblößt sie ihre Brüste noch mehr, packt Joels Kopf mit beiden Händen und drückt ihn an sich. Der Stuhl kippt um, als Joel mit angehaltenem Atem aufsteht. Er schiebt die Hand unter den Rock des Mädchens und zieht die Unterhose mit dem spitzenbesetzten Bund nach unten.

»Aber dann nimmst du mich doch zur Frau?«, flüstert Hilma.

Joel hört auf, sich weiter vorzutasten. Er versucht das Mädchen von sich wegzustoßen, aber sie lässt ihn nicht mehr los. Sie wiederholt ihre Forderung. Joel erwidert außer Atem, das, womit sie gerade begonnen hätten, wäre seines Wissens nichts anderes, als eine Frau zu nehmen, aber wenn Hilma heiraten wolle, sei dazu etwas mehr nötig.

»Genau, ein Pfarrer. Und ein Ring.«

Joel schüttelt den Kopf und stößt sie energisch von sich. Er befiehlt ihr, sofort zu verschwinden. Er sagt, sie mache ihn noch verrückt. Und er sagt, er hasse alle Frauen und Hilma ganz besonders.

Das Mädchen fängt an zu weinen.

Natürlich. Das hat gerade noch gefehlt.

Hilma will wissen, was so schlecht an ihr ist, dass er sie so schrecklich hasst. Ist sie wirklich so hässlich und abstoßend, wie Joel es ihr die ganze Zeit zu verstehen gibt?

Sie knöpft ihr Jäckchen nicht zu, sondern steht in der ganzen Größe ihrer kurzen Gestalt vor Joel und erzählt ihm unter Tränen, wie sie ein für alle Mal ihr Herz an ihn verloren habe, in dem unvergesslichen Moment, als er bei den Skiwettkämpfen knapp vor Herman Harjula die zehn Kilometer gewonnen und den Blaubeersaft, den sie ihm gebracht hatte, getrunken und dabei mit zwei Händen sowohl Hilmas Finger als auch den Becher festgehalten habe. Hilma ist sicher, dass sich damals *etwas* zwischen ihnen entzündet hat, und sie kann nicht verstehen, dass Joel all das eiskalt vergessen haben will.

Joel fährt sich durch die Haare und sagt, Hilma sei ein Kind, und was sie rede, sei Kinderkram.

Mit Tränen in den Augen und voll eiserner Entschlossenheit marschiert Hilma zur Tür. Sie schließt ab und wirft den Schlüssel in die Ecke. Ist man vielleicht ein Kind, wenn man bereit ist, mit seinem Verlobten und für ihn alles zu tun? Ja, sie weiß schon, dass es keine Seligkeit bringt, wenn man sich verheiratet. Da steht der doppelte Mangel in Aussicht. Man muss Kinder zur Welt bringen und von morgens bis abends schuften. Hält sich denn Joel Tammisto für klug genug, die Wahrheiten des Lebens zu verstehen?

Vielleicht weiß sie, Hilma, auch das ein oder andere darüber. Vielleicht hat sie hören müssen, wie die Mutter schreit, wenn der Lohn des Vaters für Selbstgebrannten draufgeht. Wie oft ist sie Zeugin gewesen, als bei der Mutter die Tage nicht gekommen sind und stattdessen neun Monate später ein Kind aufgetaucht ist. Vielleicht versteht auch die dumme Hilma was vom Leben! Und dieselbe Hilma mag den Joel nun zufällig so sehr, dass es sie zerreißen will! Warum muss er sie dann quälen und immerzu auf ihr herumtrampeln?

Joel lässt sich auf den Stuhl fallen und fleht das Mädchen an, mit ihren ungerechten Vorwürfen aufzuhören.

Er sagt, an ihr sei nichts verkehrt, er wolle bloß überhaupt nicht heiraten.

Hilma schüttelt den Kopf. Das kann man so nicht sagen. Alle heiraten. Oder jedenfalls die, denen sich die Gelegenheit bietet.

Sie geht vor dem Mann auf die Knie, schlingt die Arme um seine Hüften und drückt den Kopf an seinen Körper. Und obwohl sie vor dem Zucken unterm Hosenstoff erschrickt, bleibt sie beharrlich in dieser Haltung. Aufgeregt erklärt sie, sie müsse von zu Hause weg, oder sie werde wahnsinnig. In einem Schwall kommt die ganze Not aus ihr heraus.

Begreift Joel überhaupt, wie schrecklich selbstmitleidig ihr Vater geworden ist, nachdem er die Finger verloren hat? Und weil die Säge schon wieder steht? Alles ist schon lange nichts als graues Elend, eine lange Pein aus Langeweile und Erschöpfung. Die Mutter redet über nichts anderes als über ihre Sehnsucht nach Kaffee und über die leeren Bäuche der Jungen. Und der Vater flickt, wenn er nicht säuft, immer nur seine Reusen und uralten Netze, geht vergebens zum Aalquappenangeln und liest den Rest des Tages immer wieder von neuem *Der Sozialist* in der blödsinnigen Hoffnung, dass er eine Nachricht, die eine bessere Zukunft verheißt, übersehen hat. Hilma glaubt nicht, dass der Vater je wieder Arbeit finden wird, sondern dass die ganze Familie bis zum Grab außer dem Hunger auch noch des Vaters widerliche Düsterkeitsanfälle aushalten muss.

»Na, na, so schlimm ist es …«

Doch, so schlimm ist es! Joel muss Hilma retten. Einen anderen Weg gibt es nicht. Oder Hilma tut sich etwas an.

Joel sitzt reglos und wortlos da, aber das Mädchen knöpft ihm entschlossen die Hose auf und zieht ihn zu sich auf den Fußboden.

Dort, als sie unter Joel auf den eiskalten Dielen liegt, versichert sie sich noch einmal, ob er auch den gesamten Inhalt der Abmachung begriffen hat.

Joel sagt, er habe es begriffen.

Und das hat er auch.

Saida, 14

Vartsala, Juli 1910

»Jack Johnson, Jack Johnson ...«

Saida schüttelt vor Seelia Selin, die sich auf die Reling stützt, den Kopf und fragt sie, ob sie die endlosen Geschichten der Männer über den stärksten Neger der Welt nicht auch satthabe. Seelia blinzelt in die helle Sonne. Sie sagt, sie wisse nichts von irgendwelchen Negern. Ihre Stimme klingt gleichgültig. Saida kann nicht verstehen, wie Seelia das laute Gerede der anderen nicht hat hören können, wo es doch vom Bug bis zur Achterkante deutlich auf dem ganzen Kahn zu verstehen ist.

Saida betrachtet es als ihre Aufgabe, eine Erklärung zu liefern: Jack Johnson ist ein schwarzer Boxer, der in Amerika einen weißen Mann besiegt hat. Darum prügeln sich jetzt angeblich auf den Straßen von New York alle Weißen und Schwarzen wie die Verrückten.

»Bestimmt nicht alle«, erwidert Seelia.

Sie vermutet halbherzig, dass es am ehesten irgendwelche jungen Rowdys sind, die Streit suchen, oder aber sehr kindische und hirnlose Männer. Besonders schwer kann sie sich amerikanische Frauen beim Raufen vorstellen, welche Hautfarbe sie auch haben mögen.

Saida wird rot, denn Seelias Antwort lässt kein Missverständnis darüber aufkommen, wer hier kindisch und hirnlos ist: Saida nämlich. Was ja auch stimmt, weil sie schwachsinnigerweise über genau das Thema geplaudert hat, von dem sie gerade noch behauptet hat, sie habe es satt. Aber Seelias schnippische Antwort ist trotzdem nicht besonders fair, wenn man bedenkt, dass Saida es nur gut gemeint hat, als sie zu der armen Frau gegangen ist, um mit ihr zu reden.

Aus Mitleid, wenn man ehrlich ist.

Seelia, die ständig so aussieht, als friere sie, trägt ein dickes, braun kariertes Kleid und kein dünnes, helles wie die anderen Frauen beim Ausflug der Wohlfahrtspflege. Außderdem hat sie während der gesamten Fahrt Abstand zu den anderen gehalten, das ist Saida aufgefallen.

Seelia ist nie eine Schönheit gewesen, inzwischen wirkt sie aber auffallend hängebrüstig und schmuddelig. Man munkelt, sie habe Schwindsucht, darum machen viele aus Angst mittlerweile einen Bogen um sie. Seelias Schroffheit bringt Saida trotzdem zum ersten Mal auf den Gedanken, dass die Frau ihre Isolation selbst gewählt hat. Vielleicht will sie ja am liebsten alleine sein.

Saida kann aber nicht gleich nachgeben und ihre Niederlage eingestehen. Ihr Eigensinn ist wie entfesselt, weshalb sie bei dem Thema bleibt, obwohl es beide längst für dumm erklärt haben. Sie gibt zu, dass es sich bei den meisten Frauen so verhält, wie Seelia gesagt hat. Wie aber ist es dann möglich, dass in Finnland und Vartsala tagelang alle außer Rand und Band geraten, bloß weil jenseits des Ozeans ein Mensch bewusstlos geschlagen worden ist?

Seelia reagiert nicht.

Saida würde sich am liebsten die Zunge abbeißen. Vermutlich hat sie Seelia jetzt noch mehr verärgert. Andererseits würde sie die Frau am liebsten über die Reling stoßen. Die heiteren Stimmen der Ausflügler dringen ihr ins Ohr, aber wegen ihrer Scham und ihrer Verwirrung ist sie nicht in der Lage, ganze Sätze zu verstehen. Die rot-weiße, vom Qualm des kleinen Schleppdampfers verrußte Fahne flattert vor ihnen wie die Fliegenklatsche aus Leder, die Herman entwickelt hat.

Endlich kann Saida doch einzelne Sätze aus dem Stimmengewirr heraushören. Die Diskussion über den Meisterschaftskampf im Boxen ist von Osku Venhos schlüpfrigen Spekulationen über die Frage abgelöst worden, wie gewisse seidene Frauenunterhosen ihren Weg in den Garten des Patrons gefunden hätten, während sich Frau Jakobsson bei der Schoßhundeausstellung in Helsinki aufhielt.

Wenn Saida jetzt zu den anderen zurückkehrt, muss Seelia unweigerlich den Eindruck gewinnen, dass sie die Seidenunterhose im Garten des Direktors gegenüber dem amerikanischen Kampfsport für ein willkommenes und interessantes Gesprächsthema hält. Verzweifelt sucht Saida nach einem ehrenvollen Rückzugsweg und erinnert sich schließlich daran, wie ihre Mutter sich in heiklen Situationen aus der Affäre zieht.

»Zum Glück fällt der Ausflug auf so einen schönen Tag«, sagt sie. »Vor allem weil es am Morgen noch ein bisschen nach Regen ausgesehen hat.«

»Ja, ja«, bestätigt Seelia. »An Sonne herrscht kein Mangel.«

»Genau. Regen hätte das Ganze ziemlich verdorben.«

Seelias Stimme klingt zwar bitter, aber Saida wäre bereit, die Frau dankbar zu umarmen, weil sie sich überhaupt die Mühe macht, etwas zu sagen. Und nicht nur das.

Zum großen Erstaunen des Mädchens wiederholt Seelia ihren Satz und führt das Thema sogar mit tonloser Stimme fort: Ja, das sei in der Tat sonderbar, dass die heiße, uralte Sonne nie ausgehe und dass sie einem gerade heute ins Gesicht scheine wie ein Dampfkessel. Aber das sei wohl allen sehr angenehm. Bei starkem Wind, von Regen ganz zu schweigen, wäre es wesentlich unschöner, an der Reling zu lehnen und die Landschaft zu betrachten.

Wegen der Landschaft sei man zu der Fahrt ja aufgebrochen, um das Meer zu sehen und all die kleinen nackten Felsinseln und auch die etwas größeren Inseln, auf denen dicke Schafe blökend von einem Gebüsch zum anderen traben. Sie habe sich, gibt Seelia zu, nach Meer und Inseln die Augen krank geguckt bei diesem Ausflug, nach all den Landschaften im Schärenmeer, die zwar hier und da ein bisschen verworren sind, aber doch erstaunlich hübsch. Oder was meint Saida? Fühlt sie sich von der Landschaft auch so gut unterhalten?

Saida räumt verblüfft die Verdienste der maritimen Ausblicke ein und fügt hinzu, die frische Luft sorge für seltsam starken Hunger, weshalb sie jetzt mal nachsehen werde, ob die Frauen noch Brot und Saft übrig hätten. Doch als sie sich abwendet, um zu flüchten, spürt sie einen festen Griff am Arm.

»Warte!«

Seelia öffnet die Hand, in der sie ein in Pergament verpacktes Butterbrot versteckt hat.

»Hier. Du kriegst das. Wenn du willst.«

Saida starrt auf den dünnen ausgestreckten Arm, auf die blauen Adern, die unter der durchsichtigen Haut verlaufen.

»Ich habe es nicht angerührt. Es ist die ganze Zeit eingeschlagen gewesen. Sakari hat mich gezwungen, es mitzunehmen.«

Ja, gezwungen hat er sie. Obwohl Seelia mehrmals gesagt hat, sie habe keinen Appetit. Aber Herr Sakari Salin war nun mal der Meinung, alle müssten ihr Proviantbrot essen, wo man nun mal bei einem Ausflug sei. Ob Saida aufgefallen sei, dass Männer ihren Frauen gegenüber sehr energisch werden können, nachdem sie sich ein paar Punschkaffees gemacht haben? Dann bekomme man nicht mehr die Vorstellung aus ihrem Kopf heraus, dass sämtliche Widerreden ihrer Frauen nur Ziererei wären und mit einem düsteren Geheimnis zu tun hätten, das sie ausbrüten. Dabei stimme das gar nicht. Die Ehefrau brüte nichts aus. Sie brüte zum Beispiel nicht den Gedanken aus, dass dieser Sommerausflug der letzte ihres Lebens sei. Sie habe einfach keinen Appetit. Mehr stecke nicht dahinter.

Aber möchte Saida es denn haben?

»Danke.«

Saida schnappt sich das Brot und beißt sofort ein kleines Stück ab, um zu demonstrieren, dass sie wirklich dankbar ist und kein bisschen besorgt wegen einer nicht mit Namen genannten Krankheit.

»Schmeckt sehr gut, danke.«

Seelia beobachtet genau und irgendwie begierig, wie das Brot im Mund des Mädchens verschwindet. Dabei lehnt sie sich mit dem Rücken an die Reling, die Arme ausgebreitet. Ein kleiner Windhauch löst die stehende Hitze ab. Das junge Birkenwäldchen auf der Insel, die sie passieren, schwankt leise hin und her. Nachdem Saida ihre Aufgabe siegreich erledigt hat, wirft sie das Butterbrotpapier ins Wasser und verfolgt, wie es auf den grünen Wellen treibt und dann hinter dem Kahn verschwindet. Seelia hustet in ihr Taschentuch und seufzt.

»Gewisse Personen sind ja der Ansicht, dass der Zweck eines sommerlichen Schiffsausflugs gar nicht darin besteht, das Meer und die Landschaft zu bewundern«, sagt Seelia mit Nachdruck und schaut dabei über Saidas Schulter hinweg. Einem lebendigen und aufgeweckten Mädchen wie Saida Harjula ist womöglich aufgefallen, dass gewisse Personen die Natur alles andere als interessant finden. Was ist schon sehenswert an dummen Schafen, die rund um eine Insel um ihr Leben rennen, weil sie vor einem bedeutungslosen Schatten erschrecken? Manche sehen darin nichts Interessantes. Und warum auch, schließlich werden sie schon ganz rund vor Glück, wenn sie nur im Eck heimlich mit Schnaps herumpanschen können.

Saida stimmt zu und ergänzt, ihr Vater habe sie vermutlich genau deswegen nicht mitfahren lassen wollen.

»Aber er hat dich doch gelassen!«

Dieser Satz wird hinter Saidas Rücken ausgesprochen. Sie fährt herum und sieht Sakari vor sich stehen, leicht schwankend, die Hände in den Hosentaschen. Seelias bittere Worte waren also an ihren Mann gerichtet. Allerdings scheint sich Sakari, der vor guter Laune nur so strotzt, nicht an der Rüge seiner Frau zu stören.

»Man fragt sich, was passiert, wenn der Herman Harjula endlich einmal seine Tochter vom Pflock losbindet.«

»Würdest du jetzt endlich um Himmels willen die Flasche zu lassen«, sagt Seelia.

In ihrer Stimme klingt Verzweiflung mit, die Sakari sofort veranlasst, den Rücken durchzustrecken.

»Ja, ja. Na klar.«

Allerdings spült die Betrunkenheit dem Mann weiterhin so viel Leichtsinn in den Kopf, dass er es sich nicht verkneifen kann, Saida an einem ihrer Zöpfe zu ziehen.

»Das Mädchen hier, das wächst so schnell, dass die Zöpfe spannen.«

Er hebt die Hand und legt sie Saida auf den Kopf, schätzt, sie sei schon größer als ihre Mutter, die ebenfalls eine Frau von ansehnlicher Größe sei. Damit hat er zwar recht, aber gerade daran will das Mädchen als Allerletztes erinnert werden. Insgeheim hat sie angefangen, die Absätze ihrer Schuhe abzuschleifen, und im Sommer läuft sie am liebsten barfuß. Für den Ausflug musste sie allerdings Schuhe anziehen, mit dem Ergebnis, dass sich Saida neben den anderen Frauen wie eine Riesin fühlt. Vor allem wenn der Umstand auch noch ohne jedes Feingefühl laut ausgesprochen wird.

»Wie geht es der Frau Mama denn so?«

»Danke der Nachfrage, sehr gut.«

Saidas Tonfall ist aristokratisch eisig.

Sakari lacht laut auf und schüttelt den Kopf.

»Hör dir das Mädchen an, Frau, das nenne ich eine gute Kinderstube.«

Seelia runzelt die Brauen, aber ihr Mann schenkt ihr keine Beachtung, sondern macht mit seinem Lobpreis weiter, wie sehr die schönen Töchter vom Harjula sich in jeder Hinsicht von den gewöhnlichen Trampeltieren im Dorf unterscheiden. Er wagt sogar die Vermutung, dass seine eigenen sturen Bälger nie so gute Manieren haben werden.

Saida glaubt, von Sakari wegen ihres übertrieben vornehmen Gehabes aufgezogen zu werden. Schließlich wissen ja alle, dass man im Dorf lange suchen muss, um einen Vater zu finden, der stolzer auf seine Töchter ist. Für Seelia scheint die Grenze des Erträglichen nun jedoch überschritten zu sein.

»Aha, aber wie soll ich sie auch erziehen, wenn ich sie nicht mal anfassen darf?«

Mit feuchten Augen lässt sie laut ihrer Verzweiflung freien Lauf und klagt darüber, dass sie ihr kleines Mädchen nicht mehr im Arm halten und sich dem Jungen nicht auf mehr als einen Meter nähern darf. Viki könnte genauso gut bei seinem Namensvetter in Amerika sein. Ein Meter oder 4000 Kilometer, das ist dasselbe, wenn man sein Kind nicht anfassen darf, wenn es einem einfach verboten ist! Wie soll man da anständige Menschen aus ihnen machen!

»Na, na, nun heul doch nicht, Frau, ich hab ja nur einen Scherz gemacht.«

Sakari scheint echte Reue zu zeigen.

Aber nein, Seelia akzeptiert keinen Rückzieher. Ihr Mann hat recht. Als Mutter taugt sie eindeutig nicht mehr, sie bietet nur noch Grund zum Lachen. Und warum auch nicht. An einer so miserablen Mutter findet man ja auch viel Lächerliches, dumm und leichtgläubig wie sie ist. Aber bald ist man sie ja los.

Ihr Mann starrt sie fassungslos an. Auf ihren Wangen glühen rote Flecken, die Augen sind feucht und rot, und eine Tränenbahn rinnt an der Nasenwurzel entlang.

»Wer hat dir verboten, die Kinder anzufassen?«, murmelt Sakari.

»Die Zeitungen. Die Ärzte.«

»Muss man die lesen? Und muss man unbedingt glauben, was da drinsteht?«, sagt Sakari. Außerdem ist Seelia, soweit er weiß, von keinem einzigen Arzt irgendetwas untersagt worden.

»Nein, weil ich nicht beim Arzt war. Aber die Frau Jonsson weiß Bescheid.«

»Das ist doch die reinste Hexendoktorin«, sagt Sakari düster, richtet den Blick jedoch an seiner Frau vorbei aufs Meer.

»Joel Tammisto und Hilma Lindroos haben jetzt auch das Aufgebot bestellt«, sagt Saida, um die peinliche Situation zu retten.

»Da war es auch Zeit, da war es auch Zeit.«

Dankbar greift Sakari nach dem Rettungsseil, das Saida ihm hinhält, und sagt, seiner Meinung nach sei ein Mann ohne Frau wie ein Schiff ohne Pinne. Oder wie ein Haus ohne Rückwand. Wenn das einer wisse, dann er, Sakari. Ohne Pinne ginge allerdings noch, solange das Ruder vorhanden sei und sich drehe …

»Kannst du endlich mal den Mund halten!«, schreit Seelia.

Ihr Mann verstummt. Er steht neben seiner gekrümmten Frau, die sich von ihm abgewandt hat, und klopft ihr hilflos auf die Schulter.

Saida findet Sakaris unbeholfenen Wiedergutmachungsversuch rührend. Doch bei Seelia, die sich noch immer das Taschentuch ans Auge hält, verfehlt er seine Wirkung. Sakari tut Saida leid. Sicherlich würde er sich wünschen, seine Frau könnte wenigstens einen Sommertag lang ein bisschen fröhlich sein und ihren Kummer vergessen, auch wenn sie noch so krank ist.

Rücksichtsvoll entfernt sich Saida. Als sie die beiden aus der Ferne betrachtet, fällt ihr auf, dass Sakaris weißes Hemd feuchte Flecken unter den Armen hat. Aber sie merkt auch, wie das Hemd um seine breiten Schultern spannt und dass die bis zu den Ellenbogen aufgekrempelten Ärmel starke Unterarmmuskeln entblößen, die sich bewegen, als der Mann hilflos beide Hände hebt und sich mit allen Fingern durchs schwarze Haar fährt. Neben seiner von der Krankheit gezeichneten Frau strahlt Sakari auf geradezu schamlose Art Kraft und Gesundheit aus.

Bald macht der Kahn am Anleger fest, und die Leute gehen an Land. Saida möchte daran glauben, dass Seelia nicht sterben muss. So hat es auch Sakari gesagt. Ein Mensch solle einfach nicht so viel Empörung und Bitterkeit in sich einsaugen. Wenn man einmal auf den Geschmack des Lebens gekommen ist, soll man mit Zähnen und Klauen daran festhalten. Man soll sich nicht von den Gedanken an den unvermeidlichen Untergang begraben lassen, sondern mit beiden Armen den herrlichen, brennend heißen Sommertag umfangen.

Wieder hustet Seelia laut und spuckt über die Reling ins Meer. Und schon befällt Saida das Schuldgefühl derjenigen, der es gut geht, weil sie selbst so voller Leben und voller klarer Gewissheit von dessen Dauer ist. Sie hat nicht vor, jetzt oder irgendwann zu sterben. Beschämt von ihren Gedanken lässt Saida das traurige Ehepaar zurück und eilt den anderen hinterher. Die Treppe zum Anleger hinunter nimmt sie bereits in vollem Lauf.

Vartsala, 20. Mai 2009

Ich fuhr gerade mit der Schubkarre die Ziegelsteine, die beim Abbau des Ofens kaputt gegangen waren, in den hinteren Teil des Grundstücks, um dort die Löcher zu füllen, als der Toyota vor dem Tor anhielt und meine Frau Aila heraussprang. Außer sich vor Wut schwenkte sie ein Stück Papier.

»Das hier bezahlst du!«

Sie hielt mir den Zettel hin. Es war ein Bußgeldbescheid wegen überhöhter Geschwindigkeit.

»Den hab ich wegen dir bekommen.«

»Ach ja?«

»Warum meldest du dich nicht am Telefon?«

»Warum sollte ich?«

»Rate mal, ob es Spaß gemacht hat hierherzufahren. Als hätte ich nichts Besseres zu tun. Du verstockter Scheißkerl! Hast du dir schon mal überlegt, wozu du mich zwingst?«

Ich leerte die Karre.

»Anscheinend nicht. Aber das ist auch nicht mehr nötig.«

Nein, ich hatte sie nie verstanden, aber das hatte mich als junger Mann nicht daran gehindert, auf das wilde, impulsive Hippiemädchen wie ein Wahnsinniger abzufahren. Als wir einige Monate zusammen waren und ich mich auf dem Gipfel meines Glücks befand, verließ sie mich überraschend ohne jede

Erklärung. Ich begriff, dass ich einen Riesenbock geschossen haben musste, hatte aber keine Ahnung, welchen. Damals war ich Abiturient, 18 Jahre alt, und wohnte noch zu Hause.

»Junge Mädchen – verletzlichere Wesen gibt es nicht«, sagte Mamu. Sie vermutete, es sei zu einem Missverständnis gekommen, das einfach ausgeräumt werden müsse. Ihrer Erfahrung nach konnte ein Mann durchaus in seliger Unwissenheit darüber leben, dass er eine Frau bis aufs Blut beleidigt hatte, ohne ihr absichtlich etwas Böses angetan zu haben.

Als es mir endlich gelang, Kontakt zu Aila herzustellen, stellte sich heraus, dass Mamu recht hatte. Ich selbst war der Meinung gewesen, mein Mädchen abgöttisch geliebt zu haben, doch Aila fand, ich hätte ihr keinerlei Zärtlichkeit und Respekt entgegengebracht. Ich sei ein gefühlloser, egoistischer Klotz gewesen, ohne jegliches Interesse, etwas für das Erreichen ihres großen Traums zu tun. Dabei handelte es sich um eine Karriere als Sängerin. Anstatt ihre Arbeit als Künstlerin zu unterstützen, hätte ich mich bloß auf meine öden Hobbys mit meinen Freunden konzentriert.

Auf Knien hielt ich vor Aila ein Plädoyer voller Selbstanklagen und Liebesbekenntnissen, in dem ich beteuerte, sie anzubeten und ihr bis ans Ende aller Tage zu dienen, wenn sie nur bereit wäre, mit mir zusammenzubleiben.

Zu spät, du Memme, erklärte Aila.

Sie hatte einen Jungen kennengelernt, einen Bassisten aus einer Rockband. Einer, der Aila in musikalischer Hinsicht äußerst vielversprechend fand. Sie hatte angefangen Gesangsstunden zu nehmen und wollte sich von nun an Ayla schreiben, weil das ihr Künstlername werden sollte.

Ich lebte in lichtloser Verzweiflung, bis Aila einige Wochen später überraschend den Bassisten verließ. Oder er sie, was sie allerdings nie zugab. Sie kam zu mir zurück, zog sogar bei uns ein, weil sie kein Dach mehr über dem Kopf hatte und es bei uns genügend Platz gab.

Von da an versuchte ich nach Kräften all ihre Wünsche zu erfüllen. Ein Jahr später war sie schwanger, und wir heirateten. Weitere zwei Jahre später zogen wir nach Tampere, weil es ihr gelungen war, bei einer dortigen Plattenfirma eine Praktikumsstelle zu ergattern, und weil es in der Stadt auch Arbeit für mich gab. Mit den historischen Forschungen hatte ich inzwischen aufgehört und Maurer gelernt.

»So eine Bruchbude ist das also?«

»Ja.«

»Immerhin hat das Grundstück einen Wert. Meerblick und alles. Gehört da nicht auch ein Streifen Strand dazu?«

Aila setzte die Sonnenbrille ab und blinzelte in Richtung Meer. Der Südwind drückte die Schaumkronen bis ans Ufer.

»Den hat Olli gekriegt. Hier ist bloß ein Platz fürs Boot und das Recht auf die gemeinsamen Fischgewässer geblieben.«

»Na ja, aber gerade für so etwas zahlen die Leute heutzutage wahnsinnig viel Geld.«

»Ich habe nicht daran gedacht, zu verkaufen.«

»Dir wird nichts anderes übrigbleiben. Mit diesem lächerlichen Zirkus ist jetzt Schluss.«

Ich blickte auf die Wolken, die sich über Kokkila und Angelniemi zusammenballten.

»Es wird Regen geben.«

Dann ergriff ich die leere Schubkarre und schob sie zum Schuppen. Das Rad hüpfte über die Hügel und Löcher der Maulwürfe. Aila kam hinterher.

»Ich komme nicht mehr zurecht. Du hast mich in der Scheiße sitzenlassen.«

»Ach ja?«

Den hinteren Teil des Schuppens füllten exakte Stapel mit Holzscheiten. Aila steckte den Kopf durch die Tür und betrachtete das Mobile, das von der Decke hing. Es war ein hübsches Pferd, das seine hölzernen Flügel schwenkte, wenn man an der Schnur zog, die aus dem Loch in seinem Bauch kam. Die Einzelteile waren mit kleinen Scharnieren verbunden. Ursprünglich war das Pferd blau angemalt gewesen, aber inzwischen war die Farbe fast völlig verblasst.

»Nett. Was man wohl auf dem Flohmarkt dafür bekommen würde, wenn man es sauber macht und neu anmalt?«

»Nimm es halt mit, und probier es aus.«

»Was ich eigentlich sagen wollte: Das Haus frisst alles auf, was man verdient. Und dann die verdammten Schulden, die du mir aufgehalst hast.«

»War ich etwa derjenige, der Penas Volvo schrottreif gemacht hat?«

Unter den Geruch von Holz, Erde und Öl mischte sich jetzt starker Moschusduft. Ich lehnte mich an den Türrahmen. Der Blick ging aufs Meer. Man sah bereits die Regentropfen auf der Wasserfläche. Jeden Moment würde es auch aufs Dach des Toyotas prasseln. Die Fahrertür stand offen.

»Fang nicht wieder damit an«, sagte Aila. »Ich hab die Nerven verloren, und damit basta. Wenn irgendein Arschloch sein Auto so parkt, dass keiner mehr aus der Einfahrt kommt, dann hat er seine Lektion verdient.«

»Andere sind rausgekommen.«

Aila setzte sich auf den Hackklotz und schlug ein Bein über das andere. Sie trug einen grauen Rock und rote Basketballschuhe.

»Schwachsinn. Ihr seid bloß alle Schlappschwänze, die sich von jedem egoistischen Scheißkerl terrorisieren lassen. Mich zwingt man nicht so schnell in die Knie.«

»Du hast dir für deinen Befreiungskampf aber ziemlich unschöne Waffen ausgesucht.«

Aila zog eine Wasserflasche aus der Handtasche und trank einen Schluck.

»Du hättest halt nicht deine Hacke oder deinen Hammer oder was das war im Auto liegen lassen sollen.«

»Mehr als dreißig Jahre mit einem Maurer verheiratet und weiß nicht, was ein Maurerbeil ist. Die rechteckigen Dinger, die du als Wurfgeschosse benutzt hast, nennt man übrigens Backsteine.«

»Was hatte die ganze Scheiße eigentlich im Wagen eines Marketingchefs zu suchen?«

»Das waren Muster.«

Der Regen schlug bereits schräg in den Schuppen.

»Egal. Scheißegal! Du hättest wissen müssen, wie ich bin, wenn ich die Nerven verliere. Da hat man's eilig, zum Auftritt zu kommen, und dieser Depp fährt seine Schrottkiste nicht weg. Obwohl man noch so hupt.«

»Genau. Damit hast du sichergestellt, dass die Show maximalen Publikumsandrang hatte. Alle hingen am Fenster. Logenplatz mit Blick auf die Performance der Künstlerin.«

»Okay, okay. Ich hatte einen furchtbar anstrengenden Tag … seit dem Morgen Migräne.«

»Hättest du halt eine Tablette genommen und dich hingelegt. Einen Auftritt kann man auch mal absagen.«

»Nicht mit meiner Arbeitsmoral.«

Das Wasser rieselte in der Regenrinne. Ich schob den Kopf aus der Tür. Konnte er aus reiner Wut platzen?

»Hätten sich die Zwiebelhäcksler nicht auch ohne dich verkauft?«

Aila schlug mir mit der leeren Plastikflasche auf den Rücken.

»Das war eine Modenschau. Zu Gunsten der Kriegsveteranen.«

»Egal was es war, Hauptsache, du durftest mal wieder ein Mikrofon in der Hand halten.«

»In dir steckt kein bisschen Vaterlandsliebe.«

»Nein, jedenfalls würde ich für das Vaterland kein Auto zerlegen. Auch keinen Volvo, den Schweden zusammengeschraubt haben. Hättest du wenigstens nicht mit der Schneide zugeschlagen. Dann hätte man das Blech ausbeulen können. Bei Löchern kann man nichts machen.«

Ich trat in den Regen hinaus. Im Nu hatte ich nasse Haare und Kleider. Ich richtete den Blick zum Himmel. Herr, gib mir Kraft!

»Du sollst wissen, dass der Arzt einen Gehirntumor noch immer nicht ganz ausgeschlossen hat«, sagte Aila.

Ihre Stimme klang brüchig, aber mit dem Trick konnte sie mich nicht mehr erweichen.

»Jetzt behaupte bloß nicht, dass der Arzt in deinem Kopf ein Gehirn gefunden hat.«

»*Du* solltest dir mal den Kopf untersuchen lassen. Was machst du jetzt da draußen im Regen? Wie bescheuert kann ein Mensch eigentlich sein?«

»Denk mal drüber nach.«

»Zuerst die Frau mit einem unmöglichen Kredit sitzenlassen und dann auch noch idiotische Scheidungspapiere hinterherschicken.«

»Die Raten sind kleiner als beim Kredit für unser Haus. Von dem ich jede einzelne Rate bezahlt habe.«

Aila zog einen Stoß Papiere aus der Handtasche und warf sie in die Schubkarre.

»Jetzt ist jetzt. Du musst deinen Anteil übernehmen. Warum meldest du dich nie am Telefon? Und wenn ich dann vom anderen Ende des Landes hierherkomme und mir einen Strafzettel für zu schnelles Fahren einhandle, muss ich mich auch noch von dir anscheißen lassen.«

»Wann wärst du denn zu Hause, wenn du jetzt losfahren würdest?«

Ich rechnete damit, gleich wieder die Flasche übergezogen zu bekommen, aber Aila wechselte die Taktik. Mit der Jacke über dem Kopf kam sie zu mir und packte mich am Arm.

»Sei nicht so gemein. Lass uns reingehen. Du könntest mir was anbieten. Ich hab den ganzen Tag nichts gegessen und getrunken. Ich hab furchtbaren Hunger …«

»Das ist dein Problem.«

Ich machte mich los und ging in den Schuppen zurück. Dort nahm ich die Axt und fing an, kleine Scheite zu spalten. Aila schwieg eine Weile, vermutlich überlegte sie, was man einem Mann, der die Axt schwang, alles an den Kopf werfen konnte. Besonders lange war sie allerdings nicht fähig, sich im Zaum zu halten.

»Du hast dich verändert. Kein Wunder, dass die Kinder dich hassen!«

»Die hassen mich nicht. Und es sind keine Kinder mehr.«

»Du hast deine Familie verraten. Hast mir alles aufgebürdet.«

»Das Haus, die Sachen, das Auto.«

»Und alle Zahlungen.«

»Nicht alle. Aber die Schulden, die entstanden sind, weil du Penas Auto kaputt geschlagen hast, die übernimmst du selbst.«

»Jetzt überleg doch mal. Mehr als elftausend. Wo soll ich so viel Geld hernehmen?«

»Vom Lohn, so wie andere Leute auch. Die Idee ist, mehr zu verdienen, als man verbraucht. Man muss sich nicht für jeden sogenannten Auftritt neue Klamotten kaufen.«

Aila wischte sich mit der Hand über die Nasenwurzel. Ihre

Augen brannten, vermutlich vor Tränen des Selbstmitleids und der Enttäuschung. So unversöhnlich hatte sie mich noch nie erlebt. Ich hackte weiter Holz, und der Regen trommelte aufs Schuppendach.

»Nein. Du wirst das hier verkaufen.«

Sicherheitshalber trat sie ein paar Schritte zurück. Ich gab mir Mühe, ruhig zu bleiben.

»Das wirst du nicht erleben.«

»Wir haben keinen Ehevertrag. Du musst verkaufen, wenn ich es verlange. Hältst du mich für total blöd?«

»Dann muss auch das Haus verkauft werden.«

Aila war ehrlich schockiert.

»Du würdest also unser Haus an fremde Leute verkaufen? Das wäre ein Ding. Das würden dir die Kinder nie verzeihen.«

»Es ist nicht mehr ihr Zuhause.«

Nicht einmal die Axt hinderte Aila daran, höhnisch zu werden.

»Stell dir vor, manche Leute haben so etwas wie Gefühle. Einen emotionalen Bezug zu einem bestimmten Ort. Für den Herrn eine vollkommen fremde Vorstellung, wie?«

»Überhaupt nicht. Ich habe einen emotionalen Bezug zu diesem Ort hier.«

»Ach ja? Zu einer Bruchbude, in der ein ekelhafter alter Sack gehaust hat?«

»Mamu hat es mir vererbt.«

»Das war erst ein Goldstück von einer alten Frau!«

»Das war sie auch.«

»Schwachsinn. Was macht man sich nicht alles vor. Dieser Mensch war ein Monstrum.«

»Das sagst du.«

»Du hast selbst gehört, wie sie mir mit einem sizilianischen Killer gedroht hat!«

»Weil du so verdammt nachlässig mit Jane gewesen bist. Man kann so ein kleines Kind nicht einfach bei irgendjemandem zurücklassen. Mamu hat sich schreckliche Sorgen gemacht. Und ich auch.«

»Das stimmt nicht. Die Frau war einfach total verrückt.«

»Sie hat am Telefon gehört, wie du im Beisein des Mädchens geschrien und getobt hast. Als wäre es Janes Schuld gewesen, dass du dich nicht frei verwirklichen konntest.«

»Das alte Weibsstück hat das ernst gemeint, dass sie irgendeinen Rosso engagiert. Schließlich ist sie auch dauernd nach Italien in den Urlaub gefahren.«

»Du musst es ja wissen, weil du immer die Postkarten zerrissen hast.«

»Was hat sie uns die auch geschickt! Wer hat sich denn für ihre Reisen interessiert?«

»Jetzt reicht's. Verschwinde, verdammt noch mal!«

»Du jagst mich in den Regen hinaus, was? Warum lässt du mich nicht ins Haus? Du hast da eine andere Frau!«

»Ja, stimmt.«

Sie lachte.

»Stimmt nicht. Wer würde denn freiwillig in so eine Bruchbude kommen? Und zu so einem Mann?«

Ich hob die Axt und ging auf meine Ehefrau zu.

»Du jedenfalls nicht.«

Entsetzt wich sie zurück. Ich folgte ihr, bis sie im Toyota saß. Nachdem sie den Motor gestartet hatte und losgefahren war, öffnete sie das Fenster einen Spaltbreit. Ich hörte sie etwas von Polizei rufen.

Dann ließ ich die Axt sinken und winkte mit der freien Hand zum Abschied. Ich blickte aufs Meer. Zufrieden stellte ich fest, dass über Kokkila und Angelniemi ein Streifen blauer Himmel zu sehen war, der sich aufs Festland zubewegte.

1911

1. Januar. Kostümabend des AVV

21. Januar. Familienabend des AVV

22. Januar. Jahresversammlung des AVV

19. Februar. Skiwettkämpfe des AVV

11. März. Bunter Abend des AVA

12. März. Um halb sieben abends wurde Taisto geboren.

Am 25. März Trauung von Kustaa Hellberg und Olga Helström.

19. April. Taisto im Pfarrhaus Angelniemi getauft.

20. April. Bildhauer Adolf Aarno hat als Erster in Finnland versucht mit einem Flugzeug zu fliegen.

1. Mai. Maifeier des AVV

Am 12. Mai war Hilma in Salo.

3. Juni. Bunter Abend des AVA

11. Juni. War in Tampere, blieb 2 Tage.

9. Juli. Sommerfest der Genossenschaft

30. Juli. Beim Ausflug der Wohlfahrtspflege

Sportfest des AVV am 6. August.

14. September. In der Oper in Kiew wurde auf den russischen Premierminister Stolypin geschossen.

Am 18. September ist Stolypin gestorben.

23. September. Bunter Abend des AVV

29. Oktober. Bunter Abend des AVV

30. Oktober. War in Tampere.

3. November. War in Salo.

26. Dezember. Bunter Abend des AVV

Der Tag der Arbeit wurde 1911 zum ersten Mal in unserem Lande gefeiert.

Verdient: 1177,81.

Joel, 27

Vartsala, April 1911

Joel schaut seinen Sohn an, der nach dem Baden in Hilmas Armen liegt.

»Wieso schreit der jetzt so furchtbar?«

Mit gerunzelter Stirn blickt er über den Rand der Zeitung hinweg. Vor übermäßiger Sorge wird er unfreundlich. Die kleinen roten, dampfenden Fersen des Jungen treten der Mutter gegen den Bauch. Hilma greift lachend danach, sie glaubt, der Junge sei nur wütend, weil er aus der Wanne herausmusste. Der Preis der Blechwanne schmerzt Joel noch immer, obwohl er sie im Genossenschaftsladen gekauft hat. Angeblich reichen Waschschüssel und einmal die Woche Sauna für den Jungen nicht aus. Joel hat nicht widersprechen können, da Hilma seine eigene Zeitung zitierte, als sie feststellte, Reinlichkeit sei bei der Kinderpflege die Quelle aller Gesundheit.

Hilma dreht sich mit dem Kind auf dem Arm so schnell im Kreis, dass Joel befürchtet, das Kleine rutsche ihr aus den Händen – wo es nach dem Bad doch so glitschig ist! Geht es nicht auch ohne Sperenzchen? Die Welt ist voller beachtenswerter Ereignisse, aber wie soll man sich auf die Zeitung konzentrieren, wenn vor den Augen ein kleiner Mensch herumgeschleudert wird wie nur etwas. Hilma äußert die Vermutung, der Junge komme nach seinem Vater, er werde nämlich immer sofort zornig, wenn nicht alles nach seinem Kopf gehe. Und dazu schreie er wie ein Kommandant der Roten Garde.

Die gibt es gar nicht mehr, die Garden, merkt Joel an und hebt die Zeitung. Der deutsche Kaiser Wilhelm weilt in London und hat bereits mit König George Freundschaftsbeteuerungen ausgetauscht. Auch der englische Außenminister betont, die internationalen Spannungen, die zu Beginn des Jahrhunderts spürbar gewesen seien, hätten deutlich nachgelassen, und Großbritannien befinde sich in allen außenpolitischen Fragen in gutem Einverständnis mit Frankreich und Russland. Auch das Verhältnis zu Deutschland habe sich entscheidend entwickelt, und man könne eine Verlangsamung des Wettrüstens zumindest auf dem Sektor der Kriegsmarine konstatieren.

Hat Hilma das gehört?

Der englische Außenminister ist bereit, Tafts Idee von einem internationalen Gerichtshof zu unterstützen, vor dem die Großmächte in Zukunft ihre Konflikte lösen sollen. Also zur Sicherung des Friedens. Im Gegenzug versichern die Vertreter der deutschen Regierung ihren aufrichtigen Willen, das Wettrüsten mit England zu drosseln.

»Die sind sich jetzt alle so einig, dass … Oder?«

»Ei, ei, was denn? So klitzekleine Zehen, ja gibt's denn das …?«

»Es herrscht ein richtig ›herzliches Einvernehmen‹. Wenn sie nur halten würde, die schöne Einigkeit.«

Hilma nimmt zu der Weltlage, die sich so positiv entwickelt, nicht Stellung, sie kichert bloß. Joel lässt die Zeitung sinken. Seine Frau hat den Jungen aus dem Handtuch geschält und in Windeln gewickelt. Spaßeshalber hat sie ihm einen Mittelscheitel in die hellblonden Haare gekämmt. Damit soll eindeutig die Aufmerksamkeit des Vaters geweckt werden. Hilma zuliebe tut Joel tatsächlich so, als missbillige er die Maßnahme. Hält sie das etwa für angebracht? Der Junge sieht ja aus wie ein Pietistenpfarrer.

Animiert von ihrem kleinen Scherz beteuert Hilma, sie ziele bei der Erziehung des Jungen gerade darauf ab, sich auf ihre alten Tage in einem Pfarrhaus bedienen lassen zu können. Sie knöpft die Bluse auf und legt das Kind zum Stillen an. Joel will seine Frau bei guter Laune halten. Wenn der Junge seine Milch bekommen hat und eingeschlafen ist, wird hoffentlich er an der Reihe sein, Hilmas Gunst zu erwerben. Ihre Brüste darf er nicht mehr anfassen, die sind empfindlich geworden und gehören nun ausschließlich dem Jungen, aber sonst ist sie noch fast ebenso bereitwillig wie früher. Dabei haben ihm die Kollegen im Sägewerk einsame Zeiten prophezeit: Frauen würden unwillig, nachdem sie ein Kind bekommen haben. Tatsächlich war Hilma anfangs hundemüde von den durchwachten Nächten. Beim kleinsten Anlass gab es Streit, aber inzwischen erlaubt sie Joel schon seit vielen Wochen, sich ihr fast jeden Abend zu nähern. Sonntags sogar am Morgen, sofern das Kind bereit ist, dann sein Nickerchen zu machen. Trotzdem ist es nicht dasselbe wie vor dem Kind. Es ist irgendwie unangenehm verhuscht geworden. Er weiß, seine Frau wartet immer nur, bis es vorbei ist, damit sie sich wieder in Ruhe dem Kind widmen kann. Joel befürchtet sogar, dass Hilma es trotz ihres Entgegenkommens für die Herabsetzung von etwas Heiligem und Reinem hält, wenn er sich zwischen Mutter und Kind drängt. Am liebsten wäre ihr wohl, wenn mit der ganzen Angelegenheit ein für alle Mal Schluss wäre.

Hilma sagt, sie träume von genau so einem Blumengestell, wie es im Flur des Pfarrhauses gestanden habe, als der Junge seinen Namen bekommen habe. Ob Joel so eines bauen könne?

»Was für eins?«

Hilma sieht ihn erstaunt an. Kann er sich nicht daran erinnern?

Joel versucht seinen Ärger zu verbergen. Wie hätte er auf so etwas achten sollen, wo der Junge geschrien hat wie am Spieß, und zwar während der Taufe und danach. Außerdem braucht Hilma nicht auf Blumengestelle zu schielen. So lange sie noch einen Dachstuhl überm Kopf haben, ist das Gestell genug.

Seit der Taufe ist das Pfarrhaus zu einer ärgerlichen fixen Idee von Hilma geworden. Tagelang hat er sich anhören dürfen, wie elegant die Einrichtung dank des neuen Pfarrherrn geworden sei. Zwar hatten sie damals nur Flur und Büro gesehen, aber die Türen zum Wohnzimmer und einem anderem Zimmer waren offen gewesen. Das hatte genügt, um Hilmas träumerische Fantasie ausufern zu lassen. Joel braucht sich gar nicht erst die Mühe zu machen, ihr zu erklären, dass die Wohnungseinrichtung solcher Herrschaften den Sozialisten nicht als Vorbild dienen kann. Er versucht nicht auf die schweren Brüste seiner Frau zu schielen und sich auf die Zeitung zu konzentrieren.

Aufstand in China. Räuberbanden beherrschen die Provinzen, deren Namen ein Finne nicht einmal aussprechen kann. Die amerikanischen Trusts Standard Oil Comany und American Tobacco Company werden geteilt.

»Für einen finnischen Sägewerkarbeiter ist es ein und dasselbe, wie der Kapitalist seinen Gewinn aufteilt …«

Hilma ist der gleichen Meinung, auch für die Frau des Sägewerkarbeiters ist es ein und dasselbe. Und für das süße Bübchen des Sägewerkarbeiters ebenfalls. Ihre Blicke treffen sich, und seine Frau lächelt ihn an. Joel erwidert das Lächeln überrascht. Vorsichtig versuchen sie den plötzlich entstandenen Keim der Harmonie zu hegen. Für eine Weile fühlen sie sich glückselig miteinander, sie teilen die Freude über den in jeder Hinsicht wunderbaren Sohn, aber auch den Missmut über das sittenlose Vorgehen der besitzenden Klasse.

»Wenn die Säge wieder steht, weiß ich nicht mehr …«

»Mal den Teufel nicht an die Wand.«

Joel überlegt, ob er es wagen soll, einen Gedanken zu äußern, den er schon lange mit sich herumträgt: Wenn die Säge stillsteht, muss er sich Arbeit dort suchen, wo es welche gibt. Da hilft nichts. Dann heißt es, sich auf den Weg machen.

Er legt die Zeitung auf den Tisch und streicht die Seiten glatt, lässt es dabei bewenden.

Zeitungen, Zeitungen, Zeitungen.

Er will sie lesen, und er will es nicht. Er will bei seiner Familie sein, und er will es nicht. Sich in der Welt draußen Arbeit suchen, ist eigentlich gar keine so unsympathische, sondern womöglich eine notwendige Alternative für einen Mann mit Familie. Andererseits kommt ihm der Gedanke an ein Vagabundendasein und an Mietskasernen voller Junggesellen trostlos vor.

Enttäuscht registriert er, dass der Junge alles andere als kurz vorm Einschlafen ist. Auf eine Art ist es schon schön, dass es das Kind gibt, aber kann es nicht dann schlafen, wenn es an der Zeit ist?

Joel geht in den Flur hinaus, zieht Schuhe und Jacke an.

»Wo willst du hin?«

»Nur ein bisschen raus.«

»Um diese Zeit am Abend?«

»Ich geh zum Vereinshaus, die Jubiläumsnummer vom *Arbeiter* lesen.«

Joel will sich einfach nicht daran gewöhnen, dass er neuerdings über jeden Schritt, den er macht, Rechenschaft ablegen muss. Vor allem weil sich Hilma letzten Endes nicht einmal für seine Aktivitäten interessiert. Als er schon die Treppe hinuntereilen will, merkt er, dass jemand die zusammengerollte Zeitung unter die Türklinke gesteckt hat. Bestimmt war Kustaa Vuorio der stille Postbote. Er hatte sich wohl nicht getraut, anzuklopfen, weil er das heile Familienglück nicht stören wollte.

Wenn Kustaa wüsste.

Oder ist Joel selbst undankbar, wenn er sich über Ehefrau und Kind nicht so freuen kann, wie es sich für einen Mann gehören würde? In den Augen eines einsamen armen Teufels wie Kustaa jedenfalls muss er undankbarer erscheinen als der Graf vom Herrenhaus, der alles hat, aber angeblich mit allem unzufrieden ist.

Joel schiebt die Zeitung in die Tasche und macht die Haustür auf. Er hat Lust, die frische Nachtluft des Vorfrühlings einzuatmen. Er setzt sich auf die Treppe und richtet den Blick zum Himmel. Ein paar helle Lichtpunkte sind dort angegangen, aber tief im dunkler werdenden Blau ist der ganze Himmel voller Sterne in einer leuchtenden, endlosen, stillen Armee. Auch wenn man es mit dem menschlichen Auge gar nicht sieht. Er holt seine Zigaretten hervor und verfolgt, wie der Qualm aufsteigt, stockt wie unter einem durchsichtigen Dach und sich dann ausbreitet. Joel weiß, dass dies mit den Luftschichten und ihren Temperaturen zu tun hat. Er weiß so viel, aber offenbar vollkommen umsonst. Über der erstarrten Rauchskulptur treibt das skelettartige Schattenbild des Sägewerks wie ein geheimnisvolles Zeichen. Warum sollte ein kräftiger Mann, der für seine Familie Verantwortung trägt, von einem kleinen Dorf und seinem Sägewerk so abhängig sein, dass er nicht, wenn es die Not erfordert, woandershin gehen könnte? Von den Sternen aus betrachtet ist das Dorf namens Vartsala nur ein unbedeutender Fleck unter vielen anderen.

Und wenn man ehrlich ist, dann ist Hilma gar keine so schlechte Ehefrau. Sie kommt zurecht, füllt ihren Platz viel besser aus, als man es sich hat vorstellen können. Und den Jungen versorgt sie auf ganz natürliche Weise. Joel versteht gar nicht, woher sie die beneidenswerte mütterliche Sicherheit nimmt. Er selbst macht sich Sorgen und ärgert sich über so ziemlich alles und hat gleich Angst, dass an dem Jungen etwas kaputt geht, wenn man ihn falsch auf den Arm nimmt.

Und wenn er seine Frau überredet, mit ihm zu kommen, wohin auch immer? Warum nicht nach Amerika, auf den Spuren von Viki Salin, wenn sonst nichts hilft? Hat er denn nicht zwei Hände, damit er seine Frau und sein Kind nimmt und dorthin geht, wo es Arbeit gibt? Denn irgendwo muss es sie doch geben. In der Zeitung ist vom ständigen Wachstum des Volksvermögens die Rede und vom Steigen des allgemeinen Lebensstandards. Seltsam nur, dass man in Vartsala überhaupt nichts davon merkt.

Joel kehrt aus dem kalten Frühjahrsabend ins Haus zurück. Die Luft in der Wohnung ist warm und nach dem Bad etwas feucht. Das Kind quengelt noch immer. Joel lässt sich aufs Bett fallen und blättert die knisternden Seiten der Sonderausgabe um.

Der Chefredakteur scheint sich direkt Joels Worten zu bedienen, wenn er über die fliegenden Apparate schreibt, die seiner festen Überzeugung nach den Menschen einmal zum Himmel erheben werden, von der Erde empor, so wie der Sozialismus den Arbeiter von den Fesseln der Sklaverei befreien wird. Der Mensch, der die Schwerkraft und die Unterdrückung besiegt, muss bereit sein, sich auch von den Ketten zu befreien, die Selbstsucht und Niedertracht geschmiedet haben. Die Fähigkeit zu fliegen wird uns am Ende in höhere Sphären der Geistigkeit erheben, dorthin, wo der Geist vollkommen frei ist.

Das Eindrucksvollste an dem Artikel ist die genaue Darstellung des historischen Ereignisses, welches den eigentlichen Anstoß zu der Schrift gegeben hat. Am 14. April ist in Finnland erstmals ein Experiment durchgeführt worden, bei dem man versucht hat, mit einem Flugapparat in die Luft aufzusteigen. Der Versuch hat auf dem See Pyhäjärvi bei Tampere stattgefunden.

»Leck mich!«

»Muss das sein?«

Hilmas Stimme klingt schläfrig. Joel erzählt ihr, dass in Finnland eine fliegende Maschine entwickelt worden ist.

»So. Aber muss man deswegen fluchen?«

Beim Weiterlesen wird Joel deutlich, dass der Versuch misslang, aber einzig und allein aufgrund unglücklicher Wetter- und Geländebedingungen. Der Verlauf des Ereignisses war dramatisch. Um neun Uhr morgens war der Flugversuch auf dem Eis des Pyhäjärvi gestartet worden. Es herrschte Hochdruck. Die Temperatur lag etwas über null, aber es wehte ein scharfer Südostwind. Der Start konnte darum nicht normal, also gegen den Wind durchgeführt werden.

Joel liest mit angehaltenem Atem, wie der Besitzer der Maschine, der Künstler Adolf Aarno, sich mit stoischer Ruhe auf die Steuerbank setzte. Als der Motor angelassen worden war und die Helfer losgelassen hatten, schoss die Maschine mit 90 Stundenkilometern über das Eis. Dem Lenker gelang es, die Heckflosse der Maschine in die Höhe zu bringen und das linke Rad vom Untergrund zu lösen, aber das rechte Rad schleifte weiterhin über das Eis, und die Maschine kam dadurch nicht hoch. Der Versuch endete, als am rechten Rad der Gummi platzte und die Maschine auf die Seite kippte. Der Flieger stoppte sofort den Motor. Als das Flugzeug stand, stellte sich heraus, dass der rechte Flügel an drei Stellen beschädigt war.

Aus dem Artikel ging hervor, dass der Flieger wenige Tage später gern seinen Flugversuch erneuert hätte, aber die Herren, die ihm assistieren sollten, trauten sich wegen des dünner werdenden Eises nicht an den Versuchsort. Daraufhin erklärte der tapfere Flugzeuglenker, er werde seine Versuche auf der Pferderennbahn fortsetzen, um bis zum nächsten Winter alle Launen seiner Maschine kennenzulernen.

Hilma holt tief Luft.

»Oh, er lächelt! Das Bübchen lächelt die Mama an!«

Joel beugt sich über Hilma. Natürlich eine Sekunde zu spät. Taisto hat sein erstes Lächeln schon wieder geschluckt.

Hilma bittet ihren Mann, die Öllampe zu löschen. Joel zieht sich aus und kriecht unter die Decke. Mit den Händen im Nacken liegt er regungslos da und lächelt vor sich hin. Endlich weiß er kristallklar, was er zu tun hat.

1912

1. Januar. Kostümabend des AVV

15. Januar. War in Tampere, blieb 2 Tage.

Familienabend des AVV am 21. Januar

19. Februar. Skiwettbewerb des AVV

20. Februar. Der Norweger Roald Amundsen hat als erster Mensch den Südpol erreicht.

13. März. War in Tampere, blieb 3 Tage.

1. April. Bunter Abend des AVV

Am 15. April stieß das Passagierschiff Titanic gegen einen Eisberg und ging unter.

1. Mai. Maifeier des AVV

12. Mai. Hilma war in Salo.

11. Juni. War auf Ausflug in Turku.

Hannes Kolehmainen gewann am 8. Juli den 10000-Meter-Lauf bei der Olympiade in Stockholm.

9. Juli. Sommerfest der Genossenschaft

10. Juli. Kolehmainen gewann den 5000-Meter-Lauf. Kolehmainen gewann den Geländelauf.

30. Juli. Beim Ausflug von der Wohlfahrtspflege

Sportfest des AVV am 6. August

18. August. War in Salo beim Arzt.

23. September. Bunter Abend des AVV

4. Oktober. Auf dem Markt in Salo

2. November. War in Tampere.

20. Dezember: Kaufte per Postversand einen Fotoapparat, zahlte 14 Mark.

26. Dezember: Bunter Abend des AVV

Verdient: 1177,81.

Saida, 16

Herrenhaus Joensuu, Dezember 1912

Sakari Salin würde wohl kaum so anziehend auf Saida wirken, wäre er nicht von Trauer gezeichnet. Der Verlust der Ehefrau allein macht ihn freilich noch nicht zum Objekt von Saidas heimlichen Träumen. Mit einem Witwer verbindet sich zwar manch lustige Vorstellung, die von zahlreichen Liedern aufrechterhalten wird, in denen es heißt, an der Brust eines Witwers sei es immer warm und er nähme alle mit offenen Armen auf.

Sakaris Witwerschaft ist etwas anderes. Man weiß, dass er allein und mit einer solchen Düsternis trauert, dass es seine Wirkung auf Saida nicht verfehlen kann, die in ihrem derzeitigen träumerischen Zustand nichts so sehr will, als eine zutiefst leidende Seele trösten.

Sakari und dessen halbwaisen armen Kindern zuliebe will sie noch einmal bei den Possen am Knutstag mitmachen, obwohl sie ihrer Meinung nach schon viel zu alt für solche kindischen Maskeraden ist. Aber das ausgelassene Umherziehen von Haus zu Haus gehört zu den seltenen Dorfereignissen, an denen sie der Vater teilnehmen lässt. Herman hat praktisch auch keine Wahl, denn er hat selbst beim christlichen Abstinenzlerverein den Entschluss mitgetragen, die Jugend brauche ein vorbildhaftes Gegenstück zu den saufenden Burschenhorden am Knutstag. Zwar verkleiden sich auch die Mädchen witzig mit

Sachen von Erwachsenen, aber sie singen eher geistliche Lieder und betteln nicht um Gaben, von Schnaps ganz zu schweigen. Ihre Aufgabe besteht im Gegenteil darin, kleine Gebäckstücke an Familien in Not zu verteilen.

Am Stephanstag, als Gräfin Nadine persönlich Saida ins Herrenhaus bestellt, damit sie bei der Bewirtung der Gäste helfe, darf Saida mit Omas Erlaubnis in den Kleiderschränken und in den alten Kisten auf dem Dachboden wühlen. Diesmal ist ihr für die Verkleidung zum Knutstag nicht jeder Fetzen recht. Sie will auch keine verdrehten Hörner auf dem Kopf haben, und auf keinen Fall wird sie sich das Gesicht mit Ruß beschmieren. Zur Anprobe bleibt Zeit, da die Alten vom Morgen bis zum Abend die Weihnachtsgäste im Herrenhaus bedienen müssen. Saida sind Aufgaben zugeteilt worden, die zu erfüllen keinen ganzen Tag in Anspruch nimmt.

Als sie die alten Kleider der Malmberg-Töchter anprobiert, kommt Arvi in die Küche. Saida bittet ihn, sein Urteil abzugeben. Stehen ihr Karos oder Streifen besser? Ist Altrosa die passende Farbe für sie, oder betont es nur die schreckliche Röte in ihrem Gesicht?

Saida geniert sich so gut wie gar nicht vor Arvi, sie merkt nicht einmal, wie der versucht den Blick abzuwenden, wenn sie beim Kleiderwechsel nur in Unterhemd und Unterrock dasteht. In ihren Augen ist Arvi noch ein Kind, auch wenn er mit seinen 15 Jahren ganz gehörig in die Länge geschossen ist. Ihr ist außerdem aufgefallen, dass Arvis Stimme nicht mehr so komisch ins Falsett gerät, wenn er begeistert schildert, was für interessante Zeiten im Gut gerade herrschen.

Offenbar hat der Geist von Oberst Armfelt, welcher an der Spitze des Nyland-Regiments galoppiert, diese Weihnachten Konkurrenz um den Spitzenplatz auf Arvis Heldenliste bekommen. Im Herrenhaus hat sich nämlich als Weihnachtsgast ein lebendiger General der russischen Armee eingefunden. Auch Saida hat den Besucher schon einmal flüchtig gesehen, und sie findet ebenfalls, dass er eine erschütternd stattliche Erscheinung abgibt, in seiner blauen Uniform.

Arvi erzählt, der General habe als Kommandant des Ulanenregiments der Leibgarde Seiner Majestät in Warschau gedient. Vor zwei Monaten erst sei er, ohne das Regimentskommando abzugeben, zum Generalmajor im kaiserlichen Gefolge ernannt worden.

Saida habe allen Anlass, sich bewusst zu machen, dass es sich bei dem Gast um einen der engsten Vertrauten des Zaren handle. Ob ihr der Säbel aufgefallen sei? Der sei Modell 98, wiege 1130 Gramm, und die Klinge sei 89 Zentimeter lang. Der Vorschrift nach werde die Waffe vor der Schlacht im ersten Drittel der Schneide messerscharf geschliffen.

Nein, solche Einzelheiten sind Saida tatsächlich noch nicht aufgefallen. Stattdessen hat sie festgestellt, dass am Säbelgriff eine lustige Silberquaste baumelt.

Mit einem sorgfältig geschliffenen Kavalleriesäbel kann man ein in die Luft geworfenes Stück Papier durchschneiden, erklärt Arvi.

»Ach? Ein richtiges Blatt Papier? Und wenn man einen Menschen töten muss?«

»Am sichersten ist es, hier reinzustoßen. Mit voller Kraft.«

Arvi legt die Handkante in die Kuhle zwischen Saidas Hals und Schlüsselbein.

»Aha«, sagt das Mädchen, irritiert von der Berührung.

Ab und zu geht ihr Arvis Kriegsbegeisterung auf die Nerven. Was für einen Sinn hat es, unendlich viel Detailwissen über Waffen, Uniformen, Flaggen und Regimenter im Kopf zu behalten? Wo gräbt Arvi sein Wissen überhaupt aus? Werden einem in der Pferdeschule solche Militärsachen beigebracht?

Arvi lacht überheblich. Nein, dort werden nur die Anatomie der Pferde und der Umgang mit ihnen unterrichtet. Und Hufbeschlag, Krankheitslehre, Ernährungslehre, Rassenlehre, Phänomenologie, Pflege, Vor- und Anspannen, Zuchtlehre sowie Entbindungslehre. Dazu natürlich Stallpflege und die Durchführung einfacher Operationen, zählt er stolz auf.

Hmmm, Zuchtlehre sogar!

Arvi wird rot. Na klar, da im Gut nun mal Pferdezucht betrieben werde. Das ist eine rohe Angelegenheit, wenn die Pferde rammeln, sagt Arvi auf Finnisch, wahrscheinlich die Stallknechte zitierend. Da kippt das Gatter und die Erde bebt, wenn man den Hengst nicht bändigt.

»Und du kannst ihn bändigen?«

»Natürlich.«

Aber das ist schon ziemlich gefährlich, weil so ein deckender Hengst der reinste Wirbelsturm sein kann. Manchmal ist er so brünstig, dass die Hufe kaum den Erdboden berühren. Dann muss man die Stute vor seiner wilden Kopflosigkeit schützen. Und den Hengst vor der Stute, weshalb diese so angebunden wird, dass sie sich praktisch nicht bewegen kann. Deckhengste sind kostbare Tiere.

»Wollen die Stuten das denn nicht? Gedeckt werden?«

Saida bemüht sich, die Frage möglichst gleichgültig zu stellen, um die beschämende Tatsache zu vertuschen, dass ihr Einzelheiten dieses Akts noch immer unklar sind. Ein paarmal hat sie gesehen, wie sich Hunde oder Katzen im Gebüsch gepaart haben, aber der tiefe Sinn des bestürzend kurzen und im Grunde ekelhaften Stoßens ist ihr noch nicht vollständig aufgegangen.

Arvi erklärt, die Willigkeit der Stute werde normalerweise mit einem Versuchshengst getestet. Diesen lasse man in die Nähe der Stute, erlaube ihm aber nicht, ernst zu machen. Zeigt die Stute Wohlwollen und verhält sich freundlich, wird der eigentliche Deckhengst geholt, damit er die Angelegenheit zu Ende führt.

Der Junge geht im Raum umher und doziert wie ein Lehrer. Rhythmisch kommt die Männerstimme aus dem schmächtigen Jungenkörper. Er ist eindeutig stolz, dass er mit seinem Wissen glänzen kann, vielleicht genießt er es auch, das Bewusstsein des Mädchens mit so wilden Vorstellungen zu füllen.

»Wie gemein!«

Saida findet, dass die arme Stute grausam betrogen wird. Sie mag doch das erste Pferd und möchte mit ihm ein Fohlen haben. Arvi lacht. Die Stute bekommt auf jeden Fall, was sie will. Man müsse eigentlich mehr Mitleid mit dem armen Versuchshengst haben, der die gesamte schwierige Annäherungsprozedur übernimmt, am Ende aber immer ohne dasteht. Saida versteht das nicht so recht.

»Ohne was?«

»Na, ohne *es*.«

Beide schweigen beschämt. Saida steht in Tante Bettys rotem Kleid vorm Spiegel und schaut über die Kristallfläche auf den Jungen. Ob man es irgendwann mal sehen könnte?, fragt sie.

»Was?«

»Na, wenn es die Pferde tun.«

Arvi schüttelt bestürzt den Kopf. Auf keinen Fall. Pferde decken lassen sei einzig und allein Männersache. Saida sei völlig von Sinnen, so etwas auch nur vorzuschlagen. Sogar manch erfahrener Mann habe sich bei dem Vorgang schon die Knochen gebrochen.

Er erzählt vom Stallmeister des Nachbarguts, dem der brünstige Hengst die Zähne eingetreten habe. Und ein Bauer in Somero habe auf einem Auge die Sehkraft verloren, sodass er später aus Versehen den ganzen Stall angezündet habe und sich und seine Pferde mit. Außerdem müsse der Helfer zur Gewährleistung des Deckens etwas tun, bei dessen Anblick wahrscheinlich jedes Mädchen in Ohnmacht fiele.

»Nämlich was?«

Der Junge wird rot und lächelt, antwortet aber nicht. Saida betrachtet ihn neugierig mit zur Seite geneigtem Kopf. Eine Weile wägt sie innerlich verschiedene Möglichkeiten ab. Arvi begegnet Saidas forschendem Blick im Spiegel und hört auf zu lächeln. Das Mädchen dreht sich um, dann fragt sie, ob Arvi mal einen echten Generalssäbel in Händen halten wolle.

Arvi fährt sich durchs blonde Haar.

»Und wie soll das gehen?«

Saida erzählt, ihr sei der Auftrag erteilt worden, das Zimmer von General Mannerheim aufzuräumen und zu heizen, während die Herrschaften mit ihren Gästen das Abendessen zu sich nehmen.

Arvi sieht sie argwöhnisch an.

Aber es ist die Wahrheit. Diese anspruchsvolle Aufgabe ist Saida tatsächlich erteilt worden. Oma, die sich normalerweise immer über Erfolge ihrer Enkeltochter freut, ist diesmal nicht so begeistert gewesen, wie man hätte glauben können. Schließlich sagte sie, ihr sei zu Ohren gekommen, der General habe gern hübsche Mädchen um sich herum. An sich sei das nichts Schlimmes, aber Oma fand, in das Schlafzimmer eines solchen Generals sollte man besser eine erfahrenere und ältere Person schicken.

Großmutters Sorge rührte und amüsierte das Mädchen zugleich. Erstens glaubt sie nicht, dass irgendein anderer als Großmutter sie hübsch findet, und zweitens ist der General, auch wenn er in seiner Uniform sehr gut aussieht, doch immerhin ein alter Mann. Sicher weit über 40. Nur junge Männer können auf die Idee kommen, sich Streiche auszudenken, während das

Dienstmädchen das Bett macht. Außerdem könne Arvi ja mitkommen, mit Brennholz für den Kachelofen.

Auf eigene Faust kann Oma so etwas nicht entscheiden, aber Saida ist sicher, die Großmutter wäre insgeheim sehr zufrieden, wenn Arvi mitkäme.

Auf dem Gesicht des Jungen liegt eine ungläubige Miene, als das Mädchen ihm seinen Plan darlegt. General Mannerheim ist bekanntlich sehr genau. Gewiss erwartet er, dass genügend Holz vorhanden ist. Sollte der General sein Schlafzimmer aufsuchen, während sie sich noch darin aufhalten, würde Saida einfach lügen und sagen, der Gutsverwalter habe dem Stallburschen befohlen, sich um das Holz zu kümmern.

Oder ist dieses Abenteuer zu spannend für ihn? Macht er sich womöglich in die Hose, wenn der General überraschend das Zimmer betritt?

Arvi schwört, er habe vor nichts Angst, wenn auch nur die geringste Möglichkeit bestehe, den Säbel des Generals zu sehen. An die Möglichkeit, ihn zu berühren, wagt er noch nicht mal zu denken. Und selbst wenn er Angst hätte und sie würden bei der Lüge erwischt werden, verspricht er, alles auf sich zu nehmen und die Strafe zu ertragen wie ein Mann. Ganz bestimmt.

So, so, aber verspricht er dann auch, dafür zu sorgen, dass Saida sehen kann, wie die Pferde … ihre Verrichtung ausführen?

Die Vorstellung, den Säbel des Generals aus nächster Nähe zu sehen, verhext den Jungen in einem Maße, dass er bereit zu sein scheint, alles zu versprechen.

Na ja, also vielleicht könnte Saida sich oben auf dem Heuboden verstecken …

Saida unterbricht ihn, indem sie ihm heftig gegen die Schulter stößt und sagt, sie habe das überhaupt nicht ernst gemeint, sondern Arvi nur ärgern wollen. Aber sie werde tatsächlich dafür sorgen, dass er den Säbel des Generals sehen könne, wenn es denn nun mal so eine außerordentliche Waffe sei.

Der vor Dankbarkeit fast platzende Arvi wiederum beteuert, er werde bei Bedarf dafür sorgen, dass Saida sich das Rammeln der Pferde ansehen könne.

Aufgeregt faltet das Mädchen die Kleider und legt sie in die Truhe zurück. Ist Arvi vollkommen verrückt geworden und versteht keinen Spaß mehr? Selbstverständlich wird sie sich nicht kindisch im Heu vergraben und sich wegen des abscheulichen Treibens hirnloser Viecher lächerlich machen.

Auch sich selbst gegenüber beteuert sie, nur deshalb auf die Idee gekommen zu sein, Arvis innigsten Wunsch zu erfüllen, damit der arme Waisenjunge wenigstens ein bisschen Selbstvertrauen schöpfen kann. Und wenn das nicht gelingt, indem man den Säbel des tapferen Generals berührt, wie dann, verflixt noch mal!

Arvi, 15

Herrenhaus Joensuu, Dezember 1912

Der Säbel hing am Haken neben der Tür. An seinem Griff baumelte eine silberne Quaste, und die Scheide trug Silberbeschläge.

Die Parierstange war messingfarben und die ganze Waffe eine Enttäuschung: ein Paradesäbel, nicht für den echten Gebrauch bestimmt. Das bestätigte sich, als er ihn schließlich aus der Scheide zog. Die Klinge war nie geschärft worden. Sie taugte höchstens als Papiermesser. Prompt meinte Saida, es habe doch geheißen, man solle mit dem Schwert Papier zerkleinern können.

Später, als er am Abend des Stephanstages die Pferde striegelt, begreift Arvi, dass Saida eigentlich kein großes Risiko einging, als sie ihn ins Schlafzimmer des Generals mitnahm. Die Herrschaften saßen beim festlichen Abendessen, und schon aus Gründen der guten Manieren entfernt sich niemand mittendrin vom Tisch. Die Dienstboten wiederum hatten alle Hände voll zu tun, damit die Bewirtung so perfekt wie möglich vonstattenging.

Arvi schwitzte trotzdem vor Aufregung unter seiner Holzlast, als er mit Saida die Dienstbotentreppe in den ersten Stock hinaufstieg, wo er zuletzt als Kind gewesen war. Nachdem er die Holzscheite vor dem Kachelofen abgesetzt hatte, zitterten seine Hände so sehr, dass Saida in unbändiges Lachen ausbrach, welches sie dann mit allen Mitteln zu unterdrücken versuchte.

Arvi ließ sich seine Enttäuschung über das Schwert nicht anmerken. Immerhin gehörte das Zimmer einem echten Soldaten, auch wenn die eher weiblichen Gerüche darin überraschten. Man vernahm den Duft von Kölnisch Wasser, Kampfer und einer vanilleartigen Blüte, von dem Saida allerdings wusste, dass er von den Zigarren des Generals stammte.

Gerüchten zufolge hatte der General angeordnet, die Matratze aus seinem Bett zu entfernen, und das Mädchen zeigte, dass dies stimmte, indem sie den Rand der Decke anhob. Die einzige Polsterung des herrschaftlichen Bettes bestand in einer unter dem Laken gefalteten Wolldecke. Eine solche Kargheit machte großen Eindruck auf den Jungen – wie in Sparta! Aus demselben spartanischen Grund war es im Zimmer auch überraschend kühl. Das Brennholz wurde gar nicht benötigt. Der General wollte in einem kühlen Zimmer schlafen.

Tante Elin hatte Arvi schon vorher erzählt, dem General müsse jeden Morgen ein eiskaltes Bad bereitet werden. Zu diesem Zweck hatte er eine sonderbare zusammenfaltbare Gummiwanne mitgebracht. Und der Militärdiener des Generals, wusste man, verfüge über ein spezielles Gerät zum Messen der Wassertemperatur.

Als Arvi vorsichtig den Säbel aus der Scheide zog, spähte Saida in den großen Schrank in der Zimmerecke. Dort hing die Paradeuniform in ihrer ganzen erschütternden Pracht.

Es war die blaue Paradeuniform des Ulanenregiments, erklärte Arvi, der Waffenrock an der Vorderseite gelb, der Lederhelm mit einem Doppeladler und einer großen weißen Troddel verziert. Die zur Uniform gehörenden Orden, Gürtel und Schulterriemen sowie die übrigen Verzierungen hatte der Militärdiener sorgfältig in die Schrankfächer gelegt.

Als Saida sich wunderte, wozu die aus Goldfäden gemachten Handfeger dienten, konnte Arvi sein Wissen zur Anwendung bringen und erklären, das seien Epauletten, die an den Schultern angebracht würden. Auf dem Gürtel und dem Schulterriemen lag noch ein penibel gefaltetes Paar blütenweißer Handschuhe aus weichem Leder.

Auch jetzt noch, beim Striegeln, denkt Arvi daran zurück, wie weich sich das Leder zwischen den Fingern anfühlte. Was für eine Vorstellung, solche Handschuhe einmal anziehen zu dürfen!

Was für eine Kleidung der General wohl für die Ausfahrt am Stephansabend wählen wird? Die Herrschaften werden mit dem Schlitten fahren, aber Mannerheim hat den Wunsch geäußert, zu Pferd teilnehmen zu dürfen. Er hat sich schon am Tag in den Ställen umgesehen und sich unter den Pferden des Guts eine schwarze Stute mit weißen Fesseln ausgesucht. Das Warmblutpferd ist agil und will sich zeigen, aber Arvi kennt es und weiß mit ihm umzugehen. Nach dem Reitpferd von Feldmarschall Sandels trägt es den Namen Bijou, und der General hat es gekauft, um es nach Warschau mitzunehmen.

Der Bursche muss die Stute nun für den General vorbereiten. Nachdem er sie gestriegelt hat, reinigt er die Hufe. Er gibt ihr Wasser, aber nur ein wenig. Dann füttert er sie mit einem von den Äpfeln, die im Herbst vom Obstgarten des Guts geliefert worden sind. Das Pferd ist jetzt ruhig, aber aufmerksam. Es wartet auf seinen Reiter. Arvi wartet ebenfalls, und er ist zweifellos aufgeregter als das Tier, weiß aber, dass er alles beherrscht, was man von ihm verlangt, und glaubt, es mit militärischer Schlichtheit ausführen zu können: das Pferd aus der Box führen, die Zügel reichen, die Steigbügel richten.

Arvi ist für seine Aufgabe bereit.

Da es der General mit dem Zeitplan genau nimmt, hat man

Arvi eine Uhr gegeben, auf der er verfolgen kann, wie die Zeit vergeht. Jetzt sind es noch zehn Minuten, bis der General kommen soll, um sein Reitpferd abzuholen. An einem Nagel neben der Boxentür hängt das Zaumzeug. Der schwarze Sattel liegt auf seinem eigenen Gestell. Die jungen Leute, die an der Schlittenfahrt teilnehmen, sind bereits im Stall eingetroffen.

Arvi gibt sich Mühe, nicht ständig nach Nora zu schielen, die eine grüne Samtjacke trägt und die Satteldecke befühlt, die der Militärdiener des Generals gebracht hat. Sie liegt zusammengefaltet auf dem Rand der Boxenwand. Der General reitet in seiner Paradeuniform, und die Decke ist ein Bestandteil davon. Sie ist mit den Kennzeichen des Regiments versehen sowie mit Goldknöpfen, welche der Doppeladler ziert. Die Ecken des Stoffs sind mit Ornamenten aus goldenen Borten bestickt. Nora tritt an das Pferd heran und betrachtet es mit zur Seite geneigtem Kopf.

»Ist das ein Hengst?«

Arvi wird rot. Sein Schicksal scheint an diesem Feiertag darin zu bestehen, ständig zu erröten, weil ihm Mädchen Fragen nach Pferden stellen. Dabei grüßt Nora ihn neuerdings nicht einmal mehr, wenn sie ihm im Park des Guts begegnet. Arvi hat sich oft gefragt, ob sie sich noch daran erinnert, was geschah, als sie noch Kinder waren und sich im Brückenkasten versteckt hatten.

Nora hatte immer viel geredet. Sie wusste, dass Arvi der Pflegesohn der Köchin und des Gärtners war, also ein Waisenkind. Das fand sie schrecklich aufregend. Sie hatte im Winter ein wunderbares, zu Tränen rührendes Buch gelesen, in dem ein Waisenjunge, den man sein Leben lang schlecht behandelt hatte, überraschend herausfand, dass sein wirklicher Vater ein reicher Baron war, der anfangs gar nichts von der Existenz des Jungen gewusst hatte, ihn zum Schluss aber zu sich nahm.

Wer weiß, womöglich hat auch Arvi einen vornehmen Aristokraten zum Vater.

Nora, deren Vater nur ein gewöhnlicher Konsul ist, sagte, sie sei geradezu neidisch auf Arvi, weil sich ihm jeden Tag die Wahrheit über seine edle Abstammung enthüllen könne.

Die Nähe des Mädchens und eine solche Sicht der Dinge über seine Herkunft raubten Arvi den Atem. So lange er sich erinnern konnte, hatte man ihn verspottet, weil er Waise war. Schließlich war er zwischen lauter Rüben in der Schubkarre des Gärtners gefunden worden, zugedeckt mit Kohlblättern, Erde zwischen den Zehen.

Vermutlich kam diese Geschichte daher, dass der Säugling ein paarmal tatsächlich von Onkel Olof bei der Arbeit mit der Schubkarre herumgefahren worden war, weil sich sonst niemand gefunden hatte, der sich um ihn kümmerte.

Aber Nora fand es nicht zum Lachen, dass jemand Waise war. Sie drehte seinen Kopf hin und her und sagte, Arvi sehe eigentlich ziemlich genau so aus, wie Graf Gustav Mauritz Armfelt als Junge auf dem Gemälde im Salon. Daher könnte zum Beispiel der derzeitige Graf durchaus sein Vater sein.

Arvi hörte ihr verwirrt zu. Wie konnte der Graf denn sein Vater sein? Der Graf war doch der Mann von Gräfin Nadine. Eine Weile saß das Mädchen still da, aber dann fragte sie, ob Arvi denn nicht wisse, welcher Körperteil die Männer dazu bringe, die schlimmsten Verrücktheiten zu begehen?

Und schon schob sie ihre kühle Hand in Arvis Hose. Er wagte nicht einmal zu atmen. Dann zog Nora die Hand heraus und sagte, in Finnland sei man über viele Dinge offenbar sehr schlecht informiert. Arvi brachte kein Wort mehr heraus. Aber im Nachhinein hatte er sich oft gefragt, woher das Mädchen eigentlich sein Wissen hatte.

Aus Noras spöttischer Miene schließt Arvi, dass sie sich sehr wohl erinnert.

»Das Fräulein weiß doch, dass Bijou eine Stute ist.«

Nora nimmt den Striegel und fängt an, mit langsamen Bewegungen die Kruppe des Pferdes zu bürsten. Das Tier hebt den Schweif, sein Fell erzittert. Noras Parfüm vermischt sich mit den Stallgerüchen. Arvi begibt sich auf die andere Seite des Pferdes, und Nora geht, nachdem sie den Jungen eine Weile geneckt hat, zu ihrem Bruder und den anderen jungen Besuchern zurück. Sie flüstert den Mädchen etwas zu. Alle lachen. Arvi ist sicher, dass es ihm gilt.

Er geht dazu über, Bijou zu satteln. Ohne hinzusehen breitet er die Satteldecke auf dem Rücken des Pferdes aus. Wieder erzittert das Fell, diesmal durch die Berührung des weichen Stoffs. Rasch legt der Junge den Sattel auf die Decke. Die Schnalle des Sattelgurts bleibt irgendwo hängen, und die Decke verrutscht. Das muss korrigiert werden, denn wenn unter dem Sattel auch nur eine Falte bleibt, kann es zu einer Wundscheuerung am Rücken kommen. Energisch zieht Arvi die Satteldecke glatt und den Gurt fest. Er kennt die Angewohnheiten dieses Pferdes. Es bläht den Magen auf, wenn der Sattelgurt angelegt wird. Arvi lässt es seinen Trick machen und zieht den Gurt etwas später noch einmal nach. Jetzt sitzt er richtig. Der Sattel darf nicht rutschen, wenn der General beim Aufsitzen mit seinem ganzen Gewicht den einen Steigbügel belastet.

Arvi nimmt das Halfter ab und schiebt die Kandare hinter die Zähne. Das Pferd beißt leicht zu, akzeptiert dann aber das Gebiss. Der Junge legt den Zügel auf dem Pferdehals bereit.

Er hält einen makellosen Winterapfel auf dem Boxenrand parat und außerdem eine Karotte und zwei Zuckerstücke. Der General wird das Pferd nämlich nicht sofort besteigen. Da er ein echter Pferdemensch ist, wird er zuerst Bekanntschaft mit seinem Reittier schließen. Das hat Arvi berücksichtigt, darum die verschiedenen Leckerbissen; der General kann sie der Stute anbieten, während er sich mit ihr beschäftigt. Alles ist bereit. Es duftet nach gewachstem Leder. Das Pferd hebt einen Fuß.

Arvi wartet. Dann hebt Bijou den Schweif und lässt einen dampfenden Haufen auf das glänzende Trockenstroh, das Arvi gerade erst gewechselt hat, fallen. Blitzschnell schnappt er sich die Forke und trägt die Pferdeäpfel zur Mistrinne. Frisches Stroh kann er jetzt nicht mehr holen, aber er bedeckt die befleckten Halme mit einem Armvoll sauberer. Nora und ihre Begleiter prusten vor Lachen, aber Arvi weiß, dass er alles richtig macht.

Dann kommt der General. Er überprüft Sattel und Gebiss, tätschelt Bijou den Hals und sieht schließlich Arvi in die Augen.

»Ich bedanke mich. Gut gemacht.«

Genau wie Arvi es sich gedacht hat, will der General sich eine Weile mit dem Pferd abgeben. Er tätschelt ihm den Hals und sagt ihm schwedische Wörter, die Arvi beinahe wieder zum Erröten bringen. So reden Männer wahrscheinlich mit Frauen, wenn niemand es hört. Im richtigen Moment weiß Arvi den General auf die mitgebrachten Leckerbissen hinzuweisen. Dieser nickt zustimmend und wählt die Karotte. Die zwei Zuckerstücke steckt er in die Tasche. Damit will er das Pferd später belohnen.

Respektvoll und schweigend sieht die ganze Gesellschaft zu, wie sich der Kavalleriegeneral mit dem Pferd beschäftigt. Er benimmt sich, als wäre außer ihm und der Stute niemand da.

Schließlich darf Arvi auf Geheiß des Generals Bijou aus der Box in die Stallgasse führen. Routiniert schwingt sich der General in den Sattel. Sofort nimmt er einen festen Sitz ein, drückt leicht mit den Waden gegen die Flanken und nimmt behutsam Gebisskontakt auf. Das Pferd weiß, dass es in guten Händen ist. Draußen warten die Schlitten. Von dort hört man das Schnauben der Zugpferde, was Bijou veranlasst, den Kopf zu schütteln. Der General zieht die Zügel etwas an, beugt sich aber zugleich nach vorne, um dem Pferd den Hals zu tätscheln und ihm etwas ins Ohr zu sagen. Dann legt er die Zügel aus den Händen und steigt ab. Er ruft Arvi zu sich.

»An der Satteldecke fehlt ein Zierknopf. Als mein Bursche die Decke in den Stall brachte, muss der Knopf noch an seinem Platz gewesen sein. Wir werden den fehlenden Knopf jetzt suchen, und dann wird ihn ein Fräulein mit geschickten Fingern gewiss sogleich annähen können.«

Auf der Stelle wird nach einem Dienstmädchen und Nähzeug geschickt. Arvi begibt sich mit wild pochendem Herzen auf alle viere und sucht im Stroh nach dem goldenen Knopf.

Er hat fürchterliche Angst, ihn nicht zu finden.

Aber noch mehr Angst hat er, ihn zu entdecken.

Mit wachsendem Grauen tastet er sich voran, aber die zunehmende Übelkeit wird nicht durch die Mistklümpchen, die an seinen Händen hängen bleiben, ausgelöst.

Außer Atem erscheint Olga Malmberg mit dem Nähkästchen in der Box. Tante Olga beißt sich auf die Lippe, und zwischen ihren Augen bilden sich Sorgenfalten, denn sie weiß Bescheid. Sie weiß Bescheid, auch wenn sie es nicht versteht. Genau in dem Moment spürt der Junge unter seiner Handfläche den harten, kalten, runden Knopf. Er umschließt ihn und steht auf.

Wie ein Traumwandler geht Arvi mit ausgestrecktem Arm zum General und öffnet die Faust. Dabei muss er die Augen geöffnet halten, und darum passiert es: Der Anblick des im Licht der Karbidlampen blinkenden Knopfes ist genauso schrecklich, wie Arvi es befürchtet hat.

Er kann nichts mehr dagegen tun: Der Gerstenbrei, den er am Nachmittag gegessen hat, landet in hellen Flecken auf den glänzenden Stiefeln des Generals.

1913

5. Januar. August Aalto und Kusta Marlin sind ertrunken.

Mai: Taisto Aleksander Tammisto ist am 13. Mai in der Gemeinde Akaa in der Provinz Häme um 3 Uhr morgens geboren worden.

Der ältere Taisto ist am selben Abend um 9 Uhr gestorben.

Sakari, 29

Vartsala, Januar 1913

Sakari ist überrascht, als er die maskierten Mädchen mit einem frischgebackenen Hefezopf vor der Tür stehen sieht. Mit steifer Ausdruckslosigkeit bittet er sie herein. Dann beeilt er sich, den Schnaps, den er sich gerade eingegossen hat, hinter den Kochtöpfen zu verstecken, und fragt, ob die werten Damen vielleicht Kaffee möchten. Ein Tässchen sei sicher erlaubt, schließlich täten sie so, als wären sie alte Weiber, aber die Mädchen sagen, sie brauchen nichts.

Der Mann weiß, dass es dazu gehört, sich zu zieren, weshalb er trotzdem zum Kaffeekessel greift, erleichtert, etwas tun zu können, anstatt reden zu müssen. Mit einer gesprungenen Tasse schöpft er Wasser aus dem Eimer, zählt laut, wie viel er in den Kessel schüttet. Mit den Kaffeelöffeln macht er es genauso, um zu signalisieren, dass er sich voll und ganz auf diese Tätigkeit konzentrieren muss. Dann hackt er mit dem Beil Holz klein und steckt die Späne in den Ofen. Als Nächstes hantiert er klimpernd mit Tassen und Tellern.

Die Mädchen werfen sich verlegen Blicke zu, fangen aber schließlich unter Fannys etwas verstimmter Geigenbegleitung an zu singen. Mit leicht geöffnetem Lammpelz spielt sie, ohne nach rechts und links zu schauen, melancholisch konzentriert, die Geige fest unters Kinn gedrückt. Allerdings kommt es trotzdem zu einer lästigen Unterbrechung, als die kleine Tekla aus dem Schlaf erwacht und über das sonderbare Aussehen der Gäste erschrickt. Sie fängt laut an zu heulen.

Sakari nimmt das schreiende Kind auf den Arm, schaut auf die Mädchen, die sich vor ihm drehen, und lächelt starr. Die Welt kommt ihm schon lange seltsam und rätselhaft vor, genauer gesagt seit dem Tod seiner Frau. Auch die jungen Mädchen in ihren ulkigen Kleidern und mit ihren rußigen Gesichtern sehen wie rätselhafte Fantasiegeschöpfe aus. Bevor Seelia krank wurde, kamen am Knutstag allerlei Gesellschaften herein, zumeist betrunkene Burschen mit unanständigen Liedern, aber seit zwei Jahren lässt sich nur dieses Mädchentrio bei ihnen sehen.

Die Unterbrechung ihres Auftritts sorgt auch bei den Gästen für zunehmende Verlegenheit. Der stumme Hausherr hält nachlässig das schreiende Kind auf dem Arm, das gar nicht daran zu denken scheint, sich zu beruhigen. Schließlich verstaut Fanny ihre Geige im Kasten, und Impi fällt ein, dass sie schon längst zu Hause sein müsste. Saida sagt, sie würde schon eine Tasse trinken, da der Kessel nun mal auf dem Herd stehe und der Tisch gedeckt sei. Mit geradezu trotziger Entschiedenheit nimmt sie Platz. Die anderen Mädchen werfen ihr verwunderte Blicke zu, sagen aber nichts, sondern verabschieden sich murmelnd und verschwinden durch die Tür.

Draußen fällt dünner, nasser Schnee in der Dezembernacht. Sakari legt das schluchzende Mädchen neben seinen großen Bruder. Da Saida kein anderes Gesprächsthema einfällt, fragt sie nach dem, was Erwachsene immer von Kindern wissen wollen: Sie erkundigt sich bei Viki nach seinem Alter.

Neun Jahre, antwortet der Junge so laut, dass Saida überrascht auflacht. Auch Sakari muss schmunzeln. Saida nennt Viki einen außergewöhnlich tüchtigen Jungen, worauf Tekla aufhört zu schluchzen und die Ohren spitzt. Aus dem, was sie ihrem Bruder ins Ohr tuschelt, geht hervor, dass sie auch ein außergewöhnlich tüchtiger Junge sein möchte. Sie schielt unter der Hand des Bruders hervor auf den Besuch und zieht ungeduldig an ihren Strümpfen. Saida fragt das Kind nach seinem Alter. Tekla streckt sechs Finger in die Höhe. Darauf muss Saida zugeben, dass auch Tekla ganz besonders tüchtig sei.

Saida hat sich das Gesicht nicht mit Ruß geschwärzt, sie lächelt jedes Mal breit, wenn Sakari zufällig in ihre Richtung schaut. Die Flammen zeichnen unruhige Schatten auf die weiße Mauer, als der Mann mit dem Haken einen Ofenring anhebt und den Kessel richtig hinstellt.

Saida plaudert über dieses und jenes, sie erzählt vom Weihnachtsbesuch im Herrenhaus, insbesondere von einem General, der in mancherlei Hinsicht ein bemerkenswerter Mann zu sein scheint. Saidas Oma und die Küchenmagd Miina hätten fast einen Herzanfall bekommen, als der General unvermutet in der Küche auftauchte und seltsame Würste und Sauerkraut auf den Tisch stellte. Kurz darauf folgte ihm die Gräfin und lachte, als sie den General Omas Töpfe betasten und die Schränke öffnen sah. Die Gräfin teilte mit, es komme zu einer Änderung auf dem Speiseplan für den Stephanstag. Es gebe ein polnisches Nationalgericht, dessen Zubereitung der General gleich ins Rezeptbuch diktieren würde, sobald er herausgefunden habe, was in den Schränken an Zutaten vorhanden sei.

»So, so«, sagt Sakari, ohne große Begeisterung an den Tag zu legen, und beugt sich über Tekla, um ihr mit dem zerknitterten Taschentuch, das er aus der Hosentasche gezogen hat, die Nase abzuwischen. Was Sakari am meisten Sorgen bereitet, ist, ob Saida seine Fahne riecht.

Saida erzählt, ihre Großmutter sei entsetzt gewesen, nachdem sie endlich das Rezept erhalten habe. Dem Gericht wurde zwar der prächtige Name »Bigos à la Mannerheim« gegeben, aber der Inhalt schien ein unfassbares Durcheinander zu sein. Es kamen Schwein und Rind, Schmalz und Äpfel, Honig, Reste vom Weihnachtsschinken, Pilze, Pflaumen, Wein und eine riesige Menge Sauerkraut hinein. Und dazu natürlich die zwielichtigen Würste, die der General mitgebracht hatte. Zu allem Überfluss erklärte der General noch, den Polen schmecke dieses Gericht am besten, nachdem es dreimal aufgewärmt worden sei. Eigentlich hätte es schon vorab zubereitet und vor dem Servieren an zwei Tagen aufgewärmt werden müssen. Die Großmutter erzählte, sie sei mit den Sitten der Polacken nicht vertraut, würde aber lieber sterben, als den Gästen des Herrenhauses dreimal aufgewärmtes altes Essen aufzutischen.

Sakari gießt Kaffee in die Tassen und wundert sich über Frau Malmbergs Mut, so im Beisein von General und Gräfin zu reden. Saida gesteht etwas kleinlaut ein, die Oma habe es sicherlich erst gesagt, nachdem General und Gräfin die Küche verlassen hatten. Aber sie habe sich auf jeden Fall ausführlich bekreuzigt, als sie hörte, der General könne nur eine Nacht bleiben.

Sakari nickt und rührt mit dem Löffel in der Tasse. Er begreift, dass seine dumme Frage die schöne Geschichte verdorben hat. Es ist doch klar, dass Saida alles so merkwürdig genau erzählt, fast wie auswendig gelernt, um ihn zu amüsieren. Sicherlich ist dieselbe Geschichte auch anderswo schon erzählt und mit herzlichem Lachen belohnt worden.

Sakari befürchtet, Saida könne ihm ansehen, wie sehr er möchte, dass sie möglichst bald geht. Ihre lebhafte Erscheinung so nahe zu erleben, ist mehr, als er jetzt verkraftet. Wenn er wenigstens einen Schluck trinken könnte!

»Und, hat es sich verkauft? Das polnische Essen?«, versucht er unbeholfen seinen Fehler auszumerzen.

Wohl schon, sagt Saida. Sie ist nicht dazu gekommen, die Großmutter danach zu fragen, weil an dem Tag so viel zu tun gewesen sei und auch sonst allerhand vorgefallen sei.

»Ach ja?«

Sakari sieht sie fragend an, obwohl er keinerlei Interesse für das Leben im Herrenhaus hegt. Eigentlich nicht einmal für die Angelegenheiten seines Dorfs.

»Na ja, nichts Außergewöhnliches.«

Aber in den Augen des Mädchens blitzt etwas auf. Rasch trinkt sie ihren Kaffee aus. Sakari ist jetzt sicher, dass er Saida mit seiner Wortkargheit und seinen abgehackten Bemerkungen betrübt hat. Als er noch mit Seelia zusammenlebte, hatte er entweder Angst, in ihrem Beisein falsche Dinge von sich zu geben oder nicht genügend Interesse für das Thema aufzubringen, das für seine Frau in dem Moment gerade wichtig war. Nie konnte man wissen, was sie verletzte, aber es gelang ihm ein ums andere Mal, worauf sie tagelang in verbissene Stummheit versank.

Je schlechter Seelias Gesundheitszustand wurde, desto düsterer wurde es zwischen ihnen beiden. Ständig quälte Sakari das Gefühl, jene grausame schleichende Krankheit sei auf irgendeine unerbittliche Weise durch ihn verursacht worden und sein falsches Verhalten habe am Ende die Genesung seiner Frau verhindert. Als Seelia ihm vorwarf, in seinem tiefsten Inneren wünsche er sich doch, dass sie sterbe, wusste er gar nicht mehr ein und aus.

Natürlich hatte er es sich nicht gewünscht.

Es war das Letzte, was er sich gewünscht hätte!

Aber dann, in der Zeit der tränenreichsten, ermüdendsten Vorwürfe, hörte Sakari in sich eine Stimme, die sich wütend wehrte: Dann stirb doch, verdammt noch mal! Stirb!

»Deine Oma hatte also genug vom General«, sagt Sakari.

Saida lächelt sogleich und erzählt, die Oma habe am Ende

ihre Meinung über den Mann geändert. Dieser sei am Morgen seiner Abreise nämlich gekommen, um sich beim Küchenpersonal ausdrücklich für die gelungene Bewirtung zu bedanken. Da musste die Oma zugeben, dass man ihm zumindest keine schlechten Manieren vorwerfen konnte.

Sakari hat das Gefühl, dem General ewig für dessen Morgenvisite in der Küche dankbar zu sein, denn dadurch ist ihm jetzt die Gnade eines erstaunlich strahlenden Lächelns gegönnt. Hinter dem Mädchen hängt ein Bild an der Wand, auf dem ein Engel zwei kleine ernste Kinder über einen Abgrund führt, und Sakari kommt es so vor, als habe auch das Mädchen mit seinem hellen Kopftuch etwas vom Glanz eines himmlischen Wesens an sich. Vielleicht ist Saida ja ein Engel, der gekommen ist, um ihm zu verkünden, dass er es immer noch verdient hat zu leben, auch wenn Seelia sterben musste?

»Eines von den Dienstmädchen war allerdings der Meinung, dass der General seinem Hund mehr Wert beimisst als seinen Dienern«, fährt Saida fort. Sie hatte den General nämlich mit feuchten Augen über seine geliebte Jagdhündin reden hören, die kurz zuvor eingeschläfert werden musste, weil sie an Tollwut erkrankt war. Die Hündin hatte einen Diener gebissen, aber über dessen Schicksal hatte der General kein Wort verloren. Sicher war der Diener gestorben, was den General aber nicht sonderlich zu erschüttern schien.

»Ach, was rede ich da für Sachen!«

Saida blickt auf die Kinder und bricht in wortreiche Bitten um Entschuldigung aus.

»Das macht doch nichts … keine Ursache«, sagt Sakari.

Das Mädchen steht auf.

»Danke für den Kaffee! Jetzt gehe ich aber, bevor ich noch mehr dummes Zeug rede.«

Sakari findet die übermäßige Reue dieses wunderbaren Wesens wegen so einer nichtigen Geschichte rührend, aber sie erinnert ihn auch an die letzten Wochen von Seelia, als sie sich in einen anderen Menschen zu verwandeln schien und liebevoll und zärtlich wurde. Sakari hat das Gefühl, Seelia während jener Tage zum ersten Mal so kennengelernt zu haben, wie sie wirklich war. Oder wie sie gewesen wäre, wenn die Sorge um die Kinder und die zehrende Krankheit sie nicht daran gehindert hätten, sie selbst zu sein. Seelia erzählte, sie habe all die Jahre geglaubt, ihr Mann habe sie nur zur Frau genommen, weil ihnen ein Missgeschick passiert sei. Sie habe einfach nicht glauben können, dass ein Mann wie Sakari sich ernsthaft etwas aus ihr mache, und dieser Gedanke habe sie mehr gequält als die Krankheit. Sie habe vermutet, er träume ständig von anderen Frauen, treffe womöglich sogar welche hinter ihrem Rücken. Seelia sagte, ein Mann wie Sakari hätte in all den Jahren eine bessere Frau verdient gehabt. Daraufhin hatte Sakari ihr versichert, sie sei in jeder Hinsicht gut genug für ihn gewesen und er würde alles tun, um zu verhindern, dass seine Frau, die so zerbrechlich wie ein Vögelchen geworden sei, aus seinem Leben und dem Leben der Kinder scheide.

Und dennoch war es ihm bei Seelias Tod so vorgekommen, als sei eine enorm schwere Last, schwerer als jede Ladung Schnittholz, von ihm gefallen und habe ihn vollkommen gefühllos zurückgelassen.

Sakari hilft Saida in den Mantel.

Als er ihr die Tür öffnet, hört man den verstimmten Johlgesang der betrunkenen Burschen. Sakari fragt sich, ob Saida wohl Angst vor ihnen hat. Aber es scheint ihm auch nicht angemessen, ihr anzubieten, sie nach Hause zu begleiten.

»Gruß zu Hause«, sagt er.

»Danke, ich werde es ausrichten«, sagt der Engel und verschwindet in der Dunkelheit der Nacht.

Joel, 29

Tampere, Mai 1913

Der Regen trommelt dumpf aufs Dach, läuft die Fallrohre hinunter. Es ist kein gleichmäßiges, beruhigendes Geräusch, nicht rhythmisch, sondern eines, das unruhig macht. Hilma schläft seit dem frühen Morgen, will aber noch immer nicht aufwachen. Sie murmelt etwas, dreht sich um, vergräbt den Kopf im Kissen und ist schon wieder im Schlaf versunken.

Kurz darauf schreckt sie erneut auf.

»Joel, Jooeel!«

Joel tritt zu ihr, er trocknet sich die Hände mit dem Geschirrtuch und sieht, wie seine Frau versucht aufzustehen. Zärtlich drückt er sie aufs Bett zurück.

»Nein, du musst dich noch ausruhen …«

Hilma wundert sich über das Geschirrtuch in der Hand des Mannes. Joel sagt, er habe die Kaffeetassen von Hilma und der Hebamme gespült. Hilma kann sich nicht einmal daran erinnern, Kaffee getrunken zu haben, sie erinnert sich nur an das klingende Geräusch, als ihr Mann die Weingläser brachte. Aber nicht an Kaffee.

»Wo ist der Junge jetzt?«

Joel sagt, der Junge schlafe neben dem Herd. Seine Frau will wissen, warum dort. Warum ist das Kind nicht bei ihr? Hilmas Stimme ist schrill vor panischer Angst. Der Junge ist doch noch so klein, wie ein Floh, ganz winzig im Vergleich zum ersten. Sie muss den armen Kleinen ununterbrochen mit der Wärme ihres Körpers schützen.

Joel sagt, er tue, was die Hebamme ihm befohlen habe. Sie sei der Meinung, Hilma brauche jetzt vor allem Ruhe.

»Ist er gesund?«

Joel wirft sich das Geschirrtuch über die Schulter, nickt und öffnet die Tür, sodass man ein gedämpftes Weinen hört.

»Ich bring ihn dir.«

Hilma beruhigt sich und legt den Kopf aufs Kissen, wagt es sogar leicht zu lächeln. Sie befühlt ihre Brust, zuerst die eine, dann die andere: noch keine Milch, aber so ist es doch immer am ersten Tag. Sie erinnert sich, dass ihr die Hebamme, diese flinke, tatkräftige Person, die Anweisung gegeben hat, sich auf Stillschmerzen im Unterleib gefasst zu machen. Beim zweiten Kind sind sie am stärksten, die Gebärmutter muss sich wieder auf ihre ursprüngliche Größe zusammenziehen.

»Wie findet Taisto seinen kleinen Bruder?«

Joel antwortet nicht.

Hilma legt das Kind neben sich und betrachtet erstaunt die kleinen Fäustchen. Hatte Taisto auch so kleine, als er auf die Welt kam? Man kann sich gar nicht daran erinnern, weil er schon so ein großer Junge ist. Hilma findet den Säugling nicht ganz so hübsch wie Taisto nach der Geburt, die Nase so platt wie bei einem russischen Wachmann, die Augenlider sind feuerrot. Aber natürlich wird er noch schöner werden, schließlich war die Geburt auch schwer, weil das arme Ding falsch herum gelegen hat.

Joel geht unschlüssig zwischen Herd und Bett hin und her, er weiß selbst nicht, ob er kommt oder geht. Noch immer trägt er das Geschirrtuch mit sich herum, er zieht die Bettdecke gerade und hebt den Löffel auf, der ihm auf den Boden gefallen ist. Hilma fragt, wie es Taisto geht, der für die Zeit der Geburt zu den Nachbarn gebracht worden ist. Hat er noch Fieber? Hat er seinen kleinen Bruder überhaupt schon gesehen?

Der Mann schüttelt schweigend den Kopf.

Na ja, stimmt seine Frau zu, sicher ist es besser, wenn Taisto den Kleinen nicht anfasst, damit er ihn nicht ansteckt.

Joel sieht Hilma mit brennenden Augen an.

»Der Säugling musste notgetauft werden«, sagt er, »so schwächlich hat er gewirkt. Dabei sieht doch jeder, dass es mal ein kräftiger Junge wird, wenn er erst mal wächst. Aber nicht alle schaffen es in dieser schlechten Welt, da kann man nichts machen. Manche Kinder sind so zerbrechlich.«

»So ist es«, stimmt Hilma zu und sieht ihn an, während sie zärtlich versucht, dem Kind die Faust zu öffnen. Doch die kleinen Finger bleiben so fest geschlossen, als wären sie geleimt. Sie muss bereits ahnen, wie überraschend zerbrechlich Kinder manchmal sein können. Vielleicht bemächtigt sich das Entsetzen bereits ihres Mutterherzens, aber noch weigert sie sich aufzugeben. Sie sucht nach Herausforderungen für diese zarten Fäustchen, sie will den Arbeiter in dem Kind wecken. So ist es besser, Kinder sind zu zart und zerbrechlich, um sie auch nur im Schutz des Arms zu halten.

Erschöpft lässt Hilma den Kopf aufs Kissen sinken. Nach einer Weile bemüht sie sich um ein Lächeln und erkundigt sich, wie es dem Fräulein heute gehe.

Joel antwortet nicht. Hilma hat längst aufgehört, ihren Mann dafür zu rügen, dass er alle Zeit, die ihm die Arbeit lässt, für die Reparatur seiner schrecklichen Klapperkiste aufwendet und davon träumt, das Ding werde eines Tages vom Erdboden abheben und Joel Tammisto mit ihm.

Hilma versucht sich im Hinblick auf ihre ärgste Konkurrentin sogar an einem Scherz: Sicher sei das Fräulein derzeit in besserer Verfassung als die Ehefrau.

Joel sagt, er sei jetzt schon eine Zeit lang nicht mehr dort gewesen. Hilma hebt mit scheinbarer Verwunderung die Augenbrauen. Da muss man ja direkt ein Kreuzchen im Kalender machen!

Ja, das muss man zugeben: Als Joel zum ersten Mal die Santos-Dumont Nr. 20, genannt »La Demoiselle«, auf dem Gelände der Firma Sandberg unter dem Schutzdach sah, verlor er sein Herz an sie. Unter der Plane kam freilich keine zierliche Schönheit zum Vorschein, wie Joel erwartet hatte. In der Zeitung hatte die Maschine mit ihren von Eschenholz geäderten Seidenflügeln und dem Propeller aus Apfelholz ausgesehen wie eine riesengroße Libelle.

Was Joel aber in natura zu Gesicht bekam, war bloß ein staubiger, rostiger Torso. Während der langen Krankheit ihres Besitzers waren La Demoiselle die Flügel abgenommen worden, und man hatte den Rumpf mit dem Hinterteil voraus zwischen allerlei obskurem Schrott unter dem Schutzdach des Händlers Sandberg geschoben, wo der gesamte Vorderteil sowie der Motor ohne ausreichenden Schutz dem angewehten Ruß, dem Regen und dem Schnee ausgesetzt waren. Die Steuerruder waren komplett zerstört, der Stoff zerrissen von den achtlos darauf geworfenen Sachen, das Stützgestänge aus Metall war verbogen, von den Stahlseilen keines mehr heil.

Trotzdem hatte der Anblick etwas, das Joel zutiefst ergriff. Es war, als hätte die Maschine, ihrem Namen gemäß, noch immer etwas Menschliches an sich, ungeachtet ihres erbärmlichen Zustands, eine stolze, unbezwingbare Weiblichkeit.

Und als er dann zusammen mit Herrn Aarno die schlimm ramponierten Teile des erstaunlichen Geschöpfes mit der Hand berührte, kam er sich vor wie ein Arzt, der bei einem schon verloren gegebenen Patienten sichere Lebenszeichen erkennt. Herr Aarno war der gleichen Ansicht. La Demoiselle werde noch einmal in die Lüfte aufsteigen, daran bestehe nicht der geringste Zweifel. Aber so wie er beim Anzünden seiner Pfeife und unter Spucken auf den Boden gesagt hatte, würde es eine höllische Arbeit erfordern.

Von diesem Augenblick an war Joels Gemütsruhe dahin. In durchwachten Nächten knüpfte er Pläne für einen Umzug nach Tampere, und in seinen wildesten Fantasien verglich er La Demoiselle mit dem französischen Gemälde, auf dem die Göttin der Revolution die Fahne der Freiheit, Gleichheit und Brüderlichkeit trägt, den Kopf stolz erhoben, trotz aller erfahrenen Demütigungen und Schläge. Schließlich gelang es Joel, in einem Sägewerk in Tampere vorübergehend Arbeit zu finden. Gleichzeitig meldete er sich freiwillig zu der Rettungsoperation des Fluggeräts, die, wie Hilma fand, an Wahnsinn grenzte.

Eines Tages, als ihr Mann wieder einmal völlig erschöpft in der Nacht nach Hause kam, wollte sie seine unfassbare Zwangsvorstellung nicht mehr länger ertragen und brach heftig in Tränen aus. Sie schrie, eine andere Frau aus Fleisch und Blut könne sie ihm noch verzeihen, aber nie im Leben jenes leblose Vehikel, wegen dem Joel sie aus der Heimat herausgerissen habe und für das er sich zum Narren mache.

Aber was half es? Das ganze Heulen und Toben war vergebens. Nichts konnte den Mann von seinem sinnlosen Vorhaben abbringen, und so schwieg Hilma fortan über das Thema.

Heute jedoch erkundigt sie sich nach dem Fräulein.

Und der Mann antwortet seiner Frau, er sei eine Zeit lang nicht dort gewesen. Und die Frau hebt scheinbar verwundert die Augenbrauen. Woher weht jetzt der Wind? Ihre bescheidene Geburtsanstrengung wird ihn doch nicht an einer Stippvisite bei dem Fräulein gehindert haben?

Scheinbar erstaunt runzelt Hilma die Augenbrauen, obwohl sie es schon wissen muss. In ihrem tiefsten Innern weiß sie es, will es aber noch nicht hinnehmen. Noch verfügt sie über ein wenig Kraft, spielerisch die Augenbrauen zu runzeln und ihren Mann ein bisschen aufzuziehen. Wenn, dann hat sie jetzt das volle Recht und allen Grund zu sagen, sie habe von Anfang an recht gehabt. Joel schnürt es die Kehle zusammen und seine Augen brennen. Ja, vollkommen. Der unnütze Mann hat seine Strafe dafür verdient, dass er nie zu Hause ist. Wann wenn nicht jetzt soll die Frau ihren Mann daran erinnern, dass er in schrecklich egoistischer Manier seine Familie vernachlässigt hat. Und natürlich, wenn man davon ausgeht, dass Gott doch existiert, dann hat auch er das volle Recht, den unnützen Mann mit der himmlischen Peitsche zu züchtigen. Aber könnte das nicht auf maßvollere Weise geschehen?

Joel tritt ans Fenster. Der träge Regen wäscht am Haus gegenüber das Dach. Hilma fragt, ob Joel schon nach Vartsala geschrieben habe, dass das Kind geboren sei.

»Nein.«

Joel will nicht einmal daran denken, dass es vor nur einem halben Jahr in seinem vorigen Leben ein Dorf namens Vartsala gegeben hat. Vielleicht steht irgendwo am Meer tatsächlich so ein Dorf, wo es an diesem Tag ebenfalls regnet und wo verwilderte Kinder in den Bächen spielen. Vielleicht gibt es dort immer noch den Humppila-Bach und den Hochburg-Bach und eine Schar Kinder mit blauen Lippen, die mit bloßen Füßen Hölzchen um die Wette schwimmen lassen, ohne zu merken, wie kalt ihnen ist. Aber was soll's? Das Dorf ist unerreichbar weit weg, zurückgelassen und eingehüllt in seine kleinen Dorfgewohnheiten hat es den, der es zurückgelassen hat, vergessen.

»Man muss gleich schreiben«, sagt Hilma und bemüht sich um ein Lächeln für das Kind.

Und? Was hat man Mamas kleinem Arbeiter für einen Namen gegeben?

Der Mann dreht sich nicht um.

»Taisto. Taisto Aleksander.«

So habe er es entschieden, sagt der Mann, als der Pastor vor zwei Stunden gekommen sei. Man habe die Taufe sofort durchführen müssen und Hilma nicht aufwecken mögen.

Hilma schaut auf Joel und fängt ungläubig und verzweifelt an zu lachen.

»Wie denn das? Wir haben doch schon einen Taisto, es können in einer Familie doch nicht alle Kinder Taisto heißen!«

Joel steht am Fenster, legt den Arm vor die Augen, lehnt sich an den Fensterrahmen.

»Nein.«

Manche Kinder sind so zerbrechlich. Schrecklich zerbrechlich sind sie.

Hilmas von Tränen durchsetztes Lachen bricht ab. Sie liegt vollkommen still da, starrt an die Decke. Auch der Säugling ist eingeschlafen. Man hört nur noch das Geräusch des Regens. Joel lauscht auf den Regen, der nicht aufs Dach trommelt, sondern direkt auf sein Herz. Es wird geschlagen und gepeitscht. Der Hagel Gottes muss in den Kammern seines Herzens dröhnen, bis es vollkommen erfroren ist und nichts mehr spürt.

Hilma sagt leise, sie werde noch ein bisschen schlafen. Joel beugt sich über Frau und Kind und deckt sie zu.

»Schlaf nur.«

Hilma schließt die Augen und legt den Arm um das Kind, aber Joel befürchtet, dass es für das Kleine jetzt keinen Platz an der Brust seiner Frau gibt.

Mit geschlossenen Augen sagt Hilma noch einmal, sie brauche jetzt ein wenig Schlaf.

»Ja.«

Sie dreht den Kopf zur Wand. Joel hofft, der Schlaf möge sich ihrer bald erbarmen.

1914

5. Januar. Hilma war in Tampere beim Arzt.

18. Januar. Hilma war in Toijala beim Arzt.

11. Februar. Hilma war in Tampere beim Arzt.

14. Februar. Hilma war in Toijala beim Arzt.

20. Februar. Hilma war in Urjala beim Arzt.

28. Februar. Hilma nach Urjala ins Krankenhaus, und ich war dort.

12. April. Hilma kam aus dem Krankenhaus Urjala.

Am 3. Juni ist Hilma in Viiala gestorben.

5. Juni. Lauri Lindroos kam nach Viiala.

Hilmas Beerdigung beim Feuerwehrhaus am 14. Juni

14. Juli. Hielt Versteigerung in Viiala.

26. Juli. Bin nach Tampere gezogen.

Am 23. Juli stellte Österreich Serbien ein Ultimatum.

Am 28. Juli erklärte Österreich Serbien den Krieg.

Am 30. Juli wurde in Finnland der Kriegszustand ausgerufen.

30. Juli. Mobilmachung der Russischen Armee

Am 31. Juli fingen die Österreicher an, Belgrad zu bombardieren.

Am 1. August erklärte Deutschland Russland den Krieg.

3. August. Deutschland erklärt Frankreich den Krieg.

Am 4. August erklärte Belgien Deutschland den Krieg.

Am 4. August erklärt England Deutschland den Krieg.

Am 6. August erklärte Österreich Russland den Krieg.

Am 12. August wurde ich wieder krank.

13. August. England hat Österreich den Krieg erklärt.

Am 18. August kam Sakari nach Tampere.

23. August. Japan erklärte Deutschland den Krieg.

Am 27. August erklärte Japan Österreich den Krieg.

22. November. Sakari Salin wird heute 31 Jahre alt.

Jean Jaures, der berühmte französische Sozialist, wurde 1914 ermordet.

Sakari, 30

Vartsala, Juni 1914

Der neue Mann, Santaharju, schwitzt unter seiner Last, taumelt wie betrunken, hält sich jedoch auf den Beinen. Er benutzt kein Kissen, keiner hat ihm geraten, die Schulter zu polstern. Sakari weiß, dass bei dem Kameraden die Haut aufgescheuert ist. Heute Nacht wird der Kerl die Zähne zusammenbeißen müssen. Kommt von der Landarbeit, ein Instmann. Da sind hier sogar die kleinen Jungen geschickter. Die kommen als Kleinholzsammler, als Küken, als Sortierburschen, die malen Markierungen und sehen zu, wachsen in die Männerarbeit hinein, aber der da! Und das gerade jetzt, wo es darum ginge, Oskar und seine Leute zu schlagen. Sakari legt sorgfältig seine Last ab und ermahnt Rinne vor ihm, so eilig dürfe es nicht werden, dass man alles bloß hinschmeißt, wie es gerade kommt.

»Aber wenn man für zwei schleppen muss, verdammt!«

Sakari ist der Vorarbeiter, sein Wort gilt, aber Rinne kennt seinen Wert: Der erfahrene Träger ist für jeden ein angenehmer Anblick; mit so massiven Schultern, dass er keine Kissen braucht.

»Leck mich doch, verdammt!«

Anscheinend bringt der Schmerz den neuen Mann bereits an den Rand der Raserei. Rinne kennt kein Mitleid, sondern sagt, sogar seine Alte würde mehr tragen.

Sakari beruhigt ihn, empfiehlt, den Mund nicht so weit aufzumachen und die Kräfte für die Arbeit zu sparen. Er sieht, dass sich Santaharju in einem Zustand befindet, in dem man ihn nicht mehr viel reizen muss, bis er explodiert. Seine Kraft reicht immerhin noch aus, die Last abzuladen und zu stapeln. An Zähigkeit fehlt es nicht, nur an Geschick. Santaharju sagt, ihm sei mitgeteilt worden, man müsse nicht Akkord arbeiten, wenn man es nicht selbst wolle.

Ja, ja, das ist freiwillig, jeder hat das Recht, frei zu wählen: Akkord oder Entlassung, eins von beiden, versichert Rinne. Er erinnert sich offenbar nicht daran, auch einmal einen ersten Tag gehabt zu haben. Er pfeift darauf, dass auch die Bauern essen müssen. Allerdings findet es Sakari ebenfalls bedauerlich, dass gute Männer aus dem Dorf getrieben wurden, um sich anderswo Arbeit zu suchen, und dann solche armen Teufel ihre Plätze einnehmen, aber was will man tun?

Lauri Lindroos, ein Kleinholzbursche mit breitem Kreuz, marschiert die dritte Reihe hinunter, schwenkt den Kopf. Wohin des Wegs, mitten am Arbeitstag?

Ohne eine Miene zu verziehen, erklärt Lauri, seine Schwester Hilma sei gestorben und er müsse ihren Jungen bei Joel in Tampere abholen. Oma Lindroos wird sich nun um das Kind kümmern.

»Hilma ist gestorben?«

»Ja, an der Schwindsucht anscheinend.«

Lauri versucht auf Mann zu machen und so zu tun, als wäre nichts Außergewöhnliches passiert. Ja, ja, unschöne Sache. Darum muss der Onkel jetzt den kleinen Taisto holen gehen, Taisto zwei, weil sonst keiner Zeit hat. Obwohl er, wie es aussieht, eigentlich auch keine Zeit hätte. Verstohlen deutet Lauri auf den neuen Mann.

Sakari weiß nicht, was er sagen soll. Jetzt ist also auch Joel

Witwer geworden. Dabei war Hilma so ein lebendiges Mädchen. Allerdings weiß Sakari nur zu gut, wie die teuflische Krankheit alle Freude und Heiterkeit aus einem Menschen saugen kann. Und ein so junger Onkel muss jetzt das Kindermädchen machen. Sicher ist er deswegen ziemlich aufgeregt. Wieso schicken sie ihn denn auf die Reise? Einen Dreizehnjährigen. Versteht er überhaupt etwas davon, wie man ein kleines Kind versorgt?

Klar ist, dass Joel das Kind nicht behalten kann. Wer soll sich in Tampere darum kümmern, wenn sein Vater arbeitet? Ist schon ein freudloses Leben für einen Mann, so ganz allein.

»Richte dem Tammisto Grüße aus! Und mein tiefes Beileid.«

Lauri nickt, sagt aber, er wisse nicht, ob er ihn überhaupt zu Gesicht bekommen werde. Er scheine auch im Lazarett zu liegen. Jedenfalls soll er sehr krank sein, wie man hört.

Sakari runzelt die Augenbrauen. Weiß Lauri, was der Mann hat? Der Junge schüttelt den Kopf: Die Zeiten sind nun mal so. Ist sicher dieselbe Krankheit, wie sie auch die Schwester gehabt hat. Der Junge redet mit dem Tonfall eines Erwachsenen. Sakari will es das Herz zerreißen. Lauri winkt kurz und geht seines Weges.

Da ist der Joel also selbst krank. Verdammter Mist, wie viel einem einzigen armen Menschen in seinem Leben aufgebürdet werden kann. Sakari versucht sich einzureden, Joel werde es schon überstehen, schließlich ist er robust. Und hat er als Sicherheit nicht noch den Herrn Flieger? Jedenfalls sollte Sakari sich nicht von der Sorge um Joel umtreiben lassen, wo er selbst nicht mal der Mutter seiner eigenen Kinder helfen konnte.

Trotzdem, er tut ihm leid. Und macht ihn gleichzeitig wütend. Wie kann es sein, dass Joel in seinen seltenen Briefen so gut wie nichts von den kummervollen Wendungen in seinem Leben erzählt, sondern immer nur endlos über eine zum Fliegen bestimmte Klapperkiste namens Demoiselle schwadroniert? Und natürlich über deren Eigentümer, den großartigen Herrn Aarno, der alles, was des Wissens, Könnens und Wagens in diesem ansonsten von lauter gewöhnlichen Sterblichen bevölkerten Land wert ist, zu wissen, können und zu wagen scheint.

Mit wachsendem Ärger hat Sakari lesen müssen, was der Mann für glänzende Skulpturen und Reliefs geschnitzt hat und wie stilvoll sein Atelier eingerichtet ist. Außerdem spricht die Kanaille noch vier Sprachen, spielt Geige, besitzt eine Steinmetzwerkstatt und überdies ein Motorrad, India mit Namen. Damit rast der tollkühne Kerl über den zugefrorenen Näsijärvi und vollführt Kunststücke. Sein Wagemut wird nicht einmal von dem zwei Jahre zurückliegenden Flug gebremst, bei dem der Mann fast umgekommen wäre und weshalb er nun für den Rest seines Lebens mit einem schwarzen Stirnband durch die Gegend laufen muss.

Als Sakari das las, empfand er für einen Moment pure Schadenfreude. Natürlich ist es schäbig, Genugtuung zu spüren, weil der großartige Herr Aarno ein kaputtes Stirnbein hat, aber zweifellos sorgt es für einen kleinen Ausgleich der Gewichte. Überall klingt trotzdem durch, dass der Wundermann trotz seines Schadens kein Monstrum ist, oh nein, sondern allem Anschein nach das Gegenteil. Zwar nicht sehr groß, kleiner sogar als Joel und durch die lange Bettlägerigkeit nach dem Unfall ein wenig in die Breite gegangen, weshalb er derzeit zu schwer ist, um seine Maschine zu fliegen. Deren Tragfähigkeit beträgt nämlich 65 Kilo. Ein Gewicht, das Joel noch immer unterschreitet.

Ja, Sakari ist deutlich geworden, wovon Joel Tammisto nach wie vor träumt. Auch wenn man das Vorhaben in jeder Hinsicht für verrückt erklären muss, vermutet Sakari, dass Joel sich schon lange als Steuermann der Maschine sieht und ernsthaft glaubt, eines Tages in dem komischen Flugapparat dank der Kraft eines Motors von 30 Pferdestärken mit 100 Stundenkilometern durch die Luft zu sausen. Womöglich glaubt er sogar, eines Tages bis Halikko zu fliegen und von oben den ameisengroßen Sägewerkmalochern zuzuwinken, auch seinem ehemaligen besten Kameraden Sakari als einem von ihnen.

Sakari krampft sich der Magen zusammen. Er schaut zu den Schönwetterwolken hinauf. Kein Tammisto zu sehen. Auch Bruder Viki schwenkt dort oben nicht vom Luftschiff der Gebrüder Wright aus die amerikanische Flagge. Aber Joel ist noch nicht aufgegangen, dass man nur hinter die Wolken gelangt, wenn man den Weg nimmt, den Seelia und Hilma gegangen sind.

»Hat Pranken so groß wie die Arschbacken von meiner Alten, aber nichts hält er fest.«

Rinne kann den neuen Mann einfach nicht in Ruhe lassen. Wird der Quälgeist denn nie müde?

Sakari überholt Santaharju, nimmt eine Ladung Bretter auf den Rücken und reiht sich ein. Rinne merkt, dass auch von ihm mehr als eine dicke Lippe erwartet wird. Er nimmt sich eine Ladung und folgt. Vor dem Stapel bleibt Sakari stehen, wie in Gedanken versunken. Er dreht sich um, schaut aufs Meer, stellt sich vor, was es für ein Gefühl ist, wenn man mit dem Fischspeer einen ordentlichen Hecht erwischt.

In der Halikko-Bucht sind sie groß. Weiß Rinne das?

Beim Fischen in der Nacht herrscht eine ganz eigene Stimmung, es ist schön anzusehen, wie sich die Lichter auf dem Wasser bewegen und die Raubfische darunter ihre großen Kiefer aufsperren.

Hab ich je erzählt, wie Joel Tammisto und ich einen Fünf-Kilo-Kaventsmann gleich da drüben aus dem Schilf geholt haben? Was glaubst du, wie der auf das Wasser gepeitscht hat, beim Rausziehen, obwohl ihn die Zinken vom Speer durchbohrt hatten.

Rinne hört zu und nickt, seufzt unbemerkt unter seiner Last. Was zum Teufel soll das jetzt bedeuten? Niemand wird nostalgisch, wenn er 100 Kilo auf dem Rücken trägt. Tatsächlich tut es auch Sakari weh, es tut ihm höllisch weh, er hat das Gefühl, als würde es ihm unter der Last jeden Moment die Schulter zerreißen, aber er hat beschlossen, dass mit dem Herumhacken auf einem Kollegen Schluss sein muss.

»Ein Hecht von fünf Kilo aus der Halikko-Bucht. Nicht schlecht, was?«

Sakari erzählt, er habe seinem Sohn am Morgen versprochen, nach der Arbeit mit ihm angeln zu gehen. Werde also nichts mit einem Nickerchen. Aber Viki warte so sehr darauf, endlich mal wieder mit dem Vater Barsche für die Suppe fangen zu dürfen. Und warum auch nicht. Es ist windstill, auch der Abend scheint mild zu werden.

Der Kerbel, der zwischen den Bretterstapeln wächst, zieht Schwärme von Mücken an. Die stürzen sich jetzt auf die beiden schwitzenden Männer, doch Sakari stört sich nicht daran. Er brüstet sich oft mit seiner dicken Haut, der kein Insekt was anhaben kann.

»Wenn man einem Kind etwas verspricht, muss man es auch halten. So lernt der Junge, was ›ein Mann, ein Wort‹ bedeutet.«

Nun kann Rinne nicht mehr stehen, er muss absetzen, da hilft nichts, tausendfach peinlich, ein für alle Mal.

»Mensch, das war jetzt mein Fehler, was träum ich hier auch vom Angeln im letzten Sommer und erteile Erziehungsratschläge, wo doch ein Haufen Arbeit wartet!«, sagt Sakari und stapelt beide Lasten auf, als wäre es nichts.

Man darf wohl ziemlich sicher sein, dass Rinne anschließend keinen mehr geärgert hat.

Sakari, 30

Tampere, September 1914

Nachdem er sich so weit erholt hat, dass allmählich die Kraft in die Hände zurückkehrt, verlangt Joel, sämtliche alten Ausgaben der Volkszeitung und des *Arbeiters* lesen zu dürfen, die er wegen seiner Krankheit hat auslassen müssen. Sakari hat den größten Teil als Abortpapier verwendet, doch gelingt es ihm, sich im Haus der Arbeiterschaft einen dicken Packen auszuborgen.

Ob Sakari wisse, dass er am selben Tag nach Tampere gekommen sei, an dem man Franz Ferdinand in Sarajevo erschossen habe?

Sakari kämpft, um den Herd in der Küche zum Ziehen zu bringen.

»So? Dann kann man mich jedenfalls deswegen nicht verdächtigen.«

Joel schmunzelt und blättert weiter in der Zeitung. Das muss man sich vorstellen: Während er hier gelegen hat, ist die Welt in Flammen aufgegangen. Serbische Offiziere haben in der Hauptstadt Bosniens den österreichischen Thronfolger ermordet, weshalb Österreich Serbien angegriffen und Russland die Mobilmachung verkündet hat. Darauf reagierte Deutschland, indem es Russland den Krieg erklärte, und England wurde darüber so unwillig, dass es seinerseits Deutschland den Krieg erklärte.

Und all das ist passiert, während Joel sich von einer Seite auf die andere gedreht und geglaubt hat, das ganze Elend der Welt dränge sich in diesem Eisenbett. Wie ist es möglich, dass diese Verrückten so ungestört wüten können?

»Für Verrückte pflügt man keine Felder, und man muss sie auch nicht säen, Verrückte wachsen von allein«, sagt Sakari und holt ein Bündel aus dem Rucksack. Er ist stolz, weil es ihm gelungen ist, ein Viertelkilo Strömlinge und einen Klumpen Speck zu beschaffen. Tagelang haben sie die Kartoffeln nur mit Salzwasser gewürzt verzehrt. Joel beklagt sich nicht, er hat auf nichts Lust und behält nichts bei sich, aber Sakari besteht darauf, dass gegessen werden muss, um gesund zu werden.

Joel schämt sich, Sakari schon die vierte Woche zur Last zu fallen, als hätte der daheim nicht genug um die Ohren. Aber was sollte er in Vartsala anfangen? Die Säge steht still, weil nach Deutschland nun mal kein Holz mehr geht, und Sakari hat mehrfach versichert, er habe Zeit zu kommen. Joel weiß aber, wie sehr es den Freund nach Hause zieht. Andererseits hat der Haushalt der Salins auch den Lohn für die wenigen Arbeiten in Aarnos Steinmetzbetrieb bitter nötig. Direktor Aarno hat selbst melancholisch gewitzelt, den Tod habe noch niemand völlig zum Stillstand gebracht. Grabsteine würden immer gebraucht.

Auch Sakari ist dazu übergegangen, respektvoll über Aarno zu sprechen, und gibt zu, der Kerl wirke am Ende doch nicht so verdreht, wie er es sich vorgestellt habe. Joel ist davon natürlich nicht überrascht. Er wusste, dass die Art des Direktors genauso sehr Eindruck auf seinen Freund machen würde wie auf die meisten Leute. Der Händedruck von so einem Mann, die Art, wie er mit seinen hellblauen Augen jedem Gesprächspartner freundlich und fest direkt ins Gesicht sieht, beeindrucken sehr wohl.

Außerdem brauchte Sakari den zwischenzeitlichen Verdienst

tatsächlich dringend, und Aarno brauchte einen großen, starken Mann zum Bewegen der Steine. Gerade wegen seines kräftigen Körperbaus hat Sakari die Stelle überhaupt bekommen, obgleich er über keinerlei Erfahrung mit Steinen verfügte. Zudem stand es im Interesse des Aeroclubs, dass Joel nun einen Mitbewohner hatte, den er kannte und der ihm helfen würde, möglichst schnell gesund zu werden.

Die fieberhafte Reparatur der Maschine ist fast zum Erliegen gekommen, weil die freiwilligen Helfer aus unterschiedlichen Gründen verhindert gewesen sind, und dabei ist der Herbst bereits weit fortgeschritten. Die Demoiselle wird in einem leeren Stallgebäude aufbewahrt, das man von der Brauerei gemietet hat. An dem Gebäude führt eine breite gute Winterstraße vorbei zum nahegelegenen See Näsijärvi. Sie ist für den Transport von Eis angelegt worden, und ihre Ränder sind frei von Gesträuch, sodass die Demoiselle bequem auf diesem Weg transportiert werden kann, wenn die Zeit dafür gekommen ist. Vor zwei Tagen sandte Direktor Aarno über Sakari an Joel die frohe Botschaft, es sehe gut aus, was die in der Maschinenwerkstadt Dunderberg durchzuführende Instandsetzung der Metallteile betreffe. Das Stützgestänge sei begradigt, die Befestigungszwingen des Propellers habe man repariert. Modellbauer Ahonen habe in verdienstvoller Weise den Riss in einem Propellerblatt sowie den lecken Bug ausgebessert. Das Seitenruder sei leider so schwer beschädigt, dass man es nicht mehr instand setzen könne. Es müsse komplett neu angefertigt werden. Immerhin habe man das Höhenruder in gebrauchsfähigen Zustand gebracht. Das Steuerrudergestänge wolle Aarno jedoch Joel überlassen, in Vertrauen auf dessen besondere Fähigkeiten.

Joel habe Sakari gegenüber doch sicher davon gesprochen?

»Doch, sicher.«

Jetzt erinnert sich Sakari, dass auch heute vom Direktor eine kleine Sendung gekommen ist. Er unterbricht das Ausnehmen der Fische, wäscht sich die Hände und zieht den von Aarno gezeichneten Vorschlag für ein neuartiges Steuerruder aus dem Rucksack. Der Direktor möchte gern sobald wie möglich Joels Meinung dazu hören. Seiner Auffassung nach sei es wesentlich leichter zu bauen als das ursprüngliche.

Joel nickt und versucht Sakari die Zeichnung zu präsentieren. Er erklärt, der vordere und hintere Rand des Ruders seien parallel ausgerichtet worden, der obere und der untere Rand hingegen antiparallel, sodass der hintere Rand des Ruders sich nun fast auf halber Höhe des vorderen Randes befinde. Sakari wirft nur einen kurzen Blick auf den Zettel in Joels Hand. Dann bückt er sich, um etwas von den mitgebrachten Holzscheiten im Ofen nachzulegen.

»Das ist aber auch ein Scheißwetter.«

Ja, auch Joel hat mehr oder weniger den ganzen Tag gefroren, während er dem Prasseln des Regens zugehört und die Minuten gezählt hat. Aber jetzt denkt er nicht mehr daran. Aufgeregt und den Freund mehrmals beschwörend, keine Informationen nach außen sickern zu lassen, vertraut er Sakari die streng geheime Absicht an, die Ruder der Demoiselle wahrscheinlich mit Segelstoff aus der Leinenfabrik Tampere neu zu bespannen. Dieser nämlich sei sowohl dünn als auch dicht und somit für den Zweck außerordentlich gut geeignet.

Sakari säubert den letzten Strömling, legt die Fische in die heiße Bratpfanne, die auf dem Herd wartet, und reibt Salz darüber. Joel dreht die Papiere, die Aarno geschickt hat, in den Händen hin und her, sein Hunger auf sie ist größer als der auf die vor Fett triefenden Strömlinge.

Die Worte fließen mit rhythmischem Nachdruck, als er präzisiert, was für Aarno die wichtigste aller Verbesserungen sei, nämlich dass man die Rückensteuerung aufgebe und dazu übergehe, das Querruder mit einem Fußhebel zu bedienen. Daraus würde freilich folgen, dass man das ursprünglich mit dem Vergaser gekoppelte Pedal entfernen und somit auf die Regulierungsmöglichkeit des Gases verzichten müsse. Die Drosselklappe würde dauerhaft geöffnet werden!

Tatsächlich dauerhaft.

Da komme man dann schon ins Grübeln, wie?

»Ja, ja, da kommt man ins Grübeln.«

Das findet Joel auch. Direktor Aarno scheint sich jedoch keine Sorgen zu machen, gibt aber zu, dass eine so radikale Neuerung Joels ständige Präsenz verlangt, um in die Tat umgesetzt werden zu können.

Sakari wirft ihm einen schiefen Blick zu.

»Hat der Direktor nicht um ein Haar seinen Apparat und das ganze Spritzenhaus der Feuerwehr in Brand gesetzt?«

Na ja, schon, gibt Joel zu, Aarno habe manchmal solche fixen Ideen. Allerdings sei das vor dem allerersten Flugversuch passiert, als sich die Maschine noch im Ausstellungsraum befand. Sakari müsse sich vorstellen, was die Demoiselle für einen kolossalen Eindruck auf alle, die gekommen waren, machte. Und was war das für eine verdammt lange Schlange Schaulustiger! Der Direktor musste sogar die Öffnungszeiten seiner Ausstellung deshalb verlängern. Und das, obwohl der Eintritt 50 Pfennig betrug. Für Kinder allerdings nur die Hälfte. Da könne jeder verstehen, dass der Direktor selbst nur so darauf gebrannt habe, die Flugeigenschaften seines schönen Fräuleins auszuprobieren.

»Und das hat er dann im Feuerwehrhaus versucht?«

Zweifellos möge das dem Uneingeweihten absonderlich erscheinen, räumt Joel ein. Aber man dürfe nicht vergessen, dass Aarno beim Zusammenbau des Fräuleins dessen Konstruktion bis auf die letzte Mutter kennengelernt habe.

»Eine Flugschule hat er aber nicht besucht?«, fragt Sakari. Er streut getrockneten Dill, den er aus Vartsala mitgebracht hat, über die Fische.

»Wo sollte es so etwas denn hier geben?« Joel zuckt mit den Schultern.

Der Direktor habe jedoch den von einem Ingenieur verfassten Leitfaden zur Steuerung eines Flugzeugs und der Wirkung des Ruders von vorne bis hinten durchgelesen. Leider sei das Buch auf Schwedisch geschrieben, sodass Joel sich nicht damit habe vertraut machen können.

»Eben«, sagt Sakari.

Joel vermutet, die anderen Anwesenden hätten versucht den Mann aufzuhalten, doch was hätte da helfen sollen? Sakari habe ja selbst gesehen, was der Direktor Aarno für ein Mann sei. Wenn der sich etwas in den Kopf setze, bekomme man es nicht mehr so schnell aus ihm heraus. Man band also die Maschine fest, und der Direktor nahm auf dem Fliegersitz Platz. Und in der Tat wurde der Motor angelassen. Der Demoiselle zu Ehren müsse gesagt werden, dass er beim ersten Versuch angesprungen sei. Natürlich mit höllischem Getöse. Man könne sich vorstellen, wie der Raum im Nu ein einziges Staubmeer gewesen sei, weil der Propeller jeden Dreck aus allen Ecken und Ritzen gesaugt habe! Der Direktor habe die Maschine erst nach einigen Runden wieder zum Stehen gebracht. Im Nachhinein habe er zugegeben, selbst ein wenig erschrocken gewesen zu sein.

Sakari grinst und geht zum Fenster. Seine Hände und sein Hemd sind voller Fischschuppen. Der böige Wind lässt den Fensterrahmen knarren und bläst kalt durch den Spalt, direkt aufs Bett.

»So kalt hat der September schon lange nicht mehr angefangen.«

»Stimmt.«

Joel muss Sakari nun auch noch anvertrauen, dass die geplanten Neuerungen an der Maschine natürlich das Lebendgewicht des Fräuleins erhöhen. Andererseits wird die Gesamtfläche der Tragflügel unweigerlich geringer. Aarno macht sich auch deswegen keine Sorgen. In der Praxis bedeutet das lediglich, dass der Flieger noch leichter sein muss als in den ursprünglichen Berechnungen vorgesehen.

So, so, stellt Sakari fest, darum also verlange der Direktor von seiner Haushälterin, ihm die Essensportionen zu halbieren.

Für Joel ist diese Information eine unschöne Überraschung. Aarno hege in puncto Gewichtsabnahme noch immer Hoffnungen?

»Höchstwahrscheinlich.«

Ihre Blicke begegnen sich.

»Und wie viele Kartoffeln dürfen es für Herrn Tammisto sein? Sind drei recht?«

»Zwei genügen.«

Sakari schiebt Joel einen Teller hin und tut sich selbst Strömlinge und Kartoffeln auf.

Joel fällt ein, dass Sakari erzählt hat, er habe einen Brief von seiner Mutter erhalten.

»Sind die Kinder und Oma Salin gesund?«

Sakari nickt und kämpft mit einer Gräte. Das Mädchen scheint sich nur zu wundern, warum es von seinem Vater nichts hört und sieht. Hat angeblich seinen Papa schon neben der Mama als Engel auf einer Wolke sitzen sehen.

Joel schüttelt den Kopf und schaut durchs Fenster auf eine vorüberfahrende Strohfuhre. Der Wind reißt Halme heraus und schleudert sie durch die Luft. Von einer Ecke der Scheune fällt ein Schwarm Spatzen wie große graue Tropfen auf die Getreidereste, die auf den Straßenrand gerieselt sind. Das Pferd setzt mit seinem Anhänger gemächlich seinen Weg fort und verschwindet langsam im grauen Nebel.

Hat Sakari je daran gedacht, sich wieder mit einer Frau zu verheiraten?, will Joel wissen.

Sakari weicht dem Blick des Freundes aus, als wäre er bei einer schlimmen Tat ertappt worden, und stopft sich einen ganzen Strömling auf einmal in den Mund. Eine Weile sitzen sie beide stumm da.

Wie komme er auch dazu, jemanden zu überreden, meint Joel. Um ihn herum seien alle, für die er hätte Sorge tragen müssen, zugrunde gegangen. Er schiebt den Teller zur Seite und nimmt die Ausgabe der Volkszeitung zur Hand, die vom Mord an dem französischen Sozialistenführer Jean Jaurès berichtet. In seinem Testament appelliert er an die internationale Sozialdemokratie, sie solle darüber wachen, dass ihre Friedensbotschaft sich überall verbreite, zum Kampf für die Befreiung der Menschheit. Vor allem gegen ihren Feind, den völkermordenden Kapitalismus.

Selbstverständlich hat Jaurès recht, denkt Joel und spürt Wut in sich aufflammen. Es ist nicht die betäubende Bitterkeit, wie er sie kennt, seit man ihn über die Endgültigkeit von Hilmas Krankheit ins Bild gesetzt hat, und es ist auch nicht der Schmerz der groben Selbstanklage, der in ihm loderte, als sein Erstgeborener leblos in seinem Bett lag, den Mund sperrangelweit offen und in den blauen Augen ein erstaunt starrender Blick. Nein, die Wut, die er jetzt hat, saugt seine Lebenskraft nicht aus, sondern nährt sie.

»So ist das, du, wenn man den Ausbeutern auch noch nachgibt, dann stehen dem Teufel Tor und Tür offen.«

Sakari fragt, ob Joel vorhabe, mit dem Flugapparat von Herrn Aarno den arbeitenden Teil der Bevölkerung zu retten.

Joel schweigt. Sakari wendet sich ab und sieht aus dem Fenster, er kratzt sich am Kinn, das von dichten, dunklen Stoppeln übersät ist. Er sagt, er überlege sich lieber, wie es gerade jetzt in Vartsala aussehe. Dort ist es sicher verdammt schlammig. Was meint Joel, ob Sundberg es übers Herz gebracht hat, die Straße den Hügel hinauf und die verdammt rutschige Stelle an der Ecke des Puustelli-Hauses mit Sand aufzuschütten, damit die alten Weiber sich nicht die Beine brechen und die Gören sich nicht die Köpfe aufschlagen, wenn der Boden vereist?

»Was meinst du? Hat er?«

Saida, 18

Vartsala, Oktober 1914

Nachdem er von der Arbeit zurückgekehrt ist, bleibt Lauri Lindroos auf eine heimliche Zigarette hinter seinem Vater an der Hausecke zurück. Er kann es sich nicht verkneifen, vor Saida, die auf der Schaukel sitzt, damit anzugeben, dass er jetzt endlich auch Bretter tragen darf. Mit den kräftigen Männern. Falls es ihm von zu Hause aus erlaubt wird, natürlich. Er erzählt, die Männer hätten schon vor einiger Zeit gesagt, da bei ihm der Wipfel nun mal höher gewachsen sei als bei vielen anderen, könne er gut und gern mithalten und das Kleinholzsammeln seinen schmächtigeren Kameraden überlassen. Lauri hatte das bloß für Gerede gehalten, aber nun war Betriebsleiter Sundberg zu ihm gekommen und hatte ihn ernsthaft gefragt. Seine einzige Befürchtung sei jetzt, dass die Mutter etwas dagegen habe.

Saida, die gebeten worden ist, das Kindermädchen zu spielen, hat den kleinen Taisto in ihre Jacke gewickelt und schaukelt leise hin und her. Es ist ein etwas windiger Spätnachmittag im Oktober und angesichts der Tageszeit noch warm. Das Mädchen betrachtet die schwankenden Schatten, zwischen denen Lauri mit seiner Zigarette steht. Im orangen und roten Blattwerk von Ahorn und Eberesche hört man das Gewimmel von Vogelschwärmen, die auf den Zug nach Süden warten, die Flügel rascheln, aus den Kehlen kommt Geschwätz. Taisto streckt die kleinen Finger nach den geheimnisvollen Geräuschen und den grellen Farben aus.

»Ja, das sind Vögelchen … ja, ja … viele Vögelchen … ei, was für hübsche kleine Vögel es da gibt«, redet Saida ihm zu.

Lauri drückt die halbe Zigarette aus und geht auf die Schaukel zu.

»Also … ich meine … wie wär's, wenn wir zusammen reingehen? Wenn die Mama böse wird, dann wenigstens nicht so arg …«

Saida versteht. Lauri glaubt, seine Mutter zeige ihre Schokoladenseite, wenn Besuch da sei, und wage es nicht, vor dem Kindermädchen so böse zu werden wie innerhalb der Familie.

Da irrt er sich. Naima wird so fuchsteufelswild, dass ihr ganzer Kopf vor Zorn rot anläuft. Ein Junge von 14 Jahren soll ein Mann sein? Wenn ein Halbwüchsiger solche Lasten trägt, dann kann er für den Rest seines Lebens auf allen vieren gehen.

Lauri sagt, er sei größer und stärker als die meisten Männer. Größer als der Vater, der genauso schwer arbeite, obwohl er schon ein alter Mann sei. Oder älter jedenfalls.

Na, na, warnt Lennu, der sich über der Kommode rasiert, schlägt sich aber sogleich auf Lauris Seite: Einen großen Jungen dürfe man nicht so bevormunden. Ungewöhnlich forsch wischt er sich das Kinn ab. Immerhin sei der Junge auch gut genug gewesen, den Taisto vom anderen Ende Finnlands hierherzuholen. Da habe die Mama kein bisschen an ihm gezweifelt.

Aber hör mal, empört sich Naima über den Vergleich. Ein halbjähriges Kind ist ja wohl leichter als ein Packen Dielen. Und dann war es Hilmas Kind! Das hätte noch gefehlt, dass man es in fremde Hände gegeben hätte.

Schon, aber Lauri habe es als Onkel besser gemacht als der rechtmäßige Vater, sagt Lennu.

»Hab ich recht?«

Zum wer weiß wievielten Mal erzählt Lauri, wie das Kind auf dem ganzen Weg zum Bahnhof auf Joels Arm geschrien habe, wie um sein Leben, aber kaum waren sie im Zug, da beruhigte sich das Würmchen. Es verstand, dass Lauri ihm nichts Böses wollte, und trank sogar sein Milchfläschchen. Darauf schlief es ein, in Lauris Schoß, und sägte brav bis Turku.

Lennu nickt. Allmählich erwärmt er sich für sein Lieblingsthema, das Schimpfen auf den Schwiegersohn. Wo anständige Männer sich den Arsch wundschuften, da träumt Joel Tammisto vor sich hin. Niemals wird Lennu Lindroos dem Gauner verzeihen, der seine Tochter und seinen Enkel zum Sterben in die Fremde geschleppt hat. Der Tag wird nicht kommen, so viel steht fest!

Und den zweiten Balg hängt man den Nachbarn auf den Hals. Wahrscheinlich wäre das Kind nicht mal mehr am Leben, wenn man es nicht dort herausgeholt hätte. Was soll das sonst sein als Weichlichkeit, Gleichgültigkeit und Rohheit. Nicht ein Pfennig ist für den Unterhalt des Balgs hergegeben worden.

»Kein einziger Pfennig.«

Für die Krankheit der armen Hilma habe keiner was gekonnt, sagt Naima, die am Herd im Brei rührt. Und wie soll ein alleinstehender Mann ein Kind versorgen? Er muss arbeiten, und dann die große Trauer noch dazu.

Ach, Trauer? Lennu lacht. Was ist das denn für eine Trauer, wenn man auf alle möglichen Versammlungen rennt und an Flugapparaten herumwerkt, da spielt doch alles andere keine Rolle, eine Ehefrau mehr oder weniger. Die sind bloß hinter den Röcken her, so richtig im Verbund, der und der junge Salin. Das kannst du glauben.

»Komm, halt jetzt endlich den Mund«, sagt Naima streng.

In Saida flammt der Zorn auf. Ganz richtig. Was hat der Mann da für ein Recht auf eine Meinung über Sakari Salin, und dann auch noch auf diese Art. Taisto versucht einen Knopf von Saidas Kleid abzureißen, zuerst mit der Hand, dann mit den Zähnen. Sie nimmt ihm den Knopf aus dem Mund. Auf dem Kleid ist ein feuchter Fleck entstanden. Das Kind will ein zorniges Weinen anstimmen, worauf Saida es in die Höhe hebt und sinken lässt und wieder hebt und sich dabei zwingt, möglichst beiläufig zu fragen, woher der Onkel Lennu all das wisse, was in Tampere so vor sich gehe. Aus den Briefen seines Schwiegersohns?

Lauri lacht laut auf, verstummt jedoch, als er den furchteinflößenden Blick seines Vaters sieht. Lennu erklärt, er habe die Briefe des Gauners nicht gelesen. Und werde sie auch nicht lesen. Naima beeilt sich zu erzählen, Mama Salin habe sowohl Geldsendungen als auch Briefe von ihrem Sohn erhalten. Darin habe Sakari versichert, er fühle sich sehr wohl in Tampere.

Saida spürt den Stich der blinden Eifersucht. Womöglich hat Lennu recht? Vielleicht hat sich Sakari tatsächlich in eine schöne Städterin verguckt und gar nicht mehr die Absicht, in sein Heimatdorf zurückzukehren. Das Kind bemerkt, wie sich Saidas Körper versteift, und quengelt immer lauter.

»Was sollen wir dem Sundberg jetzt antworten?«

Lauri interessiert sich nicht für das, was Joel und Sakari treiben, sondern einzig und allein für seine Arbeit im Sägewerk. Was sagt die Mutter nun?

»Ist das Thema nicht längst ausgehandelt?«

Lennu gießt das Waschwasser in den Ausgusseimer und wirft von unten herauf einen grimmigen Blick auf seine Frau.

»Ein ausgewachsener Mann kann nicht hingehen und sagen, die Mama lässt mich nicht. Anderen Frauenzimmern wäre eine dickere Lohntüte schon recht, aber in dieser Familie scheint das anders zu sein. Da werden zwar zusätzliche hungrige Mäuler angeschleppt, aber der große Bursche darf nicht arbeiten, wenn es endlich mal Arbeit gibt.«

Naima nimmt das Kind und fängt an, es mit Brei zu füttern.

»Na, dann soll von mir aus auch Lauri verkrüppelt werden, wenn man ihn sonst nicht totkriegt!«

Saida macht sich auf den Heimweg. Lauri, der seine freudige Erleichterung wohlweislich für sich behält, folgt dem Mädchen nach draußen und zieht sofort auf der Treppe mit männlicher Gebärde die halb aufgerauchte Zigarette aus der Tasche. Doch gerade als er sie angezündet und einen tiefen, genüsslichen Zug genommen hat, geht die Tür hinter ihm auf.

Die Mutter, natürlich.

Naima hat den Ausgusseimer in der einen Hand, Taistos Topf in der anderen. Sie schaut auf ihren Sohn, der sich nun den Männern beim Holzschleppen anschließen wird, und sie schaut auf die Zigarette. Lauri steht unter der Veranda und blickt irgendwo in die Ferne. Saida glaubt sein Herz schlagen zu hören wie einen Eisenhammer. Oder aber das Pochen dringt aus ihrem eigenen Herzen, in dem gerade der Samen einer entsetzlichen Verzweiflung gesät worden ist. Naima schiebt sich an ihnen vorbei und schmunzelt. Aber sie sagt kein Wort.

Lauri verfolgt den stummen Marsch seiner Mutter quer über den Hof. Saida sieht ihn an, doch sein Gesicht bleibt ausdruckslos. Ein Mann bleibt bei seiner Linie.

1915

Am 17. Januar starb Ida Aalberg, die beste Schauspielerin Finnlands.

23. Mai. Italien erklärte Österreich den Krieg.

6. August. Fing an, Bretter zu sägen.

Die Deutschen marschieren in Warschau ein.

Am 8. August sägte ich mir einen Finger ab.

Am 20. August pflückte ich 30 Liter Preiselbeeren.

Am 21. August erklärte Italien der Türkei den Krieg.

30. August. Sakari verließ Tampere.

7. September. Bin aus Tampere weg.

9. September. Bin in Vartsala angekommen.

11. September. Fing im Sägewerk in Vartsala zu arbeiten an.

20. September. Habe mit der langen Schnur 111 kg Brassen gefangen.

26. September. Habe eine Kuh gekauft und 110 Mark bezahlt und für 2 Stiere 110 Mark.

10. Oktober. War auf der Hochzeit von Saida Harjula und Sakari Salin im Haus der Genossenschaft.

11. Oktober. Bekam vom Arzt die Bestätigung, dass mein Finger gesund ist.

14. November. War auf der Beerdigung von August Kalanter in Viurila.

4. November. Fing an, beim Puustelli-Haus Brennholz zu hacken.

11. Dezember. Bin zur Bezirksversammlung nach Turku gefahren und am 15. zurückgekommen.

Saida, 19

Vartsala, April 1915

Es ist eine große Enttäuschung für Saida, dass man *Der Widerspenstigen Zähmung* als neues Stück für die Theateraufführung des Arbeitervereins ausgewählt hat. Für die Leseprobe hat sich Saida nämlich auch mit einem anderen Stück desselben Verfassers vertraut gemacht, der wunderbar traurigen Geschichte von Romeo und Julia, zweier Liebender, die einem tragischen Ende entgegengehen. Warum hat man das nicht genommen?

Als sie beim Regisseur deswegen nachbohrt, schüttelt der nur den Kopf. Kustaa ist gerade dabei, auf der Bühne des Arbeiterhauses einen Blumenzaun zu malen. Dieser Ort zieht Saida unwiderstehlich an, obwohl sie weiß, dass sie bei dem Stück nicht mitmachen kann, ohne ihrem Vater den Krieg zu erklären. Für die Liebenden von Verona wäre sie bereit, daheim in die Schlacht zu ziehen, jedoch nicht für eine dürftig zusammengeschusterte, geradezu abstoßende Eheposse. Mit spöttischem Groll verfolgt sie Kustaas Arbeit an den Blütenblättern.

»In der Widerspenstigen gibt es gar keine Gartenszene.«

Stimmt, aber eine Rosenhecke braucht man in jedem Stück, erklärt Kustaa in der Hocke schwankend, denn hinter der kann man so gut verschwinden.

Saida verlangt weiterhin nach einer Erklärung, warum dem Regisseur die Liebenden von Verona nicht recht gewesen sind.

Kustaa sagt, die Handlung des Schauspiels sei ziemlich nichtssagend und dem Leben fremd.

»Wieso? Ganz und gar nicht!«

Die Empörung des Mädchens kann Kustaas feste Meinung nicht erschüttern. Er ist strikt davon überzeugt, dass die Dorfbewohner nie im Leben glauben würden, vernünftige Menschen könnten sich nur deswegen Gift in den Rachen werfen, weil gewisse Liebesspielchen mehr oder weniger schiefgegangen sind. Und wenn sie schon was schlucken, dann müssen sie nach Auffassung moderner Menschen auch sterben. Als gäbe es im Leben nichts Wichtigeres zu beklagen. So ein Schauspiel, das auf blödsinnigen Verwechslungen beruht und seine Hauptfiguren wegen unnötiger Angst in eine an sich bedauerliche Tragödie stürzt, würde das zahlende Publikum nur zornig machen und verärgern. Es würde Kustaa nicht wundern, wenn man sogar das Eintrittsgeld zurückverlangen würde.

Saida, in deren Fantasie Romeo ziemlich genau die Gestalt von Sakari Salin angenommen hat, versteht kein bisschen, wovon Kustaa spricht.

»Und die Widerspenstige ärgert keinen?«

Nein, versichert Kustaa und fährt sich durch den Haarschopf, sie spreche im Gegenteil den aufgeklärten Menschen an, weil in ihr die Essenz des realen Lebens enthalten sei.

Ach, das soll das wahre Leben sein, dass ein Mann aus reiner Gemeinheit bei seiner eigenen Hochzeit in Lumpen erscheint?, stichelt Saida mit roten Flecken auf den Wangen. Und die für ihr schmutziges Mundwerk bekannte Braut plötzlich kein Wort mehr herausbringt? Die Widerspenstige ist wohl wirklich nicht ganz bei Vernunft, wenn sie zuerst allen gegenüber wegen nichts und wieder nichts rasend wird und dann ihrem schrecklichen Mann gegenüber keinen Mucks macht.

Zu allem Überfluss wirkt die so hoch gepriesene Schwester der Hauptfigur offen gesagt wie eine affige Kuh. Wenn sie, Saida, so eine Quengelschwester hätte, würde sie allerdings auch verrückt werden. Und es ist ja wohl auch sehr wahrheitsgetreu, dass viele Männer in allen Ländern über kurz oder lang ihre Frauen schlagen und schlecht behandeln, vor allem im Suff, aber die wenigsten dann doch unmittelbar nachdem man den Altar verlassen hat. Anscheinend haben Ausländer, speziell die Italiener, eine sehr dürftige Kinderstube.

Kustaa erinnert daran, dass Herr Shakespeare ein Engländer gewesen sei.

»Gut, aber das Stück handelt doch von Italienern, oder?«

»Stimmt. Sollte man das nicht mal abmachen?«

Kustaa deutet auf die Paketschnur, die sich Saida unbemerkt um den Zeigefinger gewickelt hat, sodass er dunkelrot geworden ist. Verlegen löst das Mädchen die Schnur.

»Meinem Vater würde es nicht gefallen, wenn ich mitmache.«

Kustaa nickt. Als wüsste er das nicht. Er fragt nicht, warum sie dann überhaupt bei der ersten Leseprobe erschienen ist. Was ihn verdammt ärgert, ist die Tatsache, dass seine eigene Schwester Esteri gleich anschließend zu Herman und Emma laufen und petzen musste, die Saida sei bei der Leseprobe für dieses anstößige Schauspiel gewesen.

Wie erwartet bekam Herman einen Tobsuchtsanfall und brachte wieder einmal seine Frau heftig zum Weinen, für die sich offenbar die Erziehung von gerade mal zwei Töchtern zu anständigen Menschen als übermächtige Aufgabe erwies. Während er, Herman, mit Schweiß auf der Stirn und dampfendem Hintern für dieses undankbare Pack geschuftet habe, sei es Emma nicht gelungen, dem leichtfertigen Mädchen etwas anderes beizubringen, als hinterrücks Mätzchen zu machen und sich und die Familie völlig zu blamieren!

Ja, Herman hat mit aller Gründlichkeit klargestellt, dass Saida bei jenem verantwortungslosen Unsinn nur über seine Leiche mitmache.

»Vater würde auf die Bühne springen und mir die Haare ausreißen.«

»Es gibt ja Ordner hier.«

»Trotzdem.«

»So weit würde er nicht gehen.«

»Vater ist alles zuzutrauen.«

Aber das wäre nicht einmal das Schlimmste, denkt Saida, sondern dass die Mutter wieder einmal an Stelle anderer leiden müsste. Ihre Schwester Siiri sagt zwar, Saida solle sich deswegen nicht grämen. Sie wisse ja: Wenn der Vater aus dem einen Grund die Mutter nicht peinigt, dann aus einem anderen. Siiri findet, die Mutter solle sich mehr gegen den Vater wehren und nicht bloß Tränen vergießen, wenn er so richtig gemein wird.

Kustaa sagt, in diesen Zeiten seien bei jedem die Nerven überstrapaziert. Wenn nur endlich der verdammte Krieg aufhören würde, damit die Schiffe verkehrten wie früher und die Leute Arbeit hätten. Und in ihrer Heimat blieben.

Er steht auf, reckt seinen schweren Körper und steckt sich eine Zigarette an. Seine mehrfach geflickte Hose ist mit grüner und roter Farbe gesprenkelt. Mit taxierendem Blick stellt er sich vor die Rosenhecke und gesteht davon zu träumen, Joel Tammisto für die männliche Hauptrolle zu gewinnen, aber ob der je wieder nach Hause käme?

Saida zuckt mit den Schultern. Er scheine sich dort wohlzufühlen, in Tampere. Wie auch sein Freund Sakari Salin. Sie empfindet ein von Schmerz durchsetztes Wohlgefühl, den Namen des Mannes laut aussprechen zu können.

Ja, im Steinbruch gibt es noch Arbeit genug, stimmt Kustaa zu. Und beim Klopfen von Grabsteinen. Aber es lasse sich nicht bestreiten, dass Joels Fortgehen eine klaffende Lücke in den sozialistischen Reihen des Dorfes hinterlassen habe. Eine Kluft geradezu.

In einem plötzlichen Anfall von Vertrauen preist Kustaa Joels virtuose Fähigkeit, vor dem Publikum Momente einer besseren Welt aufblitzen zu lassen, die einzig und allein vom Sozialismus errichtet werden kann. Wie könne er, Kustaa, dem es selbst an jeglicher persönlicher Strahlkraft fehle, nicht einen Mann wie Joel bewundern. Würde er, Kustaa, bei einer Versammlung aufs Rednerpodest steigen, würde kein Mensch sich ins Lager der Sozialisten locken lassen.

»Nicht doch.«

So verhalte es sich unleugbar trotzdem, aber nach einiger Überlegung habe er sich auch fragen müssen, ob die Abwesenheit von Joel Tammisto denn Grund genug sei, um aufzugeben und jede Stärkung des Sozialismus in diesem elenden Dorf gänzlich in den Wind zu schlagen.

»Sicher nicht.«

Herausfordernd reckt Kustaa den Pinsel in die Luft, ohne Saidas melancholischem Tonfall Beachtung zu schenken.

»Ganz bestimmt nicht«, sagt er. Nachdem er lange die Sachlage untersucht habe, glaube er endlich, ein Mittel gefunden zu haben, mit dem auch ein grober Klotz wie er den Kampf für eine bessere Welt fortsetzen könne.

Saida bemüht sich ihrer unvernünftigen Wehmut zu entrinnen und sich darauf zu konzentrieren, was Kustaa ihr zu sagen versucht.

Saida wisse ja, dass er immer viel gelesen habe, sagt Kustaa. Er habe ungelogen fast jedes Buch und jede Zeitung gelesen, die ihm in die Hände geraten seien. Und der Schöpfer allein wisse, was für eine höllische Mühe es ihn gekostet habe, an sie heranzukommen. Wenn Saida nur wüsste, wie er sogar auf dem

Markt von Turku bisweilen allen möglichen Bengeln habe trotzen müssen, die lieber einem Schwellkopf auf die Schnauze hauen als ihn Lesefutter hamstern sehen.

Verblüfft beobachtet Saida Kustaas freie Hand, die sich wedelnd zu den kleinen hellroten Knospen zwischen den grünen Blättern hin ausstreckt.

Kustaa runzelt das Gesicht. Seiner Meinung nach lautet die eigentliche Frage, was für einen verdammten Nutzen die ganze harte Lesearbeit gehabt haben soll, wenn die moralisch und gesellschaftlich anspornenden Geschichten nicht jene Menschen erreichen, für die sie gedacht sind.

»Doch wohl keinen?«

»Genau. Überhaupt keinen. Kein verflixtes bisschen.«

Aber wie Saida eigentlich selbst hätte erkennen müssen, ist die Lösung schließlich ganz einfach gewesen. Geradezu genial und erschütternd selbstverständlich. Eine Geschichte, die vor Publikum aufgeführt werde, frage nicht nach Schulbildung, ja verlange nicht einmal die Fähigkeit zu lesen. Es genüge, wenn man Augen und Ohren habe. Und das sei bei den meisten ja der Fall. Man brauche nur ausreichend gute und strahlende Darsteller. Freilich sei auch der Anteil des Regisseurs am gelungenem Endergebnis nicht völlig unbedeutend. Insofern sei es schade, dass Saida nicht bereit sei oder sich wegen ihres Vaters nicht traue, die Katharina in der Widerspenstigen zu spielen.

Saida schluckt. Ihr ist überhaupt nicht in den Sinn gekommen, dass Kustaa ihr die Hauptrolle anbieten könnte. Sie gesteht, dass sie von dem Stück absolut nichts versteht. Warum muss die Katharina zuerst so eine unmögliche Querulantin sein und sich dann allem fügen, wozu sie der schreckliche Petruccio zwingt?

Kustaa trocknet den Pinsel und setzt sich neben Saida. Ausführlich beschreibt er, wie er das Stück gelesen hat. Er sehe in der Widerspenstigen ein Kind, das sich nach Aufmerksamkeit sehne, das von klein auf um die Akzeptanz seines Vaters gerungen habe.

Das Schicksal der hitzigen Katharina bestehe schlicht und einfach darin, als Kind stets im Schatten der braven und äußerlich vielleicht gefälligeren Schwester gestanden zu haben. Der Vater habe der missachteten Tochter nur Aufmerksamkeit geschenkt, wenn sie einen lautstarken Wutanfall bekommen habe. Als hilfloser, weichlicher Mann, der den Streit fürchte, habe der Vater dann allen Forderungen nachgegeben, um seine Ruhe zu haben. Und das Mädchen habe diese Trostpreise zwar als dünnen Ersatz für die Liebe des Vaters angenommen, doch sei sie dabei zugleich zu einer wahrhaft unverschämten Person herangewachsen.

Kustaas Meinung nach könne man von der erwachsenen Widerspenstigen sagen, sie hasse und liebe ihren Vater zugleich, der Vater aber schere sich tief in seinem Inneren keinen Deut um seine Tochter, sondern fürchte und verabscheue sie nur. Und die arme Katharina wisse, dass die ganze Schmeichelei des Vaters nichts anderes sei als Getue, das aus purer Angst resultiere.

Saida hört erstaunt zu. Solche Worte hat sie noch nie zuvor aus irgendeinem Mund gehört. Hätte Kustaa nicht so einen riesigen Schädel, knochige Schultern und einen hervorstehenden Bauch, wäre er, abgesehen von seinen großen braunen Augen, nicht so ein durch und durch hässlicher Klotz von Mann, würde sie sich wahrscheinlich auf der Stelle in ihn verlieben.

Ihre Schwester, die vom Vater eindeutig bevorzugte, beneide Katharina aus gutem Grund zutiefst, findet Kustaa, liebe sie andererseits aber auch wie eine Mutter ihr Kind. Das beweise sie gerade dadurch, dass sie sich einverstanden erkläre, einen unbekannten Verrückten zu heiraten. Die Widerspenstige tut das, um dem Glück ihrer Schwester nicht im Weg zu stehen. Kustaa kann sich sehr gut vorstellen, wie das Mädchen mit seiner wilden Natur die Schwester mit erhobenen kleinen Fäusten vor dem Übel der Welt beschützt hat.

Katharina wirke wie eine Person, die vergleichsweise früh begriffen habe, dass Artigkeit in Wahrheit Schwäche sei. Wolle man ein guter Mensch sein, müsse man fester zupacken. Es verlange Mut. Und davon habe die Widerspenstige genug, wie aus dem Stück sehr gut hervorgehe. Im Namen der Gerechtigkeit müsse man sie eigentlich die Unbeugsame nennen.

»Stimmt«, sagt Saida und hält den Atem an.

Sie hat eine Gänsehaut bekommen, und es kribbelt in ihrem Nacken.

Genau, sagt Kustaa, und seine großen braunen Augen werden feucht. Auch ihm ist es gelungen, sich in einen Zustand tiefer Rührung hineinzusteigern, und nun unterstreicht er, was für ein gutes, außergewöhnliches Mädchen die Widerspenstige in ihrem tiefsten Innern ist und wie schmerzlich sie es erlebt, von klein auf ihrer Familie nur zur Last zu fallen, sodass Vater und Schwester sie schließlich loswerden wollen, um ihre eigenen, selbstsüchtigen Ziele zu verfolgen.

Saida nickt vor sich hin, sagt aber, sie verstehe trotzdem nicht, warum die Widerspenstige dem Brauthandel zustimme.

Tja, meint Kustaa. Am Ende ist sie erstaunlich leicht bereit, das Opferlamm zu spielen. Freilich tue sie auch dies auf ihre scharfzüngige, laute Art. Aber sie opfere sich. Es sei klar, dass sie sich natürlich zutiefst schäme für diesen Frauenhandel, der die Menschenwürde herabsetze, und für das drum herum errichtete Lügengebäude. Gerade das Lügen, die vorgespielte Elternliebe, sei der Gipfel der Ungerechtigkeit des Vaters. Es sei der letzte bittere Kalk, den die tapfere Tochter schlucke.

Saida starrt Kustaa sprachlos an. Nichts dergleichen hat sie beim Lesen des Rollenhefts verstanden.

Kustaa setzt die Brille ab und wischt sie am Hemd trocken. Dann habe Saida sicher auch nicht begriffen, dass der schnöde Vater des Stücks bei umfassender Betrachtung das patriarchalische Bürgertum repräsentiere, für das alles nur Handelsware sei, auch die eigene Tochter.

Mit wachsender Verblüffung muss Saida zugeben, dass sie auch diesen Gesichtspunkt nicht erkannt hat.

»Und die Widerspenstige?«

Kustaa lächelt so triumphierend breit, dass sich sein Gesicht zusammenzieht wie bei einem Frosch.

»Na hör mal. Sie ist doch die Kämpferin. Mit einem Wort: die Sozialistin.«

»Die Sozialistin?«

Kustaa erläutert, gerade weil sie opferbereit sei und das Allgemeinwohl an erste Stelle rücke, sei bewiesen, dass in der Brust der Widerspenstigen die unauslöschliche Flamme des Sozialismus lodere.

Saida erzittert. Sie spürt deutlich, wie die Flamme auch ihr eigenes Inneres versengt. Noch immer aber ist ihr unklar geblieben, warum Katharina sich bis zum Schluss von diesem grässlichen Mann Vorschriften machen lässt.

»Genau. Gute Frage«, sagt Kustaa.

Außer Atem von seinem Vortrag sinkt er auf der Holzbank zusammen und gibt zu, sich in den finsteren Stunden der Nacht über dasselbe Problem den Kopf zerbrochen zu haben. Aber nun, Saida wisse ja, dass dieses Schauspiel vor vielen hundert Jahren geschrieben worden sei, als es die Handlungsprinzipien des sozialistischen Idealstaates noch nicht gegeben habe. Der Verfasser habe zuallererst danach trachten müssen, den englischen Aristokraten und Bürgern zu gefallen. Aber nun herrschten andere Zeiten, und als Zuschauer kämen aufrechte Arbeiter und Arbeiterinnen, die in der Tat keinerlei beschämende Unterwerfung mehr hinnehmen müssten. Darum sei er, Kustaa, zu dem Entschluss gekommen, dass am Schluss des Stückes ein wenig zu feilen wäre.

»Zu feilen? Wie denn das? Kann man das tun?«

Natürlich kann man das. Kustaa hat sich gedacht, dass die Widerspenstige nicht nach dem ursprünglichen Text gezähmt werde, sondern dass sie im Gegenteil auch an der Seite ihres Mannes andere Menschen mit der Idee der Brüderlichkeit, Freiheit und Gleichheit anstecke. Ja, doch, Saida brauche da gar nicht so erstaunt dreinzuschauen, denn er, Kustaa, habe alles genügend von allen Seiten bedacht und beschlossen, dass die Eheleute am Ende des Stücks ihr unnatürlich großes Vermögen unter den Dienstboten und Armen verteilen. Gleichzeitig verkünden sie dem Publikum, in der sozialistischen Idealgesellschaft müsse keine Frau, kein Mensch, sich als Handelsware hergeben.

Wie also laute Saidas endgültige Antwort? Werden die Leute aus dem Dorf Saida Harjula in der enorm wichtigen Rolle der Widerspenstigen sehen, oder muss Kustaa die Fanny Nieminen bitten?

Arvi, 18

Herrenhaus Joensuu, Juni 1915

Arvi ist mit der Ausbildung der Stute Natalia beschäftigt, als er das Gespann, das ausgeschickt worden ist, den Schweden-Besuch abzuholen, in die lange Birkenallee des Herrenhauses einbiegen sieht. Er reitet den Gästen entgegen und trifft an der Stelle mit ihnen zusammen, wo einer der Bäume voller Knorren ist. Schon seit vielen Jahren fehlt der Birke die Kraft, an ihren äußeren Zweigen Blätter zu bilden. Onkel Olof meint, sie müsse im Winter gefällt werden.

Die müden Reisenden sind in dem staubigen Wagen, den lediglich zwei Pferde ziehen, eingenickt. Arvi lässt die Chaise passieren und zwingt Natalia hinterherzugehen, obwohl sich die dreijährige Stute für die eingespannten Wallache interessiert. Der Junge drückt ihr die Waden in die Flanken und hält festen Gebisskontakt, weshalb das Tier die Macht nicht an sich reißt, obwohl vor dem Wagen etwas Sonderbares passiert.

Das ganze Gespann samt Kutsche fährt plötzlich auf den Straßengraben zu! Bengt Nilsson ist mit den Zügeln in der Hand eingeschlafen, worauf der links gehende Wallach Nestor als der Stärkere das Gespann auf seine Seite zieht und der schwächere Hector zwangsläufig von der Richtung abweicht. Sofort treibt Arvi die Stute an und reitet in die Lücke zwischen Gespann und Birkenreihe. Er zwingt Natalia, im Seitenschritt zu gehen, damit die Wallache in die Spur zurückfinden. Nun schreckt auch Bengt auf und fängt wieder an zu lenken, als hätte er nie etwas anderes getan.

Arvi lässt Natalia im Schritt nebenhergehen. Er ist enttäuscht, denn Nora sitzt nicht in der Kutsche, obgleich er das erwartet hatte. Stattdessen sitzt neben Paul ein rothaariger Junge, etwas älter als Paul, aber eindeutig jünger als Arvi. Als der Graf von den Gästen aus Stockholm im Plural sprach, nährte Arvi sogleich die Hoffnung, Nora käme doch mit. Dabei hätte er eigentlich wissen müssen, dass sie keine Lust hätte, die Reise auf dem anstrengenden Landweg zu machen, jetzt, da man nicht mehr mit dem Schiff von Stockholm nach Turku übersetzen konnte.

Der Graf, der mit seiner Frau vor dem Haus auf die Gäste wartet, winkt Arvi kurz zur Seite und sagt, er solle sich darauf einstellen, in den nächsten Tagen Paul und seinem Gast beim Umherstreifen in der näheren Umgebung mit Rat und Tat zur Seite zu stehen. Paul benötige nämlich Hilfe beim Vervollständigen seiner Vogeleiersammlung. Der Graf gibt Arvi die vertrauliche Information, Paul habe eine gewisse Scheu, auf Bäume zu klettern, zumal seine Mutter es nicht für wünschenswert halte. Und falls der Gast, den Paul mitgebracht habe, eigene Wünsche äußere, sei Arvi doch sicherlich gern bereit, Ratschläge zu geben und nach seinen Möglichkeiten behilflich zu sein?

Arvi nickt gehorsam, obwohl er schon beim ersten Blick entschieden hat, dass er den Jungen, der mit Paul gekommen ist, nicht leiden kann. Zum Teil, weil er nicht Nora ist, aber auch weil der Rotschopf von Anfang an wie ein arroganter Schwedenarsch auf ihn gewirkt hat.

Anders Holm bestätigt das Vorurteil gleich beim ersten Ausflug. Arvi hat noch nicht viele Sätze gesagt, da grinst der Gast bereits über die unendlich amüsante Art des finnischen Stallburschen, Schwedisch zu sprechen. Und nachdem Arvi im Nu eine hohe Stangenkiefer erklommen hat, nennt Anders ihn Eichhörnchen. Arvi kommt innerlich zu dem Schluss, dass hinter der Hänselei nichts als Neid steckt. Es hat stark den Anschein, als fehle dem Jungen aus Stockholm der Mut oder das Geschick, einen astlosen Kiefernstamm hinaufklettern, und das geht ihm gegen den Strich.

Als Arvi ein seltenes Spechtei vom Baum holt, schnappt es sich Anders und zerdrückt es in der Faust. Das Eigelb rinnt zwischen den Fingern hindurch. Mit stechenden Augen schaut der Rotschopf abwechselnd auf Arvi und Paul, der aussieht, als würde er jeden Moment in Tränen ausbrechen. Arvi zuckt mit den Schultern und schickt sich an, erneut zum Nest hinaufzuklettern, wo noch fünf Eier liegen, aber Paul verbietet es ihm. Er sagt, man dürfe nicht mehr als ein Ei aus dem Nest nehmen. Man solle die Vogelbruten nicht unnötig verkleinern.

Es ist brennend heiß an diesem Tag. Den Jungen kleben die Hemden am Rücken. Anders klagt über Durst, und Arvi führt sie zum nächsten Brunnen. Da erblickt Anders die Pferde auf der Weide und will reiten. Paul ist einverstanden, obwohl er das Reiten hasst, wie Arvi sehr wohl weiß. Der Spaß am Eiersammeln ist ihm für diesen Tag allerdings bereits verdorben.

Sie kehren zum Stall zurück, und Arvi sattelt Natalia. Paul steigt als Erster auf. Er hält die Augen geschlossen, als Arvi das Pferd ein kurzes Stück über das Sägemehl in der Reithalle führt. Anders kann zwar ebenfalls nicht reiten, hat aber keine Angst. Er macht bald deutlich, dass er es lächerlich findet, im Kreis zu gehen. Er will ins Gelände.

Auf der Flusswiese schaukelt er auf dem Rücken des Pferdes so haltlos hin und her wie ein Sack, aber er bleibt im Sattel. Er beißt die Zähne zusammen und schlägt der Stute mit den Zügeln auf den Widerrist. Sie fängt an zu galoppieren, und Anders drückt sich gegen ihren Hals. Paul erschrickt und fordert Arvi auf, etwas zu unternehmen. Das Pferd werde Anders umbringen. Arvi weiß, dass er einen schweren Fehler gemacht hat, versucht aber Paul zu beruhigen, indem er ihm erklärt, beim Galoppieren sei es im Grunde wesentlich leichter, sich im Sattel zu halten, weil es gleichmäßig dahingehe. Man müsse nur die Nerven haben, das Tempo auszuhalten.

Natalia galoppiert über die Wiese bis zum Flussufer und beruhigt sich dann. Sie kehrt um und kommt im Schritt zurück. Arvi muss zugeben, dass Anders das Zeug zum Reiter hat. Instinktiv hat er gelernt, sich leicht zu machen und dem Takt des Pferdeschrittes zu folgen, wobei er aufrecht sitzt und triumphierend lächelt.

Nach der Reitvorführung ist Anders unübersehbar glänzender Laune. Er gleitet vom Rücken des Pferdes und fragt Arvi, ob er wisse, wie sie nach Finnland gekommen seien. Arvi nimmt an, auf dem Landweg, über Haapranta und Tornio. Anders schüttelt den Kopf und erzählt, sie hätten mit dem Postschiff den Bottnischen Meerbusen überquert.

Arvi nickt.

Ob dem finnischen Stallburschen klar sei, dass in jenen Gewässern deutsche U-Boote verkehrten? Womöglich dieselben, die auch die Lusitania torpediert hatten.

Arvi sagt, er habe von den Bewegungen der Deutschen im Bottnischen Meerbusen gehört.

Anders erzählt, er habe während der gesamten Überfahrt an der Reling nach Periskopen Ausschau gehalten, und Paul habe auf der anderen Seite des Schiffes das Gleiche getan. Das sei nämlich Teil der ihnen übertragenen Aufgabe gewesen.

»Tatsächlich.«

Ja, ja, von hoher Stelle aus seien sie bevollmächtigt worden, die Sicherheitsaspekte der Überfahrt zu observieren. Den Auftrag hatten sie von Herman Gummerus erhalten, einem Bekannten von Pauls Vater, welcher der geheimen finnischen Befreiungsbewegung angehört.

»He, lass gut sein!«

Paul nimmt die Brille ab und reibt sie am Hemd, wie so oft, wenn er nervös ist.

»Wieso? Der Kerl hier ist doch keine Bedrohung für die Sicherheit, oder?«

Anders drückt das Kinn auf die Brust und starrt Arvi an.

»Nein. Weil er weiß, dass er es besser nicht ist. Wie?«

Er ballt die Fäuste. Dabei lässt er Arvi nicht aus den Augen, in dem allmählich der Ärger aufsteigt.

»Hör endlich auf«, sagt Paul.

Anders sagt, man habe sie gerade deshalb auf die Reise geschickt, weil sie so jung seien. Niemand käme auf die Idee, Schuljungen der Spionage zu verdächtigen. Aber das sei ein schwerer Fehler. Ob Arvi schon einmal von einer Organisation namens Bluthunde gehört habe?

Arvi hat nicht davon gehört.

Das wundert Anders nicht. Schließlich sei die Organisation geheim, aber in Stockholm wisse man davon, denn ziemlich viele Mitglieder der Bluthunde hätten Finnland über Schweden verlassen. Es habe sich samt und sonders um Gymnasiasten aus Helsinki gehandelt, die auf ihre Weise vor zehn Jahren am finnischen Befreiungskampf teilgenommen hätten, als die Unterdrückung am schlimmsten gewesen sei.

»Ach ja?«

Leicht irritiert tätschelt Arvi die Stute. Er weiß nicht recht, was er von dem Redefluss des anderen halten soll.

»Die Bluthunde sollten Bobrikow umbringen, aber dieser Schauman kam ihnen zuvor.«

»Aha.«

Aber gut, die Bluthunde hätten sich davon natürlich nicht unterkriegen lassen, erklärte Anders. Im Gegenteil. Sie packten Revolver und Giftkapseln ein und fuhren auf die Karelische Landenge, als Zar Nikolaus dort auf der Jagd war. Aber die Aufklärung versagte, und als die Todespatrouille die Landenge erreichte, war der Alte bereits in Richtung Petersburg abgerauscht.

»Pech«, sagt Arvi.

Er kann sich das Lachen nicht verkneifen. Paul lächelt gezwungen.

»Grinst ihr nur, aber den Kameraden war überhaupt nicht zum Lachen«, redet Anders weiter. Die Unterdrückung sei weitergegangen, das Schlimmste aber sei gewesen, dass die Jungen wegen unerlaubten Fehlens schlechtere Fleißnoten bekommen hätten, und das habe den Eltern überhaupt nicht gefallen.

»Bestimmt nicht.«

»Absolut nicht. Da gab es zweifellos eine Abreibung, und zwar richtig. Ich hätte jedenfalls eine bekommen. Mit dem Kleiderbügel oder mit der Trosse.«

»Mit der Trosse?«, fragt Paul.

Anders antwortet, eine Trosse sei ein Hanfseil von der Stärke eines Männerarms. Damit befestige man Schiffe am Anleger.

»Mein Vater ist Reeder. Seile sind für ihn immer eine Herzensangelegenheit gewesen. Es gibt Millionen verschiedene Sorten, und alle sind auf meinem Arsch getestet worden. Und zwar verdammt gründlich, da könnt ihr sicher sein.«

Arvi und Paul wechseln verlegene Blicke.

»Aber um auf die Bluthunde zurückzukommen. Es darf nicht unerwähnt bleiben, dass die Kameraden doch noch etwas zustande brachten.«

Anders legt eine dramatische Pause ein.

»Fünf Hinrichtungen.«

Mit triumphierendem Lächeln betrachtet er, welche Wirkung seine Worte auf Arvi haben.

Hauptsächlich natürlich Russen, erklärt Arvi, aber sie hätten auch einen Schlosser erledigen müssen, der für die Polizei gespitzelt habe. Eines Nachts habe man ihn zu einem kurzen Verhör abgeholt. Am nächsten Morgen sei er in einer Blutlache aufgefunden worden mit vier Kugeln im Leib.

Anders richtet einen vielsagenden Blick auf Arvi.

»So ergeht es einem, der zu viel ausplaudert. Verdammt hart, was?«

Arvi schüttelt ungläubig den Kopf, aber Anders beteuert, die volle Wahrheit gesagt zu haben und es auch beweisen zu können.

»So«, sagt Arvi. »Jetzt müssten wir dann die Pferde in den Stall zurückbringen.«

Arvis Einstellung bringt Anders allmählich ernsthaft in Rage. Hier werde jetzt nichts nirgendwo hingebracht. Wie es aussehe, sei Arvi ein finnischer Trottel und wisse von nichts. Sei ihm wenigstens bewusst, dass innerhalb der letzten Monate mehr als 200 seiner Landsleute nach Deutschland gegangen seien, wo sie die beste Militärausbildung der Welt erhielten, um danach Finnland aus dem Klauen Russlands zu befreien?

Ja, der finnische Trottel hat davon reden hören.

»Lasst uns zurückgehen«, bittet Paul.

Anders sieht ihn spöttisch an.

»Konzentrier du dich darauf, die Vogelscheiße von den Eiern zu kratzen, während ich hier unseren ungläubigen Thomas ein bisschen aufkläre. Der Stalltrampel scheint nämlich keine Ahnung davon zu haben, was in seinem geliebten Vaterland derzeit geschieht.«

Entschlossen klettert Anders auf die Mauer und setzt sich dort aufs Moos. Ob der Stalltrottel überhaupt begreife, dass sie, Anders und der hoffnungslose Eierkaiser hier, ihre Schwedenärsche nicht den deutschen Torpedos hingehalten hätten und auch nicht in diese gottverlassene Gegend gekommen seien, um auf irgendwelchen verdammten Kiefern herumzuklettern? Die Wahrheit sei nämlich, dass man sie geschickt habe, um Wege zu erkunden, auf denen man Männer von Finnland nach Schweden und von dort weiter nach Deutschland schleusen könne.

»Ja, ja, ganz bestimmt.«

Mit wachsendem Unmut krault Ariv Natalias Mähne. Ihm ist klar, dass der Rotschopf sich die komischen Geschichten nur ausdenkt, um in Arvis Augen besser dazustehen. Aber warum nur? Der Junge gehört doch der Herrschaft an, während Arvi bloß ein Stallknecht ist. Und offenbar hat der Junge nicht die geringste Absicht, mit seinem Unsinn zum Ende zu kommen.

Im Gegenteil. Je unwilliger seine Schilderung aufgenommen wird, desto mehr Wind scheint er in die Segel zu bekommen.

Vielleicht ist er schlicht und einfach nicht richtig im Kopf?

Anders erzählt, das Wichtigste der ihnen anvertrauten Aufgabe sei die genaue Beobachtung des Postschiffes aus Gävle bei der Ankunft in Rauma gewesen: Wie viele Zöllner nahmen es in Empfang, waren Gendarmen und Soldaten zu sehen? Gab es Kontrollpunkte, und was wurde an den Kontrollpunkten gemacht? Über alle Beobachtungen werden sie Herman Gummerus Bericht erstatten.

»Nicht wahr, Paul?«

Paul hat die Hände in die Hüften gestemmt und ihm den Rücken zugekehrt. Er grollt und sagt kein Wort.

»Auf der Rückreise fahren wir dann um den Bottnischen Meerbusen herum. Mal sehen, was in Tornio und Haaparanta los ist.«

»Jetzt halt endlich das Maul!«, kreischt Paul.

Anders springt von der Mauer und legt Paul brüderlich den Arm um die Schulter.

»Mensch, was ist schon dabei, wenn ich dem Burschen erzähle, dass du noch was anderes kannst als nur winseln?«

»Leck mich am Arsch.«

»Na, na.« Anders verwuschelt Paul die braunen Locken. »In Wahrheit liebst du mich doch, nicht wahr?«

Paul reißt sich los und stiefelt in Richtung Herrenhaus davon. Arvi nimmt das Pferd am Zaum und führt es hinter Paul her. Anders bleibt zurück. Er wägt die verschiedenen Möglichkeiten ab, rennt aber schließlich den anderen beiden nach. Er versetzt Paul einen kameradschaftlichen Stoß.

»Was ist denn los, altes Haus?«

»Essenszeit«, erwidert Paul.

»Ach.«

»Tante Nadine wird böse, wenn man nicht rechtzeitig da ist.«

Anders beschleunigt seine Schritte und fährt sich durchs Haar.

»Dann sind wir eben rechtzeitig da, zum Donnerwetter.«

Als sie zum Herrenhaus zurückkehren, sehen sie die Dienstmädchen die Teppiche aus der Gesindestube zusammenrollen und auf eine Karre legen. Anders sieht ihrer Arbeit in der drückenden Hitze genau zu. Er will wissen, wo sie die Teppiche waschen werden.

Arvi ist nicht überrascht, als die beiden Jungen nach dem Essen an der Stalltür auftauchen. Anders schlägt einen weiteren Ausflug in die Natur vor, diesmal ans Meeresufer. Ein bisschen Schwimmen werde bei diesem Wetter guttun. Und falls Paul keine Lust habe, ins Wasser zu gehen, könne er ja so lange die Flöhe im Brackwasser untersuchen.

Auf dem Weg zum Ufer fasst Paul tatsächlich Begeisterung und erkundigt sich bei Arvi nach den Tier- und Pflanzenarten des Schärenmeeres, nach dem Algenbestand und den Laichzeiten der Fische, und dies alles in einer Terminologie, von der Arvi noch nie etwas gehört hat. Er vermag nicht zu antworten, doch Paul gibt die Antworten selbst: Die Salinität sei im Finnischen Meerbusen wesentlich stärker zurückgegangen als in den westlichen und südlichen Bereichen der Ostsee. Darum gebe es hier eine völlig andere und in vieler Hinsicht einzigartige Flora und Fauna.

Anders versichert Paul, er werde sehr bald schon reichlich Flora und Fauna zu Gesicht bekommen. Dabei wirft er einen verschwörerischen Blick auf Arvi.

Arvi schämt sich fürchterlich.

Sobald sie die Stimmen der Mädchen hören, möchte er am liebsten umkehren. Mädchen beim Schwimmen zu belauern gehört zu den Streichen von kleinen Jungen. Er selbst hat auch im Farn gelegen und nach Frauen und Mädchen Ausschau gehalten, die nach der Sauna zum Schwimmen in den Fluss rannten, aber damals war er höchstens zehn.

Von einem zum Ufer hin abfallenden, mit Fichten bestandenen Hügel aus sieht man die frischgewaschenen Teppiche in kräftigen Farben über den Geländern des Waschstegs hängen. Blaugrün schimmert das Meer unter perlweißen Wolken. Man sieht keine Mädchen im Wasser, aber man hört Schreie und Gelächter. Arvi vermutet, dass die Mädchen in der sandigen Bucht jenseits des Felsens baden. Paul ist kreidebleich geworden, er sagt, sie müssten sich schleunigst entfernen.

»Im Gegenteil. Wir müssen näher heran. Auf Witterungsdistanz«, sagt Anders.

Er stellt sich dem fliehenden Paul in den Weg. Pauls Brille fällt ins Heidekraut. Er bückt sich, um sie aufzuheben, und wirft kurzsichtige Blicke auf Arvi, der nicht mehr weiß, was er tun oder sagen soll. Anders legt Paul väterlich die Hand auf die Schulter und senkt die Stimme.

»Mit der Witterung von diesem Geruch hat unser Eierkaiser wohl noch keine Erfahrung, wie?«

Paul schüttelt den Kopf. Anders verspricht ihm, das werde sich bald ändern. Paul will es nicht, auf keinen Fall. Anders findet, ein Mann müsse das wollen. Er schubst den widerspenstigen Jungen auf den Felshang zu. Paul stolpert über die Wurzeln. Anders ist beängstigend ausdruckslos geworden und seltsam gebieterisch. Ratlos folgt Arvi den beiden. Wegen des Weidengestrüpps muss man sich dem Ufer auf einem Umweg nähern.

Seltsam unbeteiligt schaut Arvi auf den schlaksigen Jungen, dessen Arme und Beine dünn wie Eisenstangen sind. Trotzdem hat Anders genügend Kraft, um Paul den Arm auf den Rücken zu drehen und ihm im Polizeigriff vor sich her zu führen.

Dann sehen sie die Mädchen. Heiter und ausgelassen haben sich die Wäscherinnen auf einem Uferfelsen versammelt. Paul nimmt die Brille ab, damit er nichts sieht. Anders setzt sie ihm mit Gewalt wieder auf. Paul reißt sich los, aber Anders fängt ihn ein und holt ihn zurück. Arvi würde Paul gern erlösen, er bringt jedoch kein Wort heraus. Die Meeresbucht ist nicht mehr spiegelklar, ein kleiner Wind sorgt für blaugrüne Wellen. Einige Mädchen sind bereits halb angezogen, zwei aber noch immer ganz und gar ohne Kleider. Eine beugt sich nach vorne und ordnet mit gespreizten Fingern ihre langen, herabhängenden Haare. Die Mädchen bemerken die Jungen nicht. Anders geht hinter einem Stein in die Hocke und zieht Paul zu sich herunter. Leicht keuchend lehnt er sich mit dem Rücken an den Stein.

»Verflixt, sie waren schon schwimmen«, sagt Anders.

Arvi breitet die Arme aus. Er weiß nicht, worauf Anders hinauswill.

»Eigentlich sollte diese Operation keine sonderliche Genialität verlangen. Wenn wir uns nicht beeilen, entkommen sie uns.«

»Entkommen?«

»Genau.«

Anders schnippt mit den Fingern und klatscht sich auf die blanken Waden. Er denkt angestrengt nach.

Paul ist in die Hocke gegangen und untersucht das beim Handgemenge verbogene Brillengestell. Arvi überlegt, wie lächerlich sie in genau diesem Augenblick aussehen müssen. Drei Idioten, die hinter einem Felsen hocken. Was bildet sich Anders eigentlich ein? Hält er sich für einen Jäger, der auf gefährliches Wild lauert? Arvi hofft nur, dass die fröhlich plaudernden Mädchen möglichst bald ihre Kleider anhaben.

Eine ruft nun auch einer anderen zu, sie solle sich beeilen. Die Antwort kommt aus einiger Entfernung und vom Wasser her. Sofort leuchten Anders' Augen auf.

»He, eine schwimmt noch!«

Er steht auf und schaut aufs Meer. Grinsend zieht er Paul hoch und beteuert, jetzt werde es lustig. Unverwandt starrt er unter den Augenbrauen hervor und atmet schwer.

Als er kurz darauf mit Paul im Schlepptau aus dem Wald tritt und auf den Uferfelsen zugeht, passiert genau das, was Arvi vorhergesehen hat. Die Mädchen fangen an zu schreien und zu kreischen, sie befehlen den Jungen wegzugehen, während sie hastig die letzten Kleidungsstücke anziehen oder vor sich halten. Da sich die Jungen nicht verscheuchen lassen, fangen die Mädchen an, abwechselnd zu kichern, zu fluchen und zu schimpfen. Aber noch bevor die Jungen es geschafft haben, ihnen nahe zu kommen, laufen sie bereits davon. Anders geht zielstrebig auf das einzige Kleiderbündel zu, das auf dem Felsen zurückgeblieben ist, hebt es auf und drückt es Arvi in die Arme.

»Die eine kriegen wir.«

Perplex steht Arvi mit dem Bündel da. Er kennt die Kleider

gut. Anders macht eine Kopfbewegung zu einer Kiefer, die am Ufer steht, und befiehlt Arvi, die Kleider nach oben zu bringen, und zwar weit genug hinauf.

»Für so ein Eichhörnchen wie dich sollte das ja ein Kinderspiel sein, nicht?«

Für einen Moment will Arvi daran glauben, dass der Junge aus Stockholm schlicht und einfach einen kindischen Streich spielen will.

»Nur kleine Kinder tun so etwas.«

Anders fixiert Arvi herausfordernd mit gereizter Miene.

»Wir sind keine Hosenscheißer, und wir spielen auch keinen Streich.«

Arvi will dem Blick des Jungen nicht begegnen, er schaut aufs Meer. Man sieht den Kopf des Mädchens im Wasser, etwa 40 Meter entfernt. Arvi wirft die Kleider auf den Felsen und dreht sich um.

»Jetzt gehen wir«, ruft er.

»Du gehst nirgendwo hin«, widerspricht Anders im Befehlston, und etwas an seiner Stimme jagt Arvi einen kalten Schauer über den Rücken, obwohl es heiß ist. Er erstarrt auf der Stelle. Auch wenn Arvi sich noch so sehr bemüht, einen aufsässigen Eindruck zu machen, spürt er, wie sein Gesicht zu einer sklavenhaften Grimasse gefriert.

Anders hebt einen langen Ast auf, schlingt zuerst den blauen Rock herum und bindet dann die weiße Bluse mit den Ärmeln daran fest. Mit dem Ast zielt er auf den Baum. Zu Arvis Verblüffung gelingt bereits der erste Wurfversuch. Saidas Rock und Bluse hängen nun so hoch, dass man vom Boden aus nicht herankommt. Die weiße Unterhose mit den langen Beinen liegt noch immer vor Anders' Füßen auf dem Felsen. Der Junge stellt einen Fuß darauf.

»Die muss sie sich verdienen.«

Anders raunt das so leise, dass sich Arvi nicht sicher ist, ob er richtig gehört hat.

Mit gleichmäßigen Zügen schwimmt Saida auf das Ufer zu. Sie hat die Jungen schon von Weitem gesehen. Natürlich hat sie sie gesehen. Aber erst jetzt ruft sie ihnen auf Finnisch etwas zu, inmitten der Wellen und vom Schwimmen außer Atem, sie befiehlt ihnen, sich aus dem Staub zu machen, und zwar ein bisschen plötzlich.

»Was hat sie gesagt?«

»Sie will, dass wir gehen.«

»Hat sie denn schön darum gebeten?«

Arvi zuckt mit den Schultern. Anders befiehlt ihm zu antworten, sie würden nirgendwohin gehen. Im Gegenteil, sie müsse herkommen, wenn sie ihre Kleider wiederhaben wolle.

»Sie kann Schwedisch. Ich tu das nicht. Am besten, wir verschwinden jetzt in Frieden. Ich gehe jedenfalls.«

»Ich auch«, piepst Paul.

Anders ist mit einem Satz vor Arvi, packt ihn am Arm.

»Wie soll das Mädchen seine Kleider bekommen, wenn der Meisterkletterer sich aus dem Staub macht?«

Saida spürt bereits Boden unter den Füßen. Sie geht im Uferwasser in die Hocke, die Hände bedecken die Brüste.

»Hört ihr nicht? Arvi?«

Saida redet noch immer Finnisch.

»Suchst du die hier?«

Anders schwenkt die Unterhose mit einem Stock. Man sieht den Abdruck seiner Schuhsohle auf dem Stoff. Saida antwortet nicht.

»Dann kommt schön brav her und hol sie dir!«

Anders nimmt die Hose in die Hand. Als nichts passiert, reißt er einen Knopf ab und schnippt ihn mit dem Zeigefinger zu dem im Wasser kauernden Mädchen.

Dann den zweiten.

Und den dritten.

Plitsch, plitsch, plitsch.

Arvi hat sich abgewandt, doch zu spät. Sein Atem ist bereits blockiert, und der Schweiß läuft.

»Arvi?«

Das Mädchen wirft ihm einen Blick zu und wägt noch eine Weile die verschiedenen Möglichkeiten ab. Dann richtet sie sich plötzlich zu ihrer gesamten beeindruckenden Körpergröße auf und marschiert in soldatischer Haltung ans Ufer. Sie marschiert über den Sand zum Felsen, geradewegs auf Anders zu und sieht ihm dabei unablässig in die Augen, bis sie unmittelbar vor ihm stehen bleibt. Da steht sie dann, nackt und nass, und berührt den Jungen fast. Sie hat Gänsehaut, aber sie steht regungslos, aufrecht und mit erhobenem Kopf da, die Füße parallel, die Hände mit den geballten Fäusten fest an die Seiten gedrückt.

Anders tritt einen Schritt zurück, und die Unterhose fällt ihm aus der Hand. Das Mädchen schenkt dem Kleidungsstück keine Beachtung.

»Und? Was willst du?«

Sie spricht jetzt Schwedisch, aber Anders antwortet nicht. Saida wartet eine Zeit lang. Als keine Antwort kommt, wiederholt sie die Frage. In Arvis Bauch rumort es, und es presst ihm das Herz zusammen, unwiderstehlich zieht ihn die Erde an. Lediglich aus Pauls Mund dringt ein schwaches Wimmern. Saida schenkt weder Paul noch Arvi die geringste Beachtung. Sie starrt Anders ins erbleichte Gesicht und wartet auf eine Antwort.

Der Junge atmet schwer und kann sich nicht mehr behaupten. Er geht in die Hocke, als habe ihn ein Schlag getroffen, und so kauert er auf dem Felsen, die Hände zwischen den Beinen und den Kopf auf den Knien, um zu verbergen, was mit ihm los ist.

Saida hat keine Ahnung, warum der Junge vor ihr zusammengesunken ist. Erstaunt, aber bemüht, mit allen Gesten möglichst stolze Verachtung auszudrücken, wendet sie sich ab und geht nackt auf den Weg zu, der zum Herrenhaus führt.

»Warte, Saida!«

Arvi hat sich von der Übelkeit so weit erholt, dass er fähig ist, auf den Baum zu klettern, wo Saidas Kleider hängen. Mit zitternden Fingern gelingt es ihm, das Bündel zu lösen und vom Baum fallen zu lassen.

»Saida. Warte!«

Ohne sich umzudrehen geht sie weiter. Anders starrt nun bereits mit offener Panik auf den sich entfernenden Rücken. Er befiehlt Arvi, das Mädchen aufzuhalten. Hat sie vor, ohne Kleider davonzugehen?

»Ist die plemplem? Völlig geisteskrank?«

Sein Schrei entwischt ihm panisch ins Falsett.

»Halt sie endlich auf, verflucht! He, Mädchen, nimm deine Hose mit!«

Anders sieht bereits vor seinem inneren Auge, wie das Mädchen in seiner empörenden Nacktheit im Englischen Park vor die verdutzten Augen der sich an Kamillentee und Marmormuffins labenden Herrschaften und deren Gäste tritt. Anders wendet sich ab und rennt los. Er verschwindet im Schutz des Waldes.

Sakari, 31

Tampere – Vartsala, August 1915

Eigentlich hätte der Zwischenfall am Ufer nach dem Teppichwaschen bloß eine Sommerepisode bleiben müssen, woran die Beteiligten sich bisweilen leicht geniert erinnern.

So etwas kommt eben vor, zumal wenn man jung ist und die Körper so viele Geheimnisse und Überraschungen bergen. Wie könnte man allen Demütigungen an dieser Front vollkommen aus dem Weg gehen, wenn man leben will? Man muss sie einfach still ertragen, durchatmen und weitergehen.

Oder abends der Schwester etwas davon ins Ohr flüstern und gemeinsam mit ihr die Scham hinwegkichern, so wie Saida es tut.

Anders Holm jedoch hat so eine Schwester nicht und auch keinen Bruder. Er erträgt es nicht, vor dem Dorftrampel und dem hochmütigen finnischen Bauernmädchen das Gesicht verloren zu haben. Absolut nicht. Er gleicht der Wespe, die gegen die Fensterscheibe geprallt ist und Stunde um Stunde mit vor Zorn wirrem Kopf dagegen anrennt. Bis ihm schließlich einfällt, wie er Rache üben kann: indem er seine Version der Ereignisse in Umlauf bringt.

Die Dienstmädchen des Herrenhauses, die sich dafür schämen, Saida so feige im Stich gelassen zu haben, erzählen das Gerücht eifrig weiter, welches besagt, die Harjula-Tochter sei aus eigenem Willen am Ufer geblieben, um mit den schwedischen Jungen ihre Spielchen zu treiben, was sie dann ja auch aus vollem Herzen getan habe.

Es ist klar, dass sich solche Reden nicht auf das Herrenhaus beschränken, sondern schnell auch den Leuten in Vartsala zu Ohren kommen. Und so müssen Emma und Herman Harjula zu ihrer großen Bestürzung hören, dass ihre älteste Tochter sich auf fatale Weise entehrt hat. Herman Harjula bringt diese Mitteilung fast um den Verstand. Nicht von ungefähr hat er sich jahrelang vor der Kraft des Bluterbes gefürchtet, das seine Kinder von der Verwandtschaft mütterlicherseits her belastet. Und trotz aller beflissener Erziehungsbemühungen hat er mit dessen Ausbruch gerechnet. Hätte er von Anfang an gewusst, dass Gärtner Malmberg eine Tochter hat, die in Helsinki hurt, hätte er niemals um Emmas Hand angehalten.

Ein ums andere Mal fordert Herman nun in seinen Gebeten eine Antwort auf die Frage, warum der Herr ihn nicht gewarnt, sondern ihm im Gegenteil das Herrenhaus Joensuu und die groß gewachsenen Töchter des Gärtners gezeigt hat, in deren Stammbaum eine so unbändige Brunst nistet. Wie konnte der gütige Gott im Himmel, dem er stets so gehorsam gewesen war, es zulassen, dass sich derartiges Blut mit dem Blut der Harjulas vermischte?

Emma, deren Haare innerhalb einer Nacht ergrauen, ist nicht bereit zu glauben, Saida hätte freiwillig etwas so Schreckliches getan, wie die Gerüchte es behaupten. Ihre schmerzliche Schlussfolgerung lautet, dass ihr teures, auserwähltes Sonntagskind mit Gewalt geschändet worden sein muss.

Beide Varianten sind in gleicher Weise unerträglich, zu schwer, um das Mädchen, das darüber kein Wort verloren hat, selbst danach zu fragen. Saidas Fähigkeit, ihre Gefühle vollständig zu verbergen, weckt sogar in ihrem Vater eine gewisse, von Wut und Angst durchsetzte Achtung. Und so schweigen die niedergeschlagenen Eltern und warten voller Grauen ab, ob das, was geschehen ist, Folgen gezeitigt hat.

Per Brief gelangt die Geschichte auch nach Tampere. Eine Woche lang versucht Sakari zu deuten, was seine Mutter meint mit ihrer Anspielung auf ein unschönes Gerücht, welches über Saida Harjula in Umlauf sei und in einer bestimmten Weise mit den männlichen Besuchern des Herrenhauses sowie einem bestimmten Teppichwaschtag zu tun habe. Die Unruhe hindert ihn am Schlaf und bringt ihn schließlich so weit, dass er im Steinbruch kündigt und in sein Heimatdorf zurückkehrt.

Einst fuhr Sakari nach Tampere, weil er dort gebraucht wurde. Jetzt sitzt er wieder im Zug, auf dem Weg von Tampere nach Hause. Soll Joel doch tun und lassen, was er will. Ihm kann Sakari eindeutig nicht mehr helfen. Mit zunehmender Gesundheit ist Joels Unverbesserlichkeit immer deutlicher geworden. Tatsächlich hat er beschlossen, anstelle des übergewichtig gewordenen Direktors Aarno seine 59 Kilo in die enge Kanzel des Flugzeugs zu zwängen.

Irrsinnig, findet Sakari, aber von ihm nicht zu verhindern.

Joel muss schlicht und einfach in die Luft aufsteigen, um jeden Preis, und er will nicht wissen, wie er wieder herunterkommt.

Der Dritte-Klasse-Waggon gerät ins Schwanken, der Pappkoffer schaukelt im Gepäcknetz hin und her. Sakari versucht an nichts zu denken, doch es gelingt ihm nicht.

Nächste Station Lempäälä.

Dann Viiala.

Umsteigen in Toijala.

Bahnstation Urjala.

Es nieselt, und der seitliche Wind weht den grauen Qualm aus der Lokomotive über die ebenen Felder, die von den Bauern mit Zweiergespannen gepflügt werden. Ab und zu fliegt ein Funkenschwarm neben dem Waggon hoch, und der Qualm der Birkenscheite, die in den Heizkessel geworfen werden, dringt durch irgendwelche Ritzen ins Wageninnere.

Sakari geht aufs Klosett, um noch einmal den Brief von seiner Mutter zu lesen. Die ausweichenden Sätze sind inzwischen nicht geradliniger geworden, doch ebenso wenig ist die darin versteckte schmerzliche Neuigkeit verschwunden. Das Klosett riecht nach Urin, und durch das Loch sieht man die Bahnschwellen hinweghuschen. Die eiserne Schiene kreischt. Das Fenster ist bemalt worden, damit man nicht hindurchsehen kann. Nur am oberen Rand hat man einen Streifen freigelassen, in dem sich die Welt von rechts nach links bewegt. Die Landschaft, der Wald und der blasse Himmel, der sich darüber wölbt, kommen Sakari tückisch und feindlich vor.

Hat diese Rückreise auch nur einen Funken Sinn? Ein Mann mit Familie sollte in solchen Zeiten keine einigermaßen sichere Arbeit aufgeben und in ein Dorf zurückkehren, über dessen Sägewerk das Gerücht geht, es werde womöglich sehr bald schon unter den Hammer kommen. Vielleicht hat er in seiner quälenden Sehnsucht die unbestimmten Sätze seiner Mutter falsch verstanden? Vielleicht ist er grundlos unruhig geworden. Dem Mädchen fehlt gar nichts. Und wenn doch, was geht es Sakari an? Am besten, er wirft den Brief durchs Loch auf die Gleise, wo die Räder ihn zerfetzen, und kehrt mit dem nächsten Zug nach Tampere zurück.

Als der Zug in Loimaa steht, geht Sakari in der Bahnhofscafeteria eine Tasse bitteren Kaffee trinken. Die Lokomotive bekommt inzwischen Wasser, und wenig später geht es stampfend weiter durch die ebenen Felder von Mellilä. Sakari versucht sich Saida aus dem Kopf zu schlagen und sich stattdessen Zuversicht in Sachen Broterwerb einzuimpfen: Ein Vater sollte bei seinen Kindern sein. Und etwas wird sich schon ergeben. Sofern man nicht wählerisch ist. Man muss nehmen, was kommt, sei es auf einem Hof oder in der Gemeinde.

Sein Blick folgt den gerade erst gepflügten, jetzt schon regennassen, lehmigen Ackerfurchen. Hässlich und traurig. Jemand zieht mit dem Spaten einen kilometerlangen Graben. Wird das auch sein Schicksal sein? Allein im Graben die Schaufel schwingen für den Hungerlohn von einem Bauern?

Der Zug endet in Turku, von wo aus Sakari mit einem anderen Zug nach Salo weiterfährt. Dann muss er noch mit dem Pappkoffer unterm Arm zu Fuß die schlammige Straße entlangstapfen, bis er vor seiner Haustür steht. Dort kommt ein Mädchen mit Zöpfen herausgewirbelt und jauchzt vor Freude. Sobald er Teklas weichen Kinderkörper spürt und ihren Geruch einatmet, bricht Sakari in Tränen aus. Viki starrt ihn von der offenen Tür aus verblüfft an. Sakari zieht das Taschentuch hervor und trocknet sich die Augen, bevor er seinem Sohn die Hand gibt.

Nachdem er die Mitbringsel verteilt und bei Fischsuppe mit seiner Mutter die frischesten Neuigkeiten ausgetauscht hat, verlässt Sakari erneut das Haus. Er geht zum Verladehof des Sägewerks, tritt mit dem Stiefel auf die Rinden, die auf dem Boden eine geschlossene Decke gebildet haben, und atmet den Geruch von Borke und Tang ein. Die heimischen Gerüche, nach denen er sich in der fremden Stadt so sehr gesehnt hat, erfüllen ihn jetzt jedoch nicht mit Ruhe. Sie sind nichts als feuchte Luft, von der einem nichts auf der Hand bleibt. Nicht einmal der durch und durch vertraute Arbeitsplatz bietet Ansatzpunkte, mit deren Hilfe man die Welt wieder in Position hebeln könnte wie einen Baumstamm, der quer auf dem Stapel gelandet ist. Was stocherte er da mit der Fußspitze in der Kiefernrinde, als hätte die ihm klare Antworten zu geben?

Sakari stapft zur Hochburg-Kaserne, wo die Geschwister Vuorio wohnen. Esteri ist nicht zu Hause, aber Sakari weiß, dass Kustaa, der auf der offenen Veranda eine Zigarette pafft, ihm auch erzählen kann, was zu erzählen ist. Dieser sträubt sich zunächst. Wer zum Teufel könne schon schlau werden aus den Meldungen von Esteris Nachrichtenbüro? Jeder wisse doch, dass sie zur Hälfte Scheiße enthielten.

Ach ja?

Ja, genau.

Sakari erkennt an Kustaas ausweichendem Blick, dass das, was Saida angeblich geschehen ist, zum Allerschlimmsten zählt. Der große Kopf dreht sich zum Meer, als Kustaa schließlich mühsam die Einzelheiten, die er von seiner Schwester gehört hat, wiedergibt. Ein Rauchkringel schwebt über seiner Mütze. Sakari betrachtet den unförmigen Schädel und merkt, dass er Kustaa Vuorios Kopfbedeckung bestaunt wie ein bedeutsames Rätsel: Wo zum Teufel hat der Kerl die Mütze her?

Was man sicher weiß, ist, dass die schwedischen Jungen, die im Herrenhaus zu Besuch waren, im Juli am Ufer des Guts aufgetaucht waren, als die Dienstmädchen dort gerade die Teppichwäsche beendet hatten, und dass Saida aus irgendeinem Grund nach dem Abmarsch der anderen Mädchen allein am Ufer zurückgeblieben war. Die Mädchen hatten gedacht, sie käme gleich nach, aber sie kam nicht. Schließlich kehrte eines der Mädchen zurück und sah Saida splitternackt auf dem Weg stehen. Einer der Jungen hielt ihr die Kleider hin.

»Hm … Und dann?«

Es ist ein später Abend im August, die Nachtfalter flattern um die Karbidlampe herum. Kustaa starrt auf das Licht und seufzt.

»Aber … äh … als die Dienstmädchen später die getrockneten Teppiche holten, lagen auf dem Uferfelsen noch die … na ja … die Unaussprechlichen von einer Frau, und alle Knöpfe waren abgerissen.«

»Tatsächlich?«

»Ja, und dann hat einer von den verdammten Arschlöchern und schwedischen Scheißkerlen auch noch im ganzen Dorf damit geprahlt …«

Kustaa schluckt, er gerät ins Stocken. Sakari hat die Fäuste geballt, es fällt ihm schwer zu atmen.

»So was wird also geredet.«

»Natürlich glaubt kein vernünftiger Mensch daran«, ächzt Kustaa. »Mit Gewalt ist es passiert. Wenn es passiert ist. Osku Venho und die Mätikkä-Burschen wollten im Suff schon hingehen und dem jungen Hahn das Gemächt abschneiden, aber dann haben sie es doch nicht getan. Außerdem dürften die Scheißkerle um die Zeit schon auf dem Rückweg nach Schweden gewesen sein.«

»Wie … geht es … Saida denn jetzt?«

Kustaa dreht sich um, schüttelt den Kopf. Man kennt sie ja, die Saida. Äußerlich sieht man ihr nichts an. Sie geht immer noch mit erhobenem Kopf. Wie die Königin von Saba. Als wäre nichts gewesen. Aber ihr Vater hat das Saufen angefangen. Der arme Herman. Wer hätte das von dem geglaubt? Und seine Bibel hat er ins Meer geschmissen, in die Halikko-Bucht. Die Kinder haben sie dann herausgeangelt.

In der folgenden Nacht verschafft sich Sakari einen kühlen Kopf. Er weiß, was zu tun ist und dass es ruhigen Sinnes getan werden muss. Noch schafft er es nicht, sich die Angelegenheit so vorzustellen, wie sie passiert ist. Er begreift jedoch, dass er sie innerlich in allen Einzelheiten durchgehen muss, und zwar so oft, dass der Schmerz, der Zorn und das Gefühl der Hilflosigkeit ob der unmöglichen Rache allmählich verblassen und schließlich so dünn werden, dass sie an die Ränder des Bewusstseins treiben.

Erst als er alles so gründlich durchdacht hat, dass es vollkommen gewichtslos geworden ist, kann er tun, was er tun muss. Dann dürfen ihn keine sinnlosen Rachegedanken mehr beherrschen und das Geschehnis darf nicht mehr seinen ganzen Kopf ausfüllen. Er muss fähig sein, nie, niemals mit irgendjemandem darüber zu sprechen. Und natürlich muss er in der Lage sein, ruhig zu bleiben, auch wenn die Angelegenheit zu gegebener Zeit natürliche Folgen haben sollte.

Ja, erst wenn er Gewissheit über seine innere Ruhe erlangt hat, kann Sakari es wagen, um Saida Harjulas Hand anzuhalten.

Saida, 19

Vartsala, Oktober 1915

Es blendet. Die niedrige Oktobersonne scheint Saida direkt ins Gesicht. Sie legt die Hand als Schirm über die Augen, um nicht blinzeln zu müssen. Sakari tritt neben sie, Saida drückt sich an seine Hüfte. Die Hochzeitstorte ist angeschnitten, nun ist der richtige Moment, sich den ungeladenen Gästen, die sich vor dem Haus herumtreiben, zu zeigen.

Sakari verteilt Zigaretten an die auswärtigen Waldarbeiter, und Saida bietet den umherlaufenden Kindern Bonbons an. Sie hat das dezente, zurückhaltende Lächeln der frischgetrauten Braut mehrmals vor dem Spiegel geübt, glaubt aber, so verrückt vor Glück, wie sie sich fühlt, so breit zu grinsen wie ein Pferd, sodass man ihre Zähne und sicher auch das Zahnfleisch sieht.

Sobald die Blechdose mit Bonbons leer ist, verlieren die Kinder das Interesse an dem Brautpaar und jagen sich wieder gegenseitig. Auch die Männer, die ihren Rausch vertuschen, begeben sich wieder in ihre eigene Runde und rauchen.

Saida wirft einen Blick auf Sakari, der sich ebenfalls eine ansteckt. Sein Anzug ist ein Modell aus Amerika, vom Bruder Viki aus New York geschickt. Saida findet, dass Sakari darin erschütternd gut aussieht. Sie möchte nicht wieder zu den geladenen Gästen im Genossenschaftshaus zurück und zieht ihn mit sanfter Gewalt in eine Ecke der Terrasse.

»Es juckt mich im Nacken. Ist da ein Knopf auf?«

»Ich sehe nichts.«

Saida hat ihrem Mann den Rücken zugewandt, sie spürt seinen Atem auf der Wange. Sakari riecht nach Seife, Schneiderei und Zigaretten.

»Du bist nicht nahe genug dran.«

Sakari steht ein bisschen hilflos und ohne Regung da. Saida dreht sich um und drängt sich fest an ihn. Mit den Lippen berührt sie seinen Hals, aber der Mann begnügt sich damit, steif ihren Rücken zu tätscheln, als beruhige er ein übermütiges Kind. Saida geniert sich. Auch dass die Unterhose, die ihre Mutter sorgfältig bestickt hat, ein bisschen feucht wird, kommt ihr unpassend vor, fast wie eine böswillige Sabotage der unermüdlichen Hochzeitsanstrengungen von Emma Harjula.

Als Saida sich von Sakari löst, fällt von dessen Zigarette Glut auf ihr Hochzeitskleid. Er schnippt sie mit dem Finger weg, doch es ist zu spät. Die Glut hat ein Loch in das helle Musselinkleid gebrannt.

»Scheiße. Entschuldigung. Hat's wehgetan?«

Saida schüttelt den Kopf. Sakaris Schreck rührt sie.

»Verdammte Scheiße aber auch. Entschuldigung. Entschuldigung.«

»Ach. Halb so schlimm. Tante Olga hat Nadel und Faden.«

»So? Na, aber trotzdem …«

Wie ein kleiner Junge, der etwas angestellt hat, drückt der Mann das Loch mit Daumen und Zeigefinger zusammen.

»Kann man das reparieren?«

»Natürlich. Ist eine Kleinigkeit.«

Das Kleid ist aus naturweißem Musselin. Irgendwann im Frühjahr fiel ihr Blick in Tante Olgas Musterheft auf das Bild einer Braut im weißen Spitzenkleid. Die Tante hatte erklärt, in besseren Kreisen bevorzuge man bei Hochzeiten neuerdings

Weiß, wie in Amerika, die Farbe der Unschuld. Von jenseits des Ozeans, aus New York, kämen jetzt alle Neuerungen, da Paris wegen des Krieges nicht mehr das Zentrum der Mode bilden könne. Der Rock des Kleides müsse breiter, aber kürzer sein, sodass man die Fesseln sehe. Was wiederum Anforderungen an die Schuhe stelle. Diese müssten höhere Schäfte haben und am besten auch weiß sein. Nur Banausen vom Land wollten noch immer im schwarzen Kleid getraut werden, ganz gleich, wie es um die Unschuld der Braut bestellt sei.

Nachdem Sakari um ihre Hand angehalten hatte, wusste Saida sofort, dass sie im weißen Kleid heiraten wollte, aber ihre Mutter war strikt dagegen.

»Aha, ich soll also wie ein Banause vom Land aussehen. Weiß ist viel schöner.«

»Genau, das ist jetzt in Mode«, pflichtete Olga bei.

»Großer Gott! Du solltest dir auch ein bisschen überlegen, was du von dir gibst, Olga!«

Das Entsetzen der Mutter kam Saida ziemlich überzogen vor.

»Muss eine Mutter immer so altmodisch sein?«

»Das frage ich mich auch.«

Olgas Ton war bissig.

»Jetzt reicht es aber, alle beide!«

Auf Emmas Wangen tauchten rote Flecken auf. Das war ein Warnsignal, das sich in letzter Zeit beängstigend oft gezeigt hatte. Ihre Nerven schienen immer mehr strapaziert zu werden. Wohl weil der Vater dauernd am Schnaps nippte. Genau, der strenge Abstinenzler Herman Harjula hatte tatsächlich angefangen zu trinken, aber Saida fand, die Mutter brauche deswegen nicht unnötig außer sich zu sein. Selten uferte das Trinken bei Herman so aus wie bei den anderen Männern. Meistens zog er sich zurück und hackte Holz oder klärte die Netze, flüchtete vor dem anklagenden Blick der Frau.

Saida fand den Vater mit einem kleinen Schwips eigentlich viel angenehmer als in seiner üblichen finsteren Strenge. Hin und wieder konnte er freilich schon mal laut und spöttisch werden, aber er richtete seine Pfeile nicht wie früher gegen Frau oder Töchter. Jetzt waren der Zustand der Welt und vor allem Gott selbst, der sein Amt so miserabel ausübte, an der Reihe.

Ja, Herman Harjula war zu dem Ergebnis gekommen, die Welt sei wegen der Verantwortungslosigkeit des Herrn verrückt geworden. Nur deshalb, weil Gott aus irgendeinem unbegreiflichen Grund aufgehört hatte, seine Aufgabe als oberster Wächter zu erfüllen, dürften sich die Christen Europas jetzt offenbar bis zum Ende der Welt ungestraft gegenseitig schänden und abschlachten wie die wilden Heiden. Vielleicht sei der Himmlische Vater alt geworden, so wie Herman selbst? Altersschwachsinn würde einiges erklären.

Solche Spottreden trieben Emma Harjula die Tränen in die Augen, aber was konnte sie gegen den Fluch des Alkohols schon ausrichten? Auf das Konto des Schnapses ging auch die Tatsache, dass der Vater so gut wie keine Einwände gegen den Bund zwischen Saida und Sakari erhoben hatte. Mit schwärmerischem Trotz hatte Saida ihrem zukünftigen Mann schon verkündet, sie sei bereit, mit ihm bis ans Ende der Welt zu fliehen, falls der Vater ihnen nicht seinen Segen gebe. Sie hatte alles geplant, bis hin zu Reisekleidern und Tasche. Sakari hörte sich die Einzelheiten der Flucht etwas verlegen an, ächzte aber schließlich und meinte, Herman werde ihnen schon die Heiratserlaubnis geben. So wie es zu Saidas großem Erstaunen auch sofort der Fall war.

»Halleluja!«, rief Herman mit nach oben gestreckten Armen aus, nachdem Sakari sein Anliegen vorgetragen hatte. »Unerforschlich sind die Wege des Herrn. Wahrlich, Halleluja!«

Emma brach in Tränen aus.

»Du solltest dich zusammenreißen. Musst du sogar in so einem Moment noch lästern?«

»Ich lästere nicht. Im Gegenteil, ich danke dem Herrn. Und seit wann hat die Frau Mama etwas gegen das Halleluja? Wenn ich seinerzeit alle Hallelujas und alles andere dazugehörige Gebrüll für mich behalten hätte, hätten wir gar kein Mädchen, das gefreit werden kann.«

Da Saida sich nun im großen Spiegel in der Eingangshalle des Genossenschaftshauses betrachtet, wie sie neben Sakari in seinem dunklen Anzug steht, ist sie zufrieden damit, hartnäckig an der hellen Farbe für das Hochzeitskleid festgehalten zu haben. Sie sehen beide sehr elegant aus, sehr modern. Auch Saidas Schuhe sind weiß.

Sie hat sie in einem Schuhgeschäft in Turku im Regal stehen sehen und war sofort begeistert, zögerte aber, sie auch nur anzufassen, denn sie waren ziemlich teuer, und Sakari hatte darauf bestanden, sie zu bezahlen. Der Verkäufer, ein junger Mann mit Pickeln im Gesicht, brachte Saida dazu, die Schuhe anzuprobieren, indem er ein ums andere Mal sagte, deren Elfenbeinnuance harmoniere mit Saidas schönem Teint. Er erzählte, die Schuhe seien das Allerneueste, der letzte Schrei, die Erfüllung der Träume einer jeden modernen Frau, eine elegante Kombination aus Leder und Kunstleder.

Während sich Saida noch immer zierte, brummte Sakari, das Paar werde eingepackt. Saida war selig, aber die Freude dauerte nicht lange. Während der gesamten Eisenbahnfahrt von Turku nach Halikko saß der Mann nahezu totenstill neben ihr. Anfangs schenkte Saida dem Benehmen keine sonderliche Beachtung, denn er war schon immer einer von der stillen Sorte gewesen.

Sie lehnte sich an seine warme, nach Rauch riechende Schulter, schloss die Augen, hörte dem gleichmäßig schlagenden Takt des Zuges zu und schwelgte innerlich in den Freiheiten, die sich Sakari in der Ecke des fast leeren Waggons gern nehmen dürfte, wenn es nach ihr ginge. Sie stellte sich vor, wie er sie auf den Hals küsste, heimlich ihre Brüste berührte und schließlich die Hand unter den Rock schob. Ihre Scham wurde feucht, und sie drückte sich noch fester an den Mann, aber nichts geschah. Allmählich wurde sie sauer. Verflixt noch mal, ihr Bräutigam hatte viel zu viel Respekt vor ihr! Es war ärgerlich, geradezu himmelschreiend, dass er auch jetzt nicht auf die Idee kam, die Situation auszunützen. Kurz spielte Saida mit dem Gedanken, ihre Enttäuschung laut auszusprechen. Sakari brauchte wirklich nicht so verdammt zurückhaltend zu sein, so furchtbar ärgerlich anständig, er durfte es nicht! Immerhin waren sie verlobt, zum Donnerwetter.

Sie öffnete die Augen und bemerkte Sakaris finsteren, geradezu wütenden Gesichtsausdruck. Nun versuchte sie verschiedene Gesprächsthemen anzuschneiden, aber als Antwort kam immer nur ein Brummen. Plötzlich war sich Saida sicher, dass Sakari den Kauf der teuren Schuhe schwer bereute und seine Braut für ein dummes, flatterhaftes Ding hielt, weil sie sich in so schlechten Zeiten zu einem so leichtfertigen Kauf verleiten ließ. Aber er hatte doch selbst darauf bestanden! Tränen des Selbstmitleids stiegen Saida in die Augen.

»Ich fahre mit dem nächsten Zug zurück und trage die verdammten Schuhe wieder in den Laden. Bestimmt lässt sich der Kauf rückgängig machen, weil sie ja noch unbenutzt sind.«

Sakari schaute sie mit gerunzelter Stirn an.

»Wenn jemand in den Laden zurückgeht, dann ich. Um dem geifernden Bengel aufs Maul zu hauen.«

Saida begann zu dämmern, dass Sakari wegen der Schmeicheleien des Verkäufers vor Wut kochte. Besonders zornig geworden war er wegen dessen Art, Saidas Füße zu betatschen.

Die überraschend entflammte Eifersucht des Mannes erstaunte Saida. Erregte sie aber auch. Sie zog seinen Kopf zu sich heran und küsste ihn heftig auf den Mund. Kurz erwiderte er den Kuss, stieß sie dann aber seufzend auf ihren Platz zurück. Wieder einmal war es Saidas Los, sich für ihre Unbeherrschtheit zu schämen.

»Darf ich die junge Liebe mal kurz stören? Ich hätte mit dem Bräutigam etwas unter vier Augen zu besprechen …«

Joel steht hinter ihnen, eine Hand tätschelt vielsagend die Brusttasche.

»Kommt der junge Gatte kurz mit raus?«

Sakari zeigt Joel beschämt das Loch, das seine Zigarette in Saidas Kleid gebrannt hat.

»Verflucht, wenn man so ein Trottel ist.«

»Sprühen bei euch schon so heiße Funken, dass die Braut fast in Flammen aufgeht?«

Sakari wirft Joel einen bösen Blick zu.

»Zum Glück kann's die Tante flicken.«

Saida streicht ihrem Mann über die Wange.

»Die Olga, ja. Bleib nicht zu lange weg. So ein kleines Loch zu flicken, dauert nicht lang.«

Saida huscht in den Festsaal. Ihre Mutter und Tante Olga sind nicht zu sehen. Am Fenstertisch zieht Herman mit beiden Händen sein Gesicht in die Länge, um den anderen Männern am Tisch anschaulich zu machen, was Kampfgas mit der Visage eines Menschen anstellt. In Ypern seien die Franzosen angeblich reihenweise dem gelben Gas der Deutschen zum Opfer gefallen. Innerhalb weniger Minuten werde das Gesicht schwarz, man huste Blut und sterbe.

»Klar, da zerreißt es dir die Lunge wie einen Reisigzaun im Sturm. Versuch damit mal zu atmen.«

Osku Venho merkt an, er habe von einem Trick gehört. Wenn man aufs Taschentuch pinkle und es dann vors Gesicht halte, beschädige das Gas die Lunge nicht. Manch ein Soldat habe auf diese Weise seine Haut gerettet.

Verwalter Sundberg weigert sich zu glauben, dass Offiziere so etwas täten. Ein Gentleman sterbe lieber, als sich auf die Ebene von Tieren hinabzubegeben.

»Ach ja? Hat der Herr Verwalter denn schon mal ein Tier aufs Taschentuch pissen sehen?«, fragt Osku nach.

Die Männer schwitzen in ihren dunklen Anzügen. Kinder rennen umher, manche kriechen auch unter den Tischen herum, die Taschen vollgestopft mit Plätzchen. Esteri Vuorio, die mit dem Rücken zur Tür am Frauentisch sitzt, bemerkt das Hereinkommen der Braut nicht. Sie spricht mit gesenkter Stimme davon, dass der Pastor dem Brautpaar keine Bibel gegeben habe.

»Aus gutem Grund, wie man sehr wohl weiß.«

Verlegen erblickt Naima Lindroos Saida hinter Esteri stehen.

»Genau, die Pfarrer sind nicht bereit, Bibeln ins Haus der Arbeiterschaft zu tragen. Wenn sich ein Paar nicht in der Kirche trauen lassen will, muss es die Bibel selbst im Pfarrhaus abholen.«

Esteri quittiert die Erklärung mit einem düsteren Lachen.

»Was für einen Nutzen sollte das Buch auch haben? Was getan ist, kann man nicht mehr ungeschehen machen.«

Saidas Wangen glühen.

»Was meinst du damit, Tante?«

Esteri dreht sich erschrocken um. Sie bekommt kein vernünftiges Wort aus dem Mund. Die ganze auffällige Verlegenheit der Tischgesellschaft irritiert Saida. Sie wiederholt ihre Frage. Im selben Moment wird sie von jemandem um die eigene Achse gedreht.

»Großer Gott!«

Olga bückt sich, um das Kleid in Augenschein zu nehmen. Sie hat vor dem Haus Sakari gesehen, und der hat ihr von dem Missgeschick erzählt.

»Das muss sofort gestopft werden.«

»Wer kann schon im Rockschoß Feuer tragen, ohne dass ihm das Kleid verbrennt«, murmelt Esteri.

Die Mutter steht neben Olga, feuerrot im Gesicht.

»Meine Güte! Das müsst ihr schnell stopfen gehen. Man darf sich gar nicht vorstellen, was alles hätte passieren können!«

Olga zerrt Saida hinter sich her ins Hinterzimmer. Zornig bringt sie das Nähzeug zum Vorschein. Ihre wulstigen Hände zittern so sehr, dass es ihr nicht gelingen will, den Faden durchs Nadelöhr zu bringen.

»Keine gute Idee, sich an einen zu drängen, der in der Hand eine brennende Zigarette hält.«

Saida mustert die Tante forschend, aber auch mit wachsendem Ärger. Am Benehmen von Tante Olga, von Mutter und den anderen Frauen kann man ablesen, dass sie sehr wohl wissen, was Esteri mit ihrer böswilligen Bemerkung gemeint hat.

Saida verlangt eine Erklärung, aber Olga schnaubt bloß.

»Such bloß nicht nach Ausflüchten. Du weißt es selbst am besten.«

Saida gerät derart in Wut, dass sie der bärbeißigen Dicken am liebsten einen Stoß versetzt hätte. Und nicht nur einen Schubs, sondern einen richtigen Hieb.

»Du glaubst also, Tante, dass Sakari und ich beisammen gewesen sind, bevor der Pfarrer sein Amen gesprochen hat? Und alle anderen glauben es auch? Weil Esteri Vuorio es sagt. Ist sie vielleicht selbst dabei gewesen und hat Hilfestellung geleistet?«

Olga antwortet nicht. Sie atmet heftig, wie in der Umklammerung einer unsichtbaren Kraft.

»Jetzt erinnere ich mich wieder. Esteri Vuorio war dabei«, ruft Saida, fast platzend vor Wut. »Genau, so war es.«

Olga wirft Nadel und Fadenrolle auf den Tisch.

»Halt den Mund! Als hätten wir nicht schon genug am Hals.«

»Ach, ihr? Da verbreitet so eine missgünstige alte Jungfer ihre Geschichten, und ihr glaubt jedes Wort. Oder ist die Tante böse, weil sie die Taille etwas rauslassen musste? Ja, das war auch Sakaris Schuld. Und meine. Wer sagt denn ständig, dass man all die Leckereien essen soll, die einem immerzu aufgedrängt werden. Aber muss man daraus gleich schließen, dass ich … ein Brötchen im Ofen habe?«

»Hör auf, um Himmels willen!«

Saida knirscht mit den Zähnen.

»Eines kann ich dir sagen: Wenn es nach mir ginge, hätten wir längst gebumst! Und zwar mehr als einmal.«

Olga starrt sie ratlos an. Verblüfft erkennt Saida, dass die Augen der Tante in Tränen schwimmen. Und sofort tut ihr die Arme leid. Es ist falsch und undankbar, an einem solchen Tag zornig auf Olga zu sein, die sich so viel Mühe gemacht hat, dass alles klappt, und die außerdem selbst eine alte Jungfer ist. Und was spielt es letzten Endes für eine Rolle, wenn die Leute glauben, sie und Sakari hätten sich einen kleinen Vorschuss auf die ehelichen Freuden genommen? Das tun schließlich die meisten, und auch Saida hätte es gern getan. Wenn sie ehrlich ist. Solche Anspielungen gehören wohl bei jeder Hochzeit dazu.

»Entschuldigung, Tante. Ich ärgere mich bloß über solche Reden, weil sie nicht stimmen.«

Saida schlingt die Arme um Olga, und sogleich fängt die Tante an Saidas Schulter an zu schluchzen.

»Das weiß ich doch. Alle wissen es.«

Erneut erbebt Olgas kolossaler Körper von einem Schluchzen. Sie löst sich von dem Mädchen und zieht ein Taschentuch hervor. Saida starrt sie an und versteht nun überhaupt nicht mehr, was los ist.

»Was ist es denn dann …? Kannst du jetzt endlich aufhören zu heulen und es mir erklären?«

Olga schnäuzt sich die Nase und nimmt wieder Nadel und Faden in die Hand.

»Wofür werden wir nur bestraft? Als hätten wir wegen Betty nicht schon genug Verdruss und Kummer.«

»Ja, ich weiß, was Tante Betty dort in Helsinki treibt. Aber was hat das mit mir und Sakari zu tun?«

Olga schaut sie mit roten Augen an.

»Alle wissen doch, was am Ufer passiert ist.«

»An welchem Ufer?«

Wieder fängt die Tante an zu weinen und verbirgt ihr Gesicht in den Händen.

Saida lacht ungläubig.

»Beim Teppichwaschen? War das denn so schrecklich? Die blöden Bengel haben sich mit meinen Kleidern einen Scherz erlaubt wie kleine Lausejungen. Hätte ich denn im Wasser bleiben und vor Kälte schlottern sollen? Viele Möglichkeiten gab es nicht.«

In dem Moment geht die Tür auf, und Emma kommt herein. Sie macht den Mund auf, um etwas zu sagen, schließt ihn aber sofort wieder, als sie das vom Weinen gerötete Gesicht ihrer Schwester sieht. Mit einer verzweifelten Grimasse erstarrt sie im Türrahmen. Erschüttert von der Ahnung, die sie beschleicht, blickt Saida abwechselnd auf ihre Mutter und ihre Tante.

»Was glaubt ihr, was da am Ufer passiert ist?«

Die Frauen sind mucksmäuschenstill.

»Glaubt ihr … glaubt ihr, ich …? Auch du, Mama?«

Olga drückt sich das Taschentuch auf die Augen.

»Großer Gott, das kann nicht euer Ernst sein!«

»Na, Esteri hat es erzählt … und dann auch viele andere.« Saida stampft vor Wut mit dem Fuß auf.

»Ach. Esteri und viele andere. Aber es ist euch nicht eingefallen, mich zu fragen?«

»Wir haben nicht gefragt, weil …«

»Wir haben uns nicht getraut …«

»Natürlich nicht. Und Arvi hatte auch keine Lust, mit seiner Heldentat zu prahlen.«

Die Frauen sehen einander verdutzt an.

»War Arvi dabei?«

»Ja, aber mit dem Hosenscheißer war nichts anzufangen. Ich musste den schwedischen Kasper selbst zur Schnecke machen.«

»Der Kasper …«

Die Mutter hält sich die Hand vor den Mund, noch voller Unglauben, dass ihnen allen doch noch auf so unfassbare Weise Barmherzigkeit widerfährt.

Aber nein, genau in diesem Augenblick wird Saida deutlich, das Anders Holm tatsächlich kein Kasper ist. Sie hat den Jungen auf fatale Weise falsch eingeschätzt. Während Olga und Emma nun die Hoffnung nähren, all die Wochen umsonst gelitten zu haben, fängt Saidas Albtraum jetzt erst an. Sie hat nicht begriffen, was man im Dorf und sicher auch im Herrenhaus über die Ereignisse jenes Waschtages im Juli denkt.

Kalt vor Verachtung hatte Saida sich eingebildet, die Lage am Ufer zu beherrschen, aber so war es nicht gewesen. Zumindest das Resultat hatte sie nicht unter Kontrolle behalten, das Bild, das sich aus dem Gerede im Dorf ergab.

Dem hochnäsigen schwedischen Rotschopf war es also doch gelungen, sie zu schlagen. Anders Holm hatte sich auf die schlimmste Art an seiner Demütigerin gerächt: indem er mit seiner grausamen Lüge den Menschen, die Saida am nächsten standen, das Leben schwer machte, der Mutter und dem armen Vater und ganz bestimmt auch Oma und Opa. Und was hatte Sakari von all dem gehalten?

Saida schnürt es die Kehle zusammen. Es ist unerträglich, den Gedanken zu Ende zu führen, aber sie muss es tun. Vor allem anderen richtet sich ihr Sinn auf die große und edle, aber ebenso unverzeihliche Tat, die der anständige Sägewerkarbeiter Sakari Salin offenbar aus purem Mitleid, aus Scham und aus dem Zwang, sich aufzuopfern, begangen hat.

Die Braut verlässt das Hinterzimmer, ohne ein weiteres Wort zu sagen. Sie ergreift die Säume ihres Hochzeitskleids und marschiert ohne einen Blick nach rechts oder links durch den Festsaal, zur Tür hinaus ins Freie. Sakari steht etwas weiter weg an einer Eiche und lässt Wasser, er hat den anderen den Rücken zugekehrt. Joel sitzt mit zwei Männern auf dem Brunnendeckel, sie trinken aus der Flasche, die von einem zum anderen geht, und plaudern ausgelassen, Unanständiges vermutlich. Als Saida näher kommt, verstummen sie. Auch Sakari hat seine Braut bemerkt. Seine Lippen formen eine Frage, die Saida nicht versteht, so wie sie auch die verblüfften Bemerkungen der anderen Männer nicht hört.

Ohne das Marschtempo zu drosseln, ergreift Saida Sakaris Hand und zieht ihn mit sich über das ausgelaugte Gras zum Obstgarten. Dort, unter den nahezu blattlosen Apfelbäumen, bleibt sie stehen. Sakari wendet den Blick ab, aber Saida nimmt seinen Kopf zwischen beide Hände und zwingt ihn, ihr in die Augen zu schauen.

»Warum hast du mich geheiratet?«

Sakari, 32

Dezember 1915

Am Thomastag ist Sakaris Maß voll. Nachdem er Viki und Tekla zu seiner Mutter gebracht hat, damit sie bei der Weihnachtsbäckerei helfen, geht er zu Osku Venho und kauft ihm eine Flasche Selbstgebrannten ab. Seit der Hochzeit hat er keinen Tropfen getrunken, aber das hat nichts genützt. Saida ist offenbar nicht bereit, ihm jemals zu verzeihen. Das Schlimmste ist, dass Sakari nicht recht weiß, wofür er um Verzeihung bitten soll.

Saida kümmert sich vorbildlich um Haushalt und Kinder und behandelt auch Sakari der Form nach einwandfrei. Aber es besteht kein Zweifel daran, dass sie ihren Ehemann unversöhnlich hasst und verachtet.

Wenn er von der Arbeit kommt, bleibt Sakari bisweilen vor der Tür stehen und lauscht auf Saidas Lachen, wenn sie ihre Späße mit den Kindern macht. Und wenn er dann still im Flur der Mietskaserne steht, ist er sich schmerzlich bewusst, dass seine Frau sofort ernst sein wird, wenn er die Wohnung betritt.

Ja, die gemeinsamen Stunden des Tages sind quälend schwer, doch die Nächte die reine Hölle. In dem schmalen, ausziehbaren Bett liegen die beiden ganz dicht beieinander. Körperkontakt ist nicht zu vermeiden, auch wenn Sakari sich noch so sehr um Rücksicht bemüht und sich an den Bretterrand des Bettes drückt. Saida erstarrt bei jeder zufälligen Berührung zur Regungslosigkeit. Ihr langer Rücken strahlt gegenüber dem schmachtenden Mann nichts als Ablehnung aus.

Am Thomastag wurde vereinbart, dass die Kinder über Nacht bei den Großeltern bleiben. Sakari vermutet, seine Mutter habe das vorgeschlagen, damit das junge Paar endlich einmal Zeit für sich habe. Sakari glaubt, genau dies nicht einen Moment ertragen zu können.

Von Osku geht er zum Haus der Arbeiter, wo im Fenster des Büfettraums Licht brennt. Drinnen sitzt niemand außer Kustaa, der vor seiner Schwester geflohen ist und die Zeitung liest.

Er sitzt in einem Liegestuhl, der einst von einem Schiff auf den Müll der Werft geworfen wurde. Das Gestell war gebrochen und der Stoff eingerissen, aber Kustaa rettete und reparierte ihn und machte ihn zum Regiestuhl. Im Lauf der Jahre hat sich der verblasste, geflickte Markisenstoff verzogen und den wulstigen Formen von Kustaas Körper angepasst.

»Bist du mit deiner Frau noch nicht in Turku gewesen, um die bewegten Bilder anzuschauen?«, fragt er über die Zeitung hinweg.

»Nein, noch nicht.«

»Ich war letzte Woche im Scala. Da lief so ein Lustspiel mit dem Titel ›Charlies Besäufnis‹. Läuft anscheinend immer noch. Lustiger Kerl, da in der Hauptrolle: Charlie Chaplin.«

Sakari gießt Kustaa etwas in die Blechtasse. Er selbst trinkt aus der Flasche.

»Und dieses Schauspiel hier heißt ›Sakari Salins Besäufnis‹. Am Thomastag, so wie es sich für einen Mann gehört. Bloß ist das alles andere als ein Lustspiel.«

»Nun komm schon …! Im Alhambra läuft ›Die Erfindung

des Teufels‹, ein Kriminalschauspiel. Frauen gefällt das vielleicht nicht so. Aber hier, ein Schwank, ›Wie ein junger Mann zu seinem Mädchen findet‹. Das wird Saida bestimmt …«

»Saida hasst mich.«

»Hä?«

Kustaa blickt völlig verdutzt auf.

»Sie wird mir nie verzeihen«, sagt Sakari.

»Was denn?«

Kustaa setzt die Brille ab und reibt sie an seinem Hemd.

»Ich weiß es nicht«, sagt Sakari.

»Ist es noch immer das böse Gerücht …?«

»Aber eines weiß ich. Es wird keine Gnade geben.«

»Das war doch alles dummes Zeug …«

Sakari nickt. Er gibt zu: Wer würde nicht bis tief ins Herz gekränkt sein von so einer gemeinen Lüge, aber dass man anscheinend nie darüber hinwegkommt …

»Warum muss ein Mensch aber auch eine so teuflische Schwester haben«, sagt Kustaa. Seine tiefe Stimme zittert leicht.

»Wenn es Esteri nicht getan hätte, dann hätte eben jemand anders die Geschichten herumerzählt. Wo sie schon einmal im Umlauf waren.«

Gerüchte sind Gerüchte. Es gibt immer welche, das versteht auch Saida, aber was sie nicht versteht, ist, dass alle, der eigene Bräutigam eingeschlossen, solch ein dummes Gerede als die Wahrheit schlucken.

Kustaa nickt und steht auf, um Scheite im Herd nachzulegen.

»Jedenfalls durften wir uns schön was anhören. Und das geschah uns auch ganz recht. Ich muss schon sagen, in dem Mädchen steckt so viel Mumm wie in einem ganzen Haus oder einem kompletten Dorf.«

Er schließt die Ofenklappe und lässt sich wieder auf seinen Stuhl fallen.

Stimmt, denkt Sakari irgendwie stolz. Wie sehr gekränkt sich Saida fühlte, ist niemandem verborgen geblieben.

Der Hochzeitsempfang hatte damit geendet, dass die nach außen hin beherrschte Braut gegenüber den Festgästen ihre tiefe Enttäuschung zum Ausdruck brachte – über den erbärmlichen Tratsch, dem das gesamte Dorf verfallen sei. Und vor allem darüber, dass sich niemand die Mühe gemacht habe, bei der einzigen Person, die die Wahrheit kannte, einmal nachzufragen.

Für was für eine Hure hielt man sie eigentlich?

Na? Für was für eine?!

Will keiner antworten?

Alle im Saal schwiegen betreten. Nur Herman Harjula rief Halleluja. Und ja, Sakari schämte sich für seine Blödheit so sehr, dass er am liebsten seinen Schädel gegen die nächste Wand geschlagen hätte, so wie er es auch jetzt noch tun möchte.

Doch im selben Augenblick, in dem er seinen fatalen Irrtum erkannte, hätte er vor Freude und Erleichterung auch zerspringen mögen. Den schwedischen Ärschen war es also doch nicht gelungen, das wunderbare Mädchen zu besudeln. Aus ebendiesem Grund ging Sakari auch davon aus, dass seine Frau, wenn sie erst eine Zeit lang darüber nachgedacht hätte, verstehen würde, durch welche Hölle ihr Mann wochenlang ihretwegen gegangen war. Und dann würde sie ihn begnadigen.

Aber nein. Kein Wort in diese Richtung.

Natürlich hatte Saida in einer Hinsicht recht: Sakari hätte das sensible Thema vor dem Heiratsantrag zur Sprache bringen müssen, aber allein der Gedanke an ein solches Gespräch war ihm unmöglich erschienen. Nur ein Tyrann der schlimmsten Sorte hätte das arme Mädchen, von dem alle glaubten, ihm sei das Schlimmstmögliche widerfahren, ins Verhör genommen. Aber offenbar war für Saida gerade das Schweigen des

Bräutigams das Schlimmste gewesen. Ein Mann, der einen so schwachen Charakter bewies, verdiente nichts anderes, als bis ins Grab verachtet zu werden.

»Jetzt übertreibst du aber.«

Sakari breitet hilflos die Arme aus, schließt und öffnet die großen Fäuste.

»Ich hab alles versucht. Hab sie bedient und getan, was sie gesagt hat, aber nein. Da bleibt einem nichts übrig, als im eigenen Zuhause an den Wänden entlangzugehen und auf den nächsten Morgen zu warten, wenn man wieder Hundert-Kilo-Lasten auf der Schulter zum Stapel tragen darf. Der schwerste Teil des Tages fängt erst an, wenn die Arbeit zu Ende ist.«

Sakari lässt sich Schnaps in die Kehle laufen. Kustaa dreht verlegen die Blechtasse zwischen den Händen, er leidet unter einem Schuldgefühl ob seines eigenen Anteils an der Misere, aber dann bricht er zu Sakaris Verblüffung in unbändiges Gelächter aus.

»Was ist daran so witzig, verdammt?«

»Na, weil … weil eben …«

Die Bauchkugel unter dem abgewetzten Hemd vibriert im Takt des Lachens.

»Hör endlich mit dem Gewieher auf!«

Kustaa bemüht sich, seinen Lachanfall unter Kontrolle zu halten.

»Nein, mir ist gerade eingefallen, dass wir hier sitzen und uns über der Widerspenstigen Zähmung Gedanken machen. In gewissem Sinn schon lustig.«

Sakari hebt die Augenbrauen.

Schließlich gelingt es Kustaa zu erzählen, wie Saida Anfang des Sommers die hitzige italienische Jungfrau in dem gleichnamigen Schauspiel hier in diesem Haus, im Raum nebenan, darstellte. Und sie spielte sie gut. Eine stürmischere Widerspenstige konnte man sich gar nicht vorstellen. Sogar der kleine Taisto, der auf dem Schoß von Naima Lindroos saß, fürchtete sich so sehr, dass er in voller Lautstärke anfing zu heulen. Als er gar nicht mehr aufhören wollte, wandte sich schließlich Osku Venho, der den Petruccio spielte, an das Publikum und zwinkerte Taisto zu.

»Osku sagte zu dem krähenden Kerlchen, brauchst nicht plärren, das ist alles nicht wahr.«

»Schon, aber das jetzt ist wahr. So verflucht wahr, wie es nur geht.«

Kustaa wird ernst. Sakari findet die Geschichte nicht komisch. Natürlich nicht. Aber andererseits findet Kustaa etwas an der ganzen Angelegenheit äußerst seltsam. Saida kann, wenn nötig, ein ziemlich scharfzüngiges Frauenzimmer sein, aber Kustaa hat die Erfahrung gemacht, dass sie sich auch schnell wieder beruhigt und im Innersten sowieso eine warmherzige Person ist.

»Sie wird mich eben bloß abstoßend finden«, sagt Sakari. »Und wahrscheinlich auch zu alt.«

Diese Erklärung klingt für Kustaa nicht überzeugend. Warum hätte das Mädchen in die Heirat einwilligen sollen, wenn sie so denkt?

Ja, warum? Das frage er sich selbst oft, sagt Sakari. Das schönste Mädchen im Dorf. Sie hätte jeden haben können, und zwar überall, hat sich aber mit so einem Klotz zufriedengegeben.

Na, na, beschwichtigt Kustaa gereizt. Ein Mann, der wegen seiner Hässlichkeit womöglich niemals seine Jungfräulichkeit loswerden wird, hat wahrlich keine Lust, sich anzuhören, wie ein anderer Mann, und auch noch ein so gut aussehender Kerl wie Sakari, sich selbst herabsetzt. Wenn Sakari sich für eine so schlechte Partie hält, warum hat er sich dann überhaupt getraut, um das Mädchen zu werben? Hat er vielleicht geglaubt, Saida habe sich sozusagen in Unkraut verwandelt?

»Pass auf, was du sagst, du …!«

»Na, immerhin hat sie sich in eine verwandelt, um die die meisten Bewerber einen weiten Bogen machten.«

Sakari gibt zu, dass es in gewisser Weise so gewesen ist. Unter anderen Umständen hätte er es nie gewagt, sich dem Mädchen zu nähern. Er hatte ja kaum den Mut gehabt hinzugucken.

»Hast du aus Mitleid um sie angehalten?«

»Nein, zum Donnerwetter!«

Sakari regt sich über Kustaas beleidigende Deutung auf. Der Kerl vermengt alles derart, dass einem die Galle hochkommt. Eine Frau wie Saida heiratet man nicht aus Mitleid. Selbstverständlich war sie in Sakaris Augen keinen Deut weniger begehrenswert geworden, ganz gleich was ihr passiert sein mochte. Es war bloß unerträglich, sich vorzustellen, wie schlimm man sie womöglich verletzt hatte. Womöglich war sie wie in Stücke zerbrochen, die ganze anmutige Person. Man musste sie einfach schnell in Sicherheit bringen, damit sie wieder heil wurde. Das war Sakaris einziger Gedanke gewesen. Saida musste vor den Bestien gerettet werden. Niemand durfte ihr mehr etwas Böses tun. Dafür wollte er vor allem anderen sorgen. Für sich selbst stellte er keinerlei Forderungen. Wie auch? Er war vollkommen darauf eingestellt, dass Saida vielleicht nie mehr einen Mann an sich heranlassen würde.

So in der Art.

Aber im Nachhinein sieht das alles natürlich blöde aus. Nur ein Dummkopf, der nie gelernt hatte, den Mund im richtigen Moment aufzumachen, konnte so kindisch denken.

Kustaa klopft auf die Tischkante. Schließlich fragt er, ob Sakari dies alles auch seiner Frau erklärt habe.

»Das versteht man doch auch ohne Erklärung.«

Sakari ist vollkommen davon überzeugt, dass ein Herumstochern in seinen guten Absichten die Niederlage erst komplett machen würde.

Kustaa schüttelt den Kopf. Er verschränkt die Arme über seinem fetten Bauch und fängt an ruhig zu Sakari zu sprechen, beinahe wie ein Pfarrer. Der Schein der Öllampe reflektiert in seinen Brillengläsern, während er seine Lebensweisheit teilt. So etwas kann nur einer tun, dessen Schicksal für immer und ewig darin besteht, von außen dem Reigen der anderen zuzusehen.

Zunächst einmal sei Sakari eventuell überrascht zu hören, was ihm, Kustaa, an Sakaris Frau aufgefallen sei. Ob es den ständigen Herabsetzungen ihres Vaters Herman zuzuschreiben sei oder nicht, jedenfalls sehe sich Saida ganz und gar nicht als die wundersame Frauensperson, als die Sakari sie gerade beschrieben habe. Wie alle wüssten, habe das Mädchen bei Bedarf durchaus einiges an Stolz und Sturheit zu bieten, aber davon dürfe man sich nicht täuschen lassen. Kustaa würde sich kein bisschen wundern, wenn das Mädchen glaubte, Sakari habe sie lediglich aus Mitleid geheiratet.

»Und könnte man eine Frau denn noch mehr kränken? Oder überhaupt einen Menschen?«, fragt Kustaa. »Und am schlimmsten ist es natürlich, wenn der gekränkte Mensch sich zutiefst zu der fraglichen Person hingezogen fühlt.«

›Dürfe man sich nicht täuschen lassen‹, ›fragliche Person‹ … Wo nimmt Kustaa solche Wörter und Sätze her? Wahrscheinlich aus den Büchern.

»Glaub's mir halt. Sie macht sich nichts aus mir.«

»Hat aber deinen Antrag angenommen?«

»Damit sie ihrem Vater aus den Augen kam. Oder so ähnlich. Woher soll ich das wissen.«

Wie nebenbei erwähnt Kustaa, dass Saida, als Sakari in Tampere gewesen sei, mehrmals seinen Namen erwähnt habe. Ohne dass es einen Anlass dazu gegeben hätte.

Die Flasche hält vor Sakaris Lippen inne.

»Wann denn?«

»Als wir das Theaterstück machten. *Der Widerspenstigen Zähmung*.«

»Das ist nicht wahr!« Sakari erhebt sich schwankend und rüttelt Kustaa an den herabhängenden Schultern. »Verdammt, das gibt's nicht. Sagst du die Wahrheit?«

»Mindestens drei, vier Mal«, lügt Kustaa mit großen braunen Augen.

Saida gießt gerade Kerzen, als Sakari zur Tür hereingestampft kommt. Im warmen Zimmer schwebt der Duft der Kerzenmasse, die im Wasserbad schmilzt. Saida steht am Herd, lässt doppelt gefaltete Wattedochte in den Topf sinken und zieht sie wieder heraus.

»Das riecht aber gut.«

»Honigwachs. Hab ich von Opa bekommen. Und die Töpfe durfte ich mir leihen.«

»Die sind ja riesengroß.«

»Ja. Muss auch so sein.«

Saida hängt die mit Wachsmasse ummantelten Dochte zum Abkühlen an die Wäscheleine, die sie zu diesem Zweck neben der Tür gespannt hat.

»Wie sind die denn alle hierhergeschafft worden?«

Saida antwortet nicht, sondern schickt sich an, aus einem großen Sack, der neben der Tür steht, Sand in eine Holzform zu schütten.

»Lass mich das machen.«

»Nicht nötig.«

»Na, na.«

Sakari greift nach dem Sack. Kurz drückt sein Oberschenkel gegen die Hüfte der Frau, bevor sie nachgibt und aus dem Weg geht.

»Ich hätte das schon alles geholt, wenn ich gewusst hätte … Sag dann Halt.«

»Hmm … Halt. Danke.«

Sakari zieht Jacke und Stiefel aus und setzt sich aufs ausziehbare Bett. Saida beugt sich mit der Kanne in der Hand über die Holzform, um den Sand zu befeuchten. Aus ihrem Dutt haben sich helle Strähnen gelöst. Unter der Schürze trägt sie ihr rotes Baumwollkleid. Darin ist sie, Sakaris Meinung nach, besonders schön.

»Auf die Art hab ich das noch nie gesehen.«

»So ist es bei uns immer gemacht worden.«

»Aha.«

»Oma hat es mir beigebracht.«

Der Mann trommelt mit den Fingern auf dem Tisch.

»Ja, ja.«

»So wie ihr das macht, kann ich es gar nicht.«

»Na, aber was soll's … Sieht doch gut aus.«

Neben der Holzform stehen verschiedene Gläser und Porzellantassen, die Saida der Reihe nach in die Hand nimmt und in den feuchten Sand drückt. Mit der linken Hand dreht sie die Form im Sand, während die Finger der rechten vorsichtig den Rand der Mulde verdichten. Einzelne Haare fallen ihr auf die schwitzende Stirn, sie wischt sie mit dem Arm zur Seite, bläst hin und wieder danach. Ihr Gesicht ist rot vor Hitze. Sakari findet, sie sieht ein bisschen aus wie ein kleines Mädchen, das am Ufer spielt. Er schmilzt vor Rührung nur so dahin.

»Ja, aber das werden nicht solche Kerzen, wie ihr sie gewöhnt seid.«

»Sicher nicht.«

Sakari würde am liebsten die Flasche hervorholen und einen Schluck nehmen.

»Alles andere müsste für Weihnachten eigentlich so sein wie früher. Die Mobiles und der Christbaumschmuck, die Seelia gemacht hat. Ich hab sie vom Dachboden geholt. Viki hat mir gezeigt, wo.«

»Aha … na, dann sind in der Hinsicht ja ein paar Weihnachtsvorbereitungen erspart geblieben.«

Saida wirft ihm von unten einen frostigen Blick zu, während sie sich in der Schüssel auf der Kommode die Hände wäscht, sagt aber nichts. Sie trocknet sich die Hände ab, kehrt zum Herd zurück und nimmt die Blechkanne vom Feuer, aus der sie Kerzenmasse in die Mulden gießt. Dabei trägt sie große Fausthandschuhe, die ihre Arme verletzlich dünn erscheinen lassen.

Dienstbereit schnellt Sakari hoch.

»Könnte ich nicht jetzt ein bisschen helfen?«

Keine Antwort. Saida beugt sich wieder über die Holzform und gießt behutsam Wachs in die Mulden.

Sakari nimmt ein Glas aus dem Schrank. Nach kurzem Zögern schnappt er ein zweites und stellt beide auf den Tisch. Er zieht die Flasche hervor.

»Willst du einen Schluck? Vielleicht mit Preiselbeersaft gemischt. Oder wir kochen Ersatzkaffee. Zum Thomastag …«

»Ich hab jetzt keine Zeit.«

Während sie wartet, dass die Masse breiig wird, schneidet Saida die hart gewordenen Kerzendochte auseinander. Kurz darauf steckt sie sie in die Formen.

»Jetzt darf man nicht trampeln und nicht stampfen, damit sich die Formen nicht bewegen. Sonst gibt es Falten.«

Das Getränk, das ihm durch die Kehle gelaufen ist, verstärkt Sakaris Heiterkeit.

»Nicht trampeln und nicht stampfen.«

Saida wäscht sich die Hände und setzt sich zur Überraschung ihres Mannes tatsächlich an den Tisch.

»Mit Saft, bitte.«

Sakaris Herz pocht heftig, als er aufsteht. Betont vorsichtig tappt er in die Kühlkammer, um den Saft zu holen.

»Nicht trampeln und nicht stampfen«, trällert er.

Riesige Dankbarkeit erfüllt ihn, weil Saida bereit ist, seine Dienste in Anspruch zu nehmen. Mehrmals rutschen ihm Saftflasche und Wasserkelle fast aus den vor Eifer zitternden Händen, bevor seine Frau ihr Glas vor sich stehen hat.

»Danke.«

Er setzt sich und schaut selig und besorgt zugleich zu, wie sie trinkt.

»Ist es so, wie es sein soll?«

»Ich weiß ja nicht, wie es sein soll.«

»Schmeckt es nicht gut?«

»Nein. Bloß nach Preiselbeersaft.«

Saida setzt das Glas ein zweites Mal an. Ihr Mann will überfließen vor Glück.

»Weißt du noch, wie du zum ersten Mal auf diesem Stuhl gesessen hast?«

Saida wirft ihm einen eisigen Blick zu.

»Falls du nichts dagegen hast, möchte ich nie mehr an unseren Hochzeitstag zurückdenken.«

Aber Sakari treibt es auf einmal vor Wehmut die Tränen in die Augen, und er will sich von der schroffen Antwort nicht entmutigen lassen.

»Nein, ich meine am Knutstag vor zwei Jahren. Als du mit den anderen Mädchen bei uns geklingelt und gesungen hast. Wer war da noch dabei? Zumindest die Fanny mit ihrer Geige. Die anderen Mädchen sind dann gegangen, aber du bist hiergeblieben. Hast da unter dem Bild mit dem Engel gesessen, so wie jetzt.«

»Kann schon sein, dass ich geblieben bin. Aber ist es nicht ein bisschen unbarmherzig, mich daran zu erinnern?«

»Wieso? Ich hab das Bild betrachtet und dich und mir gedacht ...«

»Das Engelbild von der verstorbenen Seelia.«

»Hä?«

»Deshalb bin ich geblieben. Weil mir die Kinder so leidtaten. Weil sie keine Mutter mehr hatten. Ich weiß nicht, was du dir eingebildet hast.«

»Wieso das Bild von Seelia?«

»So hast du es den Kindern doch gesagt. Hat Seelia es dort aufgehängt? Oder warst du es?«

»Neeiin ...«

Sakari findet, dass Saida jetzt alles unnötig durcheinanderbringt, wo er sich doch nur an den einen bestimmten Abend zurückerinnern will.

»Das Bild stammt von einem gewissen Huuskonen«, sagt er. »Der hat hier kurze Zeit gewohnt, dann hat ihn der Schlag getroffen. Und ich bekam ein eigenes Dach überm Kopf. Damals war ich noch nicht verheiratet. Ich hab dem Engel gar keine Beachtung geschenkt, weil er halt immer da war. Außer dann, als du unter ihm gesessen und so verdammt schön ausgesehen hast.«

Saida ist wegen der Worte ihres Mannes sichtlich verdutzt. Um es zu verbergen, nimmt sie einen weiteren Schluck.

»Hab ich nicht.«

»Damals hattest du auch das rote Kleid an. Aber schön wärst du auch in Lumpen. Da kommt man nicht drumrum.«

Saida fährt hoch und kehrt ihrem Mann den Rücken zu.

»So einen Unfug reden nur Betrunkene. Das hast du alles erfunden. Deine tote Frau war es, um die du getrauert und die du vermisst hast. Und du vermisst sie immer noch. Aber jeder darf vermissen, wen er will. Was geht mich das an?«

»Hä?«

»Es vergeht kein Tag, an dem du nicht auch an den Vorhängen da herumfummelst. Die Seelia aufgehängt hat.«

»Was denn? Das ist halt so eine Angewohnheit. Hab ich schon als Kind gehabt. Meine Mutter hat immer darüber gelacht. Alles durfte von mir aus so durcheinander sein, wie es wollte, aber die Schranktüren mussten immer abgesperrt sein und die Vorhänge abends zu und morgens offen. Mir ist es einerlei, wer die da vors Fenster gehängt hat.«

»Ich kümmere mich ja um den Haushalt und die Kinder der heiligen Seelia. Aber ohne blödsinniges Gequatsche, wenn ich bitten darf! Uns ist doch beiden klar, warum wir verheiratet sind.«

»Wieso? Unterstell bloß nicht anderen Leuten deine Gedanken!«

Sakari steht auf und dreht Saida herum. Ihre Augen glänzen vor Tränen.

»Von dir weiß ich's nicht, aber ich bin verrückt nach dir, solang ich mich erinnern kann«, sagt er. »Die Kinder haben damit nichts zu tun. Und der Scheißhaushalt auch nicht.«

Saida lacht bitter auf und wischt sich die Augen.

»Es ist schon klar, dass du jemanden gebraucht hast, irgendwen, der das Heiligtum deiner verstorbenen Frau hütet. Und du hast geglaubt, ein armes Mädchen, das in die Klemme geraten ist, kann es sich nicht leisten, dein Angebot auszuschlagen.«

»Was? Verdammt noch mal, so war das nicht!«

»Doch. Und ich habe meinen Teil erfüllt. Und erfülle ihn immer noch. Außer dass ich nicht weiß, wie lange noch.«

Sakari ergreift ihre Schultern und versucht ihren Blick einzufangen.

»Was meinst du damit?«

»Allmählich hab ich genug von all dem.«

»Willst du mich sitzen lassen?«

»Kann sein. Wahrscheinlich. Ich geh nach Turku und arbeite in Barkers Fabrik.«

»Als Wattemädchen? Das kannst du nicht machen.«

»Und ob ich das kann. Lass mich los!«

Saida stößt ihn heftig von sich. Sakari spürt ein Entsetzen in sich aufsteigen, wie er es noch nie erlebt hat. Er weiß nicht, was er mit seinen Händen anstellen soll.

»Wenn du mich sitzen lässt, geh ich ins Wasser.«

»Ja, bestimmt.«

Saidas Stimme klingt kalt und höhnisch.

»Ich geh auf der Stelle, wenn du deine Drohung nicht zurücknimmst.«

»Wer droht denn hier?«

»Ich nicht. Ich bring mich um, wenn du mich sitzen lässt.«

»Nur zu.«

Sakari steht mit geballten Fäusten da. Sein Blick fällt auf die Vorhänge. Mit einem Satz ist er am Fenster und reißt sie mitsamt den Stangen herunter. Er zerrt die Stoffe von den hölzernen Stangen, walkt sie und versucht sie zu zerreißen. Da es nicht gelingt, wirft er sie auf den Boden und befördert sie mit einem Tritt in die Ecke.

»Du bist verrückt, hör auf! Die Kerzen!«

Sakari erstarrt und sieht Saida mit brennenden Augen an.

»Ich hab an dich schon gedacht, als die arme Seelia noch am Leben war. Seit dem Schiffsausflug von der Wohlfahrtspflege hab ich es nicht mehr mit ihr gemacht, aber in meine eigene Faust hab ich's gemacht und dabei an dich gedacht. So verrückt war ich. Und bin ich immer noch. Obwohl du mich verabscheust. Auch das halte ich aus. Komme, was will. Ich stecke es ein. Ich ertrage alles. Außer dass du mich sitzen lässt.«

Sakari stößt Saida zur Seite und marschiert zu dem Engelsbild, reißt es vom Haken und schleudert es zu Boden. Das Glas zersplittert. Energisch dreht er sich um und geht zur Tür. Nimmt zuerst die Jacke vom Nagel, hängt sie dann aber wieder hin. So weit ist es also gekommen. Sakari Salin pfeift auf Mama und Papa, denen es das Herz zerreißen wird, er pfeift auf den tüchtigen Viki und die niedlich zwitschernde kleine Tekla. Sakari Salin braucht in diesem Leben keine Jacke mehr.

Aber die Stiefel.

Sakari weiß jetzt, was getan werden muss.

Es muss gestorben werden.

Eine andere Möglichkeit gibt es nicht mehr, weil der Schmerz unerträglich geworden ist. Er hält ihn keine Stunde länger aus. Aber ein Mann stirbt mit den Stiefeln an den Füßen. Wenn man nur wüsste, wo, verdammt noch mal, der eine steckt!

Sakari hat sich gebückt, um unter der Garderobe nach seinem Schuhwerk zu suchen, da spürt er, wie zwei Arme ihn von hinten umschlingen. Er wird gestreichelt und gedrückt, auf seine Haare und auf sein Gesicht regnet es Küsse.

»Verzeih mir. Ich hab das nicht gewusst. Ich hab es nicht verstanden. Ich bin schrecklich gewesen. Verzeih mir, Liebster!«

Saidas Stimme ist voller Not und Zärtlichkeit.

Sakari hält sie mit beiden Händen fest und schaut sie verblüfft an. Als er den Blick seiner Frau sieht, bricht er in Tränen aus.

»Nicht weinen, nicht …! Oh nein, was habe ich nur getan? Verzeih mir. Keine Tränen mehr!«

Aber das Heulen eines ausgewachsenen Mannes kann man nicht so mir nichts, dir nichts abstellen. Nicht, wenn er schon sein Leben weggegeben hat und jetzt vor Glück brüllt, weil er es wie durch ein Wunder zurückerhält. Sakari zieht Saida an sich, hält sich an ihr fest und saugt ihren Duft so tief ein, dass sie kaum noch Luft bekommt.

»Komm ins Bett«, flüstert Saida. »Lass uns ins Bett gehen. Die Kinder sind doch nicht hier. Jetzt gleich. Sofort.«

Das Weinen des Mannes bricht ab, und er kommt schnell auf die Beine. Sakari wird liebkost und begreift nichts. Gerade noch wollte er sein Leben weggeben. Er ist bereit gewesen, für das Glück dieser Frau sein sinnloses Leben auf mehrere verfluchte Weisen wegzugeben, und jetzt sagt sie, es sei gar nicht nötig.

Er dürfe neben sie kommen.

Ins Bett.

Gerade so wie Mann und Frau.

»Ich bin derjenige, der um Verzeihung bitten muss«, sagt Sakari und wischt sich die Augen. »Bestimmt habe ich unsere ganzen Kerzen verdorben.«

1917

1. Januar. Ich, Välke und Huko kamen nach Helsinki.

21. Januar. Jahresversammlung der Abteilung

22. Januar. Fing an, mir das Rauchen abzugewöhnen.

11. Februar. War mit Selma Pekka Ollinpoika und seine Alte angucken.

Am 18. Februar in Vuorela Die Värmländer *angeguckt.*

13. März. Der Kommandant der Festung Viapori verkündet die Belagerung Helsinkis.

16. März. Um 11 Uhr am Abend fing in Helsinki die Revolution an. Marinesoldaten schossen auf Offiziere.

Große Volks- oder Organisiertenversammlung vor dem Haus der Arbeiter am 18. März. 13000 Teilnehmer. Die roten Fahnen wehen.

20. März. Die Belagerung Helsinkis wurde beendet.

Am 21. März wurde im Senat das Manifest vorgetragen, und überall wehte Finnlands eigene Fahne.

22. März. Heute nahm eine neue Polizei oder Volkmiliz ihr Tun in Helsinki auf.

25. März. Der neue Senat trat heute sein Amt an. Ich war in Vuorela und sah mir Die letzte Anstrengung *in vier Akten an.*

Hörte mir Kerenski am 29. März an. Stachowitsch und Tokoi waren schon dort.

30. März. Beerdigung der Revolutionsopfer im Brunnenpark

4. April. Das Parlament versammelte sich. Als Präsident wurde Manner gewählt.

Kündigte in der Kartonfabrik am 21. April.

22. April. Ging ganz von Helsinki weg.

23. April. Ging sofort zum Fischen, als ich nach Vartsala kam.

29. April. Versammlung des ÄVV im Haus der Arbeiterschaft.

1. Mai. Maifeier und Bunter Abend des ÄVV

28. Mai. War erstmals bei der Sitzung des Lebensmittelkomitees.

1. Juni. War in Salo.

Versammlung ÄVV am 3. Juni

16. Juni. Bei Ailio, die Getreidemeldeformulare ansehen. Habe die Pächter von Immala beim Ausfüllen der Meldeformulare unterwiesen.

24. Juni. Fahrrad gekauft.

27. Juni. Sitzung des Lebensmittelkomitees

2. Juli. War im Sägewerk Meisala in Pärviik, um Lebensmittel zu holen.

8. Juli. Erster Wettbewerb um den von der Genossenschaft Halikko gestifteten Pokal. ÄVV gewann ihn.

14. Juli. War in Salo und in der Lebensmittelkanzlei. Kauften Tombolagewinne.

15. Juli. Gründungsversammlung des Ortsvereins

28. Juli. Bunter Abend der Gardeabteilug im ÄVV-Haus

30. Juli. Sitzung des Lebensmittelkomitees

4. August. War Tombolagewinne in Salo kaufen.

13. August. ÄVV-Versammlung

14. August. War bei der Gemeindeversammlung und Tombolalose kaufen.

21. August. Sitzung des Lebensmittelkomitees

22. August. In Kaninkola Zucker- und Brotmarken kontrollieren.

25. August. Vor dem Gemeindemagazin und dem Ortspolizeidirektor kein Getreide ausgegeben.

26. August. Fest der Arbeit im AVV-Haus

6. September. Sitzung des Lebensmittelkomitees

7. September. Getreide aufgenommen in Merikorpi.

9. September. Getreide aufgenommen bei der Säge.

10. September. Getreide aufgenommen in Hevosluoto.

13. September. Lebensmittelbeschlüsse aufgeschrieben.

15. September. In der Kanzlei als Vertreter von Tammivirta.

Sportwettkämpfe in Vartsala am 16. September. Drei Serien, machte einen Preis.

17. September. Brotmarken verteilt.

18. September. Brotmarken verteilt.

19. September. Sitzung des Lebensmittelkomitees.

Sakari und Saida Salin wurde am 23. September ein Junge geboren.

7. Oktober. Sitzung des Lebensmittelkomitees. Bunter Abend AVV. (Als die Rosen blühten)

11. Oktober. Getreide aufgenommen.

12. Oktober. Getreide aufgenommen.

20. Oktober. Bunter Abend der Landarbeiterschaft. Bunter Abend AVV (Einakter Die Verlobung*)*

21. Oktober. Zusammen mit Kivilä Fischen mit langer Schnur.

Am 27. Oktober stand die Säge still.

2. November. Schrieb Lebensmitteldokumente an den Senat.

4. November. Brotmarken verteilt.

5. November. Fritold Santaharju gestorben.

6. November: War in Salo einen Sarg für Fritold kaufen.

11. November: Mit dem Kind von Svea Niemi im Pfarrhaus Ängelniemi.

14. November: Lebensmittelversammlung. Der Großstreik fing an.

15. November: In Lebensmittelangelegenheiten in Rikala usw.

19. November: 2 Kühe konfisziert.

20. November: War in Salo. Die Russen nahmen den Weißen die Waffen ab.

22. November: Sind durch die Häuser von Kaninkola auf der Suche nach Waffen.

Am 24. November in Salo einen Sarg für Saima Kivilä gekauft.

25. November: Versammlung der Genossenschaft in Kaninkola.

26. November: Von Yliknaappi 2 Kühe mitgebracht. Fleisch wurde versteigert.

Am 27. November war ich Tiere aufnehmen.

8. Dezember: Schrieb Verzeichnis der Selbstversorgerhaushalte.

9. Dezember: Versammlung der Gemeindeorganisation und Volksversammlung

Sitzung des Lebensmittelkomitees am 11. Dezember.

Das Gesetz über 8 Stunden Arbeitszeit wurde 1917 verabschiedet.

Das Gesetz über die Gemeindeverwaltung wurde 1917 verabschiedet.

Arvi, 20

Vartsala, Januar 1917

Arvi lässt die Stute vor Harjulas Keller anhalten. Er geht nicht ins Haus, um seine Ankunft mitzuteilen, sondern fängt von sich aus an, die Kisten und Säcke vom Stroh zu nehmen und in den Keller zu tragen. Onkel Olov hat ihm befohlen, für die Familie seiner Tochter die Kartoffeln, Rüben und Karotten, die er auf dem eigenen Stück Land gezogen hat, auszusortieren. In der Fuhre ist auch ein kleines Päckchen rationierter Butter versteckt. Für die Rückfahrt soll das Zubehör zum Kerzengießen geladen werden, das sich Saida ausgeliehen hat.

Ein peinlicher Auftrag, aber ablehnen kann man ihn nicht.

Während Arvi mit den Kisten beschäftigt ist, sieht er aus dem Augenwinkel heraus, dass sich der Küchenvorhang leicht bewegt. Falls Tante Emma dort stehen sollte, wird sie ihm kaum zu Hilfe eilen. Sie begegnet Arvi irgendwie abweisend, seit sie gehört hat, er sei dabei gewesen, als Saida beim Teppichwaschen bedrängt wurde.

Saidas unberechenbarem Vater Herman hat man den ganzen Fall samt Konsequenzen offenbar verheimlichen können. Aber er ist ohnehin schon immer unfreundlich zu Arvi gewesen. Am schwersten fällt es Arvi jedoch, Saida unter die Augen zu treten, auch wenn sie sich schon lange so benimmt, als hätte sie den ganzen Vorfall vergessen.

Bestimmt hat sie das auch. Schließlich liegt er schon eine Weile zurück, und Saidas Gedanken drehen sich um ihre Familie und vor allem um den kleinen Usko.

Aber was nützt das alles, wenn Arvi selbst nicht vergessen kann. Jedes Mal wenn er Saida begegnet, wird das Geschehen von jenem Tag am Waschufer wieder in ihm aufgerollt. Und wenn er an Saida denkt, fällt ihm auch alles andere ein, was zuvor passiert war: das gemeinsame Verstecken mit Nora im Kasten der Brücke, der Säbel und die Stiefel von General Mannerheim, das Klettern nach den Vogeleiern in der höchsten Kiefer. Vor Arvis Augen wiederholt sich der immer gleiche Albtraum.

Abschließend sieht er jedes Mal das Gespenst der Vergangenheit ein weibliches Kleidungsstück an einem Stock schwenken. Er kann das Unrecht im Traum nicht verhindern, und nachdem er aufgewacht ist, weiß er, dass er die Schändung seiner Kindheitsfreundin auch im wirklichen Leben und im Wachzustand nicht hat verhindern können. Darum hat er das Gefühl, Saida nie mehr in die Augen sehen zu können.

Arvi stapelt die Kisten mit dem Gemüse dicht nebeneinander auf.

Der Teufel soll Anders Holm holen!

Der Teufel soll diesen Anders Holm holen, dem Nora, wie sie in ihren Briefen schreibt, inzwischen Reitstunden in Stockholm gibt.

Und der dabei angeblich ordentlich Fortschritte macht.

Der sich einen Reitanzug hat anfertigen lassen, der an eine Militäruniform erinnert. Einen höchst eindrucksvollen, wie Nora findet.

Und der veranlasst hat, dass Nora Briefe an Arvi schreibt.

Als er den ersten Brief erhielt, glaubte Arvi, das sei nur ein seltsamer Scherz, und aus der Sicht von Anders mag es das wohl auch gewesen sein, aber in den folgenden Briefen ließ Noras Ton keinen Irrtum mehr zu.

Die Sache war die: Das Herz des Mädchens, das väterlicherseits finnischer Abstammung war, hatte angefangen, kräftig für das Vaterland zu schlagen. Jeder Mann, der bereit war, für die Rettung Finnlands aus den Klauen Russlands eine Bresche zu schlagen, war in Noras Augen ein Held.

Und zwischen den Zeilen stellte sich heraus, dass nicht nur Anders Holm im Begriff war, rasch ein solcher zu werden. Anders hatte Nora zu verstehen gegeben, dass Arvi in Finnland als eine Art Kontaktmann bei der Anwerbung von Kandidaten für das Jägerbataillon tätig gewesen sei. Überdies lebte das Mädchen in dem Glauben, Arvi wolle selbst nach Deutschland zur Militärausbildung, sobald er das 18. Lebensjahr vollendet habe.

Nora bewies in ihren Briefen profunde Kenntnisse in allem, was die sogenannten Jäger betraf. Sie wusste, dass das 27. Kaiserlich-preußische Jägerbataillon, das aus finnischen Freiwilligen bestand, inzwischen eine Maschinengewehrkompanie sowie drei Gewehrkompanien umfasste. Außerdem gehörten eine Pionierkompanie und eine Feldhaubitzenabteilung dazu.

Über die Zusammensetzung der Jäger hatte sie Aufschluss erhalten, indem sie heimlich in den Papieren im Arbeitszimmer ihres Onkels Gummerus geblättert hatte. Sie berichtete jedoch, auch von Anders, mit dem sie mittlerweile regelmäßig reiten übe, etwas über die Kämpfe der Jäger erfahren zu haben.

Sie behauptete, die finnischen Jäger seien in Schlachten des Ersten Weltkriegs verwickelt worden. Man habe sie an die Bucht von Riga verlegt, an den äußersten Flügel der deutschen Ostfront, und nun verfolgte Nora angespannt die Meldungen über Verluste und Verletzte. Sie denke unablässig an die Leiden des Bataillons, unter widrigen Bedingungen, bei 25 Grad minus und miserabler Unterkunft. Sie habe geradezu ihren Nachtschlaf verloren, schrieb sie.

Unablässig, unablässig …

Ihr kamen brieflich die Tränen, als sie von den Ereignissen in Simo erzählte, am See Maaninkajärvi. Dort sei im Dezember ein junger Jägerkandidat im Feuergefecht gefallen. Nora hatte den tapferen Jüngling nicht gekannt, fand aber, er müsse als erster Heldentoter im ersten offenen Kampf zwischen Finnen und Russen nach 108 Jahren in die Annalen eingehen.

Sie mochte sich gar nicht vorstellen, wie es Arvi hätte ergehen können, wäre er einer jener jungen Männer gewesen. Ihr Tränenfluss wäre gewiss niemals versiegt, da sie Arvi doch von Kindheit an kenne.

Tränenfluss?

Beim Lesen der Briefe konnte sich Arvi nichts anderes vorstellen, als dass Nora es zwar ernst meinte, aber irgendwie verrückt geworden war. Solche Briefe zu schreiben war an sich schon seltsam, doch sie mit der Post nach Finnland zu schicken war blanke Unvernunft. Ein Wort wie Kriegszensur schien ihr vollkommen fremd zu sein. Begriff sie denn nicht, in welche Gefahr sie Arvi mit ihren Briefen brachte?

Offenbar nicht. Als Absender wurde das Karolinische Institut genannt, und zur Tarnung enthielten die Umschläge Lehrmaterial mit Schriften über Buchhaltung oder Volkswirtschaft. Nora glaubte bestimmt äußerst geschickt vorzugehen, auch indem sie als absendende Person eine geheimnisvolle Frau Leonora Holmqvist angab.

Die alten Malmbergs ließen sich mit diesem Trick freilich täuschen. Zu Arvis großer Verblüffung glaubten sie tatsächlich, der Junge wolle sich mit Hilfe schwedischer Sprachkurse weiterbilden. Sie fingen sogar an, damit ein bisschen zu prahlen. Immerhin war Arvi schon immer fleißig gewesen und hatte auch die Pferdeschule des Guts seinerzeit als Bester absolviert. Wer wusste, wie weit es ein so rühriger Junge in diesem Leben noch bringen würde?

Olga aber ließ sich nicht täuschen. Sie schnaubte provozierend spöttisch beim Blättern der Lehrbroschüren.

»Scheckgesetzgebung … Die Metallschätze Boliviens … Der internationale Postgiroverkehr … Die Genossenschaftsbewegung in Argentinien und Serbien … Ja, ja, ganz bestimmt. Ich weiß, welches die Schätze und Genossenschaftsbewegungen sind, die den Jungen interessieren, die befinden sich samt und sonders unter den Röcken von Frauenzimmern.«

Was auch den Tatsachen entsprach.

Aber musste Olga unbedingt immer alles laut aussprechen und auch noch so derb? In der Antwort auf diese Frage war Arvi mit Tante Elin absolut einer Meinung.

Olgas ordinäre Art, so unflätig wie ein Stallknecht daherzureden, ärgerte den Jungen in letzter Zeit immer mehr. Während er sich für seine Tante schämte, ließ er nur zu gern den Gedanken an Noras tollkühnes Hirngespinst von seiner verheimlichten Abstammung zu. Diese kindlichen Vermutungen griff sie nämlich in ihren Briefen erneut auf. Sie fand, Arvis stolze Opferbereitschaft sei ein starker Beweis dafür, dass er kein beliebiger armer Waisenjunge war, sondern eindeutig ein Bastard edleren Ursprungs.

Ja, Nora hatte zu ihrem Vergnügen das Aussehen und Verhalten einiger hochrangiger Personen, die im Herrenhaus zu Besuch gewesen waren, studiert. Und in der Tat hatte sie an Arvis Wesen gewisse hochinteressante Gemeinsamkeiten mit einem bestimmten Geschlecht entdeckt, dessen Namen sie aus Gründen des Taktgefühls vorläufig noch nicht zu Papier bringen wollte.

Wesen?

Arvi wollte nicht glauben, was er da las. Bis zum Eintreffen von Noras Briefen hatte er kaum zu träumen gewagt, dass ein Mädchen ihm auch nur die geringste Beachtung schenken könnte, geschweige denn ein »Wesen« in ihm erkannte. Dass eine junge Frau wie Nora dies tat, war ein reines Wunder. Sie dachte an ihn also nicht als der Junge, der General Mannerheim auf die Stiefel gekotzt hatte, sondern als Mann von edler Abstammung, der nur auf die Gelegenheit lauerte, sein Leben für das Vaterland herzugeben.

Ihm kam in den Sinn, dass Noras Briefe in gewisser Weise das Märchen wahr werden ließen, in dem das schöne Mädchen einen Frosch zum Prinzen küsste. Es war ein Wunder geschehen, und den Zauberstab hatte ein Hexenmeister namens Anders Holm geschwungen.

Arvi öffnete die Säcke und leerte ihren Inhalt in die Verschläge. Ja, man muss zugeben, dass der Frosch ein Frosch geblieben wäre, wenn nicht der unausstehliche Anders Holm das bezaubernde Mädchen mit Lügen überschüttet hätte. Wahrscheinlich hatte er das zum Teil nur getan, um sich auf Arvis Kosten einen Scherz zu erlauben, andererseits aber auch, um seine eigene Glaubwürdigkeit zu festigen. Der Junge ist zweifellos verrückt nach Nora und will inständig und mit allen Mitteln Eindruck auf sie machen.

Wer wollte das nicht?

Anders hatte sie wohl auch dazu überredet, nach Finnland zu schreiben, und dabei die Gefahren der Zensur heruntergespielt. Sicherlich hatte er sich nicht einen Moment lang den Kopf darüber zerbrochen, dass jeden Tag die Gendarmen kommen und Arvi Malmberg ehe er sich's versieht ins unterste Verlies des Gefängnisses Kakola werfen konnten. Das käme Anders Holm bloß gelegen. Es würde die Wirkung seiner erfundenen Geschichten nur noch steigern.

Und womöglich durfte sich das fluchende schwedische

Arschloch während der Reitstunden anhören, welche Ausmaße die Tapferkeit des Arvi Malmberg in Noras Fantasie bereits angenommen hatte, sodass er, wenn es nach Anders ginge, gut und gern im Gefängnis landen durfte, damit die Ratten an ihm nagten.

Aber an diese Möglichkeit will Arvi nicht denken, schon gar nicht in diesem düsteren Keller, wo er gerade auf eine zerquetschte Maus getreten ist.

Dann ist die Arbeit erledigt, und er tritt aus dem Keller ans Tageslicht. Dort erwartet ihn jedoch eine unangenehme Überraschung: Wo das Pferd stehen sollte, steht nur noch der leere Schlitten mit den Zugstangen. Der einzige Hinweis auf die Stute ist der dampfende Haufen, in dem Spatzen um die Wette picken, in der Hoffnung auf unverdaute Haferkörner. Verdattert starrt Arvi auf den Schlitten, von dem der kräftige Nordwind Strohhalme aufwirbelt und in Richtung Meer schleudert. Er dreht sich nach allen Seiten um und bemerkt, dass Herman Harjula und ein Junge das Pferd in vollem Geschirr rückwärts durch die offene Flügeltür in die Werkstatt führen.

Als er zur Stelle ist, spannen der Mann und der Junge – Viki Salin, wie es aussieht – das Pferd bereits vor einem unfassbaren Apparat ein. Es handelt sich um ein viereckiges Gestell auf Kufen, das drei Propeller und einen Motor hat. An der Vorderseite sind ganz gewöhnliche Zugstangen aus Birkenholz befestigt. Der Junge hakt flink die Zugriemen ein, während Herman die Zugstange hält, zuerst die eine, dann die andere.

»Tag.«

»Tag, Tag.«

»Also, Onkel, was soll das eigentlich werden …?«

Herman winkt ab.

»Stell keine dummen Fragen. Du kriegst deinen Gaul schon wieder zurück.«

»Ja, aber Saida wartet …«

»Dann soll sie eben warten!«

Bevor Arvi es verhindern kann, hat der Mann den Apparat erklommen und die Zügel gepackt. Der Junge sitzt neben ihm. Sogleich schnalzt Herman mit der Zunge, und das Pferd setzt sich mit seiner neuen Zuglast in Bewegung. Arvi bleibt nichts übrig, als dem Transport hinterherzurennen und aufzuspringen.

Hermann fährt zum Ufer. Er erklärt, sie seien auf dem Weg zur Halikko-Bucht, um Joel Tammistos fliegenden Käfig auszuprobieren.

»Hä?«

»Jetzt, da wir endlich ein Pferd haben.«

»Ohne Tammisto?«

»Pah. Wer hat ihm denn befohlen, von morgens bis abends wie ein Tagedieb für die Rote Garde durch die Gegend zu rennen? Auf so einen warte ich nicht.«

Herman zieht ein Blechfässchen aus seinem Schafspelz, nimmt einen Schluck, ächzt zufrieden und wischt sich den Bart ab.

Der Kerl ist sternhagelvoll, begreift Arvi.

Mit wehender Fuselfahne erklärt Herman begeistert die Konstruktion des komischen Apparats. Er erzählt, er habe auf Joels Bitte hin höchst eigenhändig jedes einzelne Lager gedreht. Wie der Malmberg-Bursche mit eigenen Augen sehen könne, gebe es an dem Käfig viele Teile, die sich drehten und geradezu nach Herman Harjulas Fachkenntnissen geschrien hätten. Selbstverständlich habe er auch sämtliche Teile montiert. Weshalb er den Apparat auch ausprobieren dürfe.

»Schon, aber das ist eigentlich nicht …«

»Mund zu! Du kannst dich verzupfen, wenn du kalte Füße kriegst.«

Unter den Kufen stiebt der Schnee auf, man spürt den Nordwind kalt am Rücken. Besorgt betrachtet Arvi den Apparat, der an das Gerüst eines kleinen Häuschens ohne Wände und Decke erinnert. Herman erklärt, dass die Propeller den Käfig zum Fliegen bringen. Welche wiederum über einen Riemen von einem Zwei-Zylinder-Viertaktmotor angetrieben würden.

Gerade für die Riemenräder habe man die Hilfe eines erfahrenen Drehers gebraucht. Und natürlich für die Installation der sich geschwind drehenden Achsen. Herman brüstet sich, auch die Propeller selbst aus Leimholzrohlingen gebaut zu haben. Es seien, wie Arvi unschwer feststellen könne, insgesamt drei Stück: Zwei heben den Apparat in die Luft und halten ihn dort, der dritte, der am Bürzel angebracht ist, schiebt das Fluggerät voran.

»Hmmm ... Soll damit jetzt geflogen werden?«

»Na klar, verdammt noch mal! Wir sind hier schließlich nicht auf einer Spazierfahrt!«

»Gut, aber ... wie?«

Herman funkelt Arvi missmutig unter seiner alten Fellmütze heraus an. Ein Unverständiger stellt mehr Fragen als zehn Weise beantworten können. Was mag wohl das bankähnliche Ding im vorderen Teil des Käfigs sein? Handelt es sich dabei nicht gar um den Sitz für den Mann am Steuer? Ein Beobachter mit normal ausgeprägtem Verstand könne das aus den neben dem Sitz angebrachten Steuervorrichtungen und dem Gashebel schließen, welcher den Motorbetrieb reguliere. Die Ganghebel wiederum ließen die Riemenräder in ihren Löchern einrasten, worauf sich die Antriebsriemen spannten und die Drehbewegung auf die Propellerachsen übertrügen. Die Achsen wiederum trieben die Propeller an, und diese brächten den Käfig durch ihre Quirlbewegung in die Luft. Aber einem, der immer nur mit Haferfressern gefahren sei, käme das wohl alles spanisch vor?

Herman hält das Pferd an und steigt ab. Er löst das Tier von den Zugstangen und die Zugstangen von dem Käfig. Arvi greift nach dem Zaumzeug der erschrockenen Stute Regina.

»Schon gut, schon gut …!«

Herman öffnet die Knöpfe seiner Jacke, die so groß wie Teetassen sind. Er will erneut das Fässchen hervorkramen. Arvi wendet den Blick von den Knöpfen ab und von den knotigen Fingern, die nach ihnen tasten. Er spürt bereits den Strudel in seinen Eingeweiden. Ihm dröhnt der Kopf. Er schiebt die Hände in die Taschen und ballt fest die Fäuste.

Jetzt steck die Scheißbuddel wieder ein, und mach die Knöpfe zu!

Mit wedelnden Armen setzt Herman seine Erläuterungen fort. Auch ein Pferdebursche werde wohl begreifen, dass der Platz des Lenkers vorne angebracht sei, weil sich der Motor hinten befinde. Das Gewicht des Lenkers müsse das Gewicht der Maschine ausgleichen, damit der Käfig in der Balance bleibe. Der Flieger müsse genauso viel wiegen wie der Motor.

»Also ziemlich wenig.«

Arvi schaut auf den dünnen Viki und beginnt zu ahnen, warum er mitgenommen worden ist.

»Also ich glaub eigentlich nicht so recht, dass das was wird.«

»Verdammt, das hat mit Glauben nichts zu tun. Das ist die blanke Vernunft, mein Junge! Reine Wissenschaft und Technik.«

Herman lässt das Blechfässchen in seiner Jacke verschwinden und knöpft sie zu, macht seinen Entschluss aber sogleich rückgängig und knöpft sie wieder auf. Arvi dreht dem Alten den Rücken zu. Er hat bereits Gallegeschmack im Mund. Die Stute hebt unruhig die Hufe. Arvi führt sie weiter von dem Apparat weg, bis er hinter sich Hermans Gemurmel in ein deutliches Kommando übergehen hört.

»Viki, in Position!«

Arvi dreht sich um und sieht den Jungen tatsächlich auf den Platz des Flugzeuglenkers klettern. Voller Entsetzen begreift er, dass der betrunkene Herman vorhat, den Motor anzulassen. Mit dem Fässchen in der Hand erklärt er dem angeschnallten Viki bereits voller Inbrunst, an welchem Hebel er ziehen muss, um abzuheben, und wo, um weiterzufliegen. Er öffnet die Jacke bis unten hin, damit er sich besser über den Jungen beugen und mit Vikis kleiner Hand in seiner Pranke zeigen kann, wie der Hebel funktioniert.

»Nein, verflucht! Hör sofort auf!«

»Alle Außenstehenden Mund halten!«

Bei aller Übelkeit lässt der entsetzte Arvi das Pferd, wo es ist, und rennt zurück. Er packt das Fluggestell am Rand und versucht den Jungen herabzuzerren.

»Das kommt nicht in Frage, verdammt.«

Herman stößt Arvi zur Seite, sodass dieser auf das Eis der zugefrorenen Bucht stürzt. Arvi übergibt sich. Die Maschine springt an wie der große Motor des Dreschers im Herrenhaus. Der Antriebspropeller rotiert, man hört ein hohes Jaulen. In einer dichten Wolke stiebt Schnee auf. Herman brüllt, Viki müsse den Startgang einlegen. Tatsächlich löst sich eine Ecke des Käfigs vom Eis, dann eine zweite und noch eine dritte. Das Ding gerät in eine schaukelnde Bewegung, die verschiedenen Ecken sind abwechselnd in der Luft.

Der Apparat gleicht einem Pferd, das nervös die Hufe hebt. Viki winkt von dem unkontrolliert schaukelnden Ding aus panisch Herman zu, der mit erhobenen Armen zurückbleibt. Seine Rockschöße flattern im Luftstrom der Propeller, und er grölt laut Halleluja. Das Pferd stellt sich auf die Hinterbeine und galoppiert vom Eis, die Zügel schleifen dabei im Schnee.

Irgendwie gelingt es Arvi, auf das schaukelnde Gestell zu klettern, den Jungen von den Gurten zu befreien und herauszuziehen. Arm in Arm fallen sie aufs Eis und rollen von dem gefährlichen Ding davon, gerade als sich dessen um Vikis Gewicht erleichterte Schnauze nach oben richtet. Der Apparat überschlägt sich, mit der Folge, dass der Motor ausgeht und das ganze Gefährt falsch herum aufs Eis kracht. Dabei zersplittern die Propeller, die Achse, die jetzt keinen Widerstand mehr hat, rotiert in Hermans gründlich gedrehtem Lager. Der lose gewordene Antriebsriemen schlackert.

Dann ist es auf einmal ganz still. In der Luft liegt der Geruch des ausgelaufenen Benzins. Viki steht auf und klopft sich den Schnee von den Kleidern. Arvi bleibt auf dem Bauch liegen. Er drückt das Gesicht in die Schneeschicht auf dem Eis und versucht seinen Atem zu beruhigen.

»Mit euch hat man aber auch sein Kreuz! Herrschaftszeiten, Vater!«

Die Stimme gehört Saida, die ihr Kind auf dem Arm hält und das Pferd hinter sich her führt. Sie setzt Usko auf dem Eis ab und sieht nach, wie es Viki geht. Sobald sie sich davon überzeugt hat, dass ihm nichts fehlt, weist sie ihn an, aufzupassen, dass sein kleiner Bruder dem Pferd nicht zwischen die Beine gerät, und beugt sich über Arvi.

»Ist dir was passiert?«

Arvi versucht sich aufzurappeln, aber die Wellen in seinem Magen wollen sich einfach nicht beruhigen.

»Nein, es ist gar nichts.«

»Ich hab doch Augen im Kopf. Wo tut's weh? Du hast dir doch keine Knochen gebrochen?«

Saidas Hände betasten seine Rippen.

»Blödsinn«, ruft Herman von Weitem. »Was bemutterst du den Schwachkopf? Der hat alles sabotiert. Da wird sich einer vom Tammisto ganz schön was anhören dürfen.«

»Das fällt euch jetzt erst ein?«

»Der Bengel muss alles ersetzen. Jedes einzelne Teil, das kaputt ist. Die Propeller sind allesamt zersplittert. Und dabei hab ich sie gebaut und geschmirgelt.«

Saida steht auf. Sie marschiert auf Herman zu, kochend vor Wut und mit ausgestrecktem Zeigefinger.

»Du siehst jetzt zu, dass du heimkommst, Vater, und zwar ein bisschen plötzlich. Es hätte nicht viel gefehlt, und unser Viki wär ums Leben gekommen.«

»Pah … Weibergerede. Die Lage war vollständig unter Kontrolle. Bis der Geck vom Herrenhaus den glasklaren Test durcheinandergebracht hat.«

»Du hast schon seit Tagen nicht mehr klar gesehen, dank dem Flachmann. Ich will keinen Mucks mehr hören! Und jetzt einen Fuß vor den anderen gesetzt. Oder der Vater wird erleben, wie es ist, wenn ich nicht mehr Herr über mich bin. Verdammt!«

»Deswegen muss man doch nicht fluchen. Als Frauensperson. Und auch noch im Beisein von Kindern.«

»Jetzt aber ab!«

Herman trottet, leisen Widerspruch vor sich hin murmelnd, dem Ufer entgegen. Arvi gelingt es endlich aufzustehen.

Der anderthalbjährige Usko greift auf Vikis Arm mit dem blauen Fausthandschuh nach der Schnauze der Stute.

»Ein Pferd, ja … ein braves Pferd«, redet Viki ihm zu.

»Und du, Viki, gehst mit Usko ebenfalls nach Hause«, befiehlt Saida streng. »Arvi und ich kommen gleich nach.«

Saida wischt Viki den Schnee von der Jacke und hilft ihm, Usko huckepack zu nehmen.

»Ich hätte dich nicht für so dumm gehalten. Hätte Arvi dich nicht aus dem Wahnsinnsapparat herausgezogen …«

»Aber Opa Herman hat es befohlen.«

»Und wenn er dir als Nächstes befiehlt, den Kopf in den Ofen zu stecken? Tust du es dann auch?«

Viki schüttelt den Kopf.

»Hoffentlich nicht. Hast du dich wenigstens bei Arvi bedankt? Gib ihm schön die Hand.«

Der Junge gehorcht und trottet dann mit seinem kleinen Bruder auf dem Rücken in Richtung Ufer. Saida dreht sich zu Arvi um, der mit zitternden Händen den Hals des Pferdes streichelt.

»Dir geht es nicht gut. Warum um Himmels willen muss man so stur sein, dass man nicht sagt, wo es wehtut?«

Arvi wird allmählich wütend. Er will nichts anderes als einen Moment allein sein, um wieder zu sich zu kommen.

»Es ist nichts.«

»Ich bin so erschrocken wie noch nie. Vater ist neuerdings vollkommen unmöglich. Ohne jedes Maß mit seiner Pichelei. Und Joel muss ihn auch noch in sein Unwesen mit hineinziehen. Da hätten wir den zweiten Wirrkopf. Der kann auch eine Lektion vertragen.«

»Hmmm …«

»Aber ich … *wir* sind dir alle ein großes Dankeschön schuldig. Wir hätten leicht eine Beerdigung haben können«, sagt Saida.

»Na ja, das nun auch wieder nicht.«

»Doch. Also herzlichen Dank, dass du unseren Viki gerettet hast.«

Saida legt die Arme um Arvi und drückt ihn rasch an sich.

Die Wärme in der Stimme der Frau und die überraschende Umarmung sind zu viel für Arvi nach allem, was geschehen ist. Er drückt die Stirn gegen die Flanke des Pferdes. Für einen Augenblick ist Saida wieder das Mädchen, das als Kind bereit war, ihn mit allen Mitteln gegen die Quälgeister zu verteidigen. Das Mädchen, das ihn behandelt hat wie einen kleinen Bruder. Arvi hat das Gefühl, dass es Zeit ist, entweder den Grund für sein seltsames Verhalten zu verraten oder für den Rest seines Lebens diesen Wahnsinn, der ihn befällt, zu erdulden, ohne dass er es auch nur versucht hätte, es jemanden verständlich zu machen. Er drückt noch immer die Stirn gegen Reginas warme Flanke und streichelt mechanisch den Pferdehals, als er mit tonloser Stimme Saida erklärt, was die Knöpfe mit ihm anstellen.

Sie hört ihm still zu, steht regungslos auf dem Eis, die Hände in den roten Fäustlingen vor der Brust gekreuzt. Als Arvi einen Knopf, der geöffnet wird, mit dem erhobenen Kopf einer angreifenden Schlange vergleicht, bildet sich kurz ein ungläubiges Lächeln auf Saidas Lippen. Aber sie wird sofort wieder ernst, als sie begreift, wie bitterernst es Arvi ist.

Nachdem er alles erzählt hat, verstummt Arvi und hört auf die Stute zu streicheln. Er lässt die Arme und den Kopf hängen wie ein Kind, das einen bösen Streich gestanden hat. Er wagt es nicht, dem Blick der Frau zu begegnen, weil er Angst hat, in ihren grünen Augen Abscheu gegenüber seiner Verrücktheit zu sehen.

Auch Saida steht regungslos da. Sie weiß nicht, was sie sagen soll. Sie schaut Arvi noch immer perplex an, versucht sein Bekenntnis innerlich in eine Ordnung zu bringen. Regina dreht den Kopf und stößt Arvi mit der Schnauze an, damit er sie weiter streichle. Die Hand des jungen Mannes hebt sich leicht, fällt aber wieder schlaff herab. Es sieht aus, als wäre alle Kraft aus seinem Körper gewichen.

Saida tritt vor Arvi hin, nimmt seine Hand und drückt sie, so wie damals, als sie noch Kinder waren und sich gemeinsam vor verärgerten Erwachsenen hüten mussten. Der kalte Nordwind zerrt an den Kleidern und an Saidas langen Haaren, aber Arvi friert nicht mehr.

Plötzlich macht er auf dem Absatz kehrt, greift nach dem Zaumzeug und schwingt sich auf die Stute. In Saidas Augen sieht das wie eine Zirkusnummer aus. Arvi klemmt die langen Zügel unter den Arm und drückt Regina die Waden in die Seiten. Schnee wirbelt auf, als er ohne Sattel, doch in vollem Galopp den Erlen am Ufer entgegenreitet.

Joel, 32

Marktgemeinde Salo, November 1917

Die russischen Matrosen und Soldaten sind in großen Scharen in Salo unterwegs. Sie stehen rauchend auf dem Bahnsteig, pfeifen von den Zugtüren aus den Frauen hinterher und stehen im Café um einen heißen Kaffee und Hefekuchen an. Selma Viitanen, die Sekretärin der Roten Garde in Salo, steht in ihrem zugeknöpften grauen Mantel an der Wand, die Hacken zusammengeschlagen wie ein Soldat, die Haare streng am Kopf entlanggebürstet. Einen plumpen Eindruck macht sie dennoch nicht. Wie auch, bei so einer Frau? Joel brennt nach ihr und möchte sie am liebsten auf der Stelle herannehmen.

»Ist aus dem Streik jetzt eine Revolution geworden?«, fragt er angesichts der Russen. Er weiß nicht, ob er mit der Entwicklung der Lage zufrieden oder unzufrieden sein soll. Auf den Streik hatten sie gewartet, damit die gemeinsame Kraft der Arbeiterschaft sichtbar werde, damit das Ermächtigungsgesetz in Kraft tritt, aber die Schwärme russischer Soldaten überall wirken Unheil verkündend.

»Der Streik hält auch die Züge auf, Genosse.«

Joel nickt Selma zu, die ihn kaum wahrnimmt. Ihr geistern wohl die überaus wichtigen Aufgaben des Streikkomitees im Kopf herum. Die Schichten der Ordnungsgarde und die Zeitpläne der Streikposten müssen überprüft werden, und die Papiere für die 100 Mark, die als Leihgabe vom Ortsverein versprochen worden sind, müssen fertig gemacht werden. Und was sonst noch alles an wichtigen Dingen an diesem Tag erledigt werden muss.

Joel ärgert sich, dass die Frau ihn ein ums andere Mal in Angelegenheiten der Roten Garde herumschickt, sich aber kein bisschen für seine männlichen Hoffnungen erwärmt.

»Man kann hier nicht denken, und der Hunger beeinträchtigt allmählich schon die Sehkraft«, sagt er.

Selma runzelt die Augenbrauen.

»Genosse Tammisto ist doch der Zuständige für Lebensmittelangelegenheiten. Mir gegenüber braucht man also nicht über Hunger zu klagen.«

Joel seufzt. Er hat nichts gegen die Bolschewiken, aber sie hätten trotz der Revolution dafür sorgen können, die Getreidelieferungen über die Grenze zu bringen, wo das Wohl der finnischen Gesinnungsbrüder nun einmal davon abhängt. Vor allem, da das Frühjahr so kalt war: Wie soll man eine Ernte beschlagnahmen, die es gar nicht gibt?

Selma findet, der Fehler liege nicht bei den Bolschewiken, sondern in der von den Bürgern abgesegneten unredlichen Zollpolitik. Für die Bürger sei der Krieg ein hervorragendes Mittel, Kursgewinne einzustreichen. Ja, das billige russische Getreide sei in Friedenszeiten für die Arbeiter günstig, aber der Zwangskurs wegen des Krieges stelle die Lage auf den Kopf und beschere allen Verlusten, außer den Exportkapitalisten. Der Kapitalist bekomme außer dem Geld, das die russische Regierung bezahlt, noch den Kursgewinn dazu, wenn er die Rubel gegen Finnmark tausche.

Natürlich weiß und kennt Joel all diese Dinge. Man muss nur einen Blick auf die grau gewordenen Gesichter der Kinder im Dorf werfen und sich die Geschichten anhören, wie die Verzweifelsten sich für eine Tüte Mehl demütigen. Aber auch wenn Joel die höchste ehrenamtliche Tätigkeit in seinem Heimatdorf ausübt, bekommt er in Selmas Gegenwart den Mund nicht auf, sondern fühlt sich hilflos, fast wie ein Lehrling.

Versteht die Frau denn überhaupt nicht, dass er vom ständigen Herumrennen und Verhandeln so erschöpft ist, dass er nach all den hitzigen und ermüdenden Versammlungen gern auf etwas angenehmere Art Kraft für die zukünftigen Aufgaben schöpfen möchte?

Es hat angefangen zu schneien. Große, watteartige Flocken fallen Selma auf Haar und Schultern.

Wie schafft man es nur, dieses begehrenswerte Wesen aufs Kreuz zu legen? In seiner Verzweiflung spielt Joel bereits mit dem Gedanken, die Mitleidskarte auf den Tisch zu hauen. Aber eine Frau wie Selma hätte wohl kaum Mitleid übrig für einen Mann, dessen Frau und Erstgeborener am anderen Ende Finnlands unter der Erde liegen, und den das eigene Kind Onkel nennt. Der arme Junge. Sein Vater kann ihm nicht mal Unterhalt zahlen.

Ein schlitzäugiger Soldat geht unmittelbar neben ihnen vorbei und streift bei der Gelegenheit Selmas Hinterteil. Sie fährt herum, aber der Mann ist bereits unter den Matrosen verschwunden.

»Soll ich ihm eine verpassen?«

Selma schüttelt den Kopf, begibt sich aber intuitiv näher an Joel heran und hakt sich bei ihm unter. In seiner Dankbarkeit wäre er bereit, den frechen Kirgisen auf beide wettergegerbten Wangen zu küssen. Das ist das erste Mal, dass Selma eine Spur von weiblicher Verletzlichkeit an den Tag legt.

Ja, mein kleines Mädchen, bleib du nur hier bei deinem männlichen Beschützer.

»War bestimmt nur ein Versehen. Bei dem Gedränge. Aber es ist doch gut, dass jetzt so viele von ihnen da sind«, sagt Selma.

»Wieso?«

Na, weiß er denn nicht, dass die Garde von Salo die Matrosen um Hilfe gebeten hat, wenn sie ohnehin hier sein müssen?

»Um Hilfe wobei?«

»Wenn den Herren von Halikko die Waffen abgenommen werden.«

»Hä?«

Im Pfarrhaus Uskela gebe es Dutzende von Revolvern, das sei bekannt, von Gewehren ganz zu schweigen, ebenso in Kavila. Und natürlich im Herrenhaus Joensuu. Und sämtliche Jagdwaffen der Herrschaften kämen noch dazu.

»So, so. Ich habe Lebensmittel beschlagnahmt, weil die Leute Hunger leiden, aber von Waffen lasse ich die Finger.«

»Das geht nicht.«

Joel bekommt einen trockenen Mund. Er denkt, ein Bier würde jetzt nicht übel schmecken. Es ist absolut sinnlos, Selma erklären zu wollen, dass ihm die scharenweise Anwesenheit von russischen Soldaten keinen zusätzlichen Kampfeswillen einflößt, sondern ihn eher befürchten lässt, die Situation könne außer Kontrolle geraten.

»Kann man denen vertrauen, verwilderten Matrosen und Soldaten? Haben wir nicht schon genug am Hals, auch ohne dass wir die Söhne unseres Nachbarn hüten?«

Selma drückt seinen Arm.

»Ach, was für ein armer Kerl! Ist der Genosse Tammisto etwa erschöpft?«

Joel weiß nicht, ob Selma ihn mit diesem plötzlichen Ausdruck von Mitgefühl verspottet oder neckt, aber er atmet gierig ihren Maiglöckchenduft ein.

»Und wenn es Eifersucht ist?«, schlägt Joel kleinlaut vor.

Selma muss lachen.

»Frauen haben doch so viel für Uniformen übrig.«

Außerdem lobt die Genossin Viitanen bei jeder Gelegenheit ausführlich die russischen Männer.

»Nein! Wann denn?«

Erinnert sich die Genossin Viitanen etwa nicht daran, wie es gewesen ist, als sie Kerenski zugehört haben? Die Genossin Viitanen hat auf Kerenski geschaut, aber er, Joel, auf die Genossin Viitanen, weil sie so glühend und stolz und wunderbar gewesen ist.

Selma Viitanen wird verlegen, versucht es aber zu verbergen.

»Na ja, der Mann konnte auch reden.«

Joel schmunzelt. Und ob er das konnte. Brachte uns beinahe dazu, zu glauben, dass das, was wir als Letztes brauchten, das Selbstbestimmungsrecht wäre. Dass letzten Endes die höchste Erfüllung der Finnen in der Teilnahme an den Kriegsanstrengungen Russlands läge.

Gut, aber habe sie sich denn beklagt, als dem Mann die Macht entrissen wurde?

Sie zupft ein nicht vorhandenes Schmutzpartikel von Joels Kragen und schaut ihm mit schiefgelegtem Kopf direkt in die Augen. Strahlend vor Glück gibt Joel zu, kein auch nur halbwegs böses Wort aus dem Mund der Genossin Viitanen gehört zu haben. Und schon steigert er sich weiter in das Lob ihrer Tugenden hinein. Er sagt, Selma verfüge über so viel Entschlossenheit und Stolz wie Alexandra Kollontai, außer natürlich dass die Genossin Viitanen viel adretter daherkomme.

Im Regen der Komplimente wird Selma immer verlegener. In stockenden Wendungen fängt sie an über Lenin zu reden, von dem sie glaube, er werde Finnland auf jeden Fall die Unabhängigkeit zugestehen. Dann werde man endgültig sehen, dass nicht Russland der Feind Finnlands sei, sondern die finnische Bourgeoisie.

»Und wieder werde ich mit einem männlichen russischen

Riesen gepeinigt«, sagt Joel. »Ich gehe hin und erschieße diesen Lenin. Oder mich selbst. Nachdem wir die Schießeisen beschlagnahmt haben.«

Selma kichert mit rotem Gesicht und hält sich die Handrücken an die Wangen.

»So etwas darf man nicht sagen.«

Joel kommt es so vor, als schaufelte ihm jemand glühende Kohlen in die Hose.

»Aber wir müssen doch nicht gleich auf der Stelle losziehen, die Waffen holen?«

Die Frau scheint über etwas nachzudenken, wobei sie kaum atmet.

»Was meinst du, Genossin Viitanen? Könnten wir nicht irgendwohin gehen, wo es ein bisschen ruhiger ist, und dort … den Papierkram der Garde erledigen?«

Joel hebt den Daumen der Hand, die in der Hosentasche steckt.

Lieber Gott, mach, dass sie ja sagt!

Joel hat Glück, dass Selma sein Stoßgebet nicht hört. Die Frau ist dem Bolschewismus verfallen und hat sich selbstverständlich auch den zur Ideologie gehörenden Atheismus angeeignet. Allerdings scheint Gott Joels Gebet erhört zu haben. Den Matrosen, die auf der Bank sitzen, ist aufgefallen, wie dicht die beiden beieinanderstehen, sie pfeifen und zwinkern. Selma löst ihre Hand von Joels Arm.

»Hm.«

Joel befürchtet, in seiner Begeisterung zu weit gegangen zu sein, aber Selma überrascht ihn. Gott existiert!

»Dann lass uns gehen.«

»Wohin?«

»Zu uns.«

»Hä?«

Sie hebt die Augenbrauen: Ist das nicht genau das, was Genosse Tammisto will?

Zielstrebig verlässt sie den Bahnhof und zieht den Mann förmlich hinter sich her. Stumm hört Joel das Klopfen der Frauenschuhe auf den Pflastersteinen. Irgendwo bellt ein Hund, sanft, weit weg.

»Bis zur Wohnung sind es nur zwei Häuserblocks«, erklärt Selma. »An der Apotheke da vorne links und dann geradeaus, das dritte Tor von rechts.«

Joel kann auf Anhieb nichts erwidern. Er befürchtet, etwas Dummes von sich zu geben, etwas, das Selmas Gewogenheit verderben könnte. Er legt den Arm um ihre Taille, wagt es aber nicht, auch nur einen kurzen Blick auf ihr Gesicht zu werfen. Ohne ein weiteres Wort zu wechseln, gehen sie weiter, wobei sich Joel darauf konzentriert, die nackten Kronen der Eichen zu betrachten und die Vorhänge an den Fenstern der Häuser, die weißen und die braunen, aus Samt- und Kattunstoff, die in diesem Moment außerordentlich, wundersam, erschütternd schönen Gardinen.

Zu Hause, in der luxuriösen Dreizimmerwohnung, setzt sich Selma sogleich in der Diele auf den dicken karierten Teppich und hält dem Mann ihren Schnürschuh hin.

»Ausziehen, bitte!«

Mit zitternden Fingern öffnet Joel die Schnürsenkel. Es scheint eine Ewigkeit zu dauern, bis er die Schuhe nebeneinander in die Ecke stellen kann. Selma lehnt sich nach hinten auf die Ellbogen und mustert den Mann in seinem Tun. Nachdem Joel die Aufgabe mit den Schuhen gemeistert hat, greift er erneut nach Selmas Beinen und fährt mit der Pranke die Schenkel hinauf bis zu den Strumpfbändern. Wieder kämpft er mit verschwitzten Fingern beim Öffnen. Selmas Atem geht etwas schneller, aber sie sagt nichts mehr. Joel lässt die Hand in den Bund der lila Seidenunterhose gleiten. Selma beißt sich auf die Unterlippe, schließt die Augen.

Joel zieht das Höschen bis zu den Knöcheln herab und schiebt den Rock weiter nach oben. Dann mit zitternder Hand den eigenen Gürtel öffnen. Aber als er sich von seiner Hose befreit hat und eindringen will, hält Selma ihre kleine Hand davor. Sie verlangt mehr Zärtlichkeit und führt die Hand des Mannes, wie sie sich auf eine ganz bestimmte Art an ihrer Scham bewegen soll. Und sie lässt nicht zu, dass Joel damit aufhört, obwohl er längst zur Sache selbst kommen möchte. Er gehorcht und sieht leicht verblüfft dabei zu, wie Selma sich in ihrem gelben Unterrock auf dem Fußboden windet. Aus irgendeinem Grund muss er an eine Blindschleiche im Todeskampf denken. Auch Hilmas stille Art, sich hinzugeben, kommt ihm in den Sinn. Sein Glied ist nicht mehr annähernd so hart, wie es sein müsste. Selma stöhnt lautstark und zieht Joel erneut auf sich, aber dieser bringt sein Glied noch immer nicht zum Gehorchen. In seiner Not versucht er es als Arbeit zu betrachten. Was ist daran eigentlich so schwer? Ich werde diesen tüchtigen kleinen Kerl jetzt da reinschieben wie einen Baumstamm in die Sortierrinne, ich werde zupacken und hinlangen und sägen, dass die Funken sprühen und, verdammt noch mal, das Harz nur so läuft.

Doch gerade als er ihm wieder steht, löst sich Selma von ihm und sagt, sie wolle keinen Samenerguss in sich haben. Aber ob Joel wolle, dass sie ihm einen Gegendienst erweise?

»Nicht nötig.«

»Wirklich nicht?«

»Ist schon gut.«

Fast erleichtert rückt Joel von der Frau ab. Er tröstet sich mit der Vorstellung, beim nächsten Mal bestimmt nicht mehr so aufgeregt zu sein und sich nicht mehr so qualvolle Mühe geben zu müssen.

Selma zieht sich an und kocht Honigwasser. Als sie an dem mahagonifarbenen Tisch mit den katzenpfotenartigen Beinen sitzen und trinken, sieht Joel es als die Aufgabe eines ehrenvollen Mannes an, die Verlobung zur Sprache zu bringen.

Selma lächelt, als hätte Joel etwas besonders Komisches vorgeschlagen. Als sie die gekränkte Miene des Mannes sieht, stellt sie anmutig die Tasse ab und beginnt mit dezenter, ruhiger Stimme von der Freiheit und der Gleichberechtigung der Frau in der sozialistischen Idealgesellschaft zu erzählen, von der Vielschichtigkeit des Lebens und von der veralteten Institution der Ehe. Sie sagt, sie verlange vom Zusammenleben mit einem Mann vor allem bestimmte, zusammenpassende seelische Prinzipien, nicht zu vergessen natürlich die Notwendigkeit der körperlichen Berührung.

Joel hört ihr beschämt zu. War sein Antrag so indiskutabel?

Er versucht die Antwort an den Augen der Frau abzulesen, die jetzt sanft sind wie bei einer Taube. Selmas Sozialismus mag natürlich durchaus solche absoluten Prinzipien über die Erneuerung des weiblichen Lebens enthalten, allerdings kommt Joel auch die Möglichkeit in den Sinn, dass die ganze schäumende Ideologie für Selma doch nur nur eine Art Theater ist, der Wunsch, eine Rolle in einem großen, spannenden Schauspiel zu erhalten.

Alles, was er in ihrer Wohnung gesehen hat, beweist, dass die Frau überhaupt nicht weiß, was Elend bedeutet. Sie ist intelligent, hat die Schule besucht, ist die Tochter einer gewiss wohlhabenden Familie, kennt ein ganzes Wörterbuch voll Fremdwörter. Diese Frau kann das sozialistische Programm der Parteiversammlung von Forssa auswendig und kennt die Position der jeweiligen Parteiführung. Spielend hält sie Menschewiki und

Bolschewiki auseinander, weiß, wie man eine Browning lädt, und wäre bestimmt fähig, ohne die Miene zu verziehen, einen zum Feind erklärten Mann zu erschießen. Aber vielleicht hat sie trotzdem nicht die blasseste Ahnung davon, warum der Sozialismus für die Arbeiterklasse eine Frage von Leben und Tod ist.

Doch was spielt das letzten Endes für eine Rolle? Auch Joel ist nicht allzu sehr aufs Heiraten aus, will aber trotzdem inständig diese Frau behalten. Er scheint nur zu unbedeutend für sie zu sein, ungebildet und provinzlerisch.

Es ist also an der Zeit, schwerere Geschütze aufzufahren. Selma soll endlich erfahren, mit welchem Mann sie sich aufs Spielen eingelassen hat.

Und so vertraut Joel ihr an, wie er im Begriff ist, in der finnischen Luftfahrt Geschichte zu schreiben. Es hat letztlich nur an einigen menschlichen Irrtümern gehangen, dass es ihm noch nicht vor wenigen Jahren zusammen mit einem bedeutenden Pionier der Branche gelungen ist.

Er schildert, wie er sich mit Direktor Adolf Aarno, dem Besitzer des Steinmetzbetriebs, anfreundete. In seinen Briefen redet er ihn brüderlich mit Kalle an, so wie es auch dessen andere enge Freunde tun.

Möglicherweise hat Genossin Viitanen sogar schon von dem Mann gehört?

Leider nicht.

Aha. Na, dann nicht. Joel fragt deshalb, weil der Mann auch als Bildhauer bekannt ist. Unter anderem stammt die Büste von Eugen Schauman im Nationalmuseum von ihm. In Bronze gegossen befindet sie sich auch im Festsaal der Nyländischen Landsmannschaft in Helsinki, freilich etwas variiert, weil Schaumans Angehörige einige fremde Züge entfernt haben wollten. Und in den Sockel wollte man die Inschrift *Se pro patria dedit* eingraviert haben.

»Ah ja.«

»Er hat sich für das Vaterland geopfert.«

»Ich weiß, indem er Bobrikow erschoss. Und sich selbst. Eine bewundernswerte Tat für einen Mann, der das ganze Leben noch vor sich hatte.«

Na ja, denkt Joel, junge Männer in dem Alter tun allerhand schmutzige Dinge, schon allein aus lauter Geilheit, aber alle Achtung davor, dass sich der Quatsch in diesem Fall tatsächlich als gut fürs Vaterland erwiesen hat. Allerdings sollte jetzt eigentlich nicht die Rede von einem nervlich überspannten Herrschaftssöhnchen sein, sondern von Joel und vom Fliegen.

Joel beschreibt die Demoiselle, Direktor Aarnos, also Kalles Flugzeug, das erste seiner Art in Finnland. Nach einer ausführlichen Schilderung der Maschine erzählt er, wie er von Aarnos erstem, missglücktem Flugversuch erfuhr und wie er beschloss, dem Aeroklub Tampere beizutreten, der Freiwilligengruppe, die all ihre freie Zeit der Reparatur und Weiterentwicklung der großartigen Maschine opferte.

Selma erhält eine detaillierte Erläuterung darüber, wie Joel sich auf das Steuern der Maschine beim zweiten Flugversuch vorbereitete. Der erste Aufstieg in die Luft war aus mehreren Gründen gescheitert, aber der zweite wurde gründlich geplant. Eine wichtige Anforderung lautete: Der Flieger musste leicht sein, unter 60 Kilo, eine Gewichtsanforderung, die der Direktor selbst leider nicht mehr erfüllte. So sah es jedenfalls lange aus.

Er überraschte jedoch alle, indem er wenige Wochen vor dem neuen Versuch eine strenge Fastenkur begann und tatsächlich so dicht an die Gewichtsgrenze herankam, dass er im letzten Moment beschloss, selbst ans Steuer zu springen. Für Joel war das natürlich eine tiefe Enttäuschung, und jeder könne sich vorstellen, in welchem Maße genau diese Entscheidung sich auf das zweite und diesmal fatale Misslingen auswirkte.

»Ach, das ging auch schief?«

Selma gähnt. Sie hat sich in einen grünen, mit Samt bezogenen Sessel gesetzt und lässt die Beine über die Armlehne baumeln. Die Augen sind ihr halb zugefallen. Joel findet, dass sie offenbar noch nicht versteht, um was für eine bedeutende Herausforderung es bei jenem Versuch ging, worauf er die äußeren Bedingungen am Flugtag genau darlegt.

Das Wetter war an sich hervorragend, aber der Wind wehte eher stark und aus nördlicher Richtung. Der Motor, der viel Verdruss bereitet hatte, war auch diesmal nicht in der wohlwollendsten Verfassung, lediglich zu kurzen Höhenflügen bereit, lief auf dem rechten Zylinder jedoch deutlich besser als je zuvor. Außerdem hatte Kalle mit der Zeit gelernt, das Steuerruder so einzusetzen, dass das Fräulein nicht mehr ganz nach eigener Lust und Laune Bögen machte.

Selma verstehe doch, dass Fräulein eine scherzhafte Übersetzung des Namens Demoiselle sei?

»Hmm …«

Na gut, jedenfalls bestand Joels verantwortungsvolle Aufgabe darin, zusammen mit zwei weiteren Helfern die Maschine festzuhalten. Anfangs lief alles, wie es sollte, aber dann sprang der Motor an, und das Fräulein sorgte unvermutet für eine Überraschung, und beide Zylinder fingen mit voller Leistung an zu funktionieren.

»So, so.«

Selma dürfe wohl glauben, dass dies im denkbar unpassendsten Moment geschah! Alle waren vollkommen perplex, als das Fräulein sich losriss und mit irrsinniger Geschwindigkeit über das Eis raste. Um ein Haar hätte der Propeller den Mann, der den Motor angelassen hatte, zerschmettert, aber zum Glück sei nur dessen Jacke zerrissen. Als Joel sah, was mit der Jacke geschah, wagte er es einfach nicht, die Maschine loszulassen. Er konnte es auch gar nicht mehr. Ihm blieb nichts anderes übrig, als sich auf den Rumpf der Maschine zu schwingen. Für einen Moment war auch alles gut, aber das Fräulein wurde immer schneller, so schnell wie noch nie, und am meisten beunruhigte das den Lenker. Dieser hätte sofort den Stromkreis unterbrechen müssen, das war klar. Dass er es nicht getan hatte, war eigentlich ziemlich merkwürdig, wenn man bedachte, dass er den Schalter in der Hand hielt, unmittelbar unter dem Daumen.

An dieser Stelle muss Joel mit ausgebreiteten Armen durch das Zimmer laufen, um Selma zu veranschaulichen, wie ernst so eine Situation bei starkem Rückenwind ist, wenn die Maschine einen immer stärkeren Bogen nach rechts fährt.

Na gut, für einen Augenblick sah es für Joel so aus, als hätte Kalle vor, in einem Bogen gegen den Wind zu fahren, um plötzlich in die Luft aufsteigen zu können, aber da der Wind die Maschine von der Seite traf, neigte sie sich abrupt. Joel hatte nun Schwierigkeiten, das Gleichgewicht zu halten. Schließlich kippte die Maschine mit lautem Krachen um und war nicht mehr zu retten.

Der linke Flügel wurde völlig zerquetscht, und der Propeller schlug dermaßen auf das Eis, dass die Brocken nur so flogen. Der Motor hielt dem Aufprall zwar stand, aber ansonsten wurde das arme Fräulein schlicht und einfach in Schutt und Asche gelegt.

»Ein Wunder, dass uns nichts passiert ist. Oder?«

Selma stützt sich blinzelnd auf den Arm.

Joel sagt, er merke, dass Selma schon ein bisschen müde sei, weshalb es wohl Zeit wäre, die Geschichte zu beenden. Wie hatte sie sich nur so in die Länge ziehen können? Eines müsse er aber noch schnell erzählen, nämlich dass Direktor Aarno, also Kalle, im Nachhinein in sehr bewegender Form seinen

Dank über seine Rettung ausgesprochen habe. Er habe sich besonders bei Joel dafür bedankt, dass dieser bis zum Schluss unter Beibehaltung des Gleichgewichts auf der Maschine ausgeharrt habe. Genau genommen habe man an ebenjenem Tag im Restaurant auf das Du angestoßen. Dort habe Kalle dann auch zum Ausdruck seines Danks seinen Helfern die zerstörten Rumpfbestandteile der Demoiselle geschenkt.

Zunächst hatte Kalle beschlossen, den Darracq-Motor mit den Propellerstümpfen selbst zu behalten, aber dann verkaufte er ihn doch an einen Studenten der Technischen Hochschule. Dieser hatte nämlich vor, sich einen motorbetriebenen Schlitten zu bauen. Für den Zweck war der Motor jedoch nicht geeignet.

Zu seinem Verdruss musste Joel dann später hören, dass der Motor über mehrere Ecken in Kauhava gelandet war, wo er die Antriebskraft einer Dreschmaschine verstärkte.

Das war für ihn unerträglich. Joel blieb darum schlicht und einfach nichts anderes übrig, als unverzügliche Rettungsmaßnahmen in Angriff zu nehmen. Und das tat er, indem er in Turku einen eigenen Aeroklub gründete. Es vergingen nicht mehr als wenige Monate, da hatte der Klub schon über zehn Mitglieder. Und zwar nicht irgendwelche, sondern hoch geachtete Personen, die für solche fortschrittlichen und gesellschaftlich bedeutsamen Vorhaben ein paar überschüssige Mittel in der Hosentasche hatten.

Der entscheidende Finanzier des tollkühnen Unternehmens war der Amtsgerichtsrat Rainer Sahlberg, der telefonische Verhandlungen mit Kauhava führte. Und zu guter Letzt kam Joel die Freude und die Ehre zu, als Bevollmächtigter des Aeroklubs Turku mit der Eisenbahn nach Kauhava zu fahren und den Motor des Fräuleins zurückzuholen.

»Hm«, brummt Selma.

Joel legt die Hand auf den Geschirrschrank aus Eichenholz, zupft an den Rockschößen und erklärt mit einem Räuspern, er baue nun schon seit längerer Zeit an einem Apparat, der nach einem ganz anderen Prinzip funktioniere und den er und der Dreher, der als sein Gehilfe tätig sei, scherzhaft »fliegenden Käfig« zu nennen beschlossen haben.

Noch etwas außer Atem von seinem Vortrag tritt Joel vor Selma hin, verneigt sich, nimmt ihre Hand und erklärt feierlich, sobald die Halikko-Bucht zufriere, sei Selma herzlich eingeladen, sich anzuschauen, um was für ein lustiges Vehikel es sich handle.

»Also. Was sagt Genossin Viitanen zu dieser Einladung?«

Die Frau öffnet blinzelnd die Vogelaugen und steht auf.

»Geh jetzt«, sagt sie mit sonderbarem Blick.

Joel zieht seine Jacke an und fragt, wann sie sich wieder sehen können.

Selma legt den Finger auf die Lippen und flüstert, Joel müsse sich leise nach draußen schleichen, damit die Nachbarn nichts hörten.

»Das war es jetzt erst mal, auf Wiedersehen«, sagt sie mit irgendwie geschäftlichem Tonfall, wie Joel findet, und schließt hinter ihm die Tür.

Vartsala, Juni 2009

Mitte Juni verstand ich allmählich, was Arbeitslosigkeit bedeutet. Abgesehen von ein paar kleinen Arbeiten kamen keine Aufträge herein. Die Leute wollten zwar Steinmauern, waren aber nicht bereit, den Preis dafür zu bezahlen. Natursteinmauern in Alleinarbeit per Hand – das war kein rentables Geschäft. Als ehemaliger Marketingleiter musste ich auch zugeben, dass meine Werbemaßnahmen dürftig, ja geradezu miserabel waren. Eine zweizeilige Zeitungsannonce reichte natürlich nicht aus und war außerdem teuer. Ich hätte mir längst eine Homepage machen müssen, aber ich konnte es nicht.

Probehalber sah ich mir die Internetauftritte anderer Unternehmen der Branche an. Bei den meisten handelte es sich um Landschaftsbaufirmen, die Maschinen einsetzten und mit Mörtel Sichtmauern auf gegossenen Sockeln hochzogen. Dafür interessierte ich mich nicht, aber die Kunden sehr wohl. Schließlich fand ich einen Unternehmer, der als Vorbild taugte.

Der Mann war Schotte, der sich in Finnland niedergelassen hatte, und er bot seine Dienste im Internet unter dem Stichwort »Charlies Steinwälle« an. Charlie schien ein Meister auf diesem Gebiet zu sein. Dort, wo er herkam, gingen einem die Steine nicht so schnell aus. Schon vor tausenden Jahren hätten die Schotten Kaltmauern errichtet, hieß es in dem historischen

Überblick, der auf der gründlich gemachten Homepage enthalten war.

Charlie erklärte die Prinzipien des Trockenmauerns und zählte auf, welche Art von Konstruktionen man sich in Hof und Garten anfertigen lassen konnte. Er beschrieb die verschiedenen Steinsorten, die in Finnland erhältlich waren und zu welchem Verwendungszweck sie sich eigneten, und er erläuterte die Auswirkungen der Steinkonstruktionen auf die Kleinökologie des Gartens. Mauern eignen sich als Nährboden für etliche Kletterpflanzen und andere Gewächse, die sich auf Stein wohlfühlen. Ein Natursteinwall bietet ein günstiges Umfeld für nützliche Kleinlebewesen, im Gegensatz zu Konstruktionen aus Betonteilen. Stein erhält mit dem Alter außerdem eine schöne Patina, wohingegen Beton irgendwann nur noch unsauber aussieht. Natursteingebilde eignen sich besonders gut für kleine Vorortgrundstücke. Kein Garten ist zu klein für ein maßgeschneidertes Stück Mauer oder ein Säulenpaar. Eindrucksvolle Natursteinelemente können mit überraschend geringem Kostenaufwand die Attraktivität eines Grundstücks erheblich steigern.

Der Mann wusste, wie man sich vermarktet. Mir wurde klar, wie sehr ich mit meinem sturen Versuch, zig Meter lange Einfassungen und Terrassenwände zu bauen, falschgelegen hatte.

In meinem Größenwahn hatte ich mir sogar vorgenommen, zum Herrenhaus Joensuu zu fahren und von Arvi Malmberg und meiner Großmutter Saida zu erzählen, die dort einst gewohnt hatten. Ich hatte mir vorgestellt, bei der Gelegenheit Bankier Nalle Wahlroos, dem jetzigen Besitzer des Gutes, vorzuschlagen, nach dem Vorbild vieler anderer Herrenhöfe mehrere hundert Meter Steinwälle für die Ländereien des Guts in Auftrag zu geben. Dafür wären Jahre draufgegangen – und meine Gesundheit. Ein einzelner Mann kann keine chinesische Trockenmauer aufschichten. Kleine, attraktive Konstruktionen für kleine Vorortgärten mit überschaubaren Kosten für den Auftraggeber, das musste die Grundidee des Ganzen sein. Dankbar verließ ich Charlies Homepage und machte mich mit dem Fahrrad auf den Weg in die weitläufigen Einfamilienhaussiedlungen von Salo und Halikko. Nachdem ich genug gesehen hatte, fuhr ich mit einer Flasche Kognak in der Tasche weiter zu dem Altersheim in Salo, in dem der alte Tammisto heute lebte.

Am Abend rief ich meinen Sohn an und bat ihn um Rat beim Erstellen einer Homepage.

»Am besten machst du gar nichts.«

»Irgendwas muss ich doch machen können. Sag mir einfach am Telefon, wie es geht.«

»Versuch es gar nicht erst, dir stürzt bloß der Rechner ab! Ich seh zu, dass ich mir ein paar Tage freinehme, dann komme ich zu dir, und wir machen es zusammen. Okay?«

Die Stimme des Jungen klang erschreckend männlich. Auch sein Tonfall war irgendwie fürsorglich. Mir kamen fast die Tränen vor Dankbarkeit und Erleichterung. Mein Sohn hasste mich jedenfalls nicht, wie es meine Frau behauptet hatte.

In den Wochen zuvor hatten wir uns ab und zu gegenseitig angerufen und jedes Mal ziemlich kurz telefoniert, weil es für einen von beiden gerade ungünstig war. Es verging kein Tag, an dem ich meinen Jungen nicht vermisste, seine heitere, scherzende, aber auch freundlich-derbe Art. Was für eine Vorstellung, Jimi bald wiederzusehen, und auch noch in Vartsala! Hier könnte ich ihm ganz selbstverständlich von den vielen wichtigen Dingen erzählen, von denen er noch überhaupt nichts wusste.

Begeistert von dem Versprechen des Jungen, unterbrach ich den Abbau des Ofens und ging in die Dachkammer, um zu sehen, ob man dort angenehm übernachten könnte. Als Erstes räumte ich die sauber zusammengelegten Pullover und Hosen aus dem mit einem ovalen Spiegel versehenen Kleiderschrank und steckte sie in einen Müllsack. Dann nahm ich die Jacken und Blaumänner von den Bügeln. Hemden hatte Knopf-Arvi kein einziges gehabt. Es war nicht möglich gewesen, weil sie Knöpfe gehabt hätten.

Es muss so gegen sechs Uhr gewesen sein, als mir klar wurde, woher Arvis Spitzname kam.

Es ist ein windiger Spätsommertag. Ich bin mit Mamu und Opa in Vartsala zu Besuch bei einem befreundeten Ehepaar. Ihr ehemaliges Zuhause dient der Familie jetzt als Ferienhaus. Ich spiele draußen mit den Enkelkindern des alten Paars, mit zwei Zwillingsmädchen, die etwas älter sind als ich, und ihrem Cousin Anssi. Wir spielen mit Knöpfen, bis eine von den Zwillingen genug davon hat. Sie sammelt die Knöpfe ein und schlägt vor, sie bei Knopf-Arvi über den Zaun zu werfen. Der Vorschlag klingt lustig und einleuchtend in meinen Ohren, so wie alles, was die lebhaften Mädchen sich ausdenken.

Aber als wir hinkommen, machen die beiden klar, dass sie die Regeln bestimmen, weil die Knöpfe ihnen gehören. Sie rücken nicht einen Knopf an mich und Anssi heraus. Wir müssen zuschauen, wie die Zwillinge juchzen und kichern, während sie ungeschickt versuchen, die Knöpfe über die hohe Hecke zu schleudern.

Mit der Zeit ärgern wir uns ernsthaft über den unbeholfenen Wurfstil der Mädchen. Die müssten ab und zu mal einen Stein in die Hand nehmen! Millionen Trillionen Male müssten sie mit Steinen werfen, dann würden sie lernen, wie man richtig wirft. Dann kommt Anssi auf die Idee, dass die Strickjacke, die ich anhabe, eigentlich brauchbare Knöpfe besitzt und dass er passenderweise ein Taschenmesser dabeihat. Knöpfe ab, und dann zeigen wir den Mädchen, wie man etwas richtig wirft, sodass es auch dahin fliegt, wo man will.

Lange hält das Vergnügen nicht an. Allen gehen die Knöpfe aus. Die Mädchen versuchen durch den Heckenzaun zu spähen, ob sich der Alte blicken lässt, aber auf dem Grundstück rührt sich nichts.

Also führen die Geschwister das Spiel in die nächste Phase: Wir rennen am Tor vorbei und rufen »Spasti, Spasti«. Mir ist die neue Wendung des Spiels nicht ganz geheuer, und allmählich wird die Freude am Wurfwettbewerb von dem Bewusstsein getrübt, dass Mamu wahrscheinlich nicht begeistert sein würde, wenn sie den aktuellen Zustand meiner Strickjacke zu Gesicht bekäme. Ich ziehe die Jacke aus, und als wir zum Haus zurückkommen, stopfe ich sie zusammengeknüllt unter die Garderobe. Alles geht gut, bis Mamu mich im kurzärmeligen Hemd und mit Gänsehaut im Freien herumlaufen sieht. Mir bleibt nichts übrig, als die knopflose Jacke hervorzukramen.

Zuerst bricht Mamu in Gelächter aus, wie so oft, wenn sie überrascht ist. Aber als ich ihr sage, wo die Knöpfe sind, nimmt ihr Gesicht einen Unheil verkündenden Ausdruck an. Sie spricht kurz mit der Gastgeberin, und wenig später ruft diese die Kinder herein. Mamu nimmt mich fest an der Hand, und wir marschieren zu Arvis Haus.

Unterwegs muss ich mir anhören, was wir für furchtbar böse Kinder sind und wie enttäuscht sie von mir ist. Den Tränen nah versuche ich die Schuld am Schicksal der Strickjacke den Zwillingen und ihrem Cousin mit dem Taschenmesser aufzubürden.

Mamu schnaubt daraufhin noch wütender als zuvor. Die Strickjacke sei egal, aber dass wir den alten Mann so grausam geärgert hätten!

Ich verstehe nicht, was sie meint. Wir haben doch nur mit Knöpfen geworfen. Die Zwillinge hätten gesagt, das dürften wir tun, wo er doch nun mal der Knopf-Arvi sei.

Mamu beugt sich zu mir herab und packt mich an den Schultern. Erst jetzt wird ihr klar, dass mir tatsächlich nicht bewusst gewesen ist, was ich angestellt habe.

Es verhalte sich nämlich so: Onkel Arvi hat Angst vor Knöpfen.

Das begreife ich nicht. Kein Mensch kann Angst vor Knöpfen haben. Erwachsene schon gar nicht.

Doch, in diesem Fall ist das so.

Mir fällt das Wort ein, das wir auf Kommando der Zwillinge gerufen haben.

»Ist der Onkel … ein Spasti?«

Mamu sagt, ich sei vielleicht zu jung, um das zu verstehen, aber ihrer Erfahrung nach setze es bei allen Menschen im Laufe des Lebens in bestimmten Situationen einmal aus. Auf die ein oder andere Art. Das sei bei jedem so, und bei dem armen Onkel setze es eben immer dann aus, wenn er einen Knopf sehe. Trotzdem sei er kein Geisteskranker. Nicht einmal annähernd.

Aber es stimme, dass Knöpfe bei ihm Übelkeit auslösten. Und am allerschlechtesten gehe es ihm, wenn er irgendwo ei nen abgetrennten Knopf sehe. Erst recht, wenn es ein ganzer Haufen sei. Gott sei Dank habe sie Onkel Arvi noch beim Einholen seiner Netze gesehen, sodass wir hoffentlich alle verflixten Knöpfe hinter dem Zaun fänden, bevor er heimkäme.

So wurde mir auch klar, warum Mamu normalerweise die Kleider für Arvi kaufte. Wenn sie Knöpfe hatten, wurden sie von ihr durch einen Reißverschluss ersetzt, obwohl ich wusste, dass sie gerade das Einnähen von Reißverschlüssen für eine besonders fiese Arbeit hielt.

Während ich Arvis Kammer ausräumte, spürte ich einen Stich Wehmut. Bestimmt waren viele der mehrmals geflickten Kleidungsstücke in den späten Abendstunden entstanden, in denen ich bis in den Schlaf hinein das Tackern der Singer aus dem Wohnzimmer hörte. Zwei Pullover hob ich auf, einen marineblauen und einen grauen mit roten Stickereien. Ich war sicher, dass Mamu beide gestrickt hatte.

Als ich am Abend mein Bier trank und wartete, dass die überbackenen Toasts fertig wurden, ging ich ins Internet, um herauszufinden, wie man Thunfischlasagne machte. Das war eines der wenigen Gerichte, die meine Frau selbst kochte. Außerdem war es Jimis Lieblingsessen.

Beim Surfen dachte ich über Arvis Angst vor Knöpfen nach. Gab es irgendjemanden, der ebenfalls unter dieser Form der Verrücktheit litt?

Ich staunte, wie viele Treffer mir Google unter dem Stichwort Knopfphobie lieferte. Es gab sogar einen wissenschaftlichen Namen dafür, Koumpounophobie.

Obwohl mir von Kindheit an Arvis sonderbares Verhältnis zu Knöpfen bewusst war, kam ich nie auf den Gedanken, es könne sich um eine klassifizierte Erkrankung handeln, die man mit anderen Phobien gleichsetzen konnte, etwa vor Spinnen oder Wespen. Oder mit meiner Höhenangst, die mir früher bestimmte Maurerarbeiten schwer und zum Teil sogar unmöglich gemacht hatte.

Aus den Internetforen ging hervor, dass es sich bei der Knopfphobie um ein erstaunlich weit verbreitetes Syndrom handelte, auch wenn diejenigen, die darunter litten, glaubten, sie seien einzigartig. Verständlicherweise wollten sich nur wenige zu so einer Angst bekennen. Verschlimmert wurde das Ganze dadurch, dass bei einigen Betroffenen allein das Aussprechen oder Hören der Bezeichnung des phobieauslösenden Gegenstands Panik verursachte. Auch das Schreiben von »Knopf« oder »Druckknopf« schien einigen Forumsteilnehmern so schlecht zu bekommen, dass sie sich bisweilen übergeben mussten.

Die Ängste schienen sich auf Knöpfe bestimmten Typs oder bestimmter Größe zu beziehen oder darauf, dass die Knöpfe geöffnet oder geschlossen wurden. Bei manchen löste das Geräusch von Druckknöpfen Beklemmungszustände aus. In den meisten Fällen hatte die Phobie schon in der Kindheit begonnen, oft um das siebte Lebensjahr herum. Viele beklagten die Schwierigkeit, mit Menschen zusammen zu sein, die Knöpfe an ihren Kleidern trugen.

Knopfphobiker versuchten sich und ihren Kindern nur Kleidungsstücke auszusuchen, die Reißverschlüsse oder andere Verschlüsse hatten. Berufe, bei denen Uniformen getragen wurden, kamen für die meisten überhaupt nicht in Frage. Wenn ein Knopfphobiker in der Nähe eines Knopfes Luft holte, hatte er das Gefühl, den Knopf einzuatmen. In der milderen Variante löste die Phobie Übelkeit und Erbrechen aus, bei Leuten mit schlimmeren Symptomen brach der kalte Schweiß aus, der Blutdruck sank, das Sehfeld verengte sich und das Auffassungsniveau sank. Die schlimmsten Reaktionen erinnerten an einen schweren Schock.

Eine schwere Knopfphobie war eine Krankheit mit ernsten physischen Symptomen, die beim Betroffenen die sozialen Beziehungen, das Selbstwertgefühl, ja das ganze Leben zerstören konnten. Das Zusammenwirken von körperlichen und psychischen Symptomen konnte einen Patienten für immer invalidisieren.

Im Lichte dessen, was ich da las, kam mir das Einsiedlerleben von Arvi Malmberg allmählich sehr verständlich vor. Ein Mann namens Whitcomb Judson hatte bereits 1891 den Reißverschluss erfunden. Dessen Bedeutung wurde jedoch erst 1918 erkannt, als die Marine der Vereinigten Staaten für Fliegeroveralls Reißverschlüsse benutzte. Langsam gelangte die Erfindung dann auch in den zivilen Gebrauch. Arvis Leben konnte sie noch lange nicht erleichtern.

Ich nahm die Toasts aus dem Ofen und machte eine Flasche Rotwein auf. Den Korken warf ich in den Mülleimer. Es bestand kein Zweifel, dass ich die Flasche an diesem Abend leeren würde. Die Pullover, die ich mir genommen hatte, lagen neben mir auf dem ausziehbaren Bett. Ich strich mit der Hand darüber und fuhr mir wohl auch mit der Wolle über die Wange. Wieder einmal wurde ich daran erinnert, was für ein großer Teil der Welt meiner Großeltern mir verborgen geblieben war, bloß weil ich eingewilligt hatte, Mamu in ihren letzten Lebensjahren auf so erbärmliche Weise aus meinem Leben zu stoßen.

1918

Januar

1. Bunter Abend des AV Angelniemi

2. Die Lebensmittelvorräte in der Genossenschaft überprüft.

5. War am Bahnhof, auf Butterschmuggler lauern.

7. Hab Zuckermarken geschrieben.

10. Versammlung der Konversationsgesellschaft

12. Lebensmittelsitzung und Jahresversammlung AVV

14. Mit Aulanko Getreide aufgenommen.

15. " " " "

20. AVV beging die Feier der Selbstständigkeit Finnlands.

24. Versammlung der Konversationsgesellschaft.

Am 27. Januar brach der Finnische Bürgerkrieg aus.

Februar

1. Die Ordnungsgarde brach nach Salo auf.

2. Lebensmittelsitzung. Danach Wache an der Brücke in Halikko.

3. Wache an der Brücke in Halikko

4. " " " " " "

7. Das Rote Lebensmittelkomitee erstmals versammelt.

8. Lebensmittelsitzung

14. Erledigungen in Sachen Lebensmittel.

15. Brotkarten verteilt.

16. Erledigungen in Sachen Lebensmittel. 7 Kanister Öl eingetroffen.

18. In Turku bei der Sitzung der Lebensmitteldelegierten.

19. War in der Zuckerfabrik Aura und bezahlte 8920,64 Mark für Zucker.

24. Jahresversammlung der Genossenschaft

25. Lebensmittelangelegenheiten auf Joensuu

März

4. Lebensmittelangelegenheiten auf Joensuu

5. Erledigungen für Lebensmittelkomitee Turku

8. Lebensmittelangelegenheiten auf Joensuu

17. Versammlung des Ortsvereins im Gemeinderaum

21. Lebensmittelangelegenheiten auf Joensuu

25. Lebensmittelangelegenheiten in der Kanzlei

27. Beim Revolutionsgericht wegen Graupen von Ketala.

24. Hochzeit mit Selma

April

13. Wurde aus dem Lebensmittelkomitee geworfen.

14. Die Weißen brachten mich und Kustaa zur Untersuchung nach Salo. 20 Männer verhaftet und ins Genossenschaftshaus gebracht.

21. Ich und Kustaa wurden um halb 11 in der Nacht unter Führung von Arno Nieminen verhaftet, und Polizist Heino brachte uns nach Salo in die Polizeizelle.

24. Den Tag über beim Polizeidirektor zum Verhör und dort wurde bestimmt, dass wir nach Turku ins Gefangenenlager gebracht werden.

25. Wurden nach Turku in die russische Kaserne gebracht, Räty, Vaara, Lindström, Nurmi, Leino, Oksanen, Reunanen u. a.

26. Bekamen zu essen: ein halbes Brot, 5 Strömlinge, abends 1 Liter Kartoffelbrühe.

Die erste Probenummer von Der Finnische Sozialdemokrat *erschien am 6. Mai 1918.*

Der finnische Bürgerkrieg endete am 4. Mai.

29. Juni. Wurde zur Zwangsarbeit nach Halikko gebracht, am Fluss roden.

Juli

6. Meine Frau brachte mir Essen, aber ich durfte sie nicht sehen, denn da gab es so einen Verrückten namens Koskinen, der mir auch noch das weggenommen hat, was meine Frau mir gebracht hatte, nämlich: 3 1/2 Laib Brot. 10 Schachteln Zigaretten. Ein Kissen. 10 Bogen offizielles Papier. 109 Mark. 1 Rasiermesser. 1 Messer mit Scheide. 1 Stift. Für 5 Mark Briefmarken. 15 Stück offizielle Postkarten. 25 St. Briefumschläge und 25 Blatt Papier.

9. Geriet in Streit mit dem verrückten Koskinen, und am 10. legte er mich in Handschellen und schickte mich nach Turku ins Gefangenenlager, wo ich ohne Verhör in die Hauptzelle musste.

11. Schickte heimlich einen Brief an Selma.

20. Kamen alle aus der Hauptzelle raus.

21. Schickte einen Brief an Selma.

Am 25. Juli wurde ich zu 11 Jahren Zuchthaus verurteilt. Wir bekamen weiße Markierungen hinten auf die Jacke und zogen in Raum 29, wo man überhaupt nicht rauskam, sondern auch die Scheißeimer drinnen waren.

31. Bekamen jetzt drei Mal am Tag Essen.

August

2. Waren zum ersten Mal in der Sauna.

3. In der Finnischen Kaserne zum Arbeiten.

6. Schrieb an Selma.

12. Bekam von Selma eine Karte.

13. Schrieb an Selma.

22. Bekam von Selma eine Karte.

23. Schrieb einen Brief an Selma. Und waren in der Sauna.

September

3. Mein Gnadengesuch kam zurück, mein Urteil wurde nicht heruntergesetzt.

14. Wurde Wäschemeister. Es war, als wäre ich freigekommen, denn ich kam in ein anderes Gebäude zum Wohnen, und die Türen waren immer offen, und jeder durfte bis 18 Uhr rausgehen, und auch nachts durfte man aufs Klosett.

15. Schickte einen Brief an Selma.

Oktober

8. Selma kam mich besuchen, und wir durften ungefähr eine Stunde reden.

November

3. Man fing an die zu 4 Jahren Verurteilten freizulassen.

21. Schrieb Selma eine Karte.

27. Schrieb Selma einen Brief.

Dezember

9. Schickte einen Brief an Selma.

10. Die zu 5 und 6 Jahren Verurteilten wurden freigelassen.

12. Kam ins Essenslager, wieder besserte sich die wirtschaftliche Seite sehr, und ich kam zum Wohnen in den Raum der Küchenleute und bekam ein Eisenbett und Matratze und Wolldecke.

20. Schickte Selma eine Karte.

25. Weihnachten war schon sehr schön, weil mich der Hunger nicht mehr geplagt hat.

27. Bekam von Selma eine Karte.

29. Schickte einen Brief an Selma.

30. Von Suomenlinna kamen 300 Gefangene nach Turku, die 2 Wochen lang getrennt von den anderen eingesperrt wurden.

31. Gruseski kam mich besuchen.

Joel, 32

Vartsala, Februar 1918

Joel hat den ganzen Nachmittag vom Fenster seines Büros aus den Menschenstrom beobachtet, der ins Arbeiterhaus drängt. Die meisten bleiben unter den bereiften Birken stehen und lesen das Schild, das dort am Morgen aufgehängt worden ist. Die anderthalb Meter hohe Tafel stammt aus den alten Theaterrequisiten. Die Rückseite, die man vom Büro aus sieht, ist mit fantasievoll wuchernden roten Blumen bemalt, die sich zwischen einer Hecke schlängeln. Auf der anderen Seite hat Kustaa auf Joels Bitte hin die Dinge aufgelistet, die dem Roten Lebensmittelkomitee obliegen. Darunter steht die mit Ausrufezeichen versehene Mitteilung, dass sich der Vorsitzende nicht mit anderen, außerhalb seiner Befugnis befindlichen Beschwerden befasse.

»Nicht einer fehlt«, stellt Joel finster fest.

Er sitzt aufrecht am Schreibtisch, die Finger auf den Tasten der Schreibmaschine. Kustaa steht neben ihm und zeigt ihm, wie man das Papier einspannt.

»Wenn man wenigstens einen Moment seine Ruhe hätte. Geh und sag ihnen, heute wird niemand empfangen. Sag, der Vorsitzende hat jetzt Wichtigeres zu tun. Und dass sie ihre Beschwerden schriftlich einreichen sollen.«

Bei den Sturschädeln schlägt offenbar nichts an. Verstehen die Leute denn nicht, dass Joel Tammisto in ihren unmöglichen

Forderungen und der Flut ihrer ständigen Beschwerden noch ertrinken wird? Und gleichzeitig erwartet man, dass er persönlich an den Lebensmittelbeschlagnahmungen und an allen Ankäufen teilnimmt sowie eigenhändig den Papierkrieg erledigt, den jede Maßnahme erfordert. Joel stößt die Schreibmaschine zur Seite.

Kustaa soll die Klapperkiste behalten. Jetzt ist keine Zeit, um sich auch noch mit so was rumzuschlagen. Der Kopierstift muss reichen.

Herman Harjula, der in Joels Rücken mit der Bürotür beschäftigt ist, unterbricht sein schmunzelndes Summen. Er hat die alten Klinken abmontiert und besieht das neue Schloss.

»Ja, ja, all die neuen Apparate und Geräte. Die müssen dann hinter Schloss und Riegel. Und ein x-beliebiges Schloss ist unserem Vorsitzenden anscheinend nicht gut genug. Da muss mit dem Stechbeitel ein größeres Loch gemacht werden.«

»Dann mach es eben größer!«, sagt Joel, ohne sich umzudrehen.

Herman zieht den Schlüssel aus dem Schloss.

»Die hätten einen Dreher und Schlosser wie mich gebrauchen können.«

»Hä?«

»Hast du so was schon mal gesehen? Unsereiner ja.«

Joel dreht sich gereizt um. Erst jetzt sieht er das Schloss und die Klinken in Hermans Hand. Die Klinken sind aus Elfenbein, die Beschläge aus glänzendem Messing. In den ornamental geschliffenen Schlüsselkopf ist eine kunstvolle Kleeblattverzierung geschnitten worden.

Joel springt auf und sieht es sich aus der Nähe an.

»Was soll der Mist?«

»Die haben das gute Stück aus der Tür herausgesägt. Das wäre auch hübscher gegangen. Da haben sie einem tüchtigen

Schreiner die Arbeit eines ganzen langen Tages kaputt gemacht. Angeblich treten sie für die Sache der Arbeiter ein, aber die Arbeit anderer Leute ist ihnen nicht so viel wert.«

»Verdammter Mist. Wo haben die das hergeholt?«

»Auf Joensuu gibt es solche Kleeblatt-Schlüssel. Hab ich aus der Nähe gesehen, als ich mal fürs Haus einen neuen Schlüssel machen musste und auch noch genau so eine Verzierung nach Vorlage reinkratzen.«

»Verdammte Scheiße!«

Joel marschiert durch den Raum und rauft sich die Haare. Vor dem Telefon bleibt er stehen und klopft heftig gegen den Telefonkasten, auf den die Februarsonne helle Flecken wirft.

Nein, verdammt. Er muss anrufen.

Gardekommandant Luukkonen vom Stab in Salo bestätigt gelassen den Verdacht. Das Schloss stammt aus dem Herrenhaus. Genauer gesagt von der Tür zur Kanzlei vom Verwalter Munck.

Joels freie Hand ballt sich zur Faust. Die beauftragten Genossen sind also direkt zum Haupteingang hineinmarschiert und haben eine ganze Tür auseinandergenommen. Obwohl Joel jedes Vorhängeschloss recht gewesen wäre.

Der Gardekommandant hat jetzt weder Zeit noch Lust, mit dem Vorsitzenden des Lebensmittelkomitees ein ausuferndes Gespräch über verschiedene Schlosstypen zu führen.

»Du hast nach einem Schloss für deine Tür geschrien und du hast ein Schloss gekriegt. Was spielt es, verdammt noch mal, für eine Rolle, wo es herkommt? In dem Haushalt gibt es noch immer mehr als genug Schlösser.«

Natürlich gibt es genug. Darum geht es nicht. Aber was hat es für einen Sinn, immerfort dieselben Personen zu stören und zu demütigen, von deren Feldern man sowieso schon die größte Menge an notwendigen Lebensmitteln beschlagnahmen muss, um das Volk und die Viecher am Leben zu halten?

»Ich lasse nicht zu, dass eure Wirrköpfe ständig mit dem Säbel und der Browning herumfuchteln. Kapierst du nicht, dass sie mir die anständigen Maßnahmen verderben?«, sagt Joel, wobei er immer wieder streng auf Herman blickt.

Er streckt den Rücken durch. Ein Jammer, dass Luukkonen nicht sieht, wie absolut unerschütterlich und pflichtbewusst er in diesem Moment ausschaut. Noch lieber wäre es ihm, wenn Selma ihn jetzt sehen könnte.

»Es gibt keinen Gutsherrn und keinen Bauern, mit dem ich nicht übereinkäme. Man muss nur anständig sein und erklären, worum es geht.«

»Es geht um die Revolution! Hör gut zu, Tammisto. Ich habe hier in zwei Stunden einen Waggon voll Verwundeter und gefrorener Leichen. Dann dürfen die Sanitäter die blutige Säge schwingen. Und du heulst mir was von einem verdammten Schloss vor. Sieh zu, dass du unseren Jungs genügend Verpflegung beschaffst, damit sie wieder auf die Beine kommen!«

»Ihr habt doch gerade erst zwei Fuhren bekommen.«

»Die sind schon aufgegessen. Und ausgeschissen.«

»Nein. So geht das nicht. Mir rennen die Beschwerdeführer schon kompanieweise die Bude ein, weil sie der Meinung sind, dass ich unverschämte Vergeudung betreibe …«

»Na, jetzt hast du ja ein Schloss und kannst sie aussperren«, unterbricht ihn Luukkonen.

Joel umklammert den Telefonhörer so fest, dass die Knöchel an seiner Hand weiß hervortreten. Will der Gardekommandant damit vielleicht sagen, Joel wäre bloß ein Angsthase, der sich hinter seinem Schreibtisch verschanzt?

Natürlich nicht, versichert Luukkonen. Wo hätte er denn so einen Eindruck gewinnen sollen? Obwohl es fraglos schon ein bisschen Verwunderung wecke, so ganz allgemein, dass sich der Genosse Vorsitzende des Lebensmittelkomitees weigere, persönlich eine Waffe zu tragen. Natürlich störe das ihn, den Gardekommandanten, kein bisschen, aber Tammisto wisse ja, wie engstirnig viele andere Militärpersonen in diesen Schießeisenangelegenheiten seien, wo sie selbst immer darauf gefasst sein müssten, bis zu den Achseln im Blut zu waten.

Joel schaut aus dem Fenster auf die Blumenhecke, auf die nun große, watteartige Schneeflocken herabfallen. Er erinnert Luukkonen verbittert an die sechs Tage Wache an der Brücke in Halikko.

»Ich nehme das Gewehr schon in die Hand, wenn gerechtfertigter Bedarf dafür besteht. Aber eigentlich hat es geheißen, der Vorsitzende des Lebensmittelkomitees muss keine Wachdienste übernehmen.«

»Schon, aber du bist auch der stellvertretende Kommandant der Roten Garde in deinem Dorf.«

»Ein Mann kann sich nicht überall verteilen.«

Joel hält es für angebracht, mit Nachdruck auf das Prinzip zu verweisen, das er sich zu eigen gemacht hat, nämlich dass die gemeinsamen Angelegenheiten besonnen und zivilisiert erledigt werden. Als prinzipientreuer Mann werde Joel Tammisto auch in Zukunft nach dem genannten Prinzip handeln.

»Also gut. Hauptsache, es läuft alles, wenn die Bedarfsliste von hier rausgeht! Das ist Prinzip genug.«

Zufrieden mit seiner Standhaftigkeit hält Joel ein kleines Zugeständnis für angemessen. Immerhin geht es um Menschenleben.

»Ich sehe zu, was ich tun kann.«

Am anderen Ende wird aufgelegt. Kustaa schiebt sich an Herman vorbei ins Büro.

»Wie ist die Lage?«, will Joel wissen.

»Die haben wieder allerhand zu sagen. Aber mehr von der Sorte Gemurre.«

»Aha.«

Herman wirft ihm einen spöttischen Blick zu. Er legt den Stechbeitel neben sich auf den Boden und schiebt den Schlüssel ins Schloss.

»Ich hab doch gesagt, dass du mit diesem Amt in die Scheiße langst. So wie mit dem ganzen Revolutionsblödsinn.«

»Kümmere du dich darum, an deiner Tür zu feilen, Harjula!«

Joel legt Holz im Ofen nach. Er wärmt sich im Feuerschein die Hände und versucht seine Gedanken zu ordnen.

»Was für ein Gemurre diesmal?«

»Na, vor allem wegen dem Zucker«, sagt Kustaa.

»Zum Teufel aber auch mit denen. Venho war in der Fabrik dabei und kann bezeugen, dass die Zahlung auf den Pfennig dem entspricht, was auf der Rechnung steht. 8920 verdammte Mark und 64 verfluchte Pfennige.«

Herman stößt einen Pfiff aus.

»Das sind die großen Herren, die mit dem Jahreslohn von sieben Männern in der Tasche durch die Provinz reisen.«

»Zucker kostet, zum Donnerwetter. Was soll das hier überhaupt? Es glaubt doch wohl keiner, ich und Venho würden was in die eigene Tasche stecken?«

»Tja, soweit ich weiß, bist du schon immer scharf auf Süßes gewesen«, sagt Herman. »Und Osku auch. Aber wo kriegen wir anderen was her? Lennu hat sich gerade beklagt, dass man die Werte auf den Zuckermarken bald nicht mehr lesen kann, wenn sie noch kleiner werden.«

»Ich sitze nicht auf dem Zucker«, sagt Joel.

Verstehen die Leute denn nicht, dass die Wünsche des Vorsitzenden vom Lebensmittelkomitee Halikko kein bisschen ins Gewicht fallen, wenn der Stab in Turku eine Anordnung erteilt? Dann muss der junge Tammisto schon ein bisschen zurückstecken. Oder geben wir es zu: mehr als ein bisschen. Dann geht die Fuhre ab. Wenn es in Turku oder Tampere verlangt wird, muss eine ganze Zugladung voll wer weiß was geliefert werden. Joel kann da nichts tun. Aber eine Grenze zieht er: Auf der Fuhre dürfen keine abgeschnittenen Menschenköpfe hin und her rollen.

»In letzter Zeit war sie freilich ein bisschen blass, die Grenze«, sagt Herman.

»Wieso?«

Herman weist auf die Fahrt nach Turku in der Vorwoche hin. Da wurden mit demselben Transport zwei Bauern aus Halikko zum Stab der Roten gebracht.

»Ja, aber nicht auf meine Veranlassung. Im Gegenteil, ich bin ja gerade dagegen gewesen. Vor allem mit Mikkola hat es nie irgendwelche Scherereien gegeben.«

»Er ist immerhin der erste Mann des örtlichen Schutzkorps gewesen«, bringt Kustaa in Erinnerung.

Joel zuckt mit den Schultern.

»Ich halte den Mikkola trotzdem für einen anständigen Menschen.«

»Ich auch«, sagt Herman. »Bis dann euer Gardekommandant in der Tasche von dem Alten ein Gebetbuch gefunden und gefragt hat, was er damit macht. Darauf er, das sei seine Zuflucht, wenn alles andere ins Schwanken gerät. Ich mein ja bloß, wenn ein Mann nur das als Rettungsleine hat, dann geht die Fahrt nicht gut aus.«

»Entschuldige, aber Booth ist der Kommandant von Halikko. Meine Zuständigkeit erstreckt sich nicht auf ihn.«

»Das ist schon ein bequemes, praktisches Wort, diese Zuständigkeit. Die lässt sich je nach Bedarf auslegen.«

»Nicht bei mir«, sagt Joel beleidigt.

Für ihn ist Hermans Einstellung unbegreiflich. Geradezu indiskutabel. Hat Joel nicht eben am Telefon eindeutig bewiesen, dass er ein Mann ist, der an seinen Prinzipien festhält?

»Werden die aus Halikko noch immer dort gefangen gehalten?«, fragt Kustaa.

Beim anderen Bauern weiß es Joel nicht, aber den Mikkola hat er bei seinem letzten Besuch in Turku gesehen. Der Mann musste mit anderen Festgenommenen durch die Stadt zum Gebäude der Bezirksverwaltung marschieren. Der Keller in der Seefahrtsschule war wohl zu eng geworden.

»Denen fehlt in der neuen Unterkunft nichts, dort ist es warm und hübsch. Da dürfen die Herren auf richtigen Orientteppichen schlafen, und die Verpflegung funktioniert.«

»In dem Smolny war es trostloser, was?«, sagt Herman.

»Auch dort bekamen die Gefangenen anständig zu essen.«

Und außerdem heiße der Palast noch immer Seefahrtsschule und nicht Smolny, soweit er, Joel, richtig informiert sei.

»Genau, der Seeblick ist da prächtig. Vor allem im zweiten Stock. Im Hauptquartier. Im Keller dagegen nicht so.«

Zu Joels Verdruss fängt Herman an, ausführlich das Gebäude zu beschreiben, das Treppenhaus und Einzelheiten des Mobiliars, die großen, mit Leder bespannten Stühle, auf denen die Männer vom Stab saßen, mit ihren roten Abzeichen am Revers, die Gewehre, Bajonette und Patronentaschen neben sich.

»Ich glaube, Kustaa hat jetzt eine ausreichende Vorstellung«, sagt Joel in der inständigen Hoffnung, dass endlich das Thema gewechselt würde.

Aber nein. Herman will noch von der Waschküche erzählen, in der sie, wie es scheint, gefangene weiße Zivilisten aufbewahren. Und von all dem erzählt er so laut, dass man es mit Sicherheit auch außerhalb des Raums hört.

»Die Männer müssen da auf dem blanken Fußboden schlafen.«

Oder na ja, ein paar Bänke stehen schon herum, gibt Herman zu, aber viele können es sich darauf nicht bequem machen. Anfangs konnte man auch so gut wie gar nichts sehen, weil das Glas der einzigen Lampe verrußt war und weil so viel Dampf aus dem Waschkessel kam. Das war unangenehm.

»Aber plötzlich war unser Vorsitzender ganz versessen darauf, die Bedingungen für die Häftlinge zu verbessern, weil er unter ihnen einen guten Kumpel ausgemacht hatte.«

Kustaa schaut Joel fragend an.

»Na ja, Richter Sahlberg war dabei. Er ist zufällig Mitglied im Aeroclub Turku. Na und?«

»Ein vermögender Mann«, sagt Herman. »Schien gut mit den Wärtern auszukommen. Man hat ihm eine große Kiste Gebäck aus Lehtinens Café angeschleppt. Und eine Kanne Plörre. Unsereiner hat es mit eigenen Augen gesehen, nicht wahr?«

»Ja, ja. Du warst so benebelt, dass deine Augen so gut wie keinen Zeugenwert haben. Hast du jetzt auch schon wieder einen sitzen?«

Joels Stimme knirscht vor Verzweiflung. Er wünschte wirklich, Herman würde endlich den Mund halten. Aber Joel hat es sich natürlich selbst zuzuschreiben, dass er gegen jedes bessere Wissen bereit war, Herman Harjula mitzunehmen. Lernt er es denn nie? Der Mann ist inzwischen einfach nicht mehr zu halten.

»Kann sein. Ich frag keinen um Erlaubnis.«

»Hoffentlich kommen wenigstens die Klinken richtig herum an die Tür.«

»Da mach dir mal keine Sorgen.«

Hermans Beobachtungen treffen leider zu. Als Joel den Richter Sahlberg unter den Gefangenen entdeckte, war das für ihn eine äußerst peinliche Überraschung, und als der Richter dann auch ihn sah, waren Schwierigkeiten nicht mehr zu vermeiden.

Joel schuldete Sahlberg einen Flugzeugmotor, das war nicht zu bestreiten. Selbstverständlich besaß er in seiner Eigenschaft als Vorsitzender des Lebensmittelkomitees Halikko ebenso wenig wie als stellvertretender Kommandant der Garde des Dörfchens Vartsala die Voraussetzungen, um auf die Festnahme selbst einwirken zu können, aber er musste wenigstens versuchen, die Wünsche, die der Richter ihm hastig ins Ohr flüsterte, zu erfüllen. So unbedacht sie auch waren und so seltsam sie Joel unter den herrschenden Umständen vorkamen.

»Was glaubst du, wird man mit ihnen machen?«, fragt Kustaa.

»Keine Ahnung.«

Gereizt breitet Joel die Arme aus. Die Tatsache, dass er hier diverse Papiere unterschrieben habe und bei Bedarf Reden zur Aufrechterhaltung der Moral halte, bedeute noch lange nicht, dass er die Zukunft vorhersehen könne. Auch er sei nur ein Mensch. Wenngleich er oft das Gefühl habe, bloß ein unbedeutend kleiner Asteroid in der Umlaufbahn der Planeten zu sein. Ein winzig kleines Steinchen im Universum. Aber trotzdem Teil des Systems.

»Ein unbedeutend kleiner Asteroid, der mit 8000 Mark im Säckel durch die Gegend zuckelt.«

»Ich wollte den Kalk ja nicht für mich. Das haben andere beschlossen. Ich bin überhaupt nicht scharf darauf, irgendeine Art von Revolutionsheld zu werden.«

Herman nickt. Genau, die wahren Helden zeigen ihren Mut auf dem Schlachtfeld, und die kühnsten von ihnen seien die Flieger; für die sei der Himmel die Haupttribüne und Gott der einzige Zuschauer.

»Seit wann glaubt Herman Harjula wieder an Gott?«, will Kustaa wissen.

»Ich habe immer an ihn geglaubt, mein Lieber«, sagt Herman. »Aber es hat eben ziemlich lang gedauert, bis ich herausgefunden habe, dass Unser Vater im Himmel offenbar ein ewiger Schluckspecht ist.«

»Hä?«

»Ja, der ist genauso hinter dem Schnaps her wie seine Geschöpfe.«

Herman erklärt, seitdem er selbst ab und zu mal einen hebe, sei es ihm wie Schuppen von den Augen gefallen, und ihm sei unweigerlich gedämmert, was es mit den früheren und jetzigen Problemen der Menschheit auf sich habe. Für ein solches Durcheinander könne es schlicht und einfach nur eine Erklärung geben: Die Welt ist im Suff erschaffen worden und werde im Suff geführt.

»Aha«, sagt Joel mürrisch, jedoch erleichtert über den Themenwechsel.

»Und was tut man normalerweise, wenn man betrunken ist?«, fragt Herman, wobei er den Flachmann aus der Tasche zieht. Man denkt sich einen Zeitvertreib aus. Man spielt Durak mit drei Karten oder veranstaltet einen Hahnenkampf. Der Herr aber muss sich nicht mit so billigen Vergnügungen abgeben. Schließlich besitzt er die Macht, ganze Völker aufeinanderzuhetzen.

»Eben.«

Ganz genau so! Herman kann sich sehr gut vorstellen, wie Gott ein ums andere Mal hoffnungsvoll auf der himmlischen Tribüne Platz nimmt, voller Interesse, was für neue Apparate seine Geschöpfe in ihrem großen Erfindungsreichtum wieder entwickelt haben, während er sein Nickerchen gemacht hat.

Herman wettet, der Herr sei ganz närrisch vor Glück, weil die hellen Köpfe unserer Zeit endlich kapiert hätten, dass man fürs Töten auch Maschinen brauche, die wie Vögel fliegen.

Was meinten Joel und Kustaa, stehe der Herr auf der Seite

der königlichen Luftwaffe Englands und rufe Hurra, wenn sich die tollkühnen jungen Männer mit ihren Bristol-Kampfflugzeugen Hals über Kopf auf die stumpfnasigen Hunnen-Maschinen mit den schwarzen Kreuzen stürzten? In der Zeitung habe gestanden, so würden sie es tun.

Oder wette der Herr auf den deutschen Roten Baron und verfolge mit unerschütterlichem Blick den steilen Aufstieg der Fokker, ihre Kunst der Rollen, Sturz- und Gleitflüge, bis ihr Maschinengewehr wieder bei einer britischen Maschine einen Treffer lande. Und deren Flieger hätte keine andere Möglichkeit, als ohne Fallschirm abzuspringen oder mit seinem Flugzeug zu verbrennen.

»Warum nicht mit Fallschirm?«, fragt Kustaa an der Schreibmaschine.

Genosse Vuorio wisse also nicht, dass der Gebrauch von Fallschirmen in der königlichen Luftwaffe Englands verboten sei? Ein empfindlicher Flieger könnte in der Not sonst aus reiner Feigheit Zuflucht bei seinem Fallschirm suchen, und dann ginge wieder eine teure Maschine umsonst zu Bruch.

»Jetzt bau endlich das Schloss ein«, sagt Joel. »Ich muss arbeiten.« Er hat die Nase voll von Hermans Geschwätz, aber man hätte es wissen müssen. Wenn der Mann erstmal in Fahrt kommt, hält ihn so schnell nichts auf.

Herman erinnert daran, dass Deutschland seinen Fliegern die Fallschirme nicht verboten habe. Das wiederum biete dem Herrn im Himmel die großartige Gelegenheit zu wetten, wie viele Feinde, die sich per Schirm zu retten versuchen, von den Briten abgeknallt würden. Joel blickt von seinen Papieren auf und sagt, er persönlich glaube, die britischen Offiziere der alten Schule hielten strikt an ihrem Ehrbegriff fest. Auch wenn Krieg herrsche und sie ihr Land verteidigen, werde aufrecht gekämpft, weshalb man nicht auf verteidigungsunfähige Maschinen schieße. Britische Flieger hielten jedes andere Verhalten schlicht und einfach für unsportlich.

»Ja, aber die Offiziere der alten Schule sind längst alle abgeschossen worden. Heutzutage sind die meisten Flieger Jungs aus der Arbeiterklasse, die keine Privatschulen besucht haben, weshalb sie sich von solchen Förmlichkeiten nicht stören lassen«, erklärt Herman.

Der Teufel soll den Kerl holen. Wo nimmt er nur die Zeit her, sich solche Sachen zusammenzuspinnen? Joel kommt nicht dazu, dem spöttischen Herman eine passende Antwort zu erwidern, denn der Dreher will das Schloss ausprobieren und sperrt sich dabei aus dem Büro aus.

»Was soll man mit diesem Wirrkopf anstellen?«

Kustaa sieht Joel an und lächelt.

»Tja, wenn man das wüsste.«

Joel arbeitet an diesem Abend lange. Nachdem es im Haus endlich still geworden ist, geht er ins Dunkle hinaus und verzieht sich in eine Ecke, um Wasser zu lassen. Aber noch immer ist er nicht allein. Als er sich umdreht, erschrickt er vor zwei großen Gestalten. Sie kommen näher, und er erkennt sie als Lauri Lindroos und Viki Salin. Joel knöpft sich die Hose zu.

»Was macht ihr noch hier, Jungs? Das Büro ist für heute geschlossen. Ich schreibe keine Karten mehr oder was immer auch anliegt.«

»Das ist es nicht.«

»Was dann?«

Die Jungen sehen einander an. Lauri räuspert sich.

»Wir wollen der Roten Garde beitreten.«

»Ach so. Ihr wollt rekrutiert werden.«

Die Jungen nicken gleichzeitig. Lauri fungiert weiter als Sprecher.

»Wir wollen an die Front. Und dafür brauchen wir Gewehre.«

»Aha. Hat die Mama euch das erlaubt?«

Lauri hebt das Kinn.

»Das haben wir selbst beschlossen.«

»Was haben die Herrschaften denn an Jahren auf dem Buckel?«

Lauri sagt, er sei 17. Viki behauptet, 16 zu sein.

Joel muss lachen. Als wüsste er nicht, in welchem Jahr Sakari Salins ältester Sohn auf die Welt kam. Und das ist nicht mehr als 14 Jahre her.

»Das Beste ist, ihr seht zu, dass ihr heimkommt, Jungs. Ich verteile keine Gewehre und Passierscheine an Minderjährige.«

Lauri sagt, in der Marktgemeinde wären schon mehrere in ihrem Alter der Garde beigetreten. Und auch ins Feld gekommen.

Kann sein, gibt Joel zu, aber sein gesunder Selbsterhaltungstrieb sei trotzdem so weit ausgeprägt, dass er lieber nicht bei Naima Lindroos und Saida Salin die Grenzen des Erträglichen auf die Probe stelle.

Sichtlich enttäuscht trollen sich die Jungen. Joel geht wieder hinein. Plötzlich schaudert es ihn bis ins Innerste. Wird dieser Konflikt in einen Krieg der Kinder ausarten? So war das nicht gedacht. Joel muss zugeben, dass Herman Harjulas vorwurfsvolle Spitzen und Weltuntergangsvisionen allmählich eine ziemlich deprimierende Wirkung auf sein Gemüt haben.

Passend dazu schrillt das Telefon. Um diese Zeit kann das nur Unannehmlichkeiten bedeuten. Wie wäre es, einfach nicht abzunehmen? Der Anrufer weiß ja nicht, dass noch jemand hier ist.

Joel nimmt den Hörer ab.

»Hallo. Ein Gespräch vom Stab in Salo.«

»Ich nehme es an.«

»Genosse Tammisto? Joel?«

Es ist Selmas Stimme. Aber vom Tonfall her nicht die Stimme von vor zwei Monaten, an die er sich erinnert. Wenn sie sich hin und wieder auf den Gängen oder im Büro des Stabs in Salo begegnet sind, hat sie kein Wort zu ihm gesagt, sondern nur unfreundlich genickt. Seit Kriegsausbruch ist sie im Stab so gut wie nicht mehr aufgetaucht. Joel hat gehört, sie sei beim Gardekommandanten Luukkonen in Ungnade gefallen. Nachdem sie zuvor dessen absolute Favoritin unter den weiblichen Untergebenen gewesen sei.

Wie auch immer, jedenfalls ruft sie jetzt von dort aus an.

»Ja, ich bin's.«

»Selma Viitanen hier.«

Ihre Stimme klingt auf eine Art zerbrechlich, die für Joel kein bisschen zu der resoluten Person passt.

»Das habe ich schon erkannt.«

»Störe ich Sie bei der Arbeit?«

Joel weiß nicht, was er antworten soll, weshalb er nichts sagt. Auch aus dem Hörer kommt eine Weile nichts als der Atem von Selma.

»Ich rufe in Lebensmittelangelegenheiten an.«

»Ja?«

»Hören Sie ... Ich bin ... Ich bräuchte ...«

Selma ist also in Not. Vielleicht hungert sie gar, denkt Joel. In diesen Tagen ist es für niemanden gut, in Ungnade zu fallen. Erst recht nicht für eine alleinstehende Frau. Wohingegen Joel Tammisto, der noch vor zwei Monaten, vor Ausbruch des Krieges, nur der stellvertretende Kommandant der Roten Garde eines erbärmlichen Dörfchens und ein Verrückter, der wegen fliegender Maschinen herumsponn, war, sich plötzlich auf dem Gipfel der lokalen Macht sonnt.

Was kann eine verzweifelte Frau da anderes tun, als sich zu demütigen und ihn um Hilfe zu bitten? Und ein Mann mit Anstand hat keine Wahl, als ihr gegenüber barmherzig zu sein.

»Ich kenne Ihr Anliegen«, sagt Joel ins Telefon. »Und Ihre Bedürfnisse. Ich komme morgen nach Salo. Sie können ganz unbesorgt sein. Es wird sich alles regeln.«

Sakari, 34

Salo, Februar 1918

»Lindroos, Lauri … Salin, Viki, ja, solche Männer sind gestern in die Garde aufgenommen worden. Und sofort an die Front geschickt worden«, sagt Luukkonen und schließt das schwarz eingebundene Buch.

»Das sind keine Männer. Der eine ist ein Bursche von vierzehn Jahren. Und der andere ist auch noch keine achtzehn.«

Joel übernimmt das Reden. Sakari hat beschlossen, dass ein Mann in seiner Gemütsverfassung besser nicht den Mund aufmacht. Ein Vater, der die ganze Nacht auf seinen plötzlich verschwundenen Sohn wartet, ist über solche Mitteilungen nicht erfreut, wenngleich durchaus erleichtert, weil das Kind anscheinend vorläufig noch am Leben ist. Bis spät in die Nacht hinein haben sich Sakari und Saida gegenseitig beteuert, Viki sei mit Lauri auf irgendeine Samstagabendveranstaltung geraten, habe vielleicht zum ersten Mal im Leben das Schnapsglas angesetzt oder gleich die Starkbierkanne und traue sich deshalb nicht zur vereinbarten Zeit nach Hause.

In der Nacht, als die Temperatur unter 25 Grad minus fiel, wollte ihnen beiden der Schlaf nicht kommen. In ihren Gedanken geisterten alte Geschichten von erfrorenen Jungen aus dem Dorf herum, die ihren ersten Experimenten mit Alkohol erlagen. Am Sonntagvormittag erschien dann Lennu Lindroos mit düsterer Miene in ihrer Küche und überbrachte die Nachricht, die Jungen seien am Vortag gesehen worden, wie sie in Salo aus dem Fotogeschäft kamen, mit roten Bändern an den Ärmeln und russischen Militärgewehren samt Rattenschwanzbajonett über der Schulter.

Sakari nahm den Tretschlitten und fuhr auf der Stelle zu Joel, der die Angelegenheiten des Lebensmittelkomitees neuerdings hauptsächlich von der Kanzlei am Bahnhof Halikko aus erledigte. Sakari wusste, dass Joel sich auch jetzt dort aufhielt, obwohl Sonntag war. Als Sakari außer Atem die Neuigkeiten von Lennu Lindroos erzählte, spürte Joel einen Stich im Herzen, weil er weder seinem Freund noch seinem Schwiegervater von Lauris und Vikis Bitte, in die Rote Garde von Vartsala aufgenommen zu werden, berichtet hatte.

Sofort zog er sich die Jacke an. Sie nahmen das Pferd, das für das Komitee reserviert und fertig angespannt samt Schlitten vor dem Bahnhof stand, und fuhren in vollem Tempo zum Hotel Salo, das als Hauptquartier der Roten diente. Gardekommandant Luukkonen hatte sich als Büro eines der drei Kabinette ausgesucht, in denen früher die Crème de la crème von Salo sich an schwedischem Punsch und Cognac gütlich getan hatte, wie er sich ausdrückte.

»Wo sind die Jungen dann jetzt?«, fragt Joel besorgt.

»Die sind gestern Nachmittag mit dem Nachschub nach Vilppula gebracht worden«, antwortet Luukkanen gelassen.

Du Mistkerl hast Kinder dahin geschickt! An den schlimmsten Abschnitt!

Sakaris Wut äußert sich lautlos. Die unausgesprochenen Worte pochen in seinen Schläfen wie ein zweiter Puls. Er weiß, wo Vilppula liegt. Er war einmal mit Direktor Aarno im Steinbruch von Orivesi, um schwarzen Schiefer zu holen, und er erinnert sich, dass Vilppula die nächste Bahnstation in nördlicher Richtung war. Jetzt muss er erfahren, dass es der Ort ist, von dem aus die weißen Schlächter versuchen nach Tampere durchzukommen.

Sakari mustert den wie ein großer Feldherr herausgeputzten Kommandanten rasch von Kopf bis Fuß. Um den Lammpelz herum läuft ein breiter Gürtel, an dem ein Säbel hängt, so lang, dass der Beschlag der Scheide auf den Fußboden und gegen die Tischbeine schlägt, wenn der Kommandant sich nach vorne beugt.

Auf der anderen Seite des Gürtels steckt eine Mauser im Holzhalfter mit einem Deckel am Scharnier. Am Griff des Schießeisens befindet sich ein Ring, an dem ein Lederband befestigt ist. Die Schlaufe am anderen Ende hat sich der Kommandant um den Hals gehängt. Sakari meint, eine Alkoholfahne zu riechen.

Joel schlägt vor, der Kommandant solle jetzt irgendwo anrufen, wo man den Zug, der die Jungen nach Tampere bringt, noch vor dem Erreichen des Ziels aufhalten könne. Damit man die Halbwüchsigen da rausbekäme.

»Die Lage ist die, Genosse Tammisto, dass alle, die sich als Männer melden, auch als Männer gelten. Die Revolution braucht jeden Mann.«

Luukkanen steht auf, marschiert zur Tür und öffnet sie.

»Hab ich keine Erfrischung bestellt, hä? Wo bleibt sie?«, brüllt er in den Flur.

»Pakkala hat bestimmt wieder alles selbst heruntergekippt«, sagt er zu Joel kopfschüttelnd. »Ein Säufer, wie er im Buch steht. Aber in solchen Zeiten muss man sich mit derartigen Untergebenen abfinden.«

Eine schlanke Frau im blauen Kleid kommt in den Raum getrippelt und lächelt die Männer mit stark geschminkten Lippen an. Sie stellt ein Tablett mit Brot, Salzfisch, einer Blechkanne und Bechern auf den Tisch.

»Entschuldigung, dass es so lang gedauert hat.«

»Hauptsache, es ist jetzt da.«

Luukkonen schnuppert an der Kanne.

»Jetzt gibt es keinen Schwedenpunsch und keinen Cognac, sondern echten Branntwein.«

Sakari begrüßt die Frau mit einem Kopfnicken. Er weiß, dass es Betty Malmberg ist, die jüngste Schwester von Saidas Mutter, die der Nahrungsmangel in der Hauptstadt im Januar zu ihren Eltern auf das Gut Joensuu getrieben hatte. Als die Revolution ausbrach, gelang es ihr erstaunlich schnell, die Gunst des Kommandanten von Salo zu erwerben. Saida hatte ihrem Mann von dem zweifelhaften Ruf der Tante erzählt, jedoch hinzugefügt, sie wisse nicht, was an den Anschuldigungen, denen Betty ausgesetzt war, stimme und was bloß böswilliges Gerede sei. Luukkonen scheut sich jedenfalls nicht, vor den Augen seiner Besucher der Frau gut gelaunt das Hinterteil zu tätscheln, und auch wenn sie schnell seine Hand wegschiebt, so weicht das dienstbereite Lächeln doch nicht von ihren Lippen.

»Soll ich für drei einschenken?«

Sakari und Joel schütteln beide den Kopf.

Die Frau füllt einen Becher bis zum Rand.

»Genosse Luukkonen, bitte sehr! Noch etwas?«

»Im Moment nicht, mein Mädchen. Im Moment nicht.«

Betty Malmberg lacht auf. Vielleicht um damit zum Ausdruck zu bringen, wie gut sie weiß, dass sie kein Mädchen im eigentlichen Sinn mehr ist.

»Gibt es von Verwalter Munck was Neues?«, will Joel von Luukkonen wissen.

»Soweit ich weiß, nicht.«

Die Frau verlässt mit klappernden Absätzen den Raum und schließt die Tür hinter sich. Joel stützt beide Hände auf den Schreibtisch und nähert sein Gesicht dem Kommandanten.

»Wo, zum Teufel, wird der Mann versteckt?«

Luukkonen hebt betont erstaunt die Augenbrauen.

»Woher soll ich das wissen? Du bist doch derjenige, der sich auf Joensuu herumtreibt.«

»Ja, und du kannst dir bestimmt vorstellen, dass sie da wie die Hornissen hinter mir her sind. Der Mann ist seit einer Woche nicht mehr gesehen worden. Joensuu ist unsere größte Vorratskammer, verflucht! Das Gut braucht seinen Verwalter, und zwar verdammt schnell!«

»Zweifellos. Aber was schreist du mich deswegen an?«

»In Turku wird er nicht festgehalten. Dort wundert man sich eher noch über diesen Gang der Dinge.«

Luukkonen hebt die Decke auf dem großen Tisch im Kabinett und blickt darunter.

»Hier scheint er auch nicht zu sein.«

»Du kannst nicht abstreiten, dass Munck mit einer Verfügung von uns geholt worden ist. Damit ist mir schon mehr als einmal heulend und wütend vor dem Gesicht herumgefuchtelt worden.«

»Mit einer Verfügung von Booth, nicht von mir!«

»Der Kommandant der Roten Garde Halikko ist dem Stabskommandanten von Salo erklärungspflichtig.«

»Und ich bin es gegenüber dem Stab in Turku!«, brüllt Luukkonen mit feuerrotem Kopf und knallt den leeren Becher auf den Tisch. »Aber nicht dem Vorsitzenden des Lebensmittelkomitees Halikko, zum Donnerwetter!«

Luukkonen schiebt sich einen Strömling in den Mund, füllt seinen Becher und stellt sich damit ans Fenster, den Männern den Rücken zugekehrt. Eine starke Windböe, die Sturm verheißt, lässt die rote Fahne an der Hotelfassade flattern.

»Aber wenn wir, äh … noch mal auf die beiden Jungen zurückkommen«, sagt Sakari und sieht Joel in der Hoffnung auf Unterstützung an. Doch Joel geht überraschend dazu über, zu dem Rücken des Kommandanten über ein anderes Thema zu sprechen, das ihn während der letzten Tage schwer aufgeregt hat. Auch Sakari weiß davon. Vor gut einer Woche brachten unbekannte Männer die Leiche von Emil Penkere, dem Kassier der Ziegelei Marttila, die sie gut einen Kilometer vom Bahnhof entfernt gefunden hatten, in den Flur des Lebensmittelkomitees. Man wusste, dass der in Halikko festgenommene Penkere mehrere Tage lang beim Stab in Turku zum Verhör gewesen, dann aber laut seiner roten Begleiter freigelassen worden war und am Bahnhof Halikko aus dem Zug steigen durfte.

Joel fand es empörend, dass man einfach so eine männliche Leiche voller Löcher in den Vorraum seiner Kanzlei warf, ohne dass jemand auch nur das geringste Interesse hatte, Ermittlungen einzuleiten. Wieso ist noch immer nicht das Revolutionsgericht zusammengetreten, um zu klären, was da eigentlich vorgefallen ist?!

Luukkonen breitet die Arme aus.

»Keine Zeit gehabt.«

»Das war immerhin ein Mord, verdammt! Wenn so ein Verbrechen vor meiner Tür passiert, kann man das nicht einfach so auf sich beruhen lassen!«

Endlich hat der Kommandant die Güte, sich umzudrehen. Er kehrt zum Tisch zurück und blättert gleichgültig in seinen Unterlagen.

»Wir haben den Mord nicht begangen«, sagt er.

»Ach nein?«

Der Gardekommandant erklärt trocken, er wisse zwar, dass man Penkere in Turku gründlich in die Mangel genommen habe, weil er bekanntermaßen mit einem großen Geldsack unterwegs gewesen sei mit der festen Absicht, Waffen für das Schutzkorps zu beschaffen. Was er auch zugegeben habe, nachdem ihm genügend zugesetzt worden sei, aber er habe auch erzählt, das Geld weitergegeben zu haben. Vermutlich habe man herausgefunden, an wen. Jedenfalls sei der Herr Ziegeleikassier nach Marttila zurückgeschickt worden, um dort wegen des Versuchs der Revolutionsschädigung verurteilt zu werden.

»Und warum ist er dann in Halikko aus dem Zug gestiegen … oder hinausgeworfen worden, dreißig Kilometer von Marttila entfernt? Und warum, zum Teufel, hat man ihn überhaupt in den Zug gesteckt, wenn er eigentlich von Turku aus zur Landstraße nach Forssa gebracht werden sollte?«

Das weiß Luukkonen nicht, aber er ist überzeugt, dass vom Stab in Turku kein Mordauftrag erteilt worden ist.

»Und schon gar nicht von mir, falls du dir das eingebildet haben solltest!«

Joel versichert energisch, dass es nicht die geringste Rolle spiele, was er sich einbilde oder nicht.

»Ich bin ein Mann des Gesetzes und verlange eine gründliche Verhandlung des Falls vor dem Revolutionsgericht.«

»Ganz schnell sind es die eigenen Hunde, die einen beißen«, sagt Luukkonen mit finsterem Lachen. »Weißt du, den Bauern hat es nicht unbedingt gefallen, dass der Herr Ziegeleikassier einfach so für weiße, *vaterländische* Zwecke die Kasse konfisziert hat, aus der er den Bauern den Lohn für den Lehm zahlen sollte, den er von ihren Feldern geholt hat. Verbrechen werden aus zwei Gründen begangen, das ist meine Erfahrung als Polizist. Und dieses hier hat nicht wegen einem Frauenzimmer stattgefunden.«

»Dann muss der Fall erst recht untersucht werden«, sagt Joel und fixiert den Stabskommandanten mit offenem Misstrauen: »Wenn nicht, wird uns die ganze Scheiße angehängt.«

»Du bist doch derjenige, der im Revolutionsgericht sitzt. Dann kümmere dich drum, und jammere mir nichts vor!«

»Es gehört nicht zu meinem Bezirk. Ich bin nur in Vartsala zuständig.«

»Also, äh …«

Sakari fährt sich durch die Haare und räuspert sich. Sein Maß ist allmählich mehr als voll. Er versteht ja, dass die Schicksale des Ziegeleikassiers und des Gutsverwalters von Joensuu kein geringer Anlass sind, um Joel Kopfschmerzen zu bereiten, aber er müsste jetzt doch, sollte man glauben, sein Interesse auf das wichtigere und dringendere Anliegen richten, wegen dem sie auch gekommen sind.

»Wenn wir jetzt vielleicht irgendwo anrufen wegen unserer Jungen«, sagt Sakari, wobei er versucht möglichst resolut zu wirken. »Vielleicht kann man den Zug in Viiala anhalten?«

Aber Luukkonen ist bereits in eine Stimmung abgeglitten, in der er nicht mehr das geringste Verständnis für einen Vater aufbringt, der für seinen Sohn eintritt.

»Zum Donnerwetter, was ist eigentlich in euch alle gefahren? Ich werde bestimmt nicht wegen zweier Burschen einen Zug anhalten. Und schon gar nicht über das Schicksal irgendwelcher weißer Schlächter weinen. Die sollen sterben bis zum letzten Mann! Verflucht, die intrigieren vor unseren Augen gegen die Revolution, was das Zeug hält. Und was macht unser Lebensmittelvorsitzender? Rennt nach Turku und bettelt darum, alle restlichen Schlächter freizulassen, damit sie ihre Söhne bewaffnen und an die Front schicken können, um unsere Söhne umzubringen. Es sieht leider so aus, als würde sich Genosse Tammisto als Laufbursche der Gegenrevolution entpuppen.«

Joel äußert die Vermutung, der Stabskommandant spiele auf die Befreiung des Gutsbesitzers Mikkola an, auf die er tatsächlich eingewirkt habe, und zwar auf die ausdrückliche Bitte von Mikkolas Arbeitern hin. Als Begründung habe Joel angeführt, dass ein so großer Hof nicht ohne fachkundige Arbeitsleitung laufen und Lebensmittel produzieren könne.

»Wenn man eine Kuh tötet, die Milch gibt, ist das immer

dumm. Ganz besonders in diesen Zeiten. Außerdem solltest du mein Prinzip kennen, dass man auf anständige Weise …«

»Scheißdreck! Soll ich dir sagen, wo du dir deine weibischen Prinzipien hinstecken kannst?«

Das Telefon schellt. Luukkonen hebt ab und hört mit ernster Miene zu.

»So, so … So, so. Gut, so wird es gemacht. Alles klar. Wiederhören.«

Er legt den Hörer auf die Gabel und berichtet, gerade die Nachricht erhalten zu haben, dass der Verwalter Munck an der Stelle, wo die Gemeinden Marttila und Halikko aneinandergrenzen, tot aufgefunden worden sei, ermordet mit einem Bajonett. Die Leiche werde zunächst in die Leichenhalle der Kirche in Marttila gebracht. Alles deute auf Raubmord hin. Es bestehe der starke Verdacht, dass es dem Kassier der Ziegelei Marttila noch gelungen sei, das Geld für die Waffen ebendem Gutsverwalter von Joensuu zu übergeben. Unschöne Angelegenheit, aber was kann man da machen? Mitgefangen, mitgehangen und so weiter.

Joel schlägt mit der Faust gegen die Wand.

»Verdammte, verfluchte Scheiße!«

»Die Scheiße bringt einen nicht weiter. Aber ein Pferd bringt einen weiter, und dafür braucht man kein Geld. Sechs Waggons Gäule müssen nach Turku gebracht werden. Wenn du das nächste Mal auf Joensuu vorbeischaust, Tammisto, dann überbringst du der Witwe das tiefste Beileid von mir und dem Stab in Salo.«

»Was?«

Joel sieht aus, als könne er vor Zorn nicht mehr atmen.

»Sag ihnen, hier kenne niemand die Männer, die den Verwalter vom Gut geholt haben. In diesen Zeiten kann sich jeder ein rotes Band über den Arm streifen und wer weiß was behaupten.«

Luukkonen lässt sich auf seinen Stuhl fallen.

»Und jetzt auf Wiedersehen, Genossen. Ihr seht ja, dass unsereins alle Hände voll zu tun hat.«

Später kann Sakari seiner Frau nicht erklären, was in jenem Moment in ihn fuhr. Saida wisse ja, dass er noch nie gewalttätig geworden sei. In keiner Form, bestätigt seine Frau. Aber dort in Salo, im Stab der Roten Garde, geschah etwas im Kopf von Sakari Salin, was nie zuvor geschehen war. An die Einzelheiten kann er sich eigentlich gar nicht mehr erinnern, aber als er wieder zu sich kam, schüttelte er den Stabskommandanten und zerrte ihn am Pelzkragen zum Telefon. Er befahl ihm, den Eisenbahnknotenpunkt Toijala anzurufen, und wenn der Fall dort nicht geregelt werden könne, dann in Viiala oder eben, verdammt noch mal, in Tampere, im höchsten Hauptquartier der Roten Armee.

Und Luukkonen rief an.

Es erwies sich jedoch als zu spät, denn der Zug, der den Nachschub von Turku nach Tampere gebracht hatte, war bereits zwei Stunden zuvor in Toijala angekommen. Die Männer aus Turku seien sofort der Besatzung des Panzerzugs zugeschlagen worden, und dieser Zug dampfe bereits hinter Tampere auf Vilppula zu.

Einige Tage später kommt per Post die Mitteilung vom Atelier in Salo, die Fotografien von Viki Salin warteten darauf, abgeholt zu werden. Sakari fährt hin und holt sie ab.

Man sieht Viki und Lauri kniend vor einer mit Schnee verhüllten Fichte posieren, Mützen auf dem Kopf, rote Bänder am Arm und die russischen Gewehre fest auf die Linse der Kamera gerichtet.

Arvi, 21

Halikko, April 1918

Hinter der Wiese am Ufer geht die Sonne auf. Arvi reitet geradewegs auf den roten, blendenden Ball zu. An Natalias Sattel ist ein Strick befestigt, an den die fünf Zuchtstuten, die Arvi großgezogen hat, angebunden sind. Brav und ohne am Strick zu ziehen, folgen die Dreijährigen der älteren Fuchsstute. Arvi ist schon um halb vier im Gutshof aufgebrochen, noch vor dem ersten Morgengrauen. Der Nachtfrost hat die Erde hart gemacht, weshalb die sechs Pferde keine Hufabdrücke hinterlassen. Dennoch macht Arvi zur Täuschung einen weiten Umweg mit den Tieren, zuerst nach Süden und jetzt einige Zeit nach Osten, bis er die eigentliche Richtung einschlägt und nach Norden reitet, zur Scheune auf einer Wiese im Hinterland.

Die beiden ruhigsten Stuten haben Lastsättel auf dem Rücken, die Arvi mit Proviant für sich und Kraftfutter für die Tiere beladen hat. Die anderen drei tragen zusammengerollte Pferdedecken. In der Scheune sollte es genügend Heu geben, von dem die Tiere fressen können. Außerdem will Arvi darin schlafen.

Die Truppen von General Mannerheim haben die Roten an der Front in der Provinz Häme geschlagen, und jetzt hat die deutsche Ostseedivision unter der Führung von Generalmajor von der Goltz vor den Toren Helsinkis die Schanzanlagen von

Leppävaara fast kampflos eingenommen. Die Eroberung der Hauptstadt ist nur noch eine Frage von wenigen Tagen, nicht ausgeschlossen, dass die Weißen auch morgen oder übermorgen schon Halikko erreichen.

Arvi ist darauf vorbereitet, sich so lange in der Scheune versteckt zu halten, bis auch der letzte umherirrende Flüchtling verschwunden oder festgenommen ist. Ursprünglich hätten die fünf Stuten, die er ausgebildet hat, an den kaiserlichen Hofstall in Sankt Petersburg verkauft werden sollen. Aber nun gibt es keinen Zaren und keinen Hof mehr. Auch Hofgeneral Mannerheim trägt nicht mehr die goldbestickte Uniform und den Federbuschhelm der Ulanen. Er ist inzwischen finnischer General und dementsprechend in grauer Uniform aus grobem Wollstoff und Lammfellmütze gekleidet.

Der Stallmeister des Guts hatte Arvi schon im letzten Herbst die Grundausbildung der Reittiere anvertraut, nachdem ihm die Geduld des Jungen und dessen augenscheinliche Begabung im Umgang mit Pferden aufgefallen waren. Der Graf hatte zugestimmt, und seitdem hat Arvi die kostbare Partie Pferde gehütet wie seinen Augapfel.

Er hat jedes Fohlen zig Stunden lang an der Longe geführt. Er hat sie zuerst an die Filzdecke und dann nach und nach an den Sattel gewöhnt, bis sie schließlich das vollständige Straffziehen des Sattelgurts akzeptierten. Er hat jedes dazu gebracht, das Gebiss anzunehmen, und sie behutsam mit dem Zaumzeug vertraut gemacht, in dem er es allmählich immer mehr anzog, bis zum normalen Gebisskontakt.

Dann war es an der Zeit, in den Sattel zu gehen und die Pferde zuerst an den Grundsitz zu gewöhnen und ihnen nach und nach beizubringen, die Gewichtsverlagerungen des Reiters, den Gebrauch der Zügel und den Einsatz der Waden zu verstehen. Arvi hat seinen Pferden gut zugeredet und sie belohnt, er hat Kontakt zu ihnen aufgebaut, um sie schließlich so zu beherrschen, dass sie wie der menschliche Geist funktionieren.

Arvi liebt diese Pferde und hat noch nie zuvor ein solches Erfolgserlebnis gehabt wie jetzt, da sie tun, was er will, und sich in richtige, erwachsene und vollkommen ausgebildete Reitpferde verwandeln. Auch hat er nie eine so schmerzliche Sorge und Unruhe wegen eines lebendigen Wesens empfunden wie in diesem Winter für seine Zöglinge, als die Beschlagnahmungskommandos der Roten auf das Gut kamen und tonnenweise Lebensmittel und Dutzende von Pferden und Fahrzeugen mitnahmen.

Arvi ist es gelungen, seine Tiere unter Berufung auf ihr geringes Alter aus der Zwangsenteignung herauszuhalten. Es wurden Arbeitspferde gebraucht. Mit Warmblütern, deren Ausbildung noch nicht abgeschlossen war, konnten sie nichts anfangen. Arvi hatte versichert, man würde sie nicht einmal in Bewegung setzen können, denn vorläufig gehorchten sie nur ihrem Ausbilder.

Aber jetzt, da die Weißen näher rücken, ist den verzweifelten Roten jedes Pferd recht. Sie haben eine Fluchtkarawane organisiert, mit dem Ziel, das rote Russland zu erreichen. Arvi ist sicher, dass es im Chaos des Aufbruchs sinnlos wäre zu erklären, ein edelblütiges Reitpferd eigne sich nicht zum Ziehen eines Fuhrwagens oder eines Schlittens. Viele fliehen zu Pferd, ob sie reiten können oder nicht. Bis zu diesem Morgen ist es Arvi gelungen, seine Tiere zu beschützen, und er hat nicht vor, eines davon in die Hände der panischen Roten zu geben.

Die Sonne scheint bereits und taut die bedeckte Erde mit dem verdorrten Gras des Vorjahres auf. Nun hinterlassen die Pferde eine schlammige Furche, aber Arvi glaubt nicht, dass die Flüchtigen ihre Suche nach Zugtieren so weit ausdehnen werden. Er hat bereits die Landstraße nach Turku überquert und reitet über Märynummi auf Vaskio zu. Dort steht die Scheune, zu der er will, so wie Bauer Mikkola es ihm empfohlen hat.

Arvi will nicht daran denken, welches Schicksal auf die Roten wartet. Als noch Züge verkehrten, fuhr Tante Betty nach Helsinki, mit Sankt Petersburg als eigentlichem Ziel. Sie glaubte, die Rache der Weißen werde erbarmungslos sein, weshalb sie deren Ankunft nicht abwarten wollte. Aber durfte er die Frau noch Tante Betty nennen?

Bis zu dem Morgen, an dem sie ihn bat, sie mitsamt den Koffern zum Bahnhof zu bringen, hatte Arvi sie auf eine bestimmte Art gemocht, auch wenn er wusste, was über sie geredet wurde.

Bettys Besuche waren immer schön für ihn gewesen. Als er noch klein war, nahm sie ihn auf den Schoß und lobte ihn, wie tüchtig und prächtig er seit dem letzten Mal geworden sei.

Stets hatte die Tante gut gerochen und in den Augen des Jungen wundervoll ausgesehen. Überdies hatte sie ihm auch noch kleine Geschenke mitgebracht: einen Kreisel, Schnürschuhe, einen Griffelkasten und ein Holzpferd mit blauen Flügeln. Die Flügel bewegten sich, wenn man das Pferd irgendwo aufhängte und an der kleinen Schnur zog, die von seinem Bauch herabhing. Besonders um dieses geflügelte Pferd hatten ihn viele Kinder beneidet, und wenn sie hörten, von wem er es bekommen hatte, beeilten sie sich, ihn aufzuklären, es sei durch Hurerei erkauft, also mit dem Arsch bezahlt worden.

Als Betty im Januar auf dem Gut erschien, wusste Arvi nicht recht, wie er ihr begegnen sollte, gewöhnte sich aber bald an die Anwesenheit der unablässig vor sich hin summenden Frau. Als Erstes schrubbte Betty die Gärtnerwohnung vom Fußboden bis zur Decke, bügelte jedes einzelne Handtuch, mangelte die Laken und brachte sämtliche Kleiderschränke und Truhen in militärische Ordnung. Ständig war sie mit etwas beschäftigt, aber im Gegensatz zu ihrer Schwester Olga bezichtigte sie nie andere der Unordnung. Schlimmstenfalls rügte sie ihren Vater oder Arvi scherzhaft und gut gelaunt als »ewige Schmutzfinken«, weil sie mit ihren dreckigen Stiefeln Spuren auf dem frisch gewischten Fußboden hinterließen.

Allerdings löste es allgemeine Missbilligung aus, als Betty Anstalten machte, im Stab der Roten Garde in Salo zu arbeiten. Sofort ging das unschöne Gerede los. Für die alten Malmbergs war das Geld der Garde kein Geld, und sie versuchten ihre Tochter dazu zu bringen, ihre Tätigkeit im Hotel aufzugeben, worin auch immer sie bestehen mochte. Betty aber hörte nicht auf sie, sondern sagte, eine Person von 38 Jahren sei alt genug, um zu wissen, was sie tue.

Was natürlich auch stimmte. Aber dann kam auch für sie die Zeit, für das, was sie getan hatte, zu bezahlen. Auch das gab sie gelassen zu. Sie habe aufs falsche Pferd gesetzt, sagte sie. So etwas kommt vor. Jedem das Seine. Aber jetzt galt es, die Beine in die Hände zu nehmen, solange es noch möglich war. Und die Richtung lautete Sowjet-Russland, von wo man nicht so schnell wieder zurückkehrt.

Das hieß dann also *daswidania*!

Ob Hure oder nicht, Arvi hätte sich von Tante Betty mit Wehmut verabschiedet und sicherlich auch oft ihre fröhliche Nähe vermisst.

Wenn sie ihn nicht gebeten hätte, sie zum Bahnhof zu bringen.

Und wenn sie ihm nicht erzählt hätte, dass sie seine Mutter war.

Arvi erreicht sein Ziel. Nachdem er die Pferde an den Stämmen unbelaubter Erlen festgebunden und ihnen Heu gebracht hat, richtet er sich aus den Pferdedecken eine Schlafstelle her. Zum Frühstück isst er etwas Roggenbrot. Er will nun ein bisschen schlafen und auf keinen Fall die Dirnenmutter in seine Gedanken lassen, die so kalt ihr Kind verstoßen hat und ihr Geheimnis lieber ins bolschewistische Nachbarland hätte mitnehmen sollen, wo sie es doch bisher geschafft hatte, es zu wahren.

Als sie ihm mitten auf der Fahrt ruhig und ohne Sentimentalität den Sachverhalt mitteilte, wollte Arvi nach dem ersten Schreck und Unglauben das Pferd anhalten und der Frau befehlen, aus dem Schlitten zu steigen. Es hatte Zeiten gegeben, in denen Arvi mehr als alles andere eine Mutter gebraucht hätte, als die Sehnsucht so brennend war, dass ihm bestimmt auch eine Hure als Mutter recht gewesen wäre. Aber jetzt war er erwachsen und empfand nichts als Wut gegenüber der Frau, die sich als seine Mutter ausgab, ihm aber für immer fremd bleiben würde.

Rasch weitete sich die Wut aus und schloss die alten Malmbergs ein, die über all die Jahre ihre Großelternschaft lügnerisch geheim gehalten hatten. Arvi erinnerte sich noch an die glühende Eifersucht auf Saida und Siiri, die er als Kind empfunden hatte, weil die beiden nicht nur Vater und Mutter, sondern auch Opa und Oma hatten, wohingegen es für ihn nur ein paar dubiose Onkel und Tanten gab. Und auf einmal begriff Arvi, dass Saida und Siiri seine Cousinen waren.

Dann waren sie es halt! Mit Zöpfen, Schleifen … und ihren Spitzenunterhosen!

Er musste keine besonders komplizierten Rechnungen anstellen, um zu verstehen, dass Betty Malmberg noch sehr jung war, als sie ihn bekam, wesentlich jünger als er jetzt ist. Aber das änderte nichts an den Tatsachen: Sie ist ein Flittchen mit loser Moral, das sich in die große weite Welt und in lasterhafte

Verlockungen flüchtete, in einem Alter, in dem die anderen Mädchen sich noch züchtig die Haare flechten und mit jungen Katzen spielen.

Nein, Arvi Malmberg brauchte keine Mutter mehr für gar nichts.

»Ich dachte nur, weil wir uns vielleicht nicht wiedersehen.«

Nachdem sie merkte, dass ihre Mitteilung den Jungen vollkommen verstummen ließ, wechselte die Frau so abrupt das Thema, wie sie es angesprochen hatte. Arvi saß mit rotem Nacken vorne auf dem Schlitten. Sein Kopf enthielt keinen einzigen Gedanken mehr, und er wollte kein Wort mehr hören. Er wollte die Frau nur so schnell wie möglich loswerden. Darum antwortete er ihr nur knapp oder gar nicht, und stellte vor allem keine Fragen.

Die gingen ihm erst durch den Kopf, nachdem er sie mit ihren Koffern am Bahnsteig abgesetzt hatte und steif vor Zorn und Abscheu ihre letzte, feste Umarmung über sich ergehen ließ.

»Eines will ich dir noch sagen. Aus dir ist ein richtiger junger Mann geworden. Das ist ein starker Trost für mich.«

Er erwiderte nichts. Auch den Abschied nicht. Er drehte sich einfach um und kehrte mit energischen Schritten zu seinem Pferd zurück.

Arvi starrt auf den Heustaub im Licht, das durch die Ritzen der Scheune fällt, und beschließt die unausgesprochene Frage an Betty Malmberg aus seinen Gedanken zu verbannen, indem er die Nägel zählt, die durch die Dachschindeln ragen. Er gibt sich Mühe, mit den Reihen nicht durcheinanderzukommen, verzählt sich aber trotzdem mehrmals und multipliziert schließlich die Zahl der Nägel in einer Reihe mit der Anzahl der Reihen. Das Ergebnis ist die Gesamtzahl der Nägel. Und was macht man mit dieser Erkenntnis? Die ganze Zeit stellt er sich das monotone Geräusch vor, das beim Einschlagen der Nägel entstanden sein muss.

Drei Tage kann Arvi mit seinen Pferden bei der Scheune verbringen, ohne von irgendjemandem gestört zu werden. Am zweiten Tag hört man aus der Ferne ein Grollen, das die Pferde eine Zeit lang nervös macht, aber Arvi kann sie bald wieder beruhigen. Einige Male bellen Hunde. Am dritten Morgen wacht er vom Trommeln eines Spechts und vom lauten Gesang der Buchfinken und der anderen Vögel auf. Vom nahe gelegenen Moorteich dringt das Quaken der Frösche herüber, und überall ertönt das Plätschern, das entsteht, wenn Schmelzwasser in einen Teich rinnt. Als er hingeht und mit der Hand Wasser schöpft, bleibt Froschlaich am Handrücken hängen. Irgendwo weiter weg hört man Birkhähne beim Balzen kollern, worauf die Weibchen mit kritischem Zischen reagieren.

Jeden Tag führt Arvi die Pferde eines nach dem anderen zum Trinken an den Teich, dessen Ufer so sumpfig sind, dass er fast ganz um das Gewässer herumgehen muss, bis er eine Stelle mit Sandboden findet, die ausreichend trägt und frei von Froschlaich ist.

Das Wetter ist heiter, und die Sonne scheint den ganzen Tag lang hell durch die waagrechten Ritzen der Scheune. Nachts fällt die Temperatur knapp unter null, und er legt den Pferden die Decken über.

Am frühen Abend des dritten Tages wird Arvis Friede schließlich gestört. Mit dem Stallmeister ist vereinbart worden, dass ein Bursche kommen und Bescheid sagen würde, sobald die sichere Rückkehr möglich wäre. Die Nachricht kommt tatsächlich. Als erschütternde und unangenehme Überraschung aber entpuppt sich ihr Überbringer.

Arvi striegelt gerade eine der Stuten, als die Pferde unruhig werden. Er dreht sich um und sieht einen Mann in Uniform näher kommen und schließlich militärisch grüßen.

Es ist Anders Holm.

Er überbringt die ersehnte Botschaft von der totalen Kapitulation der Roten und den persönlichen Dank des Grafen für die Heldentat, mit der Arvi die kostbaren Tiere gerettet hat. Die fliehenden Roten haben mehr als 40 Pferde mitgenommen, von denen man einen Teil zum Glück bereits wiederbekommen hat.

Anders hat auch einen Proviantbeutel dabei, dessen Inhalt sie sich teilen. Er brennt vor Verlangen, von seinem eigenen Abenteuer zu berichten. Es scheint in jeder Hinsicht etwas vollkommen anderes gewesen zu sein, als sich mit fünf Pferden in einer Scheune zu verstecken.

Anders erzählt, er sei mit zwei Kameraden über Åland nach Finnland gekommen. Den Freiwilligentruppen des Schärengebiets schlossen sie sich in Houtskari an. Sie wurden der vierten Kompanie zugeschlagen, deren 120 Mann überwiegend Åländer waren. Die erste Kompanie war mit Schwedischsprachigen aus Turku und Umgebung besetzt, die zweite mit Finnischsprachigen und die dritte mit Männern aus dem Schärengebiet. Die Befehlssprache war für alle gleich: Deutsch.

Als erste Waffe erhielt Anders ein Gewehr, das bereits »krumm« geschossen war. Er hatte das Schießen genug geübt, um sofort zu merken, dass man mit diesem Gewehr nicht traf. Auch hatte man ihm lediglich einige Patronen gegeben, von denen er nur drei für Übungsschüsse verwenden durfte.

Zwei Tage Manöver mussten reichen, dann wurden sie bereits in die Ortschaft Korppoo verlegt, von der es hieß, sie sei gerade durch die Roten erobert worden. In Korppoo angekommen, bildeten sie eine Kette und näherten sich auf Befehl dem bewaldeten Uferwall.

Nachdem sie eine Weile vorgerückt waren, eröffnete der Feind das Feuer. Anders war mehr als erleichtert gewesen, als der alte, fette Kommandant ihrer Abteilung einen jungen schwedischen Leutnant, Graf Carl August Ehrensvärd, zum Anführer der Offensive ernannt hatte. Der Alte selbst blieb auf einem Felsen zurück und verfolgte das Vorrücken der Abteilung mit dem Fernglas.

Der Leutnant wies die Männer an, das Feuer nicht zu eröffnen, bevor sie den Feind sahen, und auch dann erst auf Befehl des Gruppenführers. Sie rückten in halben Gruppen mit kurzen Ausfällen vor und erlitten keine Verluste. Dafür war das Gewehrfeuer des Feindes in der Morgendämmerung wegen der großen Entfernung zu ungenau. Anders sagt, er sei vorab etwas angespannt gewesen und habe sich gefragt, was es für ein Gefühl sein würde, das Ziel von Schüssen zu sein und zurückzuschießen. Er behauptet, seine Feuertaufe gut überstanden zu haben.

»Die Bluttaufe«, nennt er sie auf Schwedisch.

Das Wort kommt Arvi fremd vor, ein bisschen lächerlich sogar.

Erst als sie das Ufer erreicht hatten, durften die Männer das Feuer eröffnen, und die Roten zogen sich in Richtung Ortsmitte zurück. Beim Vorrücken im Wald hörte Anders aus der Deckung heraus, wie jemand schrie und abwechselnd nach Jesus und seiner Mama rief. Vor ihm lag ein verwundeter Roter in einer Senke. Er begriff, dass der Feind ihn mit Gesten um den Gnadenschuss bat. Anders legte bereits an, als er die Bauchwunde des Roten sah. Warum hätte er eine seiner wenigen Patronen an einen kampfunfähigen Mann vergeuden sollen, der sowieso sterben würde?

In Nauvo hatten sich auch Deutsche an den Kämpfen beteiligt und sie mit den Kanonen ihres Kriegsschiffes unterstützt. Alles war ansonsten gut gegangen, aber Anders hatte sein Gewehr verloren, als er auf einer Eisscholle eine Spalte überquerte. Er schlug die am Rand der Spalte festgefrorene Scholle frei, da fiel ihm die Waffe ins Meer. Aber es sei ohnehin ein Scheißgewehr gewesen. Und am nächsten Tag habe er von einem Roten, der am Zaun des Friedhofs von Nauvo gefallen war, einen nagelneuen Mosin-Nagant und 40 Patronen bekommen.

Anders setzt sich hin und kaut eine Weile auf einem Stück Brot. Er blickt in die Wipfel der unbelaubten Erlen am Ufer und spricht mit leiser Stimme weiter.

Doch … ihn habe nach alldem die Müdigkeit gepackt. Im Grunde sei alles ein ziemliches Durcheinander gewesen. Der Dicke hätte kommandieren sollen, sei aber nirgendwo zu sehen gewesen. Auch Ehrensvärd hatte Anders zwei Tage lang nicht zu Gesicht bekommen. Einen ganzen Tag und eine Nacht war er mit zwei Kameraden übers nebelverhangene Eis geirrt, ohne zu wissen, wo sich die anderen befanden, ob sie überhaupt noch irgendwo waren.

In Nauvo stand ein verlassenes Pferd am Ufer, festgebunden an einem Baum. Plötzlich tauchte ein Deutscher auf, ein Oberfeldwebel, und rief: »Sammeln, sammeln«, oder etwas in der Richtung. Es sei alles so verdammt durcheinander gewesen, sagt Anders, beschissen chaotisch und kalt …

Seiner Schilderung ist die anfängliche Begeisterung längst abhandengekommen, und Arvi glaubt schon, Anders sei am Ende angelangt, da er sicher eine Minute lang mit dem Kopf zwischen den Händen stumm dasitzt. Aber er redet weiter. Arvi bleibt nichts anderes übrig, als zuzuhören, wie Anders seinen Enthusiasmus wiederfindet und lang und gründlich das Vorrücken seiner Abteilung an der Küste entlang schildert.

Die Geschichte gipfelt in dem 50 Kilometer langen Triumphmarsch auf das befreite Turku zu. Am Straßenrand kamen Menschen zusammen und jubelten und verteilten Geschenke an die Helden. Während er das erzählt, zieht Anders einen Stiefel aus und hält Arvi den Fuß mit dem grauen Strumpf hin. Er solle mal fühlen, wie weich die Wolle sei.

»Als würde man ein Katzenjunges streicheln, was?«

Er erzählt, die Strümpfe seien das Geschenk eines hübschen Mädchens aus Parainen, das sie eigenhändig aus Lammwolle gestrickt habe.

»Und jetzt hält die Kompanie ihr Quartier in Turku. Leutnant Ehrensvärd hat mir zwei Tage Urlaub gegeben, damit ich den Grafen und die Gräfin Armfelt besuchen kann, nachdem er gehört hat, dass es alte und gute Bekannte von mir sind. Zumal der Graf selbst Leutnant ist.«

»Ach ja.«

Anders wirft sich ins Gras und verschränkt die Hände im Nacken.

»Jesus, ist das lange her, dass ich in der Gegend hier gewesen bin.«

Arvi hat sich Anders' Schilderung fast wortlos angehört, aber jetzt steht er auf und sagt, es sei an der Zeit zu packen und die Pferde zum Gut zurückzubringen. Anders will ihm noch sein neues Gewehr vorführen und fragt Arvi, ob er zu seiner Sicherheit auch ein Schießeisen habe.

Arvi schüttelt den Kopf.

»Und wenn du von Roten entdeckt worden wärst, die beim Pferdestehlen sind?«

»Weiß ich nicht, weil sie mich ja nicht entdeckt haben.«

Während Arvi die Pferde zum Aufbruch bereit macht, fasst Anders Interesse für einen der Heureuter, die unter dem überstehenden Dach an der Wand aufgestapelt sind, und dreht ihn in den Händen hin und her.

»Sind das hier die einzigen Waffen, mit denen du dich gegen die Roten hättest verteidigen können?«

Er nimmt Anlauf und wirft den Heureuter im Vollgefühl seiner Kräfte so weit er kann auf die Wiese. Der Speer fliegt ein beträchtliches Stück, und Anders grinst Arvi triumphierend an.

»Bei Pferdedieben darf man nicht sentimental werden, stimmt's?«

Er erzählt, er habe das gelernt, weil er selbst einmal ein Pferd gestohlen habe. Zwar sei das Pferd nur aus Zinn gewesen, aber es habe ein General in Paradeuniform darauf gesessen, und der Zinngeneral habe Paul gehört. Anders erinnert sich nicht, warum er ihn geklaut hat, aber er sei erwischt worden, und die Strafe habe darin bestanden, dass er für ein ganzes Jahr zu seinem Onkel nach Uppsala musste, um auf Vordermann gebracht zu werden. Der Onkel sei Pfarrherr in der Stadt gewesen. Ein widerlicher Kerl, um die Wahrheit zu sagen. Aber das sei dem kleinen Pferdedieb nur recht geschehen. Wie auch die Tatsache, dass man dem Lümmel, der sich dieses Verbrechen habe zuschulden kommen lassen, während des gesamten Jahres nur einmal erlaubt habe, seine Mutter zu treffen, und auch dies nur kurz, am Heiligabend in der kalten Kirche von Uppsala.

Anders hatte sich in die erste Bank setzen müssen. Die Mutter ging zwischen den Bankreihen und dem Altar hin und her. Schließlich blieb sie unter der verzierten Kanzel stehen und sprach zu ihrem Sohn: Als böses Kind verdiene Anders in diesem Jahr kein einziges Weihnachtsgeschenk.

Anders lacht. Er sei damals sieben gewesen und müsse zugeben, dass die Lektion ihre Wirkung nicht verfehlt habe. Er habe sich allerdings ein wenig geärgert, weil sein drolliges Katzenjunges während des verfluchten Jahres zu einem widerlichen großen Kater herangewachsen sei.

Arvi konzentriert sich aufs Packen. Mütter und das, was sie tun oder lassen, sind kein Thema, auf das er näher eingehen möchte, schon gar nicht mit Anders Holm. Dieser nimmt einen weiteren Heureuter in die Hand und sagt, hätte er in Arvis Haut gesteckt und hätte ein Roter versucht, ihm ein Pferd zu klauen, wäre der betreffende Dieb garantiert nicht mit weniger davongekommen als er seinerzeit. Er hätte einen Heureuter in den Arsch bekommen.

»Gut, aber jetzt legen wir die Stange schön wieder dorthin, wo wir sie herhaben.«

Arvi holt noch den Heureuter, den Anders auf die Wiese geschleudert hat, und legt auch ihn unters Dach zurück.

»Vielleicht machen wir uns langsam auf den Weg«, sagt er, und das ist eher ein Befehl als ein Vorschlag.

Saida, 22

Vartsala, April 1918

Sakari hat die Hand über die Augen gelegt und späht aufs Meer hinaus. Der Tag hat neblig begonnen, ist jedoch bis zum Mittag strahlend sonnig geworden. Usko wirft blinzelnd einen Blick auf seinen Vater, dann nimmt er sich ein Beispiel und legt ebenfalls die kleine Hand an die Stirn.

»Soll Mama den Usko auf den Arm nehmen, damit Usko besser sieht?«, fragt Saida.

»Nein!«

Seit 15 Jahren hat man keine Singschwäne mehr während des Frühjahrszugs in der Halikko-Bucht rasten sehen. Der Junge ist mitgekommen, um sie anzuschauen, aber am wichtigsten ist es, alles genau so zu machen wie der Vater.

Tekla lächelt Saida vielsagend zu.

»Die haben beschlossen, ausgerechnet hier an unserem Ufer ein bisschen zu pausieren«, sagt sie und beugt sich zu dem Jungen hinab. »Ist das nicht schön?«

»Warum haben sie beschlossen zu ausieren?«, will der Junge wissen.

»Na, weil sie eine lange, lange Reise über das Meer hinter sich haben und noch weit fliegen müssen, bis nach Lappland«, antwortet Tekla. »Man muss ein bisschen ausieren, damit man wieder Kraft schöpft.«

»Das sind Swähne«, sagt der Junge und streckt die Hand aus.

»Genau. Fünf söhne Swähne.«

Sakari wirft dem Mädchen einen finsteren Blick zu.

»Der Junge lernt nie sprechen, wenn du so mit ihm redest.«

»Doch, der lernt das schon, weil ich ihm jeden Tag neue Wörter beibringe«, sagt Tekla. »Wie zum Beispiel Swahn.«

Sakari runzelt verärgert die Stirn. Noch vor einem Monat gehörte der tägliche Wortwechsel zwischen Vater und Tochter zu seinen alltäglichen Vergnügungen, aber mittlerweile bricht er ihn jedes Mal früh ab. Ebenso widerwillig ist er mit zum Ufer gekommen, um nach den Schwänen zu schauen, als Tekla angerannt kam und sie außer Atem gemeldet hatte.

»In diesen Zeiten hebt man besser nicht den Schnabel, weil man nicht weiß, auf wen man stößt und wo man dann hingebracht wird.«

Sakari war vor einer Woche zum Verhör im Hotel Salo, das jetzt als Stabsgebäude des weißen Schutzkorps dient, gewesen, aber dort wurde ihm bescheinigt, er sei »vorläufig auf freien Fuß zu setzen«. Seit der Kapitulation der Roten sind verschiedene weiße Patrouillen von Haus zu Haus gezogen, um nach Waffen und Beweisen für aktive Teilnahme zu suchen, aber in Vartsala sind bislang erst sechs Männer nicht vom Verhör zurückgekommen. Zum hässlichsten Zwischenfall kam es, als Lehtonen, der Schmied des Sägewerks, aufgefordert wurde, das Gewehr zu holen, von dem jemand zu wissen glaubte, er halte es versteckt.

In Lehtonens Haus wurde die Waffe nicht gefunden, also gingen sie in die Werkstatt. Auch dort war es nicht, aber dann tat der Schmied so, als erinnere er sich, dass es jemand in dem Holzstoß neben dem Ladekai versteckt habe. Bei der Durchsuchung der Werkstatt war es ihm gelungen, heimlich Hufeisen und andere Eisenstücke in die Taschen zu stecken. Als die Angehörigen des Schutzkorps dann den Holzstoß untersuchten, rannte der Schmied auf den Ladekai und sprang ins Meer, in dem noch kleine Eisschollen trieben. Und dort blieb er dann. Es hatte geheißen, alle, bei denen man Waffen fände, würden auf der Stelle erschossen. Lehtonen hatte einen selbstgemachten Stutzen, das war bekannt.

»Die holen dich auch von daheim«, sagte Saida. »Das führt doch zu nichts, wenn man tagaus, tagein nur drinnen hockt. Heute ist so ein schöner Frühlingstag.«

Ja, wegen der Kinder musste man versuchen, die Zuversicht zu wahren, auch wenn die Welt endgültig aus den Angeln zu geraten schien. Natürlich war Saida außer sich vor Sorge, als Sakari zum Verhör abgeholt wurde, um herauszufinden, ob er sich des Hochverrats schuldig gemacht habe, wofür es allerdings keine weiteren Beweise gab als die Teilnahme seines Sohnes an den Kämpfen auf Seiten der Roten.

Den Männern, die ihn vernahmen, erzählte Sakari wahrheitsgemäß, Viki sei aus reinem kindischen Übermut an die Front geflohen, und er versuchte sogar noch, von ihnen etwas über das Schicksal des Jungen zu erfahren, aber darüber wussten sie ebenso wenig wie der Vater selbst. Sie schienen Sakari zu glauben, aber er wurde in scharfem Ton ermahnt, sofort dem Stab des Schutzkorps in Halikko Meldung zu machen, wenn der Junge zu Hause auftauche. Er wisse doch, dass es Hochverrat sei, Rote, die Waffen getragen hatten, zu decken und dass man dafür das Todesurteil bekommen könne?

Sakari sagte, er wisse das.

Und so war es auch.

Aber sollte er Viki tot oder lebendig zurückbekommen, würde keiner vom Schutzkorps den Jungen auch nur mit den Fingerspitzen anfassen.

Das wusste Saida, und die Vernehmer ahnten es. Zumindest diejenigen, die selber Söhne hatten.

»Bumm, bumm!«

Usko hat auf der Erde einen Zweig gefunden und zielt damit auf die Schwäne.

Tekla nimmt ihm den Stock ab und erklärt, man dürfe nicht auf Schwäne schießen, denn das seien heilige Vögel. So werde es einem in der Schule beigebracht. Schon in alten Zeiten, als die Bewohner des Nordlands noch so wild waren, dass sie bloß vom Jagen lebten, war das Töten von Schwänen das größte aller Verbrechen und wurde mit einer schrecklichen Strafe geahndet.

Usko versucht seiner Schwester den Stock aus der Hand zu reißen und fängt an zu weinen, als sie ihn hinter dem Rücken versteckt. Aber Saida interessiert sich für das Thema.

»Wirklich? Das habe ich gar nicht gewusst. Als ich in die Schule ging, war von Schwänen überhaupt nicht die Rede.«

»Ja, aber Lehrer Nurmio spricht darüber«, sagt Tekla, begeistert, auf die Erwachsenen Eindruck zu machen. Der Lehrer hat erzählt, die alten Vorfahren hätten geglaubt, die Dunkelheit und Kälte des Winters rührten daher, dass die Schwäne im Herbst wegzogen. Und dass man Licht und Wärme erst wieder bekäme, wenn die Schwäne zurückkehrten.

»Na, na!«

Usko ist dazu übergegangen, Tekla mit seinen kleinen Fäusten zu hauen. Saida nimmt den zornigen Jungen auf den Arm.

»Wenn man also einen Schwan tötete, tötete man gleichzeitig die Hoffnung auf eine bessere Zukunft«, sagt sie. »Eine gute und lehrreiche Geschichte. Oder was sagt der Vater dazu?«

»Hä?«

Tekla ist enttäuscht. Wieder einmal hat ihr der Vater nicht zugehört, obwohl sie sich gerade vor ihm auszeichnen will. Wütend schleudert sie den Stock ins Meer, worauf Usko auf Saidas Arm aus vollem Hals zu schreien anfängt. Sakari schnappt sich den Jungen und setzt ihn sich auf die Schultern.

»Wir Männer reiten jetzt nach Hause. Halt das Hottehü am Zügel, Usko!«

Das Kind hört schlagartig auf zu weinen und greift eifrig nach den Enden des blaugrünen Schals, die sein Vater ihm hinhält.

»Und was für ein Kommando gibt Usko dem Hottehü?«

Der Junge gibt ein kleines Schnalzen von sich, und Sakari trabt auf dem weichen Sand am Ufer los, auf den Humppila-Hügel zu. Saida und Tekla bleiben noch, um den Vögeln zuzuschauen, die in ihrer weißen Unbeweglichkeit aussehen wie Teile der Kulisse in einem Stück im Haus der Arbeiter.

Zwei Stunden später, als Usko seinen Mittagsschlaf hält und auch Sakari und Saida Arm in Arm in der Kammer auf dem Bett liegen, klopft es an der Tür, und Siiri kommt außer Atem herein.

»Sie haben Vater abgeholt.«

Saida fährt hoch, und Sakari rappelt sich neben ihr auf. Wie sich herausstellt, ist Herman tatsächlich verhaftet und zum Genossenschaftsladen gebracht worden, wo sich auch die festgenommenen Joel Tammisto und Kustaa Vuorio aufhalten. Sie werden von einigen Angehörigen des Schutzkorps und einem Polizisten aus Salo bewacht.

»Ich hab mich schon gefragt, wann sie Joel wieder holen«, sagt Sakari und fährt sich durch die Haare. »Aber warum, zum Teufel, jagen sie dem Herman hinterher?«

Siiri weiß es nicht, erzählt aber, die Mutter sei außer sich, weil der Vater nicht zur Essenszeit da gewesen und jetzt diese Nachricht gekommen sei. Sie hat den Proviantkorb dabei, den die Mutter ihr gegeben hat, damit sie ihn dem Vater bringe, wo der doch den ganzen Tag nichts in den Bauch bekommen habe. Siiri scheut sich jedoch, allein zu den Männern des Schutzkorps zu gehen, und hofft, Saida begleite sie, wenn nur irgendwie möglich. Saida jagt die Vorstellung ebenfalls Entsetzen ein, aber es ist klar, dass sie Siiri nicht allein hinschicken kann.

»Nein, ich gehe«, sagt Sakari und fängt an sich die Stiefel anzuziehen.

»Und steckst deinen Kopf direkt der Bestie in den Rachen«, fährt Saida ihn an, schnappt sich einen Stiefel und wirft ihn in die Ecke.

»Bestimmt nicht!«

»Bestimmt werden sie bald weitergeschickt, oder?«, vermutet Siiri.

»Vielleicht«, sagt Saida. »Wir müssen auch für Joel und Kustaa etwas zu essen einpacken.«

Sie schätzt, dass Esteri Vuorio sich nicht traut, zu ihrem gefangenen Bruder Kustaa zu gehen. Von Selma, Joels Frau, wiederum weiß man, dass sie an dem Tag verschwunden ist, an dem die Roten kapituliert haben. Keinen Tag später wurde Joel Tammisto von seinem Amt als Vorsitzender des Lebensmittelkomitees enthoben und fast auf der Stelle verhaftet. Das Paar war gerade mal zwei Wochen verheiratet gewesen.

»Das muss man sich mal vorstellen!«

Während die Geschwister rasch aus den spärlichen Vorräten in der Speisekammer den Korb auffüllen, wundern sie sich gemeinsam über so eine Ehefrau und beklagen Joels Unglück in Frauenangelegenheiten, als brächen sie zu irgendeinem Ausflug auf. Sie nehmen kalte Kartoffeln, ein hartes Stangenbrot, Salzströmlinge und einen Hecht mit, den Sakari mit einer zwischen die Eisschollen geschobenen Reuse gefangen hat und der von Saida gerade erst im Ganzen gekocht worden ist.

Vor dem Genossenschaftsladen gibt es viele Anzeichen dafür, dass dort jetzt die Weißen das Kommando übernommen haben. Am Straßenrand parkt ein schwarzes Auto, und zwischen den Treppengeländern ist ein dickes Seil gespannt worden, das den Eintritt verwehrt. Auf dem Treppenabsatz steht ein junger, aufrechter Soldat in Lodenuniform mit einem Gewehr auf dem Rücken. Seine Stiefel sind gewichst, und er trägt einen Fichtenzweig am Mützenaufschlag.

Die Geschwister nehmen sich fest an der Hand. Saida schildert dem Wachsoldaten ihr Anliegen. Der Jüngling mit dem weißen Band am Arm erwidert nichts, sondern blinzelt nur verlegen. Saida beschließt, nicht klein beizugeben, und äußert erneut die Bitte, ihrem Vater und ihrem Nachbarn etwas zu essen bringen zu dürfen.

Der Wachmann scheint kurz die verschiedenen Möglichkeiten abzuwägen. Er macht ein paar Schritte, öffnet die Tür und meldet mit lauter Stimme, draußen stünden zwei Personen, die etwas wollten.

Kurz darauf schiebt sich ein Mann durch die Tür, den Saida vom Sehen kennt. Es ist der Bauer Mikkola, dessen vergleichsweise großer Hof an das Gut Joensuu grenzt. Als Mikkola hört, was sie wollen, bittet er die Schwestern herein. Der Wächter hebt höflich das Seil an, worauf sie geduckt die Treppe betreten. Drinnen wiederholt Saida ihre Bitte, diesmal gegenüber einem dicken Polizisten mit schwarzem Schnurrbart, der gerade Kaffee trinkt.

Er nimmt den Inhalt des Korbs in Augenschein und stößt ihn dann an eine Ecke des Tisches.

»Die Fräuleins sind also von der Mutter geschickt worden? Der Hecht ist aber verflucht prächtig. Kann man in der Halikko-Bucht schon Reusen auslegen? Na, es wird nicht schaden, wenn Papa Harjula ein bisschen was zwischen die Rippen kriegt«, sagt er mit einem kleinen Grinsen im Mundwinkel. »Vor allem Salzströmling!«

In dem Moment wird den Geschwistern der Grund für das

Grinsen klar. Durch die Tür hören sie Hermans durchdringende Stimme im Hinterzimmer tönen, und es besteht kein Zweifel, dass er ordentlich betrunken ist. Der Polizist steht auf und ruft in die Kammer hinein.

»Harjula! Deine Töchter sind da. Wenn du versprichst, dich zu beruhigen, lasse ich sie rein und dir Salzströmlinge bringen. Und schöne Grüße von deiner Frau.«

»Ich verspreche gar nichts. Ich pfeif auf die Grüße der Weiber! Ich lass mich nicht mit Roten zusammen in eine Kammer legen. Das ist alles so *merkwürdig* …!«

Kustaa versucht vergebens, beschwichtigend einzugreifen: »Hör auf, Herman, du machst den Mädchen Kummer, wenn du …«

»Halt's Maul, Wasserkopf, oder es schwillt dir noch zu! Das sind nicht deine Töchter. Das sind meine Töchter.«

»Ich kann die hübschen Fräuleins auch wieder wegschicken, aber sie haben dir was mitgebracht, Harjula«, sagt der Polizist.

Herman erscheint in der Tür.

»Halleluja! Habt ihr Schnaps dabei?«

»Nein«, sagt Saida mit roten Wangen. »Es wäre besser, wenn der Vater nicht so laut wäre.«

»Das sind meine Töchter! Wo hast du meine Flasche hingesteckt?«, fragt Harjula den Polizisten mit vorwurfsvoller Miene. »Das war meine Flasche, nicht deine.«

»Du brauchst keinen Schnaps mehr, Harjula. Aber essen darfst du.« Er nickt Saida zu zum Zeichen, ihrem Vater den Korb zu geben. Hinter dem schwankenden Herman sieht Saida die blassen, müden Gesichter von Joel und Kustaa.

»Der Vater muss auch den anderen etwas abgeben«, flüstert Saida.

Herman reißt ihr den Korb aus der Hand.

»Den Roten geb ich gar nichts. Ich hab doch gesagt, die langen mit ihren Händen in die Scheiße, mit ihrem Revolutionskram. Hab ich das gesagt, oder nicht, Tammisto? Hä?«

»Ja, das hast du gesagt.«

»Und dem Wasserkopf auch. Oder?«

Kustaa antwortet nicht.

»Dir, Vuorio, gebe ich keinen Brotkanten, bevor du nicht zugibst, dass ich es gesagt hab. Hörst du? Keinen Kanten, nicht mal eine Kartoffelschale. Dem Tammisto geb ich was, weil er es zugegeben hat. Ich geb ihm eine Kartoffel.«

Triumphierend hebt Herman vor dem Polizisten eine Kartoffel in die Höhe.

»Jetzt habt ihr's gehört. Aus mir macht man keinen Roten.« Der Polizist schließt die Tür und breitet die Arme aus.

»Redet der Herr Vater immer so daher? Oder nur wenn er besoffen ist?«

»Nicht immer«, murmelt Saida mit vor Tränen brennenden Augen. Die überraschende Freundlichkeit des Polizisten ist beinahe mehr, als sie ertragen kann.

»Na, na«, sagt der Polizist. »Wir mussten den Harjula reinholen, weil er draußen den Männern vom Schutzkorps allerhand Unanständigkeiten an den Kopf geworfen hat.«

»Man wagt es gar nicht zu wiederholen«, bestätigt Mikkola verlegen. »Aber Gotteslästerung war es. Bei uns ist man solche Reden nicht gewohnt.«

»Vater meint es eigentlich gar nicht so … Aber der Alkohol … Er ist ja selbst Prediger gewesen«, stammelt Saida, wobei ihr Tränen über die Wangen rollen.

»Tatsächlich?«, fragt Mikkola, sichtlich beeindruckt.

Die Männer sehen, dass auch Siiri sich über die Augen wischt.

»Der Schnaps ist eine Erfindung des niederträchtigsten aller Teufel«, stellt Mikkola auf einmal voller Mitgefühl fest.

»So manch eine Familie hat darunter zu leiden.«

»Stimmt«, sagt Saida. »Früher war Vater Abstinenzler. Aber als der Krieg kam und das alles…«

»Eben. Aber ihr Mädchen müsst nicht traurig sein… Warten wir's… warten wir's ab… Ohne Dreher und Schlosser läuft die Säge ja nicht…«

Geradezu väterlich werden Saida und Siiri zur Tür geleitet. Als sie hinter ihnen zufällt, gehen sie Hand in Hand und lautlos weinend die Treppe hinunter, verfolgt vom ernsten Blick des Wachsoldaten.

Arvi, 21

Somero – Halikko, Mai 1918

Er blickt mit blutunterlaufenen Augen in die Sonne, die hinter der Fichtenhecke des Friedhofs aufgeht. In seinem Kopf rauscht es vor Müdigkeit, und es kommt ihm so vor, als könne er sich nur von Sekunde zu Sekunde wach halten, indem er unter dem Mützenschirm heraus direkt auf den unnatürlich großen Ball schaut, der vom dunklen Zackenrand der Fichtenhecke unten abgeschnitten wird. Er hat sich das Handgelenk beim Sturz vom Pferd verletzt, es tut weh, und er konzentriert sich auf den Schmerz, um wach zu bleiben. Grüne Punkte springen durchs Sehfeld, als er den Blick von der Sonne abwendet und auf die Landstraße richtet.

Der Kies knirscht, als sich die roten Gefangenen, angetrieben von den Wächtern, in Zweierreihe aufstellen. Nachdem die Namen aufgerufen worden sind, werden die vor Kälte und Erschöpfung schlotternden Männer paarweise aus der Stacheldrahteinzäunung hinausgeführt. Einige von ihnen sind tagelang hierhermarschiert, von Forssa und Tammela aus. Ein Offizier des Schutzkorps führt die Strichliste.

Auf Befehl muss Arvi mit Anders darauf achten, dass kein Verurteilter über die Friedhofsmauer springt und zwischen den Grabsteinen hindurch auf die Fichtenhecke und die blendende Sonne zurennt. Aber wie sollte einer von denen noch irgendwohin rennen? Unter den Gefangenen ist die Ruhr ausgebrochen. Sie sind geschwächt, verängstigt und riechen stark nach Exkrementen.

Arvi spürt, wie es die unruhige Regina wegdrängt von den Gefangenen in ihrem erbärmlichen Zustand, die mit vorgehaltenem Gewehr aus der Einfriedung gestoßen werden. Arvi drückt mit den Waden die Flanken des Pferdes. Man hat ihnen den Befehl erteilt, mit den Pferden die offene Fläche zwischen Tor und Friedhof abzusperren und jeden einzufangen, der zu fliehen versucht. Der Auftrag gilt weiter, wenn die Gefangenen in Marsch gesetzt werden: Jedem, der flieht, wird nachgeritten. Sie haben auch die Erlaubnis und Anweisung zu schießen, falls die Situation es erfordert. Darum tragen sie die Mauser-Pistolen am Gürtel. Auch Arvi, obwohl er in seinem Leben noch keinen einzigen Schuss abgegeben hat.

Um ihn herum wallt ein Chor von Stimmen, das kurzsilbige Dialektfinnisch der Schutzkorpsangehörigen, das miauende Reichsschwedisch der Soldaten aus dem Nachbarland und das Schärenschwedisch der Südwestfinnen. Die Gefangenen geben nicht mehr als Gemurmel von sich.

Zwischen den Schutzkorpsleuten aus Somero und den Schweden gibt es schon deshalb Reibereien, weil sie sich gegenseitig nicht verstehen. Die aus Somero finden, es sei ihre Aufgabe, die Gefangenen wegzubringen und die Urteile zu vollstrecken, aber Ehrensvärd, der Kommandant der schwedischen Abteilung, traut dem Schutzkorpsoffizier und seinen Männern nicht, von denen einige schon seit drei Tagen ununterbrochen trinken.

Der Leutnant hat Anders Holm angewiesen, dafür zu sorgen, dass kein einziger Gefangener während des Transports entkommt und die Urteile ordnungsgemäß vollstreckt werden. Laut Befehl soll Anders dabei sein, wenn nach der Hinrichtung die vorgeschriebenen Sicherheitsschüsse abgegeben werden.

Auf einmal fängt Arvis Herz zu pochen an, und er fährt aus der Erschlaffung hoch. Man führt zwei Jungen an ihm vorbei, die er kennt. Sein abgestumpftes Bewusstsein hält die Namen nicht fest, obwohl er hört, wie sie mit der gleichen monotonen Stimme aufgerufen werden wie alle anderen.

»Lindroos, Lauri!«

»Salin, Viki!«

Erst als er die Gesichter der beiden Jungen sieht, begreift er, dass da gerade Saidas Stiefsohn und dessen Kamerad aus Vartsala abgeführt werden. Großer Gott! Er schaut auf Vikis dünnen Rücken unter dem blaugrauen Pullover, den Saida ihm gestrickt hat, und es schnürt ihm die Kehle zusammen. Jetzt ist er vollkommen wach.

Seid ihr verrückt! Wir sind doch immerhin Menschen, Herrschaftszeiten!

Er sagt jedoch nichts und stößt keinen Ruf aus, er rührt sich nicht einmal vom Fleck und zwingt auch das Pferd zu bleiben, wo es ist. Eine undeutliche, jedoch feste Entscheidung trifft er in diesem Augenblick gleichwohl. Jedenfalls wird er das bis ans Ende seines Lebens denken müssen.

In einem scharfen Ritt fast ohne Unterbrechung ist er mit Anders vom Gut hierhergekommen. Nur einmal hielten sie an, weil Arvi es verlangte. Die Pferde wurden getränkt und gefüttert und durften kurz ausruhen. Erst da eröffnete ihm Anders, wohin sie unterwegs waren.

Anders war überraschend am Stall aufgetaucht, wo Arvi schon den zweiten Tag die schwere Geburt einer jungen Stute überwachte. Voller Eifer war Anders gewesen und von beängstigender Entschlossenheit. Sämtliche Einsprüche von Arvi erstickte er im Keim, indem er sagte, dies sei ein Befehl des Grafen.

Sie ritten im Morgengrauen los, obwohl Arvi in der Nacht kein bisschen geschlafen hatte und in der Nacht davor ebenfalls kaum. Anders erklärte, ein Soldat müsse Müdigkeit aushalten können.

Ein Soldat?

Irgendwo auf der Landstraße zwischen Vaskio und Kuusjoki schlief Arvi im Sattel ein und fiel vom Pferd. Dabei wurde das Handgelenk gestaucht und schwoll an. Es blieb ein pulsierender Schmerz.

Anders Holm hatte die Anweisung erhalten, sich am 12. Mai in Somero beim Leutnant Ehrensvärd, dem Kommandanten der Befreiungstruppen des Schärengebiets, zu melden. Laut Befehl hatte er zwei ausgebildete und ruhige Pferde mitzubringen, die vom Gut Joensuu für den Kriegseinsatz versprochen worden waren. Der Graf hatte bestimmt, dass Arvi mit den Pferden aufbrechen, sich der militärischen Disziplin unterwerfen und alle Aufträge erfüllen solle, die man ihm per Befehl erteile.

Am Ziel warteten Leutnant Ehrensvärd mit seinen Abteilungen sowie Schutzkorpsangehörige aus Somero. Sie bewachten eine Schar Gefangene, die neben dem Friedhof hinter Stacheldraht zusammengetrieben worden waren. Am Tag zuvor hatte Ehrensvärd als Vorsitzender des von ihm ins Leben gerufenen Standgerichts die Urteile ausgesprochen. 50 Todesurteile waren verlesen worden. Sie sollten vollstreckt werden, sobald die Verurteilten zum Hinrichtungsort marschiert waren. Als solcher war das ehemalige russische Garnisonsgelände Märynummi vorgesehen, das an die 40 Kilometer von Somero entfernt lag.

Beim Aufrufen der Verurteilten kommt es zu einer Störung. Der Schutzkorpsoffizier rief wiederholt mit fordender Stimme zwei Namen, aber es scheint keine Gefangenen mit diesen Namen zu geben.

»Die sind geflohen, verdammt. Aber nicht während unserer Wache«, sagt Anders zu Arvi. »Jetzt bekommen wir was zu tun!«

Er ist sofort zur Verfolgung bereit.

»*Waffe laden und sichern!*«, ruft er auf Deutsch.

Arvi will wissen, was das bedeutet, und Anders übersetzt es ihm ins Schwedische:

»*Ladda och säkra!*«

Nun will der Schutzkorpsangehörige, der neben ihnen steht, wissen, was der Schwede brüllt.

Arvi übersetzt es ihm ins Finnische, worauf der Mann Anders einen mürrischen Blick zuwirft. Dieser zieht die Mauser aus dem Futteral und führt eine Ladebewegung durch. Allerdings darf er doch nicht wie erhofft aktiv werden.

Nachdem der Offizier die Namen mehrmals vergebens wiederholt hat, befiehlt er, fünf beliebige Gefangene aus der Umzäunung zu holen, die auch sogleich herbeigezerrt werden. Er wählt zwei von ihnen aus. Sie müssen die Plätze der Aufgerufenen einnehmen. Dann wählt er noch zwei aus – als Strafe für die Flucht der Verurteilten. Einer von ihnen ist noch ein Junge, und er muss seinen Zwillingsbruder zurücklassen. In den Händen hält er das rot-weiße Hemd, das er gerade über sein langärmeliges Unterhemd ziehen wollte, als die Wächter ihn holen gekommen sind. In einer Art von Abschied wirft er seinem Bruder das Hemd zu und sagt, er wolle es nicht mehr unnötig mit sich tragen.

Es scheint ein schöner Tag zu werden. Die Sonne ist bereits voll und ganz über die Fichtenhecke hinausgestiegen und gelb geworden, als die Doppelreihe der Gefangenen schließlich in Marsch gesetzt wird, in südwestlicher Richtung, auf Märynummi zu. Auf der Landstraße wird Staub aufgewirbelt, der im Licht der niedrig stehenden Sonne schwebt wie Rauch im

Lichtkegel des Projektors im Theater für bewegte Bilder, wo Arvi einmal bei einem Aufenthalt in Turku gewesen ist. Arvi und Anders sollen hinter dem Trupp herreiten. Von dort aus können sie alles im Auge behalten und sofort nachsetzen, falls jemand zu fliehen versucht. Sie reiten nebeneinander, Arvi am rechten Straßenrand, Anders am linken.

Als sie das Dorf Häntälä erreichen, kommen von den Gefangenen immer mehr Forderungen nach einer Pinkelpause. Die meisten haben auch eine größere Notdurft zu verrichten, aber sie werden aufgefordet, in die Hose zu machen. Schließlich muss der Schutzkorpsoffizier doch eine Pause bewilligen, denn seine Untergebenen beschweren sich immer heftiger über den Gestank, den die Gefangenen verbreiten.

Jetzt reitet Arvi neben dem Zug der Gefangenen bis zur Mitte, wo die beiden Jungen aus Vartsala marschiert sind. Er steigt vor Viki Salin, der mit herabgelassener Hose am Straßengraben hockt, aus dem Sattel, beugt sich zu ihm hinab und flüstert: »Gleich nach der Brücke von Vaskio rennst du in den Wald. Auf der rechten Seite. Deinem Freund sagst du, er soll nach links rennen. Hast du verstanden?«

Vikis blaue Augen starren ihn verwundert an, während die Hände Halt an den Weiden am Straßenrand suchen. Dann nickt der Junge verstohlen mit seinem blonden Kopf.

Nachdem er wieder auf seinem Platz ist, sagt Arvi zu Anders, er habe ein paar Gefangene überprüft, die in besserer Verfassung als die anderen seien und eventuell etwas vorhätten. Er habe sich ihr Schuhwerk angesehen. Mit den Stiefeln könne man rennen, im Gegensatz zu den auseinanderfallenden Tretern der anderen. Anders meint, die verdammten Mongolen sollten es nur versuchen. Er habe ein Pferd unter sich und außerdem scharfe Munition geladen.

Als sich der Gefangenentransport wieder in Bewegung setzt,

reitet Anders im Schritt zwischen der Doppelreihe der Gefangenen und dem Straßengraben. Er erwidert die unfreundlichen Blicke der Schutzkorpsangehörigen, indem er sie ausdruckslos fixiert, bis die Finnen zu Boden blicken. Ein kurzes Stück reitet Anders neben Viki und Lauri her, aber dann wendet er sein Pferd und kehrt ans Ende der Reihe zurück. Er übernimmt wieder die linke Seite, so wie Arvi es vorausgesehen hat.

Es folgt ein Marsch von mehreren Stunden. Bisweilen entsteht eine kleine Unordnung in der Reihe, weil die Gefangenen den frühjährlichen Schlammpfützen ausweichen. An den südseitigen Straßenböschungen blüht bereits die eine oder andere Butterblume. Arvi sieht die erste Schwalbe dieses Frühlings. Auf einer Überschwemmungswiese ruft ein Kranich, und ein zweiter antwortet ihm aus der Ferne.

Beim Kirchdorf Kuusjoki wird die Gefangenenreihe auf Feldwegen an der Siedlung vorbeigeführt. Man sieht tiefe Wagenspuren in der Erde. Hier sind die vorab zum Hinrichtungsort geschickten Schaufeln, Hacken und Eisenstangen für das Ausheben der Gräber transportiert worden. Auch die Schaufelfuhre hat man nicht vor den Augen der Leute durchs Dorf ziehen lassen.

Als die Brücke von Vaskio näher kommt, schwindet Arvis stumpfe Müdigkeit. Er spürt Schweißperlen unter den Armen und auf den Handflächen.

Die Brückenbohlen dröhnen noch unter den Hufen, als Arvi sieht, wie Viki und Lauri loslaufen. Lauri stürzt nach links zum sumpfigen Ufer des Flusses, das jetzt im Frühling noch feucht und tief ist. Arvi betet innerlich, dass Anders Holms Pferd noch schlimmer im Schlamm einsinkt als der davonrennende Junge. Der hintere Teil des Gefangenentrupps staut sich auf der Brücke, es gibt keine Lücke für ein Pferd, aber Anders drängt sich mit Gewalt zwischen den langsam trottenden Männern hindurch. Es werden Schreie laut, als zwei Gefangene vom Pferd gegen das Brückengeländer gedrückt werden. Anders galoppiert auf das Ufer zu, und über die Gefangenen hinweg sieht Arvi noch, wie Anders mit seinem Pferd in vollem Galopp stürzt. Er rollt sich ab und ist rasch wieder auf den Beinen, kniet sich hin und zielt. Die Brücke leert sich, Arvi reitet Viki hinterher, der inzwischen einen guten Vorsprung hat.

Auf der Wiese fällt ein Schuss. Auch auf Viki ist zweimal geschossen worden, doch die Männer vom Schutzkorps lassen die Waffen sinken, als Arvi in ihre Schusslinie reitet. Viki hat es bereits in den Sichtschutz des Waldes geschafft, als Arvi ihn einholt.

»Steig auf!«

Arvi packt die dünne Hand, und dann treibt er das Pferd erneut im Galopp an. Der Junge zittert noch immer am ganzen Körper und hält Arvis Arm umklammert. Zum Glück bremst der leichte Junge das Pferd so gut wie nicht, aber er riecht stark nach Schweiß und Schmutz. Arvi weiß, dass er den Fluss vor sich hat, und hält bereits nach flacherem Gelände Ausschau, wo er leichter zu überqueren wäre. Als sie den Fluss erreichen, gelingt es ihm, Regina ohne Zögern ins Wasser zu bekommen. Das Pferd hat während der gesamten Durchquerung Boden unter den Hufen, und es dauert nicht viel mehr als zehn Sekunden, bis es ans andere Ufer watet.

Arvi setzt den Jungen ab, nimmt die Pistole aus dem Futteral und gibt zwei Schüsse in die Luft ab, die ersten und letzten seines Lebens.

»Siehst du die Scheune dort?«

Er deutete auf das graue Dach, das in der Ferne am Wiesenrand hinter den Erlen hervorschimmert.

»Dort gehst du hin und bleibst.«

»Ja.«

Der Junge stürzt sofort los. Sein Pullover ist an der einen Seite fast vollständig aufgerissen, er flattert wie ein gebrochener blaugrauer Flügel.

Nachdem er zu den anderen zurückgekehrt ist, berichtet Arvi, er habe den Gefangenen erschießen müssen, weil er versuchte durch den Fluss zu schwimmen und zu entkommen. Er sagt, er sei eine Weile am Ufer entlanggeritten und habe versucht, die Leiche herauszuangeln, aber durch die Frühjahrsflut sei die Strömung zu stark und habe den Toten weggespült.

Schade, aber wegen eines Kadavers soll doch nicht die ganze Kolonne aufgehalten werden, oder? Wie ist es denn dem zweiten Flüchtling ergangen?

Anders sagt, er habe ihn an der Schulter erwischt. Bloß ein Streifschuss, wie auch beabsichtigt, damit man nicht jetzt schon eine Leiche mit sich herumschleppen müsse.

Gegen Mittag erreichen sie endlich ihr vorläufiges Ziel, wo die Gefangenen am Waldrand in Gruppen zu zehn Mann aufgeteilt werden. Arvi hört, dass die erste Gruppe sofort auf das drei Kilometer entfernte Übungsgelände der alten Kaserne von Märynummi marschieren muss, an dessen Rand bereits ein zehn Meter langes und zwei Meter breites, aber nur ein Meter tiefes Grab ausgehoben worden ist. Den ersten, aus den schwächsten Gefangenen bestehenden Schwung würde man unverzüglich erschießen, aber die zweite Gruppe würde man ein weiteres Grab ausheben lassen, damit die Hinrichtungen fortgesetzt werden könnten.

Anders und die übrigen schwedischen Freiwilligen machen sich mit der ersten Gruppe auf den Weg. Die Männer des Schutzkorps bleiben als Wache zurück, sie zünden sich Zigaretten an und holen ihren Proviant hervor. Auch die Flasche kreist wieder. Jemand hält sie Arvi hin. Er schüttelt den Kopf und bindet Regina an einer großen Kiefer an, wo das Gras bereits grün wird. Er lehnt sich an den Stamm der Kiefer, löst die Mauser vom Gürtel und legt sie neben sich. Nach einiger Zeit trägt der Wind aus drei Kilometern Entfernung das Geräusch von gleichzeitigen Schüssen aus zehn Militärgewehren herüber. Die nächste Partie hinzurichtender Gefangener wird geholt. Arvi zieht sich die Mütze ins Gesicht, damit er nicht sieht, ob der angeschossene Lauri Lindroos darunter ist. Er weiß, er würde den Blick des Jungen nicht ertragen.

Als bereits die Abenddämmerung einsetzt, werden alle Männer mit der letzten Gefangenengruppe zum Hinrichtungsort kommandiert. Auf dem Weg dorthin kommt es zu einem Zwischenfall, bei dem es einem Gefangenen gelingt, vor den schon ziemlich betrunkenen Wachmännern zu fliehen. Es ist nicht Lauri Lindroos. Der Junge stellt sich an den Rand der Grube und nimmt die Mütze ab, so wie er es gelernt hat, wenn man einer höheren Instanz gegenübertritt.

Joel, 34

Turku, August 1918

Als er das Urteil des Hochverratsgerichts hört, denkt Joel an den Moment, in dem Orville Wright auf der Sanddüne von Kitty Hawk auf der unteren Musselintragfläche des Flyers lag und die Startschiene entlangraste. Sein Bruder rannte nebenher. Der arme Wilbur, der beim Münzwurf verloren hatte. Seine Aufgabe bestand jetzt darin, den Gleitflieger so lange wie möglich auf der Schiene zu halten.

Wegen der zwölf Sekunden, die auf jenen Moment gefolgt waren, steht Joel jetzt als Angeklagter da, aber in der Urteilsverkündung wird trotzdem kein einziges Wort darüber verloren.

Die Verlesung des Urteils dauert lange. Der Gerichtsdiener gibt monoton die gewundenen Formulierungen der Amtssprache von sich. Joel fällt es schwer, sich aufrechtzuhalten. Die Erdanziehungskraft zieht den von Hunger und Ruhr ausgezehrten Körper dem Steinboden des Bezirksgefängnisses Turku entgegen, der auch jetzt im Sommer kalt ist wie der Tod. Joel richtet den Blick auf den Mund des Gerichtsdieners, besonders auf die Unterlippe, die sich mal zum Strich verhärtet, mal zum Halbmond rundet.

»Hat der Häftling für die Roten Garden agitiert?«

»Ja.«

»Hat er für die Revolution agitiert?«

»Ja.«

»Und gegen die rechtmäßige Regierung?«

»Ja.«

»Hat er falsche Gerüchte über den Krieg verbreitet?«

»Ja.«

»Oder Drohungen gegen Anhänger der rechtmäßigen Regierung?«

»Ja, in sehr scharfer Form.«

Die Vokale des Gerichtsdieners amüsieren Joel immer mehr. Der Lappen, den man ihm gegeben hat, ist klatschnass vom vielen Schweißabwischen. Er schließt die Augen und hört auf das stärker werdende Brummen, das vom Hafen her zu hören ist und bald als lautes Motorendröhnen über ihren Köpfen ertönen wird. Jeden Moment wird die Tragfläche des Macchi M.16 im Tiefflug über das graue Granitgemäuer hinwegrauschen, und der Atem des Propellers Sand aufwirbeln, die Espen und Birken werden ins Schwanken geraten, wenn der Flieger mit vollem Rohr, ohne jede Möglichkeit, das Gas zu regulieren, dem Himmel entgegenrast. Der Flug wird in dem unausweichlichen Moment enden, in dem der Motor ausgeschaltet werden muss und der abschließende Gleitflug zur Landenge Kakskerta ohne Maschinenkraft beginnt.

»Hat der Häftling während des Krieges weitere Verbrechen begangen, die dem Stab bekannt sind?«

»Er hat als Vorsitzender des Roten Lebensmittelkomitees sämtliche Unterlagen vernichtet.«

Nicht alle, widerspricht Joel bei sich, die Tagebücher sind noch da. Gut aufbewahrt. Aus ihnen geht alles hervor, was man wissen muss.

»War der Häftling an den Entwaffnungen vor dem Krieg und während des Kriegs beteiligt?«

»Ja.«

»War er an Raubzügen beteiligt?«

»Ja.«

Die Stimme des Gerichtsdieners fließt gleichmäßig und farblos dahin. Er hat schon hunderte ähnlicher Anklagen, Verhörprotokolle und Urteile verlesen. Die gleichen Fragen. Die gleichen unter Eid geleisteten, die Wahrheit verfälschenden Antworten.

Joel fragt sich, warum die Männer in den Uniformen noch immer in den unsinnigen Unterlagen blättern. Natürlich hat er Getreide beschlagnahmt. Das gehörte damals ja zu seinen Aufgaben. Raub war das nicht. Mit ganzen Eisenbahnladungen musste er Turku und Tampere ernähren. So war es ihm befohlen worden. Was sollte das denn für ein Verbrechen sein, das Ernähren hungriger Menschen? Warum fingen die Herren immer wieder mit diesen Tonnen von Roggen an? Und den paar Dutzend Pferden. Mit deren Hilfe Unglückliche versuchten der blinden Rache zu entkommen.

Anstatt auf das Getreide und die Pferde sollten die Herren lieber ihre Aufmerksamkeit darauf richten, was gerade eben über ihren Köpfen passiert. Ist denn keinem von ihnen aufgefallen, dass gerade eben ein Narr über sie hinweggeflogen ist, dessen Schädelinhalt die Amtsgewalt viel eher untersuchen müsste? Begreifen die Herren Ankläger und Richter überhaupt, dass jener Wahnsinnige am Steuer eines vom Wind gebeutelten Doppeldeckers sitzt und mit aus gutem Grund gerunzelter Stirn die immer näher rückenden Bäume, Sträucher und Gräser im Seewind ins Auge fasst? Auf der Stirn und unter den Achseln jenes Mannes müssen sich mindestens ebenso viele Schweißperlen gebildet haben wie bei Joel. Mit vollen Umdrehungen lässt sich gut starten und fliegen, aber irgendwann kommt immer der Moment, in dem man landen muss.

Aber nein, die Herren im Saal verstehen davon offenbar

nichts. Sie kommen nicht auf den Gedanken oder sie wissen nicht Bescheid. Niemand hat ihnen den Sachverhalt geschildert.

Joel hebt die Hand und bittet um das Wort.

Diese Dummköpfe, die ein Todesurteil nach dem anderen produzieren, sollen wenigstens erfahren, wie alles angefangen hat:

Zunächst einmal, vergesst um Himmels willen endlich Finnland und Halikko. Reden wir über die Jungs, die in Dayton in den USA aufwuchsen. Dort wurden sie groß, Orville und Wilbur, denen die Schule nicht schmeckte, obwohl sie Pastorenkinder waren. Unsereinem hätte sie geschmeckt, bloß hat man nicht hingehen dürfen. Aber die Schlingel interessierten sich für ganz andere Dinge als für Pult und Kreide. Sie sprangen vom Schuppendach und ließen selbstgebaute Drachen fliegen.

Alles fing damit an, dass Vater Wright von einer Reise ein Spielzeug mitbrachte, das bloß mit Hilfe von Propeller und Gummiband bis an die Decke flog. Da musste gleich herausgefunden werden, warum das Ding so funktionierte, wie es funktionierte. Einen besseren Zeitvertreib gab es nicht. Sie werden fragen, was ich davon halte. Ich denke, mit diesem Mitbringsel hat Papa Wright in die Scheiße gelangt und wir alle mit ihm! Warum hat er ihnen so ein Ding und der ganzen Menschheit ein großes Unglück mitgebracht? Konnte der Herr Papa nicht den Kartenstock auf den Hinterteilen seiner Erben tanzen lassen, wo ihnen das Lesen nicht gepasst hat? Ich hätte ihn tanzen lassen, den Stock. Und wäre selbst zur Schule gegangen. Aber unsereiner hatte keine Gelegenheit. Und dieser Herr Papa belohnt die Unglücklichen auch noch mit einem fliegenden Dingsda!

Und pfeift auf die Folgen. Wenn ihr mich fragt, dann sag ich: den Arsch versohlen und lieber die Bengel unter einer Zeitung auf der Straße schlafen und sich ihr Essen in den Mülltonnen suchen lassen. Dann wäre ihnen die Lust aufs Fliegen vergangen, und der Welt wäre viel Schlimmes erspart geblieben. Aber hat er die Burschen auf die Straße gesetzt? Nein, unsere Buben müssen doch einen Zeitvertreib haben dürfen! Was kann man von einem Mann anderes erwarten, der schon bei der Namensgebung gestümpert hat? Orville und Wilbur, sind das denn Menschennamen? Ich würde keinen Hund so nennen. Keinen Hund, ja nicht mal eine Katze, verdammt! Hört ihr, ihr Herren Richter und Ankläger? Ihr Ohrenkrüppel hört ja nichts. Ihr hört nicht mal, wie der eine Unglückliche brummend und knatternd da oben herumfliegt, mit einer Ledermütze auf dem blöden Schädel und einer Brille zwischen Augen und Wirklichkeit.

Ist Papa Wright je in den Sinn gekommen, was es für Folgen hat, wenn man verantwortungslose Hirngespinste erlaubt und finanziert? Er hätte es, zum Donnerwetter, bei dem Propellerspielzeug belassen und den Stock zum Tanzen bringen sollen. Aber nein, er musste den Burschen noch Holz und Musselinstoffe besorgen. Und ihnen erlauben, die Werkstatt zu benutzen, wo die Wahnsinnigen Bögen aus Eschenholz bastelten und darauf den Tragflächenstoff spannten, der den Apparat in der Luft halten sollte. Und die ganzen Stahlseile, die ja auch was gekostet haben. Und der Verbrennungsmotor, verdammt noch mal! Für den musste Papa Wright das Haushaltsgeld für viele Monate vergeuden.

Und was ist aus dem Zeitvertreib der Flachköpfe gefolgt? Junge Männer steigen mit Maschinen zum Himmel auf, deren Gas man nicht regulieren kann. Legen mit vollen Umdrehungen los, ohne daran zu denken, dass man irgendwann auch wieder auf den Erdboden zurückkehren muss. Das Schlimmste ist jedoch, dass sich aus all dem die erbärmlichste Tötungswaffe der Geschichte entwickelt hat. Großen Kummer brachte auch die Frage mit sich, wie man mit dem Maschinengewehr zwischen den Rotorblättern hindurchschießt, ohne dass der Propeller in tausend Teile zersplittert. Natürlich sind sie bald auf die Idee gekommen: ein Taktgeber – jetzt konnten sie von oben auf wehrlose Menschen schießen. Und irgendwo in Brighton oder Liverpool musste eine alte Mutter mit vom Rheuma kaputten Fingern die Todesnachricht öffnen. Diese verdammten Brüder! Warum haben sie nicht zum Beispiel das Automobil erfunden? Damit kann man wenigstens Menschen und notwendige Waren dorthin transportieren, wo sie hingehören. Mit Flugzeugen bringt man Menschen nur ums Leben. Jetzt wird schon von Maschinen geredet, die tonnenweise Bomben an Bord nehmen und über Unschuldigen abwerfen. Hört ihr nichts, ihr Holzohren? Hört ihr das Knattern und Knallen vom Flugplatz der neuen finnischen Luftwaffe an der Auramündung? Dieses Knattern verheißt nichts Gutes. Verkündet eure Urteile, tötet, aber es wird euch allen noch einmal leidtun.

Ja, ihr lasst mich nicht zu Wort kommen, weil ihr die Wahrheit nicht ertragt. Denn die Wahrheit lautet, dass ich nur vor euch stehe, weil die Gebrüder Wright endlich einen Doppeldecker-Flugapparat mit zwei Propellern fertig bekamen, den sie Flyer nannten. Am 17. Dezember 1903 legte sich Orville Wright in die Mitte der unteren Tragfläche, während auf der Sanddüne von Kitty Hawk ein Wind von 43 Kilometern in der Stunde blies. Das Bürschchen hatte den Münzwurf zwischen den Brüdern gewonnen. Sobald der Benzinmotor mit den zwölf Pferdestärken genügend Leistung hergab, löste der Kerl das Halteseil und glitt auf der Startschiene los. Bruder Wilbur, der verloren hatte, rannte nebenher und gab sein Bestes, um die Maschine möglichst lange auf der Schiene zu halten. Sobald er losließ, erhob sich der Apparat auf seinen Flügeln aus Eschenholz und Musselin und flog zwölf epochemachende Sekunden lang durch die Luft und historische 37 Meter weit.

Als ich das las, fingen meine Gedanken an zu schwirren und zu wirbeln wie der Sand von Kitty Hawk unter den Blättern der mit Fahrradketten angetriebenen Propeller.

Wenn der Mensch fähig ist, die Gesetze der Schwerkraft zu überwinden, dann ist er, verdammt noch mal, zu allem fähig. Und wenn dazu Brüder im Stande sind, die im amerikanischen Dayton die Schule links liegen lassen, warum soll dann ein Joel Tammisto aus Halikko in Finnland nicht auch dazu im Stande sein?

Joel lässt die vergeblich erhobene Hand sinken.

Gut. Man erteilt ihm nicht das Wort. Egal. Dann kann er ja auch die Ohren vor den Stimmen der Herren verschließen und sich den ganzen Wahnsinn wegdenken. Er muss nur 15 Jahre in der Zeit zurückgehen und die Zeitung, die von dem Flug berichtet, aus den vor Begeisterung zitternden Händen legen.

Der Flyer fliegt rückwärts, die Startschiene saugt ihn an und zieht ihn den Hang hinauf, Wilbur packt ihn und geleitet ihn zum Startpodest. Orville richtet sich aus der liegenden Position auf und stellt sich neben den Flyer. Sein Bruder tritt zu ihm, und im Laufschritt entfernen sie sich rückwärts von ihrer Erfindung, die alles Übel ausgelöst hat.

Vartsala, 12. Mai 2009

Vor zwei Tagen las ich in der Lokalzeitung einen Artikel anlässlich des 50. Geburtstages von Marja Rusanen, die der Geschäftsführung von Nokia in Salo angehört. Zu den Hobbys, denen sie seit vielen Jahren nachging, zählte neben der Stammbaumforschung ihrer eigenen Familie das Sammeln von Material zur lokalen Geschichte. Aus dem Text ging hervor, dass diese Marja Rusanen neulich erst von Salo nach Vartsala gezogen war.

Auf dem Foto lächelte eine für ihr Alter blendend aussehende Frau, und wahrscheinlich kam ich deswegen noch am selben Abend, leicht benebelt vom Wein, auf eine, wie ich fand, Idee von Führungskräfteniveau: Ich ließ mir von der Auskunft die Telefonnummer der Frau geben und mich auch noch gleich verbinden. Sie meldete sich, und ich trug mein Anliegen vor, in der Hoffnung, dass sie mir meine Betrunkenheit nicht anhörte. Ich erzählte ein bisschen von meinen eigenen lokalhistorischen Nachforschungen und erkundigte mich, ob es vielleicht möglich wäre, von ihr ein paar zusätzliche Erkenntnisse über Personen und Ereignisse, die mich interessierten, zu bekommen.

Marja Rusanen wirkte interessiert, schien aber gerade wenig Zeit zu haben. Ob es mir vielleicht recht wäre, einmal abends bei ihr vorbeizukommen? Dann würde sich zeigen, ob sie mir helfen könne. Oder vielleicht auch umgekehrt?

In dem Moment fand ich die Vorstellung großartig, aber als der vereinbarte Zeitpunkt näher rückte, gestern Abend um halb sechs, bereute ich die Kontaktaufnahme bereits schwer. Als Maurer war ich es gewöhnt, zu den Leuten nach Hause zu kommen und mich ihnen gegenüber einigermaßen ungezwungen zu verhalten, aber in meiner Freizeit vermied ich schon lange jegliche soziale Visiten. Die schwarzen Löcher in der Vergangenheit des Ortes zogen mich an, doch eine solche Begegnung enthielt immer das Risiko, dass es zu einem Bekanntschaftsverhältnis ausgedehnt wird, das am Ende dann doch keiner aufrechterhält. Spätestens bei meiner Tätigkeit als Marketingleiter ist mir klar geworden, dass ich schlicht und einfach keine neuen Menschen mehr kennenlernen will, auch wenn sie noch so tüchtig und sympathisch wirken.

Besonders Frauen gehe ich aus dem Weg, vor allem wenn ich nüchtern bin. Im betrunkenen Zustand erwacht in mir bisweilen eine diffuse Sehnsucht, aber in der Regel hüte ich mich auch dann davor, die Inititative zu ergreifen. Jetzt befürchtete ich außerdem, Marja Rusanen könnte mich nach meinen Familienverhältnissen und den Gründen für meinen Umzug fragen.

Was sollte ich ihr dann antworten?

Ich konnte allerdings auch nicht mehr zurück und war selber schuld daran. Also tauschte ich meinen mit Mörtelflecken übersäten Overall gegen die Jeans, die ich vorgestern gewaschen hatte, und zog ein graues, leicht verschlissenes, aber ebenfalls frisches T-Shirt an. Es hätte sogar eine noch neuere Variante gegeben, nämlich das grüne Shirt, das mir meine Tochter Jane letzten Herbst aus Dublin mitgebracht hatte.

Aber das kam nicht in Frage, denn es war mit einem Bild von vier Männern bedruckt, die allesamt betrunken eingeschlafen waren, jeder in einer anderen komplizierten Haltung. Darunter stand: *Irish Yoga*. Ich hatte das T-Shirt beim Umzug eingepackt, weil es mir gute Laune machte und gut den sympathisch bodenständigen Humor meiner Tochter widerspiegelte. Das galt auch für die aufklappbare Karte, die dem Mitbringsel damals beilag. Vorne war sie mit einem katholischen Heiligenbild verziert, begleitet von dem Text *Jesus loves you*. Ich weiß noch, wie ich die Karte gerührt aufklappte und dann den Innentext las: *But everybody else thinks that you are an asshole*.

Das Lesen dieses gnadenlosen Textes löste in mir ein riesiges Zärtlichkeitsgefühl für meine Älteste aus. Ich konnte mir vorstellen, wie sie beim Kauf der Karte gekichert und darauf vertraut hatte, dass ich ebenfalls lachen würde, wenn ich sie bekäme.

Beim Abwägen der Kleidungsalternativen begriff ich noch etwas: Ich musste mir irgendwann ein paar neue Sachen kaufen. Bei meinem derzeitigen Einkommensniveau musste ich mich allerdings mit Flohmärkten oder bestenfalls mit H&M zufriedengeben. Mehr brauchte es auch nicht zu sein, doch sollte ich wenigstens so viel verdienen, dass ich mir für die Taufe meines Enkelkinds einen anständigen Anzug besorgen konnte.

Als ich beim Einzug die Birkenholzkommode in der Kammer für meine Hemden und Unterhosen leerräumte, fand ich einen Almanach aus den dreißiger Jahren. Er enthielt tägliche Wetterbeobachtungen und Einträge über Fütterung, Pflegemaßnahmen und Gesundheitszustands eines Pferdes namens Lahja. Außerdem war ein Ereignis notiert, das sich regelmäßig wiederholte: *Saida kam zum Backen*. Gerührt stellte ich mir vor, wie die junge Saida für Arvi backte, und ich erinnerte mich, wie mir Mamu einmal amüsiert erzählte, was ich als Vierjähriger gesagt hatte, als ich ihr zum ersten Mal beim Backen helfen durfte. Man hatte mir als Schürze ein Geschirrtuch umgebunden, und ich hatte ungläubig auf den Hefeteig gestarrt: »Und jetzt soll ich meine Hand in diesen Mischmasch stecken?«

Das ziemlich neu wirkende blaue Holzhaus stand knapp einen Kilometer von meinem Haus entfernt, in Strandnähe. Der Strand gehörte zwar angeblich nicht zum Grundstück, der schöne Blick aufs Meer jedoch schon.

Marja Rusanen sah aus wie auf dem Foto in der Zeitung, aber sie redete von Anfang an, vielleicht aus Nervosität, in atemberaubendem Tempo, fast aggressiv. Sie entschuldigte sich für die Unordnung, ließ mich herein und zeigte mir, wo ich die Schuhe hinstellen konnte. Das brachte mich in Verlegenheit, denn einer meiner Strümpfe hatte ein Loch. In dem Moment wurde mir klar, dass ich tatsächlich viele Jahre lang bei niemandem zu Besuch gewesen war. Maurer und Marketingleiter durften immer die Schuhe anbehalten, private Gäste anscheinend nicht.

Ein gähnender Hund kam in den Flur getrottet, ein Golden Retriever, der zunächst träge bellte, dann aber meine Hand leckte. Küche und Wohnzimmer waren nicht voneinander getrennt, so wie es heutzutage üblich ist, in dem Versuch, die alte Wohnküche zu kopieren. Das gesamte Interieur hätte gut und gern aus einer Einrichtungszeitschrift stammen können. Das Mobiliar war wohl das, was man eine »geschmackvoll umgesetzte Kombination aus antiker Patina und Ikea-Praktikabilität« nannte. Ich war leicht beklommen vom sterilen Gesamteindruck, weshalb ich mit einer gewissen Erleichterung feststellte, dass immerhin Hundehaare auf den Polstern zu erkennen waren. Das Tier folgte mir zur Couch, und ich vermutete, es während meines gesamten Besuchs kraulen zu müssen.

Die Hausherrin fragte, ob ich eine Tasse Kaffee wollte. Beim Mauern von Öfen hatte ich gelernt, dass man diese Frage immer positiv beantworten sollte.

»Milch und Zucker?«

»Keine Milch, danke, aber gerne etwas Zucker.«

Sie eilte zur Kaffeemaschine und drückte den Knopf. Dann

stellte sie ein Tablett mit einigen Stücken Biskuitrolle und Dominokeksen auf den Tisch.

Ich erzählte ihr, ich sei am Leben in Halikko in der ersten Hälfte des vorigen Jahrhunderts interessiert, ganz besonders an den Jahren ab 1918. Sie hatte auch über diese Themen geforscht, aber sie sagte, sie spiele mit dem Gedanken, es in irgendeiner Form zu veröffentlichen, und sei darum etwas vorsichtig damit, genaue Einzelheiten zu verraten. Sie könne mir aber verschiedene Quellen empfehlen.

Als Erstes legte sie mir eine Chronik des Dorfes aus den achtziger Jahren hin, wobei sie allerdings anmerkte, die würde mir wahrscheinlich nicht allzu viel nützen. Die Verfasserin beherrsche die Verschriftlichung der südwestlichen Dialekte und habe vor lauter Begeisterung so viel Eigenes zwischen den Interviews eingestreut, dass der Leser nicht mehr wissen könne, was Fakt und was Fiktion sei. Auf die Tagebucheintragungen des Sägewerkarbeiters, die in der Chronik veröffentlicht wurden, konnte ich mich hingegen verlassen. Marja Rusanen besaß nämlich auch Kopien des Originalheftes und wusste daher, dass lediglich bei einigen Namen Veränderungen vorgenommen worden waren.

Ich sagte ihr, ich hätte die Chronik bereits kennengelernt und somit auch die Tagebucheintragungen von Joel Tammisto.

»Ach ja?«, sagte sie und wollte wissen, was ich davon hielte.

Ich sagte, es seien großartige und interessante Aufzeichnungen. Außerdem erwähnte ich die Erinnerungen von Olavi Mikkola, die ich in Arvis Bücherregal entdeckt hatte, und die Beteiligung ihres Verfassers an den Aktivitäten des Schutzkorps in Halikko. Wie sich herausstellte, war mein Fund nicht so einzigartig, wie ich es mir gedacht hatte. Auch Marja Rusanen besaß Mikkolas Erinnerungen. Sie sagte, das Original würde im Archiv des Kultursekretärs von Halikko aufbewahrt. Dort konnten es von jedem, der sich für das Thema interessierte, gelesen und kopiert werden, aber sie war der Meinung, man müsse es eigentlich auf Kosten der Kommune vervielfältigen, binden lassen und veröffentlichen. Zumal mit staatlicher Unterstützung so viel widerlicher, die Wahrheit verfälschender Mist über jene Zeit gedruckt werde.

Ich sagte, Mikkolas Erinnerungen wirkten auch auf mich ehrlich und beweiskräftig. Von den Randbemerkungen, die Arvi Malmberg gemacht hatte, erzählte ich ihr nichts.

Meine Gastgeberin schien sich aufgrund unserer Geistesverwandtschaft etwas zu erwärmen, wurde aber sogleich wieder reservierter, als ich sagte, ich hätte auch das im Selbstverlag erschienene Buch von Olavi Nurmi, der die andere Seite vertrat, gelesen. Darin werde von einem erschütternden Massenmord in Märynummi berichtet. Nurmis Buch hatte Marja Rusanen nicht gelesen und wollte es auch nicht lesen, weil Nurmi als knallharter Kommunist bekannt war. Sie glaubte nicht, dass ein solches propagandistisches Machwerk über Beweiskraft verfüge.

Ich konnte mir die Bemerkung nicht verkneifen, die Tragödie von Märynummi sei immerhin mehrfach als Tatsache anerkannt worden.

Das möge sein, gab sie zu, aber sie habe gehört, Nurmi nenne in seinem Buch die Namen mehrerer Männer, die mit dieser unschönen Episode des Befreiungskrieges gar nichts zu tun gehabt hätten.

Ich fand, dass man Mord an 50 Menschen nicht einfach als Episode abtun konnte. Außerdem hatte sich meiner Meinung nach der Begriff Bürgerkrieg für die Kämpfe von 1918 etabliert, da er den Charakter der Ereignisse besser widerspiegelte.

Meine Gastgeberin stand auf und ging zwischen Küchenzeile und Couchtisch hin und her. Sie war irgendwie nervös. Sie finde den Zucker nicht, meinte sie. Auf mich machte sie nicht den Eindruck einer Person, die in ihrer eigenen Küche nicht die Zuckerdose fand. Ich sagte, ich wolle eigentlich ein bisschen abnehmen, weshalb wir den Zucker gern vergessen könnten.

Allmählich hatte ich das Gefühl, ich sollte besser gehen, aber daran war nicht zu denken. Mit leicht zitternden Händen goss mir die Gastgeberin Kaffee ein.

Ich erkundigte mich nach der Toilette, vorgeblich um mir die Hände zu waschen. In Wahrheit wollte ich der Situation entkommen, in der ein Teil meiner Aufmerksamkeit davon beansprucht wurde, meinen aus dem Strumpf ragenden großen Zeh unterm Teppichrand zu verstecken. Auf der Toilette wollte ich die Strümpfe tauschen, sodass sich das Loch auf Höhe des kleinen linken Zehs befände und man es nicht so sehen würde. Mir schien der Anruf bei Marja Rusanen eine noch schlechtere Idee gewesen zu sein als befürchtet.

Zurück am Kaffeetisch sah ich, dass die Hausherrin in der Chronik nach Joel Tammistos Aufzeichnungen über seinen Aufenthalt im Bezirksgefängnis Turku gesucht hatte. Kaum hatte ich mich gesetzt und die Tasse zum Mund geführt, las sie mir einzelne Notizen vor:

»*25. Januar 1919. Haben Hefeteilchen aus Weizenmehl gebacken… 26. Januar. Beim Direktor zum Kaffee… 29. Januar. Habe Pfannkuchen gebacken. Zum Kaffee in der Kanzlei… 1. Februar. Habe Butter bekommen… 4. Februar. Beim Direktor zum Essen… 6. März. Angefangen Schach zu spielen… 10. März. Schwere Schneeballschlacht mit den Wärtern… 21. September. War zum ersten Mal im Buchhaltungskurs… 3. November. Der Buchhaltungskurs endete heute…*«

Sie kam beim Lesen richtig außer Atem, fuhr mit dem Zeigefinger die Zeilen entlang, um die ihrer Meinung nach besten

Stellen zu finden, und spuckte die Worte nur so aus. Als sie beim Buchhaltungskurs ankam, warf sie die Schrift auf den Tisch und sagte, hier finde man in verdichteter Form die ganze Wahrheit über die Leiden der Roten als Gefangene der Weißen. Pfannkuchenpartys, Schneeballschlachten, Butter und Fortbildungskurse. So zart sei man mit einem Mann umgegangen, der für den größten Teil der Lebensmittelkonfiszierungen verantwortlich gewesen sei, die während des Befreiungskrieges in der Kommune stattgefunden hätten. Höchstwahrscheinlich sei er außerdem ein Pferdedieb gewesen. Sei es nicht eigentlich Sitte, Pferdediebe aufzuhängen?

»Die armen Tiere!«

Es sah aus, als bekäme sie feuchte Augen.

Ich stand auf und bedankte mich für den Kaffee. Ich hatte absolut keine Lust, weiter über das Schicksal der Pferde im Bürgerkrieg zu sprechen. Als Maurer traf ich häufig auf zartfühlende Frauen, deren Bedürfnis, streunende estnische Hunde ins Land zu schmuggeln oder alte Reitpferde vorm Schlachter zu retten, jeder Vernunft spottete. Es war sinnlos, ihnen etwas von den Krankheiten zu erzählen, die ihre goldigen Flohhaufen verbreiteten, und wegen denen das Gesetz strenge Quarantäne vorschrieb. Ebenso wenig Sinn hatte es, ihnen zu sagen, dass die Beseitigung eines Pferdekadavers nach allen Richtlinien der Direktiven sie höchstwahrscheinlich um ihre Ersparnisse bringen würde.

Ich kenne die Geschichte der finnischen Gesetzgebung nicht, aber meiner Auffassung nach sind in diesem Land noch nie Pferdediebe hingerichtet worden, jedenfalls nicht in den letzten 500 Jahren. Frau Rusanen hatte zu viele Western gesehen. Als ich die Schuhe anhatte und gehen wollte, kam sie auf den Kern der Sache zu sprechen. Ich kannte dieses Phänomen. Eine Kundin erlebt es oft als etwas äußerst Persönliches, wenn in ihrer

Wohnung etwas so Zentrales wie ein neuer Ofen gebaut wird. Eine solche Frau fängt häufig ein Türklinkengespräch an, wenn der Maurer gehen will.

In dieses Gespräch packt sie alles hinein, was sie auf dem Herzen hat. Da darf man sich dann Eheprobleme anhören, Geschichten von den Eltern und Großeltern, ganze Familiensagas. Überraschend oft scheinen sich Glück und Unglück einer Familie um den Ofen herum zu kristallisieren. Aber was ist daran schon erstaunlich? Ein anständig gemauerter Ofen hält leicht fünf Generationen.

Auch das Türklinkengespräch bei Marja Rusanen konzentrierte sich auf ihre Familie. Sie hatte finnische Wurzeln und war äußerst patriotisch. Männer aus ihrer Verwandtschaft hatten sowohl in Halikko als auch in Salo das Schutzkorps gegründet.

Es wurmte sie, wie jetzt alle möglichen Sachen ausgegraben und in alten Wunden gestochert werde. Finnland habe im Winterkrieg zur Einheit gefunden, und darin bestehe die wichtigste historische Errungenschaft des Landes, sagte sie. An dieser Einheit müsse man festhalten. Warum sei es nötig, mehr als 90 Jahre alte Gräber zu öffnen? Solche Gräber gebe es auch in ihrer Familie. Ein Onkel sei 1944 auf der Karelischen Landenge im Feld geblieben. Auf dem Heldengrab in Salo stehe ein Kreuz, aber unter dem Kreuz liege niemand. Die Leiche des Onkels sei irgendwo da drüben, jenseits der Grenze, und das habe für ihre Großmutter lebenslang Trauer und Schmerz bedeutet, aber sie habe sich nie beklagt.

Dann ging sie dazu über, auf die Wissenschaftler zu schimpfen, die all ihre Aufmerksamkeit auf die Schicksale der Roten richteten. Auch die Literatur habe seit Väinö Linna ein vollkommen verzerrtes Bild von der Befreiung des Landes konstruiert. Warum schreibe niemand aus der Sicht des legalen Finnlands einen großen Roman über jene Zeit?

Auf dem Nachhauseweg dachte ich über die Literatur nach, die das Jahr 1918 hervorgebracht hatte. Ich habe mich genug damit beschäftigt, um zu wissen, was es für Befreiungskriegsbücher aus der Sicht der Sieger gibt. Marja Rusanen hatte unrecht mit ihrer Behauptung, eine solche Literatur habe es nicht gegeben. Es hat verdammt viel davon gegeben.

Die Frage lautet, warum sie nicht überdauert hat.

Nach der Auseinandersetzung mit Marja Rusanen setzte ich mich zu Hause hin und fasste schriftlich alles zusammen, was ich gelesen, erforscht und gehört hatte. Ich ging noch einmal in die Internetdatenbank des Nationalarchivs, um die Zahl der Opfer des Jahres 1918 in Halikko zu überprüfen und nachzusehen, was über die jeweiligen Toten bekannt war. Außerdem suchte ich nach weiteren Informationen über das im Frühjahr 1918 aktive Schärenfreikorps und landete auf einer Homepage, auf der das Thema diskutiert wurde. Dort war die Auseinandersetzung noch heftiger als die zwischen mir und Frau Rusanen.

Ein unversöhnlicher Diskutant mit dem Pseudonym »Namenlos« schien sich sehr gründlich mit den Aktivitäten des zum größten Teil aus Schweden zusammengestellten Korps in Südwestfinnland beschäftigt zu haben. Ihm zufolge war die Truppe, angeführt vom Leutnant Ehrensvärd, von Turku aus in Richtung Forssa aufgebrochen und auf dem Weg vielerorts als Ankläger, Richter und Henker zugleich aufgetreten. Oft schien allein die Sprache Grundlage für ein Urteil gewesen zu sein: Konntest du kein Schwedisch, konntest du das Leben verlieren. »Namenlos« behauptete, es habe mehr als 400 Opfer gegeben. Der Marsch der Schärensoldaten habe in Lahti geendet, wo sie noch 50 Frauen vergewaltigt und erschossen hätten, die jüngsten wären Mädchen von gerade mal 16 Jahren gewesen.

In Internetforen kann man unter dem Schutz eines Pseudonyms behaupten, was man will. Die Beiträge von »Namenlos« spiegelten die bittere Tradition der linken Arbeiterbewegung wider. Andererseits stützte er sich an mehreren Stellen auf die Studien von Tauno Turkkinen, den ich als zuverlässigen Autor schätzen gelernt habe. Jedenfalls kennt er keine ideologischen Ressentiments. Der Mann ist Mathematiker und geht auch an skandalträchtige Dinge mit der Kühle des Naturwissenschaftlers heran.

Nach allem Lesen, Forschen und Befragen beschlich mich das Gefühl, dass es in der Freiheits- und Klassenkampfliteratur und sogar in der historischen Forschung zum Jahr 1918 eine Art schwarzes Loch oder doch wenigstens eine graue Zone gab: die ländliche Region in Südwestfinnland, die Heimat meiner Großeltern. Es war äußerst schwierig, eine Studie zu finden, die wissenschaftlichen Kriterien entsprach und sich damit befasste, was in Vartsala oder anderswo auf dem Gemeindegebiet von Halikko in den Wochen der roten Herrschaft geschah, und wie es in der Region dann zur sogenannten Befreiung von der roten Regierung gekommen war.

Die Wahrheit scheint zu sein, dass rund um Halikko und Salo so gut wie keine roten Greueltaten verübt wurden. Die einzigen beiden Gewaltverbrechen, die man zur Zeit der Roten in der Gemeinde Halikko und ihren angrenzenden Gebieten verzeichnete, waren die Morde an Gutsverwalter Munck und Ziegeleikassier Penkere. Und dabei kann mit guten Grund davon ausgegangen werden, dass es sich um Raubmorde handelte, die von beiden Parteien begangen worden sein konnten – oder für deren Täter die politische Zugehörigkeit gleichgültig war. Das Motiv scheint in beiden Fällen Habgier gewesen zu sein.

Nach der Flucht der Roten war ein militärisches Vakuum entstanden, das von den weißen Schutzkorps, die bis dahin passiv gewesen waren und sich im Verborgenen gehalten hatten, sofort gefüllt wurde. Und auch auf Seiten der Weißen war es nicht in großem Umfang zu Terror gekommen – mit einer besonders schlimmen Ausnahme jedoch: die Massenhinrichtung von Märynummi, bei der sich die Angehörigen des weißen Schutzkorps allerdings im Nachhinein für unschuldig erklärten.

Man fragt sich, warum im eigentlich friedlichen, von Kämpfen und krasser roter Willkür verschont gebliebenen Südwestfinnland so eine fanatische Rachetat verübt wurde. Wer wollte da Rache üben und wofür? Offenbar nicht der in den Quellen auftauchende Bauer Mikkola, der von den Roten, wie er selbst bezeugt, korrekt behandelt worden war. Die Rächer kamen anderswo her. Es kann sein, dass sie auf dem zugefrorenen Meer aus Schweden gekommen waren, über die Åland-Inseln, wo das sogenannte Schärenfreikorps zusammengestellt worden war. Dies setzte sich nämlich nicht zuletzt aus furchtlosen, patriotisch gesinnten jungen Männern zusammen, die im März 1918 das rote Finnland über das Eis in Richtung Åland verlassen hatten.

Es wurde angeführt von einem schwedischen Grafen, einem gewissen Leutnant Ehrensvärd. Der junge Leutnant war vermutlich nach Finnland gekommen, weil er drei Jahre lang untätig dem Weltkrieg von zu Hause aus zugesehen hatte und auf militärische Erfahrung aus war. Beides konnte man im März und April 1918 in Südwestfinnland jedoch nicht bekommen. Die Kämpfe und Heldentaten fanden anderswo statt.

Die einsatzfreudigen Freiwilligen trafen auf frustrierend wenig Widerstand. Nicht einmal um die Eroberung Turkus musste gekämpft werden. Als die Freikorpstruppen auf Turku zumarschierten, hatten die Roten die Stadt bereits verlassen, und schon in Parainen und Kaarina jubelten die Menschen den einziehenden Soldaten zu. Feinde waren keine zu sehen. Fast alle, die am Straßenrand Hurra riefen, waren Frauen und Kinder, aber die jungen Soldaten und ihr junger, ehrgeiziger Kommandant dürsteten nach Taten, nach dem Ruhm, den sie einbrachten, auch nach Spannung. Die holten sie sich, indem sie die ehemaligen Aufmarschgebiete der geflohenen Roten südlich der Linie Turku-Forssa säuberten.

Womöglich hatten die schwedischen Freiwilligen, die dem roten Finnland in den Rücken fallen wollten, tatsächlich das Gefühl, Feindesland zu betreten. Sie verstanden nämlich nicht, was die Leute redeten. Über die Sozialstruktur des Landes wussten sie immerhin, dass die Oberschicht Schwedisch sprach und das Volk Finnisch. Darum waren ihnen alle Finnischsprachigen verdächtig. Manch weißer Bauer hat entrüstet Situationen kommentiert, in denen man ihn wie einen Roten behandelte, bloß weil er Finnisch sprach.

An der schockierenden Massenhinrichtung in Märynummi hatten außer schwedischen Angehörigen des Freikorps vor allem Männer aus dem Schutzkorps Somero teilgenommen. An der Planung waren außerdem die Schutzkorps von Kuusjoki und Halikko beteiligt gewesen. Auch sie hatten im Abseits gestanden, weit weg von den Aktivitäten, mit denen sich die weiße Armee ausgezeichnet hatte. Befreiungskrieg und Heldentum fanden anderswo statt. Nur die Frustration, die aus diesem Umstand resultierte, konnte die unfassbare Rachemaßnahme von Märynummi wenigstens zum Teil erklären.

Die siegreichen Weißen kamen in die ehemals von Roten kontrollierten Ortschaften, um sie von den räuberischen Sozialisten zu befreien. Die Gegend um Turku und Salo musste jedoch nicht befreit werden, und in Halikko und Umgebung scheint es erst recht keine roten Raubzüge gegeben zu haben. Allerdings wurden Zwangsenteignungen von Lebensmitteln durchgeführt, viele sogar, denn es gab in der Region zahlreiche große Güter und Höfe. Die Zwangsmaßnahmen zielten auf die Verhinderung einer Hungersnot ab und waren bereits 1917 auf der Grundlage legaler Beschlüsse der Gemeindeverwaltung eingeleitet worden. Alle politischen Gruppierungen hatten sie abgesegnet.

Die bewaffneten Roten verschwanden aus der Gegend um Turku, ohne dass es zu Kriegshandlungen gekommen war. Allerdings waren in jeder Ortschaft der Region Schutzkorps gegründet worden, und die hatten während des gesamten Befreiungskrieges, wie sie es nannten, auf ärgerliche und etwas peinliche Art tatenlos herumsitzen müssen. Und dann zogen die Roten auch noch aus eigenem Antrieb ab, ohne von jemandem davongejagt zu werden.

Die Kämpfe gingen schlicht und einfach an der Region vorbei. Auch die Deutschen unter der Führung von General von der Goltz durften von Hanko im äußersten Südwesten aus ungestört auf der Landstraße vorrücken und gerieten bis Helsinki nicht in Gefechte.

Nach all dem musste ich dann allerdings zugeben, dass Joel Tammistos Schicksal nach dem Krieg, wie Marja Rusanen es zur Sprache brachte, auch mich irritierte und Fragen weckte. Warum bekam ein Mann, der innerhalb der roten Verwaltung einen so hohen Posten innegehabt hatte, nicht sofort eine Kugel in den Kopf? Warum landete er nicht im Gefangenenlager Tammisaari mit seinen infernalischen Verhältnissen, sondern im Bezirksgefängnis, wo es Schneeballschlachten, Pfannkuchen und Buchhaltungskurse gab?

Mir fiel ein, dass mir schon einmal etwas Entsprechendes aus der Zeit der roten Regierung untergekommen war. Daraufhin nahm ich mir noch einmal die Erinnerungen des Bauern Mikkola vor und suchte nach der Stelle, an der er seine Haftzeit im

Februar 1918 schildert, in der Waschküche der Seefahrtsschule Turku:

Die Tage im Gefängnis gingen einigermaßen dahin. Abwechslung in die Eintönigkeit brachte die Essenssendung, die zweimal am Tag in der Waschküche eintraf und morgens aus einem Viertel saurem Brot mit Tee und nachmittags normalerweise aus Erbsensuppe bestand. Besondere Freude bereitete die Sendung, die jeden Mittag von Lehtinens Café an Richter Sahlberg ging und normalerweise so umfangreich war, dass sie für alle reichte, obwohl wir am Ende mehr als 20 Mann waren. Mir blieb immerwährend unklar, wie er solche Privilegien haben konnte, dass er sich Kaffee und feines Gebäck bringen lassen durfte, denn anderen wurde es nicht gewährt, obwohl sie darum baten.

Mikkola berichtet auch, wie die Gefangenen nach einigen Tagen überraschend die Waschküche verlassen und sich in der Eingangshalle aufstellen mussten:

Anfangs wurde nicht mitgeteilt, zu welchem Zweck, und als man da in der Halle stand, kam einem bereits in den Sinn, wo diese Reise wohl enden würde, vor allem weil man die Roten fluchen, mit den Gewehrschlössern klappern und spotten hörte: »Lasst aus Versehen ein paar Schüsse auf die Schlächter los.«

Bald teilte man den Gefangenen jedoch mit, sie würden ins Gebäude der Bezirksverwaltung verlegt, um Platz für neue Ankömmlinge zu schaffen. Man ließ sie durch die Stadt marschieren, wo ihnen unter anderem der Trauerzug eines von den Roten getöteten Richters entgegenkam. Am Ziel wartete jedoch eine angenehme Überraschung auf die Gefangenen:

Im Gebäude der Bezirksverwaltung wurden wir im ersten Stock untergebracht, in sauberen, ausgezeichnet möblierten Zimmern. Zu unserer großen Freude ließen sich die Sitzflächen der gepolsterten Stühle, von denen es viele gab, entfernen, sodass man sie als Kopfkissen verwenden konnte. Auf dem Fußboden lagen außerdem starke, weiche Teppiche. Was für ein kolossaler Unterschied allein was die Schlafplätze betraf! Doch auch im Umgang und im Essen war der Unterschied groß. Darum nannten wir unsere neue Wohnstatt auch das Gefängnis des sozialistischen Idealstaats.

Einige Tage später durfte Mikkola eine noch erfreulichere Überraschung erleben. Er wurde aus der Haft entlassen, und zwar aufgrund eines Gesuchs, das seine eigenen Arbeitskräfte unterschrieben hatten. Die Namen aller Arbeiter standen auf dem Papier, das mit dem Siegel des örtlichen Arbeitervereins und der Empfehlung eines Rotgardisten versehen war.

Mikkola durfte Turku noch am selben Tag verlassen, unter der Bedingung, dass sein Fall später vor dem Revolutionsgericht Halikko verhandelt wurde. Wie es dann auch geschah. Die Sache Mikkola lag zweimal vor, und das Urteil wurde am 21. Februar um zehn Uhr verlesen. Er wurde dazu verurteilt, eine Zahlung von 2000 Mark Strafe zu leisten. Außerdem verlor er von jenem Tag an das nationale Stimmrecht.

Die Strafe hat Mikkola nie bezahlt. Zwar wurde sie oft angemahnt, aber der Bauer erklärte stets, alles, was an Geld nach den Lohnzahlungen übrig bleibe, werde für den Kauf von Futtermitteln benötigt.

Und das glaubten sie. Allerdings wurden die sechs besten Pferde als Pfand für das Bußgeld beschlagnahmt, aber nur zwei davon nahmen Rotgardisten an sich, und auch die erst, als sie flohen.

Beim erneuten Lesen von Mikkolas Erfahrungen im Februar 1918 fiel mir eine Bemerkung auf, die ich beim ersten Mal völlig übersehen hatte. Er berichtet, auf dem Weg zum Revolutionsgericht, wo er sich sein Urteil anhören sollte, habe er in der Kanzlei des Lebensmittelkomitees, die sich in der Nähe des Bahnhofs Halikko befand, vorbeigeschaut. Den Grund dafür nennt er nicht.

Als ich gegen 9 Uhr dort war, brachten unbekannte Männer mit einem Pferd die Leiche des in der Nacht zuvor an der nach Angelniemi führenden Landstraße ermordeten Ziegeleikassiers E. Penkere.

Mit dieser Tragödie beendete ich meine Lektüre, löschte das Licht und ging ins Bett, aber noch beim Einschlafen kreiste die Frage in meinem Kopf, warum Mikkola, der ansonsten alles so detailliert beschreibt, nicht erzählt, welche Art von Angelegenheit er an jenem Morgen beim Lebensmittelkomitee zu erledigen hatte. Klar war nur, dass Mikkola, der Bauer, und Joel Tammisto, der Vorsitzende des Lebensmittelkomitees, sich gut kannten. Und Joel kannte auch den einflussreichen Richter Sahlberg.

Aufgrund der Quellen wäre es leicht, zynische Gründe dafür zu finden, warum Joel Tammisto letzten Endes nicht in einem der berüchtigten Gefangenenlager landete, sondern im wesentlich humaneren Bezirksgefängnis Turku, und warum er dort auch noch eine besondere Behandlung genoss. Die Eine-Hand-wäscht-die-andere-Politik ist kein Phänomen unserer Zeit. Aber ebenso wie Joels Handeln kann man auch seine Rettung als unwiderlegbares Zeugnis dafür ansehen, dass man mit Terror und Gewalt zwar einen Menschen töten kann, nicht aber die Menschlichkeit in allen Menschen.

Sakari, 35

Halikko, Juni 1918

Es gibt einen Tag, von dem noch nicht die Rede gewesen ist und unter dessen Datum Joel lediglich notierte, er sei erneut nach Halikko gebracht worden, um am Fluss zu roden. Sonst war an jenem Tag im Juni 1918 nichts Erwähnenswertes passiert. Jedenfalls nichts Außergewöhnliches und Besonderes. Es konnte und durfte nichts dergleichen geschehen, denn außergewöhnliche und besondere Ereignisse haben immer Folgen. Aber es gibt absolut keine Folgen, die mit jenem leicht windigen Sommertag auf der zum Gut Joensuu gehörenden Überschwemmungswiese in Verbindung stehen, wo drei rote Gefangene die Böschungen am Fluss rodeten. Wer etwas anderes behauptet, erzählt Märchen oder lügt. So wurde es übereinstimmend von den an jenem Tag dort anwesenden Personen vereinbart.

Das Bild sieht so aus: Drei noch im Verhör befindliche Männer werden zum Roden an die Flussmündung an der Halikko-Bucht gebracht. Die Bauern, die sich das Frühjahr über mit der Saat und dem Bestellen der Felder abgemüht hatten, haben gegenüber der Führung des Schutzkorps ihren wachsenden Unmut darüber zum Ausdruck gebracht, dass im Magazin der Genossenschaft und an anderen Gewahrsamsorten Männer faul herumliegen, die ohne Einschränkung zu nützlicher Arbeit fähig wären.

So fängt man nach und nach an, rote Untersuchungsgefangene zum Arbeitseinsatz an verschiedenen Stellen zu fahren. Eine Gruppe von drei Männern aus Vartsala wird auf die Ländereien des Guts Joensuu gebracht, um die Wiesen an der Flussmündung zu roden, damit sie als Pferdeweiden benutzt werden können. Man drückt Sakari Salin und Kustaa Vuorio, die in einer Zelle bei der Polizei in Salo in Gewahrsam sind, sowie dem aus Turku herbeigeschafften Joel Tammisto Hippen in die Hand und teilt ihnen als Wächter den mit einem Gewehr bewaffneten Arvi Malmberg vom Gut Joensuu zu.

Für Sakari ist die Abkommandierung eine große Erleichterung. Eine Sommerwiese sticht die Polizeizelle in Salo allemal aus, wo nur die wiederholten Rufe zum Verhör die quälend langen untätigen Stunden unterbrechen. Die Arbeit am Fluss ist körperlich anstrengend, und Sakaris Kräfte haben wegen des schlechten Essens in der Gefangenschaft nachgelassen, dennoch rodet er gern mit der Zweihandhippe das zottige Weidengestrüpp. Joel Tammisto arbeitet neben ihm, Kustaa jedoch bringt lediglich hilfloses Herumfuchteln zustande. Die unausgesprochene Vereinbarung sieht darum vor, dass Kustaa die Aufgabe übernimmt, die abgeschlagenen Äste und Stämme einzusammeln und direkt am Wasser zu verbrennen.

Arvi geht oben auf der Böschung hin und her. Er trägt das Gewehr auf dem Rücken und hat sich in sein Schweigen eingeschlossen. Sakari, der immer noch in die Mangel genommen wird, weil sein Sohn auf Seiten der Roten gekämpft hat, wirft ihm gelegentlich Blicke zu, die tiefe und ewige Dankbarkeit ausstrahlen, vor allem aber Kontakt suchen, doch Arvi wendet sich ausdruckslos ab und setzt seinen einsamen Marsch fort.

Dank Arvi erhält Saida endlich die Gelegenheit, ihrem Mann von dem frühen Morgen im Frühling zu erzählen, den sie nie vergessen wird. Am 16. Mai klopfte es vor Sonnenaufgang leise bei den Salins an der Tür. Als die erschrockene Saida öffnete, sah sie den blassen und verschwitzten Arvi Malmberg vor sich stehen, der sie aufforderte, sofort etwas zu essen einzupacken und ihm zu folgen. Bei Sonnenaufgang fuhren sie mit dem Pferdewagen nach Vaskio, wo es zu einer Scheune auf einer abgelegenen Wiese ging. In dieser Scheune zeigte Arvi auf einen dünnen Jungen, der zusammengerollt im Heu lag und fest schlief. Es war ihr Viki, der da lag, völlig erschöpft, doch lebendig.

Der Junge wurde nach Rymättylä zur Familie Hellmann gebracht, die Saida kannte. Dort wähnte und hoffte man ihn jedenfalls vorläufig in Sicherheit. Der Fischer, der auf seiner eigenen Insel lebte, lieferte seit bald 20 Jahren Fisch ans Herrenhaus Joensuu und war zum guten Bekannten der alten Malmbergs und damit auch von Saida und Arvi geworden.

Der glückliche Zufall wollte es, dass General Mannerheim ausgerechnet an jenem Tag im Mai in Helsinki die große Siegesparade abnahm. So trafen Arvi, Saida und Viki auf keinen einzigen Schutzkorpsangehörigen, als sie über Paimio und Lieto nach Askainen fuhren. Dort borgten sie sich ein Boot, mit dem sie die knapp zwei Kilometer zur Insel der Fischerfamilie ruderten.

Sakari und die anderen Gefangenen müssen ihrem schweigenden Wächter für vieles dankbar sein. Auch dafür, dass er den Frauen in Vartsala durch Saidas Vermittlung erlaubt, ihnen Essen zu bringen.

Solange Sakari auch gedarbt hat – es gerät in dem Moment in Vergessenheit und wird nebensächlich, als er die hochgewachsene Gestalt seiner Frau im roten Kleid am Rand der Wiese auftauchen sieht. Der Anblick raubt ihm den Atem und will ihm das Herz zerspringen lassen.

Als Saida zwei Tage zuvor zum ersten Mal zur Wiese gekommen ist, hat Sakari an ihrem schockierten, unvermeidbar tränenverhangenen Blick seinen elenden Zustand ablesen können. Aber seine Frau ist ihrem Charakter treu geblieben, sie hat sich schnell gefasst und dann nur noch vor Freude über das Wiedersehen gestrahlt.

Heute bekommt auch Joel eine gute Nachricht zu hören: Seine Frau Selma, die zwei Wochen zuvor im Würgegriff einer schweren spanischen Grippe ins Dorf zurückgekehrt ist, hat man so weit gesund pflegen können, dass sie schon die meiste Zeit des Tages auf den Beinen ist und verschiedene Kniffe lernt, wie man die spärlichen Nahrungsmittel verlängert und mit Hilfe von Brennnesseln, Löwenzahn oder Johannisbeerblättern schmackhafte oder zumindest die Gesundheit stärkende Mahlzeiten zubereitet. In dem Moment, da Saida Joel ein selbstgebackenes Brennnesselbrot als Mitbringsel von seiner Frau überreicht, meint Sakari in Joels Augen etwas Feuchtes schimmern zu sehen. Kustaa wird durch die von seiner Schwester Esteri geschickten Gaben zwar nicht in den Zustand der Rührung versetzt, macht sich aber mit gutem Appetit darüber her.

»Willst du nicht auch einen Bissen, Arvi?«, ruft Saida.

Aber Arvi schüttelt nur den Kopf und stapft stumm weiter.

»He, was ist das denn?«, fragt Kustaa, der sich die Brotkrümel von der Jacke pickt.

Am Horizont taucht ein schwarzer Punkt auf, wächst schnell und wird zu einem Luftschiff, das über ihren Köpfen einen Bogen fliegt.

»Ein Schetinin-Flugboot«, stellt Joel düster fest. »Aber was, zum Teufel, hat das hier zu suchen?«

»Was …?«

»Die Schlächter haben die aus Schweden bekommen. Oder aber die Schweden fliegen damit noch hier herum. Der hat doch nicht vor zu landen, verdammt noch mal?«

»Und ob, zum Donnerwetter!«

Die Maschine verliert an Höhe, und auch ihr Motor scheint leiser zu laufen. Das an ein Boot erinnernde Fluggerät setzt mit Ach und Krach auf der glatten Oberfläche der Halikko-Bucht auf und dreht den Bug zur Flussmündung hin. Vom Propeller angetrieben tuckert der Apparat direkt auf die Menschen am Ufer zu. Er fährt unmittelbar an die Böschung heran, wie ein Boot, das an Land will.

Alle Personen auf der Wiese sehen versteinert zu, wie die Maschine am Teppichwaschsteg anhält und wie hinter dem Piloten ein Mann aufsteht, am Rumpf entlang nach vorne klettert und an Land springt.

Er trägt eine Militärhose mit Gamaschen und eine Fliegerjacke aus Leder. Am Gürtel hängt eine Pistole, eine Mauser im Holzfutteral. Der Ankömmling nimmt die Ledermütze und die Fliegerbrille ab. Er marschiert zu Arvi und begrüßt ihn mit einem brüderlichen Tätscheln der Schulter.

»Servus!«, sagt er auf Schwedisch. »Wie geht es dir, alter Freund?«

Sakari versteht kein Schwedisch, aber die Körpersprache des Mannes lässt keinen Irrtum zu. Er behandelt Arvi eindeutig wie einen Freund. Arvi entgegnet nichts, sondern starrt den Ankömmling nur finster an. Dieser winkt dem Piloten in der laut knatternden Maschine zu. Die großen Teile am Heckruder und an den Tragflächen bewegen sich, das Knattern nimmt zu, und die Schnauze der Maschine wendet sich der offenen Bucht zu. Der Motorenlärm ist inzwischen unerträglich geworden, aber zum Glück beschleunigt der Flugapparat auf der blinkenden Wasseroberfläche, bis er abhebt und sich nach und nach wieder in einen kleinen schwarzen Punkt am Himmel verwandelt.

Die fliegende Maschine, die nun auch Sakari nach all den vielen Reden von Joel zum ersten Mal im Leben sieht, hat ihre

Aufmerksamkeit vollständig gefesselt. Erst nachdem sie komplett verschwunden ist, begreift Sakari, dass um ihn herum eine seltsame, bedrückende Stille entstanden ist. Der Mann, der gelandet ist, starrt unverhohlen und ungläubig triumphierend Saida an, welche regungslos dasteht wie Lots Frau im Alten Testament.

»Wen haben wir denn hier?«, sagt der Mann.

Mit wachsender Angst und Wut verfolgt Sakari, wie der Ankömmling langsam und taxierend um Saida herumgeht, die eben nicht Lots Frau ist, sondern seine, verdammt noch mal.

»Zuerst habe ich dich gar nicht erkannt, mit den Kleidern am Leib. Schön, dich zu sehen. Das letzte Mal liegt lange zurück! Nicht wahr?«

Sakari fragt Arvi, was der Fremde da auf Schwedisch zu Saida sagt.

»Nichts«, antwortet Arvi.

»Wer ist das überhaupt?«

»Ein Arschloch namens Anders Holm.«

Kustaa schaut Arvi perplex an.

»Dann ist das derjenige, der ...«

»Der was?«, will Sakari wissen.

»Der Saida hier belästigt hat, damals, als ...«, entfährt es Kustaa.

»Sei still!«, fährt Saida Kustaa an.

Anders wendet sich den Männern zu und mustert sie.

»Und was haben wir hier? Einen echten Wasserkopf.« Mit dem Zeigefinger tippt er verschiedene Stellen an Kustaas Kopf an, als wollte er sich versichern, dass er wirklich echt ist.

»Hör auf!«, sagt Arvi, aber Anders setzt seine Untersuchung fort.

»Interessant. Falls man zufällig etwas für Abweichungen übrig hat.«

Kustaa beugt sich nach vorne und drückt den Arm gegen den schlaffen Bauch.

»Ich muss mal«, sagt er leise. »Ich muss sofort.«

»Geh«, sagt Arvi.

Kustaa löst sich von seinem Quälgeist und trabt zu dem noch nicht gerodeten Weidengestrüpp auf der Verlandungsfläche.

»Wo will der Wasserkopf hin?«

Arvi antwortet kurz. Zu Sakaris Erstaunen schickt sich Anders an, Kustaa zu folgen. Sakari schaut mit gerunzelten Augenbrauen auf Arvi.

»Was hat er vor?«

»Ich weiß es nicht. Er hat gefragt, wo der Wasserkopf hinwill. Ich hab ihm gesagt, zum Scheißen. Saida geht jetzt besser heim, und ihr anderen arbeitet weiter.«

Sakari schaut seine Frau fest an.

»Geh! Jetzt sofort!«

Saida nickt.

»Ich lasse euch den Korb hier. Den hole ich dann später ab.« Rasch berührt sie den Rücken ihres Mannes und macht sich auf den Weg über die Wiese. In dem Moment kommt Anders Holm aus dem Weidengestrüpp und zieht den stolpernden Kustaa, dem die Hose herunterhängt, am Ohr hinter sich her.

»Bleib stehen, du rote Hure, du gehst nirgendwohin!«, ruft Anders Saida zu.

Saida bleibt stehen und dreht sich um.

Anders zerrt Kustaa vor die anderen Männer und lässt ihn los. Er versetzt ihm einen Stoß, sodass er auf alle viere fällt, und drückt ihm den Stiefel in den Rücken. Dann zieht er die Pistole aus dem Futteral.

»Jetzt wollen wir nämlich mal sehen, wie ein Wasserkopf bumst.«

Sakari schaut auf Saida, die mit erhobenem Kopf zurückkommt. Sie tritt vor ihren Mann hin, nimmt ihm die scharf geschliffene Hippe ab und schlägt ohne zu zögern und mit voller Wucht Anders Holm damit gegen den Hals. Das Lederband, das um seinen Hals hängt und mit dem Pistolengriff verbunden ist, reißt, und die Klinge der Hippe dringt tief zwischen Schulter und Hals ein. Mit verdutztem Gesicht bricht Anders zusammen und fällt auf Kustaa. Das Blut, das mit hohem Druck aus der Schlagader schießt, färbt Kustaa und das Gras unter ihm rot.

»Nein, wir werden nicht mehr sehen, wie ein Wasserkopf bumst.«

Anders Holm wird bis auf die Unterwäsche ausgezogen. Seine Hose, seine Gamaschen, die Militärstiefel und die Lederjacke werden im Weidenfeuer verbrannt. Seine Papiere, das Portemonnaie mitsamt den Scheinen und der Kommandierungsbescheid verbrennen mit den Kleidern. Sein Klassenring und die mit einem Adlerkopf verzierte Taschenuhr werden vom Teppichsteg ins Wasser geworfen. Saida reißt einen Streifen von ihrem roten Kleid ab, das sie dem Toten um den Oberarm binden. Aus der Scheune holen sie einen Jutesack und füllen ihn mit Steinen. Die Leiche wird an den Sack gebunden und in einer Vertiefung versenkt, die der Gegenstrom in den Grund des Flusses gegraben hat.

Zwei Wochen später wird der Tote wieder herausgeholt und in einer Strohfuhre versteckt. Arvi fährt die Leiche in der Nacht nach Märynummi, wo man damit begonnen hat, die inzwischen unerträglich stinkenden Erschossenen tiefer zu vergraben. Arvi wirft Anders Holms Leiche zu den 49 roten Opfern ins offene Grab und bedeckt auch ihn mit Kalk aus der am Rand der Grabung abgeladenen Fuhre.

Vartsala, 10. Juli 2009

Der alte Tammisto war leicht beschwipst, als ich ihn zum letzten Mal besuchte. Er erzählte mir von dem unruhigen Greisengerede seines Onkels Joel Tammisto, wenngleich er hinzufügte, der Onkel habe schon immer eine lebhafte Fantasie gehabt. Joel Tammistos Reden mochten zusammenhanglos gewesen sein, doch als Historiker gehöre ich der gleichen Schule an wie er. Die Geschichte kennt keine Musterzeichnungen, keinen Mörtel und keinen Betonsockel. Die Geschichte ist ein loses Gefüge.

Ich nahm die Kopie von Joel Tammistos Verhörprotokoll zur Hand, die ich mir im Nationalarchiv besorgt hatte. Der Untersuchungsrichter des Hochverratsgerichts fragt den Angeklagten, was er über die im Februar 1918 begangenen Morde an Munck und Penkere weiß.

Im Jahr 1918 wurden viele Menschen aus unterschiedlichen Gründen getötet. Man müsste wohl jeden unnatürlichen Tod für ein Verbrechen halten. In der weißen Propaganda war viel von den Mordtaten der Roten die Rede, aber es wurden dennoch keine polizeilichen Mordermittlungen eingeleitet. Das Wort Mord wurde als Verbrechensbezeichnung nicht benutzt.

So ist manche Tat als Mord bezeichnet, jedoch nicht als solcher untersucht worden. Bereits in den 1880er Jahren wurde das an die Maximalstrafe gebundene Verjährungsprinzip ins Strafgesetz aufgenommen. Dieses Prinzip lässt sich in der Aussage »Mord verjährt nicht« verdichten. Falls Munck und Penkere ermordet wurden, hätten die Fälle auch als Morde untersucht werden müssen. Und wenn über die Verbrechen neue Erkenntnisse auftauchen, müssen die Ermittlungen erneut aufgenommen werden.

Ich glaube, allein durch die Lektüre der Erinnerungen des Landwirts Mikkola neue Erkenntnisse darüber gewonnen zu haben. Das Schutzkorps Halikko versuchte während des gesamten Krieges Waffen zu beschaffen. Dafür brauchte man Geld. Ich verstehe nicht, wo das Schutzkorps im roten Finnland glaubte, Waffen kaufen zu können, aber der aufrichtige Mikkola spricht oft über dieses Thema. Man muss davon ausgehen, dass sie gedacht haben, sie kämen an die Waffen schon heran, wenn sie sich nur erst das Geld dafür beschafften. Dieses bekamen sie aus der Kasse der Ziegelei Marttila, die Penkere verwaltete. Penkere nahm schlicht und einfach das Geld der Ziegelei an sich, konfiszierte es für vaterländische Zwecke.

Munck scheint es sich mit seinen Söhnen und Neffen zur Aufgabe gemacht zu haben, das Geld über die Frontlinie zu schleusen. Bestand seine Absicht darin, es im weißen Finnland gegen Waffen zu tauschen und damit den Roten in den Rücken zu fallen? Ein ziemlich außergewöhnlicher Plan. Der Senat hatte die allgemeine Wehrpflicht angeordnet. Wäre Munck mit seinen Söhnen und Verwandten auf die weiße Seite gekommen, hätte man sie auf der Grundlage der Wehrpflicht antreten lassen und jedem auch ohne Geld eine Waffe in die Hand gedrückt. Die Rückkehr nach Halikko wäre dann Fahnenflucht gewesen, die Mitnahme der Waffe Diebstahl von Armeeeigentum, Störung der Kriegshandlungen und Bewaffnung des Feindes.

Man weiß nicht, ob jemand von den Neffen des Gutsverwalters auf die weiße Seite durchkam, und falls ja, was er mit dem in den Kleidern versteckten Geld anfing, nachdem er ganz umsonst ein Staatsgewehr erhalten hatte. Muncks eigener Sohn brach in Loviisa zur Frontüberquerung auf und wurde in Iitti gefangen genommen. Man fand in seinen Kleidern eingenäht eine Geldsumme, die dreimal dem Jahreslohn von Joel Tammisto im Sägewerk Vartsala entsprochen hätte.

Munck selbst wurde in Marttila gefunden, tot und ausgeraubt, das Futter seiner Jacke war aufgerissen worden. Später wurde die Tat als Mord durch die Roten bezeichnet, aber nicht als solcher untersucht. Die einzige Instanz, die in dem Fall wenigstens versuchte zu ermitteln, war die Justizverwaltung der Roten selbst.

In der Kriegsverbrechensdatenbank wird als Todesursache »Bajonettstöße« angegeben. Es ist denn auch wahrscheinlich, dass Rotgardisten die Tat begingen. Niemand sonst hatte im Februar 1918 in Südwestfinnland Gewehre mit Bajonett. Doch genauso gut kann es auch sein, dass Munck von jemandem umgebracht wurde, der mit keiner Partei des Bürgerkriegs in Verbindung stand. Das Verschwinden der Ziegeleikasse war allgemein bekannt, denn die plötzlich ohne Geld dastehende Fabrik hatte ihren Verpflichtungen nicht nachkommen können. Viele waren erbost: die Arbeiter, die keinen Lohn bekamen, und die Bauern, denen die Tonerde, die sie der Fabrik geliefert hatten, nicht bezahlt wurde.

Vor dem Hochverratsgericht fragte man Joel Tammisto auch nach dem Verschwinden des schwedischen Staatsbürgers Anders Holm. Joel bestritt, etwas über den Fall zu wissen. Ich glaube, er wusste etwas. Ich füchte, ich weiß, wie es Anders Holm ergangen ist und wo sich seine sterblichen Überreste bis auf den heutigen Tag befinden. Hinter seinem Verschwinden dürfte auch ein Mord stecken. Beziehungsweise eine Tat, die man womöglich als Mord klassifizieren müsste. Mord aber verjährt nicht. Will ich, dass Ermittlungen aufgenommen werden?

Falls man den Fall Holm als Gewaltverbrechen untersucht, müsste man nach meinem Rechtsverständnis auch die anderen ungeklärten Mordfälle, die in diesem Land geschehen sind, aufgreifen. Nimmt man jedoch bei allen, die in jenem Jahr getötet wurden, Ermittlungen auf, kommen über 30 000 Fälle zusammen.

Seit Wochen mache ich mir über den rechtlichen Status der Mordtaten des Jahres 1918 Gedanken. Mannerheims Hauptquartier gab im Februar den sogenannten »Auf der Stelle zu erschießen«-Aufruf heraus, der in allen Kirchen des weißen Finnland verlesen wurde:

Personen, die bei einem schweren Kriegsverbrechen wie dem Zerstören von Straßen, Brücken, Verkehrsmitteln, Elektrizitäts-, Telegraphen- und Telephoneinrichtungen angetroffen werden und damit unserer Armee schaden oder dem Feinden Nutzen verschaffen, werden nicht gefangen genommen: SIE SIND AUF DER STELLE ZU ERSCHIESSEN.

Dahinter steckte die Absicht, strikt gegen diejenigen vorzugehen, die hinter der Front die Kriegshandlungen der weißen Armee behinderten. Die Anweisung führte zu willkürlichen Tötungen. Senat und Hauptquartier spielten damit, dass im Land noch nicht der Kriegszustand erklärt worden war. Man konnte ihn nicht erklären, denn der junge Staat verfügte noch nicht über eigene Gesetze, und die Ausrufung des Kriegszustandes wäre nur auf der Grundlage der staatlichen russischen Gesetzgebung möglich gewesen. Die aber stand für die verhasste Zeit der Unterdrückung und mit der Erklärung der Unabhängigkeit hatte man sich natürlich von Russland losgesagt.

Da sich das Land nicht im Kriegszustand befand, war der Feind auch keine militärisch zusammengesetzte Armee. Dementsprechend wurden die Roten als bewaffnete Kriminelle definiert und die Rote Garde mit besonderem Eifer als Horde von Räubern und Rowdys bezeichnet. Die Roten durften auch keine Soldaten sein, weil sie dann den Schutz des internationalen Rechts genossen hätten. Man hätte sie gemäß der Haager Konvention und des Genfer Abkommens behandeln müssen. Ein Soldat aus einer am Krieg beteiligten Armee darf nach der Kapitulation nicht erschossen werden. Erschießt man ihn, begeht man ein Kriegsverbrechen.

Gefangene Rote aber wurden in vielen, teils sogar fotografisch dokumentierten Fällen massenweise ohne jegliches Gerichtsverfahren erschossen, etwa in Varkaus oder in Jämsä, wo unter der Macht der gesetzmäßigen Regierung Dutzende Einwohner umgebracht wurden. All das fand außerhalb jeglicher Kriegshandlungen statt und wurde nie in der vom Gesetz verlangten Form untersucht.

Rotgardisten, die sich ergeben hatten, und Staatsangehörige, die im Rücken der Weißen geblieben waren, konnten einfach umgebracht werden, weil sie Abschaum und Bagage waren. Oder zumindest musste man sie nicht für das halten, was das Genfer Abkommen als »nicht Krieg führende Personen« bezeichnet, und es war auch nicht nötig, die Vorstellung von den »Gesetzen und Gebräuchen des Landkriegs« aus der Haager Konvention auf sie anzuwenden. Da es ja keinen Krieg gab.

Die Mordtaten, die unter Berufung auf die Weisung zum Erschießen auf der Stelle begangen wurden, kann man aus der Perspektive des internationalen Rechts trotz der Juristerei des finnischen Senats als Verbrechen bezeichnen. Zugleich muss man fragen, mit welcher Vollmacht eine solche Weisung gegeben worden war. Ist die Kette aus Befehl und Verantwortung, die vom Senat über das Hauptquartier und über Mannerheim zu denjenigen führte, die die Taten ausübten, lückenlos? Hält sie der näheren juristischen Betrachtung stand? Durfte der Senat Mannerheim ermächtigen, eine solche Weisung zu geben? Hätte die Führung der weißen Armee schärfer darüber wachen müssen, wie in der Praxis mit der Weisung verfahren wurde?

Die nächste offene Frage betrifft die Legalität der Standgerichte jenes Frühjahrs. Aufgrund der Urteile eines solchen wurden auch die von Arvi bezeugten Hinrichtungen in Märynummi vorgenommen. Besaßen die Schutzkorpsangehörigen beim Säubern der hinteren Linien das Recht, gemeinsam mit den lokalen Bauern Standgerichte zu bilden, Menschen zum Tod zu verurteilen und die Urteile auf der Stelle zu vollstrecken? Die Standgerichte waren ziemlich heterogene Institutionen. Es sieht so aus, als wären die Hingerichteten von Märynummi durch eines verurteilt worden, das ein adliger Offizier aus Schweden zusammengestellt hatte. Wenn derartige Urteile nun als illegal deklariert würden, was wäre dann der rechtliche Status der Hinrichtungen? Wären sie dann keine Verbrechen? Keine Morde?

Das weiße Finnland hatte wohl selbst seine Zweifel an der Rechtmäßigkeit seines Vorgehens, zumindest war man erschrocken, was man alles getan hatte. Darauf deutet das im Dezember erlassene »Amnestiegesetz« hin, das diejenigen, die bei den Säuberungen Menschen getötet oder auf der Grundlage von Standgerichtsurteilen Gefangene erschossen hatten, von ihrer Verantwortung befreit. Aus meinen Quellen geht nicht hervor, ob jenes Gesetz überhaupt eines war, ob es nach der rechtlichen Ordnung erlassen wurde, ob es überhaupt erlassen wurde. War das Parlament zusammengetreten, um das Gesetz zu verabschieden, oder handelte es sich nur um eine Proklamation des Senats?

In der Datenbank des Justizministeriums fand ich schließlich den betreffenden Erlass. Es war die Verordnung 165/18. Laut dieser Amnestieverordnung »wird gegen Personen, die bei der Niederschlagung des Aufstands über das hinausgegangen sind, was für das Erreichen der genannten Zwecke notwendig gewesen wäre, keine Anklage erhoben und keine Strafe ausgesprochen«.

Ich hatte mir den Kopf über all diese Dinge zerbrochen. Finnland hat sich während seiner gesamten Unabhängigkeit für einen Rechtsstaat gehalten. Kann es sein, dass die Rechtsgelehrten diese Probleme nie behandelt haben? Sicher muss es eine lückenlose Beweiskette, die der näheren Betrachtung standhält, geben, mit der man die Säuberungen und Hinrichtungen des Jahres 1918 aus dem Bereich der Willkür und Kriminalität in die Sphäre des legalen Vorgehens eines Rechtsstaats hinüberretten kann.

Ich hatte bereits beschlossen, meine Fragen für die unbegründeten Zweifel eines Nichtfachmanns und vielleicht über die Generationen hinweg auch irgendwie an der Sache Beteiligten zu halten, da fiel mir das Buch *Schiffbruch der Gesetzlichkeit* von Jukka Kekkonen in die Hände. Ich las es und konnte anschließend nicht anders als den Verfasser anzurufen, einen Professor für römisches Recht und Rechtsgeschichte an der Universität Helsinki.

Ich fragte Kekkonen direkt, ob ein leitender Polizeibeamter Ermittlungen in Gewaltverbrechen einleiten könne, die 1918 in seinem Polizeibezirk begangen wurden. Oder ob diese Vorstellung vollkommen absurd sei. Der Professor sagte, die Vorstellung sei ganz und gar nicht absurd. Es gebe starke Argumente, warum man sich vorstellen könne, dass genau dieser Fall eintrete.

Nach dem Telefonat musste ich nach draußen gehen. Ich

hatte mit Arvis alter, vom Schmied gemachter Sense das Gras auf dem Grundstück gemäht, und jetzt duftete es nach frischem Heu. Die Margeriten und Glockenblumen, die ich stehen gelassen hatte, schwankten im lauen Wind. Da waren sie, die Farben meines Landes und auch die des Nachbarlandes, wenn man das Gelb der Margeritenblüten mit dem Blau der Glockenblumen zusammenbrachte. Ich ging wieder hinein und begann zu schreiben.

An die Polizei in Salo

In meinem Besitz befinden sich Informationen über Gewaltverbrechen, die am 13. Mai und im Juni 1918 in der Gemeinde Halikko verübt wurden. Ich kenne die Namen der Opfer, die Todesursache, die Motive der Verbrechen sowie die Stellen, an denen die Opfer begraben wurden. Ich glaube auch die Schuldigen zu kennen.

Das erste Tötungsopfer ist Lauri Lindroos, geboren 1901 im zur Gemeinde Halikko gehörenden Dorf Vartsala. Todesursache: mehrere Schüsse aus Mosin-Nagant-Gewehren Kaliber 7,62 sowie ein Kopfdurchschuss mit einer Mauser-Pistole Kaliber 7,63. Motiv der Tat: Hass. Die sterblichen Überreste des Opfers befinden sich in einem Massengrab im ebenfalls zu Halikko gehörenden Märynummi. Die Tat wurde unter der Führung des schwedischen Staatsangehörigen Anders Holm verübt, welcher einem Augenzeugen zufolge den Kopfschuss abgegeben hat, mit dem der Tod des Opfers sichergestellt werden sollte.

Bei dem zweiten Ermordeten handelt es sich um den oben genannten schwedischen Staatsbürger, nämlich um den 1918 als vermisst gemeldeten und 1919 für tot erklärten Anders Holm aus der Stadt Stockholm. Sein Tod wurde durch massiven Blutverlust infolge eines Hippenschlags verursacht. Die Tatgründe lauten: übertriebene Notwehr, aufbrausender Zorn und Rache. Die sterblichen Überreste des Opfers befinden sich im Massengrab in Märynummi. Die Täterin ist wahrscheinlich die in Halikko geborene, später in Turku wohnhafte und inzwischen verstorbene Saida Salin.

Vartsala, Halikko, 10. Juli 2009
Risto Salin, Maurer

1929

Januar

5. Bunter Abend des AVV im Arbeiterhaus. Das Stück Der Pferdehirt *wurde aufgeführt.*

10. Den ganzen Monat war bis jetzt schönes Wetter, bloß liegt kein Schnee.

13. Bunter Abend des Turnvereins im Arbeiterhaus

19. Bezirkswettkämpfe im Ringen ebendort

23. Fingen an, Stämme von den Landstapeln zu sägen.

26. War bei der Gemeinderatssitzung.

Februar

3. Skiwettkämpfe

5. 30 Grad minus

6. Sitzung des Taxierungsausschusses in Kokkila

11. 31 Grad minus. Die Säge steht, weil kein Meerwasser kommt.

Am 14. Februar lief die Säge wieder.

21. Heute schneite es wie gewöhnlich.

24. Vartsala gewann heute in Salo die 5 ersten Preise.

27. Sitzung der Taxierungskontrollkommission in Kokkila

März

2. Kleiner Brand im Flur des Arbeiterhauses. Sakari Salins Bruder Viki kam aus Amerika.

3. Bunter Abend im Arbeiterhaus. Es wurde Die Rose von Salo *gezeigt.*

8. Erstes Tauwetter. 3 Grad.

9. Bezirksbeauftragter Höglund von der Volksfürsorge war bei uns.

19. Heute sah ich zum ersten Mal in diesem Jahr einen Star.

20. Aulis Pihkavuori trieb sein Pferd ins Haus. Das Pferd von Lingvist ertrank bei Leppälä.

23. Skiwettkämpfe. Bunter Abend des Turnvereins.

26. Gewöhnlicher Schneefall.

28. Die Spitze von Raitniemi wurde heute eisfrei.

31. Bunter Abend AVV, aufgeführt das Stück Keine Zeit.

April

6. Starker Schneefall

7. Familienabend im Arbeiterhaus. Stellte zwei Reusen auf.

14. Lindroos war bei uns, um für Taisto eine Vollmacht zu schreiben wegen der Konfirmation.

16. Stellte zwei Reusen auf.

19. Ab ein Uhr waren die Sunde eisfrei. Der Präsident löste heute das Parlament auf. Stellte 8 Reusen auf.

20. Gemeinderatssitzung. Bunter Abend AVV. Heute gingen der Säge die Stämme vom Land aus, es wurde angefangen, Rundholz aus dem Meer zu sägen.

22. Südwind und Schneefall wie gewöhnlich

Am 26. April brach am Morgen das Flächeneis auf. Am Abend um halb 12 wurde uns ein Mädchen geboren.

28. Ringwettkämpfe und Bunter Abend des Turnvereins

30. Stellte 2 Reusen auf.

Mai

1 Maifeier ÅVV im Arbeiterhaus. Reino Virtanen hielt die Festrede.

5. Sitzung des Verwaltungsrats der Genossenschaft

9. Heute fing der Stromtransport an. Stellte 5 Reusen auf, holte 4 Reusen ein.

12. Versammlung zur Parlamentswahl in Hajala

13. Waren am Brudergrab von Märynummi.

Am 14. Mai gingen der Säge die Stämme im Meer aus.

Am 16. Mai fuhr ich nach Turku zur Delegiertenversammlung des Wählervereins.

19. Pfingsten, starker Regen. Das Huhn fing mit dem Ausbrüten von 12 Eiern an.

20. Es regnete noch stärker.

22. Tyyne Santala gestorben. Geriet ins Antriebsrad.

23. Legte vor der Veranda Kartoffeln. War in Kokkila, das Gemeindegeld bezahlen. 3 Hühner fingen an zu brüten. Holte 8 Reusen ein.

24. Mai. Setzte gelbe und rote Rüben. Stellte 14 Reusen auf. Holte 8 ein.

Setzte Gurken am 27. Mai.

31. Holte 2 Reusen ein.

Juni

7. Fingen heute an zu laden.

13. Das neue Ehegesetz wurde angenommen. Die Vormundschaft des Mannes wurde aufgehoben, beide Ehepartner sind jetzt vor Gericht, vor den Behörden und hinsichtlich des Eigentums gleichwertig.

Am 14. Juni. kam ein Dampfschiff nach Vartsala und nahm 460 Standardbretter auf.

15. Setzte Gurken. Stellte 5 Reusen auf. Holte eine ein.

16. Heute kam ein zweites Dampfschiff und nahm 640 Standardbretter mit.

17. In den letzten Tagen Schnellbeladung in Vartsala

22. Aaltonen, Redakteur vom Sozialisten, kam zu uns.

23. Wahlfest in Papinsaari. Aaltonen hielt die Festrede.

30. Ich fuhr nach Helsinki.

Juli

1. Heute Beginn der nationalen Wahlen in Finnland

2. War in der Volksschule Kaisaniemi in Helsinki wählen.

4. War im Nationalmuseum und im Freilichttheater Mustikkamaa. Gespielt wurde Der Traum in der Hirtenhütte.

6. Kam von Helsinki nach Hause.

8. Heute den ganzen Tag Regen, wir machten blau.

14. Sportfest in Papinsaari

15. Es fällt schöner Regen.

16. Heute kam der Dampfer und lud 145 Standardbretter. Kustaa Vuorio hat eine Blutvergiftung an der Hand, wurde in Salo operiert.

21. Tombola der Arbeiterschaft Kaninkola

Pflückte zwei Liter Blaubeeren am 24. Juli.

27. Bunter Abend der Kleinbauern im Heuboden Purila

30. Sitzung des Taxierungsausschusses in Angelniemi

August

3. Die Kleinbauern machten einen Ausflug nach Hämeenlinna.

Fest der Arbeit in Papinsaari am 4. August. Perho hielt die Festrede. Diesmal gewannen die Lader den Pokal.

7. Heute kam ein Dampfer, der 450 Standardbretter aufnahm.

10. Sario mit anderen beim Dach geholfen.

14. Alppi Ruhohola verletzte sich heute Nacht an der Säge.
Die Hühner wurden heute in ein neues Heim gebracht.

23. Legte heute beim Bezirksgouverneur Beschwerde wegen dem Straßenabschnitt zwischen Kaninkola und Vartsala ein.

25. Pflückte 6 Liter Preiselbeeren im Wald von Immala.

30. Wieder nahm ein Schiff 450 Standardbretter auf.

September

1. Ein Luftschiff flog von der Landspitze Friisi aus Menschen in die Lüfte empor.

7. Es regnete heute fast den ganzen Tag. Gemeinderatssitzung. Das Schiff Kuru sank im Näsijärvi-See.

8. Eilbeladung. Arbeiten, obwohl Sonntag ist.

15. Eilbeladung. Arbeiten trotz Sonntag. Ein Deutscher schoss auf Ossi Tuomi.

20. Heute wurde Urlaubsgeld ausbezahlt. Ich bekam 275 Mark.

22. Es regnete fast den ganzen Tag. Beerdigung von Kalle Vuori. Machte heute am Hühnerstall ein Vordach aus Schindeln vom Sägewerk.

Am 25. September bekamen die Arbeiter vom Bretterlager Sommerurlaub.

26. Heute geheime Versammlung der Straßenanteilseigner zwischen Kaninkola und Vartsala.

29. Pflückte 6 Liter Preiselbeeren.

Oktober

2. Akda und August Ruohola stritten sich ziemlich, rissen an den Hemden usw. Ruohola war betrunken.

5. Venho kam heute zu uns, die Mauern von Sauna und Hühnerstall machen.

Am 8. Oktober zum ersten Mal Feuer im Hühnerstallkamin. Der Zug war gut.

10. Heute hatten wir frei wegen Regen. Auch die Säge steht, weil das Stahlseil durch ist. Oskar Manelius brach sich das Schlüsselbein.

11. Die Mauern von Hühnerstall und Sauna wurden fertig. Bekam vom Gouverneur einen Zwischenbescheid wegen der Straßenbeschwerde. Warmes Wetter. Ein Dreimaster kam Schnittholz aus Vartsala holen. Er hieß Mantelmöwe.

12. Wir holten mit der Stapelwinde Stämme an Land.

13. Der Kapitän der Mantelmöwe fiel in den Laderaum und brach sich das Bein.

Starker Nordoststurm und hohe Wellen am 15. Oktober.

23. Waren zum ersten Mal in unserer eigenen Sauna.

30. Sitzung des Taxierungsausschusses

November

Am 5. November verletzte sich Kustaa Ström, als ihm Bretter von der Ladung ins Genick fielen. Und um 2 Uhr in der Nacht auf Montag starb er.

9. Schickte an den Gouverneur eine Entgegnung wegen der Straße Kaninkola-Vartsala.

10. Monatliche Versammlung des Vereins

11. Den ganzen Tag Regen.

16. Den ganzen Tag ist nasser Schnee gefallen. Vor der Veranda wurde eine Betonplatte gegossen.

20. Bei Jalmari zum Namenstag.

21. Eilverladung. Wir machen Überstunden. 3 Grad minus.

24. Wahl der Parteitagsdelegierten

29. Haben bis um eins in der Nacht Überstunden gemacht. Neblig und warm. Raunio zog in sein eigenes Haus.

30. Heute hörte das Verladen auf.

Dezember

9. War im Arbeiterhaus Paimio bei der Zeitungskonferenz.

20. Bekam Lohn und für den Unabhängigkeitstag 35 Mark. Warmes Wetter. Das Eis ist wieder ganz aufgetaut.

Waren zum Abendessen bei Salins am 24. Dezember. 5 Grad minus.

25. Weihnachtsfest im Arbeiterhaus. Es schneite den ganzen Tag. Paulina Aalto brach sich die Hand.

29. Die Abteilung Vartsala trennte sich heute vom Berufsverband und schloss sich dem Finnischen Arbeiterbund an.

31. Bunter Abend des AVV. Es regnete den ganzen Tag sehr stark.

Saida, 33

Vartsala, Oktober 1929

»Es wird Winter«, sagt Joel Tammisto zu Saida.

»Ja, und die Stämme gehen aus.«

Es stehen bereits viele Schaulustige am Anleger, als die dreimastige Mantelmöwe ihren traurigen Abschiedsgruß ausstößt und mit ihrer schweren Last aufs Meer hinausgleitet. Der Wind bläst aus Norden, aber der Himmel über dem gekräuselten Wasser ist weit und blau. Die Männer halten ihre Mützen fest, die Frauen ihre Röcke.

Saida, die von der Frühschicht kommt, trägt einen Arbeitsanzug. Die sind für Frauen vorgeschrieben, seit Tyyne Santala mit dem Rock im Antriebsrad hängenblieb, als sie die Späne, die von der Untersäge gerieselt waren, wegwischen wollte und zu Tode gequetscht wurde. Osku Venhos Ansicht nach ist mit den Arbeitsanzügen der Frauen allerdings das Arbeitsklima ziemlich trostlos geworden. Er behauptet stur, es sei eine Folge des neuen Ehegesetzes, dass die Frauen jetzt Hosen anhaben. Da die Männer nicht mehr für ihre Frauen die Entscheidungen treffen dürfen, müssen sich die Frauen keine Mühe mehr geben, dem anderen Geschlecht zu gefallen.

Viki, der mit seiner Stiefmutter in derselben Schicht gearbeitet hat, kommt hinter dem Bootsschuppen hervor, wo er seine Blase geleert hat. Auf der sonnigen, vom Wind geschützten Wand des Schuppens genießen die Männer in der letzten Wärme ihre Selbstgedrehten.

»Immala hat behauptet, die Schwierigkeiten kämen daher, dass die Russen das Schnittholz zum Schleuderpreis verkaufen«, sagt Viki. Man müsse sich bei den angeblich besonders guten Sozialisten für den Mangel bedanken, weil die Linke den Getreidezoll nicht so weit erhöhen lassen will, wie es nötig wäre.

Ach ja? So lange sich Joel erinnern kann, ist es den Bauern schlecht gegangen, entweder ist die Ernte zu gut oder sie ist erbärmlich schlecht. Und dann werden die Politiker beschuldigt, weil man gierig gewesen ist und sich zu sehr verschuldet hat und für den Wald nicht das bekommt, was man sich ausgerechnet hat.

»Auf dem Immala-Hof haben sie auch gerade einen prächtigen Viehstall mit allen Schikanen gebaut«, sagt Viki. »Da wohnen die Viecher vornehmer als bei uns die Menschen.«

»Na, na«, versucht Saida zu beschwichtigen, obwohl sie weiß, wie zwecklos das ist.

»Und dann werden dem Arbeiter Vorwürfe gemacht, als würde es uns nicht genauso wurmen, wenn die Arbeit ausgeht.«

»Ja, wir steuern auch nicht mit Absicht den Bankrott an«, sagt Joel, ohne Saidas vielsagendes Stirnrunzeln zu bemerken.

»Wir müssen bei der nächsten Versammlung die drohende Arbeitslosigkeit zur Sprache bringen«, sagt Viki. »Zumindest muss man die Gemeinderatsmitglieder unter Druck setzen, dass diesmal Notstandsarbeit organisiert wird.«

»Von der Reparatur der Steinmauer an der Kirkkotie ist schon länger die Rede. Dein Vater kennt sich doch mit Steinen aus.«

»Ich bin nicht damit einverstanden, dass Sakari sich mit solchen Steinen den Rücken kaputt macht«, sagt Saida. Sie erkundigt sich, wie die Maurerarbeiten an Joels Sauna vorankommen.

Hat Osku Venho etwas zustande gebracht, oder ist er immer noch hauptsächlich mit seinem Schnaps beschäftigt?

Nein, Oskus Schluckschicht ist fürs Erste mal wieder vorbei, und wie es aussieht, sitzen sie schon am Samstag zum ersten Mal im eigenen Dampf. Joel schlägt Saida vor, mit Sakari und den Kleinen zu Besuch zu kommen und auszuprobieren, ob der Saunaofen im nüchternen Zustand gemauert worden ist oder nicht.

Saida bedankt sich, sagt aber, Samstag gehe nicht, da es der letzte Sonnabend von Sakaris Bruder in Finnland sei.

»Mensch, da fährt der Viki schon wieder weg? Lange hat er es in der Heimat aber nicht ausgehalten.«

»Nein, hat er nicht.«

»Und Sakari gefällt es nicht besonders, dass sein Bruder wieder fortgeht?«

»Rate mal!«

Viki erzählt, der Onkel sei mit einer Flasche von Osku gekommen und habe seine Entscheidung verkündet. Darauf sei sein Vater nicht bereit gewesen, auch nur einen Tropfen zu trinken. Ich hab keine Lust, von der Abschiedsflasche zu probieren, habe er gesagt.

»Na, da ist er ja richtig wütend geworden«, meint Joel.

Viki lacht und erzählt weiter, sein Onkel habe ihm, seinem Namensvetter, versprochen, ihm die berühmten karminroten, spitz zulaufenden Schuhe zu überlassen, über die das ganze Dorf gestaunt hatte. Onkel Viki habe die Farbe ideologisch gewählt und mit seinen Schuhen zum Ausdruck bringen wollen, dass er im Geiste beim Wahlkampf dabei war, auch wenn er selbst nicht wählen durfte.

»Den Sieg des Landbundes hat er damit allerdings nicht verhindern können.«

»Nein, verdammt.«

»Aber mordsprächtige Schuhe, trotzdem.«

»Fragt sich bloß, ob ich mich traue, mit solchen Tretern irgendwohin zu gehen.«

»Da sagst du was, da sagst du was.«

Saida kommt auf das Thema zurück, das ihr derzeit am Herzen liegt. Arvi Malmberg, der im Sommer nach Vartsala gezogen ist, braucht jemanden, der ihm einen Ofen mauert. Osku hätte dafür doch jetzt Zeit?

Ja, Oma Elin, die im Frühjahr starb, hinterließ Arvi genug, dass er sich ein kleines Haus in Vartsala kaufen konnte. Emma und Olga beschlossen, ihm mit ihren Anteilen zu helfen, sodass der ganze Kaufpreis bezahlt werden konnte. Wo wäre Arvi sonst hingeraten? Seine knorrige Wortkargheit gefiel dem neuen Gutsherrn nicht, und einen vergleichbaren Arbeitsplatz fand man nicht so leicht. Schon gar nicht, wenn man so gut wie nie bereit ist, den Mund aufzumachen. Aus irgendeinem Grund war der alte Graf Arvi gewogen gewesen, aber der neue Konsul hielt ihn wohl nur noch für sonderbar.

»Einen neuen Ofen?«, fragt Joel. »Was stimmt denn mit dem alten nicht?«

Saida zuckt mit den Schultern. Es sollte eben ein neuer her.

»Na, Osku wird schon Zeit haben.«

»Genau. Aber Arvi ist eben, wie er ist. Das weißt du ja.«

Joel nickt. Sie vermeiden es, einander anzusehen.

»Für Osku spielt das keine Rolle. Hauptsache er kriegt seinen Lohn.«

»Ja, dafür werde ich sorgen.«

Eine Schar kleiner Jungen rennt kreischend und rempelnd den Hang hinunter, sie halten einen langen Stock in die Höhe.

»Was haben die da?«

Joel schaut genauer hin. Verflixt, haben die Kerle eine Schlange entdeckt? So spät im Herbst?

»Eine Kreuzotter!«, ruft einer der Jungen und deutet mit dem Zeigefinger auf das steif am Stock hängende Reptil.

»Tatsächlich, Mensch«, ereifert sich Viki. »Eine verdammte Otter!«

»Pfui Teufel«, sagt Saida. »Die ist doch hoffentlich tot?«

»Eine späte Schlange bringt schlechte Zeiten, es wird einen Hungerwinter geben«, plärrt Lennu Lindroos, der sich an einem einzigen Tag vor elf Jahren in einen Greis verwandelt hat, auf der Bank der alten Männer.

»Jetzt wollen wir mal keinen Unsinn reden, das heißt gar nichts, vorerst haben wir einen warmen Herbst«, sagt Joel.

»Doch, doch, das heißt was, Tod und Vernichtung werden kommen, so viel ist sicher«, krächzt Lennu. »Wenn nicht jetzt, dann in zehn Jahren.«

»Dann müssen wir eben Schlangen essen«, schlägt Joel boshaft vor. Er geht näher heran, um sich die Kreatur anzuschauen. »Für mich wäre das jedenfalls kein Problem. Ich kenne das, Würmer und Maden essen.«

Gut, aber eine Kreuzotter kann man nicht essen, erklären die Männer und Saida einhellig. Eine Schlange enthält so viel Gift, dass man auf der Stelle daran stirbt.

»Nein, man stirbt nicht. So einen Wurm schluck ich euch mir nichts dir nichts runter«, behauptet Joel stur. »Wollen wir wetten?«

»So verrückt kannst nicht mal du sein«, sagt Saida.

»Ich tu's. Ganz einfach.«

Der Herbstwind schüttelt den Ahorn, der über den Bootsschuppen hinwegragt, und lässt gelbe und grellrote Blätter auf die am Boden liegende tote Schlange regnen. Saida betrachtet den zerquetschten Kopf des Tieres und die schwarze Zackenlinie, und ein Schauer überläuft sie. So wie sie Joel kennt, wird er keinen Schritt zurück machen.

»Ich werde jedenfalls nicht zugucken, wie sich ein Verrückter umbringt. Wir gehen, Viki.«

Nein, Viki geht nicht, er will unbedingt Joel Tammistos Heldentat sehen.

»Mit einem Schnaps, damit es rutscht, würde es unsereiner auch tun«, brüstet sich Lennu Lindroos.

Eine Formation Gänse fliegt über sie hinweg und lenkt alle für einen Moment von dem Mann ab, der die Schlange vom Boden aufgehoben hat. Mit den anderen sieht Saida dem scheinbar mühelosen Zug der Vögel gegen den Wind zu, bis sie allmählich am Horizont verschwinden. Jemand gibt Joel ein Messer, und damit schneidet er die Schlange zwischen den gezackten Streifen auf, von oben bis unten. Saida wendet sich ab und geht den Hügel hinauf. Eine Weile hört sie noch trockenes Altmännerlachen.

Sie tilgt das Bild mit den roten Innereien der aufgeschnittenen Schlange aus ihrer Vorstellung und denkt an die Entscheidung, die sie für Arvi getroffen hat. Nach der Zubereitung des Abendessens würde sie zu Osku Venho gehen und ihm ihr Anliegen vortragen. Arvi Malmberg braucht einen Ofen, in dem man die vier mal sieben Brote backen kann, die ihm Saida fortan einmal in vier Wochen backen wird.

Saida hat alles genau geplant. Nichts sonst kann Arvi noch davor bewahren, in einem dunklen Tal zu versinken, aus dem es keinen Weg zurück mehr gibt. Saida weiß, aus wie vielen Quellen sich die untröstliche Einsamkeit und der Hass gegen sich selbst bei Arvi speisen, doch am schlimmsten nagt an ihm die Entscheidung, die er an einem sonnigen Tag im Mai auf der Straße nach Vaskio treffen musste. Diese Entscheidung konnte er sich nicht verzeihen. Aber Saida konnte es.

Auf dieses letzte und am Ende einzige Mittel, Arvi Malmberg zu retten, kam Saida in den Nächten, in denen sie sich neben ihrem Mann hin und her wälzte oder sich an ihn drückte. Besorgt und zugleich gerührt hörte sie Sakaris Herzschlägen und seinem gleichmäßigen Atem zu, der bisweilen von einem sanften Prusten unterbrochen wurde. Sie schob ihre Hand in die große Hand des Mannes, der sie sogleich schützend umschloss, obwohl er fest schlief. Da dachte Saida an Arvi, dessen Hand sich noch nie mit der Hand eines anderen Menschen vereinigt hatte und je vereinigen würde, während Saidas und Sakaris Hände sich jede Nacht fanden.

Und in jenen nächtlichen Stunden, in denen sie wach lag, forderte Saida von Gott die Antwort auf eine Frage, die von Kindheit an in ihr gebohrt hatte. Warum hatte Gott das Pferd auf den Hinterbeinen gehalten und dadurch verhindert, dass seine Vorderhufe das unter ihm stehende Sonntagskind zermalmten? Was für eine besondere, Kraft und Opferbereitschaft fordernde Aufgabe hatte Gott für das Sonntagskind im Sinn gehabt, als er verhindert hatte, dass der vom Wirbelsturm in die Luft geschleuderte Heureuter auf es herabfiel? Ihre Mutter hatte gesagt, diese Ereignisse bezeugten, dass Saida auserwählt sei, aber die Mutter hatte nicht zu sagen gewusst, für welche Aufgabe.

Saida verstand, dass sie sich nach und nach ihres Auftrags bewusst geworden war: Sie sollte Dinge tun, zu denen andere nicht fähig waren.

Sie verstand es und verstand es nicht.

Als sie glaubte, erkannt zu haben, wie Arvi zu retten wäre, worin ihre Pflicht bestand, war der innere Konflikt fast unerträglich. Sie schnellte hoch, stellte sich im Bett auf und schrie auf den gerade erst eingeschlafenen Sakari hinab: »Auch wenn die Berge von ihrem Platz weichen und die Hügel zu wanken beginnen – meine Liebe wird nie von dir weichen und der Bund meiner Ehe nicht wanken!«

Sakari brach in Gelächter aus und fragte, ob es nicht die Huld gewesen sei, die nicht weiche, und der Bund des Friedens, der nicht wanke. Allerdings gab er sofort zu, sich womöglich falsch zu erinnern, immerhin sei Saida die Tochter des Predigers. Doch wie auch immer, vielleicht wäre sie jetzt trotzdem so freundlich und würde aufhören im Bett herumzuhüpfen wie ein durchgedrehtes kleines Mädchen.

An jenem Oktobernachmittag, an dem die Mantelmöwe mit voller Fracht die Halikko-Bucht verlässt und Joel Tammisto eine Kreuzotter verzehrt, ohne auch nur Bauchgrimmen zu bekommen, hat Saida bereits Frieden mit ihrer Entscheidung geschlossen und handelt von da an ohne Zögern und so genau wie der Mond, der alle vier Wochen in vollem Umfang am Himmel steht und 14 Tage später unsichtbar geworden ist. Sie bekommt noch zwei Kinder, deren Vater Sakari ist. Dessen ist sie sich ganz sicher, denn ihre Berechnungen können nicht falsch sein, und ihr Körper täuscht sie nicht.

Die Erinnerung an die Folgsamkeit ihres Körpers in jenen Jahren muss Saida Salin später helfen, in den schwersten Stunden ihres Lebens, als sie zuerst ihre jüngste Tochter verliert und dann ihren Mann. Aber sie kann es sich nicht leisten, der Trauer zu viel Macht einzuräumen, denn ihr ist ein kleiner Junge anvertraut worden, den sie großziehen soll. Erst als auch diese Aufgabe erfüllt und aus dem kleinen Jungen ein verantwortungsbewusster, anständiger Mann geworden ist, hat Saida endlich das Gefühl, mit ihrem Vater und ihrer Mutter und mit Gott wegen des einen Pferdes und des einen Heureuters quitt zu sein.

Vartsala, 12. Juli 2009

Der Ofen ist nun komplett abgetragen, und bald werde ich anfangen, den neuen zu mauern. Aber noch nicht heute.

Am Morgen rief mich meine Tochter an. Ich sei Großvater eines dreieinhalb Kilo schweren, 52 Zentimeter großen Supermädchens geworden.

Die Geburt habe verdammt wehgetan, aber allmählich bekomme die junge Mutter den Eindruck, als wäre es die Mühe wert gewesen. Das Kind habe ein wahnsinnig süßes Gesicht und ein bisschen dunklen Flaum auf dem Kopf, aber daraus könne man noch nicht auf die endgültige Haarfarbe schließen. Außerdem blieben die womöglich gar nicht lange. Die Finger seien unfassbar klein, wie Blütenblätter. Ich hätte allen Grund, meinen Hintern schnellstmöglich in die Uniklinik von Tampere zu bewegen und einen Stapel Taschentücher mitzunehmen, so eine Heulsuse wie ich sei. Allerdings wäre es vielleicht eine gute Idee, nicht gleichzeitig mit der Großmutter mütterlicherseits aufzutauchen, die man übrigens auf keinen Fall Oma nennen dürfe, sondern weiterhin mit ihrem Vornamen Aili anzureden habe.

Ja, und hoffentlich freue mich auch die Tatsache, dass meine liebe Tochter und mein unterm Pantoffel stehender, noch nicht angetrauter Schwiegersohn entschieden hätten, dem Kind den

Namen Saida zu geben. Ich solle nicht fragen, warum, denn das wisse sie selbst nicht. Vermutlich habe es aber damit zu tun, dass ich den Frühling und Frühsommer über am Telefon endlos von der Mutter meiner Mutter gequatscht habe. Da sei der Name garantiert hängen geblieben.

Endlos gequatscht ... Hatte ich das?

Ja, aber das sei okay gewesen, denn wir hätten seit Jahren nicht so viel miteinander geredet wie in den letzten Monaten. Viele Geschichten aus dem Leben ihrer Urgroßmutter Saida hätten meiner Tochter außerdem geholfen, weniger Angst vor der Geburt und vom Muttersein zu haben, weshalb das Kind nun Saida heißen werde, auch wenn Aila deswegen noch so im Dreieck springe. Und was die Taufe betreffe, so dürfe man dort nicht in Hippieklamotten oder Maurerkluft aufkreuzen, sondern habe in Anzug und Krawatte zu erscheinen.

Jetzt aber hopp, hopp zur nächsten Bushaltestelle, zum Bahnhof oder zur Pferdepost, falls Interesse bestehe, die kleine Saida zu sehen, solange sie noch ein paar Haare auf dem Kopf habe. Und angesichts meiner hoffnungslosen Zerstreutheit solle der Hinweis nicht unerwähnt bleiben, dass heute der Sonntagsfahrplan gelte. Okay?

Ich wischte mir mit dem Ärmel über die Augen. Es schnürte mir die Kehle zusammen, ich musste auflegen.

Okay.

In Halikko hatte ich eine Dreiviertelstunde Zeit, bis der Bus fuhr. Ich ging durch das Tor in der Trockenmauer und den Sandweg entlang. Als ich mein Ziel erreicht hatte, las ich die Verse auf dem Grabstein der älteren Saida:

So viel wir an Liebe in uns tragen,
so viel Ewigkeit tragen wir in uns.

Leena Lander

Mag der Sturm kommen

Roman

384 Seiten, Broschur

btb 74777

Die große Saga über ein dunkles Geheimnis aus der Vergangenheit

Die Journalistin Iiris entdeckt nach 13 Jahren Ehe, dass ihr Mann sie betrügt. Tief getroffen flüchtet sie aus dem gemeinsamen Leben in das finnische Bergbaudorf, aus dem ihre Familie stammt. Dort will sie das Grab ihrer Großeltern besuchen und trifft auf ihre alte Tante Natalia. Von ihr erfährt Iiris von einem lange gehüteten Familiengeheimnis. Stück für Stück findet sie mehr heraus – über ihre Großmutter, die eine Affäre mit einem Fremden hatte, und über den Tod eines Kindes, das genau an dem Tag ums Leben kam, an dem ein zweites Kind geboren wurde …

»Ein kraftvoller Thriller über Liebe und Tod, Hass und Versöhnung.«

Freundin

»Leena Lander gibt Liebe, Sex und Eifersucht ihr dramatisches Potenzial zurück, und dennoch wirkt ihr Roman an keiner Stelle theatralisch oder sentimental.«

Brigitte

Leena Lander

Die Insel der schwarzen Schmetterlinge

Roman

288 Seiten, Broschur

btb 74776

Eine abgelegene Schäreninsel, ein Mord im Schmetterlingshaus und eine fatale Affäre ...

Eine namenlose Insel in den Schären, irgendwo vor der Küste Finnlands: Hier ist nichts als das Erziehungsheim, in das der junge Juhani geschickt wird. Schnell bekommt er die strengen Regeln des Heimleiters zu spüren. Denn dieser will seinen Zöglingen zeigen, dass das Unmögliche möglich ist, und züchtet zu diesem Zweck und trotz des rauen, kalten Klimas in einem Treibhaus Seidenraupen. Doch dann geschieht ein Mord im Schmetterlingshaus, eine verhängnisvolle Affäre kommt ans Licht, und aus den Raupen schlüpfen keine weißen Falter, sondern schwarze ...

»Ein grandios verrätselter Roman mit einem ganz eigenen Sog.«

Brigitte

»Große Gefühle unter nordisch-kühler Oberfläche – ein mitreißendes Buch!«

Freundin